Bette Bao Lord wurde 1938 in Shanghai geboren. Ihr Vater war Beamter der chinesischen Regierung und wurde mit der Familie in die USA gesandt.
Bette Bao Lord wuchs in Brooklyn auf und studierte Internationale Diplomatie. 1968 erschien ihr erster Roman in den USA.

Dieses Buch wurde auf chlor- und säurefreiem Papier gedruckt.

Vollständige Taschenbuchausgabe März 1994
Droemersche Verlagsanstalt Th. Knaur Nachf., München

Originalverlag Harper & Row, New York
Titel der Originalausgabe »Spring Moon«
Aus dem Amerikanischen von Werner Peterich
Umschlaggestaltung Adolf Bachmann, Reischach
Druck und Bindung Elsnerdruck, Berlin
Printed in Germany
ISBN 3-426-60085-4

2 4 5 3 1

Bette Bao Lord

Frühlingsmond

Eine Familiensaga aus China

Aus dem Amerikanischen
von Werner Peterich

Knaur®

Prolog

Vor dem Anfang war das Chaos. Überall Laute und doch keine gehört; überall Gestalten, doch keine gesehen. Dunkel, das Dunkel verfolgte auf unabsehbare Zeit. Als der rechte Augenblick gekommen war, tauchte aus dem Chaos der schlafende Riese Pan Koo auf. Beim Erwachen erboste ihn die Leere, und er zerstrümmerte sie mit einem Hieb. Das, was nachgibt, schwebte nach oben, und das, was nicht nachgibt, sank nach unten. So entstanden Himmel und Erde.

Aus dem Atem des Pan Koo wurden Winde und Wolken, aus seiner Stimme der grollende Donner, aus seinem linken Auge die Sonne und aus dem rechten der Mond; Haupthaar und Bart wurden zu Sternen und der Schweiß auf seiner Stirn zu Regen und Tau. Die Flöhe auf seinem Leib wurden zu Männern und Frauen. So begann die Welt.

Drei Göttliche Herrscher kamen, um der Menschheit zu helfen. Sie lehrten das schwarzhaarige Volk, Feuer zu machen, lehrten es die Jagd, den Fischfang, die wilden Tiere zu zähmen und das Land urbar zu machen. Jeder von ihnen herrschte eintausend Jahre lang. Dann kehrte das Chaos zurück, denn ihre Nachfolger waren Fürsten der Niedrigkeit. Und ohne Ordnung kannten die Menschen keinen Frieden und waren nicht besser als die Tiere. Schließlich bestieg der Gelbe Kaiser den Thron und stellte die Gesittung wieder her. Von ihm lernte das Volk am Huang Ho Erzgewinnung und Eisenguß, die Heilkunst und das Aufzeichnen der Weisheit der Menschen und des Vergehens der Zeit. Seine Kaiserin ließ sie teilhaben an der Kunst der Seidengewinnung.

Danach wurden viertausend Jahre hindurch Reiche groß und vergingen wieder, Dynastien stiegen auf und erfuhren ihren Niedergang, Sippen blühten auf und gingen gleichfalls unter, Jahreszeit um Jahreszeit, Jahr um Jahr. Doch stets mehr gefürchtet als Tiger und Überschwemmungen oder Geister waren die Zeiten des Chaos – Luan –, da Könige nicht Könige waren und Untertanen nicht Untertanen; da Väter keine Väter waren und Söhne keine Söhne,

Gatten keine Gatten und Gattinnen keine Gattinnen, Brüder keine Brüder und Freunde keine Freunde.

In den Tagen des großen weisen Konfuzius sprach der Fürst von Wu auf der Suche nach Ruhm zu seinem Ersten Minister: »Bau mir eine neue Hauptstadt für mein Reich, eine, in der Himmel und Erde gespiegelt sind, in der tugendhafte Gelehrte und schöne Frauen wohnen und in welcher in Zeiten der Gefahr Untertanen und Besitz sicher sind vor dem Feind.«

Und so entstand an einer Stelle zwischen üppigen Hügeln und fruchtbaren Ebenen, wo die Blumen zehn Monde das Jahr über blühen, die von Festungswall und Festungsgraben umringte Stadt Soochow. Wie der Himmel wies sie acht Wassertore auf und wie die Erde acht Erdtore. Auf den Hügeln ringsum eine Krone von Pagoden und im Tal, das von Kanälen durchzogen war, Gärten, soweit das Auge reichte. Zwei Jahrtausende vergingen wie Sommer und Winter. Dann, während der Regierungszeit des Wan Li, kehrten ein armer Gelehrter und seine betagte Mutter in Soochow ein; sie waren auf dem Wege nach Peking, wo er die staatlichen Prüfungen abzulegen hoffte. Doch die Frau wurde krank. Ehe sie starb, befahl sie ihrem Sohn, sie an der erstbesten Stelle zu begraben und weiterzuziehen, seinem Schicksal entgegen. Er tat, wie ihm geheißen. Die Stelle lag in der Nähe eines Teiches, der Heimat eines treuen Mandarinentenpaars; gekennzeichnet wurde das Grab mit einem Zypressenzweig. In der Hauptstadt errang der Gelehrte alle denkbaren Ehren, doch kein einziges Mal in siebenundzwanzig Monden stahl sich ein Lächeln auf sein Gesicht. Betroffen von dem Kummer, der seinen Diener bedrückte, erkundigte der Kaiser sich, was er denn habe. Der Ausgezeichnete erklärte, um was es ging. Alle, die es hörten, waren tief bewegt.

Der Kaiser schickte ihn nach Soochow, dort seinen Dienst anzutreten, damit er in der Nähe seiner geliebten Mutter sein könne. Als er dort eintraf, erkannte er, daß die letzte Ruhestätte seiner Mutter nicht gestört und aus dem Zypressenzweig ein junger Baum geworden war.

Er befahl, südlich von diesem Baum solle das Tor zu seinem Haus gebaut werden und um das Haus herum die Gartenmauer.

Familiengeschichte

Während die Sonne am westlichen Himmel loderte, schlief Frühlingsmond. Ihr Zimmer lag kühl im Schatten des grünen Ziegeldachs, das in anmutigem Schwung von den alten Mauern in die Höhe strebte. Eingehüllt von rosafarbenen Seidenvorhängen und umspielt von süßem Kampferduft lag Frühlingsmond zusammengerollt am äußersten Ende ihres Bettes. Ihr Atem ging unmerklich.
Plötzlich fand ein Sonnenstrahl, der sich unter den Dachsparren und durch einen offenen Fensterladen hineingestohlen hatte, einen Spalt zwischen den Vorhängen und ergoß sich über das Lager. Als er sie traf, rührte Frühlingsmond sich und zerrte sich die Bettdecke über den Kopf. Sie konnte die rote Schachtel gerade noch sehen und wollte unbedingt die Fortsetzung des Traums, aber es nützte nichts.
»Pflaumenblüte«, rief sie, warf die Bettdecke beiseite und setzte sich auf. »Warum hast du den Vorhang offengelassen? Ich habe gerade etwas Wunderschönes geträumt, und jetzt ist alles weg.«
Es war der herrlichste Traum, den sie sich vorstellen konnte, voller Zauber; heiß hatte es sie dabei überlaufen. Träger waren von weither gekommen und hatten eine rote Lackschachtel gebracht. Auf dem Deckel hatten seltsame goldene Schriftzeichen geprangt, die nicht einmal Ältester Onkel lesen konnte. »Ein Geschenk für Frühlingsmond«, hatten die Träger erklärt und sie gewarnt, sie müsse drei Tage und drei Nächte warten, genau bis zu der Stunde ihrer Geburt – dann freilich werde die Schachtel aufspringen wie eine geröstete Kastanie.
Und sie hatte gewartet. Doch als dann die Stunde des Affen nähergekommen war, hatte die Sonne sie geweckt. Jetzt würde sie nie erfahren, was in der Schachtel verborgen war.
Frühlingsmond seufzte. Es mußte etwas Wunderbares darinnen gewesen sein. Ein verzauberter Pfirsichkern vielleicht, der ihr vorsingen sollte, oder aber ein Zaubertrank, um Bitteres in Süßes zu verwandeln. Pflaumenblüte hätte den Vorhang nicht offenlassen dürfen – auch nicht nur ein kleines bißchen.
»Pflaumenblüte?«
Immer noch keine Antwort. Frühlingsmond rief lauter. »Pflaumenblüte, ich bin fertig mit dem Mittagsschlaf. Du sollst nicht schlafen, wenn ich wach bin. Antworte mir!« Sie zog die Vorhänge auseinander. Es war niemand im Zimmer. »Pflaumenblüte? Spielen wir Verstecken?« Frühlingsmond kletterte aus dem Bett und sah darunter nach. Nur ein Fingerhut lag dort und der Kürbis, den man – um

böse Geister abzuwehren – unter die Stelle gelegt hatte, wo für gewöhnlich ihr Kopf ruhte.
Frühlingsmond reckte sich und hielt stirnrunzelnd einen Moment inne. Dann schlüpfte sie rasch mit ihren eingebundenen Füßen in die rosabestickten Schuhe, zog ihr *ta chin p'ao* über und trat auf die Galerie hinaus, die den Hof des Weisen Herzens begrenzte. Der Garten war klein und barg nichts, worin man sich hätte verstecken können, deshalb ging Frühlingsmond von Tür zu Tür und schaute in jeden einzelnen Raum der drei Flügel des Gebäudes, in dem ihre Familie lebte. Pflaumenblüte war in keinem. Es war überhaupt niemand da.
Wo konnte das Mädchen nur sein? Plötzlich aufsteigende Furcht ließ Frühlingsmonds Herz rascher schlagen. Nur eine zweiköpfige Schlange hätte Pflaumenblüte dazu verleiten können fortzulaufen. Es sei denn... was, wenn Duftender Schnee sie gebraucht hätte? Hatte Fatso heute morgen nicht über Kopfschmerzen geklagt? Vielleicht hatte man Pflaumenblüte gerufen, sie solle Großmutter anstelle von Fatso aufwarten.
Behende schlüpfte das Kind durch das Fächertor, eilte vorüber am Hof des Schweigenden Bambus, welcher der Familie von Großonkel Nummer Drei gehörte, vorbei an den Höfen der Neffen des Altehrwürdigen zur Brücke des Kommens und Gehens und hinüber zum Hof der Weiblichen Tugenden. Als sie sich den hohen roten Säulen näherte, die den Eingang der Halle flankierten, hörte sie drinnen das Gesumm der Unterhaltung und das Klappern von Dominosteinen. Einen Augenblick zauderte sie. Was, wenn Mutter wieder gegen Großtante Nummer Drei verlor? Aber es war ja auch möglich, daß sie diesmal gewann und daher gut gelaunt war. Entschlossen machte Frühlingsmond die wenigen Schritte durch die Galerie bis an die offene Tür. Auf der Schwelle blieb sie abermals stehen und versuchte, unter den Großmüttern, Müttern, Witwen, Gattinnen, Konkubinen, Töchtern, Sklavinnen und Dienerinnen, die zusammen in den dreißig Höfen des Familienanwesens lebten, Pflaumenblüte oder Duftenden Schnee zu entdecken. Ihr Blick glitt über die drei Verlobten und das Tantchen aus Tientsin hinweg, die einen Seidenfächer mit Blüten bemalte. Tantchen merkte nicht, daß ihre Schwägerin ihren verkniffen konzentrierten Ausdruck nachäffte, um Großmutter damit zu belustigen. Auch ließ diese verrunzelte alte Frau durch nichts erkennen, daß sie das bemerkt hatte, obwohl jeder wußte, ihr entging nie etwas. Sie saß genau in der Mitte des Raums, links und

rechts von sich zwei Sklavinnen, deren zarte Gesichtszüge und schöne Kleider einen Beweis für Reichtum und gesellschaftliche Stellung des Hauses Chang darstellten. Frühlingsmond war erleichtert, als sie bemerkte, daß Duftender Schnee nicht zu den Mah-Jongg-Spielerinnen um Großtante Nummer Drei gehörte, die – dem Triumph in ihrer Stimme nach zu urteilen – offensichtlich gerade dabei war zu gewinnen. Doch von ihrer Sklavin war auch keine Spur zu sehen, und als Frühlingsmonds Blick von einer Gruppe zur anderen glitt, stieg wieder die Angst in ihr auf. Zuletzt entdeckte sie die pflaumenfarbene Seide, die Duftendem Schnee – wie sie vor Jahren festgestellt hatte – am besten zu Gesicht stand und die sie daher jetzt ständig trug. Sie saß am Westfenster, wo sie noch das verlöschende Nachmittagslicht ausnutzen konnte, und stickte. Frühlingsmond suchte sich ihren Weg durch die vielen Sitzenden.

»Mutter!« Sie zupfte Duftenden Schnee am Ärmel. »Mutter!«

Mit einem Klaps verscheuchte Duftender Schnee die Hand, die sich unziemlich benommen hatte. »Was tust du, ungezogenes Mädchen? Du kommst hier herein wie ein Wirbelwind und unterbrichst die Erwachsenen, ohne sie auch nur zu begrüßen! Alle werden meinen, ich vernachlässigte meine Pflichten dir gegenüber. Du wirst Schande über unsere Ahnen bringen.«

Frühlingsmond beugte den Kopf. »Ich bitte tausendmal um Verzeihung, Mutter.« Dann wandte sie sich ab und ging auf das weibliche Oberhaupt der Familie zu. – Großmutter. Die ganze Aufmerksamkeit der alten Frau galt jetzt Großnichte Nummer Fünf, die den Saum ihres Gewandes anstarrte, während man sie darüber aufklärte, wie man sich zu verhalten habe, wenn einem das Glück widerfuhr, guter Hoffnung zu werden.

»... und nicht vergessen: Nie Aufgewärmtes essen, sonst wird das Baby ein liederlicher Mensch...«

Frühlingsmond wartete, daß man ihre Anwesenheit wahrnahm.

»... und keine traurigen Gedanken, damit das Kind nichts davon mitbekommt.« Großmutter nickte. »Du kannst jetzt gehen und deinen Tee trinken.« Dann endlich wandte sie sich Frühlingsmond zu.

Frühlingsmond errötete; ihr war plötzlich eingefallen, daß sie vergessen hatte, sich nach dem Mittagsschlaf zu waschen. Selbstverständlich merkte Großmutter das, sie wußte ja immer alles. Freilich konnte man nie wissen, was sie dachte, denn die Reispuderschicht verbarg ihren Ausdruck genauso vollkommen, wie die Opernmaske

das Gesicht jener Puppe, die Ältester Onkel ihr vor seiner Abreise geschenkt hatte. Wenn Großmutter sie ansah, kam Frühlingsmond sich immer so klein vor wie ein Sesamkorn.
»Nun?« Das Kind mußte heftig schlucken, verneigte sich dann aber tief. »Guten Abend, Großmutter. Verzeih, daß ich dir beim Eintreten nicht die gebührende Achtung erwiesen habe.«
Großmutter lächelte, gab jedoch acht, nicht die Lippen zu öffnen und ihren zahnlosen Kiefer zu zeigen. »Du scheinst wahrhaftig sehr erregt.«
Jetzt ging Frühlingsmonds Atem leichter.
»Was hast du, Kind?«
Nun, da man sie aufgefordert hatte zu sprechen, überstürzten ihre Worte sich förmlich. »Ach, Großmutter, Pflaumenblüte ist verschwunden. Ich kann sie nirgends finden.«
Als hätte ein Gespenst gesprochen, hörten die Frauen mit dem Nähen und Plaudern, dem Essen und dem Spielen auf, richteten ihre Blicke auf sie und spitzten die Ohren.
»Red keinen Unsinn, Kind.« Großmutters Lächeln war wie weggewischt. »Sie wird schon irgendwo im Hause sein. Vielleicht ist sie gerade in deinem Zimmer und sucht nach dir.«
Unfähig, sich zu bewegen, beobachtete Frühlingsmond, wie Großmutter ihren Tee schlürfte, und kam sich dabei vor, als wäre sie es, die da hinuntergeschluckt würde. »Nun? Sonst noch etwas?« Großmutter wartete. Als keine Antwort kam, sprach sie weniger sanft. »Sag, was du hast, Kind! Sprich!«
Mit zitternder Stimme gehorchte Frühlingsmond. »Aber Großmutter, sie war nicht da, als ich aufwachte. Ich dachte, sie sei vielleicht hier, aber ich sehe sie nicht. Irgendwas muß passiert sein. Ich habe Angst, irgend etwas...«
Sie brachte es nicht fertig, den Satz zu Ende zu sprechen. Großmutters Augen waren schmal geworden, bis sie nur mehr wie Schlitze schienen, durch die sie nach der pflichtvergessenen Mutter suchte. Duftender Schnee erhob sich augenblicklich, um ihrer Pflicht nachzukommen, und zog ihre ungehörige Tochter am Ohr auf die Tür zu. Aller Augen folgten den beiden.
Nichts war zu hören außer dem Klirren der goldenen Armreifen von Duftender Schnee.
Nachdem sie die roten Säulen hinter sich hatten, schalt die Mutter sie. »Ständig steckst du deine Nase in Familienangelegenheiten, die dich nichts angehen, Frühlingsmond. Ein braves Mädchen stellt nie

solche ungehörigen Fragen.« Mit wedelnder Handbewegung schickte sie das Kind fort.
Frühlingsmond machte den Mund auf, um aufzubegehren, doch ihre Mutter schob eine Augenbraue hoch, so wagte sie es nicht, auch nur ein einziges Wort hervorzubringen. Es hatte keinen Sinn. Sie verneigte sich und trollte sich. Langsam kehrte sie auf demselben Weg, den sie gekommen war, zum Haus ihrer Familie zurück. Vielleicht hatte Großmutter recht, vielleicht war ihr kleines Sklavenmädchen ja wirklich dort, wo sie eigentlich hingehörte.
Doch wie zuvor war der bemalte Hocker leer. Sie suchte im Rosenholzschrank und machte die Sandelholztruhen auf, wiewohl beides viel zu klein war, um sich darin zu verstecken; man hätte schon so winzig sein müssen wie das Äffchen, das Base Nummer Sechs gehörte. Zuletzt hielt Frühlingsmond inne und setzte sich auf den Bambus-*k'ang* ihrer Sklavin, um sich auszuruhen. Ob wohl Pflaumenblüte davongelaufen war wie das Sklavenmädchen der Nachbarn? Entschieden schüttelte sie den Kopf. Nein, das würde Pflaumenblüte nie tun!
Ihre Goldenen Lilien schmerzten, und sie versuchte, sich die Waden zu massieren, wie Pflaumenblüte es immer tat, doch hatte sie keine Kraft in den Fingern. Matt legte sie sich zurück und wischte eine Träne fort, ehe sie ihr die Wange herunterrinnen konnte. Sie war viel zu alt, um zu weinen. Waren nicht schon über zwei Jahre seit ihrem siebenten Sommer vergangen, da man angefangen hatte, ihr die Füße einzubinden? Geschrien und geschrien hatte sie, als ihr die vier kleineren Zehen unter die Sohle gezwängt und der Fuß selbst bis zur Hacke durchgebogen wurde, bis er nur noch halb so groß war wie zuvor. »Es ist nur zu deinem eigenen Besten, Kind«, hatte die Mutter sie getröstet. »Ein Mädchen kann noch so schön, noch so reich und noch so sehr von kindlichem Gehorsam erfüllt sein – kein Mann wird es heiraten, wenn es Platschfüße hat, als wären es zwei Goldbarsche.«
Pflaumenblüte war es, die sie getröstet und ihr die Füße in Heilwasser gebadet hatte, damit sich auch ja keine Zehe entzündete oder gar abfiel. Tag für Tag hatte ihre kleine Sklavin sie huckepack zum Teich der Treuen Gefährten getragen, wo sie auf den kühlen Felsen liegen und mit den Goldfischen spielen konnte...
Plötzlich verzog Frühlingsmonds Gesicht sich zu einem Lächeln, und sie setzte sich auf. Die Grotte! Warum war sie nicht schon früher auf den Gedanken gekommen, dort nachzusehen? Einst, vor

langer Zeit, hatte Pflaumenblüte ihr gesagt, die Grotte sei ihr Lieblingsplatz, um ihren *chi* loszuwerden. Vielleicht war sie dort hingegangen und hatte die Zeit vergessen.

Hurtig rutschte Frühlingsmond vom Bett und eilte hinaus.

Als sie die Terrasse erreichte, hörte sie etwas und blieb stehen, um zu lauschen. Da! Wieder hörte sie es, einen Laut, so unendlich leise wie der Geistergang eines Gespenstes. »Pflaumenblüte?« rief sie ärgerlich. »Pflaumenblüte, bist du das?« Keine Antwort.

Entschlossen begab sie sich auf die andere Seite des Miniaturberges. Dort, zusammengekauert und auf den Knien, das Gesicht ihrer jungen Herrin zugewandt, lag Pflaumenblüte. Mit dem Handrücken wischte sie die Tränen fort.

»Pflaumenblüte?« flüsterte Frühlingsmond. Sie hatte das Sklavenmädchen noch nie weinen sehen, es sei denn bei Beerdigungen, wenn alle ihrem Kummer klagend freien Lauf ließen. Erst heute morgen hatte Pflaumenblüte immer nur gelächelt und gar nicht anders gekonnt, denn die verlobten Basen hatten sie als eine Schönheit dritten Grades eingestuft und ihr rundes Gesicht und die zu eng stehenden Augen als Beweis angeführt. Fühlingsmond streckte die Hand aus, um dem Mädchen die Wange zu streicheln, doch Pflaumenblüte zuckte vor ihr zurück. »Bitte, laß mich, Kleine Herrin. Ich werde gleich zu dir kommen.«

»Aber was hast du denn nur, Pflaumenblüte? Bist du krank? Mutter wird den Arzt kommen lassen.«

»Nein, ich bin nicht krank.«

»Aber warum weinst du denn?«

»Ich weine nicht. Ich muß nur nachdenken.«

»Und worüber?«

»Das ist unwichtig.«

»Dann komm und laß uns spielen.«

Pflaumenblüte schüttelte den Kopf.

»Du mußt aber! Du bist mein Sklavenmädchen. Du hast alles zu tun, was ich sage.«

Pflaumenblüte senkte den Kopf. »Ja, das ist wahr. Ich bin nur deine wertlose Sklavin.«

So hatte sie noch nie gesprochen, gleichgültig, was ihre Herrin gesagt hatte. Rasch ergriff Frühlingsmond ihre Hand und drückte sie ans Herz. »Nein, Pflaumenblüte. Du bist meine Schwester. Tut mir leid, daß ich zornig war. Ich habe dich nur überall gesucht. Was ist denn los? Sag's mir, bitte.«

Frühlingsmond beugte sich hinunter und flüsterte ihr ins Ohr: »Hat Großmutter etwas gesagt, daß du weinen mußt?«
»Pssst!« Pflaumenblüte legte dem Kind die Hand vor die Lippen.
»Dann ist es also doch Großmutter...«
»Wir dürfen nicht von ihr sprechen...«
»Das ist mir egal! Sag es mir auf der Stelle!« Frühlingsmond wurde lauter.
Die kleine Sklavin zögerte, dann zuckte sie ergeben mit den Achseln. »Die alte Herrin sagt, ich muß in ein anderes Haus.«
Dann waren Pflaumenblütes Tränen doch keine echten Tränen, sondern rituelle. Zum Beispiel Tränen, wie man sie vergießt, wenn jemand fortgeht. Frühlingsmond klatschte in die Hände, spendete der Vorführung Beifall, viel zu erleichtert, um darüber zornig zu sein, daß man sie hinters Licht geführt hatte. Wie wunderschön ihr kleines Sklavenmädchen zu weinen verstand! Sie war womöglich noch überzeugender als die Schauspielerinnen in der Neujahrsoper.
»Aber das ist doch eine wunderbare Nachricht, Pflaumenblüte«, rief sie. »Großmutter hat einen Gatten für dich ausgewählt! Du wirst bald heiraten und frei sein, und ich...«
Sie sprach nicht weiter. Ihre Freundin wurde von lautlosem Schluchzen geschüttelt und barg wieder das Gesicht in den Händen. Jetzt wußte Frühlingsmond wirklich nicht mehr, was sie von alledem halten sollte. Alle Sklavenmädchen wurden verheiratet, ehe sie zwanzig wurden, und Pflaumenblüte war schon siebzehn!
»Warum weinst du nur, Pflaumenblüte?« fragte sie schließlich. »Das haben wir doch erwartet. Irgendwann mußte es geschehen. Du kannst doch zu Besuch herkommen. Ich werde dich einladen. Wir werden im Garten Tee trinken, und ich...«
Sie redete nicht weiter, denn während sie sprach, war Pflaumenblüte unversehens ganz ruhig geworden, und als sie aufblickte, blinkten keine Tränen mehr in ihren Augen; sie waren vielmehr glanzlos wie die des blinden Geschichtenerzählers.
»Du verstehst nicht, Kleine Herrin. Ich werde nicht verheiratet.«
»Aber du hast mir doch gerade eben gesagt...«
»Ich habe von einem anderen Haus gesprochen, nicht von einer Heirat. Deine Familie hat mich dem alten Yeh als Konkubine versprochen.«
Aber Frühlingsmond begriff immer noch nicht. Gewiß, die Gattin des Alten Yeh war so verschrumpelt wie eine gesottene Garnele,

aber es gab Schlimmeres. Schließlich hätte man Pflaumenblüte auch dem Lahmen Loo oder dem Schielenden Bartscherer geben können. Der Alte Yeh war immerhin ein Gelehrter und steinreich.

»Weine nicht, Pflaumenblüte, bitte nicht! Denk an die Mitgift, die Großmutter dir mitgeben wird... Und du wirst nie wieder arm sein. Du wirst niemals gezwungen sein, auch nur eine deiner Töchter zu verkaufen. Der alte Yeh ist so reich wie... wie wir. Du wirst ihm einen Sohn schenken. Und dein Sohn wird ein Gelehrter werden, das weiß ich ganz bestimmt. Er wird alle Staatsprüfungen bestehen, wird die oberste Stufe der Gelehrten erreichen, wird sogar in den Hanlin-Hain der Schreibfedern eintreten. Und alle Ehren, mit denen man ihn überhäuft, werden auch dir gelten, und eines Tages wirst du die Mutter des Familienoberhauptes sein. Dafür wird das Schicksal schon sorgen. Vielleicht wird man dich sogar mehr ehren als mich. Und dann lädst du *mich* zum Tee ein.«

Doch der ernste Ausdruck auf Pflaumenblütes Gesicht veränderte sich nicht, und als Frühlingsmond innehielt, um Atem zu holen, sagte sie nur: »Bitte geh.« Ihre Stimme war so glatt wie *koo*-Melonen – und ebenso bitter.

»Soll ich nicht hier bei dir bleiben?«

»Bitte, geh! Sobald es Zeit ist, dich fürs Abendessen umzukleiden, bin ich wieder bei dir.«

Widerstrebend machte Frühlingsmond sich auf den Weg und blieb alle paar Schritte stehen, um sich umzublicken und nachzusehen, ob Pflaumenblüte sich nicht doch eines Besseren besonnen hätte. Doch regungslos kauerte ihre Sklavin neben dem kleinen Berg, und ihre Augen waren wie Fenster, deren Läden man des Lichtes wegen zugemacht hatte.

Frühlingsmond wollte unbedingt begreifen, was eigentlich vorgefallen war, wagte es jedoch nicht, die Frauen ein zweites Mal zu stören. Damit blieben nur noch die Männer der Sippe und ihre Vettern. Die Jungen waren bestimmt in der Schule und fanden es gewiß unter ihrer Würde, es ihr zu sagen, selbst wenn sie es wußten. In Gedanken strich sie einen nach dem anderen, auch die Männer. Großvater war krank. Ihr Vater ging um diese Zeit zusammen mit dem Gelehrten Tang seinen Studien nach. Die Großonkel waren zwar grundsätzlich bereit, ihr gegenüber nachsichtig zu sein, doch gestört zu werden, das würde keiner von ihnen dulden. Bis... auf Jungen Onkel vielleicht. Der war nicht wie die anderen und zog sie allen anderen Kindern vor. Wer außer ihm hatte einen mit einer

Landkarte des Reiches bemalten Fächer angenommen, als er von der Militärakademie nach Hause zurückgekommen war? Wobei es überhaupt keine Rolle spielte, daß Fatso jedem, der es hören wollte, erklärt hatte, das habe er nur getan, weil die bunten Kleckse und die schnörkeligen Linien ihn an den beklagenswerten Zustand von Frühlingsmonds Stickkünsten erinnerten.

Rasch ging das Mädchen auf den Zypressengarten zu, der die äußeren und die inneren Höfe des ausgedehnten Familienanwesens miteinander verband. Vor der marmornen Trennwand blieb sie stehen und setzte sich auf die Steinbank, um im Schatten des Sippenschatzes zu warten.

Pflaumenblüte zur Seite, kam sie fast jeden Tag hierher, um zu lauschen, was in der Sippenschule auf der anderen Seite der Mauer vor sich ging, und zu versuchen, hinter das zu kommen, was die meisten Jungen gleichzeitig, aber nie von derselben Seite, laut vorlasen.

Sie wußte, daß die Anfänger die Drei-Schriftzeichen-Sinnsprüche lasen und die Fortgeschrittenen die Lehrsätze des Konfuzius aus den Vier Großen Büchern und den Fünf Klassikern studierten. Und sie wußte, daß die Schüler alles, was sie da aufsagten, genausowenig verstanden wie sie. Ihr Lehrer erklärte nie den Sinn eines Textes, ehe die Jungen sich nicht jedes einzelne Wort fest ins Gedächtnis geprägt hatten. Und ihr, einem Mädchen, würde der Lehrer selbstverständlich überhaupt nie etwas erklären. Trotzdem übten die Worte der Gelehrsamkeit und des Wissens eine unwiderstehliche Anziehungskraft auf Frühlingsmond aus, und sie dachte sich stets neue Entschuldigungen aus, um hinzugehen und zu lauschen.

Heute jedoch achtete sie nicht auf die Worte, sondern wartete ungeduldig darauf, daß irgendein Diener erschien, einer, der die verbotenen äußeren Höfe betreten und Jungen Onkel bitten durfte, zu ihr herauszukommen. Zuletzt, als im Klassenzimmer einmal Schweigen herrschte, vernahm sie schlurfende Schritte. Der alte Gärtner war gekommen, um die Lerche von Zweiter Großmutter spazierenzuführen.

Frühlingsmond erhob sich und winkte. »Alter Gärtner, bitte, komm her!« Sie erhielt keine Antwort, und so rief sie nochmals, lauter diesmal: »Komm her, Alter Onkel. Bitte!«

Der Gärtner beschleunigte seine Schritte jedoch nicht. Als er sie endlich erreichte, murmelte er: »Ich bin ja nicht taub. Ich habe dich gleich beim ersten Mal gehört, Kleine Herrin. Aber wozu sollte ich

meinen Atem verschwenden und dir antworten, wo wir uns doch gleich Zeh an Zeh gegenüberstehen werden?«
»Du hast recht.« Frühlingsmond wußte, sie durfte ihn nicht kränken, wenn sie wollte, daß er ihr einen Gefallen tat. Alte Diener solle man nicht herumkommandieren, man habe ihnen vielmehr Respekt entgegenzubringen, hatte ihre Mutter gesagt. Sie tätschelte ihm den sehnigen und sonnengebräunten Arm. »Du mußt deine Kraft aufheben, um im Garten die Bäume und Sträucher auszulichten.«
»Genau das habe ich die ganze Zeit über getan, seit ich vor vier Generationen hierhergekommen bin.« Der alte Mann nickte, als hätte er bei einem Streit gewonnen.
Sie verneigte sich besonders tief. »Alter Onkel, du hast hier länger gedient als irgend jemand sonst. Die Sippe weiß die Ehre zu schätzen.« Schon blickten seine Augen sanfter. Sie verneigte sich noch einmal, blickte dann von unten zu ihm hinauf und sagte: »Alter Onkel, würdest du mir einen ganz kleinen Gefallen tun? Es dauert bestimmt nicht lange.« Als er nichts erwiderte, fuhr sie fort: »Bitte, geh zu Jungem Onkel und bestelle ihm, ich müsse ihn sprechen. Es ist dringend.« Hoffnungsvoll lächelte sie.
Er brummelte: »Wie kann für ein Kind wie dich etwas dringend sein?«
»Bitte! Sonst ist es zu spät.«
»Immer hast du es eilig. Und wenn nicht du, dann ein anderer. Hör auf einen alten Mann. Die Natur enthält alle Antworten. Es kommt nichts Fruchtbares heraus, wenn Pflanzen gezwungen werden, in der falschen Jahreszeit zu blühen. Wie sollen daher meine winterlichen Beine laufen, wie sie es im Frühling meines Lebens getan haben, hm? Selbst, wenn es für dich wäre! Hast du dir einmal überlegt, was meinem Herzen zustoßen könnte, das sich schon im Winterschlaf befindet?«
Frühlingsmond zügelte ihre Ungeduld. »Du hast recht, Alter Gärtner. Es eilt nicht. Geh nur so gemächlich, wie du willst. Ich werde den Singvogel solange für dich halten.«
Er strich sich über den langen schütteren Kinnbart und dachte über ihr Angebot nach. Schließlich sagte er: »Aber warum hast du das nicht gleich gesagt? Dann hätten wir nicht soviel Zeit verschwendet. Ich hätte ja längst hingehen und wieder zurück sein können. Du redest zuviel.«
Schlurfenden Schrittes ging er davon und schüttelte den Kopf, sein Bart schwang dabei hin und her.

Als sie sicher war, daß er tun würde, wie ihm geheißen, nahm Frühlingsmond wieder auf der Bank Platz. Vorsichtig stellte sie den Vogelbauer aus Bambus neben sich und sah zu, wie die kleine braune Lerche von einer Stange auf die andere hüpfte. Nach einer Weile blieb sie auf der winzigen Schaukel sitzen, um ihr Abendlied zu tirilieren. Als der letzte Triller noch in der Luft hing, legte das Vögelchen den Kopf auf die Seite, verneigte sich vor Frühlingsmond und forderte sie auf, mit einem Lied zu antworten. Sie sang das erste, das sie jemals gelernt hatte und in dem es um einen Mann in Pflaumenblütes Dorf ging.

Schneeflocken fallen zu Neujahr.
Rote Lampen brennen vor jeder Tür.
Alle Familien sitzen traut beisammen,
Doch er ist fort, um beim Bau der Großen Mauer zu helfen.

Der Vogel hatte erneut wie zu einer Verbeugung den Kopf gesenkt und wollte gerade sein eigenes Lied wiederholen, als der Gärtner mit Edlem Talent zurückkehrte. Wie ernst und wie streng Junger Onkel aussah, wenn er nicht gerade lächelte! Einen Augenblick überlegte Frühlingsmond, ob sie ihn überhaupt fragen sollte. Doch ihr blieb keine andere Wahl. Sie biß sich auf die Unterlippe, sprang dann auf und verneigte sich respektvoll. »Vielen Dank, daß du gekommen bist, Onkel. Und vielen Dank für die Mühe, die du dir gemacht hast, Alter Gärtner.«
»Nicht der Rede wert, Junge Herrin. Außerdem wollte ich dem Jungen Gebieter vorführen, welche Fortschritte ich während seiner Abwesenheit mit der Lerche gemacht habe.« Onkel und Nichte sahen zu, wie Alter Gärtner sich niederbeugte, um die Tür des Vogelkäfigs aufzumachen. Der Vogel hüpfte auf die Schwelle. Plötzlich schwirrte er davon, hinüber über die Gartenmauer, bis er ihren Blicken entschwunden war. Der Gärtner gluckste, als er ihre Verblüffung sah, dann nahm er den Käfig auf. »Geduld. Man muß nur Geduld haben, meine jungen Freunde. Die Lerche erwartet mich am Steingarten.« Die beiden sahen ihm nach, wie er durch das Kleeblatt-Tor entschwand.
»Du wolltest mich sprechen, Frühlingsmond?« fragte Edles Talent.
Sie blickte zu ihm hinauf, der so kerzengerade und groß in seinem langen Gewand aus burgunderroter Seide dastand; es hatte etwas

von den Bannern, die zu Neujahr von den Sparren der Ahnenhalle herabhingen. Sie wußte nicht recht, wie sie beginnen sollte.
»Nun, was ist es, Kleine Nichte?«
Frühlingsmond holte tief Atem und faßte sich ein Herz. »Junger Onkel, warum trägst du deine Uniform nicht mehr? Sie war so wunderschön anzusehen.«
Er lachte. Da, das war schon bessser. Er sollte mehr lachen. Sie griff nach seiner Hand und zog ihn neben sich auf die Bank, während er ihre Frage beantwortete.
»Offenbar findest das nur du, und mein Vater. Alle anderen Familienmitglieder meinen, die Uniform tauge nur für einen Barbaren oder einen Mann der niedrigsten Klasse.«
»Warum meinen sie das, Junger Onkel?«
»Du hast doch bestimmt schon das Sprichwort gehört: ›Aus gutem Eisen macht man keine Nägel und aus guten Männern keine Soldaten.‹«
»Stimmt das, Onkel?«
»Nein. Ich glaube, es stimmt nicht immer, aber ich denke nun auch mal nicht so, wie die meisten Menschen denken.« Er lächelte, als teilten sie ein Geheimnis miteinander.
»Aber du wolltest mich sprechen, meine Nichte. Worum geht es?«
Da er ihr ermutigend die Hand drückte, platzte sie endlich mit ihrer Frage heraus. »Bitte, ach bitte, Junger Onkel, sag mir, warum der Alte Yeh mir mein Sklavenmädchen wegnehmen will.«
Sein Lächeln schwand augenblicklich. Statt Junger Onkel, so kam es ihr vor, stand plötzlich ein sehr gestrenger General vor ihr. »Unsere Familie hat ihr Wort gegeben«, sagte er, »und wir müssen unserer Verpflichtung nachkommen.«
»Aber Pflaumenblüte ist so unglücklich. Sie weint sich noch die Augen aus. Sie hat noch nie geweint, jedenfalls nicht so wie die anderen. Können wir ihm nicht Honigknospe oder Glücksblüte geben? Die beiden tuscheln und kreischen jedesmal, wenn ein Fremder an die Hintertür kommt.«
»Das mag schon sein, aber dann lösen wir unser Wort nicht ein...«
»Aber das ist nicht recht! Man gibt gute Mädchen nicht alten Männern zu Konkubinen.«
Edles Talent stand abrupt auf. Sie wagte nicht, sich zu bewegen. Was hatte sie nur gesagt, um ihn zu erzürnen? Er machte ein paar

Schritte in Richtung auf die Marmorwand zu, dann hielt er inne und blieb regungslos stehen, wie ein Akrobat, der sich anschickt, ein besonders schwieriges Kunststück vorzuführen. Bitte, flehte sie stumm, geh nicht fort! Sie hielt den Atem an, bis er schließlich zu seinem Sitz zurückkehrte und wieder ihre Hand nahm. Es dauerte eine Weile, bis er sprach.

»Meine Nichte, du wirst es nicht verstehen, und ich sollte derlei Dinge auch nicht mit jemandem besprechen, der noch so jung ist, aber... Auch ich war einmal der Jüngste, und es ist nicht leicht, wenn einem niemand etwas erklärt...« Er räusperte sich. »Zweiter Großonkel ist gestern beim Alten Yeh eingeladen gewesen und hat beim Gospiel jede Partie verloren. Als der Morgen bereits graute, schlug der Alte Yeh ein allerletztes Spiel vor. Falls Zweiter Großonkel gewann, sollte er alles zurückerhalten, doch wenn er verlor, sollte Pflaumenblüte die Konkubine des Alten Yeh werden. So wurde es abgemacht. Zweiter Großonkel verlor abermals.«

Diese Erklärung ergab für Frühlingsmond keinen Sinn. Die Sache schien immer noch nicht recht. »Warum soll der Alte Yeh bekommen, was doch mir gehört?« fragte sie.

»Weil Pflaumenblüte dir nicht richtig gehört, Nichte«, sagte er leise, fast bekümmert. »Sie gehört dem Hause Chang. Du bist alt genug, um zu wissen, daß nichts, was wir haben, uns allein gehört.«

»Aber...« Ihre Augen füllten sich mit Tränen, und obgleich sie zwinkerte, um sie zurückzudrängen, tropfte ihr eine von der Wimper und rann ihr über die Wange.

Er wurde steif und richtete sich auf. »Frühlingsmond, ich muß jetzt gehen.«

Es hatte keinen Sinn, noch mehr zu sagen. Auch sie stand auf, verneigte sich förmlich und sah seinem Rücken nach, bis er hinter der Trennwand verschwand. Er hatte recht. Sie verstand es nicht.

Gedankenverloren saß sie eine Weile da. Vielleicht hatte der Alte Yeh gar keine Ahnung, wie unglücklich Pflaumenblüte war. Wenn jemand es ihm sagte, vielleicht besann er sich dann eines Besseren. Aber wer konnte das tun? Zuletzt beschloß sie, es zu riskieren, noch einmal von ihrer Mutter ausgescholten zu werden, und kehrte langsam zurück in den Hof ihrer Familie.

Als sie den Kopf ins Schlafzimmer ihrer Eltern steckte und sah, daß die Dienerin Fatso, die sich offenbar wieder bester Gesundheit erfreute, ihrer Mutter das Haar kämmte, sank ihr der Mut. Duftender Schnee war besonders stolz auf ihre Frisur – sie probierte jede

Woche eine neue aus – und ließ sich nicht gern bei der Toilette stören. Doch jetzt bildete ihr Haar immer noch die breiten Blütenblätter einer Lotusblüte, genauso, wie sie sie beim Tee getragen hatte. Fatso war nur damit beschäftigt, ein paar Strähnen, die sich gelöst hatten, wieder richtig zu ordnen.
Frühlingsmond näherte sich dem Frisiertisch, der bis auf die offene Kosmetikschachtel leer war. »Mutter, könnte ich dich sprechen?«
»Es ist gleich Essenszeit«, sagte Duftender Schnee mit einem wissenden Seitenblick auf ihre Dienerin. »Was gibt es so Dringendes, daß du gerade jetzt zu mir kommst?«
Fatso, die den Familienhof genauso beherrschte wie ihr Mann, Alter Falke, ließ nie eine Gelegenheit verstreichen, ihre Meinung zu etwas zu sagen. »Deine Tochter, Herrin, sollte besser ›Widerborstige Ziege‹ heißen, so mutwillig und bockig, wie sie ist. Hier kommt sie damit durch, weil sie so schöne große Kulleraugen hat, aber bei ihrer Schwiegermutter helfen ihr die genausowenig, als wenn sie winzige Äuglein hätte wie eine Maus. Bitte« – Fatso nahm die engelhafte Gebetshaltung ein wie ein wohlbeleibter Buddha – »gib, daß ich das noch erlebe!« Beide Frauen lachten.
Frühlingsmond zerrte am schwarzen Gewand der Dienerin. »Laß uns allein, Fatso. Ich muß mit meiner Mutter reden.«
»Tochter!« Duftender Schnees Stimme bekam etwas Schrilles, wie immer, wenn sie sich über etwas ärgerte. »Wo bleibt dein Benehmen?«
»Ach, sie spielt doch nur, Herrin.« Fatso vergab immer ebenso schnell wie sie ihrer spitzen Zunge die Zügel schießen ließ.
»Eigentlich sollte man Kinder nicht zu so was ermutigen. Sag, meine Tochter, was ist los?« Duftender Schnee tauchte einen Finger in das Wangenrot und betrachtete sich dann forschend im Spiegel des Toilettenkästchens.
»Mutter, bring den Alten Yeh dazu, daß er mir Pflaumenblüte nicht wegnimmt!«
Duftender Schnee funkelte Frühlingsmond im Spiegel an. »Du bist unverschämt, Kind. Das sind Erwachsenenangelegenheiten, die dich nichts angehen. Wir haben es versprochen, und damit ist die Sache erledigt.«
»Dann müssen wir unser Wort eben brechen.«
Auf diese Feststellung hin fuhren beide Frauen herum, und die Tochter versteckte sich rasch hinter Fatsos mächtiger Gestalt, damit ihre Mutter sie nicht erwischen konnte.

»Wie kannst du so was auch nur denken!« Als hörte sie sich selbst zu, machte Duftender Schnee eine Pause, und als sie fortfuhr, hatte ihre Stimme nichts Schrilles mehr, sondern etwas Kaltes wie das Wasser aus dem Brunnen. »Was würden die Leute von uns sagen, wenn wir unseren Namen wegen etwas so Geringfügigem wie einer jungen Sklavin entehrten? Auf Generationen hinaus würden wir das Gesicht verlieren. Hör auf, deine Nase in Dinge zu stecken, die dich nichts angehen, Tochter, sonst pfeifen es in der Stadt noch die Spatzen von den Dächern, wie unverständig und taktlos du bist. Willst du dir alle Chancen verderben, dich einmal vorteilhaft zu verheiraten? Nicht einmal die großzügigste Mitgift könnte eine Familie dazu bringen, jemanden bei sich aufzunehmen, der ständig Schwierigkeiten macht.« Duftender Schnee wandte sich wieder ihrem Spiegel zu. »Hier noch eine Nadel, bitte, Fatso.«

Es gab nichts mehr zu sagen. Frühlingsmond machte kehrt und verließ das Zimmer. Langsam ging sie die Galerie entlang auf die Bibliothek ihres Vaters zu, hinter der ihr eigenes Zimmer lag. Als sie Lauteren Talents Tür erreichte, blieb sie stehen. Wie stets vorm Abendessen saß er am Schreibtisch und war ganz in eines der tausend Blockbücher vertieft, die säuberlich nebeneinander aufgereiht in den Regalen standen, welche die Wände bedeckten. Frühlingsmond redete fast nie mit ihrem Vater, denn dieser widmete sich eigentlich immer seinen Studien. Gleichviel – bald würde er sich zusammen mit den anderen Erwachsenen zu Tisch begeben; womöglich war er nicht böse, wenn sie ihn jetzt unterbrach. Vielleicht konnte er ihr dieses eine Mal helfen.

Rasch vergewisserte sie sich, daß ihre Mutter und Fatso nicht hersahen, dann trat sie ein.

»Bitte, Vater, darf ich dich sprechen?«

Lauteres Talent gab keine Antwort. Sie war nicht überrascht. Im Geiste war er immer woanders, am Hofe des Herzogs Ting vielleicht, und lauschte den Reden der Weisen.

Sie wiederholte ihre Worte. Als sie abermals keine Antwort erhielt, faßte sie sich ein Herz, trat an den Schreibtisch und legte die Hand auf die Seite, die er gerade las.

Ein wenig verwirrt blickte er auf. Langsam richteten sich seine gütigen Augen auf das Gesicht seines einzigen Kindes, das zu ihm aufschaute. »Ach, du bist es. Hat deine Mutter dich zu mir geschickt? Habe ich einen geehrten Gast oder eine Familienbesprechung vergessen?«

»Nein, Vater, ich möchte über etwas mit dir reden, was mich tief bekümmert.«
»Geh zu deiner Mutter. Sie wird wissen, was zu tun ist.«
»Aber sie kann nichts daran ändern.«
»Und was erwartest du dann von mir?«
»Es geht um Pflaumenblüte, Vater. Sie ist dem Alten Yeh versprochen worden. Und ich möchte sie nicht verlieren.«
Völlig verwirrt fingerte er an den Jadekügelchen herum, die er für Notfälle zur Beruhigung stets auf dem Tisch liegen hatte. »Was meinst du eigentlich? Und wer ist Pflaumenblüte?«
»Mein Sklavenmädchen.«
»Ach, dann ist es ja weiter nichts Schlimmes. Deine Mutter wird dir eine andere zuteilen.«
»Ich will aber keine andere.«
»Meine Tochter« – Lauteres Talent legte ihr die Hand auf die Schulter –, »der Große Weise hat gesagt, der höherentwickelte Mensch sucht alles, was er begehrt, in sich selbst; der auf tieferer Stufe Stehende erwartet sich alles, was er begehrt, von anderen.«
»Ja, Vater«, sagte Frühlingsmond und wartete darauf, daß er das Gesagte erkläre. Als nichts weiter folgte, fragte sie ihn: »Wenn das so ist, Vater, warum will dann der Alte Yeh meine Pflaumenblüte haben?«
Doch Lauteres Talent hatte sich bereits wieder seinem Buch zugewandt, hatte das schmale, blasse Gesicht darübergebeugt und folgte mit dünnem Finger beim Lesen den Schriftzeichen. Frühlingsmond verneigte sich. »Vielen Dank, Vater.« Sie wandte sich ab, verließ langsam das Studierzimmer und kehrte über die Galerie in ihr eigenes Gemach zurück.
»Wo bist du gewesen?« fragte Pflaumenblüte. Sie hatte auf dem bemalten Hocker Platz genommen und rollte frische Fußbandagen auf.
»Ich bin überall gewesen und habe versucht, das Versprechen rückgängig zu machen. Aber niemand will mir helfen.«
Frühlingsmond setzte sich auf den *k'ang* der kleinen Sklavin und sah zu, wie deren Hände die Bandage aufwickelten.
»Deine Eltern und die anderen Erwachsenen haben recht«, sagte Pflaumenblüte. »Wer kann Worte zurücknehmen, die bereits gesprochen sind? Ich werde nicht mehr weinen.«
»Ich verstehe dich nicht, Pflaumenblüte. Was soll das bedeuten?«
»Wie solltest du auch verstehen?« sagte das Mächen und wickelte

schneller und immer schneller. »Du hast ein Zuhause. Du bist nie über die Mauern dieses Anwesens hinausgekommen, bist nie draußen gewesen.«
»Aber ich würde... ich würde alle meine Glücksbringer hergeben, um zu sehen, was draußen ist.«
»Nein, das würdest du nicht.«
Sie ist weiter weg als der Kaiser, dachte Frühlingsmond, als ihr die schändlichen Tränen wieder in die Augen stiegen. »Bitte, Pflaumenblüte. Du bringst mich zum Weinen.«
Auf diese Worte hin legte die Sklavin die Bandagen beiseite, wandte sich ihrer kleinen Herrin zu und hob behutsam das Gesicht des Kindes, bis es ihr in die Augen sehen konnte. »Du bist noch zu jung, Junge Herrin, um das zu verstehen. Aber vielleicht wirst du dich eines Tages daran erinnern...« Pflaumenblütes Stimme verklang.
»Pflaumenblüte?« fragte Frühlingsmond.
Das Mädchen schrak zusammen. »Ja?« sagte sie, und dann: »Vor dem heutigen Tag habe ich immer, selbst nachdem mein Vater mich verkauft und davongeschickt hatte, jede Nacht davon geträumt, die Erste Gebieterin würde mich mit einem jungen Handwerker aus der Stadt verheiraten oder mit dem Sohn eines Pächters, wenn ich gutartig wäre und willig und fleißig arbeitete. Ich habe davon geträumt, wir würden gut zusammenpassen und Söhne bekommen. Dann hätte ich mein eigenes Zuhause gehabt und die rechtmäßige Stelle als Schwiegertochter, Gattin und Mutter eingenommen. Da ich das alles träumte, schien mir mein Los als Sklavin unbedeutend.
Doch heute, als du deinen Mittagsschlaf hieltest, ging mein Traum zu Ende. Ich werde nie eine rechtmäßige Gattin sein – nur eine Konkubine. Als du sagtest, ich würde einen Sohn haben und durch ihn geehrt werden, haben deine Worte mein Herz durchbohrt wie ein Fleischspieß. Verstehst du, ich werde nie Söhne haben, niemals! Der Alte Yeh ist zu alt. Er hat schon eine Gattin und viele Konkubinen, aber kein Kind. Ich werde ein leeres Gefäß sein, werde nie eine rechtmäßige Stellung in einer Familie einnehmen. Wenn der Alte Yeh stirbt oder ich sein Mißfallen errege, kann man mich verstoßen, mich wegschütten, so leicht wie Badewasser. Es wird keine Träume mehr für mich geben.« Das Sklavenmädchen stand auf. Frühlingsmond kannte die Fremde nicht, die jetzt die Bandagen aufnahm und in den Schrank tat.

Beim Abendessen brachte Frühlingsmond kaum einen Bissen herunter und sprach kein Wort. Sie merkte, daß die anderen an ihrem Tisch sich nicht wie sonst einen Spaß daraus machten, sie, die Jüngste, zu necken, sondern daß sie sie schweigend beobachteten, als wäre sie nach einer langen Krankheit wieder in ihre Mitte zurückgekehrt.

Pflaumenblüte ging hin und her und bediente ihre Herrin wie gewöhnlich.

Dann – der dritte Gang war fast schon zur Hälfte aufgegessen – fiel Frühlingsmond auf, daß die Erste Gebieterin nicht wie sonst auf ihrem Ehrenplatz saß. Sie wandte sich Sechster Base zu und machte zum erstenmal bei diesem Essen den Mund auf. »Wo ist Großmutter, Schwester?«

»Großvater wird unruhig. Sie ist bei ihm.«

Ich hätte sofort zu ihm gehen sollen, dachte sie. Auch wenn er krank war, Großvater war das Oberhaupt der Sippe. Jede seiner Entscheidungen wurde fraglos und unverzüglich ausgeführt. Wenn sie nur zu ihm gelangen könnte!

Mit einer Handbewegung rief sie Pflaumenblüte zu sich heran und trug ihr auf, für sie um eine Unterredung mit dem Altehrwürdigen nachzusuchen.

Das Oberhaupt des Hauses Chang lag in seinem Rosenholzbett. Um ihn herum drängten sich Ärzte und Dienerschaft. Er wünschte, sie würden fortgehen, denn er lag im Sterben, und sie nützten doch nichts mehr. Er würde ihnen auch sagen, sie sollten ihn alleinlassen, wenn er überzeugt gewesen wäre, daß sie es getan hätten. Sie würden nur versuchen, ihn aufzumuntern, aber sich seinem Befehl widersetzen – ihm, dessen Wort einst in ganzen Provinzen Gesetz gewesen war. Als Beamter mit den Insignien des Weißen Reihers war man ihm den strengen Regeln der Etikette entsprechend unterwürfig und mit größter Ehrerbietung begegnet. Und jetzt...

Matt schloß er die Augen und dachte daran, welch ein Heiligtum und welch eine Stätte der Ruhe dieser Raum einst gewesen war, nicht nur für ihn, sondern für alle Familienoberhäupter vor ihm. Ohne hinzusehen, kannte er ihn in jeder Einzelheit. Alles darin war symmetrisch, ausgewogen und harmonisch: die zusammmenklappbaren Holzschranken in durchbrochener Arbeit, die als Türen gedient hatten; die sanften Wölbungen der Stühle mit den hohen Rückenlehnen, die paarweise neben dem Schreibtisch mit den Messingbeschlägen standen; die Rollbilder an den Wänden – gemalt, mit Gedichten beschrieben und generationslang unter Freunden getauscht; das Porzellan, das sein Großvater gesammelt hatte, die Jade, die sein Vater so sehr geliebt, und die Bronzefigürchen, an denen er selbst so sehr hing und die in zwei völlig gleichen offenen Schauschränken standen; die Bücher, die die Sippe höher schätzte als jeden anderen Besitz.

Ein alter Mann brauchte Ruhe und nicht dieses Chaos, das in den geheiligten Bezirk seines Schlafzimmers eingezogen war. Die Diener, Priester, Geister, seine Erste Gattin – alle hatten sich gegen ihn verschworen. Nie war er allein; immer war jemand da, selbst wenn er schlief.

Jetzt hatte sich zu den anderen auch noch Fatso gesellt und brachte eine besondere Brühe, die ihr Mann auf dem Euter einer Kuh gekocht hatte. Er konnte sie riechen.

»Fort damit!« sagte er und riß die Augen weit auf. An der Tür entstand Bewegung. Er winkte seinem Ersten Diener. »Was gibt's? Ich bin nicht so krank, daß man mir nicht sagen könnte, was vorgeht.«

»Es ist nichts, Herr. Nichts, worüber Ihr Euch Sorgen zu machen braucht. Es ist nur Pflaumenblüte, eine junge Sklavin. Sie sagt, sie hat eine Nachricht für Euch. Ich habe ihr gesagt, sie soll wieder gehen.«

Was maßte dieser Mann sich an? Wider bessere Einsicht beschloß er, das Mädchen zu empfangen.

Als Pflaumenblüte auf das Bett zutrat, winkte er sie zu sich heran, bis sie näher bei ihm stand, als irgend jemand sonst im Raum – auf dem Ehrenplatz, neben den Kissen, auf denen sein Kopf ruhte.

»Nun, Mädchen? Warum bist du gekommen?« Zu seinem Mißvergnügen hatte seine Stimme etwas Krächzendes.

»Verzeiht, Herr, aber ich bin Frühlingsmonds Dienerin. Eure Enkelin hat mich geschickt, darum zu bitten, vorgelassen zu werden. Sie möchte ihre Wünsche für eine baldige Genesung zum Ausdruck bringen.«

Frühlingsmond! Selbst der Name war schön! Der Altehrwürdige lächelte. Da chinesische Männer streng mit ihren Kindern waren, konnten sie ihren Enkeln gegenüber Nachsicht üben und auf ihre Launen eingehen. Er wollte sie empfangen, doch noch ehe er sprechen konnte, hatte Erste Gattin entschieden: »Unmöglich! Der Vater meiner Kinder braucht Ruhe und keinen Besuch.«

Der alte Mann funkelte sie an. »Bestell meinem Kleinod, sie kann kommen«, sagte er. »Alle anderen – hinaus! Auch die Mutter meines ältesten Sohnes. Hinaus! Hinaus!« Er wedelte entsprechend mit der Hand, und sie stoben hinaus wie Rebhühner, die von einem Schatten aufgescheucht worden sind. Wiewohl er gegen den Schlaf ankämpfte, mußte er noch in sich hineingrinsen, als Frühlingsmond an der Tür erschien. Sein Kopf hüpfte ihm auf dem dürren Hals, und er zwinkerte rasch mit den Augen.

»Großvater, gestattest du, daß ich eintrete?«

»Was? Ach du, Enkelin.« Plötzlich wußte er, daß er im Sterben lag. Sie war so jung.

»Komm, Kind. Setz dich neben mich und wärme mir die Hände, mein Herz.« Das kleine Mädchen beeilte sich zu gehorchen, kletterte neben ihm aufs Bett, faltete die Hände um seine einst schlanken, jetzt knotigen und altersfleckigen Finger und legte ihm zärtlich die Wange auf die Brust. Der alte Mann seufzte auf.

Frühlingsmond bemühte sich, nicht die geringste Bewegung zu machen, und sagte: »Es tut mir so leid, daß du dich nicht gut fühlst, Großvater. Was für eine Krankheit plagt dich?«

»Das Leiden der Sterblichkeit.«

»Aber du wirst bald wieder gesund werden. Das weiß ich.«

»Vielleicht. Sag mir, warum hast du mich sprechen wollen?«

»Großvater.« Frühlingsmond vergaß alle guten Vorsätze und hob den Kopf. »Etwas Schreckliches geschieht. Meine Pflaumenblüte ist dem Alten Yeh versprochen worden. Ich will nicht, daß sie zu ihm geht. Bitte, laß sie bleiben, sonst sterbe ich vor Kummer.«

Einen Moment schloß er die Augen und versuchte, sich an seine erste Enttäuschung zu erinnern. Es hatte keinen Zweck. Es wollte ihm nichts einfallen.

»Großvater?«

Er mühte sich, wieder wach zu werden und in die Gegenwart zurückzukehren. »Nein, Kind, du wirst nicht sterben. Vergiß nie, daß wir keine Götter sind, die alles Geschehen nach ihren Wünschen lenken können. Wir sind nur Sterbliche, die lernen müssen, nicht mit dem Leben zu kämpfen, sondern uns dreinzufügen.«

»Aber warum muß ich mich den Wünschen des Alten Yeh fügen?«

»Um der Ehre und um der Pflicht willen. Bei dieser Sache geht es um mehr, ja um viel mehr, als es den Anschein hat, Frühlingsmond.«

»Aber es geht doch nur um eine Spielschuld, Großvater. Junger Onkel hat es mir erzählt.«
»Junger Onkel hätte seine Zunge im Zaum halten sollen. Außerdem sieht er nur die Haut, die die Knochen bedeckt. Glaub mir, ich kann nicht rückgängig machen, was geschehen ist. Ich darf es nicht einmal versuchen.«
Der alte Mann sah, daß seiner Enkelin jetzt die Tränen in die Augen traten. Ein letztes Geschenk von den Göttern, dachte er, dieses erhabene Bild all dessen, was jung ist. Ein letzter Kummer, daß er es zerstören mußte.
»Komm, Frühlingsmond. Du bist zu alt, um noch zu weinen. Laß Großvater dir die Tränen trocknen und seinem Liebling eine Geschichte erzählen.«
Seine Finger zitterten, als er ihr die Tränen abtupfte. »Vor langer, langer Zeit«, begann er, »lebten einmal ein Mann und seine Frau, die sich nichts sehnlicher wünschten, als einen Sohn zu bekommen. Aber sie bekamen keinen. Nach den ersten Jahren der Unfruchtbarkeit bat die Frau ihren Mann inständig, sich eine Konkubine zu nehmen. Zuerst schlug er ihr diesen Wunsch rundweg ab, doch zuletzt willigte er ein. Trotzdem gab es immer noch keinen Sohn.
Obwohl sie in einem großen Haus wohnten, Land besaßen, reich waren und er ein angesehener Beamter war, hatten selbst die Bettler Mitleid mit dem kinderlosen Paar. Denn das ist das schrecklichste Schicksal, das einem Menschen widerfahren kann: keine lebenden Nachfahren zu haben. Da der Mann der letzte seines Stammes war, konnte er nicht einmal jemanden an Kindes Statt annehmen. Er und seine Frau mußten einen Sohn bekommen, oder sie waren verdammt, heimatlos in der Ewigkeit umherzuirren. Ohne Erben, der ihre Gräber fegte, Opfergaben darbrachte und die vorgeschriebenen Zeremonien vollzog, gab es für sie keine Möglichkeit, für ihr Wohlergehen in der Nachwelt zu sorgen. Tag und Nacht betete das Ehepaar um einen Sohn.
So traurig es war, aber ihre Gebete wurden nicht erhört. Verzweifelt beteten sie schließlich darum, daß ihnen wenigstens ein Mädchen geschenkt werde; wenn sie der Tochter eine reiche Mitgift gäben, so dachten sie, würde sich schon der Sproß einer armen Familie finden, sie zu heiraten und den Familiennamen anzunehmen. Aber nicht einmal ein Mädchen wurde ihnen geboren.
Während der Beamte in Loyang Dienst tat, weit entfernt von seiner *lao chia*, lebten er und seine Gattin neben einer anderen Familie, die

einen Sohn hatte. In einem Jahr – beide Männer waren im Dienste des Kaisers unterwegs – brach eine Seuche aus. In jeder Familie gab es Opfer. Furcht nistete sich in jedem Herzen ein. Der Tod schlug so oft und so unbarmherzig zu, daß schließlich nur noch wenige Menschen übrig waren, um die Toten zu bestatten, und viele Leichen verwesten auf den Straßen. Sowohl die Nachbarin als auch ihr Sohn wurden von der Seuche befallen. Fast alle ihre treuen Diener waren ihr bereits zum Opfer gefallen; wer verschont geblieben war, hatte die Flucht ergriffen. Daher übernahm jetzt die kinderlose Nachbarin die Pflege der Kranken – sie bereitete ihnen das Essen und sorgte für ihre Reinlichkeit, wich keinen Augenblick von ihrem Lager und tat kein Auge zu.

Am Abend des dritten Tages wurde der Junge ohne jede Vorwarnung blaß, schloß die Augen, hörte auf zu atmen und wurde ganz kalt. Aber die Gute Nachbarin wollte sich nicht mit seinem Tod abfinden. Sie ergriff den Rock des Jungen, lief hinaus auf die Straßen, wo Leichenfledderer, Geister und Banditen ihr Unwesen trieben, und rief: ›Geist des Jungen, komm zurück! Geist des Jungen, komm zurück!‹ Stundenlang lief sie in den Straßen voller stinkender, verwesender Leichen umher und rief und rief. Erst als sie ganz heiser geworden war und sich die Füße wundgelaufen hatte, kehrte sie ins Haus zurück. Dort fand sie den Jungen, hochrot im Gesicht, aber atmend.

Die Gute Nachbarin hatte den Toten den Geist des Jungen abgejagt. Dabei war es nicht einmal ihr eigener Sohn! Jetzt ist die gute Nachbarin alt. Sie und ihr Gatte sind kinderlos geblieben. Doch vor kurzem träumte ihr, wenn ein bestimmtes Sklavenmädchen, von dem sie wußte, daß es aufgeweckt und kräftig war, seine Konkubine würde, dieses Mädchen einen Sohn und Erben bekäme. Die redliche Frau glaubte, ihr Traum sei ein Zeichen von guter Vorbedeutung, das ihr von der Göttin Kwan Yin geschickt worden sei. Zuerst beachtete ihr Mann ihre Bitten nicht. Doch seine Frau wurde immer hinfälliger, und zuletzt willigte er ein, einen Plan zu ersinnen, wie er an die Sippe herantreten könne, der das Mädchen gehörte. Das mußte über Mittelsleute geschehen, denn von Freunden etwas Bedeutsames zu erbitten, was diese nicht abschlagen können, würde Sitte und Anstand vermissen lassen.«

Der Altehrwürdige hielt inne und schloß für einen Moment die Augen. Da war zu viel Schmerz: in ihren Augen, in seinem Herzen. Als er die Augen wieder aufmachte, konnte er kaum etwas sehen.

Aber die Geschichte mußte zu Ende erzählt werden. Er hatte nicht die Kraft, sich zu räuspern, und so flüsterte er mit heiserer Stimme:
»Frühlingsmond, der Junge in der Geschichte war mein ältester Sohn, dein Onkel, Beherztes Talent. Das Sklavenmädchen ist Pflaumenblüte, und die gute Nachbarin ist die Erste Gattin des Alten Yeh.« Der alte Mann wartete, daß das Kind Frühlingsmond sprechen sollte. Als sie schwieg, fuhr er fort: »Frühlingsmond, bis jetzt hat die Geschichte noch kein Ende. Welches würdest du ihr geben?«
Eine lange Zeit hindurch war nichts weiter zu hören als das beschwerliche Atmen des alten Mannes. Dann erklärte das Kind mit verzagter Stimme: »Großvater, ich wünschte, ich hätte deine Geschichte nie gehört. Bis jetzt habe ich gewußt, was recht ist, doch jetzt hast du mich ganz durcheinandergebracht. Ich weiß nicht, wer recht hat und wer unrecht. Ich möchte mich nicht entscheiden.«
»Es bleibt keine Wahl, mein Kind. Es gibt nur eine Möglichkeit, wie die Geschichte zu enden hat. Wir müssen unsere Schulden bezahlen. Nur die Götter können das Schicksal ändern. Du, mein Kleinod, mußt dich fügen. Einfach fügen.«
»Wenn du es so sagst, klingt alles ganz einfach, Großvater, doch mir bricht das Herz.« Frühlingsmond schluchzte laut.
»Wenn dir nicht ab und zu das Herz bräche, Frühlingsmond – woher wolltest du wissen, daß du überhaupt eines hast? Herzen brechen, wachsen dann wieder zusammen, brechen erneut, werden wieder gebrochen und wachsen wieder zusammen in einem Kreislauf ohne Anfang und ohne Ende. Genauso gewiß, wie die Dämmerung den Abend sät, sät die Morgenröte den Tag.«
Er wischte ihr die Tränen fort. Ihr Schluchzen verebbte, und zuletzt war sie still.
»Wie du es erklärst, klingt es wundervoll, Großvater.«
»Das ist es auch«, sagte er zu ihr und auch zu sich selbst. »Jetzt ist es spät. Ich muß schlafen.«
Sie rutschte vom Bett herunter und verneigte sich. »Gute Nacht, Großvater.«
Er hatte die Augen bereits geschlossen.
Langsam verließ Frühlingsmond das Schlafgemach des Altehrwürdigen, entschlossen, den Augenblick, da sie Pflaumenblüte würde erklären müssen, was geschehen war, möglichst lange hinauszuschieben.

Wie anders ihr Leben sein würde, dachte sie, wenn Pflaumenblüte fortzog. Ihre frühesten Erinnerungen galten nicht ihrer Mutter oder ihrem Vater, sondern Pflaumenblüte, die sie stets huckepack umhergetragen hatte. Selbst nachdem sie bereits laufen konnte, hatte sie es oft vorgezogen, von ihr getragen zu werden und sich vom Rhythmus der Schritte ihres Sklavenmädchens einlullen zu lassen. Sie hatte Pflaumenblüte gelenkt, indem sie an ihren Zöpfen zog wie am Zügel eines Pferdes. Zum ersten Mal überlegte Frühlingsmond, ob ihr das wohl wehgetan hatte.
Sie überschritt die Schwelle. Pflaumenblüte wartete draußen vor der Tür, ließ die Arme herabhängen, stand kerzengerade und groß da, wie ein Baum, der sich im Wind nicht biegen will.
Frühlingsmond war danach zumute, auf sie zuzulaufen, tat es jedoch nicht und war erleichtert, als Pflaumenblüte keine Frage an sie richtete, sondern schwieg und ein paar Schritte hinter ihr herging, als sie in den Hof ihrer Familie zurückkehrte. Es war ein für die Jahreszeit ungewöhnlich warmer Abend, und der Duft von Jasmin hing in der Luft. Der klare Himmel war sternenübersät. Jenseits der Gartenmauer spielte irgend jemand Flöte.
Nachdem sie ihr Zimmer erreicht hatten, kleidete das Sklavenmädchen das Kind aus und machte es fertig zum Zubettgehen. Plötzlich war Frühlingsmond von bleierner Müdigkeit erfüllt und schlüpfte unter die Decke, als träumte sie bereits. Das ältere Mädchen zog die Bettdecke glatt, strich seiner kleinen Herrin das Haar aus dem Gesicht und wandte sich zum Gehen.
»Gute Nacht, Pflaumenblüte.«
»Träum etwas Schönes, Junge Herrin.«

Die Stimme, die als nächstes an ihr Bewußtsein drang, war die ihrer Mutter. »Sorg dafür, daß sie in ihrem Zimmer bleibt. Sie darf es nicht sehen. Rasch jetzt.«
Frühlingsmond sprang auf und zerteilte die Vorhänge. Fatso stand an der Tür; schwer atmend wischte sie sich mit der Schürze das runde Gesicht ab.
»Was ist denn? Warum bist du hier?«
Fatso ließ einen langgezogenen Klagelaut aus.
»Hör auf damit und sag mir, was geschehen ist! Wo ist Pflaumenblüte?«
Fatso schneuzte sich und brummelte ein Gebet. »Deine Mutter kommt. Sie wird es dir selbst sagen.«

»Sag es mir jetzt. Was ist geschehen?«
Als Fatso nur den Kopf schüttelte, sprang Frühlingsmond aus dem Bett und stürmte zur Tür. Fatso wollte sie packen, doch das Mädchen rangelte sich los und schlüpfte hinaus. Über den Hof liefen Menschen. Sie folgte ihnen.
Im Zypressengarten standen die Menschen schweigend und blickten offenen Munds zum Baum hinauf. Frühlingsmond konnte nichts erkennen, und niemand machte Platz, um sie durchzulassen. Hastig kletterte sie daher der steinernen Schildkröte auf den Rücken. Und von dort aus sah sie es. Pflaumenblüte baumelte von einem Ast herab. Sie hatte sich für ihre Reise angekleidet und sich einen Festtagsschal um den Hals gewunden.

Das Sklavenmädchen hatte es fertiggebracht, sich zu rächen; das Haus Chang war entehrt. Indem sie eine Schuld beglich, hatte die Sippe eine andere auf sich genommen.
Die Zypresse wurde gefällt.
Noch in derselben Woche starb der Altehrwürdige.
All dies geschah in Soochow, während der Regierungszeit von Kuang Hsu aus der Ch'ing-Dynastie, im fünften Mond im Jahr des Drachen, 1892.

Westwind

1. Das neue Familienoberhaupt

Es wird berichtet, daß Yung Wing als erster ein ›heimgekehrter Student‹ genannt wurde.
In seinem Heimatdorf sprach er kantonesisch. In der Missionsschule lernte er englisch. Nachdem er die fremde Religion geschluckt hatte, wurde er zum Studieren an die Yale-Universität geschickt, an der er 1854 das Abschlußexamen bestand.
Bei seiner Rückkehr übernahm er ›die Verantwortlichkeiten, die das versiegelte Auge der Unwissenheit‹ nie erkennt, und träumte davon, immer mehr junge Chinesen zum Studium nach Amerika zu schikken. Achtzehn Jahre später wurden seine Träume wahr. Die Regierung schickte einhundertzwanzig junge Männer nach Hartford, Connecticut, wo sie in verschiedenen Familien untergebracht wurden. Yung Wings Plan sah vor, daß jeder von ihnen fünfzehn Jahre lang eine westliche Erziehung genießen sollte, ehe sie heimkehrten, um China zu dienen. Es dauerte nicht lange, und sie wurden verwandelt, genauso wie Yung Wing. Sie hingen mehr den Lehren des Kongregationalismus an als denen des Konfuzius und trugen westliche Kleidung statt der Gewänder des Reiches der Mitte. Es dauerte nicht lange, und der Kaiser, der Gefahr witterte, rief sie heim.
Doch da war es bereits zu spät.
Schon schwärten an den Rändern des Reiches Vertragshäfen, in denen die Barbaren herrschten und westliche Lebensart verbreiteten.
Schon schickten weitblickende vornehme Herren aus dem Lande Han ihre Söhne auf Schulen, wo sie mit westlichem Denken vertraut gemacht wurden; ihre Väter hofften, auf diese Weise China zu retten.
Schon waren ungezählte Tausende von armen Bauern aus Yung Wings engerer Heimat im Süden über die ganze Welt Goldenen Bergen nachgesegelt; sie schickten Geld und ausländische Waren heim und brachten neue Ideen aus Ländern nach Hause, die dem Kaiser nicht untertan waren.

Einer von ihnen sollte später als Vater der chinesischen Revolution bekannt werden. Sun Yat-sen segelte mit dreizehn Jahren nach Honolulu, wo auch er die fremde Religion schluckte. Nach seiner Rückkehr zertrümmerte er Götterbilder in den Tempeln. Zwar hatte er Medizin studiert, um Arzt zu werden, doch was er praktizierte, war das ger ming, *war das Vom-Leben-in-den-Tod-Befördern.*

Chinesische Geschichte

Beherztes Talent griff nach dem Umschlag, den seine Wirtin ihm hinhielt, und steckte ihn in die Tasche.

»Wollen Sie ihn denn nicht aufmachen?« In ihrer Stimme klang nicht nur Neugier, sondern auch Besorgnis mit.

»Ich weiß schon, was drinsteht.«

»Hoffentlich keine schlechten Nachrichten.«

»Nichts, was ich nicht erwartet hätte. Vielen Dank, daß sie aufgeblieben sind, um auf mich zu warten.« Er verneigte sich leicht und schickte sich an, die Treppe hinaufzugehen.

»Ist auch alles in Ordnung mit Ihnen, Mr. Chang?«

»Ja, durchaus. Vielen Dank.« Langsam stieg er bis zu seinem im dritten Stock gelegenen Zimmer hinauf. Wie immer wurde der Geruch nach fettem Speck mit jeder Stufe intensiver, doch zum ersten Mal, seit er hier eingezogen war, bereitete ihm das Übelkeit. Er fummelte mit dem Schlüssel herum. Bis auf den am Westfenster stehenden Schreibtisch, der noch von einem schwachen Schimmer der untergehenden Sonne überhaucht war, lag das Zimmer im Schatten. Er drehte den Lampendocht nicht höher, sondern zog nur die Jacke und die Krawatte aus, ehe er sich am Schreibtisch niederließ und das Telegramm gegen den messingenen Tintenständer lehnte. Lange Zeit starrte er den Umschlag an. Sieben Jahre war es her, daß er von seinem Vater Abschied genommen hatte. Jetzt würde er ihn nie wiedersehen.

Er hatte diesen Verlust vorausgesehen. Er selbst hatte seinem Vater, dem Altehrwürdigen, zum sechzigsten Geburtstag den aus dickem, aus den Wäldern von Liu Chow stammendem Holz gearbeiteten Sarg geschenkt. Die Grabgewänder – ausschließlich von doppelt gesegneten Frauen genäht (durch ihre Kunstfertigkeit beim Sticken und durch das Glück, daß ihre Väter, Gatten und Söhne alle noch in diesem Leben weilten) – hatten schon seit langer Zeit fertig bereitgelegen. Und nach langem Hin und Her hatte der Altehrwürdige einen besonders geliebten Gedichtband ausgewählt, den er ins Reich jenseits der Gelben Quellen mitzunehmen gedachte. Er hatte das große Glück gehabt, in die geehrte Sippe der Chang hineingeboren zu werden und dann zu seiner Zeit durch erlesene Zeremonien und großzügige Erfüllung seiner Sohnespflichten noch mehr Ehren auf die Ahnen zu häufen. Er mußte zufrieden gestorben sein. Mehr konnte kein Sohn verlangen. Beherztes Talent freute sich darauf, ihn zu betrauern.

Er riß den Umschlag auf und las: DER ALTEHRWÜRDIGE FLIEGT MIT DEM STORCH.

Er sah nach, wann das Telegramm aufgegeben worden war, und konsultierte dann seinen Kalender. Er hatte keine Zeit zu verlieren. Wenn er vor dem neunundvierzigsten Tag in Soochow eintreffen wollte, mußte er New Haven so rasch wie möglich verlassen.

Er riß sich zusammen und entzündete die Lampen. Dann holte er einen Schiffskoffer aus dem Schrank und begann zu packen. Mechanisch füllte er das Behältnis mit den Habseligkeiten, die sich im Laufe der letzten sieben Jahre bei ihm angesammelt hatten. Vielerlei Erinnerungen schossen ihm dabei durch den Kopf, blitzten auf und erloschen wie Wunderkerzen in einer dunklen Nacht. Der Stolz in den Augen seines Vaters, als er, der älteste Sohn, zum erstenmal angetan mit seiner Amtsrobe, das Rangabzeichen eines Edlen Reihers auf Brust und Rücken gestickt, vor ihn hingetreten war... Wie weich der pelzgefütterte Rock seines Vaters gewesen war, als er sich einen ganzen Nachmittag lang in dessen üppigen Falten versteckt hatte, nachdem er die Preischrysanthemen, den ganzen Stolz des Alten Gärtners, umgestoßen hatte. Er lächelte in sich hinein. Sein Versteck konnte ihn nicht vor dem rechtschaffenen Zorn des alten Dieners bewahren. »Jede Blüte ist wie ein Kind für ihn«, erklärte ihm sein Vater. »Vergiß das nicht!« Diese vielen Erinnerungen! Wie liebevoll die Hand seines Vaters sich angefühlt hatte, als er nach Loyang zurückkehrte und entdecken mußte, daß sein Sohn fast gestorben war. Wie er ihm die Hand auf die Stirn legte... Und die genauen Worte, die der Altehrwürdige an jenem Abend, bald nach der Versenkung der Südflotte durch die Franzosen, sprach, als er ihn zu sich kommen ließ:

»Mein Sohn, ich schicke dich nach Amerika«, verkündete er.

Wie benommen starrte Beherztes Talent sprachlos den Rauch an, der kräuselnd der Wasserpfeife seines Vaters entwich. Hatte er denn als Verwaltungsbeamter des Bezirks so sehr versagt, daß sein Vater ihn fortschicken mußte? Immerhin war nicht zu leugnen, daß seine Entscheidungen niemandem gefallen hatten, weder den Mandschu-Behörden noch den chinesischen Kaufleuten, noch den Ausländern, deren Sprache und Lebensart er studiert hatte. Der Altehrwürdige saugte an seiner Pfeife. »Wie ich sehe, habe ich dich überrascht. Dann möchte ich dich einfach fragen, wie lange es dauern wird, bis ich diese Pfeife zu Ende geraucht habe.«

Beherztes Talent zögerte.

»Nun? Wie lange?«

»Zehn Minuten vielleicht?«

»Überlege! Es hat nicht einmal zehn Minuten erfordert, unsere Flotte zu versenken. Wenn China sich von diesem Schlag wieder erholen soll, muß es sich modernem Denken öffnen. Aber die Konservativen in Peking haben die *Tung Wen Kwan*-Universität für die Ausbildung in westlichem Denken geschlossen und alle Studenten, die auf Kosten der Regierung im Ausland studierten, zurückgerufen. Wir, die wir in Opposition zu ihnen stehen, müssen unsere Leute jetzt unabhängig von Peking hinausschicken. So ist es nur folgerichtig, daß die Wahl auf dich fällt, mein Sohn. Deine Braut ist tot, und aus Respekt ihrer Sippe gegenüber können wir mehrere Jahre lang nicht daran denken, eine neue für dich auszusuchen. Du hast Fragen?«

»Meine Brüder. Sollen die auch ins Ausland gehen?«

»Nein. Mit Edlem Talent habe ich anderes vor. China braucht moderne Soldaten. Er soll in die neue Militärakademie eintreten, die der Gouverneur der Provinz Shantung gegründet hat. Wir können von Glück sagen, daß nicht alle Beamten sich der konservativen Denkweise Pekings angeschlossen haben.«

»Und Lauteres Talent?«

»Der ist ein Bücherverschlinger und bleibt daheim.«

Schweigend hatte der Altehrwürdige geraucht, bis die Pfeife ausgegangen war. Dann legte er sie beiseite und betrachtete Beherztes Talent, der sich nicht von der Stelle rührte. Mit einer Feierlichkeit, wie er sie sonst nur bei Sippenritualen an den Tag legte, legte der Vater die Zukunft seines Sohnes fest.

»Du wirst gen Westen reisen. Du wirst die Wissenschaften der Fremden studieren. Du wirst zurückkommen, um unsere Sippe in die Geheimnisse ihrer Macht einzuweihen und unsere Landsleute daran teilhaben zu lassen.«

Wochen später, am Tag seiner Abreise, erwies der Altehrwürdige ihm die Ehre, ihn bis an die Sänfte hinauszubegleiten. Er ging bis ans Tor mit ihm und wartete neben der durchbrochenen Steinwand, die den bösen Geistern den Eingang zum Anwesen verbergen sollte, bis sein Sohn die Sänfte bestiegen hatte. Dann blieb er neben den Bronzelöwen stehen und sah, wie die Sänftenträger seinen Sohn davontrugen, bis Beherztes Talent aus der Ferne seine Züge nicht mehr unterscheiden konnte. Als die Sänfte bei der Tintenpagode um die Ecke bog, stand er immer noch da: eine schlanke, aufrechte Gestalt, deren goldbesticktes Gewand im Licht der Abendsonne schimmerte.
Diese Geste war beredter als jedes Wort, das sein Vater hätte sprechen können.

Der Morgen graute bereits, Schubladen und Regale waren fast leer, der Koffer gepackt und die Kisten mit Büchern gefüllt, als Beherztes Talent den kleinen Lederkoffer unter dem Himmelbett hervorzog, wo er, höchstens vom Besen seiner Wirtin gestört, unbenutzt seit jenem Tag gelegen hatte, da er vor nahezu sechs Jahren die Yale-Universität bezogen hatte. In diesem Koffer verstaute er die Kleider, die er für die Reise brauchte, und dann, mit allergrößter Behutsamkeit, seinen kostbarsten Besitz. Diese Dinge hatten ihn von Hotel zu Hotel begleitet, von Athen nach Paris und London, überallhin, wohin er in den zwölf Monaten seiner obligatorischen *grand tour* durch Europa gekommen war, bis er sie zuletzt mit nach New Haven gebracht hatte.
Auf die linke Seite des Koffers legte er, sorgfältig in Seide verpackt, die Vier Schätze der Literatur: die dicken Fuchshaarpinsel, den Pinselständer aus Jade, den in Form einer Lotusblüte geschnittenen Tintenstein und die Tintenstäbchen, die schon sein Vater so hoch in Ehren gehalten hatte.
Zwischen zwei Gewänder legte er dann das Familienfoto. Dieses Bild war kurz vor seiner Abreise aus Soochow aufgenommen worden: drei Generationen, vierundfünfzig Sippenangehörige. In der Mitte saßen steif auf den Rosenholzstühlen sein Vater und seine Mutter. Ihnen zu Füßen, weit entfernt von dem ihr eigentlich zustehenden Platz unter den Kindern, die Lieblingsenkelin des Altehrwürdigen, Frühlingsmond.
Zuletzt nahm er das Cloisonnékästchen vom Nachttischchen. Die auf dem Deckel von Kupferdraht umrandeten und mit persisch-

blauem Email ausgefüllten Zypressenzweige leuchteten noch genauso intensiv wie an jenem Tag, da der Kaiser Wan Li dem ersten Oberhaupt des Hauses Chang das Schachspiel zum Geschenk gemacht hatte. Bis zu seinem dreizehnten Geburtstag, als er es vom Altehrwürdigen erhalten, hatte er sich insgeheim immer wieder gefragt, ob sein Vater ihn, seinen ältesten Sohn, wirklich zu seinem Nachfolger wählen würde. Im Laufe der dreihundert im Sippenbuch aufgezeichneten Jahre hatte es immer wieder Zeiten gegeben, da ein Neffe für würdiger befunden worden war als ein Sohn.
Er klappte das Kästchen auf und fuhr mit den Fingern über die in dicken Elfenbeinscheiben eingegrabenen Schriftzeichen der Kleinen Siegelschrift. Fußsoldat, Pferd, Kanone, Minister, General und König. Immer noch erkannte er sie durch bloßes Berühren. Abermals umspielte ein Lächeln seinen Mund, als er an ein bestimmtes Mittherbstfest dachte, zu dem sein Vater nach mehreren Jahren der Abwesenheit in der Hauptstadt nach Hause zurückgekehrt war. Der Altehrwürdige hatte ein Schachturnier angesetzt, das nach dem Mondhasenfestmahl abgehalten werden sollte; beide Söhne fieberten danach, ihren Vater zu beeindrucken, und schlichen sich während der Festlichkeiten davon, um im Schachgarten zu üben. Dritter Bruder, gleichfalls erpicht, sich zu beweisen, heftete sich an ihre Fersen, obwohl die drei Schweineschwänzchen auf dem sonst glattrasierten Kopf gerade erst so lang waren, daß sie die Tischplatte erreichten, und er noch keine Ahnung von den einzelnen Zügen des Spiels hatte.
Plötzlich trat der Altehrwürdige, angetan mit einem leuchtendroten, mit fliegenden Kranichen bestickten Gewand, durch das Bambustor. Die Schachspieler sprangen auf, und der kleine Junge wollte davonlaufen.
»Bleib!« sagte Vater streng, jedoch mit lachenden Augen.
Edles Talent blieb stehen, wendete vorsichtig den Kopf, kam auf die nickende Aufforderung des Altehrwürdigen hin zurück, wobei er sich dreimal verneigte, so daß seine Schweineschwänzchen auf und ab hüpften.
»Nehmt das Spiel wieder auf!« befahl Vater, doch wagten die Spieler es nicht, wieder Platz zu nehmen, bis er auf ihre Hocker wies. Schweigend verfolgte er ein paar Züge und erklärte dann: »Beherztes Talent, verlieb dich nicht allzu sehr ins Spielen selbst; du darfst nie das Ziel aus den Augen verlieren.
Lauteres Talent, hör auf, all die auswendig gelernten möglichen

Züge aus den Büchern wiederzukäuen; spiel einfach mehr!
Edles Talent, vergiß nicht: Der wirksamste Angriff ist immer der direkte; übe dich in den Feinheiten.«
Dann drehte er sich um und ging davon, verließ den Hof so rasch durch das Ahornblatt-Tor, daß die drei Söhne keine Möglichkeit mehr fanden, etwas darauf zu erwidern. Der Altehrwürdige hatte sie nie zuvor spielen sehen...
Die vielen Erinnerungen! Behutsam klappte Beherztes Talent das Kästchen zu, wickelte es in weiches Linnen und verstaute es im Koffer. Ob sein Vater wohl immer noch imstande war, jede einzelne Schachfigur mit geschlossenen Augen zu erkennen, oder ob das hohe Alter das Gefühl in seinen Fingerspitzen hatte absterben lassen, ehe er gestorben war? Auf diese Frage würde er nie eine Antwort erhalten. Das Spiel, von dem er geträumt, würde nie gespielt werden.

Eine Woche später, in San Francisco, schiffte das neue Oberhaupt des Hauses Chang sich auf der H.M.S. *City of Peking* ein, die ihn nach Shanghai bringen sollte. Der Zahlmeister, ein rundlicher Engländer mit stark gerötetem Gesicht, begrüßte ihn zwar höflich, konnte jedoch nicht ganz sein Entsetzen verhehlen, als er entdeckte, daß ein Chinese zu den Passagieren der Ersten Klasse gehörte – noch seine Erleichterung, als Beherztes Talent ihm bedeutete, er werde die Mahlzeiten nicht zusammen mit den anderen einnehmen. Mit übertriebener Höflichkeit winkte er einen der kantonesischen Stewards herbei, die – den Zopf adrett in der Westentasche ihrer gestärkten weißen Uniform verstaut – wartend bereitstanden. »Bringen Sie Mr. Chang in Kabine Nummer acht. Und sorgen Sie dafür, daß ihm jeder Wunsch erfüllt wird.«
In seiner Kabine stellte Beherztes Talent sich ans Bullauge und blickte hinaus, während der Steward geschäftig tat, mit der behandschuhten Hand über die Täfelung fuhr, eine vertrocknete Rosenknospe einsteckte, ein Kissen zurechtzupfte, den kleinen Lederkoffer auf den dafür vorgesehenen Ständer stellte und die Vorhänge vor dem Waschtisch und dem Alkovenbett aufzog. Der Dunst, von dem die Stadt in der Morgenfrühe eingehüllt gewesen war, hatte sich gelichtet; jetzt kam die Sonne durch, die regungslos auf der anderen Seite der Bucht über den Bergen stand – wie eine riesige Goldmünze.
Plötzlich wünschte er, daß er mehr Zeit hätte. Er war das erste Mal

in San Francisco. Jetzt würde er die Stadt nie mehr richtig kennenlernen.
Wann wohl würde er jemals wieder nach Herzenslust und ungebunden umherreisen können, frei von den Anforderungen der konfuzianischen Regeln und unbeschwert von den Pflichten eines Sippenoberhaupts? In vierzig Jahren? Wenn er einmal alt war, gebeugt ging und einen schütteren weißen Bart hatte – ob er dann wohl, dem taoistischen Ideal entsprechend, seine Tage beenden konnte, indem er wie ein Einsiedler durch dunstverhangene Berge wanderte?
Der Altehrwürdige hatte diese Freiheit nie kennengelernt. Er, sein Sohn, sieben Jahre lang. Vielleicht war das zuviel Freiheit für jeden Menschen. Er würde die neunundvierzig Tage – jetzt nur noch sechsunddreißig – brauchen, um wieder Chinese zu werden.
»Herr, offenbar ist ein Fehler passiert. Es ist nur ein Koffer hier. Wenn Ihr mir Euren Gepäckschein gebt, sorge ich dafür, daß die anderen augenblicklich hergeschafft werden.«
Beherztes Talent riß sich von seinen Gedanken los und drehte sich um. »Nein, das ist schon in Ordnung. Alles, was ich für die Überfahrt brauche, befindet sich in diesem einen Koffer. Alles andere kann im Laderaum bleiben.«
»Ich hoffe, Ihr seid mit Eurer Unterkunft zufrieden, Herr.«
»Ja, die Kabine ist sehr schön.« Er nickte und nahm die Einrichtung zum ersten Mal wahr. »Was ich anstelle dieses Schreibtisches brauche, ist nur ein großer, rechteckiger Tisch, hüfthoch. Ob sich ein solcher wohl auftreiben läßt?«
»Gewiß.«
»Wird bei Morgengrauen jemand auf Deck sein?«
»Nein, Herr, nur der Pferdeknecht, der die Pferde des englischen Lords bewegt, und die Wache.«
»Dann werde ich jeden Morgen spazierengehen und gegen sechs Uhr wieder in der Kabine sein. Bitte, bring mir um die Zeit das Frühstück. Ich möchte, daß auch das Mittagessen hier serviert wird – um zwölf; der Tee um vier und das Abendessen um sieben. Sonst möchte ich nicht gestört werden.«
»Und die Speisenkarte?«
»Das spielt keine Rolle. Reis, frisches und eingelegtes Gemüse und Obst reichen vollauf. Und keinen Wein.«
»Wenn das alles ist, werde ich mich jetzt um den Tisch kümmern.«
Der Steward verneigte sich und schloß lautlos die Kabinentür hinter sich.

Beherztes Talent machte den Koffer auf und holte ein langes, sandfarbenes Seidengewand heraus. Rasch entledigte er sich des Rocks, der Weste, der Hose und des gestärkten Hemds der Ausländer.

Als er gerade dabei war, den steifen Kragen des Gewandes zuzuknöpfen, klopfte es.

»Bitte einzutreten!«

Der Steward machte die Tür auf. »Euer Tisch, Herr.«

Während die beiden Möbelstücke gegeneinander ausgetauscht wurden, wusch Beherztes Talent sich. Als er wieder in sein Schlafzimmer trat, war er allein.

Er entnahm dem Koffer eine Rolle weißen Reispapiers und rollte es über die ganze Länge des Tisches aus, so daß der Rest zu seinen Füßen lag. Dann holte er die Vier Schätze hervor und stellte sie linker Hand vom Papier auf den Tisch. Nachdem er die weiten Ärmel aufgekrempelt hatte, schenkte er Wasser aus der auf dem Waschtisch stehenden Karaffe in ein Glas. Vorsichtig trug er das Glas an den Tisch und goß tropfenweise Wasser auf den Tintenstein; er mußte achtgeben, daß er nur die benötigte Menge hineintat. Sodann nahm er die vorgeschriebene Haltung ein, ergriff mit der Rechten den Pinsel und mit der Linken das Tintenstäbchen. Um alle störenden Gedanken auszuschalten, schloß er die Augen und holte tief Atem.

Und jetzt – ans Werk!

Mit dem Tintenstäbchen vollführte er im Tintenstein immer und immer wieder eine kreisförmige Bewegung, bis die schimmernde schwarze Flüssigkeit die richtige Konsistenz hatte. Dann feuchtete er den Pinsel mit der Tinte an und strich ihn am Tintenstein ab, bis die Pinselhaare so schmiegsam waren, wie er sie haben wollte. Den Pinsel fest gepackt und den Arm überm Papier ausgestreckt, hielt er inne.

Kleine schwarze Flecke verunzierten das saubere Papier. Die Hand zitterte ihm.

Kein Wunder. Wann hatte er sich das letzte Mal in den alten Künsten geübt? Es wollte ihm nicht einfallen. Er hatte ja nur noch Zeit für die neuen Studien gehabt. Sie waren ihm so wichtig erschienen...

Pflichtschuldig hatte er in den Briefen an die Familie von seinen Fortschritten in der Mathematik und in der Physik, aber auch von denen in den Philosophien des Westens berichtet, die er in Wahrheit

der Mathematik und der Physik vorzog. Kein Wort jedoch über seine wachsenden Zweifel. Je mehr er gelernt hatte, desto weniger wagte er es, seinem Vater davon zu schreiben. Wie nur hätte er dem Altehrwürdigen verständlich machen sollen, daß die Maschinen, die kennenzulernen er ausgeschickt worden war, nur die äußeren Anzeichen für die Stärke des Westens waren, nicht aber ihr Quell? Die Wurzeln dazu lagen tiefer im westlichen Denken begründet, in einer Lebensweise, die unendlich viel fremder war als Eisenbahnen und Erntemaschinen und die für China unendlich viel schwieriger zu übernehmen war als alles andere.
Die Unterhaltung darüber blieb ihm nun jedenfalls erspart. Plötzlich nahm er das Papier in Angriff, arbeitete mit dem Pinsel die Schriftzeichen heraus – Schriftzeichen, die er als Knabe zuerst unter den wachen Augen seines Vaters geübt hatte. Immer und immer und immer wieder aufs neue den Pinselstrich des *na* und des *p'ieh* und des *k'ou* – das Schafbein, den Vertikalstrich wie tropfender Tau, den Adlerschnabel, den Haken, geringelt wie ein Drachenschwanz. Er merkte es nicht, als das Schiff ablegte.

Nach einer Überfahrt von zweiunddreißig Tagen, um die Mittagsstunde des zweiten Tages der Zwei Wochen am Ende des Heißen Wetters, warf die *City of Peking* noch im tiefen Wasser vor der Mündung des Whampoo Anker. Im Laufe einer Stunde waren die Passagiere auf den Leichter *Chiang Yung* umgestiegen, der sie die zwölf Meilen nach Shanghai bringen sollte.
An diesem Morgen hatte Beherztes Talent sich sorgfältig in ein taubengraues Seidengewand gekleidet, war viele Minuten hindurch regungslos vor dem Spiegel sitzengeblieben, bis er überzeugt war, sich äußerlich nichts mehr von seiner Aufregung darüber anmerken zu lassen, daß er – ein Chinese – heimkehrte. Und wenn die Erwartung ihn an den Bug des Leichters getrieben hatte, als ob er auf diese Weise rascher das heimatliche Ufer erreichte, gab er sich doch gelassen, und seine schlanken Finger ruhten leicht auf der Reling, wie es sich für einen Mann aus Soochow geziemte.
Auf dem Whampoo herrschte das gleiche Treiben wie am Tag seiner Abreise; auch damals hatte er am Bug gestanden. Dieselben Lorchas, Dampfer, Schlepper, Sampans und Dschunken – vielen von ihnen waren große, runde Augen aufgemalt worden, damit sie nach den Flußdämonen Ausschau hielten – schoben sich in einem Höllenkonzert aus Sirenen, Pfeifen und Hörnern durcheinander. An Bord

der Sampans hockten barfüßige Frauen neben Holzkohleöfen, während Kinder in leuchtenden Kleidern, Schwimmreifen aus Holzklötzen oder ausgehöhlten Kürbissen um den kleinen Leib, falls sie einmal über Bord fielen, Wasser schöpften oder herbeitrugen. Seemöwen und zerlumpte Männer mit Netzen hielten Ausschau nach Abfällen, die von ausländischen Dampfschiffen über Bord gekippt wurden.

Vor ihnen, zum Greifen nahe, lag Shanghai; die Silhouette der Stadt erinnerte eher an London als an Kathay. Die Trikolore und der Union Jack flatterten an den Fahnenmasten, die den Quai säumten, und auf den breiten Boulevards des britischen Sektors sah er die hochgewachsenen, mahagonifarbenen Sikhs mit den roten Turbanen den Verkehr regeln.

Sanft stieß der Leichter mit der Bordwand gegen die Quaimauer und wurde vertäut. Beherztes Talent suchte sich einen Platz in der Nähe der Gangway und wartete geduldig auf jemanden, der ihn abholte, während seine Mitpassagiere durcheinanderwurlten, Gepäck und Kinder einsammelten, sich Auf Wiedersehen sagten und sich beim An-Land-Gehen gegenseitig anrempelten. Zu seiner Linken suchte eine Gruppe von lärmenden amerikanischen Matrosen durch Rufe und Pfiffe die Aufmerksamkeit von Wartenden auf dem Quai auf sich zu lenken. Als einer von ihnen sich gefährlich weit über die Reling lehnte, hoben einige seiner Freunde ihn in die Höhe und taten zur Belustigung der Zuschauer so, als wollten sie ihn über Bord werfen. Beherztes Talent schüttelte den Kopf. Diese Amerikaner mit ihren Streichen und ihrer Herzlichkeit waren wie die Kinder! Männer, die Fremden die Hand schüttelten, Damen, die beim Abendessen mit Herren, die sie noch nie gesehen hatten, zusammensaßen und mit ihnen plauderten, Kinder, die Erwachsene ungeachtet ihrer Stellung mit Schneebällen bewarfen. Sie würden ihm fehlen. Trotzdem hatte er sich nie ganz wohl in ihrer Mitte gefühlt. Jedenfalls nicht wie zum Beispiel in der Gesellschaft seines jungen Freundes Frohes Versprechen, wenn sie einander am Schachbrett gegenübersaßen und kein Wort miteinander sprachen.

Es war kaum ein Jahr her, seit der Altehrwürdige ihm geschrieben hatte, Frohes Versprechen sei auf dem Weg nach New Haven, um seine Studien an der Yale-Universität aufzunehmen; er bitte ihn, »sich des Sohnes meines Kollegen anzunehmen wie ein älterer Bruder«. Das war ihm durchaus nicht schwergefallen. Der junge

Mann besaß einen sorglosen Charme, der genau das richtige Gegengewicht zu seiner eigenen zurückhaltenden Art zu sein schien. Frohes Versprechen war begeistert von allem Westlichen, selbst von so einer schrecklichen Betätigung wie der, die sie Sport nannten, und so hatte er im Laufe der Zeit einen geradezu romantischen Zukunftsoptimismus entwickelt. Das war höchst ungewöhnlich, doch bei einem Mann seines Alters auch höchst erfreulich.
Mit verzogenem Mund lächelte Beherztes Talent in sich hinein. Der einzige Mensch, mit dem er in all den Jahren im Ausland wirklich Freundschaft geschlossen hatte – ein Chinese!
»Herr! Herr!« Der diese Worte rief, sprach mit dem Tonfall der Bewohner von Soochow, und als Beherztes Talent sich umdrehte, stand Alter Gärtner vor ihm.
»Mein Freund«, sagte Beherztes Talent, tief gerührt von dem Lächeln, das auf dem Gesicht seines Dieners lag, und von der Ergebenheit dem heimkehrenden Sohn und dem dahingegangenen Vater gegenüber, die ihm aus den Augen leuchtete.
Förmlich verneigten die beiden Männer sich voreinander.
»Ach, Herr, Ihr seid zu lange fort gewesen, viel zu lange.«
»Dich zu sehen, heißt, wieder zu Hause zu sein.«
Gemeinsam legten sie den Rest der Reise auf einer *yulo* zurück, welche die sechzig Meilen den Soochowfluß hinauffuhr. Drei Tage und drei Nächte dauerte es. Jeden Tag saß Beherztes Talent an Deck, ließ sich von dem gurgelnd-schwappenden Geräusch einlullen, das der Bootsmann mit dem Fischschwanzruder machte, und lieh dem, was Alter Gärtner über die bevorstehenden Begräbnisfeierlichkeiten verlauten ließ, nur ein halbes Ohr.
Für den Mann, der lange fort gewesen war, entfaltete sich das Leben an dem Fluß mit all seinen Windungen wie auf einem endlosen Rollbild: Nichts schien sich verändert zu haben. Büffel mit verbundenen Augen drehten die Wasserräder, und Männer trieben mit Stangen Bambusflöße voran, auf denen schwarze Kormorane mit Ringen um den Hals hockten, die sie daran hindern sollten, ihre Beute ganz hinunterzuschlucken, Vögel, die die braunen Fluten des Flusses nach Fischen absuchten, um die Körbe ihrer Herren zu füllen. Quer über die Back der Hausboote, die am Ufer vertäut lagen, flatterten Hemden und Hosen von ausgebleichtem Blau in der Sommerbrise, die manchmal lau und manchmal heftiger Kindergeschrei und den vertrauten Duft von gesottenem Fisch zu dem Reisenden herübertrug. Auf den Feldern schwangen Bauern die

Hacke in einem Rhythmus, der älter war als das sanfte Schwanken der *yulo* auf den Wellen, und jedesmal, wenn der Fluß strudelbildend um ein paar Felsen herumfloß, lagen Frauen auf den Knien, schlugen Wäsche auf den Steinen aus, plapperten dabei oder rupften schlaff herabhängendes Geflügel. Bis an den Horizont erstreckten sich smaragdgrün bis jadefarben und mit den fröhlichen Tupfern schneeweißer Gänse die Reisfelder der Provinz Kiangsu.
Am Ende eines jeden Tages, wenn goldenes Licht in den Bäumen webte, schwirrten Starenschwärme herbei, um sich auf den Telegraphenmasten und -leitungen niederzulassen. Diese Überlandleitungen waren das einzig Neue. Und selbstverständlich die Tatsache, daß er, der Student, jetzt das Familienoberhaupt war. Sein Vater hatte einst gesagt, selbst im Wiedersehen liege Abschied.

Es war früher Nachmittag eines Markttages, als die *yulo* nach einem umständlichen Anlegemanöver es endlich schaffte, an einer Liegestelle am nordöstlichen Schleusentor von Soochow festzumachen. Auf dem Platz standen wohl an die hundert dunkelhäutige Bauern neben riesigen Körben und verkauften ihre Waren; und die nicht minder zahlreichen fliegenden Händler priesen gleichfalls schrillstimmig ihre Güter an, die sie auf Strohmatten vor sich ausgebreitet hatten.
Die Kunden – solche mit nacktem Oberkörper genauso wie die in goldbestickten Gewändern – feilschten um einen besseren Preis. Neben dem Denkmal der keuschen Witwe Kung stand im Schatten des Steinbogens ein Musikant, blies auf seiner Flöte und betätigte gleichzeitig die auf seinem Rücken festgeschnallte Trommel.
Bedrängt vom Lärm und von den Gerüchen der ungebärdigen Menge, die auf ihn einstürmten, trat Beherztes Talent von einem Fuß auf den anderen und wartete ungeduldig, daß Alter Gärtner, der noch mit dem Bootseigner abrechnete, bald erscheine. Wie oft war er hier schon durchgekommen, ohne den Schmutz, das Ungeziefer und den Heidenlärm auch nur wahrzunehmen? Märkte verändern sich nicht, überlegte er. Seine Augen und seine Ohren waren es, die jetzt anders waren.
»Pfirsiche, süß wie der Nektar der Unsterblichkeit, Pfirsiche...«
»Wolkenähren, Drachenaugen, Lilienknospen...«
»Lotuswurzeln, wie sie selbst der Obrigkeit des Himmels genehm sind...«
»Seidenstoffe vom Webstuhl der Spinnenden Jungfrau...«

»... die selbst eurer Schwiegermutter Freude machen.«
»Gänschen, junge Gänschen...«
»Ausgesuchte Knochen, vom Tisch der vornehmsten Familien in der Stadt!«
Fester packte er den Griff seines Koffers, den persönlich zu tragen er sich nicht hatte nehmen lassen, und bahnte sich den Weg auf eine Lücke zwischen zwei Gruppen von offenbar gelangweilten Männern zu, von denen die eine einem Barbier beim Rasieren eines Kunden zusah und die andere einem Briefschreiber. Auf dem kleinen freien Platz blieb er stehen, klopfte sich den Staub von seinem Gewand und atmete schon etwas leichter, als ihn von hinten unversehens ein durchdringender Gestank einhüllte, so daß ihm fast übel wurde. Mit zugehaltener Nase fuhr er herum. Ein schmutzstarrender Bettler schob sich verstohlen auf ihn zu. Barbier, Briefschreiber und Zuschauer stoben auseinander, als der Mann schlurfenden Schrittes näher kam.
Hastig griff Beherztes Talent in die Tasche, um nach einer Münze zu suchen, um sie dem Bettler hinzuwerfen, doch die Tasche war leer. Was um alles in der Welt trieb Alter Gärtner nur so lange? Dies war nicht der richtige Augenblick, ohne einen einzigen *käsch* dazustehen, mit dem er das stinkende Lumpenbündel hätte abwehren können, das dort auf ihn zukam. Plötzlich hielt der Bettler jedoch inne und zog unerklärlicherweise die ausgestreckte, schmutzige Hand zurück. Lange starrte der Mann ihn an; seine Triefaugen waren genauso leer und hart wie die steinernen Augäpfel der Grabwächter. Dann spie er auf den Boden, schlurfte davon und ließ sich neben einem Lastträger nieder, der auf den Stufen saß, die zum Kanal hinunterführten, und schlürfend und schmatzend Suppe aus einer Schale trank.
»Ehrenwerter Herr, gebt mir einen Happen ab, nur einen Happen!«
»Fort, fort mit dir!«
Der Bettler rutschte näher an den Lastträger heran. »Bitte, ich habe seit Tagen nichts mehr zu essen bekommen.«
»Mach, daß du fortkommst. Du verdirbst mir den Appetit!« Der Lastträger senkte die Schale, um den Vernarbten abzuwehren. Das war für den Bettler die Gelegenheit, auf die er gewartet hatte. Wie der Blitz spuckte er in die Suppe hinein, legte dann den Kopf schief und grinste seinem Opfer ins Gesicht. Der Lastträger sprang auf. Langsam und mit voller Absicht ließ er seine Suppe aus der Schale

auf den Boden laufen und ging dann hocherhobenen Hauptes davon.
Beherztes Talent sah ihm nach, wie er in der Menge verschwand. Wie chinesisch, wie bewundernswert, dachte er. Nur ein bißchen Suppe wurde vergossen. Im Westen hätte nur Blutvergießen eine solche Rechnung begleichen können.
Lachend klaubte der Bettler das wenige an Suppengrün und ein paar Brocken Fleisch vom Boden auf und stopfte sie sich in den Mund. Danach starrte er Beherztes Talent wieder bar jeden Ausdrucks an.
Minuten vergingen. Immer noch machte der Bettler keine Anstalten, entweder weiterzugehen oder aber sich zu nähern. Beherztem Talent wurde immer unbehaglicher zumute. Warum mußte er sich so lange und so gründlich mustern lassen? Er blickte zur *yulo* hinüber, um festzustellen, wo Alter Gärtner denn nur bliebe. Der alte Mann, der bereits auf ihn zukam, beschleunigte bei seinem Anblick seinen Schritt.
»Herr, es ist alles geregelt. Eure Koffer werden mit dem Karren gebracht, sobald die Ladung gelöscht ist. Wir können jetzt unverzüglich weitergehen zu den Sänften.«
Alter Gärtner ging voran und nickte viele Male höflich grüßend, als sie sich den Weg durch die Menge der Kauflustigen bahnten. »Ehrenwerte Bürger, bitte, macht Platz!« Einer nach dem anderen verstummte die Menge, als sie vorübergingen, und alle starrten sie ihn an, wie der Bettler es getan hatte.
Beherztes Talent sah an seinem Gewand herunter. Nichts daran war verändert oder auffallend. Er trug auch keine ausländischen Schuhe. Was war denn nur los? Er rief nach Altem Gärtner.
»Ja, Herr?«
»Wieso gucken sie nur alle?«
»Verzeihung, Herr, aber sie sehen Euch eben an.«
»Kennen sie mich denn?«
»Nein, Herr.«
»Aber was gibt es dann an mir zu sehen?«
»Kümmert Euch nicht darum, Herr. Es sind nur Müßiggänger, denen es in den Augen juckt.« Der alte Mann bemühte sich, sie fortzuscheuchen, doch die Leute blieben ungerührt stehen.
Beherztes Talent versuchte, denen grüßend zuzunicken, die ihren Weg zur Sänfte säumten. Kein einziger erwiderte seinen Gruß. Entschlossen, sich sein Unbehagen nicht anmerken zu lassen, schritt

er auf das Banner mit dem Zypressenemblem zu und bemühte sich, so zu tun, als bemerke er nicht, daß sie ihm nachstarrten und sich die Gasse hinter ihm schloß. Er konnte sich nicht erinnern, jemals eine solche Schmach empfunden zu haben. Nicht einmal in Amerika war er jemals derart angestarrt worden. Waren ihm denn plötzlich Federn gesprossen oder Schuppen gewachsen? Völlig verzweifelt und fast verängstigt fragte er sich, was diese Menschen wohl mit einem solchen Wesen machen würden. Endlich erreichte er die Sänften. Respektvoll verneigten sich die Träger und richteten sich dann wieder auf. Auch in ihren Augen bemerkte er die gleiche Leere.

Was konnte es nur sein? Abermals wandte er sich an den Gärtner.

»Hab keine Hemmungen, alter Freund. Bitte, sag mir, warum sie mich so anstarren.«

Der alte Mann entgegnete mit gesenktem Kopf: »Sie haben nur selten jemand so Vornehmes gesehen. Eure schönen Züge spiegeln den Adel und den Charakter Eurer erlauchten Sippe.«

»Komm zur Sache.«

»Aber meine Worte sind so rein wie das Wasser aus dem kaiserlichen Quell. Euer Gewand ist so elegant wie eines jener, welche die Eunuchen für den Hof kaufen, und doch...«

»Und doch?«

Unversehens verzog sich Alten Gärtners Gesicht mit einem breiten Grinsen. »Es ist Euer Haar. Sie alle fragen sich, wieso es kommt, daß ein ehrenwerter Hanlin-Gelehrter keinen Zopf hat. Euer Haar, Herr, ist so kurz wie das eines barbarischen Affen.« Plötzlich ging dem alten Mann auf, daß er etwas Unverzeihliches gesagt hatte, schlug die Hand vor den Mund, konnte jedoch ein gewisses Kichern nicht unterdrücken.

Beherztes Talent setzte ein klägliches Lächeln auf. Das also war es! »Einer, der die fremde Religion geschluckt hatte.« Zwar hatte er sich die allergrößte Mühe gegeben, wieder Chinese zu werden, doch wenn auch sein Haar während der Überfahrt von Tag zu Tag gewachsen war – nicht daran hatte er gedacht, sich einen Zopf wachsen zu lassen, sondern die Haare schneiden zu lassen, sobald er daheim sei.

»Herr, Ihr dürft Euch solche Dinge nicht zu Herzen nehmen.«

War er denn so sehr zu einem Amerikaner geworden, daß sein Gesicht jetzt sogar seine Gefühle zeigte? Er zwang sich zu lachen. Für ihn klang dieses Lachen ein wenig hohl, doch den alten Mann schien es zu überzeugen. »Mein Freund, Sie haben ja recht. Mein Haar ist viel zu kurz.«

Errötend half der Alte Gärtner seinem Herrn in die Sänfte und kletterte hinterher in die seine. Die beiden Sänften setzten sich in Bewegung, und die Menge blieb hinter ihnen zurück.

Er hatte vergessen, wie es war, in einer Sänfte getragen zu werden. Das war ja genauso schlimm wie die Segelpartie, zu der ein Bekannter ihn letzten Sommer genötigt hatte. Noch heute hatte er das Gefühl, daß Bier und hartgekochte Eier in seinem Magen herumschwappten, wenn er daran dachte. Er konnte noch hundert Jahre in Amerika leben und würde dennoch nicht begreifen, warum diese Fremden diese anstrengenden Betätigungen so sehr liebten. Für seine Vorstellung war es völlig widersinnig, das eigene Wohlbefinden aufs Spiel zu setzen und daran auch noch Spaß zu haben. Er gluckste in sich hinein. Vielleicht war er doch ein richtiger Chinese.

Doch erst als die Sänften von der Hauptstraße abbogen und es schwankend zwischen Gartenmauern hindurchging, kehrte so etwas wie Harmonie in sein Herz ein; er sagte sich die Namen der Familien auf, die in den Anwesen hinter den von Steinmetzen schön gearbeiteten Toren und den Geisterwänden wohnten. Die Yangs standen mit seiner Familie seit Jahrhunderten in enger Beziehung; die Songs, das war die Familie seiner verstorbenen Verlobten; das jetzige Familienoberhaupt der Tangs hatte, als sie während dreier Tage und Nächte über einem Gedicht und einem Aufsatz geschwitzt hatten, bei den Kaiserlichen Staatsprüfungen neben ihm gesessen. Beide hatten sie hinterher das Recht, den Titel Angehender Gelehrter zu tragen.

Mit einem Ruck blieb seine Sänfte stehen. Vor ihm ragte die Tintenpagode, ihm ebenso vertraut wie die Dächer des Changschen Familienanwesens, auf die ihr länger werdender Schatten fiel.

Er nahm den kleinen Koffer zur Hand und stieg aus, denn er mußte sich der *lao chia* mit größter Hochachtung, also zu Fuß, nähern. Langsam schritt er an der Steinmauer entlang auf das Tor und die Bronzelöwen zu, die es seit den Tagen der Ming-Dynastie bewachten. Alles war unverändert, wie an dem Tag seiner Abreise – bis auf die blauweißen Wimpel, die von der Torbedachung herunterhingen und der Welt verkündeten, ein Familienmitglied sei gestorben.

Er hatte den Weg bis zur Hälfte zurückgelegt, als eine plötzliche Brise die Wimpel flattern ließ und ihm Staub in die Augen trieb.

Zwinkernd blieb er stehen. Eine Gestalt stand neben dem Tor, ein Mann, nicht sommerlich, sondern in einen blutroten und goldbestickten Umhang gekleidet. War es der Geist des Altehrwürdigen, der auf seinen Sohn wartete, ihm entgegensah, wie er ihm von derselben Stelle aus vor so langer Zeit nachgesehen hatte? Aus dieser Entfernung konnte er die Gesichtszüge des Mannes nicht unterscheiden, und so wollte er seine Schritte beschleunigen. Ach, Vater, verausgabe deine Kräfte nicht unnötig – dein Sohn ist daheim!

Doch ehe er ihn erreichte, wurde wieder Staub in die Höhe gewirbelt, und als er die Augen diesmal wieder aufmachte, hingen die Wimpel schlaff herunter, war die Vision verschwunden.

Gleich darauf stand er vorm Tor. Er legte die freie Hand auf den Kopf eines der Bronzelöwen und hielt sich fest. Lebendig fühlte sich das an, erwärmt von der Sonne.

Alter Gärtner war ganz außer Atem, glitt schweigend um ihn herum und ging voraus, um ihm den Weg zu zeigen. Im selben Augenblick bestürmte der Klang von Gongs und Trommeln Beherztes Talents Ohr, verkündeten die Heimkehr des Sohnes und erinnerten an den Tod des Vaters. Tief holte er Atem. Er war zu Hause!

Gemessenen Schrittes umrundete er die Geisterwand und betrat den Empfangshof. Dort blieb er stehen und blickte sich suchend um. Er hoffte, noch einen Blick auf seinen Vater zu erhaschen, doch nur die Musikanten, die man hatte kommen lassen, waren da; und der Alte Gärtner, der am Wächterhaus wartete. Der gesamte Haushalt erwies dem Verblichenen seinen Respekt.

»Bitte, Herr«, sagte der Gärtner. »Hier entlang.«

»Ja, gewiß.« Beherztes Talent nickte wie abwesend. Im Schatten der Weide dort – war er das? Nein, es war niemand da.

»Es ist spät, Herr. Wir müssen uns beeilen.«

Er tat, wie ihm geheißen, und folgte dem alten Mann im Abstand von wenigen Schritten. Der Alte Gärtner führte ihn durch ein zweites Paar offenstehender Torflügel und betrat den Großen Hof des Hauses Chang. Abermals blieb er stehen, erblickte vor sich wie im Traum das sanft geschwungene grüne Ziegeldach und die acht scharlachroten Säulen der Ahnenhalle. Wieder spürte er den Geist seines Vaters, der ihm jetzt von jenseits der Gitterfenster zuwinkte. Beherztes Talent machte sich auf, um ihm entgegenzugehen.

Doch die Stimme des Alten Gärtners ließ ihn innehalten. »Herr, bitte, hier entlang.«

»Verzeih mir, alter Freund. Ich bin nicht ganz bei mir. Ich komme mir hier so verloren vor.«

»Das ist durchaus begreiflich, Herr. Bitte, wollen wir jetzt weitergehen zu Euren Gemächern?«

»Ja, geh voran.«

Durch das Flaschentor, vorüber am Schachgarten und dem Schulhaus, um die Marmorwand herum... Unvermittelt blieb Beherztes Talent wieder stehen. Er konnte sich doch unmöglich irren. Das hier mußte der Zypressengarten sein, doch der Baum war verschwunden, und statt dessen versperrte ein Lotusteich ihnen den Weg.

»Warte, alter Freund. Was ist hier geschehen?«

Schon wollte der alte Mann den Mund aufmachen, um es zu erklären, da schloß er ihn auch schon wieder und eilte weiter. »Hier entlang, Herr, hier entlang.«

Beherztes Talent drang nicht weiter in ihn. Er hätte es besser wissen und den Diener gar nicht erst fragen sollen. Nur von seinen Brüdern durfte er erwarten, etwas Unglückverheißendes zu erfahren.

Schließlich erreichten sie seine Gemächer. Auf der Schwelle blieb er stehen. Hier hatte sich nichts verändert. Die karge Eleganz der Ming-Periode, schmucklos bis auf die blauweißen Porzellanvasen in den offenen Schauschränken, ließ sein Herz immer noch höher schlagen. Wortlos zeigte Alter Gärtner ihm das Trauergewand, die Kappe und die Schuhe aus weißem Hanf, die im Alkoven für ihn bereitgelegt worden waren. Dann richtete er sich feierlich auf, stand einen Augenblick, die Hände an den Seiten, da, verneigte sich und ließ ihn allein.

Während er den kleinen Koffer auspackte und in die Trauerkleidung schlüpfte, ging er im Geiste noch einmal alle Rituale durch. Der Alte Gärtner hatte nicht lockergelassen, obwohl sein Herr offenbar nicht ganz bei der Sache gewesen war. Als ob er solche Traditionen jemals vergessen könnte! Als ob irgendein Chinese das jemals könnte!

Als der Singsang begann, war er bereit.

Durch das Mondtor und das Kleeblatt-Tor, um die Marmorwand herum kehrte er zurück zur Ahnenhalle. Der Singsang wurde lauter und hallte in den Höfen wider. Die durchbrochene Tür stand jetzt offen. Auf der Schwelle hielt er inne, um sich das Gewand geradezuziehen und sich das Haar zu glätten.

Über hundert Sippenangehörige, unfrisiert, die Zöpfe ungeflochten und angetan mit Gewändern aus weißem Sackleinen, knieten in Reihen unter der geschnitzten und gewölbten Decke, die Männer links und die Frauen rechts. An den Wänden standen Dutzende von heiligen Männern – buddhistische Mönche in safrangelben und taoistische Priester in schwarzen Roben. Der mit rotem Seidenstoff umhüllte Sarg stand am Ende des Raumes hinter dem Altar. Seit dem dritten Tag nach seinem Tod hatte sein Vater, eingehüllt in einen goldgewirkten und schon vor langer Zeit reichbestickten Umhang, in der Holzkiste gelegen.

Ehrerbietig die Augen gesenkt, schritt Beherztes Talent auf den Altar zu, bis er den vor der Bahre aufgestellten Tisch erreichte. Darauf stand das Porträt seines Vaters und eine Holztafel mit seinem Namen darauf. Dreimal machte Beherztes Talent Kotau. Der Singsang erstarb.

Ein Diener mit einem Tablett voller Speisen trat auf ihn zu. Mit dem bereits brennenden Wachsstock setzte Beherztes Talent Kerzen und Räucherstäbchen in Brand und stellte dann die Schalen mit Fleisch, Gemüse, Obst und Eßstäbchen auf den Tisch. Dann trat er zurück. »Ach, mein Vater!« Abermals machte er dreimal Kotau. Die Stirn auf den Holzboden gepreßt, hörte er, wie die anderen im Raum sich rührten. Alle Männer und alle Frauen des Hauses Chang vollzogen das Kotau dreimal, und die Priester intonierten die Gebete für den Toten und unterstrichen ihre Worte mit Beckenklang und Schellengeläut. Die Frauen klagten und schluchzten, damit der Altehrwürdige, der die Gelben Quellen schon weit hinter sich hatte, ihr Leid auch ja hörte! Als es dunkel wurde, verließen die Trauernden einer nach dem anderen die Ahnenhalle, bis Beherztes Talent ganz allein war. Immer noch auf Knien vor dem Sarg gelobte er, Ehre über das Haus seines Vaters zu bringen, seine Pflicht der Gräberpflege und der Ahnenverehrung getreulich zu erfüllen – genauso, wie sein Vater es seinem Vater gelobt hatte und dieser zuvor dem seinen.

Als Ruhe in die Halle und in das Herz des Sohnes eingekehrt waren, stand Beherztes Talent auf und begab sich in die Gemächer seiner Mutter.

Der Dienerin am Eingang befahl er, um eine Unterredung für ihn nachzusuchen. Fast sofort wurde er in den Empfangsraum gebeten, wo die alte Frau, umgeben von ihren Sklavenmädchen, auf ihrem reichgeschmückten Rosenholzstuhl saß; ihre Goldenen Lilien ruhten auf einem dazu passenden Schemel. Herrin wie Dienerinnen waren in gleicher Weise in weißen Hanf gekleidet.

Kaum hatte er sich von seinem Kotau erhoben, als seine Mutter auch schon anfing, ihn zu schelten. »Also hat es erst soweit kommen müssen, bevor du nach Hause gekommen bist. Du bist nichts weiter als ein Herumtreiber, mein Sohn.« Ihre liebevollen Augen straften die Schärfe ihrer Stimme Lügen. »Komm! Rasch! Laß dein häßliches Gesicht anschauen.«

Er trat näher. »Nun, meine Mutter?« Fast hätte er gelächelt. Sie jedenfalls würde sich nie ändern.

Sie streckte die Hand aus, um ihm die Wange zu tätscheln, besann sich dann jedoch eines Besseren. »Sohn, laß dir einen Zopf wachsen! Sonst denken die Leute noch, man hätte dich dabei erwischt, wie du nachts heimlich in die inneren Höfe geschlichen bist.« Die Sklavenmädchen kicherten. Flink wie eine Viper blickte die Erste Gebieterin von einer zur anderen; ihre Augen blitzten, und sie sah sie durchdringend an.

Beherztes Talent hielt es für klug, das Thema zu wechseln.

»Du hingegen siehst wohl aus, meine Mutter,« sagte er daher.

Worauf sie sich ihm zuwandte. »Du Lügner! Die ganzen sieben Wochen habe ich kein Auge zugetan. Diese Hunderte von Trauergästen, um die ich mich zu kümmern hatte, die versorgt werden mußten, und die vielen entfernten Verwandten, von denen ich noch nie etwas gehört hatte – alle arm, versteht sich –, die untergebracht werden und auch noch ein hübsches Geschenk bekommen mußten. Von den Priestern gar nicht zu reden. Wir mußten noch fünfundzwanzig Dienstboten zusätzlich einstellen. Wenn du gleich hiergewesen wärest und deinen dir zustehenden Teil übernommen hättest, würde ich besser aussehen.«

Er senkte den Kopf. »Vergib deinem unwürdigen Sohn. Ich verspreche, meinen Familienpflichten von jetzt an immer nachzukommen.«

Sie warf die Hände in die Höhe. »Ha! Du hast mir ja noch nicht einmal ein Enkelkind geschenkt. Ich habe deinen Vater gewarnt, dich nicht fortziehen zu lassen bis ans Ende der Welt, ohne dich vorher zu verheiraten. Jetzt, wo wir Trauer haben, ist für weitere drei Jahre daran nicht zu denken. Dann wirst du vierzig geworden sein, ein Alter, in dem jeder pflichtbewußte Sohn mir meine Urenkel bringen würde.«

Meine geliebte Mutter fährt genau dort fort, wo sie vor sieben Jahren aufgehört hat, dachte er. Ich muß das Thema nochmals wechseln. »Verehrte Mutter, ist alles für das Begräbnis morgen bereit?«

Die alte Frau tat so, als habe sie nicht gehört. Mit einer Handbewegung forderte sie die Mädchen auf, ihr Kühlung zuzufächeln.
Er wiederholte seine Frage, lauter diesmal.
Sie zuckte zusammen. »Ach, vielleicht kommt es noch gar nicht so schnell zu einem Begräbnis. Die Wahrsager raten uns, noch zu warten; vielleicht noch ein ganzes Jahr.«
»Aber neunundvierzig Tage sind Sitte, und das entspricht auch genau Vaters Wunsch. Das hast du doch nicht vergessen, nicht wahr, Mutter?«
»Seit wann kümmerst du dich um Sitte und Herkommen? Wenn es danach ginge, sollte ich jetzt Angebote von Ehevermittlern für meinen Enkelsohn abwägen. Und außerdem wissen die Wahrsager, was am besten ist. Stell dir nur vor, nachdem du fortgereist warst, kamen ein paar fremde Teufel, haben unser Land durch ihre Zaubergläser betrachtet und dann hohe Masten mit Drähten daran aufgerichtet. Jeder Wahrsager in der Stadt hat die Behörden eindringlich davor gewarnt, aber sie wollten ja nicht hören.« Hochdramatisch seufzte sie auf. »Und was geschah?« Sie hielt inne, wartete auf seine Antwort. Doch als er nichts sagte, gab sie die Antwort selbst. »Genau das, was zu erwarten stand. Das Wasser in den Flüssen stieg, und die Ernten wurden vernichtet. Hüte dich, sage ich, die Drachengeister zu kränken. Habe ich nicht recht, meine Mädchen?«
Die Mädchen nickten nachdrücklich.
Es hatte keinen Sinn, den Glauben seiner Mutter an die Wahrsager in Frage zu stellen. Demütig sagte er daher: »Meine Mutter, wie soll ich etwas dagegen haben, wo du das Ganze doch offenbar so gründlich durchdacht hast?«
Das Lächeln, das ihre Augen aufhellte, war kaum wahrnehmbar, doch jeder, der sie kannte, wußte, daß sie hocherfreut war.
Kommt der Spieler an einer Stelle nicht weiter, versucht er es an einer anderen und macht einen neuen Zug. Einen Augenblick später erkundigte Beherztes Talent sich: »Und wie geht es allen?«
»Jetzt wieder gut. Aber bis heute haben sie sich bei mir die Tür in die Hand gegeben, um sich nach dir zu erkundigen.«
War sie wirklich so wenig auf der Hut, wie es den Anschein hatte?
»Sind viele meiner Basen guter Hoffnung?«
»Oh, ja, mehrere. Und mindestens zwei von ihnen werden Knaben bekommen. Das sehe ich an der Art, wie sie gehen.«
Hier konnte er einhaken. »Dann, Mutter, muß ich mich rasch nach

einem Haus außerhalb der Stadtmauern umsehen, denn du hast doch selbst immer gesagt, daß es kein Glück bringt, Kinder unter einem Dach zur Welt zu bringen, unter dem die Toten noch schlafen.«

An der Art, wie sie ihn ansah, erkannte er, daß er sich durchgesetzt hatte, doch sonst ließ sie sich weder ihren Stolz auf seine geistige Beweglichkeit noch ihren Ärger darüber anmerken, daß sie in einer Zwickmühle saß. Sie wandte sich nur dem ihr zunächst sitzenden Mädchen zu und trug ihr auf, den Priestern zu sagen, sie sollten alles für das Begräbnis vorbereiten.

Im Morgengrauen des festgesetzten Tages verließ der Leichenzug die *lao chia*, wand sich durch die Stadt, führte zum westlichen Tor hinaus und ging dann über die Landstraßen weiter: die Kondolenzbanner, die Sänfte des Altehrwürdigen, sein Schirm und sein Staatsgewand, sein Porträt und die Ahnentafel – achtzehn buddhistische Mönche, achtzehn taoistische Priester, sieben Lamas, zwei Musikkapellen, hundert Träger Himmlischer Geschenke, zehn Mann, die die Straße kehrten, um die bösen Geister hinwegzufegen, achtzehn Schwertträger mit blitzenden Klingen, um unfreundliche Geister zu vertreiben, und dann zweiunddreißig in grünen Brokat gekleidete Sargträger mit rotgefiederten Hüten auf dem Kopf, die das riesige Seidenhaus trugen, in dem nicht sichtbar der Sarg lag. All diesen folgte Beherztes Talent als einziger lebender Sohn der Ersten Gattin des Verstorbenen; Lauteres Talent als einziger lebender Sohn der Zweiten Gattin des Verstorbenen; und Edles Talent als einziger lebender Sohn der Dritten Gattin des Verstorbenen. Sodann kamen sämtliche männlichen Sippenangehörigen zu Fuß sowie sämtliche weiblichen Angehörigen in geschlossenen Karren, der gesamte Haushalt, Freunde, Beamte und Pächter des Hauses Chang.

Menschentrauben säumten die Straßen. Kulis schlugen sich fassungslos vor die Stirn, als mehr und immer mehr Trauernde an ihnen vorüberzogen, und die Händler verneigten sich voller Hochachtung vor dem Reichtum der Changs. Hinter Fenstern und Türen, die nur einen Spalt weit geöffnet waren, blitzten die Augen junger Frauen und Mädchen; auf diese Weise wahrten sie den gebotenen Abstand, ohne sich indessen das Schaugepränge entgehen lassen zu müssen. Alte Frauen unterhielten sich kichernd, zeigten mit dem Finger bald auf diesen, bald auf jenen der Trauernden und bemühten sich die ganze Zeit über, die Gassenjungen nicht aus dem Auge zu lassen, die herbeiliefen und wieder auseinanderstoben, wenn die Knallfrösche explodierten – wie Falter, die von der Kerzenflamme angezogen werden und Gefahr laufen, sich die Flügel zu versengen. Dutzende von Ladenbesitzern und Handwerkern hatten am Straßenrand Papierhäuser auf Altären errichtet; vor jedem lag eine weiße Matte, auf denen die Söhne der Changs niederknieten, um die Ehre zu erwidern, die ihrem Vater auf diese Weise erwiesen wurde. Nur die Bettler fehlten; die Familie hatte dem Oberhaupt der Bettlerzunft eine großzügige Spende übergeben, um zu verhindern, daß das große Ereignis durch ihre abscheuliche und makabre Gegenwart gestört wurde.

Der halbe Tag war vorüber, ehe der ganze Zug auf dem Begräbnisplatz der Familie anlangte, wo die Changs seit Generationen bestattet wurden. Nach den Wahrsagern hielt dieser Platz auf wunderbare Weise die Waage zwischen dem Verlauf des Flusses, der Richtung des Bergzuges, der Straßenbiegung, den Baumgeistern und dem Lauf von Sonne und Wind.

Als der letzte Diener die Stätte erreicht hatte und innerhalb der Mauern stand, erstarb jedes Geräusch, doch nahezu gleichzeitig erhob sich das schrille Konzert der Musikanten. Während der Klagegesang gen Himmel stieg, bildeten die männlichen Trauernden innerhalb der Umgrenzung und die weiblichen in ihren Karren draußen einen Kreis, um Zeuge zu sein, wie der Sarg von der Bahre herabgehoben und in das vorbereitete flache Loch gebettet wurde. Sodann warf jeder der Trauernden eine Handvoll Erde ins Grab, und als der Sarg vollständig bedeckt war, verbrannten die Priester die Geschenke und schickten für den Gebrauch des Verblichenen Pferde aus Pappmaché, Diener, Karren, Schweine, Hühner, Speisen, Geld, Flöten, Bücher, Schachspiele, Häuser und andere Dinge, die das Leben auf dieser Erde angenehmer machen, in den Westlichen Himmel.

Zuletzt, als die Versammelten auf die Knie fielen, schlang Beherztes Talent die rote Schleife über die Ahnentafel, die fürderhin daheim den Altar schmücken sollte, was bedeutete, daß einer der drei Geister des Altehrwürdigen von nun an für immer im Hause Chang wohnen würde, während der zweite innerhalb der Begräbnisstätte schlief und der dritte auf das Land der Schatten zuflog.

Vor sich die Tafel hielt das neue Oberhaupt der Familie eine Lobrede auf seinen Vater. »Meiner Sünden sind viele, und sie sind verrucht, und ich hätte ihretwegen den Tod verdient. Ich jedoch bin mit dem

Leben davongekommen. Die Götter haben mich bestraft, indem sie meinen Vater sterben ließen. Er starb dieses Jahr am fünften Tag des fünften Monds unter dem Dach seiner Ahnen. Ich und meine Brüder vergießen blutige Tränen und neigen vor Kummer das Herz der Erde zu.

Mein Vater wurde geboren...«

Beherzten Talents Stimme war ganz heiser geworden, als er endlich sämtliche Höhepunkte im Leben des Altehrwürdigen aufgezählt und die Trauernden ermahnt hatte, seinem Beispiel nachzueifern.

»Wir weihen dir unser Leben, o Vater, so wie du das deine dem Hause Chang geweiht hast.«

So endete der Aufenthalt eines Mannes in dieser Welt; so begann seine Heimkehr in das Land seiner Ahnen.

Tod und Pflicht waren nicht zu leugnen.

Das Jahr des Drachen sollte vorübergehen, desgleichen das Jahr der Schlange und das des Pferdes, und diese ganze Zeit über betrauerten die Angehörigen des Hauses Chang den Tod des Altehrwürdigen, kleideten sich schlicht und aßen einfach, verzichteten darauf, Todesfälle und Hochzeiten zu feiern, und zogen sich von offiziellen Stellungen und aus dem öffentlichen Leben zurück. Erst am Tag der Reinen Helligkeit im Jahr des Schafes, 1895, als die Nachfahren sich versammelten, um die Ahnengräber mit den Zweigen in Blüte stehender Weiden zu fegen, sollten die Familienangehörigen in die Welt zurückkehren.

2. Die Reformen

Die Traurigkeit der Chinesen!
Ach, ich spreche davon, wie traurig es ist, Chinese zu sein.
Nicht, weil Ausländer mich beleidigt hätten,
Und auch nicht, weil mein Landsmann mich unterdrückt hätte:
Er ruft nicht laut meinen Namen und schlägt mich,
Noch zeigt er mit dem Finger auf mich und schmäht mich,
Er tritt nur dicht vor mich hin,
Summt ein namenloses Lied und geht weiter.
Doch bin ich daheim und schlafe,
Ist er in seinem Haus jenseits der Gartenmauer
Und steckt ohrenbetäubend laute Knallfrösche an.

Chon Tso-jen, um 1910

Beherztes Talent zitterte und steckte die Hände tiefer in die Ärmel, als er die verlassenen Wege entlang auf das Haupttor zueilte. Es war immer noch nicht zu spät, um umzukehren. Sein Kohlenbecken verströmte Wärme, und aus Shanghai war eine neue Sendung Bücher eingetroffen. Nichts hätte ihm mehr behagt, als den Vormittag lesend zu verbringen. Aber als Oberhaupt der Familie konnte er es sich nicht leisten, nur an sich zu denken.

Der Empfangshof lag verlassen da, bis auf die Sänftenträger, die eng beieinander an der Mauer hockten und rauchten. Ihr Atem war in der eisigen Luft so weiß wie der Zigarettenrauch. Als sie ihn kommen sahen, sprangen sie auf und verneigten sich. Nickend erwiderte er ihren Gruß. Kein Mensch konnte sich erinnern, daß es jemals so kalt gewesen wäre. Nicht einmal die Witwe Wang nahm ihren üblichen Platz an der Geisterwand ein, um auf dieses oder jenes Mitglied des Hauses Chang zu warten und lauthals ihrem Kummer Luft zu machen. Die Ärmste hatte keine Kinder und hatte es sich zur Aufgabe gemacht, Auge und Ohr für den Grundherrn zu sein, um dadurch seine Gunst zu gewinnen. Niemand nahm sie ernst, er selbst schon gar nicht. Trotzdem, er durfte nicht vergessen, gleich morgen Fatso mit einer Scheibe Schinken zu ihr zu schicken – als Gegengabe für das Entenei, das sie ihm gestern zusammen mit den neuesten Nachrichten gebracht hatte. Er seufzte. Grundherren konnten es sich nicht leisten zuzulassen, daß ihre Pächter sich großzügiger zeigten als sie selbst. Da es heute keine Bittsteller gab, konnte er jedenfalls zum erstenmal seit vierzehn Tagen Bauer Lee aufsuchen und damit auf höchst angenehme Weise seiner Pflicht genügen. Lee war der einzige Pächter, der niemals auf die Vorrechte pochte, die mit der Abgabepflicht auch verbunden waren. Was er sagte und tat, war immer das, was es bedeutete und war – er verfolgte damit niemals verborgene Nebenabsichten.

Beherztes Talent raffte sein Gewand und bestieg die Sänfte. Der Oberträger verneigte sich, machte den Schlag zu und rief dem Jungen vom Lande, den man vor kurzem eingestellt hatte, barsch einen Befehl zu. Der junge Mann rührte sich nicht von der Stelle, sondern warf sich nieder, machte höchst unterwürfig Kotau und sagte: »Bitte, Herr, zwing mich nicht. Ich werde alles tun, was du sagst, nur dies nicht. Ach, Alter, Onkel, bitte ...«

Mit unterdrücktem Zorn und heiserer Stimme wiederholte der Oberträger seinen Befehl. Der Junge drückte weiterhin die Stirn auf die Pflastersteine. Beherztes Talent wußte, was von ihm erwartet wurde, zog die Vorhänge zu und lächelte in sich hinein. Jetzt, wo der Oberträger unbeobachtet war, brauchte er kein Blatt mehr vor den Mund zu nehmen.

»Du feiger, räudiger Auswurf eines nichtsnutzigen Pavians!« Diesem Fluch folgte das Geräusch rascher Schritte, dann ein schmerzliches Aufheulen.

»Au! Au! Laß meinen Zopf los! Au! Au! Au!« Untermalt wurde das Wehgeschrei des Jungen von etlichen atemlosen Flüchen, die der Oberträger ausstieß, während er den drahtigen Körper des Widerspenstigen dorthin zerrte, wo er hingehörte: ans Ende der Sänfte. Einen Augenblick herrschte unheilvolles Schweigen. Dann kam ein bellendes Husten. Beherztes Talent fragte sich schon, ob es wohl Zeit wäre einzugreifen, da überstürzten sich die Worte des Jungen:

»Au! Bitte, Herr, zwing mich nicht, unter aufgehängter Wäsche hindurchzugehen. Diesmal geschieht bestimmt ein schreckliches Unglück.«

»Du abergläubisches Kamelmistgezücht! Du bist hier in einem

großen und gebildeten Haus! Wenn du hier arbeiten willst, gehst du geradeaus und fragst nicht danach, was über deinem Kopf hängt!«

»Bitte...«

»*Aje ho!*« rief der Oberträger und nahm seinen Platz vorn ein.

»*Aje ho!*« rief der Junge klagend.

Mit einem Ruck wurde die Sänfte in die Höhe gehoben, und schwankend ging es um die Geisterwand herum. Beherztes Talent mußte breit grinsen. Das hier war Fortschritt! Wie viele Monate hatte es ihn gekostet, den Oberträger davon zu überzeugen, daß über dem Kopf hängende Wäsche kein Unglück bedeutete? Fünf Monate? Zehn? Schade, daß eine solche überzeugende Sprache wie die, deren der Oberträger sich dem Jungen gegenüber bedient hatte, unter seiner Würde war! Wenn er so nur mit dem Lehrer reden könnte, der gedroht hatte, lieber würde er gehen, als Mathematik zu unterrichten. »Verkehr in Zahlen«, hatte er das verächtlich genannt, »die Arbeit von Schreiberlingen und verlogenen Kaufleuten.« Beherztes Talent stellte sich vor, wie der Lehrer nach einer solchen Schimpfkanonade mit Flüchen aus dem Repertoire des Oberträgers der Mund offen stehenbleiben und er keine gedrechselten Reime und gewollten Metaphern mehr von sich geben würde.

Ein paar Kraftausdrücke wie diese, und das Familienoberhaupt konnte bei seinem nächsten Vortrag über Hygiene die Küchenhelfer zumindest so weit bringen, daß sie innehielten, um zu überlegen, bevor sie in die Hände spuckten und sie sich dann an den schmuddeligen Hosen abwischten. Er stellte sie sich in blütenweißen Schürzen vor, wie sie sich die Hände an den Spülsteinen schrubbten, die er vor zwei Jahren hatte installieren lassen – und auch noch die Seife dazu benutzten, wie er es sie gelehrt hatte, statt sie unterderhand an irgendwelche vorüberziehende Kaufleute zu verkaufen.

Immer noch lächelnd, setzte er sich zurück und genoß das seltene Alleinsein. Es erinnerte ihn an die Ruhe seines Lebens im Ausland. Dort hatte kein Mensch ihm in den Ohren gelegen, um irgendwelche Streitigkeiten zu schlichten oder Schulden zu bezahlen; er hatte sich an das Leben unter den Fremden genauso gewöhnt wie an den sanften Fluß der englischen Sprache.

Er schüttelte den Kopf. Drei Jahre wieder zu Hause, und er hatte sich immer noch nicht wieder an die schrillen Töne seiner Muttersprache gewöhnt. Das Chinesische mit seinem ständigen Auf und Ab und seinem Stakkato von Einsilbern kam ihm vor wie ein mißtönendes Konzert von Trommeln, Becken, Gongs und Glocken –

wie eine ständige Abfolge von kurzen Ausrufen! Selbst im Dialekt von Soochow, dem süßesten von allen, steigerte sich auch eine ganz normale Unterhaltung rasch in Töne der höchsten Erregtheit, und wenn es ihm auch gelang, hin und wieder der Gegenwart von Besuchern zu entkommen, indem er die Wohngemächer des Familienoberhaupts verließ und sich in sein geliebtes Ming-Studierzimmer zurückzog – den Lauten des täglichen Lebens bei den Changs konnte er nicht entfliehen.

Vielleicht würde er gar nicht soviel dagegen haben, wenn nur irgend jemand etwas Interessantes zu sagen hätte. Aber seine Verwandten hatten – zumindest während der Trauerjahre – kaum etwas anderes zu tun, als bestimmte Themen immer wieder genüßlich durchzuhecheln und ständig über das gleiche zu reden. Unentwegt stritten sie sich über das Können der einzelnen Köche, die Unverschämtheit eines bestimmten Dieners und das ungehobelte Benehmen mancher Freunde ihrer Nachbarn. Klatsch! Endloser Klatsch!

Wann immer er sein Abendessen auch im Speisezimmer der Männer einnahm, das Tischgespräch wandte sich früher oder später unweigerlich dem Thema Ausländer zu. Bekümmert schüttelte Ältester Vetter wohl den Kopf und sagte: »Diese Barbaren haben nicht die leiseste Ahnung von dem, was *jen* ist. Wie wollen sie nur hoffen, jemals zivilisiert zu werden? Gerade vorige Woche ist der Bruder eines unserer Küchenmädchen von seinem englischen Herrn an die Luft gesetzt worden. Dazu hat jeder Arbeitgeber ein Recht. Aber wäre er ein Mensch und nicht nur ein Barbar, würde er dafür sorgen, daß der Junge das Gesicht bewahrte, und zulassen, daß er von sich aus ginge. In China würde nicht einmal der dreckigste Gassenlümmel seinem ertrinkenden Feind noch den Fuß auf den Kopf setzen.« Woraufhin wohl Dritter Onkel oder Zweiter Vetter achselzuckend erklärte: »Aber wie sollen sie sich überhaupt anders verhalten, wo ihre eigenen Herrscher ihnen ein so schlechtes Beispiel geben? Die Minister der Königin Victoria verkaufen den Chinesen Opium, verbieten den Genuß jedoch im eigenen Lande. Wenn die Königin schon nicht tugendhaft ist, woher soll dann ihr Volk es sein?«

Sodann pflegten alle laut über Chinas Verluste in den Opiumkriegen zu klagen, die Niederbrennung des Sommerpalastes, über die Konzessionen, zu denen man sich bereitgefunden – neunundfünfzig waren es mittlerweile, und eine nach der anderen waren sie ihnen abgerungen worden. Wenn Beherztes Talent sie an die Ermordnung

von wehrlosen Missionaren erinnerte oder an die Kaiserliche Verordnung, derzufolge ausländische Sendboten gezwungen waren, sich vor dem Gelben Kaiser in den Staub zu werfen und Kotau zu machen, obwohl sie das vor ihren eigenen Königen nicht taten, waren sie rasch mit einer Antwort bei der Hand.
»Wer hat sie gebeten herzukommen? Hat Kaiser Chien Lung sie nicht von Anfang an gewarnt, weder ihre Waren noch sie selbst würden hier willkommen sein? Wenn sie doch nur wieder nach Hause zurückkehrten, dann könnte überall unter dem Himmel erneut die Harmonie einkehren.«
Und so ging es weiter – ein endloser Sport. Alle waren sie sich einig in der Überzeugung, daß China wie eine überreife Frucht sei, vernachlässigt und gedemütigt, bereit, den fremden Schakalen in den Mund zu fallen. Und bis auf Beherztes Talent und Edles Talent meinte auch keiner, man könne etwas tun, das zu verhindern. Die ewig sich wiederholende Litanei lautete: »Armes China! Die armen Söhne des Landes Han! Eine großfüßige Mandschu-Konkubine hinter dem Thron. Und großnasige Barbaren allerorten im Reiche des Himmels.«
Lauteres Talent war in keiner Weise eine Hilfe. »Ja«, pflegte er zu sagen, »wer hat sie gebeten zu bleiben? Sie machen sich lustig über unsere alte Kultur und unsere Weisen und predigen selbst die Tugenden eines toten Zimmermanns. Sie lachen über unsere Ahnentafeln, verehren aber selber einen Gott, der aus drei Geistern besteht. Sie spotten über das Essen, das wir opfern, um das Andenken unserer verstorbenen Eltern zu ehren, behaupten aber ihrerseits, Brot sei das Fleisch Gottes und Wein sein Blut. Diese Kannibalen! Chinesische Konvertiten? *Aija!* Zehn Jahre Streit und zwanzig Millionen Tote, ehe der von Christen angeführte Taipingaufstand niedergeschlagen wurde.«
War es Fatso, die bei Tisch bediente, hatte sie immer das letzte Wort. »Jede hals- und augenlose Schildkröte sieht doch, daß sie Spione sind. Warum würde sonst jemand bleiben, wo er nicht gern gesehen ist? Wenn mir noch einmal einer von diesen *yang-kwei* weismachen will, daß *ich* in die Hölle komme, dann spucke ich ihm in sein teigiges Gesicht und sage zu ihm: ›Zeig mir den Weg!‹«
Woraufhin dann alle in wieherndes Gelächter ausbrachen, als hätten sie ihre Worte zum ersten Mal gehört.
Anfangs war Edles Talent sein Verbündeter in diesen Streitgesprächen gewesen. Er begriff, wie notwendig es war, China zu moderni-

sieren, und hegte größte Hochachtung vor den englischen und deutschen Ausbildern an der Militärakademie. Doch im Laufe der letzten paar Monate, als immer deutlicher wurde, daß Japan es darauf abgesehen hatte, sich Korea einzuverleiben, war sein jüngerer Bruder wie besessen gewesen von der Idee und hatte ihm ständig zugesetzt, er möge ihn zurückkehren lassen auf sein Schiff, obwohl die Trauerzeit noch nicht vorüber war. »Ich bin Soldat. Ich gehöre auf mein Schiff zu meinen Kameraden, um gegen den Feind zu kämpfen. Was nützen alle Reformen, wenn unser Land besetzt ist?«
Als Familienoberhaupt hatte Beherztes Talent ihm alle flehentlichen Bitten abschlagen müssen. Wie konnte er einem Angehörigen seiner Familie gestatten, mit der geheiligtsten aller Traditionen zu brechen? Zumal die Sippe unweigerlich immer wieder darauf hinwies, daß »selbst der geehrte Ahne, der Minister des Kaisers, sich während der Trauerzeit nach Soochow zurückgezogen hat«?
Jetzt schwieg Edles Talent immer eisern bei den Familienversammlungen oder zog sich in seine Gemächer zurück, zählte die Tage und bekundete auch nicht mehr das geringste Interesse an den Bemühungen des Familienoberhaupts, hier zu Hause Reformen einzuführen. »Was versteht ein Soldat schon von der Landwirtschaft?« pflegte er zu sagen, meinte aber wohl richtiger: »Was versteht ein aus dem Westen heimgekehrter Student davon?«

Seufzend zog Beherztes Talent die Vorhänge seiner Sänfte auf. Sie hatten das Stadttor bereits hinter sich und befanden sich auf einem der vielen Fußpfade, die das dem Hause Chang gehörige Ackerland kreuz und quer durchzogen. Die Reisfelder links und rechts waren um diese Zeit – die Zeit, da die Reisschößlinge gesteckt wurden – von einer dicken Schlammschicht bedeckt.
Die Mittagssonne war durch die Wolken gebrochen, erwärmte die Luft und schickte die Pächter von der Feldarbeit heim, eine Schale Suppe zu sich zu nehmen. Wenn seine Sänfte vorüberkam, traten sie beiseite und verneigten sich tief. Er neigte den Kopf und lächelte.
Die Bauern bekundeten in seiner Gegenwart immer größte Hochachtung und schwiegen zumeist. Selbst Bauer Lee, der stets aus freien Stücken bereit war, eine Neuerung auszuprobieren, redete nicht viel. Er lachte, kratzte sich am Kopf und verneigte sich, kam aber nur selten selbst mit einem Vorschlag. Doch wenn die anderen erkannten, daß keine unglücklichen Geister Lee heimsuchten, nach-

dem auf dem Feld in der Nähe der Gräber seiner Ahnen eine Pumpe installiert worden war, wollten auch sie sich dieses neue Gerät zunutze machen.
Vor ein paar Wochen hatte er gemeinsam mit dem Bauern Lee ein Gemeinschaftsunternehmen ins Leben gerufen, um die verfallenden Deiche auszubessern, die von korrupten Beamten vernachlässigt worden waren. Wie immer hatte die Sippe seinen Vorschlag zunächst zögernd gutgeheißen und für Werkzeug und Material gezahlt. Die Arbeitskräfte hatte Lee gestellt. Nun, wo die Deiche repariert waren und die neue Pumpe arbeitete, würden die Felder im Frühling grün sein von jungem Reis, jede gutbewässerte Reihe üppig grün.
Als die Sänfte um die Wegbiegung herumkam, die auf die strohgedeckte Lehmhütte von Bauer Lee zuführte, riß eine junge Stimme Beherztes Talent aus diesen angenehmen Träumereien.
»Mutter! Mutter! Der Geehrte Herr ist da! Der Herr ist hier!« Die Stimme schien unter der Sänfte hervorzukommen. Als er sich hinauslehnte, entdeckte er den winkend nebenherlaufenden Jungen mit dem auf und ab wippenden kurzen Zopf. Es war Entschlossener Geist, Bauer Lees vierjähriges Söhnchen. Als er aus der Sänfte stieg, war das Kind hinter einer Hausecke verschwunden, und die Familie Lee stand zum Willkommen aufgereiht da, ein Fleckenteppich aus verschossenen Blautönen, zu denen sich hier und da noch ein Flecken Rot von den Kleinkindern gesellte. Aus der Hüfte heraus verneigten sie sich; das Stroh, das sie sich der Wärme wegen zwischen die verschiedenen Schichten ihrer Kleidung gestopft hatten, knisterte. »Willkommen, Herr! Wir haben eine solche Ehre nicht verdient!«
»Guten Tag, meine Freunde. Habt ihr heute schon gegessen?«
»Es geht uns gut, Herr«, antworteten sie wie aus einem Mund und verneigten sich abermals. »Habt Ihr heute auch schon gegessen?«
»Mir geht es gleichfalls gut.« Er nickte.
Dann trat die zahnlose Großmutter vor und reichte ihm eine Schale heißes Wasser, während die ausgemergelten Onkel gingen und sich eine Ehre daraus machten, einen Hocker herbeizutragen und ihn an die Wand in den Schatten zu stellen. Als das Familienoberhaupt trank, grinsten die Lees und nickten beifällig.
Plötzlich tauchte hinterm Haus in einer Staubwolke, ein schwarzes Ferkel an einem Strick hinter sich herziehend, Entschlossener Geist auf. Der Junge war bereits größer als seine beiden älteren Brüder,

trug aber gleichwohl immer noch die dünnen goldenen Ohrringe seiner Mutter, um den neidischen Göttern weiszumachen, er sei nur ein Mädchen und nicht wert, daß sie sich für ihn interessierten. Um den Hals trug er auf einer Schnur aufgereiht Amulette, um die Krankheit abzuwehren, der er vor ein paar Wochen fast zum Opfer gefallen war.

»Seht, Herr, wie groß Schinken schon geworden ist!«

»Wahrhaftig, das Schwein ist würdig, von einem Kaiser verspeist zu werden.« Beherztes Talent neigte mit gebührendem Ernst den Kopf.

Entschlossener Geist hätte noch mehr gesagt, doch seine kräftige Mutter zog rasch das auf ihrem Rücken schlafende Baby ein wenig höher und trat einen Schritt vor, um ihren kleinen Sohn bei der Hand zu nehmen. Er durfte nicht allzu vorwitzig sein und vergessen, wo er hingehörte.

»Bitte, bring das Kind nicht fort«, erhob Beherztes Talent Einspruch. »Ich erfreue mich an seiner Gesellschaft.«

Entschlossener Geist reckte sich noch höher auf, und die Erwachsenen lachten, doch dann herrschte unversehens Schweigen. Die Mutter brach es, indem sie sich verneigte und erklärte: »Mein dummer Dritter Sohn will keinen anderen an dieses Schwein heranlassen. Er füttert es mit der Hand und wäscht ihm die Füße, als ob es die Füße Buddhas wären.«

»Geehrter Herr!« Entschlossener Geist verneigte sich feierlich und sehr tief. Beherztes Talent mußte an sich halten, um nicht loszulachen, als er das nackte Hinterteil des kleinen Jungen sah, das beim Bücken zwischen dem Schlitz in der Hose hervorlugte. »Ich will, daß Schinken gut schmeckt, Herr.«

»Und du kannst sicher sein, daß ich einen ganz besonders hohen Preis für diesen besonders guten Geschmack zahlen werde.«

»Oh, nein, Herr!« Der Junge schüttelte den Kopf, wobei ihm sein Zopf ums Gesicht schlug. »Schinken ist ein Geschenk.«

»Ein Geschenk für mich?«

Alle nickten.

»Denn wäret Ihr nicht gewesen, Geehrter Herr«, sagte die Großmutter, »hätte Entschlossener Geist sich zu seinen Ahnen versammelt.«

»Es war nichts. Das Geringste, was ich habe tun können.«

Die Mutter wischte sich die Tränen fort, die unweigerlich flossen, wenn sie daran dachte, wie krank ihr Lieblingssohn gewesen war.

»Ihr hättet einfach fortgehen können, als ich mit Euch stritt. Ich dachte, das Krankenhaus der ausländischen Teufel wäre ein Ort des Bösen. Ich habe Euch nicht geglaubt, als Ihr sagtet, sie würden mein Kind nicht nehmen, um Gold damit zu machen. Könnt Ihr einer unwissenden Frau verzeihen?«
»Bitte, steht auf. Es gibt nichts zu verzeihen.«
Damit war das rituelle Gespräch beendet. Beherztes Talent erhob sich und erkundigte sich nach Bauer Lee.
»Mein Mann ist nicht hier. Er fühlte sich krank, und wir haben ihn sofort in dasselbe Hospital gebracht.«
»Wann?«
Sie sahen einander an. Ein alter Onkel sagte, das müsse am Tag des Vollmonds gewesen sein; die Frau hingegen meinte, schon ein paar Tage früher.
Alle waren überzeugt, in wenigen Tagen würde er vollständig genesen wieder zu Hause sein, und nickten alle nachdrücklich mit dem Kopf.
Ihr kürzlich erworbener und offensichtlich blinder Glaube an die Zauberkräfte des Missionshospitals erfüllte Beherztes Talent mit Schrecken. Rasch verabschiedete er sich daher, und als sie außer Hörweite waren, befahl er den Sänftenträgern, ihn sofort dorthin zu bringen.
Zum Teil mit Hilfe von Geldern gebaut, die – darauf hatte er bestanden – aus der Schatzkammer des Hauses Chang stammten, war das Hospital ein kleines, zweistöckiges Gebäude aus roten Ziegeln, das ganz so aussah, als hätte ein eifriger Wind es in New Haven, Connecticut, in die Höhe gehoben und dann aufs Geratewohl irgendwo in Soochow niedergesetzt. Sein einziges Zugeständnis an die Umgebung war die hohe Mauer, die es umschloß. Statt der Geisterwand gab es hier über dem Eingang ein Holzschild mit der Aufschrift SOOCHOW MEN'S MISSION HOSPITAL auf englisch und chinesisch...
An der Tür winkte Beherztes Talent die Träger beiseite und schoß durch die Halle, vorüber an besorgten Verwandten der Patienten, die mit Essen kamen, das den Kranken verboten war, und die jetzt an den Wänden hockten und wehklagten und sich mit dem Krankenhauspersonal herumstritten. In seiner Nase juckte es, so sehr roch es nach Krankheit und Desinfektionsmitteln, Kräutertränken und Hühnersuppe. Die grauhaarige Bibelfrau, die als Empfangsdame, Dolmetscher und Verkehrspolizist zugleich fungierte, schick-

te ihn hinauf in ein Hinterzimmer im obersten Stock, Zimmer sechzehn.
Die Tür stand offen. Mit Kissen im Nacken lag Bauer Lee auf dem schmalen Bett.
Der große Körper des Bauern, der vor vierzehn Tagen noch vor Lebenskraft gestrotzt hatte, machte einen ausgepumpten, zerbrechlichen Eindruck; sein Gesicht sah aus wie eine vertrocknete Erbsenschote. Seine Lider zuckten. Von irgendwoher aus seinem Inneren kam immer wieder ein tiefes Stöhnen.
Langsam näherte Beherztes Talent sich dem Kranken. Das winzige Zimmer war voll bedrückender Geister, so daß er unbewußt flüsterte: »Alter Freund, ich bin's, dein Herr. Hast du Schmerzen? Kannst du sprechen?«
Unter großen Mühen machte der Kranke die Augen auf, bekam seinen Besucher ins Blickfeld, und der Hauch von einem Lächeln stahl sich auf seine trockenen Lippen. »Herr...«
Beherztes Talent beugte sich über ihn. »Keine Sorge. Ich werde mit dem Doktor sprechen. Man wird alles für dich tun, was in ihren Kräften steht. Das verspreche ich dir.«
»Ja... danke...« Plötzlich beschleunigte sich Lees Atem, und mit jedem Atemzug wurde das mühevolle Stöhnen lauter.
Beherztes Talent wandte sich zum Gehen; er mußte Hilfe holen.
»Bleibt... bitte...«
»Ja, selbstverständlich.« Der Bauer, der die Geister auf seinen Äckern nicht fürchtete, hatte Angst davor, allein zu bleiben. »Selbstverständlich bleibe ich hier.«
Beherztes Talent zog das Taschentuch aus dem Ärmel und beugte sich über den Kranken, um ihm die Stirn abzuwischen, doch dann zauderte er. Schweiß tropfte von Lees Zopfende auf den Boden. Es müßte doch eine von den Pflegerinnen hier sein, jemand, der ihm die Schmerzen linderte.
Er führte das Taschentuch statt an die Stirn des Bauern an die eigenen Lippen und eilte dann hinaus, um Hilfe zu rufen.
Er sah den Arzt die Treppe heraufkommen. »Doktor, Sie müssen unbedingt kommen. Es ist Lee.«
»Ja, ich weiß.« Der Mann war außer Atem und blieb stehen. Seine Augen wichen Beherzten Talents fragendem Blick nicht aus.
»Gibt es denn nichts, was Sie tun könnten?«
»Wir...« Der Arzt schüttelte den Kopf. »Der Mann ist zu spät gekommen.«

Als die Stunde des Hahns kam, starb Bauer Lee. Am Abend des nächsten Tages kam sein jüngster Sohn zur *lao chia*, um sein schwarzes Ferkel zu verkaufen, das noch viel zu klein war, um irgendwelchen Wert zu besitzen. Beherztes Talent zahlte einen ansehnlichen Preis dafür. Das Geld wurde für die Bestattung ausgegeben.

Auf dem Heimweg vom Begräbnis starrte der neue Sänftenträger auf ein Paar Hosen, das quer über die Straße zum Trocknen aufgehängt war, stolperte über einen lockeren Stein und brach sich ein Bein.

3. Geflügelte Schuhe

Meine Nichte ist sechs Jahre alt und heißt ›Fräulein Schildkröte‹;
mein dreijähriges Töchterchen kleines ›Sommerkleid‹.
Die eine lernt gerade Spaßen und Sprechen,
Die andere sagt bereits Gedichte auf und trägt Lieder vor.
Morgens spielen sie und weichen nicht von meinen Fersen;
Und abends schlafen sie, dicht an mich gekuschelt.
Warum, ach, Kinder, seid ihr nur so spät auf die Welt gekommen?
Warum erst, als meine Jahre sich dem Ende zuneigten?
Junges ist es, was unsere Gefühle weckt;
Alte Menschen verschenken so leicht ihr Herz.
Auch noch der süßeste Wein wird am Ende sauer;
Und zuletzt nimmt auch der volle Mond wieder ab.
Genauso ergeht es den Menschen mit den Banden der Liebe und der Zuneigung.
Beides wandelt sich leicht in Sorge und Fürsorge.
Gleichwohl ist die ganze Welt von Liebesbanden gefesselt.
Wie nur konnte ich glauben, ich allein könnte dem entgehen?

Po Chu-I, Tang-Dynastie

Ein paar Wochen nach dem Tod des Bauern Lee, als die Sonne gerade den Zenith überschritt, saß Beherztes Talent im Garten der Besinnlichen Flöte auf einem Hocker neben dem Teich. Zum vierzigsten Mal jährte sich der Tag, da seine Mutter in den Wehen gelegen, und er war sich den ganzen Tag über vorgekommen wie gefangen im Himmlischen Gewebe. Jetzt folgten seine Augen ruhelos einem der goldenen Karpfen, der unablässig von Lilie zu Lilie schoß und dabei seine prachtvollen Schleierflossen aufblitzen ließ.

Er dachte, zumindest bleibe ihm erspart, die Glückwünsche entgegenzunehmen, welche die Menschen in Amerika an einem Geburtstag meinten aussprechen zu müssen; in China feierte man den

Geburtstag jeweils am siebenten Tag des Ersten Mondes. Eine höchst vernünftige Sitte war das. Oder vielleicht doch nicht? Er schüttelte den Kopf. Er vermochte es einfach nicht mehr zu entscheiden. Nichts schien mehr im Lot, jedenfalls nicht mehr seit dem Tod von Bauer Lee. Die Briefe seiner ›fortschrittlichen‹ Freunde stapelten sich auf seinem Schreibtisch und warteten darauf, beantwortet zu werden, doch er hatte einfach nichts mehr zu sagen zu ihren Bitten um Unterstützung und Ermutigung. Am Morgen von Lees Bestattung war die Pumpe eingefroren. Später, als die Zeremonien vorüber waren, hatte er es nicht einmal mehr geschafft, einen Nachbarn von Bauer Lee zu überreden, seine Tochter ins Hospital zu bringen, obgleich jeder sah, daß ihr Bein bereits schwarz wurde und der Wundbrand eingesetzt hatte. Gegen die Logik des Mannes war nichts einzuwenden. »Sagt mir, wer würde schon eine Braut nehmen, die nur ein Bein hat? Es ist besser, sie geht hinüber auf die andere Seite der Gelben Quellen, als daß sie das Leben einer Bettlerin führt.« Zwar hatte er es nicht ausdrücklich gesagt, daß weder der fremde Doktor noch seine – Beherzten Talents – Reformen Bauer Lee hatten helfen können, aber gemeint hatte er es.

Jetzt hatten sie auch das Mädchen schon unter die Erde gebracht. Seit ihrem Tod hatte Beherztes Talent wieder und immer wieder Shen Chu-liens Brief an seine tote Tochter gelesen, bis er ihn auswendig konnte. Die Worte ließen ihn nicht mehr los.

»Wenn Du dem Richter der tieferen Welt gegenübertrittst, leg die Hände zusammen und sag ihm eindringlich: ›Ich bin jung und unschuldig. Ich wurde in eine arme Familie hineingeboren und habe mich mit kargen Mahlzeiten zufriedengegeben. Nie habe ich auch nur ein einziges Reiskorn verschwendet, und ich bin auch nicht leichtfertig mit meinen Kleidern und Schuhen umgegangen...‹ Jetzt schreibe ich diesen Brief an Dich; dabei kannst Du noch nicht einmal lesen. Mir bleibt nichts, als um Dich zu weinen und klagend Deinen Namen zu rufen.«

Worte, vor dreihundert Jahren geschrieben; gleichwohl war die Tinte noch nicht trocken. So viele kleine Geister!

Plötzlich vernahm er einen schwachen Laut. Erschrocken blickte er auf. Der Laut kam nochmals, lauter diesmal, wenn auch immer noch recht leise. »Ooooo! Ooooo!«

Woher war das gekommen? Suchend sah er sich um. Kein Mensch war zu sehen.

»Ooooo! Ooooo!«

»Wer ruft da?«
»Ich.«
»Und wer ist ›ich‹?« Die Stimme klang verdächtig nach einem Sterblichen.
»Frühlingsmond!« sagte sie und lugte hinter einem Felsen hervor zu ihm herüber.
»Hast du mich aber erschreckt. Was, wenn ich aufspritzend in den Teich gefallen wäre?«
»Dann wäre ich davongelaufen.«
»Und hättest mich ertrinken lassen?«
»Hast du denn nicht deine Zauberdampfhosen aus Amerika an, die dich hochpumpen und ans Ufer zurückbringen?« hielt sie ihm lachend entgegen. Er schüttelte den Kopf, konnte ihrer Dreistigkeit aber einfach nicht widerstehen. Etliche Male hatte er sie im Zypressengarten dabei erwischt, wie sie auf der Steinbank neben der Wand des Schulhauses gehockt hatte. Gestern mußte sie wieder gelauscht haben, als er sich diese Geschichte ausgedacht hatte, um ein bestimmtes Problem in der Mathematik zu erklären – in dem Fach, das niemand sonst unterrichten wollte.
Sie bot ihm eine Handvoll Krumen an, und gemeinsam fütterten sie die Fische.
Wie lustig sie nur ist, dachte er. So ganz anders als das Geschöpf mit den traurigen Augen, das sie gewesen ist, als er aus Amerika zurückkam. Wie anders als ihre Altersgenossinnen, diese kleinen gespuckten Ebenbilder ihrer Mütter und Tanten. Frühlingsmond war eine Freude und – wie diese – schwer festzuhalten.
»Schau, Onkel!« Sie zupfte ihn am Ärmel und zeigte dann hinunter in den Teich. »Der da mit den vorquellenden Augen. Den habe ich Ältesten Onkel getauft – nach dir.«
»Und warum?«
»Weil...« Sie strich die letzten Krumen von der Handfläche und sah dann zu ihm hinauf. »Das wird dir nicht gefallen«, warnte sie ihn.
»Selbstverständlich nicht. Sonst hättest du es ja nicht getan.«
»Nun« – sie schmiegte sich leicht an ihn –, »jedesmal, wenn ein anderer Fisch daherkommt, flitzt dieser fort und versteckt sich. Wenn aber kein anderer da ist, schwimmt er vorsichtig heraus, zieht seine Kreise und schüttelt dabei den Kopf. Genauso wie du.«
Beherztes Talent lachte. »Deine Mutter hat recht! Du hast nichts als Unfug im Kopf.«

»Aber du magst mich doch immer noch, oder?«
Lächelnd nickte er. Und es stimmte. Er genoß die Gesellschaft des Mädchens mehr als die der anderen Verwandten, obgleich sich ihre Pfade nicht häufig kreuzten. Bis zum Tod von Bauer Lee hatte er übergenug mit seinen Reformen zu tun gehabt, sie hingegen war mit dem beschäftigt, was junge Mädchen nun einmal machen. Mit dem Nähen ihrer Mitgift zum Beispiel, nahm er an, obwohl er bezweifelte, daß Frühlingsmond sich besonders gern mit dieser Aufgabe beschäftigte.
»Darf ich morgen kommen und mir das Bilderbuch ausleihen?«
»Das mit den Dampfmaschinen?«
Eifrig nickte sie.
»Warum interessiert dich das mehr als die anderen?«
Sie mußte die Frage nicht gehört haben, denn sie fragte: »Wenn Dampf die Boote in dem Buch voranpaddelt, Ältester Onkel, und die Wagen antreibt, die auf Schienen laufen, wieso kann er dann nicht auch Schuhe beflügeln, damit die laufen, ohne daß mir die Füße wehtun?«
Er blickte hinunter auf ihre Goldenen Lilien. »Schmerzen sie dich immer noch?«
»Eigentlich nicht mehr so schlimm. Fast nie. Ich bin ja kein Baby mehr, weißt du.«
Sie reckte sich zu voller Größe auf, und der Blick, mit dem sie ihn dabei ansah, machte es ihm unmöglich, das zu bestreiten. Er konnte daher nur anerkennend nicken. Plötzlich fiel ihr etwas anderes ein.
»Ältester Onkel?«
»Ja?«
»Großmutter meint, die Telegraphenmasten kratzen dem Drachen den Rücken und machen ihn so böse, daß er die Ernten vernichtet. Aber ich finde, du hast recht. Ich finde, wir sollten uns selbst einen Telegraphen bauen.«
»Wie sollten wir das denn?«
»Nun, ich könnte doch eine Schnur an deinem Bettpfosten festmachen und sie ausziehen, bis sie mein Bett erreicht. Dann könntest du zwei Glöckchen kaufen, die wir an jedem Ende festbinden, und wenn nachts dann die Geister kommen, ziehe ich an der Schnur und du auch, und die Geister bekommen Angst und flüchten vor dem Gebimmel.«
»Wäre es nicht einfacher, du wecktest dein Sklavenmädchen?«
Im Handumdrehen veränderte sich ihr Ausdruck so gründlich, als

hätte sie eine Wollmaske übers Gesicht gezogen. Langsam schüttelte sie den Kopf.

»Aber warum denn nicht?«

Sie zuckte mit den Achseln. »Weil... weil ich kein Sklavenmädchen habe.«

»Niemand will Scherereien deinetwegen haben, nicht wahr?«

»Nein.« Ihre Stimme wurde fast zu einem Flüstern. »Ich hätte jede haben können. Das hat Mutter jedenfalls gesagt. Aber die, die gekommen sind, habe ich wieder weggeschickt. Ich habe allen gesagt, ich wollte kein Sklavenmädchen, weder jetzt noch jemals.«

Behutsam erkundigte er sich: »Ist denn was geschehen, Frühlingsmond?«

Lange Zeit blieb sie ihm die Antwort schuldig. Sie hatte die Augen niedergeschlagen, und er drängte sie auch nicht. Sie war alt genug, um ihre eigenen Gedanken haben zu dürfen.

Schließlich blickte sie auf und sagte: »Es ist etwas geschehen, ehe du zurückkamst. Meine Pflaumenblüte ist gestorben, im Zypressengarten. Keine kann je ihre Stelle einnehmen. Keine. Lieber zittere ich nachts ein bißchen vor Angst, als eine andere in ihrem Bett schlafen zu lassen.«

Lauteres Talent hatte ihm nicht gesagt, daß die Sklavin, die sich das Leben genommen, Frühlingsmond gehört hatte. »Das tut mir aufrichtig leid. Das muß sehr traurig für dich gewesen sein.«

Sie schaffte es, leicht zu nicken. Er nahm ihre kleine Hand und hielt sie fest in der seinen.

»Denk nicht mehr daran. Es ist schon so lange her.«

»Aber ich kann sie nie vergessen!«

»Nein, du hast recht. Das solltest du auch nicht.« Sie mußte wie ein Tiger gewesen sein, daß sie ihre Mutter und ihre Großmutter besiegt hatte.

Irgend etwas sollte er sagen. Sie war zu jung, um schon von Geistern heimgesucht zu werden. *Ich bin jung und unschuldig. Ich wurde...*

Plötzlich wußte er die Antwort. »Frühlingsmond?« Sie blickte zu ihm auf. »Wie würde es dir gefallen, lesen und schreiben zu lernen?«

»Könnte ich das denn?«

»Selbstverständlich könntest du das.«

»Aber die Jungs würden mich auslachen. Und der Lehrer würde wieder kündigen.«

»Nein«, sagte er. »Ich würde es dir selbst beibringen.«
»Und was wird Großmutter dazu sagen?«
»Das laß nur meine Sorge sein.«
»Aber...«
»Das Familienoberhaupt bin ich, oder etwa nicht?« Er nahm eine höchst formelle Haltung ein, wie die auf einem der Ahnenbilder. Sie sprang auf und verneigte sich feierlich. Dann, den Kopf auf die Seite gelegt und mit schelmisch blitzenden Augen, sagte sie: »Ältester Onkel, ich glaube, du hast auch nichts als Unfug im Kopf.«

So fing es an. Jeden Morgen, nachdem sie ihren Eltern ihre Aufwartung gemacht und gefrühstückt hatte, betrat Frühlingsmond das Studierzimmer von Beherztem Talent, in dem zwischen den beiden Schauschränken mit dem Ming-Porzellan ein Tisch und ein Hocker aufgestellt worden waren. Dort übte sie neue Schriftzeichen und las, während er sich mit der Korrespondenz beschäftigte. Jeden Nachmittag tranken sie gemeinsam Tee. Dabei beantwortete er ihr alle Fragen und erklärte ihr die Lektion des folgenden Tages. Er war von ihrer raschen Auffassungsgabe hellauf begeistert. Binnen Monatsfrist war sie imstande, einfache Texte zu lesen und zu schreiben. Und im Gegensatz zu den Knaben verstand sie, was sie gelernt hatte.
Die Familie war selbstverständlich entsetzt.
»Wenn ein Mädchen zu gebildet ist, ist das gefährlich. Das mindert ihre Chancen für eine gute Heirat. Gebildete Mädchen sind immer unzufrieden und stören die tugendhafte Harmonie eines Haushalts.«
»Mädchen gehören in die inneren Höfe zu ihren Müttern und sollen die Künste der Haushaltsführung erlernen.«
Großmutter verfolgte das Thema unbeirrt. »Nimmst du denn keinerlei Rücksicht auf die Zukunft meiner Enkelin? Früher hat sie alle Welt mit ihrem *Warum dies?* und *Wieso das?* verrückt gemacht. Wenn du weiter bei diesem Unsinn bleibst, wird es ebenso gewiß, wie die Göttin Kwan Yin gnädig ist, dazu kommen, daß sie die Stirn hat, *dies zu wollen* und *jenes zu wollen.*«
Beherztes Talent hatte Verständnis für ihre Befürchtungen, gab jedoch nicht nach. Selbst nachdem die Trauerzeit vorüber war, fuhr Frühlingsmond fort zu lernen. Sie war sein einziger Erfolg, seine einzige Hoffnung.

4. Der Soldat

Welche Stellung nehmen wir in der Welt heute ein? Verglichen mit den anderen Nationen auf dieser Erde besitzen wir die größte Bevölkerung; unsere Kultur ist viertausend Jahre alt. Wir sollten daher in der ersten Reihe mit den Nationen Europas und Amerikas stehen und vorangehen. Aber das chinesische Volk kennt nur Familien- und Sippensolidarität; so etwas wie Gemeinsinn kennt es nicht. Obwohl wir in ganz China vierhundert Millionen Menschen zählen, sind wir in Wirklichkeit nichts weiter als ein Haufen loser Sand. Wir sind heute die ärmste und schwächste Nation auf Erden und stehen in den internationalen Angelegenheiten auf der untersten Stufe. Andere Menschen sind das schneidende Messer und der Teller, auf dem serviert wird; wir sind der Fisch und das Fleisch.

Sun Yat-sen

Die letzten Sonnenstrahlen klammerten sich an die fernen Ränder des Po Hai, als Edles Talent zur See hinunterging. Der Nordost heulte, und am Strand blähten sich die riesigen Fischernetze und flatterten wie die zerzausten grauen Strähnen einer gesichtslosen Hexe. Hier und da waren Männer bei der Arbeit, kratzten den Muschelbewuchs von den Rümpfen ihrer Boote und schleppten Körbe voller Fisch oder Treibholz zu den aus Strohmatten hergerichteten Unterständen hinauf, unter denen zerlumpte Kinder sich die Hände an funkensprühenden Feuern wärmten.

Er schritt voran, als ob es keinen Wind gäbe, und machte auch am Rand des Wassers nicht halt, sondern watete direkt hinein in die Wellen, hinein in die steigende Flut, bis das Wasser der Bucht die Oberkanten seiner Stiefelschächte umspülte. Menschen rotteten sich hinter ihm zusammen. Er konnte ihre Rufe unter dem langgezogenen Schrei der Möwen hören, die über seinem Kopf dahinflogen.

»*Lai! Lai!* Ein Verrückter im Wasser. Schnell, ehe er stirbt!« rief ein Gassenjunge.
»Wer ist es denn?«
»Was hat er vor?«
»He, du da!«
Plötzlich die Stimme eines Mannes. »Ich kenne ihn. Er ist von der Militärakademie. Seht ihr? Die gleichen Lederstiefel, wie die fremden Teufel sie tragen, die dort unterrichten.«
»Seht, was für Affen diese Studenten des Barbarischen sind!« Ein wilder Chor allgemeiner Zustimmung erhob sich.
»He! Haben das dir die ausländischen Teufel beigebracht – ist es das, was du tun sollst, um *ping* – Soldat – zu werden?« Die Menge johlte.
»Du verrückter streunender Köter du. Ins eiskalte Wasser geht man, wenn man zu *ping* – zu Eis – werden will.« Die Umstehenden sperrten Mund und Nase auf bei diesem Wortspiel.
»Hat deine Mutter dir nie den Unterschied zwischen einem Soldaten und einem Eiszapfen beigebracht?«
»*Pin, ping!* Eis-Soldat, Eis-Soldat!«
Edles Talent konnte nicht mehr so tun, als hörte er sie nicht, und so fuhr er herum. Ein Mandschu-Bannerträger marschierte wie im Parademarsch vor den Kindern her, die Schielaugen machten und sich selbst Ohrfeigen gaben, als wären sie irre. Die anderen, die sich vor dem Wind zusammendrängten, bliesen sich in die Fäuste, um die Hände zu erwärmen, und sahen zu.
Zum ersten Mal, soweit er sich erinnern konnte, verlor er die Beherrschung. Es war, als ob die Maßlosigkeit in seinem Inneren, gegen die er immer ankämpfen mußte, wie eine Viper in seinen Eingeweiden gewachsen wäre, zu tödlich, um sie zu verdauen, und so blieb ihm keine andere Wahl, als sie jetzt auszuspucken, hier, wo nur der Wind und der Pöbel ihn hörten. »Geht fort!« schrie er. »Laßt mich! Ich stehe hier, um die Patrioten zu ehren, die auf See gekämpft haben und gefallen sind; um meinen Freunden Lebewohl zu sagen. Nur noch ein paar Minuten, und ich werde fort sein.« Er sah, daß seine Worte etwas ausrichteten, aber es erfüllte ihn kein Siegesgefühl. Ohne Beherrschung ist der Kommandant ohne Tugend, genauso wie der Wahnsinnige, für den sie ihn hielten.
Immerhin: Der Bannerträger, der vielleicht selbst Kameraden verloren hatte, hörte auf, sich über ihn lustig zu machen, und brachte die anderen mit einer Handbewegung dazu, daß sie auseinandergingen.

»Geht jetzt. Es gibt nichts zu sehen.« Die Kinder verweilten noch einen Moment, als könnten sie nicht glauben, daß das Spiel zu Ende sei. Dann stapften sie davon, einer hinter dem anderen, schwenkten die Arme und hinterließen eine einzige Linie von Fußstapfen im Sand. Als das Dunkel sie verschluckte, drehte Edles Talent sich wieder um und starrte hinaus aufs Meer. Die letzten Ausläufer der Brecher, die ihm um die Füße schwappten, waren wie Eis, aber er hieß die Kälte willkommen. Sie betäubte seine Sinne, überdeckte die Scham und die Wut. Denn er war zu spät gekommen. Genauso wie der Vater seiner Mutter.

Zumindest ging so das Gerücht.

Verächtlich spuckte er ins Wasser. Was sollte ihm jetzt seine ganze Ausbildung? Heute morgen, als er sich zum Dienst gemeldet hatte, war die Kaserne fast ausgestorben gewesen. Seine Kameraden waren entweder in der Schlacht gefallen oder erholten sich von ihren Wunden. Kein Schiff war übriggeblieben, nicht einmal eines, auf dem er helfen konnte, andere für einen anderen Krieg auszubilden.

Der Schwertfisch hatte den Wal aufgespießt. Das Reich der Mitte war tot.

»Drei Jahre! Drei vergeudete Jahre!« Seine Stimme war heiser. Geh nach Hause und warte, hatten seine Vorgesetzten zu ihm gesagt. Geh nach Hause und warte zusammen mit den anderen. Ein Jahr warten, zwei vielleicht. Darauf warten, daß auf den Werften Großbritanniens und Deutschlands neue Schiffe gebaut wurden. Darauf warten, daß die Kaiserinmutter mit dem Bau ihres Sommerpalastes und ihres Marmorschiffes fertig war, so daß wieder Gelder frei wurden für das Militär. Darauf warten, bis sich ein Meinungsumschwung vollzog unter den regierenden Mandschus und den Eunuchen, die den Hof belogen und irreführten und sich dieweil mit Bestechungen und Steuergeldern die Ärmel füllten. Vielleicht gab es dann eine angemessene Ausrüstung und keine Pappkugeln mehr in der Munitionskammer.

Noch ein Jahr oder gar zwei warten? Er warf den Kopf in den Nacken und stieß ein zorniges Lachen aus. Nein, er hatte lange genug den Narren gespielt! Er würde nicht bis in alle Ewigkeit warten.

Er schloß die Augen, sah die beiden Panzerschiffe vor sich, die schimmernd im Hafen gelegen hatten, sah sie auf dem Meeresgrund, sah die verstreuten Gliedmaßen seines Kapitäns und seiner

Mitkadetten im stummen Wasser verwesen, Chinesen mit aufgerissenen Bäuchen, die in einem gemeinsamen Grab lagen, während die Lebenden vor einem Braunen Zwerg Kotau machten.
Nein, er würde nicht warten.
Die Rechte zur Faust geballt, reckte er sie in die Höhe, preßte sie zusammen, als gälte es, der Viper in seinem Inneren das Maul zuzuhalten, und schrie laut den Schwur seines Herzens hinaus. Seine Stimme überschlug sich. »Hört dies, gefallene Kameraden – ihr, die ihr in der Korea-Bai den Tod fandet, als euer Transporter von den Japanern versenkt wurde, noch ehe der Krieg überhaupt erklärt worden war. Hört dies, gefallene Kameraden – ihr, die ihr in Yashin, Pjöngjang, Chenhwan und Seoul vom Kugelhagel der Japaner dahingemäht wurdet. Hört dies, gefallene Kameraden – ihr, die ihr in der Seeschlacht vor dem Yalu umgekommen seid. Hört dies, gefallene Kameraden – ihr, die ihr vor Port Arthur und Weihaiwei, Haich'eng und Kaip'ing den Tod gefunden habt. Dies hier gelobe ich mit brennendem Herzen: Euer Tod wird gerächt werden. China wird frei und stark sein. Ich weihe mein Leben der Sache, für die ihr gekämpft und euer Leben hingegeben habt. Hört dies, gefallene Kameraden, und ruhet in Frieden!«
Einen Augenblick blieb er noch stehen, dann zog er die gestiefelten Füße aus dem nassen Sand und arbeitete sich durch das Wasser ans Ufer vor. Er hinkte, bis er wieder richtig gehen konnte. Und dann lief er.
Während der acht Tage der Reise zurück nach Soochow übte er endlos die Ansprache, die er halten wollte, wenn er wieder zu Hause war.

Die Sänfte blieb stehen. »Sind wir schon da?« fragte Edles Talent den Obersänftenträger.
»Nein, Herr. Es sind noch etwa dreißig Schritte, doch es stehen Leute im Weg.«
»Ich habe doch niemandem etwas von meiner Rückkehr geschrieben.«
»Herr, es sind keine Mitglieder Eurer erlauchten Familie.«
»Setzt mich ab. Ich werde den Rest zu Fuß zurücklegen.«
Er bahnte sich den Weg durch die Menge. Vor dem Haupttor kreischte eine untersetzte, vierschrötige Frau, tanzte wie ein Affe in der Falle und hieb mit einer Wildheit in die Luft, die um so schrecklicher wirkte, als ihre Hände nicht größer waren als die eines

kleinen Kindes. Ihr Gesicht war so wutverzerrt, daß es unmöglich war, ihre Züge genau zu erkennen, und von der Haarlinie bis zur Kehle zog sich eine blaugeschwollene Ader herunter. Sie schnaufte wie ein von Mäusen angenagter Blasebalg. »Hunde, Schafe, Ziegen – es spielt für diese Schildkrötensöhne keine Rolle, an wem sie sich vergreifen!« Sie spuckte die Geisterwand an.

Edles Talent knirschte mit den Zähnen und versuchte sich vorbeizudrücken, doch die Frau hatte ihn schon am Ärmel gepackt. »Geht nicht hinein!« Dann erkannte sie ihn, ließ ihn fahren und hob den Arm, als gälte es, einen Schlag abzuwehren. Bildete sie sich etwa ein, daß er sich soweit erniedrigte, eine alte Frau zu schlagen, die nicht mehr bei Sinnen war? Er ließ durch nichts erkennen, sie überhaupt bemerkt zu haben, ging an ihr vorüber, umrundete die Geisterwand und betrat den Empfangshof.

Sobald er außer Sicht war, nahm sie ihre Tirade wieder auf. »Da geht einer von diesem Auswurf! Hühner, Schlangen, Kaninchen und Kröten...«

Der Hof war leer, bis auf Fatso, die ein Ohr an die Wand gedrückt hielt. Sie sah ihn nicht, und plötzlich, ehe er überhaupt dazu kam, etwas zu sagen, schoß sie auf den Eingang zum Großen Hof zu, schüttelte den Kopf und fuchtelte entsetzt mit den Armen. Er lief hinter ihr her auf die Inneren Höfe zu.

Als sie sich der offenstehenden Tür zur Halle der Weiblichen Tugenden näherte, rief sie lauthals: »Oh, oh – hättet ihr es nur hören können, hättet ihr...« Und als er die roten Säulen erreichte, war der gesamte weibliche Haushalt in hellem Aufruhr. Sklavenmädchen eilten mit Ingwerwassser hin und her, um die älteren Damen wiederzubeleben, denen ob des Berichtes, auf den sie so ungeduldig gewartet hatten, die Sinne schwanden. Etliche Mütter hatten die Augen zum Himmel emporgerichtet. »Wenn ich daran denke, daß ich diese Frau an das Kind meines Gatten herangelassen habe!« hörte er eine sagen, und die anderen nickten zustimmend. Die Stimme von Zweiter Großtante ließ sich über dem allgemeinen Lärm hinweg vernehmen. »Ich hab's ja immer gewußt, daß Amah Liu nichts taugte. Hättet ihr, meine Schwestern, nur auf mich gehört, wäre es vielleicht gar nicht erst soweit gekommen. Amitabha!« Ihr Fächer wurde geräuschvoll zusammengeklappt. »Mit einem Messer auf die Köchin loszugehen!«

Edles Talent bemühte sich, von keiner gesehen zu werden, und wartete darauf, Beherzten Talents Blick zu erhaschen. Das sollte nicht leicht sein. Den Rücken den Säulen zugewandt, stand sein Bruder in der Mitte des Raums vor seiner Mutter, der Ersten Gattin. Sie sprachen zwar nicht mit lauter Stimme, doch konnte er trotz des allgemeinen Lärms verstehen, was sie sagten.

»Unternimm etwas, mein Sohn! Du bist das Familienoberhaupt. Du mußt etwas unternehmen.«

Beherztes Talent legte die Hände ineinander und verneigte sich. »Liebe Mutter, ich habe es dir bereits hundertmal erklärt. So will es die Sitte – eine Tradition, an die unsere Familie sich immer gehalten hat. Jemandem, der entlassen worden ist, muß das Recht zugestanden werden, den bisherigen Arbeitgeber zu schmähen. Das ist eine weise Einrichtung. Sie schützt jene, die des Schutzes bedürfen.«

»Aber man kann sie bis ganz nach Shanghai hören!«

»Das mag schon sein, aber stell dir die Schande vor, wenn ich sie knebeln und heimlich wegbringen ließe. Dann würde das gesamte Jangtsedelta sich den Mund darüber zerreißen.«

»Deine Entschuldigungen interessieren mich nicht. Unternimm etwas!« Sie winkte ein Sklavenmädchen heran, ihr die Stirn abzutupfen, und Beherztes Talent blickte zu den Dachziegeln empor, als suche er Rat von den Unsterblichen. Dann nickte er bedächtig und sagte: »Fatso, komm her!«

»Ja, Herr.«

»Geh zum Oberträger und übermittle ihm, er soll Amah Liu in unserer besten Sänfte unter großem Gepränge nach Hause bringen. Und beeil dich, sonst fällt sie uns vor lauter Anstrengung noch in Ohnmacht.«

Die Erste Gattin runzelte die Stirn, doch dann hellte sich ihr Gesicht auf. »Klug, sehr klug.«

»Dein Lob überwältigt mich.« Beherztes Talent verneigte sich abermals. Er mußte sichtlich an sich halten, sonst wäre er vor Lachen geplatzt.

»Das kommt nur von den scharfen Pfefferschoten, die sie gegessen hat«, erklärte sie. »Die erzeugen das falsche *chi* und verursachen schwere Gleichgewichtsstörungen, vermindern...«

Aber Edles Talent hörte schon nicht mehr zu. Ein Krieg war verloren, und sie ereiferten sich über einen Mückenstich! Er beschloß, im Ming-Studierzimmer auf seinen Bruder zu warten. Auf der Brücke des Kommens und Gehens stieß er mit Frühlingsmond zusammen, die – etliche von den pflaumenfarbenen Taschentüchern

ihrer Mutter in der Hand – dabei war, dorthin zu laufen, wo so große Aufregung herrschte.
»Junger Onkel, wieso bist du schon so bald wieder zurück? Und wo hast du deine Uniform gelassen?« Ohne eine Antwort abzuwarten, fuhr sie fort: »Aber egal. Komm mit mir in die Halle der Frauen. Diese Aufregung darfst du dir nicht entgehen lassen. Es ist wie ein Festtag, so viel geschieht.« Er starrte das Mädchen an. Ihre Wangen waren gerötet, und die gelben Bänder ihres langen Zopfes waren dabei, sich zu lösen. »Ach, Onkel, steh doch nicht einfach da. Komm mit mir!«
»Du solltest dich schämen, Frühlingsmond – dich darüber zu freuen, daß jemand anders Kummer hat.«
Sie wich zurück, als ob er sie naßgespritzt hätte.
Was hatte er nur? Konnte ein Mädchen von dreizehn Jahren sich überhaupt anders verhalten? Er räusperte sich, wollte offensichtlich noch etwas sagen, um sie zu begütigen. »Frühlingsmond...«
»Ich hab's doch nicht böse gemeint, Junger Onkel, wirklich nicht.« Sie lächelte zaghaft. Er nickte und versuchte, gleichfalls zu lächeln.
Augenblicklich war sie wieder ausgelassen und fröhlich. »Ach, bitte, komm doch. Großmutter wird so glücklich sein, dich wiederzusehen. Sie und meine Großtante sind vorige Woche ins Kloster gegangen, nur um für dich zu beten.«
»Nein, Frühlingsmond. Ich werde sie alle später begrüßen. Zuerst muß ich mit Erstem Onkel sprechen. Lauf du nur zu!«
»Soll ich ihn zu dir schicken?«
»Das wäre sehr liebenswürdig, meine Nichte.« Er nickte, dankbar, daß ihm die schrillen Äußerungen weiblichen Entzückens erspart blieben. »Sag es ihm, wenn niemand sonst dabei ist. Ich möchte noch nicht, daß irgend jemand von meinem Hiersein erfährt. Ich werde in seinem Studierzimmer auf ihn warten.« Er streckte die Hand aus, widerstand dann jedoch der Versuchung, ihr die Wange zu tätscheln.
»Oh, ich werde dein Geheimnis bewahren.« Sie lächelte. »Junger Onkel, ich bin froh, daß du wieder heil und gesund daheim bist.«
Er nickte und sah ihr nach, wie sie die Stufen der Brücke hinunter davonhüpfte und auf dem Zickzackweg entschwand.
Als es bereits dämmerte und Amah Liu mit fürstlichem Gepränge nach Hause gebracht wurde, saßen die beiden Brüder zusammen im Studierzimmer, Beherztes Talent an seinem Schreibtisch und Edles

Talent auf einem der Rosenholzstühle, die an der Wand standen. Entschlossen, äußerste Ruhe zu bewahren, begann der jüngere der beiden Männer mit der Rede, die er sich so sorgfältig zurechtgelegt hatte, redete zuerst von dem Stolz und von den Hoffnungen, die ihn erfüllt hatten, als der Altehrwürdige sie beide fortgeschickt hatte, um vom Westen zu lernen. Doch als er die Ereignisse aufzählte, die zum plötzlichen Ende des Krieges geführt hatten, gewann sein Zorn wieder die Oberhand über ihn, er sprang auf, ging – die Hände auf dem Rücken verschränkt – auf und ab, so daß bei jedem Schritt der Saum seines Gewandes raschelnd aufging und wieder zu, auf und wieder zu.

Erst als er am Ende seiner langen Rede angekommen war, ging dem Soldaten auf, daß Beherztes Talent die ganze Zeit über ungerührt dagesessen, nur ab und zu einen Zug aus seiner Wasserpfeife genommen und offenbar vollauf damit beschäftigt gewesen war zu verfolgen, wohin der Rauch verschwand, statt auf das achtzugeben, was er sagte.

Ungeduldig zerteilte Edles Talent mit einer Handbewegung den Rauch und nahm erst wieder Platz, als ihn der milde Blick aus den Augen seines Bruders traf. Ohne noch etwas zu sagen, wartete er.

Das Schweigen dauerte lange.

Außerhalb der Gartenmauern machte der Nachtwächter seine Runden. Sie konnten seine hölzerne Rassel hören und erkannten seinen Ruf: »Ich komme! Ich komme!« Auf diese Weise mußte ihn auch ein möglicher Missetäter hören, und ein Zusammentreffen im Dunkeln wurde vermieden.

Schließlich ergriff der ältere der Brüder das Wort. Was er sagte, stimmte zwar, doch für den Soldaten bedeutete das alles nichts, war alles so wenig handfest und ging auch an allem vorbei, wie die Rauchringe, die sein Bruder blies. »Ich meine, vielleicht ist die Schuld doch bei uns zu suchen, bei unserer Liebe zur Literatur, zur Vergangenheit und zur Familie. Wir wählen die Männer, die sich um unser Wohlergehen kümmern, die Kriege für uns führen und dem Recht Geltung verschaffen sollen, ausschließlich aufgrund achtfüßiger Aufsätze und Gedichte aus, die sie nach Regeln schreiben, welche in der Philosophie der Alten begründet sind. Wir . . .«

Aber Edles Talent hörte ihm nicht mehr zu. Wie von einer inneren Energie beseelt, ballte sich seine Rechte zur Faust. Er sah die Leichen seiner Kameraden genauso lebhaft vor sich wie an dem Tag, da er am Strand gestanden hatte; doch dann schob sich ein neues

Bild vor sein inneres Auge: das Oberhaupt des Hauses Chang, das vor den Braunen Zwergen Kotau machte. Nein!

Gleichwohl mußte der Schrei, den er ausstieß, ganz in seinem Inneren verhallen, denn Beherztes Talent riß nur ein neues Zündholz an und hielt die Flamme an seine Pfeife. Nachdenklich zwischen verschiedenen Zügen sprach er: »Die moderne Welt will uns nicht existieren lassen, doch wir wissen davon nichts. Wir schlafen, wie der Kuli in der Gosse, der – verdreckt, verachtet und im Sterben liegend – trotzdem träumt, er sei ein König und ein Weiser.«

»›*Wir*‹, mein Bruder?« hörte Edles Talent sich laut rufen. Abermals kämpfte er um Selbstbeherrschung. »Du und ich, wir gehören nicht zu dem, was du ›*wir*‹ nennst! Unser Vater hat nicht geschlafen. Und wir – du und ich – können uns das auch nicht leisten. Wir müssen handeln!«

Beherztes Talent zuckte mit den Achseln. »Was, meinst du, sollten wir tun? Du hast selbst gesehen, wie sehr ich mich bemüht habe. Und trotzdem hat es nicht einmal in unseren eigenen Höfen auch nur die kleinste Veränderung gegeben. Du hast selbst erlebt, wie wenig es heute brauchte, den gesamten Haushalt ins Chaos zu stürzen!«

»Und du hast nur dagestanden und dir den ganzen Unsinn angehört. Ich verstehe dich überhaupt nicht.«

Kläglich lächelte Beherztes Talent. »Tatsache ist, daß ich es nicht mehr als Unsinn ansehe, falls ich das überhaupt jemals getan habe. Die Frauen hatten ein Recht darauf, außer sich zu sein. Und die Amah hatte ein Recht darauf zu sagen, was sie meinte. Der goldene Mittelweg hat durchaus etwas für sich.« Er sprach, als redete er mit sich selbst. »Welches Recht habe ich, diesen Kuli aufzuwecken? Wozu soll die Wirklichkeit gut sein, wenn sie doch nur jede Hoffnung auslöscht? Läßt sich der Geist eines Menschen waschen, ohne daß seine Seele ausbleicht?«

Langsam richtete Edles Talent sich auf. Er sprach mit Bedacht, um das Tier in seinem Inneren zu zähmen, das Tier, das heulte. »Was spielt es für eine Rolle, ob die Seele ausgebleicht ist oder nicht, wenn der Kuli im Schlaf von reißenden Hunden angefallen wird, mein Bruder? Am Morgen werden seine Knochen verstreut und verscharrt sein, und die Hunde werden sie wieder und immer wieder hervorholen, um an ihnen herumzunagen, wenn es ihnen gefällt.«

Er wartete, forschte in Beherzten Talents Gesicht, fand dort jedoch nichts, so sehr er ihn auch schweigend anflehte. Der Ältere sah den Jüngeren einen Augenblick an, dann richtete auch er sich auf. »Es wird kalt. Spürst du es nicht?« Mit diesen Worten trat er ans Kohlenbecken, hob den Deckel ab und stocherte in der Asche herum und suchte nach der roten Glut.

Der Soldat trat zu ihm und schüttete neue Kohle darauf. »Laß mich das machen.«

Gemeinsam standen sie neben dem Kohlenbecken, und Wärme breitete sich im Raum aus, kaum wahrnehmbar erst, doch dann Welle auf Welle immer wohliger.

»Junger Bruder?«

»Ja?«

»Es ist spät. Ich muß noch Frühlingsmonds Arbeiten korrigieren. Wir werden ein andermal darüber reden.«

Beherztes Talent wandte sich seinem Schreibtisch zu und nahm ein paar Papiere zur Hand. Als er die Augen senkte, war es, als wäre eine Tür geschlossen worden.

Er wurde fortgeschickt! Edles Talent wandte rasch den Blick ab aus Angst, er würde doch etwas sagen, aussprechen, was nie gesagt werden durfte. Er drehte sich um und verließ den Raum.

Nach einer schlaflos verbrachten Nacht war er bei Morgengrauen auf und stahl sich wie ein Flüchtling aus den Höfen der *lao chia* hinaus. Nicht anders als gestern abend war ihm die Aussicht unerträglich, die Begrüßungen der Frauen, ihr Geplapper und das Lächeln auf ihren Gesichtern über sich ergehen lassen zu müssen.

Er schritt aus. Es war ihm gleichgültig, wohin der Weg ihn führte – Hauptsache, fort von daheim.

Als der Himmel ein blasses Blau angenommen hatte, fand er sich vor dem Gelände der Regierungsgebäude wieder. Es war noch früh, und die Tore waren noch geschlossen. Nur ein paar Bittsteller hatten sich bereits eingefunden. Einer oder zwei von ihnen lasen die Bekanntmachungen, die angeschlagen worden waren. Die anderen drückten sich in der Nähe des Eingangs herum, und jeder von ihnen hoffte, der erste zu sein, der eingelassen wurde. Bei den Bekanntmachungen handelte es sich um das Übliche: Steuererhebungen, Verwaltungsentscheidungen, Aufzählungen von persönlichen Beschwerden, Geburts- und Todesanzeigen, Reklameanzeigen, sogar alte Nachrichten. Er schob sich die Mauer entlang, las eine nach der anderen, suchte nach – ja, er war sich nicht sicher, wonach er eigentlich suchte. Als er sich dem Haupttor des Yamen näherte, trat ein Angestellter heraus, um eine neue Bekanntmachung anzukleben, und Edles Talent trat hinzu, um sie sich genauer anzusehen. Er überflog die Überschriften, dann kaufte er dem Mann ein Exemplar ab, um es zu lesen.

Nicht zu fassen! Selbst nach all den Niederlagen, die China hatte einstecken müssen – solchen Friedensbedingungen hätte China nie zustimmen dürfen! Er rollte das Papier zusammen und machte, daß er nach Hause kam.

Er fand Beherztes Talent, der gerade dabei war, im Rosengarten neben den Gemächern des Familienoberhaupts seine *tai-chi*-Übungen zu verrichten; offenbar war er mit einer Selbstvergessenheit dabei, daß er seinen Bruder gar nicht wahrnahm.

»Ältester Bruder...«

Er war noch ganz außer Atem vom Laufen und konnte nicht mehr sagen. »Kann es nicht noch ein paar Minuten warten?«

Beherztes Talent hob langsam die rechte Ferse an das linke Knie und vollführte mit den Armen anmutig einen Kreis.

»Nein, das kann es nicht!« Mit diesen Worten drückte er seinem Bruder das Papier in die Hand.

Widerwillig nahm Beherztes Talent es und setzte sich auf die Steinbank neben der Wand aus gelben Kletterrosen. Edles Talent, der neben ihm saß, wartete unruhig darauf, daß er mit der Lektüre fertig wurde. Er konnte die Hand nicht ruhig halten und klopfte sich auf den Schenkel – gedämpfte Trommelwirbel zu Chinas Verlusten: Hongkong, Ili, Liu-ch'iu, Annam, Burma, Korea, Quemoy, Matsu, Taiwan. Wie konnte sein Bruder diese Liste nur mit einer solchen aufreizenden Gelassenheit lesen und durch nichts erkennen lassen, was in seinem Inneren vorging? Er kam sich vor wie ein Schüler, der etwas ausgefressen hat und dessen Handfläche von den Rohrstockschlägen des Lehrers noch brannte. Jedes Gebiet, das man per Unterschrift weggegeben hatte, ein neuer Schlag.

Endlich ließ Beherztes Talent das Papier sinken. »Woher sollen denn nur die zweihundert Millionen Silbertaels kommen?« Er schüttelte den Kopf, als bereite ihm das die größte Sorge. »Das ist mehr als das Dreifache dessen, was Peking jährlich einnimmt. Mein Bruder, woher um alles auf der Welt will man das nehmen?«

Fassungslos starrte Edles Talent ihn an. Die Reparationszahlungen waren doch noch das Geringste von allem! Das hier war kein Vertrag, um einen Krieg zu beenden. Das war das Ende der Nation!

Also war auch Ältester Bruder zu einem Bücherverschlinger geworden, der einzelne Haare zählte und keine Ahnung von dem Tier hatte, zu dem sie gehörten. »Ich weiß es nicht, mein Bruder«, sagte er. Mit diesen Worten drehte er sich um und ging fort.

Schon als er durch das Mondtor hindurchging, wußte er, was er zu tun hatte, und binnen einer Stunde standen seine Pläne fest. Er würde nach Süden gehen, nach Kanton, möglichst weit entfernt vom Einfluß des Kaisers, und sich auf die Suche nach den Geheimgesellschaften begeben, die es sich zur Aufgabe gemacht haben sollten, die Revolution vorzubereiten, und von denen soviel die Rede war. Der Familie würde er nur sagen, er habe vor kurzem ein Angebot der Import-Export-Firma *Sui Brothers* aus Kwantung bekommen, die Verwandten eines Kameraden aus der Militärakademie gehörte. Letzteres zumindest entsprach der Wahrheit. Und die Sache mit dem Kaufmann ließ sich bestimmt irgendwie einrichten. Die Familie war bestimmt nicht unglücklich darüber. Ein Kaufmann war immer noch besser als ein Soldat.

Nun, da der Pfad der Ehre endlich klar erkennbar vor ihm lag, kehrte Ruhe in Edles Talent ein. Nun, da er wußte, daß er bald abreisen würde, brauchte er nichts mehr zu überstürzen. Zum ersten Mal seit seiner Kindheit suchte er die Gesellschaft seiner Mutter, Seidige Morgenfrühe. Jeden Tag saßen sie Seite an Seite in der Nähe des Westfensters ihrer Kammer, er mit einem Buch, sie über eine köstliche Stickerei gebeugt, die ihre Hauptbeschäftigung darstellte. Jedesmal, wenn sie einen Endfaden mit einem letzten Stich unter das bereits Gestickte geschoben hatte, forderte sie ihn auf, ihr verräterische Anzeichen zu zeigen, die darauf hinweisen könnten, wo der Anfang oder das Ende eines Fadens zu finden sei. Doch er fand nie eines, woraufhin sie jedesmal lächelte und sagte: »So soll es auch sein.«

Sie konnte sich nicht erinnern, mit wieviel Jahren sie in das Haus Chang gekommen war – nur, daß ihre Füße damals noch nicht eingebunden waren. Ihr Vater hatte im Dienst des Altehrwürdigen den Tod gefunden, und ihre Mutter war bereits gestorben. Folglich hatte sie nicht gewußt, wohin, und die Familie hatte sie bei sich aufgenommen.

Die Erste Gattin des Altehrwürdigen hatte das Waisenkind nach und nach liebgewonnen, und als die Zweite Gattin an Cholera gestorben war, hatte sie ihm vorgeschlagen, er solle doch Seidige Morgenfrühe zur Dritten Gattin nehmen. Das war eine ideale Lösung, denn der Altehrwürdige hatte Soochow bald verlassen und einen Posten in Shantung übernehmen müssen. Er hatte eine Frau gebraucht, und die ältere der Frauen hatte nicht selbst mitgehen können, denn der Tradition zufolge wurde von einer Ersten Gattin, die einen Sohn geboren hatte, erwartet, daß sie in der *lao chia* blieb und ihrer Schwiegermutter diente.

Vielleicht erklärte diese Geschichte, warum Seidige Morgenfrühe so überaus gutwillig war und sich häufig mehr wie eine Dienerin verhielt denn als Mutter des dritten Sohns des Altehrwürdigen. Oder waren auch ihr die Gerüchte über jenen Mann zu Ohren gekommen, der ihr Vater gewesen war, der als Leibwächter des Altehrwürdigen gedient und dabei den Tod gefunden hatte? Weder er noch sie erwähnten ihn jemals dem anderen gegenüber, ja, keiner von beiden wußte, ob der andere überhaupt seinen Namen kannte. Für den Enkel war es, als ob es diesen Mann überhaupt nur in Geschichten gegeben hatte, Geschichten, die er nur halb gehört und deren Rest er sich ausgedacht hatte. Sollte es bei der Tochter nicht anders sein?

Nach einer dieser Geschichten hatte der Großvater im Dienst der Familie einmal seinen Posten verlassen und dadurch den Tod oder die Verwundung von Männern verursacht, die ihm unterstanden hatten. Einem anderen Gerücht nach hatten Banditen jemandem einen Finger abgeschnitten, um an einen Ring heranzukommen; und noch einem anderen zufolge einem alten Mann die Kehle durchschnitten oder fünf jungen Männern den Dolch in den Rücken gestoßen. Doch aus allen Gerüchten ging gleichermaßen hervor, daß der Pflichtvergessene schließlich zurückgekommen sei, um seine Strafe entgegenzunehmen. Statt ihn zu bestrafen, habe der Altehrwürdige ihn zu seinem persönlichen Leibwächter gemacht. Jahre waren vergangen. Schließlich sei der Leibwächter dabei ums Leben gekommen, wie er dem Altehrwürdigen das Leben rettete. In manchen Erzählungen hieß es, er habe eine Kugel abgefangen, die seinem Herrn gegolten hätte; in anderen, er habe einen angreifenden Tiger abgelenkt und sei von diesem zermalmt worden, und in noch anderen, er habe den Altehrwürdigen in einem Fluß versteckt und mit einem Wolfsrudel gekämpft.

Aber hinter vorgehaltener Hand wurde auch geflüstert, all diese Heldengeschichten habe der Altehrwürdige sich nur ausgedacht, habe er doch *irgend* etwas sagen müssen, um seine junge Frau zu

beschwichtigen und seinen Sohn zu beruhigen; in Wahrheit sei der Leibwächter wahnsinnig geworden und habe sich erschossen oder sei erschossen worden, als er ein zweites Mal davongelaufen sei.
Der Soldat war sich völlig sicher, daß keine einzige der Geschichten der Wahrheit entsprach. Wie oft war er nicht versucht, genau das seiner Mutter zu sagen? Und doch hatte er es nie getan.
Jetzt, wo er im Begriff stand, sie alleinzulassen, sann er darüber nach, wie ihr Leben wohl ausgesehen haben mochte – mit sechzehn mit einem Mann verheiratet, der dreimal so alt war wie sie selbst, und mit noch nicht vierzig Jahren bereits Witwe. Welchen Träumen mochte sie jetzt nachhängen? Daß ihr Sohn eines Tages ein großer Mann werde und dem Kaiser diene, dachte er. Daß ihre vielen Nachkommen ihr Grab fegen und die keusche Witwe ehren würden, die all die Jahre ihres langen Lebens ihrem verstorbenen Gatten die Treue bewahrt.
Aber er würde nie dem Kaiser dienen. Und auch nicht heiraten und Kinder bekommen, denn ein Soldat und Revolutionär mußte jederzeit darauf gefaßt sein zu sterben.
Vielleicht hatte sie es die ganze Zeit über gewußt. Als er noch zu jung gewesen war, um auch nur lesen zu können, hatte er bisweilen gesehen, wie ihr die Tränen über die Wangen gelaufen waren – erst eine, dann eine zweite, und eine jede hatte höflich darauf gewartet, bis sie an die Reihe gekommen war.
In letzter Zeit hatte sie ausschließlich Chrysanthemen gestickt. Er mußte sie bitten, eine Narzisse oder irgendeine andere Frühlingsblume zu sticken. »Keine Herbstblumen mehr«, wollte er sagen, aber er brachte es nie über die Lippen.

Ein Frieden läßt sich nicht erkaufen, und der Vertrag von Shimonoseki war eine Aufforderung, immer mehr zu verlangen. Wenn eine Katze einen Topf umwirft, haben die Hunde etwas zu fressen.
Im folgenden Jahr wurde die Himmlische Stadt Soochow ein Vertragshafen – die zweiundzwanzigste Stadt im Reich der Mitte, in denen die Ausländer den ungerechten Abmachungen zufolge von der chinesischen Gerichtsbarkeit ausgenommen wurden, diesen Ausländern das Recht zuerkannt wurde, den Chinesen Zolltarife zu diktieren, und chinesischer Boden ohne jede Gegenleistung ausländischer Kontrolle unterworfen wurde. Endlich handelte Beherztes Talent und schloß sich mit anderen aus der Schicht der Gebildeten und Grundbesitzer zu einer Selbsthilfe-Gesellschaft zusammen, um

Mittel und Wege zu erkunden, Reformen durchzusetzen. Wie in ähnlichen Gesellschaften in vielen anderen Städten auch, wurde sehr lebhaft diskutiert. Die Herren trafen sich einmal alle zwei Wochen, um die Schriften von Thomas Jefferson und die Lebensbeschreibung von Napoleon zu lesen und Möglichkeiten zu finden, den Konfuzianismus neu zu interpretieren und die Modernisierung nach westlichem Vorbild vorantreiben zu können.

Bis zum Jahr des Hundes – 1892 – waren dreizehn von den achtzehn Provinzen Chinas zu ausländischen Einflußsphären erklärt worden.

Die Menschen hinter den Gartenmauern lebten wie zuvor und wurden älter.

5. Rote Briefe

Wird ein Sohn geboren, erhofft man sich von ihm, daß er eine Frau bekommt; wird eine Tochter geboren, daß sie einen Mann bekommt. Allen Menschen sind diese Gefühle als Eltern gemeinsam. Wenn sie, ohne die Anweisungen ihrer Eltern und die Vorkehrungen der Mittelsmänner abzuwarten, Löcher in die Gartenmauer bohren, um einen Blick voneinander zu erhaschen, oder über die Mauer hinwegklettern, um zusammenzusein, werden ihre Eltern und alle anderen sie verachten.

Das Buch der Riten

Die Augen auf das aufgeschlagene Buch gerichtet, flocht Frühlingsmond sich wie abwesend das Haar und genoß jene Szene aus dem *Traum der Roten Kammer*, in der Schwarze Jade ihrer unglücklichen Liebe entsagte.

Das Heft, in das die schöne Schwarze Jade ihre Herzensgedichte eingetragen hatte, brannte bereits, als die Dienerin Schneegans mit dem aus hua-li *gefertigten Fußschemel zurückkehrte. Ungeachtet der Flammen riß sie das brennende Heft aus dem Kohlenbecken und trampelte mit ihren Goldenen Lilien darauf herum, bis auch noch die letzten Funken erloschen waren. Aber ach, nur ein verkohlter Rest überlebte. Schwarze Jade schloß zufrieden die Augen und sank in ihre Kissen zurück…*

Plötzlich drang von der anderen Seite der geschlossenen Tür eine Stimme an Frühlingsmonds Ohr. »Ich habe keine Hand frei. Mach auf!«
»Komm später wieder, Fatso. Ich bin beschäftigt.«
»Ich hab' mehr zu tun als du, störrischer Maulesel. Mach auf, sonst kannst du was erleben!«
Die schlaue alte Dienerin war eine würdige Gegnerin, die genau

wußte, wann sie schmeicheln, wann befehlen, überlisten, vernünftig reden, sich aufs Bitten verlegen oder sie einfach am Ohr ziehen mußte. Frühlingsmond legte das Buch beiseite und machte die Tür auf.

Fatso kam hereingerauscht, rührte in einer Schale mit kaltem Wasser dünn geschabtes *wu-mu* zu einem Brei und hob ihren Spatel, um zu sehen, ob das Gelee schon die richtige Festigkeit hätte. Ihre Taschen waren ausgebeult von Haarbürsten, Nadeln und Kämmen.

»Du weißt doch, daß ich mir selbst das Haar mache«, protestierte Frühlingsmond.

»Aber heute nicht, Kreischender Maulesel. Setz dich hin!« Fatso stellte das *wu-mu* auf den Frisiertisch und legte dann die Geräte zurecht, die sie brauchte. »Deine Mutter hat befohlen, daß heute dein Haar hochgenommen wird. Sie sagt, es wird Zeit, daß man auch äußerlich sieht, daß du eine Frau bist.«

Endlich! Frühlingsmond hatte schon gedacht, es würde nie soweit sein. Jetzt würde alle Welt sehen, was sie bereits seit Monaten wußte – daß sie kein kleines Mädchen mehr war, sondern eine Frau von unendlichen Möglichkeiten, eine Frau, die nun jeden Tag in ihrer roten Brautsänfte die Reise in die Himmlische Gasse, in den Yamen oder gar bis ins ferne Shanghai antreten konnte.

Betont würdevoll setzte sie sich hin und verfolgte im Spiegel, wie Fatso das Gelee in jeden Zentimeter ihrer hüftlangen Haare einkämmte. Als die Dienerin fast mit ihrer Arbeit fertig war, sagte sie:

»Fatso?«

»Hmm?« Fatso hatte einen Extrakamm im Mund.

»Fatso, dann ist es vielleicht auch an der Zeit, daß du aufhörst, mich Störrisches Maultier und so zu rufen. Es wird Zeit, daß du mich ›Junge Herrin‹ nennst.«

»So, meinst du?« Die Dienerin riß besonders heftig mit dem Kamm an ihrem Haar.

Frühlingsmond setzte ihr süßestes Lächeln auf, um die alte Frau zu betören. »Bitte!«

»Nun denn, wenn du meinst«, sagte Fatso. »Und jetzt dreh dich um, damit ich sehe, was ich mache.« Sie arbeitete mit flinken Händen, zog mit dem Kamm genau in der Mitte von Frühlingsmonds Kopf einen schnurgeraden Scheitel und drehte ihr oberhalb des rechten Ohrs mit einem dicken Strang des langen Haares eine kreisrunde

Schnecke auf. Mit der einen Hand hielt sie das aufgeringelte Haar unbeholfen fest, mit der anderen nahm sie die Haarnadeln aus dem Mund, um es festzustecken, und wiederholte dann das Ganze über dem anderen Ohr. Zuletzt trat sie einen Schritt zurück, um ihr Werk zu begutachten. »Nicht häßlich! Nicht häßlich!« Der Anflug eines Lächelns ging über ihre runden Wangen. »Wenn du dich benimmst und stillhältst, machst du dich gar nicht mal so übel, Junge Herrin.«

Frühlingsmond drehte sich um und wagte einen raschen Blick in den Spiegel; dann blickte sie nochmals hin. War das wirklich sie? Die Zwillingsschnecken des Jungfrauentums unterstrichen ihre hochsitzenden Wangenknochen und das Oval ihres Gesichts. Man hätte meinen können, es sei das Spiegelbild der legendären schönen Schwarzen Jade, den Seiten ihres Buches entsprungen.

Fatso unterbrach sie in ihrer Träumerei. »Keine Zeit, dich im Spiegel zu betrachten. Deine Mutter und deine Großmutter warten.« Die Dienerin machte die Sandelholztruhe auf und legte die neuen Kleider bereit. »Komm, komm!«

»Ich werde mich anziehen wie gewöhnlich, Fatso. Bitte, warte draußen.«

Fatso warf die Hände in die Höhe, stapfte dann jedoch ohne Widerrede hinaus. Als sie draußen war, entledigte Frühlingsmond sich ihres Morgenmantels. Behende zog sie das lavendelfarbene Oberteil über, das ihr anmutig bis übers Knie fiel, und schlüpfte dann in den langen, an den Hüften gefälteten violetten Rock. Auf den weiten, fließenden Ärmeln und dem Kragen des Oberteils prangten sechzehn, von ihrer Mutter aufgestickte, rosa- und grünfarbene Schmetterlinge.

Sie lächelte sich im Spiegel zu und bewegte sich im Zimmer auf und ab, schwankte anmutig auf ihren winzigen Goldenen Lilien und hielt behutsam die Jungfrauenschnecken im Gleichgewicht, als wären sie ein juwelenbesetzter Kopfputz. Vorm Spiegel sank sie graziös grüßend vornüber – den Kopf geneigt, den Rücken gerade, streifte das rechte Knie leicht den Boden, während sie mit beiden Händen sanft die linke Hüfte berührte. Mit niedergeschlagenen Augen sprach sie: »Die Tochter des Hauses Chang ist Eurer gütigen Worte in keiner Weise würdig. Ich bin nicht die Schönste der Schönen...«

Die Tür flog auf. »Aber die Säumigste der Säumigen! Komm jetzt endlich! Komm mit!«

Dieses eine Mal tat Frühlingsmond, wie ihr geheißen, und folgte bescheiden und sittsam der Dienerin, die auf die Wohngemächer der Ersten Gattin zueilte. Freilich konnte sie es mit ihren Goldenen Lilien in bezug auf Schnelligkeit nicht mit Fatsos großen Füßen aufnehmen, und so verlangsamte sie mit Bedacht ihren Gang. Warum sich übermäßig anstrengen? Sie war schließlich kein Lastträger, der um eines oder zwei zusätzlicher *käsch* willen durch die Straßen stapfte. Sie war die Junge Herrin! Auf der Terrasse blieb sie vollends stehen. »Nicht so schnell, Fatso! Es ist doch noch nicht Zeit zum Essen, du Reistopf.«

Fatso, die bereits durch das Mondtor verschwunden war, kam zurückgerauscht, verneigte sich umständlich und sagte: »Die Tochter des Hauses Yu ist Eurer gütigen Worte in keiner Weise würdig.«

Also hatte Fatso sie gesehen und gehört! Unverfrorene Dienerin! Hocherhobenen Hauptes schritt Frühlingsmond an ihr vorüber. Buddha sei Dank, daß man bei dieser Frau – mochte sie noch so unverschämt sein – sicher sein konnte, daß sie nichts von ihrem törichten Benehmen weitertrug.

Bei den Wohngemächern der Ersten Gattin schickte sie Fatso mit einer Handbewegung fort. Dann drehte sie sich um, stellte sich vor die Tür und strich Rock und Ärmel glatt. Tu so, sagte sie sich, tu so, als ob dies ein Tag wie jeder andere wäre und nicht der Beginn deines neuen Lebens. Sie holte tief Atem und durchmaß den Gang und ging zwischen den beiden uralten Zwergzypressen hindurch, die den Eingang zu Großmutters Empfangsraum flankierten.

Drinnen blieb sie stehen. Wo waren die Heiratsvermittler? Wo der Mittelsmann? Da waren nur Großmutter und Mutter und stickten emsig.

Aija! Es war also doch nur ein Tag wie jeder andere auch.

»Guten Morgen, Großmutter. Guten Morgen, Mutter.« Sie verneigte sich.

»Wo bist du gewesen?« fragte Duftender Schnee, die Augen auf das Stück Seide in ihrer Hand gerichtet.

»Mein Haar...«

»Bezaubernd sieht es aus, nicht wahr?« wandte die ältere der beiden Frauen sich an die jüngere.

Die Mutter hörte auf, einen Knoten in einen Faden zu schlingen, und legte die Nadel beiseite. Dann faßte sie ihre Tochter ins Auge. »*Aija!* Anders sieht sie aus... so zivilisiert.«

Sie fuhr fort, sie anzustarren, bis ein sanfter Rippenstoß der Ersten Gattin sie an ihre Pflicht erinnerte.
»Frühlingsmond, du kannst dich setzen. Deine Großmutter und ich, wir haben Wichtiges mit dir zu besprechen.«
»Mit mir?« Das Mädchen nahm rasch auf dem Hocker Platz, der neben dem Stickrahmen stand. Sie bemühte sich um ein Lächeln, schaffte es jedoch nicht.
»Meine Tochter, du bist eingeladen, in der Halle der Weiblichen Tugenden den Tee mit uns einzunehmen.«
»Warum?« Tee gab es immer.
»Ist das das einzige, was du dazu zu sagen hast? Was kümmert es dich, warum? Wir erwarten, daß du heute morgen den Tee mit uns einnimmst.«
»Heute morgen?«
»Ja. In ein paar Minuten.«
»Aber Ältester Onkel erwartet mich zum Unterricht.« Sie konnte ihre Enttäuschung nicht verhehlen.
»Dies eine Mal wirst du den Tee zusammen mit uns anderen einnehmen, verstanden?«
»Ja, meine Mutter.«
»Und du wirst dich benehmen, wie es sich gehört. Du wirst nicht sprechen, es sei denn, du würdest angesprochen. Und du wirst bei der Sache sein und nicht dasitzen und deinen Träumen nachhängen, wie du es sonst immer tust.«
»Und den Nachmittagsunterricht – muß ich den auch versäumen?«
Heftig schlug Duftender Schnee die Hände zusammen.
»Unterricht! Immer nur Unterricht! Wenn ich mir einen zweiten Bücherwurm wünschte, würde ich...«
Frühlingsmond senkte den Blick und verschloß sich die Ohren. Wie oft hatte sie diese Standpauke ihrer Mutter nicht schon über sich ergehen lassen müssen. Die Worte änderten sich nie.
Wie inständig hatte sie gehofft, dieser Tag möge etwas Besonderes sein, etwas so Besonderes wie der Tag, da Schwarze Jade und Pao-yu einander begegnet waren... Wie war es doch noch gegangen?

Der kostbare Stein, den Pao-yu trug, hatte die Größe eines Sperlingseis und schimmerte rosig wie die Wolken der Morgenfrühe. Darauf eingegraben waren die Worte:

Verlier mich nie! Verlier mich nie!
Herrliches Leben – immerwährender Wohlstand.

Dann zeigte Schwarze Jade ihm ihr Goldamulett, in welches folgende Worte eingegraben waren:

Verlaß mich nicht! Weis mich niemals zurück!
Kostbare Jugend – Blüte des Lebens!

Woraufhin Pao-yu ausrief: »Unsere Verse ergänzen einander und bilden ein vollkommenes...«

»Frühlingsmond, hörst du überhaupt zu?«
Sie blickte auf. »Ja, Mutter.« Duftender Schnee drohte ihr mit dem Finger. »Und vergiß nicht! Kein Wort über deinen Unterricht.«
»Nein, meine Mutter.«
»Erinnere dich daran, was der Weise gesagt hat: ›Eine Frau, die schweigt, ist eine tugendhafte Frau.‹«
»Ja, meine Mutter.«
Die Erste Gattin, welche die ganze Zeit über geschwiegen hatte, winkte Frühlingsmond jetzt zu sich heran, und diese stellte sich neben den Rosenholzstuhl. Als sie dort angekommen war, lehnte Großmutter sich zu ihr hinüber und flüsterte ihr ins Ohr: »Es geht darum, daß du einen guten Eindruck auf unseren geehrten Gast machst, Enkelin, denn die Pan Tai Tai ist eigens gekommen, um dich kennenzulernen. Du siehst, es handelt sich nicht um einen gewöhnlichen Tee, sondern um ein Ereignis, das bedeutsame Folgen haben kann.« Frühlingsmond errötete vor Freude und Verlegenheit. Also hatte sie doch recht gehabt! Der heutige Tag sollte der erste Tag ihres wahren Lebens sein.
Dieses eine Mal verzog sich Großmutters Gesicht vor Freude zu einem breiten Grinsen, und sie vergaß ganz, ihren zahnlosen Kiefer zu verbergen. »Nun, wo du Bescheid weißt, Enkelin – laß uns zu den Damen gehen.«
Die ganze Stunde der Schlange hindurch, während ihre Mutter und die Tanten mit der Pan Tai Tai über alles mögliche plauderten, nur nicht über den Zweck ihres Besuches, nippte Frühlingsmond bescheiden und mit niedergeschlagenen Augen an ihrem Tee; dabei pochte ihr Herz schneller als die Stricknadeln ihrer Großmutter klickten. Der Gast schien durchaus angenehm; nur daß ihre Zähne vielleicht ein wenig zu sehr vorstanden. Frühlingsmond überlegte, ob ihr Sohn wohl der Mutter nachschlug. Dritte Base behauptete, das sei in der Regel so.

Die Damen erhoben sich. Der Tee war vorbei. Frühlingsmond hatte die ganze Zeit über kein einziges Wort gesprochen. Sie standen alle beisammen, Großmutter, Mutter, Tochter und sämtliche weiblichen Verwandten samt ihren Dienerinnen, und winkten zum Abschied.
»Wir müssen uns unbedingt bald wiedersehen!« rief die Pan Tai Tai. Wie eine Hausiererin, die all ihre Waren verkauft hat, dachte Frühlingsmond. »Wir müssen uns unbedingt bald wiedersehen!« Ohne sich auch nur im geringsten um die künftige Braut zu kümmern, kehrten die Frauen auf ihre Stühle zurück, unterhielten sich angeregt und planten bereits die kommende Feier. Hochzeiten waren Sippenangelegenheit und fielen damit in die Zuständigkeit der Älteren.
Unbeobachtet stahl Frühlingsmond sich hinaus und eilte rasch auf die Dienerunterkünfte zu.
In ihren Tagträumen war ihr der ihr Anverlobte immer wie ein Mann mit tausend Namen erschienen; sein Antlitz wechselte so oft wie das Wetter. Sie verwarf den einen und wählte sich nach Lust und Laune einen anderen.
Dabei blieb ihr selbstverständlich überhaupt keine Wahl. Ein Fremder. Was, wenn der Pan-Sohn pockennarbig war wie ein Sesambrötchen? Und was, wenn seine Beine so dünn waren wie Eßstäbchen? Ja, was?
Sie fand Fatso, die unter der Tür ihrer Kammer hockte; das dicke Fleisch ihrer Oberarme wippte auf und ab, während sie eine Hose vom Alten Falken auf dem Waschbrett rubbelte, das in einem Holzzuber stand. »Fatso...« Die Dienerin schrak zusammen und blickte auf. Frühlingsmond kniete sich neben sie auf den schmutzigen Fußboden.
»Gib acht, dein neues Kleid.«
»Das macht doch nichts. Bitte, kann ich mit dir sprechen?«
»Jetzt?«
»Bitte.« Bedächtig spülte Fatso erst die Hose, wrang sie dann aus und warf sie in einen Bottich. Dann trocknete sie die Hände an der Schürze und fühlte dem Mädchen die Stirn. »Bist du krank?« Frühlingsmond schüttelte den Kopf.
»Wo willst du mit mir sprechen, in deinem Zimmer oder in meinem?«
»In deinem.«
In Fatsos Zimmer hatte sich seit der Zeit, da Frühlingsmond und Pflaumenblüte sich darin versteckt hatten, wenn Duftender Schnee

sie an den Stickrahmen gerufen hatte, nichts verändert. Da standen die beiden Hocker, die arg mitgenommene Truhe, die Pfeife von Alter Falke und – an der Wand – die Körbe mit den Bindfäden, Federn, Papier und getrockneten Knochen, die Fatso sammelte, um sie an den Trödler zu verkaufen. Nach dem Tod ihres Sklavenmädchens war Frühlingsmond oft hierhergekommen und hatte Fatso geholfen, ihre Schätze zu sortieren. Auf diese Weise hatte sie Fatso dafür gedankt, daß sie klaglos zusätzlich Pflaumenblütes Aufgaben übernommen und es Frühlingsmond damit ermöglicht hatte, ohne Sklavin auszukommen. Keine von beiden verlor ein Wort darüber; daß Frühlingsmond dankbar war, verstand sich von selbst.

Heute zog sie ihren Hocker so dicht an den von Fatso heran, daß ihre Knie sich berührten. »Alte Freundin.« Sie umfaßte Fatsos dicke Wurstfinger. »Alte Freundin, du mußt mir helfen, ehe es zu spät ist. Sag mir, wie sieht dieser Sohn der Pan Tai Tai aus? Ist er ein Gelehrter? Geht er oft ins Teehaus?«

Fatso schüttelte den Kopf und zog ihr Taschentuch, um sich zu schneuzen.

Also ist es noch schlimmer, als ich gefürchtet hatte, dachte Frühlingsmond. So schneuzte Fatso sich nur, wenn sie völlig durcheinander war. »Nun, alte Freundin, nun?«

Fatso zögerte, sah erst draußen vor der Tür nach – als ob ein Lauscher es wagen würde, sich in Fatsos Angelegenheiten einzumischen –, dann sprach sie schnellzüngig auf ihren Schützling ein. »Wenn du meine Meinung hören willst, Junge Herrin, tätest du gut daran, dir den Kopf zu rasieren, deine Mitgift gegen eine Gebetsschnur einzutauschen und es hinter dich zu bringen.«

»Jetzt mal im Ernst, Fatso!«

»Es *ist* mein Ernst. Die Pan Tai Tai ist eine schreckliche Person. Einmal, als sie hier Besuch machte, schenkte ich den Tee aus, ehe er ihrer Meinung nach richtig gezogen hatte, und da hat sie deiner Mutter vor allen anderen vorgeworfen, zu nachsichtig mit ihren Dienerinnen zu sein.« Fatso saugte die Unterlippe ein, versuchte, so auszusehen, als hätte sie vorstehende Zähne, und setzte ein falsches Lächeln auf. »Wenn Ihr den Dienerinnen alles durchgehen laßt, Ältere Schwester, dauert es nicht lange, und Ihr müßt für *sie* springen.«

Frühlingsmond lachte. »Aber heute war von so was nichts zu merken, Alte Freundin. Vielleicht hast du dich durch dieses eine Mal zu einem falschen Urteil verleiten lassen.«

Abermals schüttelte Fatso den Kopf. »Heute wollte sie einen guten Eindruck auf deine Familie machen, Junge Herrin. Ich habe schreckliche Dinge gehört – von einem ihrer Küchenmädchen, das aus demselben Dorf stammt wie ich.«

»Vielleicht ist ihr Sohn aber ganz anders als sie.«

Fatso spie auf den Boden. »Was hat er damit zu tun? Auf die Schwiegermutter kommt es an. Diese Pan-Frau hat zwei Gesichter – eines setzt sie einflußreichen Familien wie der deinen gegenüber auf und das andere dem Rest der Welt gegenüber.«

War es möglich, daß Fatso recht hatte? Plötzlich wünschte Frühlingsmond, sie hätte sich nicht so untadelig benommen beim Tee. Wenn sie nur unablässig geplappert, von ihrem Unterricht erzählt und erklärt hätte, wenn alle anderen beim Regen ins Haus flüchteten, mache sie sich ein Vergnügen daraus, hinauszulaufen ins Freie... Aber vielleicht war es noch nicht zu spät.

»Alte Freundin.« Abermals umschloß sie Fatsos Finger und sprach laut aus, was sie dachte. »Vielleicht ist es noch nicht zu spät. Geh und erzähl dem Küchenmädchen der Pan das Schlimmste und Garstigste, was du über mich sagen kannst – wie oft man mich ausschelten muß, wie ungeschickt ich mich beim Sticken anstelle, daß ich nie den Mund halte. Und denk dir auch noch was aus!«

Doch Fatso schüttelte nur den Kopf und putzte sich wieder die Nase. »Deswegen ändert die Pan Tai Tai ihre Meinung nicht, Kleines. Ihr geht es um eine Verbindung mit einer gebildeten und gelehrten Familie, damit ihr Geld glänzt.« Bei diesen Worten tätschelte sie Frühlingsmonds Wange, wischte ihr Tränen fort, die noch gar nicht vergossen worden waren. Es war, als ob die liebevolle Hand der alten Dienerin eine Wahrheit verriet, die sie mit Worten nicht auszudrücken vermochte.

Es gab keine Hoffnung. Diese Ehe war Frühlingsmonds Schicksal.

Jetzt würde sie weder je den Wu-Shi-See noch Hangchow zu sehen bekommen, sondern nur die gleich nebenan liegenden Gärten der Pan Tai Tai, das Hasengebißlächeln ihrer Schwiegermutter und ihren Gatten... oder die Klostermauern. Erst als Fatso ihr die Hände herunternahm, wurde sie sich bewußt, daß sie angefangen hatte, ihre Jungfrauenschnecken zu lösen. Wortlos behob die alte Dienerin wieder den Schaden. Und Frühlingsmond wehrte sich nicht.

Nachdem die Schnecken wieder dort lagen, wo sie hingehörten, neigte Fatso sich vor und flüsterte ihr etwas ins Ohr. Es dauerte recht lange, bis Frühlingsmond aufging, was die Worte der Dienerin wirklich bedeuteten. »In einem Haus, in dem es zugeht, wie es sich gehört, haben Diener der Herrschaft zu gehorchen, Kinder den Eltern, die Eltern den Älteren und die Älteren dem Familienoberhaupt.«

Frühlingsmond schüttelte den Kopf. »Ach, Fatso, mehr als bei jedem anderen ist mir daran gelegen, daß Ältester Onkel gut von mir denkt. Spreche ich ihn jetzt auf diese Heirat hin an, die für mich in Aussicht genommen worden ist, wird er mich für schamlos halten... für jemanden aus der niedrigsten Klasse, für jemanden, der sich aufführt wie eine Schauspielerin oder... schlimmer noch. Er wird mich für eigensinnig und leichtfertig halten!«

Langsam erhob sie sich und ging auf die Tür zu. Doch da trat Fatso ihr in den Weg, legte dem Mädchen die Hände auf die Schultern und redete nochmals sehr eindringlich auf sie ein. »Nein, dafür würde er dich nicht halten! Er hat unter Ausländern gelebt, und es heißt, Ausländerinnen gäben sich ganz auf sich allein gestellt und mit dem Segen ihrer Eltern mit vielen Freiern ab. Du mußt bald mit ihm reden, jetzt gleich, bevor die Dinge zu weit gediehen sind.«

Um die Stunde des Hahns saß Beherztes Talent in seinem Studierzimmer am Schreibtisch. Er wartete auf Frühlingsmond und las noch einmal das Gedicht durch, das sie tags zuvor geschrieben hatte.

Als ich in die kühne Welt eintrat,
Mußte ich erkennen:
Nur wenn ich
Mein Universum, den Hof,
Verlasse,
Werde ich je erfahren,
Was das heißt heimzukehren,
Werde ich
Das unerbittliche
Getrappel meines Rosses
Kennenlernen.

Er lächelte. Kein unwürdiges Bemühen. Er hätte nie geglaubt, daß sie es in drei kurzen Jahren so weit bringen würde, auch wenn sie jeden Tag emsig arbeitete, manchmal sogar bis in die Nacht hinein.

Welch eine Freude es ihm bereitete zu sehen, wie ihre geistigen Fähigkeiten wuchsen!

Eine Stimme unterbrach ihn, und er blickte auf.

»Ältester Onkel?« wiederholte sie von der Tür her.

Für einen Moment war es ihm unmöglich zu antworten. Sie war schön. Warum ging ihm das erst jetzt auf? Lag es an den Jungfrauenschnecken, die sie seit heute morgen trug? Oder an diesem bestimmten Lavendelfarbton ihres Oberteils? Er war sich sicher, daß sie das nie zuvor getragen hatte.

Sie fing nochmals an: »Mein Onkel, warum siehst du mich so an?«

»Tue ich das?« Er schob die Papiere auf seinem Schreibtisch beiseite. »Tritt ein, meine Nichte.«

Die Hände gefaltet und den Kopf gesenkt, saß sie auf dem Stuhl neben dem Schreibtisch.

»Nun? Was gibt's? Sprich!«

»Ich weiß nicht, wie ich es dir sagen soll.«

Er wartete, eigentümlich beunruhigt, als wäre er durch einen Spiegel hindurchgeschritten und hätte alles so vorgefunden, wie es gewesen war, und doch alles ganz anders.

»Hast du in der letzten Zeit Mutter über mich sprechen hören?« Ihre Stimme war ganz leise.

»Sie beschwert sich dreimal am Tag über deine Studien, aber das kennen wir ja schon.«

Frühlingsmond zögerte einen Augenblick, dann brach es aus ihr heraus. »Sie will mich verheiraten.«

Dann ist es also soweit, dachte er. Er hatte immer gewußt, daß es eines Tages kommen würde. Trotzdem hatte er gehofft, das Leben würde noch eine Weile so weitergehen wie bisher. Er konnte sich einfach nicht vorstellen, wie es sein würde, wenn er von seiner Korrespondenz aufblickte und sie nicht da sein würde...

Er sagte nur: »Warum bist du unglücklich? Jeder muß einmal heiraten.«

»Du bist doch auch nicht verheiratet, mein Onkel.«

»Nein, aber ich würde es sein, wäre das Mädchen, das der Altehrwürdige für mich ausgesucht hatte, am Leben geblieben.« – Und schon dreimal verheiratet, wenn es nach meiner Mutter gegangen wäre, dachte er bei sich. Wieder wurde er sich des alten Widerspruchs in sich bewußt. Wäre er schon verheiratet, würde er es gut und richtig finden, davon war er überzeugt. Aber er war es nun einmal nicht, und so war auch dagegen nichts einzuwenden. Es war, als wäre er an einer Kreuzung, wo er hätte abbiegen sollen, einfach weitergegangen und als würde es ihn, wenn er jetzt umkehrte, mehr Kraft und Mühe kosten, als er dafür einzusetzen gewillt war. Und dennoch: Je länger er allein weiterging, desto größer die Entfernung, und desto mehr würde es ihn kosten, wenn er doch einmal umkehren sollte. Und daß er diesen Augenblick nicht bis in alle Ewigkeit hinausschieben konnte, wußte er wohl. Warum nur hatte er die drei Jahre, die seit dem Ende der Trauerzeit nunmehr vergangen waren, ungenutzt verstreichen lassen?

Weil es außerordentlich angenehme Jahre gewesen waren, gab er sich selbst die Antwort. Idyllische Jahre fast.

»... Ältester Onkel, bitte, du mußt mich anhören. Ich bin heute der Pan Tai Tai vorgestellt worden. Sie gefällt mir nicht. Ich möchte nicht ihre Schwiegertochter werden.«

Amitabha! Was hatte seine Schwägerin sich da in den Kopf gesetzt? Die Pan Tai Tai besaß keine Bildung. Und um ihren Sohn war es kaum besser bestellt. Genaugenommen war er nichts weiter als ein reicher Müßiggänger. Vermutlich rauchte er sogar dieses ausländische Zeugs. Ja, er war sicher, gehört zu haben, daß der Sohn der Pan Tai Tai opiumsüchtig war. Aus einer solchen Ehe konnte nichts werden, ganz und gar nicht.

Er erhob sich infolgedessen und reichte Frühlingsmond ein paar Papiere. »Meine Nichte, du bleibst hier und siehst dir diese Korrekturen an. Ich werde mit den Frauen sprechen.«

Er fand seine Mutter – Erste Gattin – in ihren Gemächern. Da sie erkannte, daß ihr Sohn in einer delikaten Angelegenheit gekommen war, schickte sie die Sklavenmädchen hinaus, Tee zu holen. Als sie fort waren, sagte er: »Wie ich höre, soll Frühlingsmond verheiratet werden.«

»Ich hatte mich schon gefragt, wann es dir wohl zu Ohren kommen würde. Wenn du dich besser um die Familienangelegenheiten kümmern wolltest, hättest du schon früher davon erfahren.«

Er verneigte sich. »Mein Versagen ist in der Tat schlimm, Mutter. Doch gerade, um das wettzumachen, komme ich zu dir.«

»Nun?« Mit wedelnder Hand forderte sie ihn auf, auf dem Stuhl neben ihr Platz zu nehmen.

Er gehorchte und fragte sich, ob es klug gewesen sei, die Sache so direkt zur Sprache zu bringen. Doch jetzt blieb ihm keine andere Wahl. »Dann stimmt das also, das mit dem Pan-Sohn?«

»Ich kann nicht leugnen, daß deine Schwägerin in den höchsten Tönen von ihm spricht.«

»Aber dieser junge Mann ist deiner Enkelin nicht wert. Sag meiner Schwägerin, daß eine solche Verbindung unpassend ist.«

Sie antwortete nicht sofort, schien seine Worte jedoch abzuwägen und nickte. Schließlich sagte sie: »Aber du siehst ein, daß Frühlingsmond genau im richtigen Alter ist, oder?«

»Sie ist erst sechzehn.«

»*Ich* wurde schon mit fünfzehn verheiratet.« Sie schien jeden seiner Gedanken lesen zu wollen. »Aber du würdest noch genauso denken, auch wenn sie schon zwanzig wäre.«

»Ganz richtig. Der junge Mann ist ihrer nicht wert!« Das war heftiger herausgekommen, als er gewollt hatte, und die Worte hallten ihm in den Ohren wider wie eine Münze, die klirrend auf ein Messingtablett fällt. Was war denn nur mit ihm los?

Mißbilligend und schweigend runzelte seine Mutter die Stirn. Nie mehr hatte er sich seit seinem elften Lebensjahr so gescholten gefühlt wie jetzt; damals hatte er bewußt zugelassen, daß Lauteres Talent sich auf einem Jahrmarkt verlief. Doch noch ehe er zu einer Entschuldigung anheben konnte, sagte seine Mutter: »Mein Sohn, eine solche Angelegenheit kannst du nicht beurteilen.«

»Was soll das heißen, Mutter? Ich selbst habe den jungen Pan mit eigenen Augen in der Nähe des Hauses der Anmutigen Weiden gesehen.«

Jetzt setzte sie sich kerzengerade auf und blitzte ihren Sohn aus schmalen Augen zornig an – etwas, was er im Gegensatz zu den anderen Frauen gar nicht an ihr kannte. »Hör mir gut zu, mein Sohn. Für Frühlingsmond ist es an der Zeit, daß sie dieses Haus verläßt. Es ist an der Zeit, daß sie ihrer Schwiegermutter dient. Es ist an der Zeit, daß die, die längst verheiratet sein sollten, heiraten.«

»Versuch nicht, zwei Fische mit einer Lanze aufzuspießen, Mutter. Ob es an der Zeit ist oder nicht, ist eine ganz andere Sache. Sie darf nur nicht zu jemandem gehen müssen, der sie nicht zu schätzen weiß.«

»Der sie nicht so zu schätzen weiß wie du, willst du doch sagen, oder?«

»Ja, genau das ist es, was ich damit sagen will.« Jetzt, wo er sich das sagen hörte, fuhr er rasch fort: »Schließlich habe ich ihr eine Menge beigebracht. Sie ist nicht einfach nur ein hübsches Mädchen.«

»Nein, dafür hast du gesorgt.« Die Stimmung seiner Mutter hatte sich nun merklich gebessert. »Und da sie etwas so Besonderes ist, mein Sohn, ist es an *dir*, einen Gatten für Frühlingsmond zu wählen.«
»An mir?« Er war ehrlich überrascht. »Aber ich könnte doch gar nicht...«
»Du mußt. Und zwar schnell, sonst setzt deine Schwägerin ihren Willen durch.« Die kleinen Augen der alten Frau blitzten jetzt triumphierend, wiewohl ihre Lippen nicht den leisesten Hauch eines Lächelns erkennen ließen. Fast hätte er laut losgelacht, als ihm klar wurde, wie schlau sie alles eingefädelt hatte.
Er erhob sich und verneigte sich. »Wie du wünschst, Mutter.« In dem Licht, das durchs Fenster hereinfiel, wirkte ihre Haut wie alte Seide, matt zwar, aber immer noch sehr schön. Er verneigte sich nochmals und zog sich dann zurück.

Im Laufe der folgenden Wochen luden Beherztes Talent und Lauteres Talent unter diesem oder jenem Vorwand systematisch die Väter und Söhne der vornehmsten Soochower Familien zum Essen ein, doch weder er noch sein Bruder befanden auch nur einen der Anwärter für würdig. Es dauerte nicht lange, und Lauteres Talent zog sich wieder in seine Bibliothek zurück. Irgendwelche Entscheidungen zu treffen, fiel ihm ohnehin schwer; um wieviel schwerer jedoch eine, die unvermeidlicherweise seiner Frau und vielleicht auch seiner Tochter mißfallen würden.
Von da an handelte Beherztes Talent allein, holte diskret den Rat der Mitglieder seiner Selbsthilfe-Gesellschaft ein und gab acht, nicht das Interesse jener zu erregen, die in der eigenen Familie heiratsfähige junge Männer hatten. Doch an jedem derer, die ihm genannt wurden, fand er etwas auszusetzen. Der eine besaß keinen Charakter, der andere war gesundheitlich nicht ganz auf der Höhe; dieser war nicht gebildet genug, und jener hatte eine Neigung, Opernstars nachzulaufen.
Es dauerte nicht lange, und seine Suche zog die ehrgeizigen Heiratsvermittlerinnen von Soochow an, unerschrockene Frauen, die honigsüß zu reden verstanden. Mit diesen mußte man diplomatisch und doch energisch umgehen, und da Beherztes Talent wußte, daß er es schwer mit ihnen haben würde, zog er Fatso ins Vertrauen und überließ es ihr, sich mit ihnen zu unterhalten, während er hinter einem Wandschirm verborgen den Lauscher spielte.

»Große Schwester, sind Frühlingsmonds Füße kleine rote Pfefferschoten?«
»Das kann man wohl sagen«, krächzte Fatso dann.
»Und ihr Gesicht? Ich habe gehört, es soll wunderschön sein.«
»Nun, wenn einem die Art von Gesicht gefällt.«
»Was für eine Art?«
»Ich stehe nun mit kleinen Unterbrechungen seit zwanzig Jahren im Dienst der Familie. Erwartet Ihr von mir, daß ich mehr sage? Das Mädchen ist einzigartig – das ist alles, was ich sagen kann.«
»Aber... sie hat doch gewiß ein sehr fügsames Wesen und versteht es, herrlich zu sticken.«
Woraufhin Fatso ein Auflachen unterdrückte und nur allzu bereitwillig zustimmte.
»Und wie würdet Ihr sie mit ihrer Base vergleichen, die vor ein paar Jahren einen meiner Auftraggeber geheiratet hat?«
»Kein Vergleich! Kein Vergleich!«
Jeden Morgen, wenn Beherztes Talent seiner Mutter seine Aufwartung machte, verlangte Erste Gattin Rechenschaft von ihm. Und nie konnte er einen Namen nennen.
Eines Tages im April stattete sein alter Studienkamerad Tang, ein hoher Verwaltungsbeamter, ihm einen Besuch ab. Da Tang jetzt Pekings konservativer Linie folgte, kam dieser Besuch Beherztem Talent nicht ungelegen, und er hoffte, der Besuch möge ein Zeichen für eine gewisse veränderte Einstellung der Behörden den Zielen der Selbsthilfe-Gesellschaften gegenüber sein und vielleicht sogar bedeuten, daß man in Peking anfing, diese Ziele dann zu unterstützen. Doch nach einigen Runden Wein erhob sich der hohe Beamte umständlich, nahm eine höchst formelle Haltung ein und verneigte sich sehr tief. »Alter Freund«, sagte er, »es ist mir eine Freude, heute die hochehrenwerte Familie Pan zu vertreten und Euch, dem Oberhaupt der erlauchten Familie Chang, diesen Roten Brief zu überbringen, auf dem der Name ihres ältesten Sohnes geschrieben steht samt genauen Angaben über Jahr, Monat, Tag und Stunde seiner Geburt. Und in meiner bescheidenen Rolle als Mittelsmann würde ich es mir als eine Ehre anrechnen, der Familie Pan, die mich ersucht hat, in aller Form um eine Verbindung zwischen den beiden jungen Leuten nachzusuchen, den Roten Brief Eurer tugendhaften Nichte zu überbringen.«
Beherztes Talent verriet mit keinem Wimpernzucken, wie entsetzt er innerlich war. Offenbar hatte Duftender Schnee etwas unternom-

men, während er weiterhin gezaudert hatte. Ohne Zweifel hatte sie die Pans in ihren Hoffnungen bestärkt. Ihnen ihre Bitte jetzt abzuschlagen, wäre ziemlich ungehörig gewesen. Es blieb ihm nichts anderes übrig, als ihr zu entsprechen, wie die Tradition es verlangte.

So wurden die Roten Briefe ausgetauscht und der mit den Angaben über den Sohn der Pan Tai Tai in der Ahnenhalle auf den Tisch vorm Rosenholzaltar gelegt. Gab es binnen dreier Tage kein Zeichen, das dagegengesprochen hätte, ging man davon aus, daß die Ahnen des Hauses Chang der Verbindung ihren Segen gaben. Dann würden die Horoskope gestellt und Frühlingsmonds Schicksal besiegelt werden. Duftender Schnee hatte klug geplant, hatte Andeutungen von Geschenken und Gefälligkeiten fallenlassen, die die Familie Pan der Familie Chang bald machen und erweisen würden, so daß man im Hause ganz allgemein begeistert war von der bevorstehenden Verbindung. Und das werde auch Zeit, erklärten die Älteren. Ach, wie wahr! Beherztem Talent war bei der Vermehrung des Sippenschatzes bisher nur bescheidener Erfolg zuteil geworden.

Nur Frühlingsmond hatte wenig zu sagen. Nach dem Besuch der Pan Tai Tai hatte sie nie mehr über das Arrangement für ihre Heirat gesprochen oder auch nur darauf angespielt; sie hatte nur hin und wieder gebeten, Beherztes Talent möge sie vom Unterricht entschuldigen. Trafen sie jetzt zusammen, schaffte sie es kaum, auch nur zu lächeln, und selbst die Erste Gattin zeigte ihm die kalte Schulter. Sie wußten alle, daß er sie im Stich gelassen hatte.

Die entscheidenden Stunden vergingen, und er war unschlüssig, was er machen sollte, um die Heirat zu unterbinden, wie schon zu dem Zeitpunkt, als der Mittelsmann – sein alter Studienkamerad Tang – ihn besucht hatte. In der letzten schlaflosen Nacht wanderte er von einem Hof in den anderen und hoffte auf eine Eingebung. Im Hof des Weisen Herzens stieg er zur Veranda hinauf und blieb vor Frühlingsmonds offenem Fenster stehen. Ihr Zimmer, wie das der anderen, lag im Dunkeln, doch konnte er die Vorhänge ihres Bettes im Mondenschimmer sich leise bewegen sehen und roch den Duft des Flieders, der in einer Vase auf dem Teetisch stand. Wie abwesend fuhr er mit der Hand über die glatte Lackoberfläche der Fensterbank.

Jetzt konnte nur noch eine List helfen, etwas, das die Verbindung unmöglich machte, ohne indes eine Freundschaft zu zerstören, ohne zu verraten, daß er die Hand im Spiel gehabt und ohne irgend

jemandes Ehre zu verletzen. Einen der Wahrsager zu bestechen, würde keinen Sinn haben; dafür hatte seine Schwägerin schon allzu viele Voraussagen beisammen, die alle sehr rosig erschienen. Was also konnte er noch tun?
Zuerst meinte er, sich das tiefe Seufzen nur eingebildet zu haben, doch dann vernahm er es ein zweites Mal.
Frühlingsmond schlief nicht, sondern weinte still vor sich hin, ohne zu ahnen, daß jemand in ihrer Nähe war. Es hätte nicht viel gefehlt, und er hätte ihren Namen gerufen, doch er wußte, daß er das nicht tun durfte. Was auch hätte er sagen sollen, um sie zu trösten?
Als der Morgen dämmerte, stand er auf der Schwelle der Ahnenhalle. Im fahlen Licht konnte er gerade die Opfergaben auf dem Altartisch erkennen. Neben den Schalen mit den Früchten lagen die Roten Briefe und warteten auf den Segen derer, die sich bereits jenseits der Gelben Quellen befanden. Wenn sie nur richtig sprechen könnten! Eine solche Heirat konnte doch unmöglich in ihrem Sinne sein – auch nicht in dem des Altehrwürdigen, der Frühlingsmond von Herzen geliebt hatte. Eine lange Zeit stand er da, und draußen wurde der Himmel immer heller. Die Birne in dem Korb mit dem Obst schien die Helligkeit zurückzuwerfen. Birnen waren eine Seltenheit um diese Jahreszeit und damit ein Angebinde von besonderer Bedeutung...
Plötzlich ließ er ein kurzes Lachen vernehmen. Vielleicht gab es die Götter doch; denn unversehens wußte er die Lösung. Er gluckste immer noch leise vor sich hin, als er in den leeren Raum hineinschlüpfte.

Als die Stunde der Schlange sich näherte, stand Beherztes Talent neben der Marmorwand und sah zu, wie die Frauen des Hauses Chang sich nahe dem Lotusteich versammelten. Sie sahen aus wie eine Schar bunter Finken, wie sie den Kopf auf die Seite legten, durcheinandergingen und einander begrüßten, und einen Augenblick kam er sich vor wie eine grausame Katze, die im Begriff stand zuzuspringen und ihnen das Hauptvergnügen des Tages zu verderben. Kein Mensch bemerkte ihn, als er dem Zug in die Ahnenhalle hinein folgte, sich hinter einen Wandschirm aus Koromandelholz stellte, um zu beobachten, wie die Erste Gattin und Duftender Schnee die Frauen zum Altar führten, um dort die Roten Briefe einzusammeln. Einzig Frühlingsmond war nicht dabei. Der Tradition entsprechend hatte das glückliche Mädchen die Neuigkeit in

seinen Gemächern zu erwarten. Plötzlich saugte Erste Gattin vernehmlich die Luft ein. Dann rief sie: *»Amitabha! Aija! Amitabha!«*
»Was ist denn?« fragte Duftender Schnee.
»Schau!« Die Erste Gattin streckte den Finger aus und zeigte auf die Birne, die aus dem Korb mit Früchten auf dem Altar herausgekullert und oben auf den Roten Briefen zu liegen gekommen war.
Alle drängten herbei, um es mit eigenen Augen zu sehen. Hände wurden vor den Mund geschlagen, um Überraschungsschreie zu unterdrücken.
Erste Gattin klatschte in die Hände, um die Ruhe wiederherzustellen. Schweigen machte sich breit. Einen Moment schien es, als ob niemand atmete. Alle warteten gespannt darauf, was sie sagen würde.
Als sie schließlich sprach, tat sie es in einem Ton, der es allen unmöglich machte, ihre Worte zu bezweifeln. »Die edlen Ahnen haben uns ihre Weisheit kundgetan. Es wird keine Verbindung geben zwischen dem Hause Pan und dem Hause Chang.«
Die Frauen links wie rechts nickten eifrig, alle sprachen durcheinander, bis zuletzt ein Chor allgemeiner Zustimmung die Halle erfüllte.
Einzig Duftender Schnee schien nicht recht zu wissen, was sie von alledem halten sollte. Sie streckte die Hand aus und zupfte ihre Schwiegermutter am Ärmel. »Vielleicht hat es überhaupt nichts zu bedeuten, Por Por. Was sollte es für einen Grund geben, etwas gegen den Sohn der Pan Tai Tai zu haben?«
Erste Gattin nahm die Birne auf und fuchtelte damit vor der Nase ihrer Schwiegertochter herum. »Und was ist das hier?«
»Eine *li*«, erwiderte Duftender Schnee.
»Und was bedeutet eine *li*?«
»Daß es eine Birne ist, Por Por.«
»Ja, ja, aber was bedeutet *li* sonst noch?«
»*Li*... *li* bedeutet auch ›vonhinnengehen‹.«
»Und damit...?«
»Aber Por Por, die Birne kann doch ganz einfach aus dem Korb mit den Opfergaben herausgerollt sein.«
Woraufhin die Erste Gattin Duftendem Schnee die Birne zum Halten gab, sich hoch aufrichtete und großartig verkündete: »Genau das ist geschehen. Aber trotzdem ist es ein Zeichen. Ein Zeichen für den unleugbaren Wunsch unserer weisen Ahnen. Es darf keine Heirat geben. Eine andere Deutung ist unmöglich.« Damit blickte

sie ihre Schwiegertochter durchdringend an; wehe, wenn sie es gewagt hätte, noch irgendwelche Einwände zu erheben.
Duftendem Schnee blieb nichts anderes übrig, als den Mund zu halten. Zaudernd gab sie nickend ihre Zustimmung und betrachtete dabei die Birne in ihrer Hand.
»Fatso«, rief die Erste Gattin. »Laß den Mittelsmann rufen! Es geziemt sich, daß wir ihn davon unterrichten, was sich hier zugetragen hat.« Die Dienerin eilte zur Tür hinaus und grinste dabei von einem Ohr zum anderen.
Duftender Schnee hob die Augen wieder zu ihrer Schwiegermutter empor. »Por Por?«
»Ja?«
»Und was soll ich der Pan Tai Tai sagen?«
Erste Gattin nahm ihr die Birne aus der Hand und legte sie oben auf die Orangen zurück, wo sie auch gestern abend gelegen hatte. »Sag, es habe ein Zeichen gegeben. Wozu überhaupt diese drei Tage, wenn es nicht gälte, die Ahnen zu befragen? Wäre *ihnen* das passiert, würden die Pans gezwungen sein, genau das zu tun, was wir jetzt tun. Keiner hat dabei das Gesicht verloren. Über die Wünsche der erhabenen Ahnen kann man sich nicht hinwegsetzen.«
Als er zur Halle hinausschlüpfte, lächelte Beherztes Talent in sich hinein. Er genoß seinen Sieg, doch ein zweites Mal würde diese List nichts nützen. Er durfte nicht länger säumen.
Da er seine eigene Entschlossenheit bezweifelte, setzte er sich selbst eine bestimmte Frist und ging bis dahin noch einmal hinter verschlossenen Türen die alte Kandidatenliste durch. Als der Zeitpunkt, den er sich gesetzt hatte, vorüberging, fällte er immer noch widerstrebend eine Entscheidung. Seine Wahl traf auf ein Mitglied der Selbsthilfe-Gesellschaft, den Neffen eines berühmten Richters namens Schmetterling, der jedem Gesetzesübertreter zur Strafe auferlegte, fünfzig Schmetterlinge zu fangen; denn, so sagte er, »Zeit, die man in der Natur verbringt, hilft am besten, wieder ein anständiger Mensch zu werden«. Ursprünglich hatten Beherztes Talent und Lauteres Talent den Sohn deswegen abgelehnt, weil er sich eigentlich durch nichts Besonderes auszeichnete. Immerhin war er ein netter junger Mann, dessen männliche Verwandten sich durch eine sanfte Würde auszeichneten, im allgemeinen monogam waren und sich einer einzigartigen Langlebigkeit erfreuten. Mochte Frühlingsmond sich auch langweilen – schlecht behandelt werden würde sie

nie. Außerdem, sagte Beherztes Talent sich, besaß Schmetterling eine ansehnliche Bibliothek und hatte seiner eigenen Frau das Lesen beigebracht. Im übrigen besaß Frühlingsmond Energie und Witz genug, auch noch dem prosaischsten Leben Schönes abzugewinnen.

Er warf einen Blick auf die Uhr. Etwa eine Stunde mußte er noch warten, ehe die männlichen Sippenangehörigen sich zum Abendessen versammelten und er sie mit seiner Wahl bekanntmachte, damit sie ihre Zustimmung gaben. Um die Zeit bis dahin hinter sich zu bringen, wandte er sich dem Stapel Briefe zu, der sich angesammelt hatte, während er mit seinen Familienangelegenheiten beschäftigt war. Ein paar Briefe stammten von Freunden im Westen, eine ganze Reihe kamen vom Yamen – ohne Zweifel ging man ihn um irgendwelche Spenden an –, ein paar von Klassenkameraden aus der Jugendzeit, die jetzt in entfernten Provinzen Dienst taten, und einer von Frohem Versprechen. Überrascht, daß dieser Brief aus Peking kam, machte er ihn als ersten auf. Aus den engbeschriebenen Seiten ging hervor, daß sein Freund früher aus Amerika nach Hause zurückgekehrt war, als ursprünglich vorgesehen. »Meinem Vater ist es nicht besonders gutgegangen, und ich bin der einzige Sohn meiner Mutter...« Er hatte Arbeit als Übersetzer bei der Reform-Gesellschaft gefunden, und der Brief klang recht hoffnungsfroh. »Unser Freund K'ang Yu-wei wird zum Kummer der Kaiserinmutter und der Kaiserlichen Ratgeber immer häufiger zu Beratungen an den Hof gerufen. Es würde mich nicht wundern, wenn der junge Kaiser sich eine wesentlich fortschrittlichere Haltung zu eigen machte. Schreibe bitte unseren gemeinsamen Freunden im Süden von dieser Entwicklung in der letzten Zeit.« Endlich einmal gute Nachrichten, dachte Beherztes Talent.

Lächelnd erinnerte er sich an die erste Begegnung mit Frohem Versprechen am Bahnhof von New Haven. Wie ihm der Mund übergeflossen war angesichts all der neuen Dinge, die er erlebte, sein Staunen über das Eiserne Pferd, das Wasser, das von selbst aus der Wand floß, den Kuß, den ihm eine Frau in der Kirchengemeinde in Springfield gegeben hatte. Seine Begeisterung war genausogroß wie die von Frühlingsmond, wenn sie etwas Neues begriffen hatte. Langsam, zögernd fast, kam ihm die Idee: Frohes Versprechen und Frühlingsmond. Warum nicht?

Vor Wochen, als er zum ersten Mal alle Möglichkeiten für seine Nichte erwog, hatte er den Gedanken an Frohes Versprechen abgetan, weil er wußte, daß sein Freund vorhatte, im Ausland zu bleiben und an der Botschaft zu arbeiten. Aber jetzt...

Die Woos galten zwar nicht als besonders wohlhabend, aber die Chinesen schätzten Gelehrsamkeit immer noch höher als Silber, und der Vater von Frohem Versprechen war ein Hanlin-Gelehrter. Außerdem war er ein alter Freund des Altehrwürdigen, noch aus den Tagen, da die beiden gemeinsam die Gründung des Tung-Wen-Colleges für Übersetzer betrieben hatten – der ersten Ausbildungsstätte dieser Art überhaupt. Ganz besonders seine Mutter, Erste Gattin, würde das zu schätzen wissen. Im übrigen hatte Frohes Versprechen im Ausland studiert und hatte bestimmt etwas für eine Frau mit einem beweglichen Geist übrig.

Plötzlich war ihm die stickige Luft in seinem Studierzimmer unerträglich. Beherztes Talent stand auf und trat hinaus auf die Terrasse. Doch die Abendbrise, welche auf der Teichoberfläche kleine Wellen entstehen ließ, erfrischte ihn nicht, und nach wenigen Minuten kehrte er ins Studierzimmer zurück, um einen Brief an den gelehrten Hanlin aufzusetzen.

Immer und immer wieder tauchte er den Pinsel ins Tintenfaß, doch immer wieder trocknete die Tinte an. Ihm wollten nicht die richtigen Worte einfallen. Er war über die Anrede nicht hinausgekommen, als es leise an seine Tür pochte.

Frühlingsmond stand auf der Schwelle, die Hände hinterm Rücken versteckt. »Darf ich eintreten, Ältester Onkel?« In ihren Augen tanzte das Licht, und ein Lächeln umspielte ihren Mund.

Er nickte, woraufhin sie eintrat und sich neben seinen Schreibtisch stellte.

»Du hast mir das Leben gerettet, Onkel.«

»So, habe ich das?« Ihm selbst war es, als kämen seine Worte von weit her, als hätte ein anderer sie gesprochen. »Und wie habe ich eine solche Heldentat vollbracht?«

»Ach...« Schelmisch legte sie den Kopf auf die Seite. »Mit einem Telegraphen?«

Verwirrt schob er die Brauen in die Höhe.

»Mit einem Telegraphen, mein Onkel!« Sie ließ sich nicht davon abbringen. »Ich glaube, du hast eine neue Telegraphenleitung gelegt... geradenwegs bis zu den verehrten Ahnen.«

Schon jetzt habe ich angefangen, sie zu vermissen, dachte er.

»Seit der Stunde der Schlange habe ich darauf gewartet, dir dieses besondere Zeichen der Dankbarkeit zu geben«, fuhr sie fort, lehnte

sich vor, nahm die Hand vom Rücken und reichte ihm eine duftende Birne.
Behutsam nahm er sie entgegen, hielt sie dann ins Lampenlicht, betrachtete sie aufmerksam, als wäre sie eine von den blauweißen Porzellanvasen aus seinem Schauschrank – nahm sie aber überhaupt nicht wahr. Es dauerte lange, bis er sicher war, seine Stimme nichts verraten zu lassen, und als er endlich sprach, war es fast ein Flüstern. »Dein Geschenk ist mit nichts zu vergleichen«, – und ich werde es immer in Ehren halten, setzte er für sich selbst hinzu.
Anmutig versank sie in einem Knicks vor ihm: Den Kopf geneigt, den Rücken gerade, streifte sie mit dem rechten Knie ganz leicht den Boden, während sie mit beiden Händen sanft die linke Hüfte berührte.
Gleich darauf war sie verschwunden.

Binnen Monatsfrist waren die Roten Briefe und der Ehevertrag von beiden Familien akzeptiert, und Erste Gattin und Duftender Schnee ließen Frühlingsmond zu sich rufen. Wiewohl auch Beherztes Talent – als der Vermittler – mit im Zimmer war, zog er es vor, sich im Hintergrund zu halten. Es war seine Mutter, welche die große Neuigkeit verkündete, als ob Frühlingsmond von Fatso nicht über jede Phase der Verhandlungen auf dem laufenden gehalten worden wäre. »Meine Enkelin, Ältester Onkel hat eine Ehe für dich arrangiert. Du wirst in eine Hanlin-Familie einheiraten – in das Haus Woo in Peking. Eine ganz vortreffliche Verbindung.«
Wie die Sitte es verlangte, brach Frühlingsmond in Tränen aus. »Ach, bitte, bitte, schickt mich nicht fort! Ich möchte meine geliebte Familie nicht verlassen. Ich möchte in Soochow bleiben. Ich möchte nicht in die Hauptstadt ziehen.« Bis zu diesem Augenblick war ihm nicht aufgegangen, wie ausgezeichnet Frühlingsmond die ihr von der Tradition vorgeschriebenen Rollen spielte, hatte er in ihr jemanden gesehen, der ganz anders war als die anderen Frauen. Noch lieber hätte er es gesehen, die Gefühle, die sie zum Ausdruck brachte, wären echt gewesen, doch wenn sie auch gut spielte, sie verriet sich doch, als sie verstohlen hinter ihrem Taschentuch hervorlugte, um zu beobachten, wie ihre Schauspielerei auf die anderen wirke.
Die beiden älteren Frauen und die Sklavenmädchen schienen befriedigt, insbesondere, nachdem sie mit einer Handbewegung nach einem zweiten Taschentuch verlangte. »Ich will nie ein anderes

Zuhause haben als meine *lao chia*«, schluchzte sie. »Nichts auf Erden kann der Güte, der Ehre und der Fürsorge gleichkommen, die ich hier in diesen Höfen erfahren habe.«
Die Erste Gattin, deren Worte noch durch den bemalten Fächer gedämpft wurden, den sie sich vors Gesicht hielt, flüsterte Duftendem Schnee zu: »Nicht ganz der Eimer voll, den *ich* vergossen habe, aber angemessen, angemessen.«
Duftender Schnee nickte und tupfte die eigenen Tränen fort. So ermutigt, jammerte Frühlingsmond laut: »Oh-oh-oh, die Hauptstadt ist so weit fort von hier. Ich werde nie zurückkommen, nicht einmal an den traditionellen Festtagen – nicht am dritten Tag nach meiner Hochzeit, nicht zu Neujahr und auch an keinem der anderen Feste. Peking ist nahezu zweieinhalbtausend *li* von hier entfernt!«
Die Frauen hielten bei dieser Zahl die Luft an, und Duftender Schnee rief verzweifelt: »So weit? Ich hatte ja keine Ahnung, daß es so weit ist!«
Woraufhin Frühlingsmond schniefte, auf ihre Mutter zulief und sich ihr in die Arme warf. »Kein Tag in meinem Leben wird vergehen, ohne daß ich nicht an dich denken und weinen werde, meine Mutter.«
Das war jetzt nicht mehr gespielt. Vermutlich hat sie Angst, ihre Mutter könnte es sich noch anders überlegen, dachte Beherztes Talent mit verzogenem Mund. Und fürchtet, möglicherweise nie aus diesen Gartenmauern herauszukommen. Unbemerkt schlich er sich hinaus.

Der Astrologe bestimmte zwei Glückstage für das Paar – den zwanzigsten Juni – in sechs Wochen also – sowie den zwanzigsten Dezember, in acht Monaten. Da Eis und Schnee im Winter drohten, die Reise unmöglich zu machen, entschied man sich für den Tag im Sommer. Phönix- und Drachenkeks mit dem glückverheißenden Datum in rotem Zuckerguß darauf wurden in die Häuser von Freunden und entfernten Verwandten geschickt, um die bevorstehende Heirat zu verkünden.
Da die Hochzeit schon so bald stattfinden sollte, mußte man auf einen Großteil des traditionellen Gepränges und der Zeremonien verzichten. Trotzdem war die *lao chia* der Changs von dem Tag an, da die Nachricht hinausging, von morgens bis abends gesteckt voll mit aufgeregten Verwandten, lärmenden Handwerkern, kurzsichti-

gen Schneidern und Leuten, die der Braut unentwegt plappernd alles Gute wünschten. Fatso und Alter Falke erboten sich von sich aus, die Braut nach Peking zu begleiten und ihr dort weiterhin zu dienen. Ältester Onkel als Familienoberhaupt belohnte sie mit einer großzügig bemessenen Summe für ihre Treue und Erste Gattin mit einer silbereingelegten Pfeife und einer Goldbrosche, die von blauen Eisvogelfedern eingefaßt war.

Duftender Schnee war bis zum allerletzten Augenblick damit beschäftigt, die Fertigstellung der Mitgift und der Geschenke für die Woos zu beaufsichtigen und bat Beherztes Talent immer wieder um zusätzliches Geld. »Der Brautzug muß ganz Peking in Erstaunen setzen, findest du nicht auch?« Zum ersten Mal, seit er sich erinnern konnte, war sie bereits auf den Beinen, wenn er sich am frühen Morgen seinen *tai-chi*-Übungen unterzog. Außerdem meinte er, den ganzen Tag über in jedem der Höfe ein pflaumenfarbenes Kleid zu erspähen, wenn sie hin und her lief, um die Schneider zu beaufsichtigen, um mit den Händlern zu feilschen, die draußen vorm Tor Schlange standen, und um den Handwerkern, die sich neben der Geisterwand niedergelassen hatten, Anweisungen zu geben, welche Muster sie in Rot und in Gold auf die vierundzwanzig Truhen gemalt haben wollte. Zu jedem einzelnen sagte sie: »Jawohl, vier von jedem, je eines für die Götter der Ehe«, bis diese Worte zu einer Art Litanei wurden.

Auch Frühlingsmond war überall zugleich. Und überall schien er ihre Freude zu spüren und war gerührt. Aber er war auch erschrokken, denn sie kam nicht einmal zum Unterricht zu ihm und erwähnte mehrere Male, wie sehr sie es bedauere, ihre Nadelarbeit vernachlässigt zu haben.

Nur ein einziges Mal sah er Duftenden Schnee und die Braut stillsitzen. Die beiden saßen im Garten der Besinnlichen Flöte, steckten die Köpfe zusammen und flüsterten miteinander. Nach und nach färbten sich Frühlingsmonds Wangen tiefrot, und da wußte er, daß Duftender Schnee ihrer Tochter eine pflaumenfarbene Version der Geschichte vom Apfel- und vom Pfirsichbaum schilderte.

Zehn Tage vor dem festgelegten Datum wurden Laternen aus Goldfolie, Symbole des doppelten Glücks, rote Rollen und der gesamte Familienschatz an Porzellan, Jade und Bronze aus den violetten Sandelholzschränken hervorgeholt, um Hallen und Gärten damit zu schmücken, die mit scharlachroten Kerzen für das Jungfrauenfest erhellt wurden.

Als die gesamte Familie mit Ausnahme von Frühlingsmond sowie die geladenen Gäste im Zypressengarten Platz genommen hatten, die Männer und Knaben an ihren Tischen und die Frauen und Kinder an den ihren, ließen fünf Feuerwerker ein so prächtiges Feuerwerk aufsteigen, daß die Nacht in Erwartung der Braut voller Wunder war. Sie tauchte im Kleeblatt-Tor auf, als gerade die roten Funken der letzten Rakete verglühten, eine Frau in rosenfarbenem Gewand, mit Perlen geschmückt und Päonienblüten im ebenholzschwarzen Haar.

Akrobaten wirbelten durch die Luft, Musikanten spielten, und Geschichtenerzähler trugen ihre Balladen vor, doch Beherzten Talents Augen wanderten immer wieder zu ihr hinüber, wie sie dabei war, mit den Mädchen, die sie bedienten, von einem Gast zum anderen zu gehen, von einem Tisch zum nächsten, um allen gegenüber, die gekommen waren, mitzufeiern, das Ritual des Weinausschenkens und des Trinkspruchausbringens zu vollziehen.

»Willkommen. Eure erlauchte Gegenwart erhellt unser bescheidenes Haus.«

»Ich trinke auf Euer Glück, Tochter des Hauses Chang.«

»Und ich auf das Eure, verehrter Gast.«

Damit hoben sie die Weinbecher in die Höhe und setzten sie an die Lippen, wobei Frühlingsmond freilich nur so tat, als ob sie tränke und den Becher dann an eine ihrer Dienerinnen übergab, die ihn tatsächlich leerte. Es wäre unziemlich gewesen, wenn sie in aller Öffentlichkeit zuviel getrunken hätte wie die Zecher vom Bambusbach.

Als er sie beobachtete, schob sich das Bild des Brautgemachs vor sein inneres Auge, er sah eine lächelnde Frühlingsmond, vom Wein erhitzt, das lange Haar offen. Achtlos aufgeschlagen auf dem Bett lag ein Band mit Gedichten von Li Po, dem sinnenfrohen Zecher, ihrem Lieblingsdichter. Rasch verdrängte er das Bild. Doch die Verse eines der Gedichte von Li Po wollten ihm nicht aus dem Sinn:

Nacht für Nacht halte ich die Hälfte des Lagers für sie frei,
Stets in der Erwartung, daß ihr Geist zu mir zurückkehrt.

Als sie an die Tische der Frauen herantrat, hörten die Damen auf, mit ihren Nachbarinnen zu plaudern und ihnen besonders köstliche Happen anzubieten, und ergingen sich in den höchsten Tönen darüber, wie bezaubernd sie aussähe, und flüsterten ihr aufmun-

ternde Worte ins Ohr. Als sie ihren unverheirateten Vettern zutrank, die am Tisch neben dem seinen saßen, brachte einer nach dem anderen ihr, wie es die Sitte erheischte, ein Ständchen mit Ausschnitten von Arien aus dem ›Palast der Ewigen Jugend‹ und dem ›Pfirsichblütenfächer‹.
Er konnte sehen, daß das ganze allmählich zuviel für sie wurde. Ihre Goldenen Lilien mußten ihr wehtun, und er erinnerte sich an jenen Nachmittag vor so langer Zeit, da sie von geflügelten Schuhen geträumt hatte. Heute träumte sie von Frohem Versprechen. Und morgen sollte sie zum ersten Mal die Gartenmauern hinter sich lassen.
Zum Schluß trat sie vor ihn hin. Er stand auf, hob seinen Becher und wollte ihr zutrinken.
»Ältester Onkel, du siehst so traurig aus.«
»Tue ich das?«
»Machst du dir Sorgen, deine unwürdige Schülerin könnte bei den Woos nur Unsinn im Kopf haben?«
Er gab darauf keine Antwort, sondern hob abermals seinen Becher.
»Ich trinke auf dein Glück, Tochter meines Bruders.«
»Und ich auf das deine, mein Onkel.«

Als der letzte Gast gegangen war und die Überreste der Mahlzeit für die Bettler beiseitegelegt worden waren, begab Beherztes Talent sich allein in sein Studierzimmer. Die durchbrochenen Türflügel standen offen, und er konnte den Halbmond am Himmel sehen. Ein sanfter Wind brachte ein paar Papiere zum Rascheln, die er mit einem Briefbeschwerer aus Jade festgehalten hatte; er fuhr mit dem Finger über die Symbole des *Yin* und des *Yang*, die in den Stein eingegraben waren, und überlegte, wie leer der Raum jetzt aussah ohne den anderen Tisch.
Er drehte den Docht der Lampe höher und ließ aus dem Quarzgefäß ein paar Tropfen Wasser auf den Tintenstein tropfen. Bedächtig rieb er das Tintenstäbchen hin und her, nahm den Pinsel zur Hand und schrieb dann:

Mein Bruder –
Wir haben Dich am Jungfrauenfest vermißt. Ganz Soochow ist gekommen, und viele haben sich nach Dir erkundigt.
Es ist mein Wunsch, daß Du den Mittelsmann für mich machst. Bitte, sei so gut, mache dem Kaufmann Sui Deine Aufwartung und

bitte ihn, mir seine Tochter, Goldene Tugend, zur Frau zu geben. Nachdem er den kurzen Brief versiegelt hatte, blieb er noch ein paar Minuten am Schreibtisch sitzen und starrte leeren Blicks durch das Studierzimmer. Dann – das Herz voll Schwermut und Müdigkeit – ging er in sein Schlafzimmer hinüber und zog sich mechanisch aus. Die Vorhänge vor seinem Bett blähten sich und wogten wie lange, fließende Ärmel von durchsichtigster Gaze.

Er wachte immer wieder auf.

Der Duft von Birnenblüten schreckte ihn, und er schlug die Augen auf. Eine Schönheit, die er noch nie gesehen hatte, schwebte auf der Schwelle wie ein Fuchsgeist und sprach ein Gedicht. Ihr Gewand hatte die Farbe von Weiden im Frühling, und ihre Stimme füllte die Luft mit köstlichem Wohllaut. Sie lächelte, als ob sie einander sehr, sehr gut kennten.

»Wer bist du?« fragte er.

»Du weißt, wer ich bin.«

»Aber warum bist du hier?«

»Weil die Zeit gekommen ist.«

»Für was?«

»Um zu spielen.«

»Um zu spielen?«

Die Schöne legte den Kopf auf die Seite, flocht sich ein Band ins Haar und lief davon. Er war allein. Er wartete. Auf dem Tisch neben ihm lag ihr Fächer. Als er ihn betätigte, tauchte sie wieder auf und trug zwei bernsteinfarbene Kelche auf einem Silbertablett. Bei jedem Schritt küßten die Gläser einander.

Sie tranken den Wein, doch löschte er seinen Durst nicht.

Sie zupfte eine Laute und sang Lieder.

»Jetzt ist es Zeit zu spielen«, wiederholte sie.

»Und nach welchen Regeln?«

»Die Regeln sind hier.« Die Schöne hob die Kopfkissen in die Höhe. Da war ein Garten. Männer und Frauen lagen ineinander verschlungen da, wie in dem Buch des Regens und der Wolken. Plötzlich schrumpfte er zusammen, wurde kleiner und immer kleiner, bis er in ihrem Kelch eingeschlossen war. Sie lächelte immer noch, doch jetzt kam ihre Stimme mit voller Kraft. »Es ist Zeit! Es ist Zeit!«

»Es ist Zeit aufzustehen, Herr«, sagte der Diener.

Frühlingsfeuer

6. Die Braut

Ängstlich zirpt die Zikade, und
Unruhig hüpft der Grashüpfer.
Eh' ich meinen Herrn sah,
War mein Herz voller Bangigkeit.
Doch jetzt, wo ich ihn gesehen,
Jetzt, da ich ihn kennengelernt,
Ist Ruhe eingekehrt in mein Herz.

Buch der Lieder

In den Höfen des Hauses Chang hallte es wider vom Klang der Hörner, Becken, Flöten und Trommeln: Frühlingsmond trat ihre zehn Tage lange Reise nach Peking an. Ihr Gesicht unter dem juwelenbedeckten Kopfputz war verschleiert und Fenster und Türen der roten Brautsänfte versiegelt. Niemand darf die Braut sehen, ehe nicht der Gatte den Schleier hebt, behaupten die Frauen.

Folglich wurden auf der Fahrt nach Shanghai die Vorhänge vor die Kabinenfenster der *yuloh* genauso zugezogen wie in der Suite des Dampfers, der sie nach Norden brachte, und in dem Eisenbahnabteil des Zuges von Tientsin in die Hauptstadt. Jedesmal, wenn Frühlingsmond von einem Transportmittel auf das andere umstieg, mußte sie den Brautschleier übernehmen und wurde die Brautsänfte aufs Neue versiegelt. Die ganze Reise über bekam sie nichts zu sehen, hörte nur den Lärm der Städte, das Rauschen des Wassers an der Bordwand, das Rattern der Räder und das Schnaufen der Lokomotiven, die donnerten wie das Herz eines Riesen.

Zuerst hatte sie Fatso und Alten Falken, die vor ihrer Kammer Wache standen, gebettelt und angefleht, sie doch wenigstens einen flüchtigen Blick hinauswerfen zu lassen. Doch als sie sich nicht erweichen ließen, ergab sie sich drein, doch ihr Geist war hellwach.

Sie dachte nicht so sehr an das, was auf sie zukam, als an ihre *lao chia*. Das Fest war sehr schön verlaufen.

Großmutter hatte nicht mehr so gelacht, seit ihr die Zähne ausgefallen waren, und Mutter hatte pausenlos von den vielen Enkeln geredet, die sie bekommen würde. Sogar Vater hatte sich aufgeschwungen, zwei Gedichte zu schreiben, eines für Frohes Versprechen und eines für sie. Die beiden Schriftrollen sollten in ihrem neuen Heim aufgehängt werden. »Der Frühling ist vorüber, kaum daß ich sie kennengelernt...« – mit diesen Worten begann das Gedicht für sie. Soweit sie sich erinnern konnte, war es das erste Zeichen, daß sie ihm etwas bedeutete. Junger Onkel hatte sich brieflich entschuldigt und ein Tang-Pferd aus gebranntem Ton geschickt. Vermutlich, dachte sie, hat er es nicht um seiner Schönheit willen gekauft, sondern weil er ein Symbol soldatischer Bereitschaft darin sah. Aber das spielte keine Rolle. Sie würde es in Ehren halten und schätzen, weil es von ihm kam.

Nur das Lachen von Ältestem Onkel hatte gefehlt, und sie sann darüber nach, welcher Kummer ihn in ihrer Glücksstunde bedrükken mochte.

Als der Zug auf dem Bahnhof von Peking hielt, wurde sie zum letzten Mal in Hüllen aus Seide und Brokat gesteckt, durch den roten Seidenschleier geblendet, ihr der juwelenstrotzende Kopfputz aufgesetzt und die Brautsänfte versiegelt. Dann setzte die Sänfte sich in Bewegung, ging es schwankend endlose, unbekannte Wege entlang, bis sie schließlich zum Stillstand kam und, gedämpft durch die erstickende Dunkelheit, Musik an ihr Ohr drang.

Sie sehnte sich danach, die Tür aufzumachen, frei zu atmen und irgend etwas zu sehen, und sei es auch nur das rosagefärbte Tageslicht, das ihren Schleier ein wenig erhellte. Sitte und Herkommen zufolge mußte sie jedoch abwarten, bis drei Weisen gespielt wurden, um ihre tugendhafte Geduld auf die Probe zu stellen, ehe die Sänftentür geöffnet werden durfte. Lieber wollte sie sterben, als für allzu neugierig gehalten zu werden.

Die Musik hörte auf zu spielen. Einen Moment herrschte Schweigen. Und dann – das dreimalige Pochen, auf das sie gewartet hatte! Sie hörte, wie Papier zerrissen wurde. Ein Windhauch hob die Ecken ihres Schleiers. Die Luft war schwer vom Duft der Räucherstäbchen.

Sie wußte, daß praktisch der gesamte Haushalt zum Empfang bereitstehen würde. »Die Braut! Die Braut!« rief die Menge. Frühlingsmond versuchte, einen Blick auf sie zu werfen, doch alles, was sie sah, wenn sie den Blick senkte, waren die Phönixe und Päonien, die auf ihr rotes Hochzeitsgewand gestickt worden waren, und die Spitzen ihrer kleinen roten Schuhe. Sanfte weibliche Hände lenkten sie beim Aussteigen und halfen ihr, sich richtig hinzustellen. Einen Moment fürchtete sie, ihre verkrampften Beine trügen sie nicht. Wie demütigend, wenn sie jetzt strauchelte, wenn jemand auch nur vorübergehend meinte, die Changs hätten ihnen einen Schwächling geschickt! Doch die Hände stützten sie, bis sie ruhig stand. Dann, von den fremden Frauen geleitet, die bald ihre Schwestern und Basen sein sollten, schritt sie voran.

Rote Teppiche bedeckten den Weg. Der Boden der Zeremonienhalle bestand aus Holz mit tiefen Rissen darin. Als sie die Schwelle überschritt, erblickte sie vor sich, nur wenige Schritt von ihr entfernt, die weißen Sohlen von Männerschuhen sowie den Saum eines blauen Seidengewandes. Eine tiefe Stimme verkündete den Beginn der Hochzeitsfeierlichkeiten, und Musik setzte ein. Nichts als Becken und Trommeln – oder war es nur ihr Herz, das da so laut pochte? Unfähig zu sehen, durfte sie auch noch nicht einmal reden; so wurde sie hierhin und dorthin geführt, um niederzuknien und ihren Kotau vor Gästen und Familienangehörigen zu verrichten – Menschen, die bald ihre Familie bilden würden.

Fast wie abwesend überlegte sie, woher sie wissen wollten, ob sie auch die richtige Braut sei und nicht irgendein anderes, rotgewandetes Mädchen, das in die falsche Sänfte eingestiegen war? Oder vielleicht war auch sie es, die sich beim Besteigen geirrt hatte? Vielleicht nahm sie die Stelle einer anderen ein. Merkwürdigerweise beunruhigte sie dieser Gedanke nicht weiter. Sie kam sich vor wie in einer Art Traum befangen, gleichsam als hätte sie diesen Tag schon einmal – in einer anderen Inkarnation – erlebt. Was hatte der Altehrwürdige noch zu ihr gesagt? Füge dich, mein Kind! Füge dich!

Unversehens brach die Musik ab, und die Versammelten brachen in lautes Beifallgeklatsche und in Hochrufe aus. Jetzt war sie die Frau des Mannes, der vor ihr hergegangen und den Kotau mit ihr gemacht hatte. Der Krach von Feuerwerkskörpern und Musik erfüllte die Luft.

Nachdem der Beifall verebbt war, wurde sie von Dienerinnen hinausgeführt. Es ging über Gartenwege, durch unbekannte Höfe. Und immer – ihr stets ein wenig voraus – die weißen Sohlen der Schuhe ihres Gatten. Schließlich betraten sie einen Raum, und sie wurde aufgefordert, an einem Tisch Platz zu nehmen. Leises Lachen

erhob sich wellenweise, es wurde geflüstert, Geschirr klapperte und klirrte und ständig das Kommen und Gehen Goldener Lilien. Dann wurde die Tür geschlossen, und es herrschte Schweigen.
Sie wartete. Schließlich wußte sie nicht, ob wirklich alle gegangen waren oder ob sie vielleicht wiederkamen. Sie zwang sich, Ruhe zu bewahren und zu lauschen. Plötzlich war ihr das Gewicht ihres Kopfputzes unerträglich. Sie hob die Hand, um sich den Nacken zu massieren.
Jemand räusperte sich. Sie schrak zusammen. Frohes Versprechen war die ganze Zeit über dagewesen. Sie senkte den Kopf, schloß die Augen und überlegte, wann er wohl das Schweigen brach. Sie durfte erst sprechen, nachdem er gesprochen hatte. Er machte ein paar Schritte und nahm auf der kleinen Sitzbank neben ihr Platz. Immer noch sagte er nichts. Einen Moment wurde ihr schwindelig. Nicht jetzt, barmherzige Kwan Yin, betete sie. Sie durfte nicht ohnmächtig werden und seine Kleidung berühren. Unvermittelt stand er auf, ging auf und ab und brummelte etwas in sich hinein.
Die Worte sagten ihr nichts, aber sie erkannte den Klang. Auch Beherztes Talent hatte leise englisch gesprochen, wenn er Selbstgespräche geführt hatte. Plötzlich war sie ganz ruhig.
Genauso unvermittelt wie er begonnen hatte, hörte er auf, hin und herzugehen, und nahm wieder neben ihr Platz. Wieder wartete sie. Endlich sagte er, ein wenig zu laut: »Kleine Schwester, wie geht es meinem Freund, Beherztem Talent?«
Jetzt durfte auch sie sprechen. »Dann bist du also nicht stumm.«
»Wieso kommst du darauf, daß ich es sein könnte?« Seine Stimme gefiel ihr.
»Nun, du hast kein einziges Wort gesagt.«
»Du ja auch nicht«, entgegnete er rasch.
»Aber von mir wurde auch erwartet, daß ich nicht als erste spreche.«
»Woher weißt du das?«
»Das hat man mir gesagt.«
»Dann haben sie dir nicht gesagt, daß ich Herr all meiner Sinne bin?«
»Nein«, log sie. »Ich habe aber auch nicht danach gefragt.«
»Du hast nicht danach gefragt?«
»Nein, ich habe überhaupt keine Fragen gestellt, keine einzige. Ich weiß nicht, ob du bucklig bist oder ein Riese, ein zierlicher Mann oder ein Stier.«

»Dann warst du also bereit, *jeden* zu heiraten?«
»Selbstverständlich!« Bildete er sich etwa ein, sie sei schlecht erzogen? »Ich würde jeden heiraten, den meine Eltern für mich ausgesucht haben«, erklärte sie tugendhaft.
Es folgte eine Pause. Sie hörte, wie er seufzte. »Und ich auch«, sagte er schließlich. »Ich weiß über dich auch überhaupt nichts.«
»Gar nichts?« Log er etwa auch?
»Nichts. Genauso wie du habe ich die Sache ganz meinen Eltern überlassen.«
»Dann hättest also auch du *jede* geheiratet?«
»Ja, jede.«
»Oh!« – Enttäuscht setzte sie sich womöglich noch gerader hin.
Wieder Schweigen.
Schließlich erhob Frohes Versprechen sich und zog den Tisch näher heran. Der Duft von Pekingente stieg ihr in die Nase. »Wir können genausogut essen. Bald kommen die Gäste, und vielleicht bleiben sie die ganze Nacht. Wenn wir jetzt nichts essen – vielleicht haben wir später keine Gelegenheit mehr dazu.«
»Aber ich kann nicht essen, wenn ich dies hier aufhabe.«
»Dann nimm es doch ab.«
»Nein.«
»Warum nicht?«
»Das mußt du tun.«
»Das hat man dir wohl auch gesagt, oder?«
Sie nickte.
»Nun, dann wäre es vielleicht besser, du würdest erst einmal aufstehen.«
»Bitte, Älterer Bruder, hilf mir hinter dem Tisch hervor. Ich kann nichts sehen.«
Frohes Versprechen trat an die andere Seite des Tisches und zog ihn von ihr fort. »Jetzt kannst du aufstehen.«
Regungslos und die Augen zu Boden geschlagen stand Frühlingsmond da, während er ihr erst den juwelenbesetzten Kopfputz und dann den Schleier abnahm und beides auf einem Tischchen neben der Sitzbank ablegte. Einen Moment schloß sie die Augen, so sehr blendete sie das strahlende Licht. Dann schlug sie sie langsam auf und hob den Kopf. In Augenhöhe: ein Goldknopf. Sie hob den Blick und zählte noch zwei weitere Knöpfe, bis sie das Gesicht ihres Gatten erblickte. Er war sehr groß. Seine Haut war glatt. Er lächelte, als er ihr Gesicht sah.

Errötend setzte Frühlingsmond sich rasch hin. »Unser Essen wird kalt.«

Plötzlich hatte sie einen Heißhunger. Er wollte etwas sagen, doch dann schien er sich eines Besseren zu besinnen. Sie nahm die Eßstäbchen zur Hand, um sich eine Garnele zu nehmen; dann fiel ihr ein, daß sie damit gegen die guten Manieren verstieß, und legte sie rasch auf die Stäbchenbank. Sie sah zu ihm hinüber. Ihre Blicke trafen sich. Er schien verwirrt und drehte wie abwesend an dem Ring herum, den er am Mittelfinger der rechten Hand trug.

Sehnsüchtig ließ sie den Blick über die Speisen schweifen. Endlich begab er sich an das andere Ende des Tisches und nahm Platz. Das Essen sah köstlich aus!

Keiner von beiden machte eine Bewegung. Griff er denn nie zu? Wenn er es nicht tat, würde sie es tun. Gleichzeitig nahmen sie beide ihre Eßstäbchen zur Hand und versuchten, dasselbe Wachtelei aufzuspießen.

»Bitte, nimm du es«, sagte sie.

»Nein, bitte. Du bist der Gast.«

»Bin ich das?« Sie hielt inne. »Nun ja, wenn du drauf bestehst, tu ich's.«

Sie aß mit Genuß, während er nur schweigend in seinem Essen herumstocherte und Brocken auf seinem Teller aufschichtete, die er dann doch nicht aß. Er sah zu, wie sie vier mit Entenstücken gefüllte Pfannkuchen aß, fünf Garnelen, zwei Klöße, zwei Tausend-Jahr-Eier, sich drei Löffel würziges Rindfleisch auffüllte, sechs gefüllte Pilze aß und zuletzt noch die ganze Schüssel mit süßsaurem Schweinefleisch vertilgte.

»Ißt du immer so viel?« fragte er.

»Ißt du immer so wenig?«

Frohes Versprechen errötete. Es klopfte, und die Dienerinnen kamen, um den Tisch fortzutragen. Eine lief augenblicklich hinaus und rief: »Eine Schönheit! Eine Schönheit!« Steif saßen Braut und Bräutigam da und sagten kein Wort, bis die älteste Dienerin Frohes Versprechen aufforderte hinauszugehen.

Während die Dienerinnen Frühlingsmonds Lippenrot auffrischten und eine Haarsträhne, die sich gelöst hatte, mit Hilfe eines Kamms feststeckten, sah sie sich im Raum um und nahm ihn zum ersten Mal richtig wahr. War er wirklich soviel kleiner als der Empfangssaal im Hof des Weisen Herzens, oder lag es nur daran, daß er so sehr mit Möbeln vollgestopft war? Vielleicht gestattete ihre Schwiegermutter ihr nach der Geburt ihres ersten Sohnes, hier einiges zu ändern.

Als die Dienerinnen sich zurückzogen, blieb die hübscheste von ihnen an der Tür stehen, um Frohes Versprechen zu rufen. »Glücklicher Bräutigam«, rief sie in singendem Tonfall, »Ihr könnt jetzt wieder neben Eurer Braut Platz nehmen. Eure Familie und Freunde werden bald kommen, um die Hochzeitskammer zu erwärmen.«

Frohes Versprechen kam, wie geheißen, und brummelte: »Noch so eine barbarische Sitte.«

Frühlingsmond flüsterte: »Wird es schrecklich sein?«

»Hoffentlich nicht. Ich kann nur vorschlagen, daß wir den ganzen Unsinn mitmachen. Tu, was immer sie verlangen, sonst werden sie eigensinnig und bleiben die ganzen drei Tage und Nächte.«

Als erste traten die Eltern des Bräutigams ein. Wiewohl Köstlicher Lotus und Unerbittliche Rechtschaffenheit beide kostbar gekleidet waren, sahen ihre Kleider, wie Frühlingsmond fand, stilvoll aus, seine hingegen wie ausgeborgt. Köstlicher Lotus war ungewöhnlich groß, elegant und beträchtlich jünger als ihr Gatte. Er war rund, aber nicht richtig fett, hatte einen gelblichen Bart und ein pockennarbiges, dabei jedoch gütiges Gesicht.

Köstlicher Lotus war die erste, die etwas sagte: »Tst, tst, tst, ich hatte ja keine Ahnung, daß sie *so* hübsch sein würde. Ist dir das klar gewesen, verehrter Gatte?«

»Nein, o nein, selbstverständlich nicht. Mein Sohn, du kannst von Glück sagen, daß dein häßlicher Vater so hübsche Freunde hat.«

Frühlingsmond überlegte, was das wohl zu bedeuten habe. Fatso hatte ihr gesagt, Ältester Onkel habe dem gelehrten Hanlin jede Aufnahme von ihr geschickt, die er gemacht hatte, wie sie unter der Weide am Teich der Getreuen Gefährten stand. Offensichtlich hatte ihr Schwiegervater seiner Frau das Foto nicht gezeigt.

Ein Lächeln auf den Lippen, nicht jedoch in der Stimme, sagte die Schwiegermutter: »Wir werden sehen, ob deine hübschen Freunde auch gehorsame Enkelinnen haben.«

Vielleicht wäre es doch klüger, bis zur Geburt ihres zweiten Sohnes zu warten, bis sie darum bat, hier in der Halle etwas verändern zu dürfen, dachte Frühlingsmond.

Nachdem ihre Schwiegereltern gegangen waren, sah Frühlingsmond sich von den Frauen des Hauses Woo umringt. Im Handumdrehen kam sie sich vor wie eine gerupfte junge Ente, die es zum Essen geben sollte.

»Oh, oh, ist das alles dein eigenes Haar?«
»Laß uns sehen, wie deine Goldenen Lilien aussehen.«
»Ein bißchen mager, findet ihr nicht?«
»Ach, ich finde im Gegenteil eher ein bißchen zu pummelig.«
»Meint ihr, sie wird eine *hwa tou*, wie so viele Südchinesinnen?«
»Ein besticktes Kopfkissen, vielleicht. Hübsch anzusehen, doch nichts da drin. Mich würde es nicht wundern, wenn sie erst lange nachdenken müßte, ehe sie sich dazu durchringt, von welcher Seite des Bechers sie trinken soll.«
Sollten sie doch reden! Sie war eine Chang!
Während die Frauen sie neugierig beschnüffelten, hatten die Männer sich ein wenig abseits aufgestellt, nahmen sie gründlich in Augenschein und gratulierten Frohem Versprechen mit herzhaftem Lachen.
Diese älteren Gäste blieben jedoch nicht lange. Nachdem sie sich zurückgezogen hatten, war die Reihe an den Junggesellen, die lachend und mit lauten Rufen hereingestürmt kamen. Ein paar von ihnen trugen Tische und Stühle und ließen sich sofort zum Mah-Jongg-Spiel nieder, während andere dem jungen Paar der Tradition entsprechend mit gutmütigen Fragen zusetzten, es hänselten und verspotteten. Wiederholt versuchten sie, Frühlingsmond dazu zu bringen, die Fassung zu verlieren, sie zum Lachen oder Weinen zu bringen oder sie so sehr zu reizen, daß sie ärgerlich ihrerseits spitze Bemerkungen machte. In Wahrheit trug sie jedoch nur eine Gelassenheit zur Schau, die sie innerlich auch empfand. Ihre Sticheleien waren nichts im Vergleich mit dem, was sie von Fatso gewohnt war.
Als einer von ihnen eine schlüpfrige Geschichte zum besten gab, knirschte Frohes Versprechen mit den Zähnen, doch Frühlingsmond flüsterte nur: »Denk an das, was du mir gesagt hast. Wir wollen doch nicht, daß sie drei Tage und Nächte hierbleiben.«
Noch ehe eine Stunde vergangen war, waren selbst die schlimmsten Rüpel zu verlegen, daß sie keine Lust verspürten weiterzumachen, und nachdem einer gegangen war, gingen sie alle.
Gleich darauf kamen die Dienerinnen wieder, um das Brautbett bereitzumachen, das hinter roten Vorhängen verborgen in einem Nebenraum stand. Abermals wartete Frohes Versprechen draußen im Garten, während Frühlingsmond sitzenblieb. Sie war zufrieden mit ihm und lächelte still vor sich hin.
Nachdem die Dienerinnen wieder gegangen waren, trat Fatso ein,

um die Brauttruhe auszupacken und der Braut zu helfen, ihr Hochzeitsgewand auszuziehen. Diese Chance nutzte Frühlingsmond. »Rasch! Rasch! Erzähl mir, was du von der Dienerschaft erfahren hast.«

Fatso ging zwischen Truhe und Kommode hin und her, und dabei erzählte sie.

»Deine Schwiegermutter hat kein besonders glückliches Wesen. Bemühe dich nur ja immer, ihr zu gefallen.«

Ungeduldig schüttelte Frühlingsmond den Kopf. »Nein, nein. Was hast du über *ihn* erfahren?«

»Der Hanlin ist ein gütiger Mensch, hat aber ziemliche Angst vor ihr.«

»Nein, nein, du machst mich ganz rasend – doch nicht den Vater. Was weißt du über meinen Gatten?«

»Ach!« Fatso zauderte. »Aber du hast ihn doch selbst schon gesehen. Und was soll er überhaupt für eine Rolle spielen?«

Sie wandte sich ab, um die Kämme auf den Frisiertisch zu legen, doch Frühlingsmond packte sie beim Ärmel. »Du weißt etwas! Sag es mir!«

»Es ist nicht wichtig.«

»Was ist es?«

»Nichts weiter. Nicht jetzt, nicht, wo du schon verheiratet bist.«

»Aber wie soll ich ihm eine gute Frau sein, wenn andere Dinge von ihm wissen, die ich nicht weiß?«

Fatso lenkte ein. »Die Dienerschaft sagt, der junge Herr habe nicht heiraten wollen.«

»Haben sie auch gesagt, warum?«

»Mit dir hat das nichts zu tun, mein Kleinod. Sie sagen, er ist von ausländischen Ideen angesteckt worden und hat keine traditionelle Hochzeit gewollt. Er wollte jemanden heiraten, den er schon kennengelernt, sympathisch gefunden und von sich aus erwählt hätte.«

»Und wer ist sie?«

»Niemand. So eine Person hat es gar nicht gegeben. Und daher hat der Hanlin seinen Willen durchsetzen können. Komm jetzt, es wird Zeit, daß du dich umkleidest.«

Frühlingsmond machte den Mund nicht auf, als ihr die vielen Schichten Seide und Brokat ausgezogen wurden und sie in ein langes rosafarbenes Seidengewand schlüpfte, das ihren schlanken Körper betonte. Doch je länger sie über das nachdachte, was Fatso gesagt hatte, desto weniger Sorgen machte sie sich. Ältester Onkel

hätte sie bestimmt nicht mit einem Mann verheiratet, der sich nichts aus ihr machen würde.
Nachdem Fatso mit jeder Einzelheit zufrieden war, umarmte sie das Mädchen herzlich und flüsterte: »Vergiß nicht, was ich dir gesagt habe. Vergiß das weiße Seidentüchlein nicht.« Frühlingsmond errötete. *Amitabha!* Wie dankbar sie der alten Dienerin war, ihr das erklärt zu haben. Hätte Fatso das nicht getan, hätte sie sich immer noch über das Gerede ihrer Mutter über diesen und jenen Baum den Kopf zerbrochen.
Noch einen Augenblick, und dann stand die Braut allein in der Mitte des Schlafgemachs.
Vor ihr stand das Hochzeitsbett aus geschnitztem Rosenholz mit dem reichbestickten Baldachin und den roten Vorhängen. Die rote Seidendecke war über und über mit rosa Blütenblättern und Babyschühchen in allen erdenklichen Farben besät. Neben dem Bett, auf einem kleinen Extratischchen, stand ein Tablett mit einem Stückchen weißer Seide darauf. Damit mußte sie am Morgen den Beweis ihrer Reinheit antreten; erst wenn das geschehen war, konnte sie sich als wahre Tochter des Hauses Woo betrachten.
Sie vernahm Schritte, und als sie sich umdrehte, stand Frohes Versprechen unter der Tür. Ihr war, als schaue er sich suchend im ganzen Raum um, auf das Bett mit den vielen traditionellen Fruchtbarkeitssymbolen darauf und das Tablett mit dem weißen Seidentüchlein, ehe er sie, die dort stand, überhaupt wahrnahm. Was sich auf seinem Gesicht abspielte, konnte sie nicht erkennen.
Lange stand er regungslos da. Dann trat er mit vollem Bedacht auf das kleine Tischchen zu und stieß es um, hob das weiße Seidentüchlein auf und warf es fort, so weit er konnte. Sanft segelte es genau vor ihm zu Boden. Wütend hob er es nochmals auf und warf es nochmals und noch einmal fort, bis er vor Anstrengung keuchte.
Im ersten Augenblick fragte sie, ob sie etwas getan habe, was seinen Unwillen erregt hatte. Doch dann dachte sie: Nein, er benimmt sich wie ein kleiner Junge. Fatso hatte recht. Er wollte nicht mit einer Fremden verheiratet werden. – Darüber hatten weder ihre Mutter noch Fatso mit ihr gesprochen. Doch irgendwie – während das nur von seinem Keuchen unterbrochene Schweigen zwischen ihnen sich in die Länge zog – wußte sie, was sie zu tun hatte. Genauso wie er – mit vollem Bedacht – marschierte sie auf das Bett zu, nahm ein rotes Babyschühchen zur Hand und warf es heftig fort. Dann noch eines und noch eines und noch eines.

Hinterher konnte keiner von beiden sich erinnern, wer als erster angefangen hatte zu lachen. Sie lachten und lachten, bis sie sich am Boden wälzten. Schließlich fragte sie: »Warum hast du das getan?«
»Warum hast *du* es getan?«
»Ich habe als erster gefragt.«
»Ich habe gedacht, du hast was gegen die Tradition.«
»Ist das denn bei dir genauso, Kleine Schwester?«
Sie wußte nicht, was sie darauf entgegnen sollte.
Woraufhin er fortfuhr: »Du hast recht. Ich habe was gegen die Tradition... hab' was dagegen, eine Wildfremde zu heiraten.«
Sie streckte die Hand aus, als wollte sie seine Lippen berühren.
»Älterer Bruder, wir *sind* verheiratet. Was unsere Familien getan haben, können wir nicht ungeschehen machen. Aber wir müssen ja nicht für immer Fremde füreinander bleiben. Es ist möglich, daß Fremde sich kennenlernen.«
»Dazu braucht es aber Zeit.«
»Wir haben ein ganzes Leben Zeit dafür, mein Bruder.«
»Und du hast nichts dagegen zu warten?«
Errötend schüttelte sie den Kopf. Es war ja schon so viel geschehen – für ein erstes Mal. Sie konnte durchaus warten: ohne unglücklich zu sein, jetzt, wo sie ihn gesehen hatte, jetzt, wo sie wußte, daß sie ihn zum Lächeln bringen konnte.
»Kleine Schwester, verstehst du wirklich, was das bedeutet?«
Forschend sah sie ihm in die Augen. Sie waren größer als die ihren, die Augen eines Nordchinesen. Sie waren anders als die eines jeden anderen Mannes, die Augen ihres Gatten. Dann fiel ihr ein, was er sie gefragt hatte, und sie flüsterte: »Ja.« Einen Moment sprach keiner von ihnen, regte sich, ja, atmete nicht einmal. Dann war der Zauber gebrochen, und sie fing an, nach den Schühchen zu suchen, die den Boden bedeckten, kroch hierhin und dorthin, warf eines nach links und das andere nach rechts.
»Was machst du da?«
Sie legte einen Finger vor die Lippen. »Schschsch!«
Schließlich fand sie, wonach sie gesucht hatte – das weiße Seidentüchlein. Ehe er sie daran hindern konnte, biß sie sich in die Backe und spuckte das Blut aus, um das Tüchlein rot zu färben.
Nachdem das getan war, lächelte sie trotz der Schmerzen und warf ihm das Tuch zu. »Das wird das erste unserer vielen Geheimnisse sein, mein Gatte.«

Die Morgendämmerung kroch schon herauf, als sie zumindest den Anschein von einiger Ordnung in ihrem Schlafzimmer wiederherstellten, doch weder Braut noch Bräutigam wollten zugeben, daß sie müde waren. Frohes Versprechen schlug ein frühes Frühstück vor. Er ging, den Dienerinnen Bescheid zu sagen, die in kürzester Zeit mit dem Gewünschten zurückkamen.
Nachdem der Tisch gedeckt und die Dienerinnen fort waren, nahmen Frühlingsmond und Frohes Versprechen wieder Platz. Sie aß bedächtig und kaute nur auf der rechten Seite.
»Das Gebäck ist köstlich. Ich habe nie besseres gekostet.« Mit diesen Worten nahm sie sich noch eines.
»Kannst du kochen?«
Sie seufzte bekümmert auf und schüttelte den Kopf. Schweigen. Dann: »Meinst du, die Por Por wird mich ausschelten, wenn der Fisch nicht ganz bleibt?«
»Wovon redest du?«
»Haben sie dir denn gar nichts gesagt?«
»Wohl nicht.«
»Zunächst einmal müssen wir beide drei Tage und Nächte ganz für uns bleiben. Und am Morgen darauf muß ich einen Karpfen ausnehmen und ihn für die Familie zubereiten.«
»Warum das?«
Das Blut stieg ihr zu Kopf. Wie ihm erklären, daß sie damit ihr Können unter Beweis zu stellen hatte, der Karpfen aber gleichzeitig ein Symbol für die Hoffnung der Sippe auf viele Söhne darstellte? Sie zuckte mit den Achseln. »Auch wieder Tradition.« Stirnrunzelnd legte sie die Eßstäbchen nieder. »Tust du mir einen Gefallen und ißt viel, selbst wenn er dir überhaupt nicht schmeckt?«
»Warum, um alles auf der Welt ... ?«
»Oh, bitte, tu mir den Gefallen. Der Por Por werde ich erzählen, es handle sich um eine Soochower Spezialität, und man könne nicht erwarten, daß es jedem gleich beim ersten Mal schmeckt. Aber würdest du jedenfalls so tun, als ob er dir schmeckte, und das auch sagen? Bitte um einen zweiten und auch noch um einen dritten Teller. Außer dir wird niemand mehr davon nehmen wollen.« Sie verzog das Gesicht.
»Erwartest du von mir, daß ich meine eigene Mutter belüge?«
»Oh, nein. Zu sagen brauchst du gar nichts – nur zu essen.« Sie lächelte. »Bitte, ja?«

Er nickte und mußte fast lächeln. »Das, vermute ich, wird dann wohl unser zweites Geheimnis sein.«
Sie lachten, doch vermied sie es, seinen Augen zu begegnen. So etwas hatte sie noch nie erlebt. Keineswegs unangenehm. Nein, wirklich nicht. Sie fing wieder an zu essen. Die Eßstäbchen erhoben, starrte er sie an.
»Kleine Schwester, du mußt wunderschön nähen können.«
»Ich bin darin ungeschickt wie ein Bär.«
»Ich weiß jetzt, daß du außerordentlich höflich bist.«
»Nein.« Abermals seufzte Frühlingsmond auf. »Nein, es ist wahr. Ich mag keine Handarbeiten.«
»Dann bemalst du Fächer – mit Blumen und dunstverhangenen Bergen?«
»Malen mag ich auch nicht.«
»Dann arbeitest du also lieber im Garten.«
»Nein.« Sie trank die Bohnengallertemilch.
»Vielleicht singst du dann oder zupfst die Laute?«
Sie setzte ihre Eßschale ab und senkte den Kopf. »All diese Dinge kann ich kaum.«
Er starrte sie an.
Ach, was habe ich nur getan? dachte sie. Er denkt, ich bin ein Reistopf! Unvermittelt fragte sie: »Tust du das denn?«
»Was soll ich tun?«
»Kochen, nähen, malen, gärtnern, singen oder Laute spielen?«
»Nein.«
»Gut!« Sie klatschte in die Hände. »Dann haben wir vieles gemeinsam.«
Unsicher nickte er. Schweigen.
»Soll ich ein Brettspiel kommen lassen?«
»Nein. Ich spiele nicht Mah-Jongg.«
»Oh.« Jetzt wußte er wirklich nicht mehr, was er noch sagen sollte.
»Spielst du Schach?« Ernst blickte Frühlingsmond auf und sah ihn an.
»Ich? Ja, selbstverständlich.«
»Ah.« Sie legte die Fingerspitzen an die Schläfen. »Das ist ein schwieriges Spiel.«
»Gewiß, leicht ist es nicht.«
»Hast du ein Schachspiel hier?«
»Ja.«

»Nun, dann stell es auf.«
»Spielst du denn Schach?«
»Ein wenig.«
Er rief die Dienerinnen, damit sie den Tisch abräumten, und nachdem das geschehen war, trat er an seinen Schreibtisch und holte ein antikes elfenbeinernes Schachspiel hervor. Sie sah zu, wie er die Figuren aufstellte. Wortlos machte sie den ersten Zug.
Sie tat so, als bemerke sie nicht, wie verwirrt er war, als sie seinen Angriff abwehrte. Zuletzt, als ihre Kanone einen strategischen Schlag gegen ihn ausführte, hörte er auf, aufs Brett zu starren, lehnte sich, die Arme über der Brust gekreuzt, auf dem Stuhl zurück und betrachtete statt dessen sie. Sie hielt die Augen gesenkt. Plötzlich fragte er: »Kannst du lesen?«
»Ein wenig.«
»Genauso wie du Schach spielst – ein wenig?«
Sie wußte nicht, wie sie der Frage ausweichen sollte, doch dann verbarg sie ihr Lachen hinter den Händen und nickte. Als der Wächter draußen die Stunde des Hundes verkündete, waren sie müde, gähnten und kämpften gegen den Schlaf an. Keiner wollte der erste sein, der vorschlug, ins Bett zu gehen. So dösten sie auf ihren Stühlen. Um die Stunde des Schweines weckte sie die Rassel des Wächters. Beide waren steif und hatten bleierne Glieder. Er sagte: »Wir können nicht jede Nacht auf Stühlen schlafen. Meinst du nicht, wir sollten uns besser ins Bett legen?«
Sie nickte, und dann – die Augen auf die Hände gerichtet, die sie auf dem Schoß liegen hatte – fragte sie: »Darf ich als erste hineingehen, allein? Ich werde dich rufen, wenn du reinkommen kannst.«
»Bitte, tu das. Und nimm dir so viel Zeit, wie du willst, Kleine Schwester.«
Sie ging in ihr Schlafzimmer und kleidete sich um. Als sie damit fertig war, rollte sie eine Zudecke der Länge nach zusammen, kletterte aufs Bett hinauf und legte sie als Barriere zwischen sie. Einen Moment lag sie regungslos da. Dann zog sie eine andere Decke über sich und rief: »Mein Bruder, du kannst hereinkommen.«

7. Geliebter Fremder

Am fünften Mond im Jahr des Hundes – 1898 –, im dreizehnten Jahr der Regierung von Kuang Hsu, erließ der Kaiser eine Verordnung, in der es hieß:
»Beim Vorantreiben von Reformen haben wir gewisse europäische Methoden übernommen, denn wenn China und Europa sich auch darin gleichen, daß das oberste Ziel einer guten Regierung das Wohlergehen des Volkes zu sein habe, sind die Völker Europas auf diesem Wege weiter vorangekommen als wir, so daß wir durch die Einführung europäischer Methoden nichts weiter tun, als die Versäumnisse Chinas wettzumachen. Gelingt es uns nicht, die Quellen ihrer Stärke zu erkennen und für uns zu nutzen, wird sich an unserer Rückständigkeit nichts ändern. Die Gründe meiner Besorgnis werden von meinem Volke nicht voll und ganz begriffen, denn ein reaktionäres Element stellt meine Ziele bewußt falsch dar und verbreitet völlig unbegründete Gerüchte, um Unruhe in die Gemüter zu bringen...
Dieses Dekret soll in der Eingangshalle eines jeden öffentlichen Gebäudes im gesamten Kaiserreich aufgehängt werden, damit alle Menschen es sehen.«
Doch nach hundert Tagen der Reform handelte die Konkubine mit Hilfe des ehrgeizigen Yuan Shi-K'ai, dem Anführer der einzigen modernen chinesischen Armee, der seinen Kaiser verriet, und ihres Liebhabers, Jung-lu, dem Obersten Mandschu-Befehlshaber.

Chinesische Geschichte

Wie jeden Morgen zögerte Frühlingsmond auf der Schwelle zu den Gemächern ihrer Schwiegermutter und schob den Beginn ihrer täglichen Prüfung so lange wie möglich hinaus.
Köstlicher Lotus saß an ihrem Frisiertisch und mühte sich damit ab, neue Ohrringe anzuprobieren. Eines Tages, dachte Frühlingsmond, irgendwann einmal, werden die Geschichtenerzähler mein Loblied

singen, und man wird mich als ein Musterbeispiel von Kindestreue hinstellen. Geliebter als Tong Yung, der sich in die Sklaverei verkaufte, um für die Beerdigung seines Vaters zu bezahlen, gepriesener als die Dame Tang, die ihre zahnlose Großmutter mit der Milch aus den eigenen Brüsten nährte.

Stumm aufseufzend trat sie leise ein.

Der Raum hatte nichts von der kargen Eleganz, die sie stets mit ihrer Familie in Zusammenhang gebracht hatte, sondern war vollgestopft mit einer Fülle von Nippsachen und Tand, die zusammenzukaufen die Hauptbeschäftigung von Köstlichem Lotus darstellte: Emaille, Jade, Cloisonné sowie Elfenbein- und Goldfigürchen bedeckten jede Tischplatte – wie die bunt zusammengewürfelten Knöpfe in dem Fach von Fatsos Nähkästchen. Seidenstickereien waren übereinander über die Wandschirme gelegt und verdeckten die Malereien, die die Künstler darauf gemalt hatten. Wertvolle Truhen waren vollgestopft mit wertlosen Schachteln. Dem ganzen fehlte die Harmonie.

»Guten Morgen, Por Por.« Sie verneigte sich.

»Wo hast du gesteckt?« fragte Köstlicher Lotus und schickte ihre Dienerin hinaus. »Ich bin schon seit zwei Stunden wach.«

»Ich bin schon früher hiergewesen, doch wurde mir gesagt, du wünschtest nicht, gestört zu werden.«

»Das war vorhin, und jetzt ist jetzt. Haben deine Leute dir keine Achtung vor den Älteren beigebracht?«

Frühlingsmond senkte den Kopf.

»Ich habe dich etwas gefragt.«

»Man hat mich wohlerzogen. Ich bitte um Verzeihung, wenn ich deinen Unwillen erregt habe.«

Einer der Ohrringe fiel der Älteren aus der Hand. Rasch bückte Frühlingsmond sich, um ihn aufzuheben. »Por Por, die Perle ist unter deinen Stuhl gerollt. Ich kann nicht an sie herankommen.«

Köstlicher Lotus schob den Stuhl zurück, und der Ohrring wurde zerdrückt. »Sieh, was ich deinetwegen gemacht habe. Wie willst du diese Ungeschicklichkeit wiedergutmachen?«

Frühlingsmond wußte nicht, was sie sagen sollte.

»Ich habe dich etwas gefragt. Muß ich immer alles wiederholen, was ich zu dir sage?«

»Bitte, nimm ein Paar von meinen Perlen an.«

»Und?«

»Bitte, such dir noch andere aus, die dir gefallen.«

Frühlingsmond löste die Perlen, die sie selbst in den Ohren hatte, und bot sie ihrer Schwiegermutter an.
»Wie kannst du es wagen, mich auf so hinterlistige Weise zu beleidigen! Bildest du dir ein, ich hätte nicht selbst Schmuck genug? Sehe ich so aus, als ob ich es mir nicht leisten könnte, mir ein unbedeutendes Ohrgehänge zu kaufen?«
»Ich habe es verdient, zurechtgewiesen zu werden, Por Por.«
Köstlicher Lotus steckte sich ein Paar Jadegehänge ins Ohr. Als sie ihr Profil im Spiegel begutachtete, fing sie den Blick ihrer Schwiegertochter auf und fuhr herum. »Was starrst du mich an? Sehe ich so komisch aus?«
Abermals senkte Frühlingsmond den Kopf. »Ich habe gerade gedacht, wie schön du bist, Por Por.«
Köstlicher Lotus zwinkerte, wandte sich dann wieder dem Spiegel zu, tauchte einen Finger in das Töpfchen mit dem Lippenrot und trug es sorgfältig auf. »Bilde dir nicht ein, daß Schönheit im Leben viel bedeutet« war alles, was sie sagte.
Während Frühlingsmond wartete, daß sie ihre Toilette beendete, wurde an die offene Tür geklopft. Frohes Versprechen kam, um wie jeden Tag seine Aufwartung zu machen. Er trat näher und verneigte sich vor seiner Mutter. »Guten Morgen, meine Mutter.«
Sie erwiderte seinen Gruß und winkte Frühlingsmond hinaus. »Du kannst gehen. Ich habe mit meinem Sohn Dinge zu besprechen, die dich nichts angehen.«
Schweigend verneigte sich die Schwiegertochter vor der Schwiegermutter und ihrem Gatten und zog sich zurück. Es war die Stunde, um die sich die Frauen des Haushalts um die Händler versammelten, die jeden Tag in den Küchenhof kamen, um Gemüse, Haushaltswaren, Nadeln und Faden zu verkaufen. Heute hatten sich auch die Obsthändler eingefunden und boten blaßgrüne Melonen, orangefarbene Kakipflaumen und goldene Birnen in Körben zum Verkauf feil.
»Guten Morgen, meine Tanten.« Frühlingsmond verneigte sich vor den Frauen der beiden Hanlin-Brüder und vor der Konkubine ihres Schwiegervaters. Diese waren damit beschäftigt, Obst auszusuchen, und gingen nicht auf ihren Gruß ein. Sie wandte sich den Zwillingstöchtern des Hanlin und seiner Konkubine zu; beide standen etwa in ihrem Alter und glichen ihrer rundgesichtigen Mutter mit den reizvollen Grübchen in den Wangen. »Guten Morgen, Schwestern.«
Die Zwillinge nickten, nicht abweisend, wohl aber zurückhaltend.

Sie glaubte, die Andeutung eines Lächelns auf den Lippen der Lebhafteren der beiden zu erkennen, doch schwand dies wieder, ehe sie sich ganz sicher war.
Was erwartete sie? Als neuestes Mitglied der Familie hatte sie keinerlei Beachtung zu erwarten; dazu mußten erst Jahre vergehen und Söhne geboren werden. Außerdem war sie gestern indiskret gewesen. Ihre Nachbarin, die Lin Tai Tai, und ihre Schwiegertöchter hatten am Nachmittag Besuch gemacht, und sie – Frühlingsmond – war, statt respektvoll zu schweigen, unbesonnen damit herausgeplatzt, daß es in Soochow eine viel größere Auswahl an Blumen gäbe, als sie sie hier in Peking gesehen habe. Sie mußte lernen, ihre Zunge im Zaum zu halten und außerdem versuchen, diesen Fehler wieder auszubügeln. Sie sagte abermals etwas: »Das Obst sieht köstlich aus. Solche Melonen habe ich im Süden nie gesehen.«
»Ah!« Diese Ausgangsposition machte sich eine kräftige Händlerin augenblicklich zunutze. »Wie die Junge Herrin die Augen offen hat. Sie wird Euch sagen, daß mein Obst doppelt soviel wert ist, wie ich verlange.«
Wieder ein Fehler! Hätte sie doch bloß den Mund nicht aufgemacht! Als die Frauen ihr den Rücken zuwandten und um die Preise feilschten, glitt sie still davon und suchte den kleinen Hof auf, an dem sie und Frohes Versprechen mit Fatso und Altem Falken wohnten. Fatso war im Schlafzimmer und legte die Wäsche fort, doch als sie Frühlingsmond sah, ließ sie die Strümpfe wieder in den Korb fallen und ergriff ihre Hand. »Was ist geschehen? Warum so ein langes Gesicht?«
»Nichts Ungewöhnliches.« Seufzend setzte Frühlingsmond sich auf das Bett; ihre Dienerin ließ sich neben ihr nieder. »Es ist nur, daß... ach, warum nur gelingt es mir nicht, auch nur einen Menschen für mich zu gewinnen? Besonders bei ihr schaffe ich es nicht. Ist der Tee heute zu heiß, ist er morgen zu kalt. Sind meine Schritte zu laut, wenn ich ihr Zimmer verlasse, behauptet sie, ich schliche mich heimlich heran, wenn ich wiederkomme. Lächle ich, bin ich zu alt, um zu grinsen; tue ich es nicht, bin ich mürrisch. Was soll ich nur tun?«
»Nichts.« Liebevoll tätschelte Fatso ihr die Hand. »Kein Mensch kann etwas dabei machen, Junge Herrin. So ist es immer gewesen. Du bist jetzt eine Frau.«
»Aber es ist nicht immer so«, hielt Frühlingsmond ihr entgegen. »In Soochow war es nicht so.«

»Da bist du Tochter gewesen und nicht Schwiegertochter.« Mühselig stellte Fatso sich wieder auf die Beine, zog ein Tuch aus der Tasche und begann, Staub zu wischen.
»Es hat ohnehin keinen Sinn, an Soochow zu denken. Das hier ist jetzt dein Zuhause. Du mußt versuchen zu begreifen. Wer weiß, wie die Woo Tai Tai war, ehe sie als Braut hierherkam?«
»Ich glaube, sie ist nie anders gewesen. Was hätte auch geschehen können, sie zu verändern? Diese Höfe hier sind nicht annähernd so großartig wie unsere, aber Not leidet niemand hier. Und du selbst hast mir doch erzählt, daß es die Por Por war, die darauf bestanden hat, daß der Hanlin eine Konkubine nahm.«
Fatso machte ein Lattenfenster auf, um das Staubtuch auszuschütteln. »Junge Herrin, hast du die ausgebackenen Brötchen heute morgen nicht besonders köstlich gefunden?« Trotz ihres Kummers wäre Frühlingsmond vor Lachen fast herausgeplatzt. Wenn Fatso das Thema wechseln wollte, ging sie immer so plump vor. Doch so leicht wollte Frühlingsmond sie nicht damit durchkommen lassen.
»Alte Freundin«, sagte sie, »du bist es doch gewesen, die mir erzählt hat, sie habe darauf bestanden. Das weiß ich noch ganz genau.«
Mit einem Seufzer steckte Fatso das Tuch wieder in die Tasche und wandte ihre ganze Aufmerksamkeit Frühlingsmond zu. »Mein Unschuldslämmchen, es gibt viele Arten, Bitteres hinunterzuschlukken. Es stimmt, es war die Woo Tai Tai, die dafür gesorgt hat, daß ihr Mann sich eine Konkubine nahm. Hast du aber jemals überlegt, daß ihr das lieber gewesen sein könnte, als den ständigen Forderungen des Hanlin ausgesetzt zu sein?«
»Aber, Fatso...«
Die alte Dienerin hielt sich die Ohren zu. »Still! Ich will kein Wort mehr hören. Du mußt Obacht geben, was du sprichst, sonst lebst du bald vom Nordwestwind. Selbst die Wände können Geschichten erzählen. Nimm dich in acht, sonst schickt deine Schwiegermutter dich fort.«
Frühlingsmond mußte schlucken; an eine solche Möglichkeit hatte sie noch nie gedacht.
»Begreifst du denn nicht, daß du Essig in ihrem Tee bist, Junge Herrin?« Fatsos Stimme hatte plötzlich etwas sehr Sanftes. »Faß dich in Geduld! Schließlich brauchst du nichts weiter zu tun, als abzuwarten. Bald wird alles anders, bald sieht alles viel freundlicher aus.« Sie klopfte auf den eigenen Bauch und brach in ein breites Grinsen aus. »Bald wirst du ihm einen Sohn gebären.«

Tränen schossen Frühlingsmond in die Augen. Glücklicherweise war Fatso in diesem Augenblick durch ein Staubhäufchen unter einem Bücherregal abgelenkt und bemerkte es nicht. Die Dienerin durfte keinen Verdacht schöpfen.
Frühlingsmond zwang sich zur Ruhe, stand auf und sagte förmlich: »Du bist weise. Ich werde mir deinen Rat zu Herzen nehmen. Aber jetzt muß ich gehen. Ich habe zu tun.«
Langsam ging sie in den Gartenhof und setzte sich auf ihre Bank neben dem steinernen Schachtisch, den Frohes Versprechen für sie hatte aufstellen lassen. Die Herbstluft duftete nach gerösteten Kastanien. Langsam saugte sie den Atem ein und beobachtete, wie das in einer Nische aufgestellte Tang-Pferd von der Sonne in den Schatten rückte. Von allem, was sie aus Soochow mitgebracht hatte, gefiel Jungen Onkels Geschenk ihr am besten. Sie durfte sich nie wieder beklagen, Köstlichem Lotus nie Ursache geben, sie fortzuschicken. Eher würde sie sterben, als daß sie ihren Gatten niemals wiedersah.
Beim Gedanken an ihn mußte sie unwillkürlich lächeln. Niemand war aufrichtiger als er, ob er nun Altem Falken zu der Pekingente gratulierte, seinen Vater in der Politik beriet oder ihr Englisch beibrachte. In jedem Falle gab er immer sein Bestes. Gelegentlich sprach sie ein Wort bewußt falsch aus, bloß, um ihn lachen zu hören.
Sie hatte versucht, ein Gedicht über ihre Gefühle zu schreiben, über die Art, wie er ein Zimmer betrat, wie er ›Gute Nacht‹ sagte. Aber die richtigen Worte hatten sich nicht eingestellt. Sie wußte nur, daß ihr Herz sich vor Freude und Stolz schmerzlich zusammenzog, wann immer er bei ihr war; doch wenn sie nicht zusammen waren, war es im Grunde nicht anders.
Hin und wieder machte er ihr jedoch auch Angst. Dann senkte sich Schweigen über ihn wie ein Leichentuch, saß er da und starrte den bemalten Seidenlampion an, der von den Sparren der Bibliothek herunterhing, und drehte an seinem Ring, von dem sie jetzt wußte, daß es sein Universitätsring aus Amerika war.
Anfangs hatte sie ihn, wenn er diese Zustände hatte – wie wenn er in Gedanken ganz weit weg wäre –, herausgerissen. Er hatte ihr dann geduldig ihre Fragen beantwortet und versucht, ihr zu erklären, warum er den Kopf so voll hatte. Die Politik, die Reformen des jungen Kaisers, schienen ihm Kummer zu bereiten.
»Ich dachte, du wärest damit einverstanden, mein Bruder.«

»Das bin ich auch. Ich habe nur Angst, daß der Kaiser sich mit jeder neuen Verordnung mehr mächtige Feinde macht.«

»Aber er ist doch der Kaiser.«

»Trotzdem ist er verwundbar. Besonders dann, wenn seine Feinde die Kaiserinwitwe überzeugen, daß die Reformen nicht in ihrem Interesse liegen.«

In den Reihen der Reform-Gesellschaft schwirrte es von Gerüchten über Attentate, Staatsstreiche und ausländische Interventionen. In ihrem Eifer, den Kaiser auf ihre Seite zu bringen, hatten die Reformer die Bürokratie unterschätzt. Und – so erklärte Frohes Versprechen Frühlingsmond – es liege nun einmal im Wesen von Beamten, in Veränderungen, besonders plötzlichen Veränderungen, eine tödliche Bedrohung zu sehen. »Wenn an diesen Gerüchten etwas dran ist, habe ich Angst um unser Land, ja, fürchte ich sogar um unser Leben. Es könnte sein, daß wir uns mit dem Erfolg, den wir beim Kaiser haben, den Ast absägen, auf dem wir sitzen.«

»Wie kommst du nur auf eine solche Idee?«

»Es wäre töricht, nicht daran zu denken. So ist es immer gewesen.«

In letzter Zeit verhielt sie sich vollkommen ruhig, wenn er vor sich hinbrütete, wünschte, sie könnte an seiner Stelle unglücklich sein, und ihn erfüllte jene Freude, die ihr das Herz weit machte.

Die Stimme von Köstlichen Lotus' Dienerin riß sie aus ihren Gedanken. »Junge Herrin, kommt rasch. Ihr werdet gebraucht.« Por Por! Immer die Por Por. Frühlingsmond sprang augenblicklich auf, um ihrer Schwiegermutter zu dienen.

Am Abend, nach dem Essen, wartete Frühlingsmond allein im Garten auf ihren Gatten und spielte Schach gegen sich selbst, bis plötzlich ein kleiner Tropfen fiel, der die rosa, auf ihrem Ärmel gestickte Blüte tiefrot färbte. Sie ging hinein. Um die Stunde der Ratte war das Gewitter vorbei, doch Frohes Versprechen war nicht gekommen. Es war sehr spät, als sie schließlich einschlief. Am Morgen war das Bett auf seiner Seite der aufgerollten Zudecke unberührt.

Wie der Fluch eines Feindes stellte sich augenblicklich der Gedanke ein: Ich habe meinen Gatten verloren, ohne jemals richtig Frau geworden zu sein.

Doch genauso rasch, wie dieser Gedanke gekommen war, bemäntelte sie ihn aus lauter Angst, allein schon ihn zu denken, könnte dazu

führen, daß er Wirklichkeit würde. Um die Götter zu überlisten, schalt sie sich selbst laut: »Törichtes Mädchen, du siehst einen Tropfen und denkst gleich an eine Flut. Ach, du Törin, du!«
Rasch zog sie die zusammengerollte Zudecke fort, legte sich dorthin, wo er hätte liegen sollen, und wälzte sich ein paarmal hin und her, wie er es im Schlaf zu tun pflegte. Dann legte sie die zusammengerollte Zudecke an eine Stelle, wo niemand sie sah, und rief Fatso, ihr den Tee zu bereiten. Den ganzen Tag über bemühte sie sich, so zu tun, als sei alles in Ordnung. Heute war sie einmal froh, daß die ständigen Regenschauer ihre Schwiegermutter nicht auf den Gedanken brachten, ihre Gemächer zu verlassen; so war die Schwiegertochter dauernd beschäftigt. Doch als der Abend kam und er immer noch nicht wieder daheim war, vertraute sie sich Fatso an. Die alte Dienerin wurde blaß und wollte ihr nicht in die Augen sehen.
»Was ist denn nur?« rief Frühlingsmond.
»Ich dachte, er sei schon früh fort, um die Gesellschaft aufzusuchen…«
»Aber was ist los, Fatso?« sagte sie und zupfte sie heftig am Ärmel. »Sag es mir! Sag es mir!« Es war das erste Mal, daß sie Angst in den Augen ihrer alten Dienerin sah.
»Die Händler haben den ganzen Tag darüber geredet. Überall sind Soldaten, und die Stadttore sind geschlossen.«
Sie haben ihn umgebracht, dachte Frühlingsmond. Und dann: Nein, er ist wohlauf. Wenn er tot wäre, hätte ich es schon erfahren. Nichts ist geschehen. Gar nichts.
»Junge Herrin, soll ich Alten Falken ausschicken, sich zu erkundigen?«
Ein Alptraum. Sie konnte keinen klaren Gedanken fassen. Und doch mußte sie nachdenken.
Noch einmal fragte Fatso.
»Nein, ihr dürft den Hof nicht verlassen. Er wird bald heimkommen, da bin ich ganz sicher.« Sie durfte die Beherrschung nicht verlieren.
»Möchtest du, daß ich bei dir bleibe?«
Sie schüttelte den Kopf und schickte die Dienerin in ihre Kammer.
Der Regen sorgte für Kühle, und sie häufte Holzkohle auf die Glut im Kohlenbecken, ehe sie zu Bett ging. Ihr fiel ein, was er über die politischen Feinde gesagt hatte. Immer und immer wieder betete

sie: Laß mich schlafen, und laß ihn dasein, wenn ich wieder aufwache.
Doch der Schlaf stellte sich nicht ein. Der Wächter verkündete die Stunde der Ratte und die des Ochsen. Nichts war zu hören, nur der Wind, der in den Weiden raschelte. Die Stunde des Tigers verging, dann die Stunde des Kaninchens. Jetzt frischte der Wind auf, und die Weiden ächzten. Plötzlich setzte Frühlingsmond sich auf. Es klang nach Schritten auf dem Gang draußen. »Älterer Bruder?« Niemand antwortete. Rasch drehte sie den Docht der Lampe, der auf ihrer Seite am Kopfende des Bettes brannte, etwas höher. Frohes Versprechen stand unter der Tür. Seine Kleidung war durchnäßt und über und über mit Schmutz bedeckt. Seine schlanke Gestalt wurde von Schluchzern geschüttelt.
Sie kletterte aus dem Bett, um ihm zu helfen. »Was ist geschehen? Wo bist du gewesen?«
Er gab ihr keine Antwort.
Er erkennt mich nicht, dachte sie. Sie griff nach seiner Hand – sie war glühendheiß.
»Was ist geschehen? Wo bist du gewesen?«
Wieder gab er ihr keine Antwort. Wie ein Kind führte sie ihn an den Waschständer und goß Wasser in die Schale, um ihm den Schmutz aus dem Gesicht zu waschen. Ohne jeden Widerstand ließ er sich die nassen Kleider ausziehen; dann zog sie ihm trockene Unterwäsche aus der Truhe an und hüllte ihn in warme Decken. Während sie mit dem Wasser, das neben dem Kohlenbecken stand, Tee aufbrühte, saß er regungslos auf seiner Seite des Bettes; nur ab und zu wurde er von einem Schluchzer geschüttelt. Sie redete ihm gut zu, etwas zu trinken. Seine Zähne klapperten auf dem Rand der Prozellanschale.
»Was ist geschehen? Bitte, erzähl es mir!«
Immer noch ließ er durch nichts erkennen, daß er verstanden habe. Sie legte ihm den Arm um die Schultern, bettete ihn dann auf den Rücken und kletterte neben ihn, um ihn zu wärmen. Nach langer Zeit wurde er ruhiger und schien einzuschlafen. Sie wagte nicht, sich zu bewegen. Barmherzige Kwan Yin, bitte, hilf ihm, betete sie! Barmherziger Buddha...
Plötzlich befreite er sich aus ihren Armen und setzte sich auf. Er schrie. »Nein, nein!« Und wieder schluchzte er. »Nein!«
»Schon gut, ist schon gut, schon gut«, versuchte sie ihn zu beruhigen, so wie Pflaumenblüte es getan hatte, als sie noch ein Kind

gewesen war. Sie drückte seinen Kopf an ihr Herz und wiegte ihn. »Schschsch! Es war doch nur ein Traum. Du bist zu Hause. Hier kann dir nichts etwas anhaben.« Ihre Worte schienen ihn zu trösten, denn er beruhigte sich wieder und erwiderte ihre Umarmung, allerdings nur kurz, dann lehnte er sich gegen den Kopfteil des Bettes. Ihre Hände jedoch ließ er nicht los. Sie erkannte, daß er es ihr sagen wollte, und so wartete sie sehr still.
»Es war kein Traum.« Er hatte Mühe zu sprechen.
»Was meinst du?«
»Ich habe nichts unternommen. Ich habe es geschehen lassen. Ich habe dagestanden und zugesehen.«
»Was? Du mußt mir sagen, was geschehen ist.«
Doch darauf ging er nicht direkt ein; er fuhr vielmehr fort, seine eigenen Fragen zu beantworten. »Ich habe es gewußt. Habe es gewußt und bin fortgelaufen. Ich habe gewußt, daß sie ihn gefangengesetzt hatte. Ich habe gewußt, daß sie kommen würden. Und habe nichts unternommen.«
»Bitte, ich verstehe nicht. Wo bist du gewesen?«
Wieder antwortete er ihr nicht, sondern zog sie statt dessen an sich. Sein unrasiertes Gesicht fühlte sich rauh an an ihrer Wange.
»Meine Frau«, flüsterte er. »Meine Frau!«
Er hielt sie im Arm und erzählte es ihr und starrte, während er sprach, auf den Vorhang am Fußende des Bettes, als sähe er dort das, was er beschrieb, direkt vor sich. »Gestern hat sich eine Menschenmenge auf dem Gelände des Vergnügungsparks in der Nähe der Himmelsbrücke versammelt, obwohl ein furchtbarer Regen herniederprasselte. Sie waren gekommen, um sich zu amüsieren. Aber es gab weder Tanzbären noch Ringer, weder Akrobaten noch Bambusstangen.
Statt dessen waren meine Freunde da: Fünf von ihnen waren in der Bewegung. Der sechste war der Bruder von K'ang Yu-wei. Er war die Katze, die sie fingen, um dem Affen Angst einzujagen.
Ich stand unter den Neugierigen. Ich erinnere mich an einen Jungen mit Schorf auf dem Kopf, der an meinem Gewand zupfte und sich dann vor mich stellte, um besser sehen zu können. Der Regen peitschte die schwarze Kapuze des Henkers. Sein Schwert...« Er hielt inne.
Sie regte sich nicht, und nach ein paar Minuten fuhr er fort: »Ein hoher Beamter verlas das Urteil des Scharlachroten Stiftes. Meine Freunde knieten nieder. Eine Wache zog die Zöpfe nach vorn, damit

der Nacken freilag. Die Körper knieten noch, als die Köpfe in den Schlamm rollten.«

Acht Tage dauerte es, ehe Frohen Versprechens Fieber abklang. Langsam gewann er wieder seine alte Kraft. Damals kam es Frühlingsmond nicht in den Sinn, darüber nachzudenken, wieso es möglich sei, daß großer Kummer und großes Glück so nahe beieinanderliegen konnten, daß sie eines schienen; daß sie erst, nachdem ihr Gatte das Häßliche und das Böse gesehen, die Schönheit und das Gute erfuhren, wahrhaft Mann und Frau zu sein. Damals, nach ihrer ersten Liebesnacht, während er noch schlief, schrieb sie nur ein Gedicht.

Fremde nicht mehr, doch um so fremder mir
der, die meiner
im Bronzespiegel spottet.
So ganz anders als der zarte Schatten,
für den ich mich hielt.
Lange verbannt,
Endlich daheim.

8. Stilles Warten

Am 22. September 1898 gab die Konkubine bekannt: »Da der Kaiser krank ist, übernimmt die Kaiserinwitwe die Regentschaft.« Der sechsundzwanzigjährige Kaiser wurde auf ein Inselparadies verbannt und seine Erlasse für null und nichtig erklärt.

Chinesische Geschichte

Zwar war die Verbindung, die zwischen Frohem Versprechen und dem geächteten K'ang Yu-wei bestand, nicht unbemerkt geblieben, doch hatte er nur eine kleinere Rolle gespielt, und sein Vater nahm eine zu hohe und geachtete Stellung ein, als daß man Vergeltung an ihm geübt hätte. Da die Reform-Gesellschaft aufgelöst worden war, arbeitete er zu Hause, übersetzte für die Verwaltung politische Nachrichten aus englischsprachigen Veröffentlichungen ins Chinesische und für das diplomatische Corps Hofverlautbarungen ins Englische.

Frühlingsmond erklärte sich mit Freuden bereit, ihm dabei zu helfen.

»Und was wird aus deinen Pflichten meiner Mutter gegenüber?«

»Die Por Por würde einverstanden sein, da bin ich ganz sicher – wenn der Vorschlag von dir käme. Dir hat sie noch nie etwas abgeschlagen. Und vergiß nicht, ihr zu sagen, daß man mir ja nichts zu bezahlen braucht.«

Doch als Köstlichem Lotus dieser Vorschlag gemacht wurde, schlug sie ihn ihrem Sohn ab. »Mein Sohn, es wäre die vollkommene Lösung für dich. Wenn ich könnte, würde ich ja einwilligen. Aber wen hätte ich denn sonst zu meiner Bedienung?« Der Honig auf ihrer Zunge konnte den Dolch in ihrem Bauch nicht verbergen. Da ihr nichts anderes übrigblieb, schluckte Frühlingsmond ihre Enttäuschung und diente ihrer Schwiegermutter wie bisher.

Kurz nach dem Neujahrsfest fing sie an, Dinge zu vermissen – nichts Wertvolles, aber eines Tages eine Handvoll Süßigkeiten, am nächsten eine Teeschale und etwas Tee, den sie in der Kanne auf dem Kohlenbecken hatten stehenlassen. Fatso, die glaubte, es müsse eine Ratte sein, meldete, daß ein Mehlkloß verschwunden sei, den sie fürs Frühstück von Altem Falken beiseitegelegt hatte.

Dann, an einem bitterkalten Morgen, hörte Frühlingsmond ein Geräusch, das aus einer leeren Regentonne kam. Als sie hineinsah, blickte sie in das ängstlich nach oben gekehrte Gesicht eines Mädchens und erkannte die Stumme, die ursprünglich zusammen mit einer alten Hausiererin gekommen war, die Faden verkaufen wollte, »so fein, daß die Eunuchen auch für die Kaiserinwitwe keinen besseren kaufen könnten«. Schon als sie sie aufforderte herauszukommen, war Frühlingsmonds Herz angerührt. Das Kind war sehr dünn und offensichtlich halberfroren; trotzdem hatte es nur Eßbares gestohlen und auch davon nur wenig. Die Truhe im Ankleideraum, die randvoll gefüllt war mit pelzgefütterten Umhängen, war nicht angerührt worden. »Komm heraus da«, sagte sie nochmals. Es blieb ihr nichts anderes übrig, als sie zu ihrer Schwiegermutter zu bringen, die sich im Küchenhof gerade mit einem Händler besprach, der feine Messingwaren verkaufen wollte.

Obgleich das Tor für die Händler offenstand, machte das offensichtlich elternlose Kind keine Anstalten davonzulaufen, als Köstlicher Lotus die Frauen losschickte, in allen Schubladen und Truhen nachzusehen, ob etwas fehle. Aufrecht, die Arme an den Seiten, stand sie da, und der Wind fuhr ihr durch die dünne, verblichene Hose und die Bluse. So hatte Pflaumenblüte dagestanden, dachte Frühlingsmond plötzlich, damals, vorm Krankenzimmer des Altehrwürdigen. Als auch noch von der letzten Dienerin berichtet wurde, daß nirgends etwas fehle, gab Köstlicher Lotus ihre Entscheidung bekannt. »Laßt sie laufen«, sagte sie.

»Fort mit dir!« rief die Konkubine. Das Mädchen machte einen Schritt in Richtung auf das Tor zu.

»Nein!« rief Frühlingsmond. Als sie merkte, was sie gesagt hatte, setzte sie ein verzeihungheischendes Lächeln auf. »Kann sie nicht bleiben? Bei diesem Wetter wird sie bestimmt sterben, wenn wir sie fortschicken.«

»Ja, und?« erwiderte die Konkubine. »Die Stumme ist keine Verwandte von uns. Viele Menschen leiden Hunger. Willst du, daß wir sie alle durchfüttern?«

Die anderen warnten sie, das Stummchen werde nur Unglück bringen.

»Die Götter bestrafen sie für Sünden, die sie in einem anderen Leben begangen hat.«
»Misch dich nicht ein!«
»Aber, Por Por«, verlegte Frühlingsmond sich aufs Bitten. »Ein unglückliches Schicksal ist nicht immer eine gottgesandte Strafe.«
Ihre Schwiegermutter zögerte.
Woraufhin Frühlingsmond fortfuhr: »Sie ist noch klein und wird nicht viel essen. Sie ist stumm, und folglich wird sie keinen Lärm machen. Sie ist verlassen und wird uns kein bißchen kosten.«
»Sie stammt vom Lande und ist völlig unnütz.«
»Ich lerne sie an, Por Por. Es wird gar nicht lange brauchen, da bin ich ganz sicher.«
»Und wer bedient mich in der Zwischenzeit? Ich kann in der letzten Zeit kaum gehen, so sehr schmerzen mich meine Beine.«
Woraufhin Fatso sich einmischte. »Laßt uns das Stummchen doch versuchsweise behalten, Herrin. *Ich* kann Euch dienen. Meine magischen Finger« – und mit diesen Worten knetete sie die Luft, als massierte sie jemanden – »werden dafür sorgen, daß Ihr wieder am Mah-Jongg-Tisch sitzen könntet – und das acht Runden auf einmal. Dafür stehe ich ein.«
Nachdem sie geschrubbt, angekleidet und mit Essen vollgestopft worden war, erwies sich Stummchen, wie der gesamte Haushalt sie nannte, als ein durchaus hübsches Mädchen. Ihr eckiges nordchinesisches Gesicht wies eine wunderbar reine Haut auf, und sie hatte große braune Augen. In kürzester Zeit wurde sie zu einer sehr tüchtigen Zofe. Und nach und nach wurde Frühlingsmonds Tageslauf mehr und mehr zu dem, wie sie ihn aus Soochow gewohnt war, nur daß sie jetzt in dem Raum gegenüber, dem Studierzimmer ihres Mannes, arbeitete – eine Frau und kein Kind mehr.
Die Zuneigung, die auf die Hochzeit gefolgt war, und die Liebe, die sich aus der innigen Vereinigung ergeben hatte, und das gegenseitige Verständnis, das sich mit der Zeit ergab, füllten ihr Leben aus. Oft wußte der eine vom anderen, was er dachte, ohne daß ein Wort oder eine Geste es verraten hätte. Sie kehrten die Freude, die sie empfanden, niemals hervor – das wäre gewöhnlich gewesen –, und doch wußten alle, die sie kannten, daß sie tief davon erfüllt waren.
Die Diener kamen zu dem Schluß, »der Junge Herr und die Junge Herrin müßten schon mal in einer früheren Inkarnation verheiratet und Stummchen ihr kleiner Hund gewesen sein«.
Doch trotz all ihres Glücks wagte Frühlingsmond es, die launischen

Götter herauszufordern, und betete, daß ihr noch zwei weitere Dinge erfüllt würden.
Obwohl sie eine Reise von über zweitausend *li* zurückgelegt hatte und nunmehr seit über einem Jahr in der Hauptstadt lebte, hatte die Braut noch nichts gesehen, was außerhalb der Gartenmauern lag. Jede Bitte, einmal hinauszukommen, sei es, um an einem Besuch des Klosters Unserer Lieben Frau des Guten Augenlichts teilzunehmen oder an einem Fest der amerikanischen Botschaft, wurde ihr von ihrer Schwiegermutter abgeschlagen. Niemand, nicht einmal Frohes Versprechen, wagte es, ein gutes Wort für sie einzulegen; denn tat er das, konnte es bedeuten, daß man die Vorrechte aufs Spiel setzte, die Frühlingsmond genoß. Außerdem, sagte sie sich, war es jetzt doch wirklich nur noch eine Frage der Zeit.
Darum war der zweite Wunsch der weitaus brennendere. Die Wochen vergingen, und immer wieder war sie abwechselnd voller Hoffnung und, da jeder Monat das gleiche Ergebnis brachte, voller Bedauern. Was nützte die ganze Seligkeit, die sie zusammen mit Frohem Versprechen in der Brautkammer erlebte, wenn sie keine Söhne bekam? Wie lange würde das Haus Woo noch warten? Ein Jahr, höchstens zwei. Danach würde ihr nichts anderes übrigbleiben, als vor ihm niederzuknien und ihn von ganzem Herzen zu bitten, seiner Sohnespflicht zu genügen und sich eine zweite Frau zu nehmen.
Bald nach der Neujahrsfeier im Haus ihrer Schwiegermutter tauchte die gesichtslose Frau in Frühlingsmonds Träumen auf, entfernte alle Bücher aus der Bibliothek und stellte statt dessen ein Bett hinein, auf dem Frohes Versprechen sie mit der gleichen Glut und der gleichen Zärtlichkeit umarmte, die Frühlingsmond kennengelernt hatte. Mit jeder Vereinigung schienen ihr Gatte und die gesichtslose Frau tiefer und immer tiefer in eine geheimnisvolle Welt einzudringen, die nur ihnen gehörte und mit der sie – Frühlingsmond – nichts zu tun hatte. Manchmal rief sie in ihren Träumen hinter ihnen her, doch verlor ihre Stimme sich in der großen Entfernung, und die beiden schienen sie nie zu hören. Zuletzt war das Paar so weit gereist, daß sogar ihre Schatten verschwanden, und Frühlingsmond starrte zum Horizont hinüber und wartete. Während sie hinblickte, kam etwas auf sie zu... zuerst nichts weiter als ein winziger Fleck, dann etwas Verschwommenes. Schließlich erkannte sie, daß es Frohes Versprechen war. Oder doch nicht? Sie sah, daß es ihr Mann war, als Mann-Kind. Das ganze Haus Woo verneigte sich

vor ihm, verneigte sich vor dem Enkelsohn des Hanlin.
Immer und immer wieder, Nacht für Nacht der gleiche Traum. Sie hatte das Verlangen, sich jemandem anzuvertrauen, doch der Brief, den sie jeden Monat an ihre Mutter schrieb, enthielt nur Neuigkeiten, die aufheiterten. Und wiewohl sie und Frohes Versprechen so viel Gemeinsames hatten – das hier durfte sie ihm nicht erzählen. Da sie wußte, welche Gefühle ihn angesichts »barbarischer Sitten und Gebräuche« bewegten, wollte sie nicht noch ihre eigene Verzweiflung mit dem Kummer vermehren, den er empfinden würde, wenn ihnen keine andere Wahl blieb, als nachzugeben. Sie konnte auch den Ausdruck auf seinem Gesicht nicht vergessen, als sie ihm den Brief gezeigt hatte, in dem Duftender Schnee meldete, Beherztes Talent und Goldene Tugend hätten einen Sohn mit Namen Großartige Aussicht bekommen.
Zuletzt war es wieder Fatso, an die sie sich wandte. »Wie kommt es, Alte Freundin«, begann sie ganz beiläufig, »daß ihr – du und Alter Falke – nie Kinder bekommen habt? Er muß sich doch ein ganzes Dutzend gewünscht haben. Und er verehrt dich wie einen Buddha, das sagt jeder.«
»Das ist wahr.« Fatso lächelte, ja, schnurrte geradezu, als sie zurückdachte. »Ja, es ist wirklich wahr. Ehe ich heiratete, war ich nur Haut und Knochen und schlank wie ein Rohr. Kaum zu glauben, ich weiß. Zusammen mit seiner Familie lebten wir von zwei *mou* Land. Der Dumme behandelte mich, als wäre ich die Frau eines reichen Mannes. Ich durfte mich nicht rühren und mußte den ganzen Tag über Süßigkeiten essen, während er sich auf den Äckern abrackerte. Bald war ich so dick wie der Reishändler. Er aber hat jedem erzählt, wie wunderschön ich sei. Stell dir vor! Was für ein Unsinn, wenn jemand das von seiner eigenen Frau sagt! Selbst der Ehevermittler hat gelacht.
Nachdem ein Jahr vergangen war, ohne daß ich guter Hoffnung wurde, trank ich kein kaltes Wasser mehr, rührte nie mehr eine Wassermelone an, trug drei Hosen und drei Jacken übereinander und umarmte den Ofen, und wenn es draußen noch so heiß war. Ich ging in den Tempel und steckte den Priestern Geld zu, damit sie mich das Glied des Maulesels aus Bronze anfassen ließen.« Fatso hielt inne, zog das Taschentuch und schneuzte sich.
»Ich wurde fetter und immer fetter, aber guter Hoffnung wurde ich nicht. Schließlich haben wir uns daran gewöhnt, daß wir allein bleiben sollten, und als seine Eltern starben, sind wir in den Dienst

deiner Familie getreten. *Amitabha!* Wären wir auf unseren Äckern geblieben, wäre ich heute so breit wie die Große Mauer.«

»Gab es denn gar nichts, was ihr hättet tun können?«

»Ich hätte noch vieles andere tun können, aber ein Kind hätte ich deswegen doch nicht bekommen. Alle Wahrsager stimmten darin überein, daß ein Sohn mir nicht in die Handlinien geschrieben sei.«

Frühlingsmond seufzte auf und betrachtete ihre eigene Hand. Woraufhin Fatso flugs die ihre vorwies und sagte: »Siehst du, sie sind sich kein bißchen ähnlich. Du wirst noch viele Söhne bekommen!«

»Glaubst du das wirklich, meine Freundin?«

»Das tue ich genauso gewiß, wie es einen Kaiser gibt.«

9. Einträchtige Fäuste

Im Jahr der Ratte – 1900 – wurden Stengel und Äste durch Überschwemmungen und Dürrezeiten ihrer Blätter beraubt, und es kam zu einer Hungersnot. Als die Jahreszeit des Holzes kam, da in guten Jahren der Winterweizen hoch steht und die Kirschen reifen, wurden Kinder von ihren Eltern für fünfzig Kupfer pro Kopf verkauft.
In Peking ging es damals besonders hoch her, denn der äußere Schein mußte von Arm wie Reich gleichermaßen gewahrt bleiben, um die Kette von Naturkatastrophen und nationalem Unglück zu durchbrechen. Freilichtaufführungen, Tempelfeste und Blumenausstellungen gab es die Fülle, und förmlich gekleidete Diener liefen die Kreuz und die Quer durch die hutungs *der Hauptstadt und überbrachten die begehrten Einladungen zu üppigen Festmählern und ganze Körbe mit hartgekochten und rotgefärbten Eiern als Glücksbringer. Es ging das Gerücht, keine zwanzig* li *von Peking entfernt seien sechzig Jesusanhänger totgeschlagen worden, doch die meisten Ausländer im Gesandtschaftsviertel schenkten solchem Gerede keinen Glauben. Hatte nicht die Kaiserinwitwe erklärt, »Alle innerhalb der vier Meere« seien »Brüder«?*

Chinesische Geschichte

Als Herzog Lan das Haus Woo zu einem großen Fest einlud, das am fünfzehnten Tag des vierten Monds stattfinden sollte, betonte er ausdrücklich, es sei sein Wunsch, den Sohn des Hanlin und seine junge Frau dabei zu begrüßen. Welch eine Ehre für einen so jungen Mann! Und welch eine Ehre für eine noch so neue Braut! Von dem Augenblick an, da der rote Umschlag aufgemacht wurde, waren die Frauen des Hauses Woo Frühlingsmond gegenüber freundlicher, erwiderten ihre Grüße, beglückwünschten sie, daß sie den Akzent von Soochow bereits weitgehend abgelegt habe, und besprachen ausgiebig, welche Frisur, welches Gewand und welchen Schmuck eine jede von ihnen tragen sollte. Selbst Frohes Versprechen, der den Herzog für einen reaktionären Dummkopf hielt, tat ihretwegen so, als wäre er begeistert.

Jetzt, am festgesetzten Tage, da die Stunde des Affen sich näherte, saß sie in ihrem kurzen Jäckchen an ihrem Frisiertisch und fächerte sich wütend Kühlung zu. Sie wußte, daß die Por Por bereits seit der Stunde des Pferdes fertig war, aber zum ersten Mal in ihrem Leben konnte sie sich nicht entscheiden. Die Saphirohrringe? Oder die Rubine? Welchen Fächer? Den aus Elfenbein oder den aus Seide? Den Perlenkopfputz oder den aus Silberfiligran? Oder vielleicht doch Blumen? Eine Orchidee, eine Kamelienblüte oder eine Rose? Vielleicht überhaupt nur Jadekämme. Nein. Sie schüttelte den Kopf. Das Gewand! Zuerst das Gewand. Hilflos blickte sie auf die Gewänder, die auf dem Bett, den Kamphertruhen, dem Drachensofa und den *lohan*-Stühlen zur Auswahl hingelegt worden waren. Was war nur los mit ihr? Sie war doch bestimmt nicht nur aufgeregt bei der Aussicht, Peking zu sehen und gesehen zu werden.

Stummchen, die bereits ihre neue türkisfarbene Bluse und Hose anhatte, hob in gespielter Verzweiflung die Hände zum Gebet.

»Ja, ich weiß, es ist spät. Aber ich kann mich nicht entscheiden...«

Das Königsblaue oder das Scharlachrote? Das Pfirsichfarbene oder das Gelbe...?

Zuletzt zeigte sie mit ihrem Fächer auf ihre Dienerin. »Wähle du aus.«

Stummchen brauchte nicht erst lange zu überlegen, sondern zeigte – was selten bei ihr vorkam – mit einem strahlenden Lächeln sofort auf das mit goldenen Phönixen bestickte, smaragdfarbene Gewand.

»Du hast recht. Selbstverständlich, das ist genau das richtige!«

Eigentlich brauchte sie nicht überrascht zu sein, denn Stummchen besaß einen untrüglich guten Geschmack. Wer hätte das von einem Mädchen vom Lande erwartet? Wenn man ihre Füße nicht sah, wäre niemand auf den Gedanken gekommen, eine Landpomeranze vor sich zu haben.

Frühlingsmond spürte, daß an ihrem Gewand gezupft wurde. Stummchen war dabei, einen Saum geradezuziehen. Jetzt das Geschmeide. Sie griff nach dem Schmuckkästchen und erhaschte den eigenen Blick im Spiegel. Nein, erst noch das Haar. Endlich war sie fertig. Gemessenen Schrittes ging sie hinüber in den angrenzenden Raum. Frohes Versprechen blickte auf. Ihre Augen trafen sich.

Gefalle ich dir, mein Gatte? fragte sie wortlos und sah, daß dem so war.
Augenblicklich gesellte sie sich zu den anderen, die bereits im Empfangshof versammelt waren. Dort warteten Mietsänften darauf, die Familie samt Dienerinnen zum Hause Lan zu bringen.
Durch einen Spalt in den Vorhängen warf Frühlingsmond verstohlen die ersten Blicke auf die Hauptstadt. *Li* auf *li* graue Mauern, gelegentlich ein Hausierer, Staub und immer mehr Staub. Nichts zu sehen, dachte sie. Nicht das geringste. Doch dann blieben die schmalen *hutungs* hinter ihr zurück und tat sich ein weites Gelände mit einem Basar darauf auf. Eine Reihe schön gefärbter Seidenstoffe nach der anderen schimmerte in der Sonne. Straßenhändler, Bettler, feilschende Käufer und Verkäufer. Halt! wollte sie rufen, aber das ging selbstverständlich nicht an. Unzählige Stände mit Stapeln von Rauchwerk – Zobel und Nerz, Hermelin und Eichhörnchen, die Felle von Polarfüchsen und Ziegen. Ein Kamel! Nein, drei. Es hieß, Kamele seien etwas ganz Alltägliches hier oben im Norden, doch bis jetzt kannte sie sie nur von dem Bild aus Beherzten Talents Ausgabe von DIE GROSSE SEIDENSTRASSE.
Der Staub brachte sie zum Husten, und so lehnte sie sich zurück und atmete durchs Taschentuch. Als sie wieder hinausschaute, erkannte sie, daß es durch eine schmale Gasse mit Läden und einladenden gold-, dunkelrot- und schwarzgemalten Ladenschildern ging. Stärkungspillen. Springender-Tiger-Wasser. Schlangensud zur Darmreinigung. Ab und zu die riesige vergoldete Münze eines Geldwechslers. Wieder ging es um eine Ecke. Noch eine Gasse. Sie erkannte, daß es sich um die handeln müsse, die Frohes Versprechen so liebte, die Gasse der Buchhändler mit den Läden, in denen Pinsel, alte Steinabreibungen, Tintenstifte und Bücher feilgeboten wurden, alles, was der Gelehrte braucht.
Dann wieder graue Mauern. Vielleicht war das ebensogut. Der Staub und das Schwanken der Sänfte hatten ihr Übelkeit verursacht. Sie lehnte sich wieder zurück.
Plötzlich blieb die Sänfte stehen. Sie schützte die Augen mit der Hand vor den letzten Strahlen der untergehenden Sonne und erkannte Laternen, die entlang einer langen hohen Mauer schwankten. Bannerträger zu Pferde mit leuchtendgrünen Umhängen hielten Wache neben einem riesigen Portal, über dem schwarze und lilafarbene Wimpel flatterten – die Farben des Herzogs Lan.
Sie verfolgte, wie ein männliches Mitglied der Familie Woo nach

dem anderen aus den Tragstühlen herauskletterte. Der Hanlin war der erste, der dem Diener am Tor seine Karte reichte, woraufhin dieser die Karte hoch in die Luft hielt und laut die Ankunft des Geehrten Gastes verkündete. Die Stimme klang Frühlingsmond merkwürdig vertraut. Ob er wohl bei ihrer Hochzeit den Zeremonienmeister gemacht hatte?

Ihre Sänfte setzte sich wieder in Bewegung. Der Tradition entsprechend sollten sie und die weiblichen Gäste nicht am Haupttor aussteigen, sondern wurden geradenwegs bis in die Inneren Höfe getragen und stiegen erst aus, nachdem sie den Blicken der Männer vollständig entzogen waren. Rasch zog sie die Vorhänge zu, in der Hoffnung, daß niemand der Por Por berichtete, sie habe die Stirn gehabt hinauszusehen. Sie strich den Rock glatt und fuhr sich prüfend übers Haar. Die Sänfte wurde niedergelassen. Die Tür ging auf, und Stummchen wartete, um ihr beim Aussteigen behilflich zu sein. Jeder Schritt vollzog sich genau so, wie sie es lange geübt hatten.

Der Hof, in dem sie standen, war womöglich noch größer als der Große Hof ihrer *lao chia* daheim in Soochow, doch hatte sie kaum Gelegenheit, sich der Bewunderung all dieser Pracht hinzugeben, denn Köstlicher Lotus führte die Damen des Hauses Woo augenblicklich zu der Herzogin. Nach der Por Por und ihren Zofen kamen die Konkubine mit ihrer Dienerin, dann Frühlingsmond mit Stummchen und zum Schluß die anderen weiblichen Verwandten. So wollte es die Sitte.

Erst als die Konkubine sich mit gebeugtem Knie verneigte, erhaschte Frühlingsmond einen Blick auf ihre Gastgeberin. *Amitabha*, sie hatte ja ein Pferdegesicht! Und es stimmte wirklich – die Mandschu-Frauen banden die Füße nicht ein, sondern trugen hohe Plateauschuhe, die so bemalt waren, daß sie aussahen wie Goldene Lilien. *Amitabha!* War sie froh, eine Han zu sein!

Als sie an der Reihe war, sich zu verneigen, zitterten ihr die Knie. Es war schon schlimm genug, einer Mandschu gegenüber Ergebenheit zu bekunden; sie durfte sich nicht auch noch der Peinlichkeit schuldig machen zu straucheln! Sorgfältig sprach sie die einstudierten Begrüßungsworte. »Wie freundlich von Euch, Eure geringen Diener zu einem so erlauchten Fest einzuladen, Euer Gnaden.«

Durch das Lächeln veränderte sich das ganze Gesicht der Herzogin. Ihre Augen blickten freundlich. »Ihr seid also diejenige, die so viele dazu gebracht hat, Essig zu trinken. Jetzt begreife ich, warum.«

Frühlingsmond schoß das Blut zu Kopf, und dann platzte sie damit heraus: »Ich freue mich so sehr hierzusein. Ich habe noch nie einen Palast, ja, überhaupt noch nichts von Peking gesehen.«
»Das heute ist in keiner Weise ein bemerkenswerter Abend«, sagte die Herzogin händewedelnd. »Nichts weiter als ein törichter Einfall, um den unbedeutenden Vater meiner nichtswürdigen Kinder zu belustigen.«
Ihre Augen wanderten zu der hinter ihr Stehenden. Es wurde Zeit, daß Frühlingsmond und Stummchen der Konkubine folgten. Was für eine Närrin war sie gewesen, loszuplappern wie ein Papagei. Ihre Schwiegermutter wartete zu Füßen der Treppe, die zur Empore der Damen hinaufführte, und ihre langen, kirschrotgefärbten Fingernägel klopften ungeduldig auf das Geländer.
Als sie hinaufblickte, betete Frühlingsmond, ihr solle nicht schwindelig werden. Das waren ja mindestens neun Stufen! Die Räume der Höfe waren zumeist ebenerdig. Sie merkte, daß Stummchen nach ihrer Hand tastete. Die Angst des Mädchens bewirkte, daß sie ihre eigene vergaß, und sie flüsterte: »Du machst das sehr gut. Kein Grund, aufgeregt zu sein. Hast du nicht gesehen, daß die Herzogin sogar noch größere Füße hat als du?«
Am Eingang zum Vorraum oben an der Treppe nahm Stummchen den Platz hinter ihr wieder ein, und sie warteten auf die in violette und schwarze Seide gekleideten Zofen der Lans, um sie an einen der vielen runden Tische zu geleiten, an denen die Damen der Pekinger Gesellschaft – Han wie Mandschu, ihre Sklavenmädchen hinter sich – saßen.
»Bitte, bemüht Eure Jadeschritte hierher.« Stummchen dicht hinter sich folgte Frühlingsmond der Dienerin; sie ging ganz langsam, aus Angst, sie könnte über die Fransen des Teppichs aus Orchideenseide stolpern. Sie hatte das Gefühl, jede einzelne von den Gästen, die bereits an ihren Tischen saßen, kenne die genaue Zahl der Stiche bei den Stickereien auf ihrem Gewand, kenne das genaue Gewicht ihres Goldschmucks, wisse genau, wo sie auf der linken Schulter einen Leberfleck hatte.
Hinter Frühlingsmond und Stummchen erhob sich das Gezischel und Getuschel der Damen wie das unregelmäßige Aufsprühen feuchtgewordener Feuerwerkskörper. Was hatte sie vergessen? Einen Ohrring? Hatte sie einen Schmutzfleck auf der Nase? Unter Mühen lächelte sie und reckte den Kopf – und hoffte, Stummchen würde das gleiche tun.

Sollten sie doch herschauen! Schließlich sah sie mit eigenen Augen, es stimmte, was die Leute immer behaupteten: Die Frauen von Soochow waren die allerschönsten. An einem beliebigen Nachmittag in der Halle der Weiblichen Tugenden bekam man mehr schöne Frauen zu sehen als hier. Dritter Vetter würde Schwierigkeiten haben, auch nur eine zweitrangige Schönheit zu finden – mit Ausnahme der Por Por, versteht sich.
Frühlingsmond nahm zwischen den Schwiegertöchtern der Lin Tai Tai Platz und drehte nach Austausch der Höflichkeitsfloskeln den Kopf, um durch den durchbrochen gearbeiteten Wandschirm aus Holz direkt hinter ihrem Stuhl hindurchzuspähen. Sie konnte den riesigen Garten wunderbar überblicken – die in Seidengewänder aller Farben und Schattierungen gekleideten Herren, die Diener, die von Tisch zu Tisch eilten, die Lichter, die im leichten Wind flackerten und versuchten, es den Sternen am Himmel gleichzutun. Sie nahm den Kopf zurück, und sogleich veränderte sich das Bild wie durch Magie – ein Riesenkaleidoskop sich verändernder Formen und Farben. Entzückt lehnte sie sich vor und dann wieder zurück, vor und wieder zurück, bis Schwester Lin fragte, was sie denn tue. »Der Stuhl war nicht ganz bequem. Jetzt sitze ich besser.« Wie sollte sie erklären, daß alles völlig neu für sie war und sie sich vorkam wie ein Mädchen vom Lande? Gelassen lehnte sie sich wieder vor und suchte nach Frohem Versprechen.
Es dauerte eine ganze Weile, ehe sie ihn entdeckte. Er saß direkt unter ihr, schien wie abgelenkt, drehte wie abwesend an seinem Ring, und flüchtig überlegte sie, ob wohl irgend etwas nicht in Ordnung sei. Doch dann griff er nach einer Garnele, und der elegante Herr neben ihm verwickelte ihn in ein Gespräch. Lächelnd wandte sie sich wieder den Damen zu. Die Herzogin war am Tisch in der Mitte angekommen. Als sie das Gewand aus violettem Seidenbrokat raffte, das mit den Wappenzeichen des Herzogs bestickt war, schoben ihr vier Sklavenmädchen flugs einen Stuhl mit hoher Rückenlehne unter.
Das war das Zeichen für den Beginn der Festlichkeiten. Während Dienerinnen zwischen den Tischen hin- und hereilten, vergaßen die Damen ihre Förmlichkeit und plauderten geräuschvoll, begrüßten quer durch den ganzen Raum Freundinnen und tauschten Platz und Klatsch. Zofen betätigten Fächer, stellten Teller vor ihre Herrinnen hin und nahmen sie wieder fort und zogen Taschentücher. Auch Frühlingsmond empfing Komplimente und teilte welche aus, er-

kannte, wer wer war und wo die Reichsten, Geehrtesten und Gebildetsten saßen und zeigte den anderen, wo der Hanlin und Frohes Versprechen sich befanden. »Das dort drüben ist mein erlauchter Schwiegervater und das dort der Mann, der mich törichtes Wesen geheiratet hat.« Selbst Stummchen, die ihrer Herrin aufwartete, schien beruhigt. In der ganzen Aufregung hatte niemand bemerkt, daß sie stumm war.

Als die Karausche in der roten Pfeffersauce auf dem Tisch stand, zupfte die älteste Tochter des Hauses, Lin, Frühlingsmond am Ärmel und sagte: »Seht, der Herzog hat den ganzen Hof überquert, eigens, um Eurem Gatten zuzutrinken.« Frühlingsmond wandte sich wieder dem Wandschirm zu. Der Herzog war von großer Leibesfülle und trug ein tiefviolettes Gewand, eine schwarze Jacke mit Knöpfen aus *Fei ts'ui*-Jade. Seine Augen waren wie kleine schwarze Erbsen – jene Art Augen, die alles sahen, dem Anschein nach, ohne sich zu bewegen. Zuerst fing sie nur Bruchstücke der Unterhaltung auf, doch als die Herren in der Nähe aufhörten zu essen und zu reden, um zuzuhören, hörte sie den Herzog sagen: »Ihr seid leicht zu beeindrucken, wie der Kaiser – daß ihr an die ausländische Zauberei glaubt. Ihr seid noch zu jung, um zu erkennen, daß der Wille eines Menschen alles ist. Der Wille ist es, was der Kaiserinwitwe Kraft und Macht gibt...«

Das also ist der Grund, warum der Herzog uns ersucht hat, heute abend zu kommen, dachte Frühlingsmond. Es ging ihm darum, auf den Maulbeerbaum zu zeigen und die Esche zu verfluchen. Plötzlich war alle Freude in Frühlingsmond wie ausgelöscht. Angst stieg stattdessen in ihr auf. Der Herzog blickte sich um, als wolle er sich vergewisssern, wer unter den Umsitzenden zuhörte, und fuhr dann fort: »Früher war die Kaiserinwitwe nichts weiter als eine von Hunderten von Mandschu-Jungfrauen, die in der Verbotenen Stadt lebten. Wodurch hat sie sich ausgezeichnet? Durch ihren Willen. Selbst der Kaiser fiel auf die Knie, wenn sie ihm Vorhaltungen machte wegen der Vernachlässigung seiner Sohnespflichten. Trotzdem ist sie noch nie in einem Dampfsarg gefahren oder hat ein Gewehr abgeschossen. Sie herrscht kraft ihrer moralischen Autorität. Ich habe es erlebt, wie sie wilden Vögeln am Himmel befahl, sich auf ihrem Fächer niederzulassen. Die Kaiserinwitwe und das Reich werden über ihre Feinde siegen.«

Frühlingsmond stieß unhörbar einen Seufzer der Erleichterung aus, als sie Frohen Versprechens Entgegnung hörte: »Wie Ihr sagt, Edler

Gastgeber. Ich wünschte nur, ich wäre genauso optimistisch wie Ihr.«

Sie hatte keine Lust mehr, sich seichtes Geplauder anzuhören, und tat nur so, als wäre sie begeistert, bis das Essen endlich vorbei war und die Vorführungen beginnen konnten. Als die Laternen auf der Bühne angezündet wurden, schickte sie Stummchen hinaus, um beim Teeservieren zu helfen. Warum sollte das Mädchen sich von ihren Befürchtungen anstecken lassen? »Geh, schau dich ein bißchen um und amüsiere dich. Wahrscheinlich wird der Herzog eine Ansprache halten, ehe das Stück beginnt.« Stummchen berührte ihre Herrin an der Schulter und trollte sich, wobei sie genauso anmutig schwankte wie die anderen Zofen, wiewohl man ihre Füße kaum Goldene Lilien nennen konnte.

Es dauerte nicht lange, und die Herren unten klatschten in die Hände und riefen »*Hao! Hao!*«, und die Damen standen auf und drängten durch den großen Raum vor die Bühne, einen ganzen Schwall stühletragender Sklavenmädchen hinter sich. Frühlingsmond brauchte den ihren nur ein wenig herumzurücken, um sehen zu können.

Herzog Lan stand auf der Bühne, nickte den Zuschauern zu und gab zu verstehen, daß er ihren Dank für seine Gastfreundschaft zu würdigen wisse. Unmittelbar hinter ihm stand ein großer Tempelaltar, der von einem lebensgroßen Gemälde von Kwan-ti, dem rotgesichtigen Gott des Krieges, beherrscht wurde, dem Gott mit den vorquellenden Augen und den geblähten Nüstern. Auf dem Altar schwelten in Opferschalen Räucherstäbchen, und vor dem rotbrokatenen Vorhang im Hintergrund hingen gelbe Schriftrollen mit schwungvoll gepinselten Beschwörungsformeln.

Der Herzog räusperte sich, und das Schweigen lief von Tisch zu Tisch wie eine Botschaft.

»Meine Damen und Herren, für eure Unterhaltung haben wir uns heute einmal etwas anderes ausgedacht. Die Oper spielt weder in der Zeit der Drei Königreiche noch an den Hügeln vor der Großen Mauer. Es handelt sich um ein unkonventionelles Stück, aber wir leben ja auch in einer unkonventionellen Zeit.

Wir leben in Zeiten der Gefahr von innen und außen, einer Zeit des Krieges und des Verrats. In den letzten Jahren haben die Nordprovinzen unter Überschwemmungen und Hungersnöten gelitten, die von der Heuschreckenplage und von der Dürre herrührten. Diese Katastrophen folgten unmittelbar auf die demütigendsten Zugeständnisse, die wir den Ausländern gemacht haben, und sind daher unmißverständliche Zeichen dafür, daß die Götter unzufrieden sind. Kaum ein Quadrat-*mou* chinesischen Bodens, auf den nicht bereits Ansprüche geltend gemacht werden von einem der großnasigen Völker oder den Braunen Zwergen. Die Deutschen sitzen in Shantung und haben ein begehrliches Auge auf die Nordwestprovinzen geworfen. Die Briten träumen vom Yangtsetal. Die Franzosen zählen auf Yünnan, Kwangsi und den größeren Teil von Kwantung. Die Japaner geben sich nicht mit Korea, Formosa, Liaotung und den Pescadores zufrieden, sondern wollen auch noch Fukien. An der gesamten, neuntausend *li* langen Küste Chinas gibt es nicht einen einzigen Hafen, den wir ohne Erlaubnis der Ausländer bewaffnen dürften.

Wir dürfen nicht länger dastehen und tatenlos zusehen, wie die Barbaren Wind und Wasser unseres geliebten Landes stören. Nun sind wir aber gebildete Menschen, welche die Gewalt verabscheuen und den Frieden lieben, wohingegen die Barbaren Macht und Profit über alles stellen. Wie können wir uns ihrer also entledigen?«

»Wie also?« wiederholten die Männer wie im Chor. »Wie also?«

»Die Antwort auf diese Frage werden wir heute abend hören. Verehrte Gäste, ich möchte, daß ihr jene kennenlernt, welche den Segen des Himmels erhalten haben und die Möglichkeit, mit den Fremden in der einzigen Sprache zu reden, die sie verstehen – der Sprache der nackten Gewalt. Darf ich euch die wahren Patrioten des Reiches vorstellen, die Gesellschaft der Rechtschaffenen und Einträchtigen Fäuste.«

Gongs ertönten, Becken wurden geschlagen. Von allen Seiten der Halle stürmten Männer, Frauen und Knaben hervor. Trommeln grollten, als sie auf die Bühne sprangen. Die Frauen mit den hochgesteckten Haaren trugen rote Jacken und Hosen und in den Händen rote Laternen. Die Männer und Knaben hatten rote Turbane auf den Köpfen, und die Zöpfe hatten sie einmal um den ganzen Kopf gelegt und überm Ohr zu einem Kreis geschlungen. Die Farben ihrer kurzen Jacken waren höchst unterschiedlich, doch jede zierte auf Brust und Rücken ein schwarzes Medaillon mit dem Namen ihrer Gesellschaft. Außerdem hatte ein jeder eine lange rote Schärpe um den Leib geschlungen und in der Hand einen Speer oder ein Schwert mit flatternden roten Bändern daran.

Als alle oben auf der Bühne standen, breitete sich ein unheimliches Schweigen aus. Nichts rührte sich, kein Laut war zu hören. Die

Stille schien eine Ewigkeit anzuhalten. Dann – einer nach dem anderen – begannen Frauen und Knaben sich zu bewegen, wanden und drehten sich in einem heftigen Tanz; Stöße und Hiebe blitzten und immer wieder der wilde Schrei: »*Shah! Shah! Shah!* – Tötet! Tötet! Tötet!« Die Bühne bebte, derartig gerieten sie in Raserei.
Die Männer fochten mit ihren Schwertern und Speeren Scheinkämpfe aus und riefen:

Schlagt himmelwärts, und seine Tore werden sich öffnen.
Schlagt erdwärts, und ihre Tore werden wanken.
Unterstützt die Ch'ing,
Rottet die Barbaren aus!

Genauso unvermittelt, wie er begonnen hatte, hörte der Tanz auch wieder auf. Eine große braune Frau blieb in der Mitte der Bühne stehen, breitbeinig stand sie auf ihren häßlichen, männergroßen Füßen da. Die anderen duckten sich am Rande.
Die Arme über den Kopf erhoben, sprach die Frau. Sie hatte eine tiefe Stimme, die alle in ihren Bann zog. »Die Menschen des Westens übertreffen noch die Götter in ihrem Verhalten«, intonierte sie. »Da sie anmaßend sind und sie die Heiligkeit ausmerzen, erregen sie den Zorn des Himmels wie der Erde, bis keine Regenwolken mehr zu uns kommen. Missionare verhexen die, die ihren Gotteslästerungen lauschen, und wer jemals Tee in einem Pfarrhaus trinkt, der stirbt, denn sein Gehirn platzt ihm im Schädel. Die jesusverehrenden Nonnen reißen ihnen Augen und Herz heraus und saugen ihnen das Mark aus den Knochen, um daraus Medizin zu brauen, und den Kindern reißen sie die Eingeweide heraus, um Blei in Gold zu verwandeln.«
Das Publikum holte Atem, und Gemurmel wurde laut.
»Verzagt nicht, sondern gebt Obacht! Bald kommen acht Millionen Geistersoldaten aus dem Himmel heraus, um das Reich reinzufegen von der ausländischen Pest.«
Als sie zurücktrat, sprangen die anderen auf der Bühne auf und schrien wie aus einem Mund, daß es im ganzen Hof widerhallte.
»Eilt, eilt! Verbreitet die Nachricht weit und breit. Schwerter und Speere zerbersten auf dem Rücken des Soldaten der Rechtschaffenen und Einträchtigen Fäuste, dem Verteidiger des Ruhmvollen Reiches. Kugeln können seinem geheiligten Leib nichts anhaben. Habt keine Angst! Schließt euch uns an! Unterstützt die Ch'ing! Tötet die Barbaren! Unterstützt die Ch'ing! Tötet die Barbaren!«

Unvermittelt herrschte wieder tiefes Schweigen. Die meisten drehten sich um und bewegten sich auf den Altar zu, so daß nur die drei kleinsten Knaben vorn auf der Bühne blieben. Die Knaben beschrieben drei imaginäre Kreise in der Luft und schrieben in einen jeden ein Schriftzeichen. Dann – die Augen geschlossen und die Hände gegen die Stirn gedrückt – sprachen sie einen unverständlichen Satz, bekamen Schaum vorm Mund und fielen hintenüber wie gefällte Bäume. Laut schrien die Zuschauer auf, denn sie dachten, sie seien tot, doch andere stellten sie wieder auf, und ohne Hilfe blieben sie stehen; doch kein Muskel regte sich.
Mit einem Speer lief die große Frau auf sie zu. Erst stieß sie ihn in den einen, dann in den anderen. Ihre Haut wurde nicht geritzt. Daraufhin nahm sie ein Schwert und hieb auf sie ein. Ihre Schwertstreiche prasselten hernieder, doch richteten sie nicht mehr Schaden an als eine sanfte Brise. Kein Tropfen Blut wurde vergossen. Zuletzt nahm sie einen Revolver, ließ die Trommel kreisen und feuerte auf ein Messinggefäß, das auf dem Altar stand, woraufhin es herunterfiel. Sie trat an den Rand der Bühne und zielte auf einen der Knaben. Sie feuerte. Wieder und immer wieder krachte die Pistole. Doch die Knaben zuckten mit keiner Wimper.
Während die Kugeln zu ihren Füßen rollten, nahmen die anderen Mitspieler triumphierend ihren Tanz wieder auf. »*Shah! Shah! Shah!* – Tötet! Tötet! Tötet!«
Es dauerte nicht lange, und sogar die Damen fielen in die Rufe ein. Frühlingsmond wünschte, sie wäre nie gekommen. Das Gesicht von Schwester Lin hatte etwas genauso Wildentschlossenes angenommen wie die der Bauern auf der Bühne. Die Augen quollen ihr vor wie die eines gekochten Fisches. Nicht anders bei den anderen an ihrem Tisch und ringsumher. Selbst ihre Schwiegermutter sah plötzlich häßlich aus. Und die Rufe: »*Shah! Shah! Shah!*«
»Mutter!« Durchdringend erhob sich der Schrei über das Getöse. »Mutter!« Das kam von irgendwo hinter ihr. Sie drehte sich um und erblickte Stummchen. »Mutter!« schrie das Mädchen noch einmal und stand dann regungslos da, das Gesicht aschgrau, die Augen leer. Rasch blickte Frühlingsmond um sich. War sie die einzige, die es gehört hatte? Nein, auch ein paar andere. Doch die wandten die Köpfe bereits wieder der Bühne zu. Was spielte eine Zofe, der die Nerven durchgingen, schon für eine Rolle!
Frühlingsmond sah zu ihrer Schwiegermutter hinüber. Die Por Por schien immer noch wie gebannt von dem Schauspiel auf der Bühne,

genauso wie die anderen an ihrem Tisch. Frühlingsmond schlüpfte hinaus und auf Stummchen zu.
Tränen liefen dem Mädchen über die Wangen und tropften auf die neue Seidenbluse. Frühlingsmond schloß sie in die Arme und führte sie hinaus in den Vorraum, wo niemand sie mehr sah.
Bei den Dienerinnen unten an der Treppe hinterließ sie eine Nachricht für Köstlichen Lotus und rief nach den Sänften. Doch als sie kamen, klammerte Stummchen sich an sie, bis Frühlingsmond ihr zuflüsterte: »Ich komme mit dir.«
Gemeinsam stiegen sie ein und zwängten sich auf einen Sitz. Die Schreie – »*Shah! Shah! Shah!*« – folgten ihnen hinaus in die Nacht und verhallten erst, als die Sänfte durch die monderhellten Straßen schwankte.
Als sie im Empfangshof des Hauses Woo anlangten, schickte Frühlingsmond die Mietträger nach Hause und ließ vom Torhüter Fatso holen.
Mit aufgelöstem Haar kam die Dienerin herbeigelaufen. »Was ist geschehen? Wieso kommst du allein?« Sie machte die Tür der Sänfte auf und stand dann mit fassungslos aufgerissenen Augen da.
»Hilf mir. Ich mußte sie nach Hause bringen. Sie hat gesprochen. Dreimal habe ich sie ›Mutter‹ rufen hören.« Sanft redeten sie auf Stummchen ein, bis diese sie losließ und ausstieg. Doch kaum war auch Frühlingsmond ausgestiegen, schlang sie wieder die Arme um ihre Herrin und schmiegte sich an sie wie eine Schnecke, selbst dann noch, als sie ihre winzige Kammer erreichten, die einst ein Vorratsraum gewesen war. Während Fatso Teewasser aufsetzte, schloß Frühlingsmond ihre Dienerin in die Arme und wiegte sie und flüsterte ihr begütigende Worte ins Ohr.
Als der Tee gezogen hatte, gelang es den beiden Frauen, dem Mädchen die Schale zwischen die Zähne zu zwängen, doch nach ein paar kleinen Schlucken stieß sie das Getränk von sich. Und plötzlich, ohne jede Ankündigung, begann sie zu sprechen. Die Laute, die sich von ihren Lippen lösten, schienen von weit, weither zu kommen und waren farblos wie der ferne Singsang von Priestern. Frühlingsmond und Fatso gaben sich größte Mühe, sie zu verstehen, wagten nicht, sich zu bewegen, aus Angst, jedes Geräusch oder jede Bewegung könnte das Mädchen dazu bringen, mit ihrem Bericht aufzuhören.
»Woher hätten wir wissen sollen, was geschehen würde? Wir waren

so hungrig. Die Wasserfluten hatten die ganze Hirse fortgespült. Mutter kochte mit mehr und mehr Wasser und weniger und immer weniger Korn. Ihre Brüste waren trocken, und Kleiner Bruder schrie vor Hunger. Wir trugen ins Pfandhaus, was wir besaßen, um im Dorf Eßbares zu kaufen. Jeder in Gelehrte Asche sammelte Wurzeln und wilde Pilze. Ich haßte das, und ich fand nie genug, um es mit einer anderen Familie zu teilen; deshalb mußte ich immer allein losziehen. Da waren verwilderte Hunde. Nachdem die meisten geschlachtet und aufgegessen worden waren, waren diese entkommen. Sie fraßen Menschenfleisch. Kein Kuli wagte es, auf der Straße zu schlafen.

Eines Tages hörten wir, jemand im Dorf verschenke Essen. Alle gingen wir mit Schalen hin – man konnte ja nie wissen. Aber es stimmte. An der Hauptkreuzung, beim Tempel, standen die Leute aus dem Dorf Schlange, jeder mit einer Schale in der Hand. Vor der Schlange stand der Haarige. Er trug ein langes Gewand wie ein Steuereintreiber. Sein Zopf hatte eine Farbe wie Stroh, und Zähne hatte er, so groß wie die eines Esels. Er hieß uns, uns hinten anzustellen. Zwar hatte ich Angst, aber ich roch Kohlsuppe. Mit den Zehen berührte ich die Hacken meines Vaters.

Schließlich stand ich vor dem Teufel. Er tauchte seine Kelle in den Kessel. Er füllte mir die Schale. Es schwamm ein Stück Kohl darin, und die Suppe schmeckte nach Fett. Als ich die Suppe aufgegessen hatte, lief ich ans Ende der Schlange und versuchte mein Glück noch einmal. Dreimal füllte der Teufel mir die Schale.

Als der Kessel leer war, erzählte der Teufel uns Geschichten. Keiner wollte undankbar erscheinen, und so blieben wir. Er sagte, er sei ein Kirchenmann, gekommen, uns von dem Zimmermann-Gott zu erzählen. Wir begriffen nur wenig, aber alle nickten. Schließlich – was schadet schon ein Zimmermann-Gott? Gelegentlich sind alle Götter nützlich. Nachdem er fertig war, gab es uns bedrucktes Papier. Jeder nahm eins. Er versprach, morgen mit mehr Essen und Geschichten wiederzukommen. Wir gingen heim und benutzten die drei Blatt Papier, um ein zerrissenes Fenster abzudichten.

Am Abend kamen Fremde zu unserem Haus. Wir dachten, es seien Banditen, und Mutter und ich versteckten uns im Hinterzimmer.

Der Anführer sagte, sie suchten nach Verrätern und Spionen, die Jesusverehrer genannt würden. Vater lachte. ›Dann sucht ihr nach Knochen in einem Ei. Solche Leute gibt es hier nicht. Seht selbst nach!‹

Sie kehrten das Unterste zuoberst. Als sie den Handspiegel fanden, der zur Aussteuer meiner Mutter gehörte, zerschlugen sie ihn und sagten, das sei etwas Ausländisches.
›Lauf und versteck dich!‹ flüsterte sie mir zu. ›Und komm nicht wieder, bis ich dich rufe. Und jetzt eil dich!‹ Ich wollte den Mund aufmachen und sie fragen, warum, doch sie versetzte mir eine Maulschelle. ›Los, lauf und versteck dich! Und gib acht auf deinen Bruder!‹
Ich lief zur Hintertür hinaus aufs Feld und blickte mich kein einziges Mal um. Ich fand einen Graben und kroch hinein. Das Baby hielt ich eng an mich gedrückt. Mein Bruder lachte, denn Springen und Hüpfen, das mochte er, und er hatte einen vollen Bauch. Bald schlief er ein.
Ich hörte einen Hund bellen. Dann bis zum Einbruch der Nacht keinen anderen Laut. Dann hörte ich Singen: *Shah! Shah! Shah!* Und das Schreien setzte ein. Es hörte sich an wie Schweine, aber es gab keine Schweine mehr. Ich wollte weiter weg, doch es war dunkel. Und zu weit wollte ich auch nicht, weil ich sonst meine Mutter nicht gehört hätte, wenn sie mich rief. So wartete ich.
Der Singsang wurde lauter und immer lauter. *Shah! Shah! Shah!* Plötzlich waren die Banditen ganz in unserer Nähe. Sie hielten über den Köpfen Laternen hoch. Ich wußte nicht, was ich machen sollte.
Ich hörte meine Mutter ›Schsch!‹ machen. ›Rühr dich nicht vom Fleck! Bleib in deinem Versteck, egal, was geschieht.‹ Dann schrie sie: ›Hilfe! Hilfe!‹, schrie auf und lief von mir weg. Ich hatte sie hinter dem Grasbüschel gar nicht gesehen. Die Männer mit den Laternen riefen: ›Da läuft sie‹ und ›Tötet sie! Tötet sie!‹ und liefen hinter ihr her.
Durch ihr Geschrei wurde Kleiner Bruder wach. Was sollte ich tun? Ich klaubte eine Handvoll Schlamm auf, um ihm den Mund zu stopfen.
Ich hörte sie durch die Büsche streifen. Einer von ihnen rief: ›Ich hab' sie.‹ Sie nannten sie ›Lügender Auswurf einer Schildkröte‹, behaupteten, sie sei eine Zweite Haarige, eine Spionin, eine Frau, die die Worte des Teufels schlucke. Meine Mutter bettelte: ›Ich bin Chinesin‹, rief sie. ›Ich spuck' auf die Ausländer.‹
Einer von ihnen fragte: ›Wenn du keine Zweite Haarige bist, warum hast du dann das Papier in euer Fenster getan?‹
›Um den Wind abzuhalten‹, erklärte meine Mutter.

Sie nannten sie eine Lügnerin. Sie sagten, die Papiere habe sie vom Teufel bekommen. Sie hätten gesehen, wie er sie ihr gab. Sie hätten gesehen, wie sie seine Suppe gegessen hätte. Dann schrie meine Mutter und schrie. Nach einer Zeitlang hörte sie auf zu schreien. Die Banditen marschierten in Richtung Dorf davon.

Ich hatte viel zuviel Angst, um mich vom Fleck zu rühren. Ich wartete, bis ich sie nicht mehr hören konnte. Dann fiel mir Kleiner Bruder ein. Er war so still gewesen. Ich zog die Wolldecke von seinem Gesicht.

Er war kalt. Mund und Nase waren verstopft vom Schlamm. Er war tot.

Ich versuchte aufzustehen, aber meine Beine waren wie schlaffe Nudeln. So kroch ich auf allen vieren voran und schleifte seinen Leichnam hinter mir her.

Der Morgen graute. Im Schlamm sah ich den Kopf meiner Mutter.

Ich ließ das Baby neben ihr liegen und lief zu unserem Haus. Ich sah jemanden in einem Rohrdickicht stehen. Ich dachte, es wäre einer von ihnen. Ich fiel zu Boden. Der Mann stand regungslos da, als ob auch er versuchte, sich zu verstecken. Ich kroch näher heran. Es war der Kopf meines Vaters, aufgespießt auf einen Pfahl inmitten des Röhrichts. Sein Leichnam lag auf dem Boden, über und über von Fliegen bedeckt... so vielen Fliegen.

An den Füßen schleifte ich ihn bis zu jener Stelle, wo ich das Baby und meine Mutter hatte liegenlassen. Dann ging ich noch mal zurück und holte seinen Kopf. Ich versuchte, ihn sanft von dem Pfahl zu lösen, aber ich schaffte es nicht, und so packte ich ihn bei seinem Zopf und riß ihn mit einem Ruck herunter.

Mit den Händen scharrte ich ein Loch in den Boden. Als es tief genug war, schleifte ich den Körper meines Vaters hinein, streckte seine Arme und Beine und legte seinen Kopf dorthin, wo er hingehörte, und klebte ihn mit Schlamm an den Hals.

Zu seiner Rechten legte ich das Baby hin.

Dann holte ich den Kopf meiner Mutter und legte ihn zu seiner Linken. Ich suchte nach ihrem Körper. Erst fand ich den Rumpf, dann die Beine, ihren linken Arm und dann den rechten. Alles trug ich zum Graben und setzte die Teile dort zusammen. Nur ihr rechter Fuß fehlte. Ich konnte sie unmöglich ohne diesen Fuß die Reise in das andere Leben antreten lassen. Wie sollte sie laufen, wenn sie nur einen Fuß hatte? Ich suchte überall. Schließlich fand

ich ihn, halb im Boden. Ich streifte das Hosenbein ihres *chang koo* in die Höhe und setzte den Fuß an den Knöchel an.
Rasch häufte ich dann Schlamm über sie, mehr und immer mehr, bis sie so tief darunter lagen, daß die Hunde sie nicht mehr finden konnten.
Am nächsten Tag zog ich fort. Ich marschierte und marschierte. Wohin die Straße mich auch führte, überall waren die Hunde fett.«
Unvermittelt, wie sie angefangen hatte, hörte Stummchen auch wieder auf zu reden, und das Schweigen füllte den Raum. Die Flamme der Ölfunzel wurde immer kleiner, bis sie ausging, und Wände und Decke waren nicht mehr zu sehen.
Plötzlich schrie sie auf. Der Schrei wurde immer lauter und immer erregter, legte sich dann und erhob sich aufs Neue in dem uralten Ritual. Die Augen, die so leer gewesen waren, füllten sich mit Tränen der Trauer.
»Ach, mein Vater! Ach, meine Mutter! Ach, mein Bruder! Ach, mein Herz! Ach, meine Leber! Ach, meine Milz! Warum seid ihr von mir gegangen?«
Um die Stunde der Ratte war sie eingeschlafen. Während Fatso bei ihr sitzenblieb, stand Frühlingsmond in den Schatten des Empfangshofs und wartete, die Hände in die weiten Ärmel geschoben. Wind war aufgekommen, rüttelte an den Fensterläden und beugte den Bambus. Staub wirbelte auf unter den Türen.
Sie strengte sich an, etwas zu hören: Schritte in der *hutung* auf der anderen Seite der Gartenmauer. Aber sie hörte nur das Rascheln der Bäume und wie Holz sich an Holz rieb.
Sie hatte sich dazu durchgerungen, sich augenblicklich für ihr Benehmen auf dem Fest zu entschuldigen, darüber hinaus aber nichts weiter zu sagen. Frohes Versprechen mußte entscheiden, ob die anderen die Geschichte des Dorfes Gelehrte Asche hören sollten oder nicht.
Als sie daran dachte, hallten Stummchens Worte in ihren Ohren wider, und blutige Phantome erfüllten den leeren Hof. Sie schloß die Augen, verstopfte sich die Ohren mit den Händen, aber sie konnte genausowenig daran ändern, wie sie den Wind nicht davon abhalten konnte hereinzufahren.
Als sie aufblickte, sah sie den Torhüter sich vor der Sänfte des Hanlin verneigen. Wortlos kletterte einer nach dem anderen aus seiner Sänfte und begab sich sofort in seine Wohngemächer. Nicht

einer machte den Mund auf. Jeder Schritt war lautlos und wurde sehr behutsam gemacht.
Instinktiv wußte sie, daß dies nicht der richtige Augenblick war, sich zu entschuldigen. Selbst im Mondlicht erkannte sie die Angst auf den Gesichtern aller und blieb im Schatten verborgen stehen, bis alle an ihr vorübergegangen waren.
Dann lief sie, um Frohes Versprechen einzuholen. »Was ist los? Warum benehmen sie sich alle so merkwürdig?«
»Bist du denn nicht dagewesen?« fragte er. »Hast du es denn nicht gehört und gesehen?«
Selbstverständlich – woher sollte er wissen, daß sie früher gegangen war. Rasch erklärte sie es ihm. Ihr Gatte nickte die ganze Zeit über nur, als ob er die Geschichte schon von jemandem anders gehört hätte. Als sie fertig war, sagte er nur: »Das arme Kind! Das arme Kind!«
»Aber bitte, mein Gatte, du mußt mir sagen, was geschehen ist, nachdem wir fortgegangen sind.«
Er zuckte nur mit den Achseln. »Es ist nicht wichtig. Es war nichts.«
Es muß etwas Unvorstellbares gewesen sein, dachte sie.
»Mein Gatte, ich bin deine Frau. Du mußt es mir sagen.«
Er nickte, sagte jedoch nichts, bis sie ihre Kammer erreicht hatten. Dort nahm er ihre Hand. »Das meiste hast du gesehen. Nachdem die Theatervorführung vorbei war, betrat der Herzog wieder die Bühne und hielt noch eine Ansprache. Und als er vom Feind sprach, zeigte er mit dem Finger auf mich.«

Als der Morgen dämmerte, kleidete Frühlingsmond sich an und sah sofort nach Stummchen. Aber das Mädchen schlief noch, und so ging sie weiter in die Küche. Selbst an diesem Morgen mußte sie dafür sorgen, daß die Schalen mit Reis und Wasser vor den Küchengott hingestellt wurden. Der Dienstbotenhof war leer bis auf die Hühner, die sie ungeduldig fortscheuchte.
Als sie den Mund aufmachte, hörte sie, wie am Händlertor geklopft wurde. Eine Frau rief: »Bitte, ich muß die Junge Herrin des Hauses Woo sprechen.«
»Was willst du?« Frühlingsmond ging ans Tor, machte jedoch nicht auf.
»Ich habe etwas für sie.«
»Ich bin sie, aber ich möchte nichts kaufen.«

»Bitte, ich bin nicht hier, um etwas zu verkaufen. Ich muß Euch sprechen. Es ist dringend.«
Einen Augenblick zögerte Frühlingsmond, doch dann schob sie den Riegel rasch zurück. Eine schmutzige alte Frau schlüpfte an ihr vorbei herein. Nachdem sie sich im Schmutz niedergelassen hatte, holte sie ein Stück Papier aus der Doppelsohle ihrer Schuhe heraus, das dort verborgen gewesen war, und drückte es Frühlingsmond in die Hand. Gleich darauf war sie verschwunden.
Das Papier trug weder Anschrift noch Unterschrift, aber die schöne Schrift war unverwechselbar. Nur Edles Talent schrieb mit derart gestochenen, steifen Strichen. Nur ein Soldat, der um die bevorstehende Gefahr wußte, konnte so entschieden auf das reagieren, was er wußte.
Kein Mensch außer der Familie darf wissen, wer ich bin, oder argwöhnen, daß ich hier bin. Verlasse Peking! Die Konkubine steht im Begriff, den sogenannten Einträchtigen Fäusten ihre Unterstützung zu gewähren; die schon jetzt in die Hauptstadt einsickern. Kein Mensch, der irgendwelche Beziehungen zum Ausland hat, ist sicher. Gehe ungesäumt!
Binnen dreier Tage verließ die Familie Woo Peking. Sie reisten in acht geschlossenen Mauleselskarren. Sie setzten das Gerücht in Umlauf, Köstlicher Lotus sei plötzlich erkrankt; infolgedessen müsse man schon früher als sonst auf den Besitz in den Bergen ziehen, auf dem die Familie sonst den Sommer verbrachte. Fatso, Alter Falke und Stummchen, denen man vertrauen konnte, begleiteten sie. Die anderen Diener blieben zurück, um das Haus zu schließen, wie es hieß.

10. Lebewohl

Am vierundzwanzigsten Tag des vierten Monds im Jahr der Ratte – 1900 – wurde in der Britischen Gesandtschaft ein großer Empfang gegeben und der einundachtzigste Geburtstag von Queen Victoria mit Musik, Tanz und Champagner gefeiert. Vier Tage später, als die Boxer dabei waren, die ausländische Eisenbahnstrecke zwischen Tientsin und Peking zu zerstören, fielen die ersten Regentropfen. Dieses Zusammentreffen galt als Beweis für den Segen des Himmels. Am zwanzigsten Tag des fünften Monds gab die Kaiserinwitwe öffentlich bekannt, daß sie die Gesellschaft der Rechtschaffenen und Einträchtigen Fäuste unterstütze, und die Boxer überfluteten die Hauptstadt. Die Kaiserlichen Truppen erhielten den Befehl, sich dem Kampf gegen die Ausländer auszuschließen. Das Gesandtschaftsviertel wurde belagert.

Chinesische Geschichte

Frühlingsmond saß an einem Aussichtspunkt, an dem Pilger eine Steinbank aufgestellt hatten, und wartete auf Frohes Versprechen, wie sie jeden Abend auf ihn wartete, seit sie vor Monatsfrist im Kloster der Heilsamen Lüfte Zuflucht gesucht hatten. Blutrot ging die Sonne hinter den geschwungenen Dächern des Bergtempels unter; gleichwohl konnte man erwarten, daß schimmernde Wolken noch eine weitere Stunde einen malvenfarbenen Dämmerschleier über die Westlichen Berge werfen würde. Die kühle Luft roch würzig nach Fichten. Zu ihren Füßen dehnte sich der Teppich der Natur, so weit das Auge sah und bis Erde und Himmel ineinander übergingen. Schwacher Rauch kräuselte aus unsichtbaren Schornsteinen empor. Ab und zu lebte ein leichter Wind auf, und die schwermütigen Gebete der Abendandacht folgten ihm wie der bänderbesetzte Schweif eines Drachen.
Eines der Tempelrehe an der Tränke sicherte und beäugte den Pfad, der sich neben dem kleinen Wasserlauf zwischen bemoosten Felsen und knorrigen Bäumen dahinwand.

Frühlingsmond sprang auf und eilte ihrem Gatten entgegen. Gemeinsam ergingen sie sich in dem vor Jahrhunderten von einem Priester nach einer Traumvision der Unsterblichkeit angelegten Felsgarten. Sie summte ein Lied, er legte den Arm um sie, woraufhin sie sich rasch von ihm freimachte, denn heute abend waren sie nicht allein. Im Pavillon der Erhabenen Versenkung saß einsam ein Mönch und las. Sein kahler Schädel glänzte im Schimmer einer Kerze.

»Ist es denn so merkwürdig, in einem Kloster einen Mönch vorzufinden?«

»Bist du von Sinnen? Von anderen gesehen beim Lustwandeln und Plaudern ist schändlich genug! Jetzt willst du das Maß der Schande auch noch vollmachen, indem du vor aller Welt meine Hand nimmst. Weißt du denn nicht, was du dem guten Namen deiner Familie schuldig bist?«

»Bist du denn nicht gern mit mir zusammen?«

»Darum geht es nicht.«

»An einem Abend wie diesem – was kümmert mich da die Welt?«

»Die Woo-Familie kümmert es aber sehr wohl. Vor allen Dingen deine Mutter.«

Sie versuchte davonzulaufen, doch er konnte sie noch am Ärmel fassen und flüsterte: »Schachmatt!«

Wider Willen mußte sie lächeln, und er grinste wie ein kleiner Junge.

»Schau!« Er zeigte zum Pavillon hinüber. »Der Mönch geht. Wir können uns dort bis zur Dunkelheit verstecken, und kein Mensch wird sehen, was für eine schamlose Frau du bist.«

Es war ein stiller Abend. Bald regte sich nur das Sternenlicht und ließ Felsen sowie den gewaltigen liegenden Buddha erkennen, der für die Ewigkeit lächelte. Schweigend saßen sie eine Weile da. Dann sprach Frohes Versprechen. »Wir sind glücklich gewesen, du und ich – trotz allem –, stimmt es nicht, meine Gattin?«

Sie drückte ihm die Hand. »Ich habe ein solches Glück zuvor nicht gekannt.«

»Und wenn es nicht von Dauer sein könnte – würdest du es dann bedauern, meine Frau geworden zu sein?«

Sie begriff nicht. Bald würden sie einen Sohn haben, und dann konnte ihnen nichts mehr ihr Glück streitig machen. Lächelnd sah sie zu ihm auf und erkannte, daß er sehr ernst war. »Mein Gatte, warum fragst du mich, ob ich unsere Heirat je bedauern könnte?

Warum fragst du mich so etwas?«
Er nahm ihr Gesicht in die Hände und küßte sie sanft auf die Lippen.
»Weil...«
»Ja, weil, mein Gatte?«
»Weil du niemals etwas bedauern solltest. Du solltest nie anders werden.«
»Aber warum sollte ich?«
»Wir leben in einer Zeit der Veränderungen«, erklärte er ernst und blickte zum Buddha hinüber.
»Die Welt verändert sich vielleicht, aber nicht wir, du und ich.« Sie ließ sich nicht beirren. »Wie sollten wir uns verändern? Wir sind Mann und Frau.«
»Nein, daran wird sich nichts ändern.« Seine Stimme hatte etwas Verlorenes, als ob das, was sein könnte, bereits geschehen war.
Rasch legte sie ihm die Hand über den Mund.
»Bitte, laß uns nicht mehr davon reden. Jedenfalls heute abend nicht.«
Er nickte und drückte sie innig an sich. Sie versuchte sich an das Lied zu erinnern, das er summte, doch der Text wollte ihr nicht einfallen. Statt dessen fiel ihr ein Vers von Yuan Chen ein: »Ein Zauberer schloß die Hand um dich und machte sie wieder auf – plötzlich leer.« Sie mußte gezittert haben, denn er stand auf, zog sein Oberteil aus und legte es ihr fürsorglich um die Schultern. Dann nahm er ihre Hände und hob sie an die Lippen, als wollte er sie mit seinem Atem wärmen, und schloß sie abermals in die Arme.
Doch nicht die Kälte war es, die sie hatte zittern lassen, und zuletzt befreite sie sich aus seiner Umarmung und faßte ihre Gedanken in Worte. »Du kehrst zurück nach Peking, nicht wahr, mein Gatte?«
Er nickte kaum merklich. »Ich muß gehen. Auch wenn ich nichts ausrichten kann, ich muß es zumindest versuchen. Mich meinen Freunden anzuschließen. Den Menschen im Gesandtschaftsviertel zu helfen. Ich muß es versuchen.«
Er wartete, daß sie etwas dazu sagte, doch ihr fiel nichts ein, und so fuhr er nach einer Weile fort:
»Ich wünschte, ich könnte bleiben, aber ich kann nicht. Ich kann nicht einfach dastehen und wieder tatenlos zusehen, wie ich es im Vergnügungspark getan habe – und nichts tun.«
Frühlingsmond fand ihre Stimme wieder. »Was kannst du denn tun, wenn du dort bist? Wohin willst du gehen? An wen dich wenden?«

Sie barg das Gesicht in den Händen. »Du wirst umkommen, ich weiß es, und alles für nichts und wieder nichts.«
»Vielleicht um der Ehre willen. Ich kann mich doch unmöglich zusammen mit Frauen und Kindern in einem Kloster verstecken – oder?«
Sie blickte auf, und wieder überlief sie ein Zittern. »Aber du bist doch kein Soldat, mein Gatte. Du bist dir ja noch nicht einmal sicher, welche Seite deine Seite ist. Du hast mir gesagt, wenn die Einträchtigen Fäuste gewinnen, bedeutet das ein Blutbad unter Unschuldigen. Und wenn die Ausländer siegen, weitere Konzessionen und Demütigungen. Und wenn die Kaiserlichen Truppen siegen, noch mehr Macht für die Mandschus. Es gibt keine Möglichkeit für dich zu gewinnen.«
Er stritt nicht mit ihr, sondern schloß sie abermals in die Arme und wiegte sie sanft.
Vor noch nicht langer Zeit war sie es, die ihn so in den Armen gehalten hatte, einen verzweifelten Fremden in einem völlig verschmutzten Gewand. Jetzt war er ihr Geliebter und würde sterben. Diesmal war sie es, die vor Verzweiflung den Verstand verlieren würde.
Sie machte sich von ihm frei und überließ sich rückhaltlos ihren Tränen. »Bitte, mein Gatte, bitte. Die Grenzen meiner Welt sind immer die Höfe gewesen. Und in ihnen habe ich großes Glück erfahren. Warum muß deine Welt soviel größer sein? Können wir nicht glücklich für immer zusammenleben? Gibt es etwas in der Welt, für das es sich lohnte zu sterben?«
»Ich weiß es nicht«, sagte er – und dann, nochmals: »Für die Ehre, vielleicht.«
Sie hakte bei seinen Zweifeln ein und zwang sich zu überlegen, um Ordnung in die verworrenen Fäden seiner Gedanken zu bringen und sie wieder auf das Zuhause zu lenken. »Laß uns das Gras zu Füßen des größten Baums sein und das Heldentum denen überlassen, die wie Junger Onkel nach Ruhm hungern, weil Liebe ihnen ihre Träume nicht erfüllt hat.« Sie legte seine Hand auf ihren Leib. »Du und ich, mein Gatte, haben von einem Sohn geträumt. Hier ist er. Ich bin jetzt sicher, daß er da ist.« Sie wartete. Als er nichts erwiderte, verlegte sie sich aufs Bitten. »Versprich uns, daß du nicht fortgehst. Bitte, versprich es uns!«
Schon wollte er etwas erwidern, doch dann schloß er die Augen, kniete sich nieder und barg den Kopf in ihrem Schoß. Heiß drückte

sie ihn an sich und hielt den Atem an. Horch!, flehte sie schweigend. Horch auf die Bitten deines Sohnes! Kein Laut war zu hören, nur Tannenzapfen, die sich schabend aneinanderrieben, da plötzlich ein Wind aufgekommen war.

Allein in ihrem Zimmer, legten sie wortlos die äußeren Gewänder ab. Sie – im Untergewand – kletterte als erste ins Bett, einen Stein-*k'ang*, über den eine weiche, geflochtene Bambusmatte gebreitet war.

Sie konnte ihre Tränen nicht unterdrücken. Frohes Versprechen hielt sie im Arm, streichelte ihr sanft die Wangen und wischte sie eine nach der anderen ab. »Meine Gattin, du hast mich glücklicher gemacht, als ich jemals sagen kann. Das weißt du, nicht wahr?«

Heiser flüsterte Frühlingsmond: »Ja.«

»Aber ein Mann ohne Charakter kann nicht einmal in einem solchen Glück, wie wir es haben, froh werden. Seit ich das Gewand eines Erwachsenen trage, bin ich genauso wie deine Onkel der Überzeugung, daß China nie wieder das Reich der Mitte und in der Isolation groß werden kann. China muß Teil der Welt werden. Das müssen alle Chinesen und damit auch ich. Wenn ich versuchen würde, die ganze Welt in einen Hof zu zwängen, wäre ich ein Mann ohne Charakter.«

Er wartete, daß sie etwas sagte. Doch sie schwieg.

»Sag mir, daß du das verstehst!« Jetzt war er es, der sich aufs Bitten verlegte. »Frühlingsmond, ich kann nicht leben, ohne teilzunehmen an dieser Auseinandersetzung. Und ich kann nicht den Tod riskieren, ohne daß du Verständnis dafür hast.«

Noch einen Augenblick lag sie sehr still da, wanderte bereits von diesem Leben zu einem anderen, neidisch auf das Wasser, das im Fluß dahineilt, auf den Felsen, der auf dem Berg steht, auf die Wildblumen, die zu jeder Jahreszeit blühen, gleich draußen vor der Tür. All das würde immer noch sein, auch wenn er gegangen war. Wenn es dämmert, kann nichts mehr die Sonne daran hindern unterzugehen. Der Altehrwürdige hatte recht gehabt.

Sie richtete sich auf und betrachtete das Gesicht ihres Mannes im Mondlicht. Sie durfte auch nicht die geringste Kleinigkeit vergessen. Alles in ihr verlangte danach, die beiden Jahre zusammen mit ihm noch einmal zu durchleben, sich an jeden Tag und an jede Nacht ihrer Ehe zu erinnern. Statt dessen flüsterte sie nur leise: »Ich verstehe es, mein Gatte« und beugte den Kopf, um ihn auf die Lippen zu küssen.

Irgendwann zwischen dem nächsten Morgen- und Abenddämmer, während sie ihre Schwiegermutter bediente, zog Frohes Versprechen fort. Er sagte ihr nicht Lebewohl, und sie sah ihn auch nicht fortgehen. Als sie abends in ihre Kammer ging, sah sie, daß er das Schachspiel aufgebaut und seinen Soldaten in die Schlacht geschickt hatte.

Wochen vergingen und kein Wort von Frohem Versprechen. Flüchtlinge aus der Hauptstadt, die im Kloster haltmachten, um zu beten, ehe sie nach Süden weiterzogen, berichteten von unheiligen Ruhepausen, denen Kanonendonner und Glockengeläut, Schlachtgeschrei und Verzweiflung folge. Sie erzählten auch von der Hinrichtung von Ministern, die die Einträchtigen Fäuste öffentlich angeprangert hatten.

Frühlingsmond träumte von der öffentlichen Demütigung ihres Gatten.

Gegen Ende des fünften Monds verlangsamte sich der Strom der Flüchtlinge. Die noch durchkamen, berichteten, nur Plünderer wagten sich in Peking auf die Straße. Ausländische Waren würden auf den Plätzen aufgeschichtet und in Brand gesteckt. Am dritten Tag des sechsten Monds vernichteten sich ausbreitende Brände den Hanlin Yuan, den Wald der Zehntausend Schreibstifte, die älteste Bibliothek der Welt. Die Köpfe von »Zweiten und Dritten Haarigen« habe man an den Straßenkreuzungen an Schnüren wie Laternen aufgehängt.

Frühlingsmond malte sich aus, der ihres Gatten wäre auch darunter.

Vor Beginn des siebten Monds fing das Blatt an, sich zu wenden. Verstärkungen ausländischer Truppen waren in Tientsin gelandet und zogen brandschatzend nach Peking. Die Kaiserinwitwe und der Hof flohen nach Sian. Eine neue Flüchtlingswelle aus der Stadt setzte ein, und so gelangten neue Nachrichten in das Bergkloster. Gegen Ende des achten Monds war die Hauptstadt praktisch menschenleer. Die Hälfte der Häuser war dem Erdboden gleichgemacht, Läden ratzekahl geplündert. Hier und da sah man handgeschriebene Zettel: HOCHWÜRDIGER HERR AUSLÄNDER: TÖTE UNS NICHT. WIR SIND HIER ALLES GUTE MENSCHEN.

Frühlingsmond sah seinen von ausländischen Kugeln durchlöcherten Leichnam vor sich.

Den ganzen Herbst und den Winter hindurch straften ausländische Truppen den Norden. Jeder Ort, der ihnen im Weg lag, wurde

geplündert und Tausende von Unschuldigen umgebracht. Brunnen wurden verpestet von Leichen von Frauen, die in den Eingeweiden der Erde Zuflucht gesucht hatten, um ihre Ehre zu retten. Die Ernte faulte auf den Feldern.
Hilflos sah Frühlingsmond zu, wie Frohes Versprechen dünner und immer dünner wurde und einen jämmerlichen Tod starb. In vielen Nächten schrie sie im Schlaf auf. Stummchen, die jetzt den Platz ihres Gatten einnahm, flüsterte: »Herrin, weine nicht. Du mußt stark sein. Denk an das Baby. Du mußt an das Baby denken.«
Frühlingsmond versuchte es, aber wie sollte sie das, ohne gleichzeitig auch an den Vater zu denken?
Schließlich, am ersten Tag der Zwei Wochen der Grimmigen Kälte, brachte sie ein Mädchen zur Welt. Der Hanlin gab seiner Enkelin den Namen Schimmernde Jade, denn Jade war der schönste aller Steine und stand für fünf Tugenden: für Mildtätigkeit ihres schimmernden Glanzes wegen, für Rechtschaffenheit ihrer Durchsichtigkeit wegen, für Weisheit wegen der Reinheit ihres Klangs, wenn man dagegen schlug, für Gerechtigkeit ihrer scharfen Kanten wegen, die niemanden verletzen, und für Mut, da sie zwar gebrochen werden kann, nicht jedoch gebogen.

Nicht lange nach der Geburt des Kindes, als der große Regen aufgehört hatte und die Straßen wieder trocken wurden, kehrten die Woos nach Peking zurück.
Auf den Mauern der Alten Stadt prangten Nachtgeschirre und blutige Lampen – nutzlose Zaubermittel, um die Fremden fernzuhalten. Das Chien-Men-Tor lag in Trümmern. Die Weidenstraße – einst aufgrund der Gartenmauern, die einander glichen wie ein Ei dem anderen, ein schmaler Schlauch – bildete eine Wüstenei, die nur hier und da durch Mauerreste unterteilt wurde.
Alter Falke brachte den Karren, den er lenkte, unvermittelt zum Stehen. Die anderen, die hinter ihm fuhren, blieben mit quietschenden Rädern gleichfalls stehen. Die Familie sah zu, wie er hinunterkletterte und durch ein in Trümmern liegendes Tor verschwand. Er blieb eine ganze Zeitlang fort, und als er wiederkam, sah er aus, als hätte man ihm das Herz aus dem Leib gerissen. »Das hier ist es«, rief er und wischte sich mit dem Ärmel die Tränen fort.
»Nein, das ist es nicht«, sagte Köstlicher Lotus mit drohendem Finger. »Du bist ein blinder alter Narr.«
»Bist du ganz sicher?« fragte Frühlingsmond.

Er nickte.
»Woher willst du das so genau wissen«, sagte Köstlicher Lotus speichelsprühend. »All die Häuser an dieser *hutung* haben mehr oder weniger gleich ausgesehen!«
»Ich werde gehen und nachsehen«, erklärte Frühlingsmond und reichte Fatso das Baby. Stummchen half ihrer Herrin herunter und stützte sie, als sie vorsichtig durch die Trümmer von einem Hof in den anderen ging. Einer sah aus wie der andere: Haufen von verkohltem Holz, zerbrochene Ziegel und Erde. Hin und wieder Scherben blauer Dachziegel. Alle, die noch heil geblieben waren, mußten zusammen mit allem anderen, was noch von Wert gewesen war, fortgeschafft worden sein. Frühlingsmond erkannte die Ecke eines steinernen Schachtisches, ließ sich auf die Knie daneben nieder und durchwühlte die Trümmer nach den Scherben ihres Tang-Pferds. Selbstverständlich war diese Suche unsinnig, denn ganz gewiß war das Pferd eines der ersten Dinge, die man mitgenommen oder zertrümmert hatte.
Als sie den Hof erreichten, der einst der von Köstlichem Lotus und dem von Hanlin gewesen sein mußte, blinkte etwas, doch es war nur die Scherbe von einem Spiegel. Auch die Schätze der Por Por waren dahin.
Langsam machte Frühlingsmond kehrt und ging zu den Karren zurück. Sie war bereits in der Nähe des Tores, als sie über das Bruchstück einer Porzellantafel stolperte, die der Welt dreißig Jahre hindurch verkündet hatte: IN DIESEN MAUERN WOHNT EINE GROSSE FAMILIE, EINE FAMILIE, IN DEREN MITTE EIN HANLIN-GELEHRTER LEBT, WELCHER DEM REICHE ZUR EHRE GEREICHT.

11. Der Abschied

Das Gras mag welken, doch die Wurzeln sterben nicht,
Und wenn es Frühling wird, kehrt das Leben zurück.
Nur Gram wird, solange seine Wurzeln dauern,
Auch ohne Frühling wiedergeboren.

Ch'en Shan-Min, Sung-Dynastie

Die Brüder des Hanlin zogen es vor, mit ihren Frauen in die ererbten Höfe der Familie in Rohrdorf zurückzukehren, das eine Wochenreise westliche von Peking lag. Wenn auch die Gartenmauern beschädigt waren, das Land war noch da, und sie durften hoffen, einen Neuanfang zu wagen. Doch welche Argumente der Hanlin auch ins Feld führte – Köstlicher Lotus weigerte sich, die Hauptstadt zu verlassen und in die *chao lia* ihrer Schwiegermutter zu ziehen, und so suchte er mit seiner engsten Familie Zuflucht im Haus des Gelehrten Yen, das der Zerstörung entgangen war. Sie wurden in zwei aneinandergrenzenden Räumen untergebracht. Im kleineren schliefen der Hanlin und Alter Falke, im größeren die Frauen.

Sie waren gerade eine Woche dort, als Alter Falke um die Stunde des Hahns meldete, der Dritte Sohn des Hauses Chang warte in einer Sänfte, um ihnen seine Aufwartung zu machen. Lange standen alle einfach da und regten sich nicht. Dann erklärte der Hanlin leise: »Bitte, führe unseren geehrten Gast herein.«

»Nein!« rief Köstlicher Lotus. »Noch nicht. Dieser Raum ist dazu noch nicht bereit. Wir brauchen etwas Zeit. Bitte, gehe hinaus und bitte unseren Gast um ein paar Minuten Geduld, damit wir uns auf den Besuch vorbereiten können.«

Alter Falke sah fragend den Hanlin an. Der Gelehrte nickte bedächtig. »Deine Herrin hat recht. Wir brauchen noch etwas Zeit.«

Köstlicher Lotus ließ Edles Talent eine ganze Stunde warten und gab Fatso und Stummchen Anweisungen, Ordnung in die Räume zu bringen. »Was soll er nur denken?« fragte sie immer und immer wieder.

»Es spielt keine Rolle, meine Gattin«, sagte der Hanlin freundlich. »Er hat gewiß Verständnis dafür.« Sie schien ihn gar nicht zu hören und befahl, daß Bücher und Bündel, die bereits an eine andere Stelle gelegt worden waren, nochmals woanders hingestellt würden.

Das Baby im Arm saß Frühlingsmond steif auf einem Stuhl, während Decken und Lebensmittel unter die Betten gestopft wurden. Zuletzt liehen sie sich ein paar Wandschirme aus, um ein kleines Geviert abzutrennen, auf dem der Gast gebührend empfangen und ihm der Tee gereicht werden konnte. Selbst als der Raum bereit war, gab Köstlicher Lotus noch immer keine Ruhe, bis der Hanlin, Frühlingsmond und sie ihre besten Gewänder angezogen hatten. Alle anderen scheuchte sie in den anderen, kleineren Raum und schärfte ihnen ein, diesen erst zu verlassen, wenn der Gast wieder fort sei. Nur Fatso dürfe herauskommen, um ihnen den Tee zu servieren.

Dann endlich gebot sie Altem Falken, den Gast hereinzuführen.

Junger Onkel hatte Schatten unter den Augen und – wie Frühlingsmond meinte – eine Traurigkeit darin, die nicht darin gelegen hatte, als er Soochow verlassen hatte, um im Süden zu leben.

Die Männer tauschten förmliche Begrüßungen aus, wobei die Sätze des Hanlin blumiger ausfielen, als er es für gewöhnlich jemandem so Jungem gegenüber tat.

»Bitte, erlauchter Sohn meines alten Freundes, nehmt Platz und trinkt Tee mit uns.«

»Das ist außerordentlich freundlich von Euch«, sagte Edles Talent und mied die Augen seiner Nichte.

»Ich habe unsere untüchtigen Diener geschickt, ein paar Kuchen zu kaufen«, sagte Köstlicher Lotus lächelnd. »Es gibt einen wandernden Garküchenbesitzer, der in unserem Viertel verkauft, und der hat Sesamschnitten, die recht gut sind. Oh, selbstverständlich nichts, verglichen mit dem, was man in Soochow backt! Jeder weiß ja, daß die Kuchen Eurer ehrwürdigen Stadt die besten im Reich sind. Ich selbst habe zwar noch nie das Vergnügen gehabt, sie zu kosten, doch alle Welt behauptet das... Stimmt's nicht, mein Gatte?«

So gab sie plappernd die bezauberndsten Dinge von sich. Zum ersten Mal bemerkte Frühlingsmond, daß ihre Schwiegermutter graue Strähnen im Haar hatte.

Es wurde an die Tür geklopft, und Fatso trat mit dem Teebrett ein. Sie verneigte sich, reichte ihnen dann den Tee und bediente als ersten den Gast. Als sie ihm die Schale reichte, nahm er sie mit

beiden Händen entgegen. Sofort wußte Frühlingsmond, warum er gekommen war. Junger Onkel trug den ausländischen Ring.
Sie grub sich die Nägel in die Handflächen; für einen Moment wollte sie es nicht wahrhaben. Möglich, daß der Ring doch nicht bedeutete, was er bedeutete. Sie schloß die Augen. Als sie sie wieder aufmachte, war Junger Onkel immer noch da und der Ring an seinem Finger wie zuvor. Sie sah den Hanlin und dann Köstlichen Lotus an. Ihr erstarrtes Lächeln bestätigte, was sie befürchtet – was sie schon die ganze Zeit über gewußt hatte. Ihr Gatte war tot.
Behutsam, ja, mit äußerster Behutsamkeit nahm sie die Teeschale von der alten Dienerin entgegen; sie war überzeugt, wenn sie sie fallen ließ, würde sie – Frühlingsmond – in tausend Scherben zerbrechen.
Sie warteten, daß der Gast den ersten Schluck trank. Als er es tat, wurde die Tür geschlossen, und die vier waren wieder unter sich.
»Ich hoffe inständig, daß Ihr zum Essen bleibt, Sohn meines Freundes«, sagte der Hanlin. »Wir können Euch nicht viel bieten, aber Ihr werdet nicht hungrig fortgehen.«
»Bitte, macht uns diese Freude«, sagte Köstlicher Lotus.
»Selbstverständlich wird er es tun. Immerhin war Euer Vater, der Altehrwürdige, häufiger Gast in unserem Hause. Ich erinnere mich noch gut an die vielen Male, die er uns in der Weidenstraße besucht und dabei immer die Kinder verwöhnt hat... Ja, das hat er stets getan. So viele rote Umschläge...«
In der Stunde, die nun folgte, erkundigten Köstlicher Lotus und der Hanlin sich höflich nach den verschiedenen Angehörigen des Hauses Chang. Und obgleich Edles Talent schon über ein Jahr nicht mehr daheim gewesen war, beantwortete er ihre Fragen nach bestem Wissen und Gewissen und räusperte sich dabei häufig, während er die Augen auf die blauweiße Teekanne gerichtet hatte, die in der Mitte des runden Teetisches stand.
Aufmerksam, sehr aufmerksam hörte Frühlingsmond zu; sie hatte Angst, wenn sie es nicht täte, würde ihr eine leise gesprochene Bemerkung entgehen, und sie hatte Angst, an Frohes Versprechen zu denken. Als die Teekanne leer war, schickte sie sich an, in die Küche zu gehen und neuen Tee zu holen, doch Edles Talent bat sie zu bleiben. »Es ist spät. Ich muß gehen.« Er erhob sich.
Der Hanlin stand gleichfalls auf. »Sohn...« Die Stimme wollte ihm versagen, er räusperte sich. »Sohn meines Freundes, bitte, geht nicht... noch nicht.« Er blickte erst Köstlichen Lotus an und dann

Frühlingsmond. Zustimmend nickten die beiden Frauen. Wieder wandte der Hanlin sich seinem Gast zu. »Bitte, sagt es uns. Wir möchten es gern hören.«

Sie nahmen wieder Platz. Edles Talent streifte den Ring ab und legte ihn auf den Tisch. »Wie soll ich es Euch erzählen?«

»Mein Sohn hat das Kloster kurz nach dem Ende der Trockenzeit verlassen. Fang dort an.«

Edles Talent nickte, schwieg einen Augenblick und begann dann. »Frohes Versprechen hat mich durch gemeinsame Bekannte gefunden. Er fragte, wie er helfen könne. Ich habe ihm gesagt, er solle ins Kloster zurückkehren, doch davon wollte er nichts hören. Er bestand darauf zu bleiben, und so haben wir gemeinsam zu tun versucht, was wir konnten: zum Christentum Übergetretene, die in Gefahr schwebten, zu warnen und ihnen zu helfen, den Norden zu verlassen. Später haben wir dann jenen zu helfen versucht, die im Gesandtschaftsviertel festsaßen, haben alles getan, um Chinesen in verantwortlichen Stellungen zur Vernunft zu raten. Wir schmuggelten Nahrungsmittel und Informationen hinein. Wir nahmen uns Offiziere in den regulären chinesischen Streitkräften vor, die sich Sorgen machten, was geschehen würde, wenn die Einträchtigen Fäuste gewönnen, und versuchten sie zu bewegen, möglichst nicht zu schießen. Viele taten es. Andere taten so, als griffen sie an, und schossen in die Luft, doch das war nur für die Ohren der Kaiserinwitwe bestimmt. Jeder hätte uns zu jeder Zeit umbringen können.«

Plötzlich hielt er inne, gleichsam als gäbe es nichts mehr zu berichten.

»Fahrt fort«, bat der Hanlin. »Bitte, fahrt fort.«

Edles Talent blickte verstohlen zu seiner Nichte hinüber. Für einen Augenblick trafen ihre Blicke sich, und sie nickte. Woraufhin er fortfuhr: »Es war der sechste Tag des fünften Monds. Er kam als Kuli verkleidet zu mir. Diesmal wußte ich nicht, welchen Auftrag er hatte. Wir tauschten nur die übliche Begrüßung aus, doch er streifte diesen Ring vom Finger und bat mich, ihn für ihn aufzubewahren...« Er griff nach seiner Teeschale. »Und an dem Tag ist es geschehen.«

»Woher wißt Ihr das? Und wie könnt Ihr sicher sein?« fragte der Hanlin.

Edles Talent trank einen Schluck aus der leeren Schale und flüsterte dann: »Ich weiß es.«

»Dann müssen wir es auch erfahren«, erklärte der Hanlin.

Sich nochmals räuspernd, fuhr der Soldat fort: »Wir fanden ihn zusammen mit drei Kameraden vor einem Geheimzugang zu einem ausländischen Anwesen, kurz bevor der Wagen kam und ihn zusammen mit den anderen fortbrachte. Wir konnten nichts tun. Es war einfach keine Zeit dazu. So ist das immer in der Schlacht.«
Es kamen keine anderen Fragen mehr. Frühlingsmond saß sehr still da.
Als Edles Talent sich schließlich erhob, taten die anderen es auch und verneigten sich mehrere Male vor dem Gast. Die Frauen blieben an der Tür stehen, während der Hanlin ihn noch bis an die Sänfte brachte. Nachdem die beiden Männer im nächsten Hof verschwunden waren, rief Köstlicher Lotus: »Kommt wieder! Es war so freundlich von Euch, uns allen gegenüber zu freundlich, uns zu besuchen.«
Erst da ging Frühlingsmond auf, daß sie kein einziges Wort gesprochen hatte. Es hatte ihm nicht einmal jemand sagen können, daß sie ihrem Gatten eine Tochter geboren hatte und daß diese Schimmernde Jade hieß.
Als am nächsten Tag der Morgen graute, stand Köstlicher Lotus auf und trat mit vollem Bedacht an den *k'ang* heran, in dem Frühlingsmond mit dem Baby und mit Stummchen schlief. Sie rüttelte ihre Schwiegertochter wach. Die Tränen liefen ihr übers Gesicht. »Es ist ihre Schuld!« rief sie und zeigte auf Stummchen. »Meine Schwester hat mich gewarnt, sie würde uns Unglück bringen. Sag ihr sofort, sie soll gehen!«
Diesmal wußte Frühlingsmond, daß sie nichts tun konnte. Sofern Haß – wenn auch fehlgeleiteter und unverdienter Haß – angetan war, den Schmerz einer Mutter über den Verlust ihres einzigen Sohnes zu lindern, durfte sie keinen Einspruch dagegen erheben.
»Wie willst du nur weiterkommen?« fragte sie, als sie das Mädchen zum Abschied in die Arme schloß. »Und wohin kannst du überhaupt gehen?«
»Ich gehe zurück nach Hause, nach Gelehrte Asche. Auch für mich ist das Land immer noch da. Und die Gräber müssen gepflegt werden.«

12. Die Witwe

In der als Boxeraufstand bekannten Periode kamen dreißigtausend Chinesen zu Tode.
Fünfunddreißigtausend ausländische Soldaten – Japaner, Russen, Deutsche, Briten und Amerikaner – unter dem Kommando des deutschen Generalfeldmarschalls Graf von Waldersee besetzten die nördlichen Provinzen des Reiches, um den Tod von dreihundert Ausländern zu rächen.
Im Jahr des Tigers – 1902 – kehrte der Hof nach Peking zurück, und der Scharlachstift unterzeichnete das ›Boxer-Protokoll‹, in dem öffentlich eingestanden wurde, nicht nur gegen andere Völker, sondern gegen die Zivilisation selbst Krieg geführt zu haben. Viele Mitglieder der kaiserlichen Familie sowie die Berater, die die Boxer unterstützt und dadurch die Kaiserinwitwe in die Irre geleitet hatten, erhielten Seidenschlingen zugestellt, eine Geste kaiserlicher Milde. Jeder, der sie erhielt, knüpfte diese Schlinge an den Firstbalken seines Hauses und nahm sich, wie Ehre und Pflicht es verlangten, das Leben. Ihre Flucht nach Sian und ihre Rückkehr in die Hauptstadt waren für die Konkubine und Regentin des Reiches der Mitte ein Beweis für die Schwäche Chinas und die Notwendigkeit von Veränderungen. Unverzüglich führte sie eine Reihe von durchgreifenden Reformen durch, um die Erziehung des Volkes zu verbessern und die wirtschaftliche und militärische Stärke des Landes wiederherzustellen. Vierzehn Divisionen wurden ausgehoben und von ausländischen Ausbildern trainiert, Tausende fähiger Studenten ins Ausland geschickt, um dort auf Staatskosten zu studieren, und die alte Prüfungsordnung für die Zulassung zum Staatsdienst abgeschafft.
In den nun folgenden Jahren wurden aufgrund dieser Reformen viele Erfolge erzielt, doch sie kamen zu spät. Keiner dieser Erfolge konnte sich mit den Siegen Japans messen, die dieses Inselreich im Jahr der Schlange – 1905 – über das russische Reich erzielte. Und so kam es trotz des Kaiserlichen Erlasses, der die Errichtung einer konstitutionellen Regierung vorbereiten sollte, weiterhin zu Erhebungen und zur Unterdrückung von Erhebungen.

1907 – im Jahr des Schafes – wurde die Revolutionsheldin Ch'iu Chin ohne Erfolg gefoltert, geköpft und ihre Leiche der Verwesung überlassen. Ihre Stimme wurde im ganzen Lande gehört.

Die Sonne geht unter, und kein Weg führt voran.
Vergeblich weine ich um den Verlust von Land…
Obwohl ich sterbe – noch lebe ich.
Durch Opfer habe ich meine Pflicht erfüllt.

1908 – im Jahr des Affen – starb in der Stunde des Hahns der Kaiser Kuang Hsu und einen Tag darauf, in der Stunde der Ziege, die Kaiserinwitwe. Er war siebenunddreißig Jahre alt, sie genau doppelt so alt. Manche behaupten, die Kaiserinwitwe habe sein Gesichthandtuch mit Pocken getränkt, damit er seine Tante nicht überlebe und ihre Gebeine wieder ausgrabe. Woher hätte sie wissen sollen, daß sie so bald einer tödlichen Kolik zum Opfer fallen würde, die sie nach dem Genuß von kleinen Äpfeln mit Sahne bekam?
Der neue Kaiser – Hsuan T'ung – war ein Kind von zwei Jahren.
Der neue Regent – Fürst Ch'un – brachte die Konservativen wieder zurück an die Macht.

Chinesische Geschichte

Die Sippe der Woos beschloß, das Haus in der Weidenstraße nicht wiederaufzubauen, sondern das Grundstück zu verkaufen. Aus Freundschaft kauften die wohlhabenden Lins es ihnen ab. Ein Teil des Erlöses wurde für die Mitgift und die Hochzeitskosten der Zwillinge verwendet, die die Söhne von Freunden der Familie in Rohrdorf heirateten. Was übrigblieb, gehörte der Sippe, die fortan den wenigen in Peking verbliebenen Familienangehörigen regelmäßig eine gewisse Summe zahlte. Da ihre wirtschaftlichen Verhältnisse nunmehr sehr beschränkt waren, zogen der Hanlin, seine Gattin und Konkubine sowie seine Schwiegertochter und Enkelin aus dem Haus des Gelehrten Yen in ein kleines gemietetes Haus in der Nähe des Osttors. Dort gab es keine inneren und äußeren Höfe, sondern nur einen Hof mit drei Gebäuden drumherum. Da es den Hanlin-Wald der Zehntausend Schreibstifte nicht mehr gab, zog Unerbittliche Rechtschaffenheit sich zurück und arbeitete zum eigenen Vergnügen an einem Wörterbuch der alten Schrift. Frühlingsmond wurde seine Assistentin und machte Anmerkungen zu seinen Einträgen, während Schimmernde Jade in einer Ecke spielte. Mit der Zeit fanden der Gelehrte und seine Schwiegertochter sich mit Grazie und ohne große Verbitterung mit ihrer neuen Lage ab.

Köstlicher Lotus und die Konkubine hingegen brachten das nicht fertig. Nichts hatte sich so entwickelt, wie sie es sich erhofft hatten; sie hatten wenig zu tun und wußten nicht wohin. Für sie stand es fest, daß sie ihr Gesicht in den erlesenen Kreisen, in denen sie einst verkehrt hatten, nicht zeigen konnten. Und wie sollten sie mit ihren Nachbarinnen, den gewöhnlichen Frauen ungebildeter Pfandleiher und kleiner Schreiber, Tee trinken? Da sie sich langweilten, zankten sie sich ständig und beschwerten sich häufig beim Hanlin und Frühlingsmond über deren Verhalten: »Es reicht, daß wir arm sind; ihr sorgt durch euer schändliches Verhalten auch noch dafür, daß wir ins Gerede kommen. In jedem anständigen Haus sind Vater und Schwiegertochter nur selten zusammen. In diesem Hause jedoch kommt es nur selten vor, daß sie *nicht* zusammen sind.«

Außerdem klagte Köstlicher Lotus immer wieder darüber, daß Frühlingsmond ihr keinen Enkelsohn gebracht hatte. Vom ersten Tag an nannte sie das Baby Wertloses Juwel, und wenn sie sie mit der Zeit auch durchaus liebgewann, hinderte sie das doch nicht daran, ständig darüber zu stöhnen, daß sie kein Junge sei. Ihre Zärtlichkeit und ihre Enttäuschung waren unzertrennlich. »Mein kostbarer Nichtsnutz, wozu sollst du nur gut sein? Wirst du für mich sorgen, wenn ich alt bin? Wirst du die Riten einhalten, um dafür zu sorgen, daß mein Wohlergehen im Leben nach dem Tode gesichert ist? Du wirst dich nur an unserem Tisch mästen, immer schöner werden, eine teure Mitgift beanspruchen und für immer im Haus deines Gatten verschwinden. Wertloses Juwel, ach, wärest du doch nur ein Junge!«

Mit drei Jahren war Schimmernder Jade diese Klage so vertraut wie ein Kinderlied, und sie pflegte selbst mit einzustimmen: »*Aija! Aija!* Eine Tochter mit den Tugenden von achtzehn Lohans ist nichts im Vergleich zu einem spreizfüßigen Dummerjahn von einem Jungen.«

Im Herbst des Jahres der Schlange legte der Hanlin sich zum Sterben. Er dachte und sprach so klar wie eh und je, nur verwechselte er neuerdings Menschen und Daten. Da sein Ende herannahte, hatte niemand Lust, ihn zu verbessern. Es schien nur freundlich, ihm zu gestatten, zusammenzusein, mit wem er wollte, und genau das zu tun, was er wollte. Oft fragte er nach Schimmernder Jade. Das kleine Mädchen schien seine Blässe und der durchdringende Geruch, den er verbreitete, nicht zu ängstigen. Stundenlang saß sie ernst auf einem kleinen Stuhl und hörte ihm zu, wie er redete; offenbar spürte sie, daß sie weder lachen noch den Zauber brechen durfte, wenn er den Priester bat, ihn zu rasieren, und den Barbier, für ihn zu beten.

Sie war am Vorabend seines Todes bei ihm, als Unerbittliche Rechtschaffenheit Frühlingsmond eine letzte Eingabe an den Kaiserlichen Thron diktierte:

»Seitdem die Ausländer Eurer Geheiligten Person Kummer bereiten, habt Ihr in Eurem eifrigen Wunsch, eine Politik zu entwickeln, durch welche der Frieden für die Schreine Eurer Ahnen und das chinesische Volk wiederhergestellt werden könne, unseren – Eurer geringen Diener – Rat gesucht. Doch bis jetzt haben wir es nicht fertiggebracht, dem Unheil aus dem Wege zu gehen und unseren Herrschern zu helfen; unsere Fehler sind in der Tat schwerwiegend, und sie erfüllen uns mit Scham und Verzweiflung.

Untertänigst stelle ich anheim, die Lektion zu beherzigen, welche der Krieg zwischen dem Eisbären und dem Braunen Affen birgt. Es hat Zeiten gegeben, da auch die Inselbewohner aus dem Reich der aufgehenden Sonne es vorzogen, keinen Verkehr mit dem Westen zu haben und die alte Lebensweise beizubehalten. Dann jedoch erkannten sie, daß ihre Selbstisolierung nicht respektiert werden würde, und sie beschlossen, neue Wege zu suchen, um das eigene Schicksal zu steuern. Der Erfolg dieses Unternehmens liegt jetzt klar auf der Hand.

Verflucht, daß es bei ihrem Krieg um chinesisches Territorium ging! Verflucht, daß sie mit ihren Kanonen die Küste Chinas beschossen! Verflucht, daß sie achtzehn Monde hindurch auf chinesischem Boden kämpften! Verflucht, daß unsere Neutralität nicht respektiert und unsere Landsleute erschlagen wurden!

Gleichwohl liegen gerade in diesen letzten Beleidigungen Hoffnung und Beweis dafür, daß unsere Ehre letztlich wiederhergestellt werden wird.

Ich, der Verfasser dieser Denkschrift, möchte in aller Bescheidenheit darauf hinweisen, daß – sofern das gesamte Reich lernt, was diese anderen Asiaten bereits von den Fremden gelernt haben – auch wir mit Erfolg weitere Katastrophen verhindern und die Absichten der Mächtigen wieder in die rechten Bahnen lenken können.

Dann wird der Krieg aufhören und der Frieden wieder Einzug halten, und die Altäre unserer Götter werden nicht geschändet werden. Im Geiste maßloser Empörung über Euer schweres Los unterbreite ich diese Denkschrift mit Tränen in den Augen und bitte, Eure Majestäten mögen sich herablassen, sie zu lesen.«

Die ganze Nacht hindurch diktierte der alte Gelehrte denselben Brief immer und immer wieder, befahl, daß er augenblicklich abgeschickt werde, und rief Frühlingsmond dann wieder zu sich, als wäre er noch nicht geschrieben. Zuletzt schlief er ein.

Am Morgen schien die Sonne nicht, und die Gänse zogen gen Süden. In der Stunde des Pferdes schlug der Hanlin die Augen auf und verkündete: »Ich werde jetzt abberufen. Sorgt dafür, daß ich bereit bin!«

Fatso und Alter Falke schafften ihn sofort hinaus auf den Hof und legten ihn auf ein Bretterlager, so daß seine Füße auf das Tor gerichtet waren. Dann wuschen sie ihn mit Wasser, in dem duftende Blätter der Pampelmuse aufgebrüht waren, und kleideten ihn in seine besten Gewänder, mitternachtsblau und mit fliegenden Kranichen und roten Korallenperlen bestickt. Als alles getan war und die Kerzen angezündet, versammelten sich die Familienangehörigen und Dienstboten; von allen stand Köstlicher Lotus dem Herzen ihres Gatten selbstverständlich am nächsten. Murmelnd verlieh der Hanlin seiner Dankbarkeit Ausdruck. Familie und Diener brachen in Tränen aus. Schimmernde Jade riß sich von ihrer Mutter los und ergriff die Hand des sterbenden Mannes. »Großvater! Großvater!«

Der Hanlin bewegte sich, schaffte es jedoch nicht, die Augen aufzumachen. Ein schwaches Lächeln erhellte sein Gesicht.

»Mein Sohn! Mein Sohn!«

»Ja, Großvater.«

»Vergiß nicht die Pflichten, die du unserer Familie gegenüber hast. Vergiß die Sorgen unseres Volkes nicht. Versprich mir das, mein Sohn! Versprich's!«

Feierlich verneigte Schimmernde Jade sich. »Ich höre meinen Vater und gehorche.«

»Dann bin ich bereit.« Der Hanlin hielt die kleine Hand noch einen Augenblick länger fest und drückte sie; dann ließ er sie fahren.

Viele Wochen hindurch, wenn Frühlingsmond am Sarg des alten Mannes kniete und gemeinsam mit den Witwen um ihn trauerte, dachte sie darüber nach, welche Auswirkungen dieses Versprechen wohl auf das Leben ihrer Tochter haben würde; sie dachte sogar dann darüber nach, wenn sie um der Ansprüche willen, die der Tote auf ihr eigenes Leben stellte, bittere Tränen vergoß. In den Jahren, seit ihr Mann sie verlassen, hatten der Hanlin und sie nie über Frohes Versprechen miteinander gesprochen. Vielleicht deshalb, weil beide seine Gegenwart im Raum so deutlich empfanden, daß sie es unziemlich fanden, über ihn zu reden, als wäre er nicht da.

Jetzt war auch der alte Mann dahingegangen, und allein konnte sie diese Illusion nicht aufrechterhalten. Vor dem Tod des Hanlin war Frohes Versprechen immer bei ihr gewesen, hatte sie beobachtet, ihr zugehört, war ihr von einem Ort zum anderen gefolgt. Jetzt war er irgendwo anders, und nur wenn sie die Augen schloß, um ihn bewußt herbeizurufen, zeigte er sich noch. Es konnte unmöglich angehen, daß er aus ihrer Erinnerung schwand, sagte sie sich. Das konnte einfach nicht sein. Vielleicht brauchte sein Vater ihn mehr als sie, und vielleicht waren sie in der anderen Welt irgendwie zusammen, so wie sie in dieser Welt mit ihrer Tochter zusammenwar.

Am neunundvierzigsten Tag wurde Unerbittliche Rechtschaffenheit auf dem Begräbnisplatz der Ahnen in den Bergen in der Nähe von Rohrdorf begraben. Frühlingsmond trug mit dem Gold, das sie zu ihrer Hochzeit erhalten, zu einer Bestattung bei, die dem Hanlin würdig war. Außerdem wurde ein armer, jedoch begabter Vetter adoptiert, und dieser vollzog nun als Sohn des Verstorbenen die Riten. Nachdem die Zeremonien vorüber waren, begleitete Zweites Versprechen seine neue Familie mit in die Hauptstadt. Dort betrieb er entsprechend der mit ihm getroffenen Vereinbarung unter der freundlichen Anleitung durch die gelehrten Freunde des Hanlin weiter seine Studien.

Köstlicher Lotus nährte ihre einzige Hoffnung auf die Wiederherstellung von Reichtum und Ehre mit der gleichen Hingabe, mit der sie versuchte, die Krähenfüße zu verbergen, die jetzt in ihren Augenwinkeln entstanden. »Sobald Zweites Versprechen in Gelehrtenkreisen bekannt ist, werden wir in unserem alten Viertel ein größeres Haus kaufen. Du sollst mal sehen, wie die Hofdamen, die mich früher besuchten, wieder bei uns anklopfen werden. Habe ich nicht immer gesagt, ein Sohn ist mehr wert als Gold? Jetzt werde ich dir das beweisen.«

Frühlingsmond erwähnte ihr gegenüber nie, was die meisten bereits wußten: daß die alte Bildung im neuen Jahrhundert wenig bedeutete, es mit dem alten System der Sinekuren ein Ende hatte und die neue Generation von Staatsbeamten in Japan studierte. Wozu ihr die Illusionen rauben? Zweites Versprechen war bescheiden und tat sein bestes, um zu gefallen, doch hatte er kein Talent für eine schnelle und einträgliche Karriere im Handel, die neuerdings eine zweite, wenn auch entschieden weniger begehrenswerte Möglichkeit eröffnete, um Einfluß zu gewinnen.

Als Frohen Versprechens Witwe war es Frühlingsmonds Pflicht, ihrer Schwiegermutter genauso ergeben zu dienen, wie ihr Sohn es getan hätte, wäre er am Leben geblieben. Allerdings hatte der Hanlin, indem er Schimmernde Jade als seinen Sohn bezeichnete, seinem Willen Ausdruck verliehen, daß sie erzogen werde wie ein Knabe. Folglich gehörte es nun zu Frühlingsmonds Pflichten, ihrer Tochter auch noch Lesen und Schreiben beizubringen. Es dauerte nicht lange, und ein Nachbar nach dem anderen bat die Witwe Woo, in ihr Haus zu kommen und ihre Kinder zu unterrichten. Köstlicher Lotus erklärte sich einverstanden, wobei das Einkommen, das auf diese Weise hereinkam – mochte es auch noch so bescheiden sein –, half, ihren Abscheu vor einer so ungebührlichen Tätigkeit zu überwinden.

Nachts schloß Frühlingsmond häufig die Augen und unterhielt sich mit Frohem Versprechen. Mein Gatte, hast du gehört, wie gut unsere Tochter heute ihre Lektion aufgesagt hat? Hat dich das nicht stolz gemacht? Sie ist sehr groß; jetzt behauptet sogar Fatso, sie hätte ein Junge sein sollen. Wenn nur die Por Por sie nicht Wertloses Juwel nennen würde! Wenn du nur mit deiner Mutter reden könntest, würde sie damit aufhören, da bin ich ganz sicher. Ach, wärest du doch hier...

Nicht selten brach sie unter ihrem Alleinsein zusammen und weinte bitterlich.

Wenn Frühlingsmond später auf die Jahre zurückblickte, die der Geburt ihrer Tochter folgten, schien die Zeit still und stetig dahinzufließen, höchstens unterbrochen vom Tod: dem Tod von Frohem Versprechen, dem des Hanlin und dem von Altem Falken, der ihn im Schlaf ereilte. Schließlich, im Jahr des Affen, starb nach vielen Monden des Kränkelns auch noch Lauteres Talent. Als die Kaiserinwitwe die alten Prüfungsbedingungen für den Eintritt in den Staatsdienst abschaffte, hatte er angefangen dahinzuschwinden. »Die Ehre, der dein Vater nachstrebte, war ihm kostbarer als das Leben«, schrieb Duftender Schnee. Frühlingsmond las den Brief immer wieder durch und trauerte. Wie seltsam, daß ihr Gatte und ihr Vater, die sonst so grundverschieden waren, derselben tödlichen Krankheit erlegen sein sollten.

Goldene Asche

13. Die Heimkehr

Der Pfau fliegt gen Südosten.
Alle fünf li *wirbelt er herum...*
Als der Hahn krähte, fuhr ich fort zu weben. Nacht für Nacht habe ich dich erwartet, unaufhörlich –
In drei Tagen schaffte ich fünf Bahnen Tuch,
Doch der Große fand mich zu langsam.
Dabei war ich alles andere als langsam.
Nur... in deiner Familie – wie schwer da, deine Frau zu sein.
So ersuche ich dich, deine alten Eltern
In angemessener Zeit zu bitten, mich nach Hause zu schicken.

Ballade aus der Zeit der Han-Dynastie

Frühlingsmond fragte sich, ob die Kinder denn nie aufhören würden, Schimmernde Jade zu hänseln. Immer wieder kam es dazu, wenn sie zwischen dem Hause Woo und den Häusern der Nachbarn, in denen sie unterrichtete, hin- und herging. Und jetzt auch wieder – noch dazu in ihrem eigenen Haus.

Großfuß, Großfuß,
Füße so groß,
Daß sie die ganze Straße versperren.

Wenn Frohes Versprechen noch am Leben wäre – das wußte Frühlingsmond –, er hätte verboten, daß seiner Tochter die Füße eingebunden wurden, und so hatte sie guten Gewissens Köstlichem Lotus vorgelogen: »Es war der heiße Wunsch meines Gatten. Wie oft habe ich es ihm nicht versprechen müssen!« Ihrer Schwiegermutter war nichts anderes übriggeblieben, als sich dem Willen ihres Sohnes zu fügen. Doch jetzt zweifelte Frühlingsmond manchmal daran, ob sie wirklich ein Recht dazu gehabt hatte. Wenn auch einige zum Christentum Übergetretene darauf verzichteten, ihren Töchtern Goldene Lilien zu verschaffen – von den Töchtern der Nachbarn war keine diesem Schicksal entgangen.

Fatsos Worte waren wie Pfeile. »Dein Töchterchen tollt herum wie nur je ein Gassenjunge.« Das war nicht zu leugnen. In der Tat, für Schimmernde Jade war das, was sie von den anderen unterschied, genauso wie ihre ungewöhnliche Erziehung so etwas wie ein Schutzpanzer, mit dem sie sich gegen die Grausamkeit der Kinder ebenso wappnete wie gegen das Mitleid, das die Älteren für das merkwürdige vaterlose Kind empfanden.

Jetzt vernahm Frühlingsmond aus dem Garten die trotzige Erwiderung:

Winzige Füße, Lilienfüße
Frieren bei Kälte,
Stinken in der Hitze.

Seufzend stand Frühlingsmond auf und schloß die Tür. Sie hatte heute keine Zeit, sich ablenken zu lassen. Köstlicher Lotus hatte nichts unversucht gelassen, um Zweiten Versprechens Karriere zu fördern, doch es hatte alles nur wenig genützt, und seit Neujahr schien sie verzweifelter denn je. Nach den Feiertagen hatte sie der Konkubine befohlen, nach Rohrdorf zurückzukehren, um dort den Älteren Tanten zu dienen, und seither empfing sie Nachmittag für Nachmittag den Besuch aller möglicher Ehevermittlerinnen. Fatso mußte Kuchen und andere Leckereien für diese Frauen kaufen, und beim Abendessen zählte sie Frühlingsmond und ihrer Tochter jeden Bissen in den Mund.

Endlich, vor einem Monat etwa, am vierten Tag des achten Monds, hatte Fatso ihnen berichtet, die Verhandlungen um Zweiten Versprechens Braut und die Mitgift seien abgeschlossen. Und von dieser Stunde an hatte ihre Schwiegermutter immer wieder Andeutungen gemacht: »Wie viele Höfe hattet ihr in Soochow? Viele davon müssen heute doch leerstehen.«

Zuerst hatte Frühlingsmond das nicht ernst genommen. Nur Frauen, die *in flagranti* beim Ehebruch ertappt wurden, schickte man jemals zu ihren Familien zurück; mochte das Privatleben auch noch so schwierig sein – es war immer noch besser, als in aller Öffentlichkeit das Gesicht zu verlieren. Doch dann, vor einer Woche, hatte Köstlicher Lotus ihr verboten, weiterhin Unterricht zu geben. »Ich kann nicht dulden, daß du wie eine Lohndienerin in den Häusern anderer Leute arbeitest. Ich werde nicht...«

Plötzlich ging die Tür auf, und Frühlingsmond sah auf. Sie erwartete, eines der Kinder zu sehen, die nach einem Versteck oder nach

etwas zu essen suchten, doch es war Köstlicher Lotus, die auf der Schwelle stand.
»Por Por? Womit kann ich dir dienen?«
Ohne sie auch nur zu begrüßen, fing ihre Schwiegermutter an zu schimpfen. »Nicht nur, daß sie ein Mädchen ist. Und nicht nur, daß sie große Füße hat. Jetzt läßt du auch noch zu, daß sie meinen guten Namen in den Schmutz zieht, indem sie mit diesen Gassenjungen rumzieht. Von jetzt an hat sie in diesen Räumen zu bleiben.«
So plötzlich, wie sie gekommen war, verließ ihre Schwiegermutter sie auch wieder. In der ganzen Schimpftirade hatte sie es nicht ein einziges Mal fertiggebracht, den Namen ihrer geliebten Enkelin auszusprechen.

Die Regentropfen, die aufs Dach fielen, klangen, als ob ein *hu chin*-Spieler mit dem Bogen aufklopft, ehe die Oper beginnt. Die Frauen saßen einander gegenüber, bereit, eine Szene zu spielen, von der sie beide längst wußten, daß sie einmal gespielt werden müsse.
Nachdem die Schwiegertochter den Tee ausgeschenkt hatte, war sie es, die als erste das Wort ergriff. »Por Por, bitte verzeih mir diese Bitte, die von Mangel an kindlicher Ergebenheit zeugen könnte, wiewohl das gewiß nicht der Fall ist. Dürfte ich dich in aller Bescheidenheit bitten, mich von meinen Pflichten dir gegenüber zu entbinden, damit ich nach Soochow zurückkehren kann?«
Köstlicher Lotus führte die Teeschale an die Lippen. Als sie antwortete, hatte das auch nicht den leisesten Anschein von Triumph. »Das ist zwar höchst ungebührlich, kommt aber vielleicht nicht ganz ungelegen... Es wird Zeit, daß Zweites Versprechen heiratet. Ohne eine neue Verbindung gibt es für mich sehr wenig Hoffnung. Gibt es diese neue Verbindung jedoch, könnte es sein, daß die Familie des Hanlin wieder zu Ehren kommt. Du verstehst das zweifellos. Und zweifellos siehst du das auch so. Das ist der einzige Grund, warum ich hier sitze und etwas so Undenkbares in Erwägung ziehe. Habe ich nicht recht, meine Tochter?«
»Ja, Por Por«, flüsterte Frühlingsmond.
»Wie sollte ich dann nicht einverstanden sein, genauso wie du? Uns beiden bleibt keine andere Wahl, als an die größere Harmonie dieses Hauses zu denken. Und so gebe ich, die Witwe des Hanlin, dir die Erlaubnis, in deine elterliche *lao chia* zurückzukehren.«
Eine Weile saßen sie schweigend beisammen, lauschten dem Regen und ließen zu, daß ihr Tee kalt wurde.

Dann sprach wieder Frühlingsmond, wie es von ihr erwartet wurde: »Por Por, bitte, verzeih mir eine zweite Bitte, die gleichfalls von Mangel an kindlicher Ergebenheit zeugen könnte. Dürfte ich dich in aller Bescheidenheit bitten, deiner Enkelin, die eigentlich zu dir in ihres Vaters Haus gehört, zusammen mit mir zurückkehren zu lassen?«

Köstlicher Lotus schwieg. Barmherzige Kwan Yin, flehte Frühlingsmond, bitte, erfüll mir diesen Wunsch! Ich darf nicht noch einen Menschen verlieren.

Als Köstlicher Lotus schließlich doch sprach, geschah das mit einem Zartgefühl, das Frühlingsmond noch nie bei ihr erlebt hatte, und die Worte, die sie sagte, waren alles andere als das, was Frühlingsmond vorausgesehen hatte. »Einst habe ich dir gesagt, Schönheit bedeute wenig in diesem Leben. Jetzt siehst du, daß das stimmt.« Die Augen weit aufgerissen, schwieg sie, als hinge sie irgendwelchen Erinnerungen nach. Ehe Frühlingsmond wußte, was sie sagen sollte, erklärte ihre Schwiegermutter in fragendem Ton: »Wie könnte Schönheit auch den Schmerz lindern, den ich empfinden werde, wenn ich mein Juwel zu mir rufe und begreifen muß, daß auch sie fort ist?«

Wieder schwieg sie, wieder vernahm man nur das Pochen des Herbstregens.

Schließlich setzte ihre Schwiegermutter sich sehr gerade hin und sprach aus, was ausgesprochen werden mußte: »Ich, die Mutter deines Gatten, gebe dir die Erlaubnis, meine Enkelin mitzunehmen.«

Binnen einer Woche waren Frühlingsmond, Schimmernde Jade und Fatso reisebereit. Selbst nachdem ihr Karren das Tor schon weit hinter sich gelassen hatte, konnte man Köstlichen Lotus' lautes Klagen hören: »Wie so ganz anders es hätte sein können, meine Enkelin! Wie so ganz anders, wenn du ein Junge geworden wärest!«

Von ihrem Platz im Nanking-Expreß aus sah Frühlingsmond zum ersten Mal, wovon sie nur geträumt hatte, als sie die Reise – eingeschlossen in ihre Brautsänfte – schon einmal gemacht hatte: ihre Heimat Kiangsu. War das Land jetzt genauso, wie es damals gewesen war? Sie wußte es nicht. Durchs Fenster wohlbestellte Gemüsegärten und Reisfelder soweit das Auge reichte – eine völlig andere Landschaft als die staubigen gelben Ebenen des Nordens. Es gab keine Städte, die diesen Namen verdient hätten, nur Haufen von lehmmauerumringten, strohgedeckten Hütten. Jeder Fußbreit Boden war beackert, mit Ausnahme schmaler Fußpfade und hier und da Erdhügel, die von den Pflügen ausgespart wurden: Auf diese Weise forderten die Toten ihren Anteil am Land der Lebenden. Stundenlang das gleiche Bild. Während die Eiserne Schlange sich durch die Felder wand, hielten braungesichtige, blaugekleidete Männer, deren sehnige Körper vom jahrelangen Tragen der Stangen mit den Kotkübeln, mit denen sie die Felder düngten, gebeugt und leicht nach links gebogen waren, einen Augenblick in der Arbeit inne und schauten dem Zug nach.

Und stundenlang drückte Schimmernde Jade sich die Nase am Abteilfenster platt. »Wie lange noch? Wie lange noch?« fragte sie immer wieder laut. Frühlingsmond mußte über die Aufregung ihrer kleinen Tochter lächeln, sagte jedoch nichts. Schimmernde Jade rüttelte die dösende Dienerin wach. Fatso fuhr auf. »Was ist denn?«

»Sag mir, wie lange unsere Reise dauert.«

»Du möchtest wohl gern das Hinterteil versohlt haben, Schamlose, du – eine treue Dienerin so aus dem Schlaf zu reißen!« Und mit diesen Worten kratzte sie sich wohlig und ausdauernd den Bauch.

»Aber wie lange noch?«

»Wenn es keine Banditen, Selbstmorde oder schlafende Kulis auf den Schienen gibt, werden wir in etwa einer Stunde in Soochow sein.«

»In einer Stunde erst? Das ist zu lange, Amah!« erklärte Schimmernde Jade schmollend.

»Zieh deine Unterlippe ein, sonst benutzt jemand sie noch, um was drauf abzustellen«, sagte die alte Dienerin, gähnte und kuschelte sich – die Arme besitzerisch auf die Bündel links und rechts neben ihr gelegt – in die Polster, um noch ein Nickerchen zu machen.

Nach langem Schweigen fing Schimmernde Jade wieder an. »Mutter?« sie zupfte Frühlingsmond am Ärmel.

»Ja?«

»Warum hat Amah von Selbstmördern gesprochen? Warum sollten Menschen im Zug sich umbringen?«

»Nicht im Zug, sondern in der Nähe des Zuges. Das Ende des Jahres rückt näher, da müssen Schulden bezahlt und Rechnungen beglichen werden. Nur können viele Arme ihre Schulden nicht bezahlen. Aber mit der Schande des Nichtbezahlens können sie auch nicht leben, und sie können es sich nicht leisten, anständig zu sterben. Deshalb nehmen sie sich neben den Gleisen das Leben, denn sie wissen ja, daß die Eisenbahngesellschaft lieber Särge zur Verfügung stellt und dafür sorgt, daß sie bestattet werden, als die Leichen liegen und vermodern zu lassen, wo alle Vorüberfahrenden sie sehen.«

Das Mädchen zögerte nur einen Augenblick. »Mutter«, führte sie ins Feld, »wenn die Eisenbahngesellschaften für all das bezahlen – warum geben sie den Leuten nicht einfach das Geld? Dann könnten diese ihre Schulden bezahlen, und niemand brauchte zu sterben.«

»Das ist nicht so einfach, Schimmernde Jade.«

»Das sagst du immer«, beschwerte sich die Tochter. »Das sagst du immer zu allem.«

»Ja, das tue ich wohl«, räumte Frühlingsmond ein. Es stimmte ja auch. Es gab so viel, was man nicht verstehen, geschweige denn erklären konnte. Vielleicht war es doch Schicksal.

»Aber warum, Mutter?«

»Weil es so ist, meine Tochter. Seit es Menschen auf der Erde gibt, haben einige immer mehr gehabt als andere. Manche leihen Geld aus, und andere borgen, und so wird es auch in Zukunft sein. Der Weise selbst hat gesagt, es sei leichter, Berge zu versetzen, als das Herz des Menschen zu verändern.«

Schimmernde Jade dachte einen Moment nach. Dann richtete sie sich kerzengerade auf und verkündete: »Mutter, es mag schwierig sein, aber ich werde beides tun. Ganz bestimmt.«

Ohne eine Antwort abzuwarten, kehrte sie zurück ans Fenster. Frühlingsmond seufzte. Wie kommt es nur, daß meine Tochter sich nie an das hält, was ich sage? fragte sie sich. Es war nicht das erste Mal, daß das Kind solche Dinge gelobte. Es war, als ob zu viele Geister in ihr wohnten und sie mal hierhin drängten, mal dorthin. Sie wird niemals lernen, sich dreinzufügen, dachte Frühlingsmond und betete, daß sie nicht gebrochen werden würde.

Nach einer Weile verlangsamte der Zug die Fahrt, und Schimmernde Jade wandte sich wieder an ihre Mutter. »Sind wir in Soochow? Ist das hier, Mutter?«

Waren sie schon da? So schnell? Frühlingsmond blickte zum Fenster hinaus. Dann lächelte sie in sich hinein. Sie konnte es ihrer Tochter nicht sagen. Da sie die Stadt nie gesehen hatte – wie sollte sie sie erkennen?

Plötzlich ertönte ein schriller Pfeifton, und quietschend kam der Zug

zum Stehen. Reisende rutschten nach vorn. Fatso glitt samt ihren Sachen auf den Boden und erwachte schreiend...
»Barmherzige Kwin Yan!« Die alte Frau auf dem Sitz gegenüber kreischte: »Banditen! Es müssen Banditen sein!«
Mühselig raffte Fatso sich in die Höhe und klopfte den Staub von ihrem Gewand. »Vielleicht entführt dich einer, kratzbürstiger Esel. Vielleicht habe ich dann endlich meine Ruhe.«
»Vor denen habe ich keine Angst!« erklärte Schimmernde Jade großspurig. »Auch dann nicht, wenn sie mir Pfeffersoße durch die Nase gießen. Wo bleiben sie denn überhaupt? Mutter, sollte ich nicht meinen Ring verschlucken?«
»Keine Banditen! Keine Banditen!« rief der Schaffner von seinem Platz am Ende des Waggons. »Nur ein kurzer Aufenthalt! Wir sind keine *li* vom Bahnhof von Soochow entfernt. Geduld! Keine Aufregung! Keine Banditen!«
»Das ist gemein!« rief das Mädchen klagend, dessen Lieblingsgeschichte die von Mu Lan war, der Tochter, die in der Schlacht den Platz ihres Vaters einnahm. »Ich hätte einem ein Auge herausgerissen. Ich hätte...«
»Hör auf!« bedeutete Fatso ihr. »Alle sehen schon her!«
Plötzlich sprang Frühlingsmond auf. Plötzlich konnte sie es nicht mehr erwarten, die Stadt zu sehen, in der sie geboren worden war und die ihr heute noch genauso neu und unbekannt war wie an jenem Tag vor achtundzwanzig Jahren, da sich ihre Lungen zum ersten Mal mit Luft gefüllt hatten.
»Hilf mir, Alte Freundin, hilf mir, das Fenster aufzumachen!« Nachdem sie es mit vereinten Kräften geschafft hatten, lehnte sie sich hinaus, um zu sehen, was vorn vor sich ging. Die Stadt selbst konnte man zwar noch nicht erkennen, wohl aber den Bahnhof. Zwischen dem Zug und dem in der Sonne blitzenden Bahnhofsdach hatte sich eine große Menschenmenge versammelt und blockierte die Zufahrt. Alle trugen die kurzen blauen Jacken und die verwaschenen blauen Hosen der Bauern – bis auf einen, der das Gewand eines vornehmen Herrn trug. Frühlingsmond war zu weit entfernt, um seine Gesichtszüge erkennen zu können, doch hatte sie so eine Ahnung, als kennte sie ihn. Es war nicht nur das Gewand, das ihn von den anderen unterschied. Während sie schimpfend dastanden, stand er vollkommen still, hatte die Hände auf dem Rücken verschränkt und schaute in die Ferne wie ein Dichter auf einem Gemälde. Es war Beherztes Talent.

»Wer sind diese Männer, meine Mutter?«

»Das weiß ich nicht. Aber der Herr in dem langen Gewand ist dein ältester Großonkel.« Mit diesen Worten drehte sie sich um und nickte der verdutzten Fatso zu, die das Kind augenblicklich beiseiteschob, vortrat und die Augen verengte, um besser sehen zu können. Nicht minder rasch schob Schimmernde Jade sich wieder zwischen die beiden Erwachsenen.

»Ältester Großonkel? Der, den Vater in Amerika gekannt hat?«

»Ja, genau der ist es.«

»Aber was macht er dort? Können wir zu ihm gehen?«

»Nein, das können wir nicht. Aber ich werde ihm eine Nachricht schicken.« Rasch schrieb Frühlingsmond ein paar Worte und reichte das Papier und eine Münze einem der Sänftenträger, die in der Nähe der Gleise Posten bezogen hatten.

Während sie warteten, stiegen andere Reisende aus und zogen es vor, sich für die letzten hundert *ma* bis zum Bahnhof eine Sänfte zu nehmen. Fatso suchte ihre Habseligkeiten zusammen, während Schimmernde Jade am Fenster hing und berichtete, wie weit der Bote schon gekommen sei.

Frühlingsmond setzte sich, um sich zu sammeln. Es war alles so ganz anders als das, was sie geplant und sich vorgestellt hatte. Sie hatte ihre Rückkehr nicht brieflich angekündigt und die schwierige Erklärung hinausgeschoben; denn sie wußte, daß hinter allen Willkommensworten in Soochow der bohrende Verdacht stehen würde, sie müsse in irgendeiner Weise ihrer Pflicht nicht genügt haben. Doch wie dem auch sei, ausgerechnet Ältestem Onkel als erstem zu begegnen – auf diesen Gedanken wäre sie nie gekommen. Was würde er sagen, hier im Zug, vor all den Leuten?

Es dauerte nur kurze Zeit, und er stieg ein. Langsam erhob Frühlingsmond sich und hielt Schimmernde Jade vor sich hin. An der Tür war er stehengeblieben; sein Atem ging stoßweise von der Anstrengung, die es ihn gekostet hatte, so rasch zu laufen. Dann begegnete sein Blick dem ihren, er lächelte und trat bedächtig und ohne Überstürzung auf sie zu.

»Du bist es, Nichte!« Er nickte. Förmlich verneigten die drei Reisenden aus Peking sich.

Er wandte sich rasch von Frühlingsmond ab, grüßte Fatso und blickte dann zu Schimmernder Jade hinunter.

»Solltest du die Tochter meines erlauchten Freundes sein?«

»Ja, Großonkel. Ich bin Schimmernde Jade.«

Einen Moment studierte er ihr Gesicht, dann tätschelte er ihr leicht die Wange. »Ich glaube, du siehst ihm ähnlich – ähnlicher jedenfalls als deiner Mutter.« Dann wandte er sich wieder Frühlingsmond zu. »Warum hast du uns nicht benachrichtigt, daß du kommst?«

Ihre Augen richteten sich auf das grüne Band im Haar ihrer Tochter. Sie hoffte, daß ihre Stimme nicht zitterte. »Mein Onkel, offenbar ist es so, daß ich überall Schwierigkeiten bereite wie eh und je.« Sie hielt inne. »Ich – das heißt: wir...«

»Schwierigkeiten?« wiederholte die Tochter und drehte sich um, um zu ihr hinaufzusehen. »Mutter, bist du nicht immer brav gewesen?«

»Deine Mutter ist immer sehr brav gewesen«, erklärte Beherztes Talent. Frühlingsmond errötete. Das kleine Mädchen blickte von einem zum anderen und lachte.

Ein plötzliches Aufbrüllen der Menge draußen sorgte dafür, daß die Würde gewahrt blieb, denn Beherztes Talent trat rasch ans Fenster. »Ich meine, es ist das beste, ihr nehmt von hier aus Sänften. Vielleicht gibt es mehr Schwierigkeiten, als ich vorausgesehen hatte.«

»Was für Schwierigkeiten, Ältester Onkel? Wird es gefährlich?«

»Möglich wäre es schon. Der Bahnhofsvorsteher hat sich bestechen lassen, den Schweinen unserer Bauern eine andere Ladung vorauszuschicken. Und die Schweine im Viehwaggon sind alle verendet. Wir sind hier, um zu tun, was wir können.«

Schimmernde Jade zupfte ihn am Ärmel. »Ich weiß, was du tun solltest, Großonkel. Den Vorsteher mit den Schweinen zusammen einsperren! Dann...«

Fatso packte das Kind und rüttelte es. »Du redest zuviel, du Naseweis!«

»Dann wird er anfangen, ganz fürchterlich zu stinken, und dann...«

Frühlingsmonds Besorgnis wuchs. Was sollte in den Höfen ihrer *chao lia* aus einem Mädchen werden, das so schlechte Manieren hatte? Doch Ältester Onkel schien nichts dabei zu finden, denn er lächelte und klopfte Schimmernder Jade freundlich auf die Schulter. »Ich glaube, zu so drastischen Mitteln brauchen wir gar nicht zu greifen, Großnichte«, sagte er gütig. »Wir hoffen nur auf einen Kompromiß. Schließlich können wir es uns nicht leisten, uns den Bahnhofsvorsteher zum Feind zu machen. Wir brauchen die Eisenbahn ja.«

»Aber der Mann ist doch nicht besser als ein Schwein.«
»Mit einer Entschädigung werden die Bauern sich zufriedengeben. Außerdem gibt es nichts Tückischeres als einen Feind, den man in die Enge getrieben hat. Das solltest du dir merken!«
Schon machte das Mädchen den Mund auf, um etwas zu sagen, da sah sie den warnenden Blick ihrer Mutter auf sich gerichtet und nickte statt dessen.
»Ich entschuldige mich für meine Tochter«, sagte Frühlingsmond. »Sie spricht zu ungehemmt und freimütig.«
»Mir gefällt ihre Unerschrockenheit.« Lachfältchen bildeten sich plötzlich um Beherzten Talents Augen. »Darin erinnert sie mich an dich.«
Fatso und Schimmernde Jade stiegen als erste aus; ihrer Sänfte folgte ein Karren mit dem Gepäck. Beherztes Talent gab dem Oberträger der dritten Sänfte zu verstehen, er solle warten. Dann blickte er auf. »Willkommen daheim, meine Nichte!«
»Es ist schön, wieder zu Hause zu sein, mein Onkel.«

Frühlingsmond zog die Vorhänge ihrer Sänfte zu. Eben noch hatte sie sich bemüht, einen Blick auf ihre Heimatstadt zu werfen, doch jetzt spielte das merkwürdigerweise keine Rolle mehr. Lao Tzu lehrt, daß je weiter man reist, man desto weniger weiß, und das erschien ihr richtig nach dem Zusammentreffen mit Beherztem Talent.
Ihre Gedanken kehrten zu ihm zurück. Ob die Frauen wohl genauso erfreut sein würden wie er, sie wiederzusehen? Niemals, solange sie zurückdenken konnte, war irgendeine Frau von ihrer Schwiegermutter nach Hause zurückgeschickt worden, nicht einmal eine Sklavin. Und jetzt kehrte sie zurück, eine Witwe mit Kind.
Plötzlich blieb die Sänfte stehen. Sie zog den Vorhang auf und erblickte zum ersten Mal in ihrem Leben das Tor ihrer *lao chia*. Daß es das sein mußte, erkannte sie an den Löwen, die auf den Porzellantellern abgebildet waren, welche bei besonderer Gelegenheit verwendet wurden. Gleich darauf wurde die Sänfte um die Geisterwand herumgetragen, und sie war im Empfangshof.
Ganz nach dem Plan, den sie sich vor ihrer Abreise aus Peking sorgsam zurechtgelegt hatten, hatte Fatso die Sänftenträger bezahlt und war dann vorausgeeilt, um die Frauen auf den Schock ihrer Heimkehr vorzubereiten, während Frühlingsmond die Hand ihrer Tochter hielt und wartete.

Ein Wächter, der zu jung war, um sie zu kennen, begegnete ihrem Blick und verneigte sich höflich noch einmal.
Neben dem Eingang zum Empfangshof saß ein alter Mann auf einem Hocker und döste vor sich hin. Das Gesicht hatte er in den Armen geborgen, und ein Vogelbauer stand auf seinen Knien. Frühlingsmond – Schimmernde Jade immer noch an der Hand – näherte sich ihm. Sollte es möglich sein, daß Alter Gärtner all die vielen Winter noch überlebt hatte?
Als sie sich ihm näherten, fragte Schimmernde Jade viel zu laut: »Kann dein Vogel auch singen?«
Der alte Mann rührte sich, hob jedoch nicht den Kopf.
Ehe ihre Mutter sie daran hindern konnte, klopfte das Mädchen gegen den Käfig. »Sing, Vogel. Warum singst du nicht?«
Jetzt war Frühlingsmond sich sicher, und so sprach sie: »Alter Gärtner, ich bin's, die Tochter vom zweiten Sohn des Altehrwürdigen.«
Bei ihren Worten sah er auf und zwinkerte kurz. Als er Schimmernde Jade erblickte, verzog sich sein Gesicht zu einem breiten Grinsen. »Wo bist du gewesen, Junge Herrin? Dein Sklavenmädchen hat überall nach dir gesucht.«
Schimmernde Jade blickte dem alten Mann tief in die Augen, als versuche sie herauszufinden, ob er vielleicht blind sei. »Was soll das heißen? Ich bin Schimmernde Jade. Ich bin noch nie hier gewesen, und ich habe auch kein Sklavenmädchen.«
»Ich weiß, ich weiß.« Langsam wandte er sich Frühlingsmond zu. »Ich kenne jeden in dieser erlauchten Familie und das seit fünf Generationen.«
Er sieht mehr wie ein kleines Kind aus denn wie ein alter Mann, dachte Frühlingsmond und beugte sich zu ihm hinunter. »Ich bin ehrlich entzückt, dich wiederzusehen, Alter Diener.«
»Hattest wohl gedacht, ich weilte schon auf der anderen Seite der Gelben Quellen, wie? Nein, das tue ich nicht, das tue ich nicht.«
Er stellte den Vogelbauer neben sich auf den Boden, lehnte sich gegen die Wand, stand dann langsam auf und richtete sich so hoch auf, wie es ihm seine Jahre erlauben wollten. Dann verneigte er sich: »Willkommen daheim, Junge Herrin!«
»Vielen Dank. Es ist wirklich herrlich, wieder hier zu sein.«
Mehr zu sagen blieb ihr keine Zeit, denn Fatso tauchte am Flaschentor auf und winkte ihr. Als Frühlingsmond bei ihr anlangte, flüsterte diese: »Ich habe ihnen alles erzählt. Sie warten.«

Das Kind an der Hand ging die Dienerin einen Weg voran, von dem ihre Herrin nicht wußte, daß er zur Marmorwand führte. Auf der anderen Seite blieb Frühlingsmond stehen. Der Zypressengarten war genauso, wie er an jenem Tag gewesen war, da sie – für das Jungfrauenfest in ein rosarotes Gewand gekleidet – unterm Kleeblatt-Tor gestanden hatte. Nichts hatte sich verändert, der Garten war höchstens noch schöner geworden. Die Chrysanthemen des Alten Gärtners blühten in noch größerer Vielfalt, der alte Granatapfelbaum war noch knorriger geworden und der Bambus noch üppiger.

Wie ging es doch noch gleich, das Gedicht von Yuan Mei, das erste, das sie Beherztem Talent je aufgesagt hatte?

Lange schon hatte ich vor, ein Boot zu bauen
Das vogelschnell über die Wogen dahinstreichen kann,
Gleichwohl nie Menschen von ihren Freunden fortträgt,
Sondern nur Menschen zurück nach Hause.

Nachdem sie die Brücke des Kommens und Gehens hinter sich hatten und die roten Säulen der Halle der Weiblichen Tugenden vor ihnen standen, blieb Frühlingsmond abermals stehen.

Barmherzige Kwan Yin, betete sie, laß mich mein Zuhause finden.

»Es ist alles in Ordnung«, flüsterte die Dienerin leise. Und dann, nochmals: »Sie warten.«

Fatso und Schimmernde Jade hinter sich, trat Frühlingsmond über die Schwelle.

Sämtliche Frauen der Sippe hatten sich versammelt, jede stand auf dem ihr zustehenden Platz. Nicht eine von ihnen bewegte sich. Frühlingsmond wußte nicht, was sie tun sollte, denn es gab keine Tradition, an die sie sich hätte halten können, und ihre Gesichter verrieten nichts.

Als hätten ihre Augen einen eigenen Willen, wanderten sie von einer zu anderen, von den Großtanten zu den Tanten und den Dienerinnen. Nicht mehr da waren selbstverständlich die Basen, die im gleichen Alter wie sie gestanden hatten; statt dessen waren da die jungen Frauen jener Junggesellen, die ihr einst Ständchen gebracht. In der Mitte des Raums, ihrem Rang entsprechend, stand eine Dame, die nicht älter sein konnte als sie selbst und die Goldene Tugend sein mußte, neben ihr Seidige Morgenfrühe, Dritte Gattin des Altehrwürdigen. Dann – in pflaumenfarbene und mit Narzissen bestickte Seide gekleidet – kam Duftender Schnee, die Witwe seines zweiten Sohnes.

Endlich, zögernd, wanderte ihr Blick zu der einzigen, die ganz für sich allein saß, genau in der Mitte der Halle. War der Stuhl neu? Er kam ihr eindrucksvoller vor als der, den sie in der Erinnerung hatte.

Langsam trat sie vor, blieb dann stehen und wartete, die Augen zu Boden geschlagen. Wie lange war das einzige, was sie hörte, der Schlag ihres eigenen Herzens. Dann: »Meine Enkelin! Mein Herz! Du bist daheim!« Frühlingsmond blickte auf. Die Erste Gebieterin lächelte.

»Ach, Großmutter!« Frühlingsmond fiel auf die Knie und machte Kotau.

»Fleisch von meinem Fleisch, laß dich umarmen.« Das war Duftender Schnee. Nochmals vollzog Frühlingsmond das Kotau. Ihre Mutter half ihr in die Höhe und schloß sie in die Arme.

Tränen blendeten beide, als Verwandte und Dienerinnen sie umringten, schluchzten und sich bemühten, die richtigen Willkommensworte zu finden und ganz aufgeregt waren wegen des Kindes.

Als das ganze Durcheinander sich gelegt hatte, ergriff die Erste Gebieterin Frühlingsmonds Hand. »Enkelin, du mußt der Gattin des Familienoberhaupts die Ehre erweisen.«

Goldene Tugend war so zurückhaltend, daß sie ganz für sich allein zu stehen schien, aber sie zeigte ein warmherziges Lächeln. Rasch ließ Frühlingsmond sich auf die Knie nieder. Noch bevor ihre Stirn den Boden berührte, sprach die junge Frau, und ihre Worte hatten einen ganz leichten Anklang an die Aussprache des Südens. »Nein, nein, das darfst du nicht. Eine solche Ehre verdiene ich nicht. Bitte, meine liebe Nichte, steh auf!«

Plötzlich schneuzte Fatso sich; es klang wie nach der Gans, welche den Blick des Schlachters erhascht hat, und alles lachte.

Ich bin daheim, dachte Frühlingsmond.

Später, nach dem Tee, wurde Schimmernde Jade mit den Kindern des Hauses bekanntgemacht. »Unsere Schule ist der Neid von ganz Soochow«, brüstete die Erste Gebieterin sich. »Jeden Tag muß ich Freunde abweisen, die mich um Erlaubnis bitten, daß ihre Kinder am Unterricht teilnehmen.«

»Kinder?« fragte Frühlingsmond. »Soll das heißen, wir haben eine Schule für Jungen *und* Mädchen?«

Die Erste Gebieterin rümpfte die Nase. »Selbstverständlich. Wir sind schließlich eine aufgeklärte Familie.«
Also doch. Frühlingsmond mußte lächeln. Ältester Onkel hatte also doch recht gehabt. Es war nur eine Frage der Zeit.
Die Schüler und Schülerinnen standen mit ihrem Lehrer im Zypressengarten aufgereiht, bereit, je nach Rang vorgestellt zu werden. Zuerst der Lehrer, ein junger Mann, dessen runde Brillengläser ihm ein etwas erschrecktes Aussehen verliehen. Dann die Jungen. Einer nach dem anderen verneigte sich, zuerst die beiden Söhne von Ältestem Onkel, dem Familienoberhaupt, dann ging es weiter bis zu den Urenkeln der Brüder des Altehrwürdigen, und zum Schluß kam Erhabene Winde, das elternlose Kind armer und entfernter Verwandter. Erhabene Winde war pummeliger als all die anderen und schien auf irgend etwas herumzukauen. Großmutter funkelte ihn an, doch er tat so, als merke er es nicht, und betrachtete unverhohlen die großen Füße von Schimmernder Jade, während die Mädchen ihren Namen nannten. Auch sie bemerkten die Füße und kicherten verstohlen hinter vorgehaltener Hand. Schimmernde Jade, geistesgegenwärtig wie immer, hob den Rock und zeigte ihren Fuß, damit alle ihn ungehindert sehen konnten.
Die Erste Gebieterin hüstelte. Es herrschte Schweigen. Die Mädchen machten alle auf einmal einen Knicks und zogen sich dann unter der Führung von Großartiger Aussicht, dem ältesten Sohn des Familienoberhaupts, hinter die Marmorwand zurück. Der pummelige Junge bildete den Schluß.
Schimmernde Jade wollte hinterher, doch Frühlingsmond erwischte sie noch gerade rechtzeitig bei der Hand.
»Tochter, in Soochow wirst du viele neue Dinge lernen müssen. Das erste ist, daß du nicht dorthin gehen darfst, wo du nicht hingehörst. Und du gehörst nun mal nicht in die äußeren Höfe. Von nun an wirst du hier bei den Frauen bleiben. Bis auf die Schule hast du dich nie jenseits der Marmorwand aufzuhalten.«
»Aber warum?«
»So ist es Tradition.«
»Ich mag die Tradition aber nicht.«
»Das darfst du nie wieder sagen, meine Tochter. Das ist verboten.«
Etliche Wochen nach Frühlingsmonds Rückkehr, am ersten Tag der Beiden Wochen der Bitteren Kälte, saß Beherztes Talent in seinem Ming-Studierzimmer am Schreibtisch, ließ die Kügelchen der Re-

chenmaschine klappern und hielt bestimmte Zahlen auf dem Papier fest.

Beim bevorstehenden Sippentreffen mußte die Jahresabrechnung vorgelegt werden, und es gab keine Möglichkeit, die Verluste zu verheimlichen. Wie sollte er sie nur erklären? Daß er nicht schuld an ihnen war, daß ganz China leide? Das war selbstverständlich nicht zu leugnen, aber es war gerade das Geld, das er in den Eisengießereien und den Spinnereien angelegt hatte und das verloren war. Während er insgeheim immer noch hoffte, diese Gelder, die er ausgegeben hatte, um die Modernisierung Chinas voranzutreiben, kämen letztlich auch der Sippe zugute, fürchtete er jetzt, daß die Sippe ihre kurzfristigen Schwierigkeiten nicht hinreichend stark überstehen würde, um die langfristigen Vorteile, die sich daraus möglicherweise einmal ergaben, zu genießen.

Jahrelang hatte er sein Gewissen damit beruhigt, daß der einzige größere Beitrag zu den Finanzen der Sippe, seit er Familienoberhaupt geworden war, schließlich aus der Mitgift seiner Frau bestanden hatte. Jetzt war der dahin und nichts in Aussicht, ihn zu ersetzen.

Am unangenehmsten waren die Summen, die er Edlem Talent zukommen ließ. Die Bitten um Geld von Jüngerem Bruder kamen zunehmend häufig und dringend, und stets handelte es sich um beträchtliche Summen. Trotzdem durfte niemand argwöhnen, daß die Changs mit ihrem Geld die Revolutionäre unterstützten, was immer sie auch über Edlen Talents Tätigkeit im Süden denken mochten.

Beherztes Talent wandte sich wieder der Rechenmaschine zu, teilte diese Beiträge ab und addierte die Endsummen der sieben Zweige des Chang-Haushalts hinzu. Dann zerriß er das Papier, auf das er schrieb. Es war lächerlich. Kein Mensch würde diesen Berechnungen Glauben schenken.

Und doch, vor zwei Jahren hatte er gemeint, ihnen bleibe keine andere Wahl.

»Mit den Reformen ist es aus«, hatte Edles Talent damals gesagt. »Die sind zusammen mit der Kaiserinwitwe und dem Kaiser gestorben.«

Warum, um alle Vernunft auf Erden, dachte Beherztes Talent, hatte die Alte Konkubine solange gebraucht, um zu begreifen, was nottat – bis die Einträchtigen Fäuste ihren Schaden angerichtet hatten? Und wo sie es nun endlich begriffen hatte, warum hatte sie da nicht

lange genug leben können, um die verspäteten Reformen auch mit Gewalt durchzusetzen?
»Du mußt doch zustimmen«, hatte Edles Talent gesagt, »du mußt doch zustimmen, daß der neue Regent ein Esel ist, der keine Augen im Kopf hat, oder?«
Das stimmte. Nicht einmal die Kaiserinwitwe war so unfähig gewesen.
»Welche weiteren Beweise brauchst du noch – genügt es nicht, daß er Yuan Shikai entlassen hat?« Edlen Talents Stimme hatte etwas Leidenschaftliches bekommen. »Er hat vor, alle Chinesen in Staatsämtern durch Mandschus zu ersetzen. Und wie viele Mandschus, welche die Befähigung zu regieren besitzen, gibt es? Kannst du mir das beantworten?«
»Nicht viele. Eine Handvoll, vielleicht.« Seiner Antwort hatte die nötige Begeisterung gefehlt.
»Ältester Bruder, sechzehn Jahre hast du dich jetzt in Geduld gefaßt. Es handelt sich um keine überstürzte Sache. Trotz eines Kaisers, der ein Kind war, einer ungebildeten Regentin, ausgelaugter Garnisonen, korrupter Beamter, wirtschaftlicher Stagnation, Überschwemmungen, Hungersnöten und ausländischer Enklaven herrschen immer noch vier Millionen Mandschus über vierhundert Millionen Hans. Da hilft nichts mehr als eine Revolution. Du mußt dich uns anschließen.«
Dem hatte er zugestimmt. Und jetzt wußte er nicht mehr, wie viele Taels Silber ausgegeben worden waren.
Unvermittelt stand er auf und schob die Papiere beiseite. Was nützte das alles? Es hatte keine Revolution gegeben, nur geredet worden war viel, ein bißchen Sabotage war getrieben und ein hoher Mandschu-Beamter auf dem Weg nach Kanton ermordet worden. Und die Folge von alledem waren nicht Reformen, sondern Unterdrückung, Zensur und noch höhere Steuern, die für die örtliche Miliz und für die kaiserlichen Truppen gezahlt werden mußten.
Langsam ging er hinüber zu seinem Schreibtisch. Für gewöhnlich besaß es einen magischen Zauber, wenn er den Pinsel ergriff, die Tinte rieb und die Schriftzeichen hinsetzte. Jeder Kringel, jede Linie und jeder Punkt genau so ausgeführt, daß er die Beschränkung in der Freiheit und die Freiheit in der Beschränkung zum Ausdruck brachte. Gelang es, das Wesen eines Schriftzeichens einzufangen, verschmolzen darin Idee, Symbol und Ton aufs innigste miteinander. Es *gab* die Harmonie der Gegensätze – von *Yin* und *Yang*. Die

Widersprüche waren aufgehoben, und die Eingebung regierte.
An diesem Abend entzog sie sich ihm. Er legte den Pinsel beiseite, durchquerte den Hof und ging hinüber in die Wohnung des Familienoberhaupts, ins Zimmer seiner Frau. Seit sie wieder da war, hatte er gehofft, Frühlingsmond werde vor ihm stehen, wenn er um die nächste Ecke bog. Doch das geschah nie. Statt dessen war Goldene Tugend da, die auf ihn wartete.
»Du kommst früh«, sagte sie.
»Ich bin zu müde, um zu arbeiten. Würdest du im Empfangsraum Tee mit mir trinken?«
Sie verneigte sich und legte ihr Nähzeug beiseite.
»Und bitte Frühlingsmond, sich zu uns zu setzen.«

14. Die gute Gattin

Er warf mir eine Quitte zu,
Ich schenkte ihm einen Jadeanhänger;
Nein, nicht nur, es ihm zu vergelten,
Sondern damit unsere Liebe bleibe.

Er warf mir einen Pfirsich zu,
Ich schenkte ihm einen Smaragd;
Nein, nicht nur, es ihm zu vergelten,
Sondern damit unsere Liebe fortdauere.

Er warf mir eine Pflaume zu,
Ich schenkte ihm schwarze Jade;
Nein, nicht nur, es ihm zu vergelten,
Sondern damit unsere Liebe Bestand habe.

Buch der Lieder

Goldene Tugend hob den Deckel von der Teekanne, um nachzusehen, ob die Teeblätter sich ganz gesetzt hätten. Es war Drachenquelltee, und der war berühmt für seinen köstlichen Geschmack. Ein paar Blätter schwammen immer noch auf dem dampfenden Wasser. Wieder sah sie Beherztes Talent an.

Dieser folgte mit den Augen Frühlingsmond, die von Schrank zu Schrank ging und hier und da ein Buch herauszog, um es flüchtig durchzublättern. Rasch senkte Goldene Tugend die Augen; sie wollte dem Verlangen, das sie in seinem Blick las, nicht zu nahe treten. Dann beobachtete auch sie Frühlingsmond.

Sie war sehr schön, obgleich sie ihrer Schönheit nicht kunstvoll nachhalf. Weder sie noch sonst jemand bemerkte jemals, ob sie ein neues Gewand trug oder ob sie Wangenrot aufgelegt hatte. Was einem auffiel, waren nur ihre blitzenden Augen, ihr ansteckendes Lachen und ihre Lebhaftigkeit, die man ihr selbst dann anmerkte, wenn sie ganz still war. Seitdem sie wieder in Soochow war, schien es, als ob viel mehr Fröhlichkeit in den Höfen herrschte. Goldene Tugend schenkte Tee in die Schalen und reichte die erste mit beiden Händen Beherztem Talent. »Mein Gatte?«

»Ich danke dir, meine Gattin.«

Sie nahm die zweite Schale und reichte sie Frühlingsmond, die immer noch in die Bücher vertieft war. Die Finger brannten ihr. Schließlich sagte sie: »Komm, meine Nichte, setz dich und trink deinen Tee, bevor er kalt wird.«

Frühlingsmond schrak zusammen und stellte einen großen, ledergebundenen Band rasch zurück auf seinen Platz. »Verzeih mir, Älteste Tante. Ich habe ganz vergessen, wo ich bin. Da sind so viele neue Bücher.« Sie nahm die Teeschale entgegen und setzte sich. »Darf ich mir welche ausleihen, Ältester Onkel?«

»Soviel du willst. Du bist uns hier jederzeit willkommen, nicht wahr, meine Gattin?«

Goldene Tugend nickte und bot beiden nacheinander ausgesuchtes Pecannuß-, Mandel- oder Sesamgebäck an.

»Dann weiß ich schon, was ich als erstes erbitte – Lin Shus neue Übersetzung von ›Eine Geschichte aus zwei Städten‹.«

»Aber gern. Doch warum die Übersetzung? Frohes Versprechen hat mir geschrieben, du lerntest englisch. Du solltest das Original lesen und nicht Lins Geschichten. Er kann keine Fremdsprachen und muß seine chinesische Version nach mündlichen Nacherzählungen schreiben. Das mögen zwar gute Geschichten sein, aber mit Dickens hat das nichts zu tun.«

Plötzlich lachte Frühlingsmond. »Ach, Ältester Onkel, du klingst so, als ob du immer noch mein Lehrer wärest.«

Er stimmte in ihr Lachen ein, meinte aber, sie habe trotzdem recht.

»Zweifellos hast du recht, mein Onkel.« Frühlingsmond trank noch einen Schluck Tee. »Aber in Peking habe ich nie so intensiv gelernt wie in Soochow. Außerdem ist es Jahre her, daß ich englisch gelernt habe.«

Wie mühelos sie sich unterhalten, dachte die Gattin und bot ihnen nochmals die Platte mit dem Gebäck an. Als ob sie dieselbe Amme gehabt hätten.

Beherztes Talent machte eine wegwerfende Handbewegung. »Das ist weiter kein Problem, meine Nichte. Schreib nur auf, was du nicht verstehst, dann können wir uns hinterher darüber unterhalten.«

»Das wäre große Zeitverschwendung für dich, mein Onkel.«
»Nein, nein, durchaus nicht. Du darfst nicht noch mehr von deinem Englisch vergessen.«
Frühlingsmond wandte sich Goldener Tugend zu. »Hättest du etwas dagegen, meine Tante? Ich werde viel zu fragen haben.«
Goldene Tugend lächelte und nickte. »Mein Gatte würde sich freuen, sich über seine Bücher mit dir zu unterhalten.«
Impulsiv streckte Frühlingsmond die Hand aus und ergriff die der anderen Frau. »Wie soll ich dir nur danken, meine Tante? Ich habe so wenig zu tun, seit ich wieder hier bin – nur ab und zu ins Kloster zu gehen, um für meinen Gatten zu beten. Meine Tochter ist nicht länger darauf angewiesen, daß ich sie unterrichte, und der Haushalt läuft unter deiner Leitung so wunderbar, daß alles für uns getan wird.«
Goldene Tugend schlug die Augen nieder; die Bescheidenheit stand ihr gut zu Gesicht. Sie dachte: Soll ich auch sie ins Herz schließen?
Beherztes Talent brach das Schweigen. »Sag, meine Nichte, welche englischen Schriftsteller kennst du schon?«
Während sie sich über die Geheimnisse unterhielten, die nur die ausländischen Bücher bargen, knabberte Goldene Tugend an einem Stück Mandelgebäck. Sie hatte in diesen Dingen nichts beizutragen. Als sie zu ihm gekommen war, hatte Beherztes Talent versucht, ihr das Lesen beizubringen, doch kleine Jungen schafften es, sich in einer Nacht mehr Schriftzeichen einzuprägen als sie in Wochen. Ihr war gewesen, als platze ihr jedesmal der Kopf wie ein Knallfrosch, wenn ihr Mann sie abfragte. Nie hatte er ein unfreundliches Wort zu ihr gesagt, doch nach einiger Zeit hatte er nicht mehr nachgefragt. Wie erleichtert sie damals gewesen war! Jetzt dachte sie, wenn er doch bloß darauf bestanden hätte! Plötzlich lachten Beherztes Talent und Frühlingsmond. Sie hörten auf zu lachen... und sie lachte immer noch.
Ein peinlicher Augenblick. Goldene Tugend wußte nicht, ob Beherztes Talent von ihr erwartete, daß sie etwas sagte. Ihre Kehle war ganz trocken, wie Baumwolle. Sie konnte ihm nicht in die Augen blicken.
Wieder berührte Frühlingsmond ihre Hand. »Tantchen, diese Kuchen sind köstlich. Du mußt mir unbedingt verraten, wie du sie backst.«
Dankbar wandte Goldene Tugend sich ihr zu. »Das tue ich mit Freuden. Erst muß du feinstes Reismehl nehmen, dann...«

Beherztes Talent hüstelte. »Meine Gattin, die Geheimnisse deiner Kunst lassen sich nicht so leicht erklären. Dürfte ich vorschlagen, daß du unsere Nichte in die Küche einlädst, wenn du das nächste Mal backst?« Seine Stimme hatte etwas Gütiges, aber seine Worte waren wie neuer Wein. Doch selbstverständlich hatte er recht. Rezepte für Teegebäck konnten ihn nicht interessieren. Sie senkte den Kopf.

»Mein Gatte, du ehrst mich mit meinen bescheidenen Bemühungen.« Sie zwang sich, diese Worte auszusprechen. »Aber selbstverständlich werde ich unsere Nichte einladen zuzusehen, wie lächerlich einfach es ist zu backen.«

»Ich würde das sehr genießen.« Frühlingsmond nahm sich noch ein Stück.

»Um noch mal auf das zurückzukommen, worüber wir eben gesprochen haben, meine Nichte...«

Goldene Tugend beobachtete ihn. Er hatte nur Tee getrunken, doch benahm er sich, als wäre es Wein gewesen, so angeregt war er, vollführte selbstvergessene Gesten beim Reden und führte oft einen Gedanken für Frühlingsmond zu Ende. Seiner Frau gegenüber war er immer korrekt, immer zuvorkommend – und so weit entfernt wie ein Traum beim Erwachen.

Von dem Augenblick an, da er ihren Hochzeitsschleier hochgehoben hatte, war sie ihm verfallen gewesen, und es gab immer noch Augenblicke, da ihr eiskalt ums Herz war beim Aufwachen und sie Angst hatte, das alles sei nie geschehen. Sie stammte aus einer Kaufmannsfamilie niedriger Herkunft, deren plötzlicher Reichtum glänzte, als komme er frisch aus der Münze, und deren Ahnengräber erst zwei Generationen alt waren. Sie hatte kein Recht, diesen gebildeten und gelehrten Mann ihren Gatten zu nennen, die Gattin des Oberhauptes einer so erlauchten Familie zu sein. Dabei hatte er nie ein unfreundliches Wort gesagt und war ihr stets mit größter Hochachtung begegnet. Das tat die ganze Sippe. Nie war hinter ihrem Rücken getuschelt worden. Das hätte er nie geduldet! Sie war dankbar.

Und die Götter waren ihr freundlich gesonnen. Großartige Aussicht war im ersten Jahr geboren worden, Strahlende Aussicht zwei Jahre darauf. Nachdem sie sich vom Kindbett erholt hatte, war er zu ihr gekommen und hatte gesagt: »Meine Gattin, dein Leben ist mir überaus kostbar. Du hast mir schon zwei kräftige Söhne geschenkt, und es ist nur klug, das Schicksal nicht herauszufordern. Ich werde mein Lager wieder im Alkoven meines Ming-Studierzimmers aufschlagen. Du brauchst keine Angst mehr zu haben.« Selbstverständlich hatte sie ihn gebeten, sich eine Konkubine zu nehmen, doch er hatte nur sanft gelächelt und gesagt: »Mehr Frauen als die Mutter meiner Söhne brauche ich nicht.«

Sie diente ihrer Schwiegermutter, half ihm, Probleme und kleine Streitereien zu lösen, die in den Höfen auftauchten, war immer da, wenn jemand im Haushalt sie brauchte, kochte ihm seine Lieblingsgerichte, pflegte ihn, wenn er erkältet war, hielt sein Geld zusammen, zog seine Söhne groß und verehrte seine Ahnen. Sie lernte, jene Sehnsüchte unterdrücken, die sie weder meistern noch verstehen konnte, so völlig unpassend waren sie zwischen einem Mann und der Mutter seiner Kinder. Sie war nicht unglücklich und schien nicht unzufrieden gewesen zu sein.

Bis jetzt. Das Herz tat ihr für alle drei weh – für die Witwe, die bis jetzt noch nichts merkte, für den Gatten, der nicht vergessen konnte, für die würdige Gattin.

Nachdem Frühlingsmond gegangen war, bat Goldene Tugend ihren Gatten um Erlaubnis, ihre Nichte wieder zum Tee einzuladen.

15. Das Neujahrsfest

Die Alten, die im gesamten Reiche erhabene Tugend beweisen wollten, brachten zunächst ihre eigenen Staaten in Ordnung. In dem Bemühen, die eigenen Staaten in Ordnung zu bringen, begannen sie bei den eigenen Familien. In dem Bemühen, Ordnung in die eigenen Familien zu bringen, bildeten sie zunächst die eigene Persönlichkeit aus. In dem Bemühen, die eigene Persönlichkeit voll auszubilden, brachten sie zunächst das eigene Herz in Ordnung. In dem Bemühen, das eigene Herz in Ordnung zu bringen, trachteten sie zunächst danach, aufrichtig in ihrem Denken zu sein. In dem Bemühen, aufrichtig in ihrem Denken zu sein, weiteten sie zunächst ihr Wissen so weit wie möglich aus. Diese Ausweitung des Wissens beruhte auf der Erforschung der Dinge. Nachdem die Dinge erforscht waren, war ihr Wissen vollständig. Nachdem ihr Wissen vollständig war, kehrte Aufrichtigkeit in ihr Denken ein. Nachdem sie in ihrem Denken aufrichtig waren, bildeten sie die eigene Persönlichkeit voll aus. Nachdem ihre eigene Persönlichkeit voll ausgebildet war, kam Ordnung in ihre Familien. Nachdem ihre Familien geordnet waren, konnten ihre Staaten richtig regiert werden. Nachdem ihre Staaten richtig regiert wurden, konnte im ganzen Reiche Glück und Frieden einkehren.

Konfuzius: Der Große Lernprozeß

Am letzten Abend vor Beginn des Ebers – 1911 – waren die Höfe über Nacht verwandelt worden: unfruchtbare Erde, eingehüllt von weißem Samt. Am Morgen strahlte die Sonne, die seit Tagen schwach in einer Eisenschale geschienen hatte, an einem prozellanblauen Himmel. Eiszapfen blitzten an Regenrinnen. Die von Frost überzogenen Dachziegel schimmerten wie feinste Jade.
Wochenlang hatte geschäftiges Treiben in den Höfen geherrscht. Fatso hatte den gründlichen Putz des Anwesens überwacht, damit die Erste Gebieterin in jeder Ecke nachsehen könne. »Kein Stäub-

chen darf zu sehen sein. Das Haus muß das Neue Jahr in Reinheit beginnen.« Die weiblichen Familienangehörigen hatten Geschenke für Freunde gemacht und eingewickelt. Sie hatten gewählt und ausgelesen, gewürfelt, vermengt, eingetaucht, in Scheiben geschnitten, gezählt und in Kästchen verpackt. Sie hatten Aprikosen, Äpfel, Birnen und Datteln eingemacht. Kohl, Ingwer und Lotuswurzeln waren eingelegt worden. Sie hatten Schinken und Karpfen geräuchert und Reiskuchen und Mandelgebäck gebacken. Jetzt war das Haus bereit, und es herrschte eine erwartungsvolle Atmosphäre. Den ganzen Tag über kamen und gingen Besucher mit Geschenkpäckchen und roten Umschlägen für Kinder und Dienstboten. Den ganzen Tag über fegten die Sänftenträger Treibschnee von den Gartenwegen.

Als die Dämmerung hereinbrach, legte sich Schweigen über das ganze Anwesen. Alles wartete. Brennende Dochte flackerten in bunten Laternen, die in den Galerien aufgehängt worden waren, und Petroleumlampen aus dem Ausland warfen einen Schimmer wie Mondenschein durch die Papierfenster.

Frühlingsmond blieb einen Moment auf der Brücke des Kommens und Gehens stehen und beobachtete, wie die Lichter zwischen den Eiszapfen tanzten. Dieses Schauspiel hatte sie – soweit sie sich erinnerte – nur ein einziges Mal zuvor gesehen. Damals war sie sieben Jahre alt gewesen. Ihre Vettern hatten im Schnee getollt und waren von einem Hof in den anderen gezogen. Wie sie sie darum beneidet hatte! Aber ihre Füße waren erst seit einem Monat eingebunden gewesen und hatten noch mehr geschmerzt als ihr junges Gemüt.

Diesmal war es für sie die reine Freude, als die sanften Winde letzte Hand an ein *chiaroscuro*-Rollbild legten. Vom Zypressengarten, wo die männlichen Familienangehörigen sich versammelten, drang ein gedämpfter Stimmenchor herüber. Immer noch verweilte Frühlingsmond. Sie fragte sich, ob ihr Glück wohl genauso sichtbar sei wie die Luft, die sie ausatmete, und kam dann zu dem Schluß, dem müsse wohl so sein. Diese Nacht war die beste aller Nächte: Alte Schulden waren bezahlt und neue noch nicht gemacht, irgendwelche Übertretungen wurden übersehen, und Ausnahmen bildeten die Regel. So war es in ihrer Kindheit gewesen, so war es heute. Lächelnd eilte sie weiter, um sich zu den anderen zu gesellen. Alle hatten gebadet und für den Abend neue Kleidung angezogen. Die Männer hatten schwarze Kappen auf und trugen pelzgefütterte

Seidenröcke in schillernden Farben, die Frauen und die Kinder pelzgefütterte Seidenjacken und rotbestickte Röcke. Viele Damen trugen samtene, mit Perlen und Jade bestickte Stirnbänder über den Ohren, und jede trug ein kleines messingenes, mit glosender Kohle gefülltes Kästchen, um sich Finger und Zehen zu wärmen.

Alle waren gekommen. Vettern, die in ferne Provinzen geschickt worden waren. Entfernte Verwandte, die nie zuvor ihre *lao chia* gesehen hatten. Selbst Edles Talent hatte sich aus Kanton eingefunden. Er stand zwischen Seidiger Morgenfrühe und der Ersten Gebieterin, die wiederum von den Großtanten und ihren Sklavenmädchen umringt wurde. Dem schmerzlichen Ausdruck auf seinem Gesicht nach zu urteilen, konnte ein Verhör von den Braunen Zwergen nicht gründlicher und nicht peinlicher sein.

Nicht weit von dieser Gruppe entfernt, neben der steinernen Schildkröte, stand Schimmernde Jade und ließ Fatsos Hand nicht los. Als ihr Blick dem von Frühlingsmond begegnete, senkte sie respektvoll die Augen und wartete ab, daß ihre Mutter Notiz von ihr nahm.

Einen Moment ließ Frühlingsmond den Blick nachdenklich auf ihrer Tochter ruhen und fragte sich verwundert, wieso es komme, daß Schimmernde Jade sie nicht einfach laut von weitem begrüße, auf sie zugestürmt gekommen war und dabei mit ihren großen Füßen die vielen Goldenen Lilien, an denen sie vorüberkam, in Gefahr gebracht hatte. Seit sie vor drei Monaten hierhergekommen waren, war kaum ein Tag vergangen, an dem Schimmernde Jade nicht irgendwie gestört hatte, unerschrocken in verbotene Höfe eingedrungen war, achtlos irgendwelche Erbstücke zerbrochen oder laut ihre Meinung gesagt hatte, wenn Schweigen geboten gewesen war. Frühlingsmond war davon ausgegangen, daß jede dieser Unartigkeiten absichtlich begangen war und auf Trotz beruhte. Bis heute abend.

Heute abend war das Gewand des Kindes untadelig sauber, saß jede Falte richtig und war jedes Haar ordentlich von ihrem strahlenden Gesicht fortgekämmt. Heute abend störte Schimmernde Jade die Harmonie nicht.

Die Mutter gab der Tochter durch einen Wink zu verstehen, zu ihr zu kommen. Einen Moment zögerte Schimmernde Jade, dann ließ sie die Hand der Dienerin los und beeilte sich, die von Frühlingsmond zu ergreifen, gleichsam als würde sie fortfliegen, wenn sie sich nicht festhielt.

»Gefalle ich dir, meine Mutter?« fragte sie schüchtern. »Mein

Haar? Sitzt es richtig? Genauso wie das der anderen?« Genauso wie das der anderen, meine Tochter, nur schöner noch, sehr viel schöner, dachte die Mutter, verbot sich jedoch, es auszusprechen. Dabei fielen ihr keine anderen Worte ein.

»Gefalle ich dir, meine Mutter?«

Ernst nickte Frühlingsmond. Gemeinsam traten sie vor Duftenden Schnee hin, die – eine elegante Orchidee unter lauter Mohnblumen – gerade gekommen war, und verneigten sich tief vor ihr. »Meine Tochter«, flüsterte Duftender Schnee, »sag mir, was für ein Wunder ist geschehen? Meine Enkelin sieht ja geradezu zivilisiert aus!« Frühlingsmond lächelte in sich hinein, doch ehe sie antworten konnte, waren die drei Generationen von den jüngeren Frauen umringt, die alle durcheinanderschnatterten und Begrüßungen austauschten, als ob die meisten einander nicht jeden Tag sähen, als ob die neuen Gesichter nicht die Fremder, sondern die lange erwarteter Schwestern wären. Dann, in einem Augenblick, als die Unterhaltung der Männer über Geschäfte und das Geplauder der Damen, ohne daß man hätte sagen können, warum, verstummt war, kamen Beherztes Talent und Goldene Tugend durch das Kleeblatt-Tor. Beide trugen sie mit weißem Hermelin gefütterte Mäntel aus dunkelrotem Damast, der seine ganz schlicht, der ihre mit feinster Stickerei versehen. Er ging sofort hin, um seinen Bruder zu befreien, und gesellte sich dann zu den Männern. Sie nahm ihren Platz neben der Ersten Gebieterin ein und ergriff sanft einen Arm der alten Frau.

Das weibliche Oberhaupt der Familie klatschte in die Hände. Rasch nahmen die Frauen hinter ihr Aufstellung. Wie der schillernde Schwanz eines Drachen wand sich ihr Zug durch das Kleeblatt-Tor und über die Gartenwege zur Hauptküche. Dort bestrich die Erste Gebieterin die Lippen des Küchengottes mit Honig, steckte ihn in Brand und schickte ihn gen Himmel, um sicherzustellen, daß der Jahresbericht auch wirklich vorteilhaft ausfiel. Nachdem der alte Gott verschwunden war, hängte sie das neue Bild an seine Stelle, und die Frauen entzündeten eine nach der anderen Räucherstäbchen in einem dreibeinigen Weihrauchgefäß und brachten Opfergaben in Form von Klößen, Naschereien und Reis dar.

Als Frühlingsmond die mit Reis gefüllte Schale mit beiden Händen in die Höhe hob, um den Gott zu ehren, war sie in Gedanken plötzlich ganz weit weg, in Peking, im Haus der Woos. Sie hatte dort nur zwei Neujahrsfeste zusammen mit Frohem Versprechen gefeiert; das heutige war das zehnte ohne ihn. Ach, mein Gatte, rief sie stumm, du sollst wissen, daß ich deiner Mutter pflichtschuldig gedient habe, solange sie mich haben wollte...

Weihrauch stieg ihr in die Nase und brachte sie zurück in die Gegenwart. Andere warteten. Dies ist nicht der richtige Augenblick, sagte sie sich. Meine Schulden sind bezahlt. Sie stellte die Schale auf den Tisch und nahm wieder ihren Platz neben Schimmernder Jade ein.

Nachdem die jüngste Braut den Ritus vollzogen hatte, kehrten die Frauen in den Zypressengarten zurück, schlenderten dann gemeinsam mit den Männern von einem Hof zum anderen und erfüllten jeden mit warmem Frohsinn und viel Geräusch. An jedem Tor befestigte das Familienoberhaupt rote Papierrollen, auf welche die Männer in schönster Schrift Gedichte und Sinnsprüche gepinselt hatten, mit denen Wohlstand, Harmonie, Gelehrsamkeit, kindliche Liebe und Frieden beschworen wurden.

Ab und zu tauschte Frühlingsmond gute Wünsche mit älteren Verwandten aus und beantwortete die Fragen, die Schimmernde Jade an sie stellte – und spürte dabei, wie jemand sie beobachtete. Instinktiv senkte sie die Augen. Das war nicht der kritische Blick älterer Frauen und nicht die Neugier von Kindern. Der Blick, mit dem sie bedacht wurde, war gütig. Zärtlich. Auch ohne hinzusehen wußte sie, wer sie so ansah.

Gefalle ich dir, Ältester Onkel?

Zuletzt kamen sie in den Großen Hof und betraten die Ahnenhalle. Während die Männer zusahen, nahmen die Frauen die alte Brokatdecke vom Altar und legten eine neue auf. Monatelang hatten sie alle daran mitgearbeitet, hatten mit Gold und Dunkelrot die Acht Unsterblichen samt ihren Zeichen daraufgestickt. Auf die Decke stellten sie Schalen mit Obst, Fisch, Fleisch, Gebäck, Reis und Früchten, um die zu erquicken, die bereits dahingeschieden waren.

Als alles fertig war, herrschte allgemeines Schweigen, das fast augenblicklich vom Klang einer Bronzeglocke abgelöst wurde. Dreimal schlug Alter Gärtner gegen den alten Familienschatz, das Geschenk eines Studienkollegen an ihren geliebten Ahnherrn. Langsam kniete das Familienoberhaupt vor den Ahnentafeln nieder. Dreimal machte er Kotau. Dann stellte er sich ehrerbietig vor den Altar und verkündete der Sippe mit lauter Stimme die gute Neuigkeit.

»Oh, erlauchte Ahnen, im ersten Mond des Jahrs des Hundes wurde dem Hause Chang das unsägliche Glück zuteil, daß jemand, der noch innerhalb unserer Gartenmauern lebt, seinen fünfundneunzigsten Geburtstag feierte. Im zweiten...«

Nachdem die Aufzählung des Familienoberhaupts vorüber war, nahm er auf der Rosenholzbank neben dem Altar Platz, und während die Frauen zusahen, knieten die männlichen Familienmitglieder dem Rang entsprechend, den sie innerhalb der Familienhierarchie einnahmen, einer nach dem anderen nieder und machten Kotau.

Die Zeremonie war bereits weit fortgeschritten, als Frühlingsmond aufging, daß Schimmernde Jade leise den vollen Namen eines jeden Verwandten vor sich hinflüsterte, wenn dieser vor dem Altar kniete.

»Großonkel Nummer Drei mütterlicherseits... Onkel Nummer Vier mütterlicherseits... Vetter Nummer Eins mütterlicherseits...«

Sie hatte gar nicht gewußt, daß ihre Tochter so sehr an der *lao chia* ihrer Mutter hing, ja, daß sie ihr überhaupt etwas bedeutete. Sich vorzustellen, daß ihre Tochter so sehr von kindlicher Liebe erfüllt war! Vielleicht, dachte sie – und dieser Gedanke hatte etwas von einem flehentlichen Gebet an sich –, vielleicht findet Schimmernde Jade im neuen Jahr hier den ihr zustehenden Platz.

Zuletzt verbeugte sich der jüngste der Knaben und nahm seinen Platz wieder ein. Augenblicklich stand Beherztes Talent auf. »Auf zum Feuerwerk!« rief er und schritt auf die Tür zu.

»Auf zum Feuerwerk!« kam es wie ein Echo von den anderen, als sie hinausdrängten, um sich das blendende Schauspiel anzusehen.

Eine der Raketen stieg zum Mond auf, und als sie halb oben war, barst sie in einen in voller Blüte stehenden Pfirsichbaum auseinander; dann wurde – bang, bang – ein Lotustopf daraus, dann eine Chrysanthemenvase und ein Korb voller Pflaumenblüten. Ein Garten voller Blumen für jede Jahreszeit, denen zischend ein Kanonenschlag folgte, der in die Nacht hinausjagte, bis die Funken verglühten und einer nach dem anderen die Acht Unsterblichen in bunten Farben an den Himmel malten.

Enden tat die Darbietung, nachdem der Alte Gott der Langlebigkeit über den Himmel schritt und die Sterne mit dem Stock vor sich zerteilte.

»Mutter!« Das war Schimmernde Jade. Klar und deutlich war ihre Stimme in dem Schweigen zu vernehmen, das der letzten Explosion

folgte und ehe der Applaus begann. »Mutter, etwas so Schönes habe ich noch nie gesehen! Ich bin ja so glücklich, so überüberglücklich, daß ich hier bin!«
So kam es, daß – als der Beifall einsetzte – dieser auch Schimmernder Jade zu gelten schien, so, als wäre sie eine richtige Chang.

Als sie wieder die Ahnenhalle betraten, die – während die Sippenmitglieder das Feuerwerk genossen – von der Dienerschaft in einen Bankettsaal verwandelt worden war, beugte Frühlingsmond sich zu ihrer Tochter hinunter und flüsterte: »Heute abend darfst du sitzen, wo du willst, mein Kind. An diesem einen Abend im Jahr gelten die Unterschiede nicht, und alle sind gleich. Nur, hüte dich, den letzten leeren Platz an einem Tisch zu besetzen. Der muß für die Ahnen reserviert bleiben.«
Sie ließ Schimmernde Jade stehen, die unentschlossen den Blick über die Tische schweifen ließ, und setzte sich neben Fatso. Die beiden tauschten Glückwünsche aus, als Fatso mitten im dritten »Ein frohes Neues Jahr« innehielt. »Schau dir dieses schamlose Mädchen an!« flüsterte sie mit zusammengebissenen Zähnen.
Schimmernde Jade hatte sich ausgerechnet den Stuhl neben dem Jüngling Erhabene Winde ausgesucht.
An einem Tisch nach dem anderen erstarb die Unterhaltung, und die gesamten versammelten Sippenmitglieder starrten die kleine Woo und den Waisenknaben an. Das Willkommen wenige Minuten zuvor war wie weggewischt, als wäre es nie gewesen. »Siehst du, mein Bruder«, sagte Schimmernde Jade, und ihre Stimme war überall deutlich zu hören, »ich habe gewonnen. Hier sitze ich neben dir, genauso, wie ich es behauptet habe.« Ihr Lachen hallte in der Halle wider wie die *p'ungs* eines unerwünschten Mah-Jongg-Spielers.
Alle im Raum sahen Frühlingsmond an; wortlos verlangten sie, daß die Mutter das Kind zurechtweise. Unfähig, sich zu rühren, senkte Frühlingsmond den Kopf. Sie wollte es erklären. Das Kind weiß es nicht besser, wollte sie sagen, ich habe ihm erklärt, es könne sich hinsetzen, wo es wolle. Ich wäre ja nicht im Traum darauf gekommen, daß sie sich neben einen Knaben setzen würde. Es wäre mir im Traum... Sie hörte ein Seidengewand rascheln und hob den Blick. Beherztes Talent ging hinüber und setzte sich auf den Stuhl neben Schimmernde Jade.
Der Raum summte von Gerede. Köpfe wandten sich, blickten vom

Jungen zum Mädchen, zu Frühlingsmond und zurück zum Familienoberhaupt.
Ach, Ältester Onkel, dachte Frühlingsmond. Ältester Onkel, du darfst doch kein Holz verwenden, um ein Feuer zu löschen. Hell wie die Klänge einer *pi-pa* ertönte das Klirren goldener Armreifen, und gleich darauf hatte Goldene Tugend auf der anderen Seite von Erhabene Winde Platz genommen.
Augenblicklich begrüßten sich diejenigen, die nebeneinander saßen, und der Festtagsgeist hatte sich wieder eingestellt. »Frohes Neues Jahr, meine Nichte!« Als sie sich erschrocken umdrehte, sah sie Edles Talent, der auf dem Platz neben ihr saß und die Weinschale hob. »Frohes Neues Jahr«, wiederholte er.
Er weiß, dachte sie, was es bedeutet, von den anderen abgesondert zu sitzen.
Abermals fand sie sich in Peking wieder, an dem Tag, da der Soldat gekommen war, im Haus des Gelehrten Yen vorzusprechen. Blau waren die Teeschalen gewesen. Rasch verscheuchte sie die Erinnerung. Nicht heute! An diesem Abend durfte sie nur die glücklichsten Gedanken denken! »Frohes Neues Jahr, mein Onkel«, erwiderte sie seinen Gruß, hob ihre Schale, um ihm zuzutrinken und sagte lächelnd: »*Ex?*«
»Ja, *ex.*«
An allen Tischen wurde sich zugeprostet, leerte man die Schalen bis auf den letzten Tropfen, und die Laute heiser vorgebrachter Glückwünsche hallten in der Halle wider.
Bewußt ließ Frühlingsmond den Blick durch den Raum schweifen, verweilte auf jedem Sippenangehörigen des Hauses Chang. Keine zwei glichen sich wirklich, viele waren so verschieden, wie nur Brüder es sein können, irgendwie waren alle durch Generationen von den anderen getrennt. Und trotzdem herrschte zwischen ihnen ein Verwandtschaftsgefühl, das sie unwiderruflich aneinander band, so daß – so unterschiedliche Wege sie auch gingen, und so weit sie sich auch voneinander entfernten – jeder dennoch weiterhin im Schatten seiner Ahnen lebte und an Neujahrsabenden den Widerhall jungen Lachens und der Bronzeglocken vernahm. Zuletzt fiel ihr Blick auf die Erste Gebieterin, die an einem Ecktisch saß. Die alte Frau bemerkte ihre Enkelin, winkte und bedachte sie mit einem Lächeln, das selten um ihren zahnlosen Mund spielte.
Drei Stunden später erhob Beherztes Talent sich, um das Ende des Festmahls zu verkünden. Alle erhoben sich. In jeder Schale blieben

ein paar Reiskörner zurück – ein Symbol der Hoffnung, daß die Sippe im kommenden Jahr Überschüsse erzielen möge.
Dem Familienoberhaupt folgend, traten Männer wie Frauen hinaus in den Großen Hof vor der Ahnenhalle, auf dem ein riesiger *mei-loo* glühte. Dort füllten die Erwachsenen, jeder nach seinem Rang, sein Feuerkästchen mit neuer Glut, zogen dann durch das gesamte Anwesen und legten in den Kohlenbecken der dreißig Höfe ein paar Glutstücke nieder, bis alle innerhalb der Gartenmauern durch den Schatz der Ahnen erwärmt wurden.
Nachdem das Ritual vollzogen war, kehrten die Mitglieder der Familie zurück in die Ahnenhalle, um Spiele, Geschichten und Theateraufführungen zu genießen. Jedes Familienmitglied war dabei, selbst das kleinste Baby, denn an diesem besonderen Abend wagte keiner zu schlafen, auf daß er keinen schlechten Traum träume und dieser ein böses Omen kommenden Unglücks sei.
Nur um die Mitternachtsstunde wurde der Frohsinn kurz unterbrochen, und das Familienoberhaupt führte die männlichen Sippenangehörigen ans Haupttor, um dort das Ritual des Schlüsselumdrehens zu vollziehen und so Glück und Reichtum in der *lao chia* einzuschließen.

16. Die Verschwörer

Zehntausende legten den Revolutionseid ab: »Ich schwöre beim Himmel, daß ich mein Äußerstes tun werde, um für den Sturz der Mandschu-Dynastie zu arbeiten und mich für die Errichtung der Republik sowie die Lösung der Landfrage auf der Grundlage der gerechten Neuverteilung einzusetzen. Ich gelobe feierlich, diesen Grundsätzen treuzubleiben. Verrate ich sie, bin ich bereit, die härteste Strafe dafür auf mich zu nehmen.«
Überall im gesamten Kaiserreich fragten die Männer einander: »Was seid ihr?« Und erhielten zur Antwort: »Wir sind Chinesen.«
»Um welche Sache geht es?« Und erhielten zur Antwort: »Um die chinesische Sache.«
»Und was für eine Sache ist es?« Und erhielten zur Antwort: »Eine Sache, die alle angeht.«

Chinesische Geschichte

Es war die erste Nacht des Sommers, und die für die Jahreszeit viel zu feuchte Luft war erfüllt vom Gequake der Frösche, daß es sich anhörte, als ob Sterbende nach Luft rängen. Goldene Tugend hatte ihren Stuhl näher ans Fenster gerückt und war eifrig mit ihrer Handarbeit beschäftigt: ein Weidenblatt auf das Wams ihres ältesten Sohnes zu sticken. Beherztes Talent und Frühlingsmond – ein aufgeschlagenes Buch zwischen sich – saßen immer noch am Teetisch. Alle drei schwiegen, sahen aus, als bildeten sie Teil eines Tableaus, und sahen zu, wie Fatso die Teeschalen forträumte, die sie beiseite geschoben hatten.
Für gewöhnlich wartete Fatso dem Familienoberhaupt nicht auf. Dazu hatte sie sich genötigt gesehen, nachdem die anderen Dienstboten sich weigerten, ein Hehl aus ihrer Entrüstung über die täglichen Zusammenkünfte von Beherztem Talent, seiner Gattin und seiner Nichte zu machen.

Doch dagegen, daß getuschelt wurde, war selbstverständlich kein Kraut gewachsen. »Die tugendsame Witwe des Vaters des Altehrwürdigen ist nach seinem Tod nie mit einem anderen Mann zusammengekommen! Und die tugendsame Witwe vom Onkel des Altehrwürdigen hat nie einen Gegenstand berührt, den ein Mann in Händen gehalten hat. Wie weit soll es mit der Sippe noch kommen?«

In der Öffentlichkeit hingegen brüsteten die Sippenangehörigen sich damit, wie gebildet Frühlingsmond sei. »Haben die Soongs ihre Töchter nicht genauso wie ihre Söhne zum Studium nach Japan geschickt? Wir leben in einem neuen Jahrhundert. Das Haus Chang darf nicht rückständig sein!« Doch insgeheim glaubten sie, das Familienoberhaupt habe alles geschickt eingefädelt. Gewiß, jetzt, wo Regierung und Missionare überall neue Schulen aufmachten, liefen einem tüchtige moderne Lehrer, kaum daß man sie für die Sippenschule eingestellt hatte, wieder fort, um bessere Stellungen anzunehmen; infolgedessen hatten sie nichts einzuwenden, als das Familienoberhaupt vorgeschlagen hatte, Frühlingsmond solle die freie Stelle übernehmen. Nie wäre es ihnen jedoch in den Sinn gekommen, daß sie damit auch ihre Zustimmung für Privatunterricht in Englisch gäben. Und wenn die Tatsache, daß seine Gattin beim Unterricht dabei war, auch die beschämte, die ihre Freude daran hatten, Essigkrüge durchzuschütteln, hinderte es sie jedoch nicht daran, sich über die unziemliche Intimität zwischen dem Familienoberhaupt und der Witwe zu entrüsten.

Nachdem Fatso gegangen war, räusperte Frühlingsmond sich und las laut weiter vor. Bei dem Buch handelte es sich um den ›Oliver Twist‹, und jedesmal, wenn dieser Name auftauchte, zögerte sie. Es war so schwierig, ›Oliver‹ richtig auszusprechen.

Beherztes Talent hörte nicht lange zu, wiewohl er ab und zu nickte. Die ganze Woche über hatte er seine Rolle gespielt, als ob nichts weiter los wäre, obwohl in Wirklichkeit alles auf dem Spiel stand.

Früher, als er noch sehr jung gewesen war, hatte er sich damit gebrüstet, gleichzeitig mit der Linken ein Quadrat und mit der Rechten einen Kreis ziehen zu können. Vor den Augen seiner Vettern hatte er es immer wieder versucht, es aber nie geschafft. So war er ihrem Hohngelächter schließlich so schnell wie möglich entflohen, war gestolpert und mit der Stirn aufgeschlagen. Vor einer Woche hatte sich der gleiche Schmerz wie damals wieder eingestellt. Quadrate und Kreise, Quadrate und Kreise. Sein Blick fiel auf seine Hände, und er sah, daß sie zitterten. Schweigend verfluchte er seinen Bruder.

»Hast du etwas, mein Onkel?« fragte Frühlingsmond auf chinesisch.

Er fuhr zusammen. Ihre Blicke begegneten sich. Hätte sie ihn ausdrücklich gefragt, es wäre ihm wohl nie in den Sinn gekommen, es ihr, es irgend jemandem zu erzählen. Jetzt beschloß er wider besseres Wissen, sie in sein Geheimnis einzuweihen.

»Ist etwas?« fragte sie nochmals.

Er schüttelte den Kopf und blickte zu Goldener Tugend hinüber. »Nein, nichts. Ich habe nur den Fröschen gelauscht, das ist alles. Komm, gib mir das Buch. *Ich* lese jetzt *dir* eine Zeitlang vor.«

Verblüfft sah sie ihn an, schob ihm jedoch das Buch hin. »Meine Nichte«, sagte er auf englisch. »Ich habe dir etwas zu sagen. Ich werde so tun, als ob ich vorläse, doch meine Worte werden nicht die von Dickens sein.«

Er hielt inne, doch sie zeigte keinerlei Überraschung, sondern nickte nur, als hätte sie dieses Spiel schon früher gespielt.

»Gut. Sprich auch du englisch. Meine Gattin darf keinen Verdacht schöpfen und sich beunruhigen. Verstehst du das?« Wieder nickte sie. Gemeinsam beugten sie sich über das Buch und – da er mit den Fingern die Zeilen entlangfuhr, als gälte es, ihr die Worte zu zeigen – begann er: »Mein Bruder ist eingeschworenes Mitglied einer revolutionären Gruppe, ist das schon seit Jahren.« Er hielt inne. Er hätte jede Reaktion erwartet, nur die nicht, die sie zeigte. Sie sprach, als unterhielten sie sich über ein grammatisches Problem und weiter nichts.

»Ich weiß. Diesen Verdacht habe ich seit dem Boxeraufstand. Er ist es gewesen, der die Familie meines Gatten gewarnt hat.«

Also hatte Junger Bruder jedenfalls einmal begriffen, wo seine Verpflichtungen lagen! Beherztes Talent nickte und wandte sich wieder dem Text zu. »Vor ein paar Wochen hat eine Ladung Gewehre, die er gekauft hatte, Schäden aufgewiesen, und jetzt steht er unter Verdacht. Da er kein Kantonese ist, haben viele ihm von Anfang an mißtraut. Und jetzt verlangen sie von ihm, daß er seine Ergebenheit unter Beweis stellt, indem er eine Sonderaufgabe übernimmt.«

Er sah auf. Frühlingsmond hatte den Blick auf den Text geheftet. Er fuhr fort.

Nachdem er einmal angefangen hatte, stellte er fest, daß es ihm keine Schwierigkeiten bereitete, seine Stimme zu kontrollieren und seine Rolle zu spielen. Zeile um Zeile erzählte er ihr Edlen Talents Geschichte. Sein Bruder habe sich einverstanden erklärt, einen gewissen Mandschu umzubringen, einen Kaiserlichen Ratgeber für das Transportwesen, an dessen Händen viele Regierungsgelder klebengeblieben seien und der aufgrund von Bestechungsgeldern ein Vermögen erworben habe. Da er völlig skrupellos sei, habe er auch noch den Tod vieler Unschuldiger auf dem Gewissen.

Einmal, als er gerade nicht sprach, spürte er die Augen von Goldener Tugend auf sich ruhen, blickte auf und zwang sich zu einem Lächeln.

»Ist die Geschichte sehr traurig?« fragte sie.

Es war Frühlingsmond, die antwortete. »Ja, mein Tantchen.«

»Wie wär's, willst du sie dann nicht den Damen erzählen, wenn ihr fertig seid?«

Frühlingsmond versprach, das zu tun.

Er blätterte um und fuhr fort: »Mein Bruder hat mir das anvertraut, als er vorige Woche hier war; sogar die Methode, die er sich ausgedacht hat. ›Eine Bombe ist sicher‹, hat er gesagt. ›Indem wir das Attentat im Yamen ausführen, wird gewährleistet, daß niemand mißversteht, für welche Sache es geschieht.‹

Als ich versuchte, ihn davon abzuhalten, hat er die Höfe verlassen. Es ist mir nicht gelungen, ihn zu finden...«

Sie legte die Hand auf die Seite und blätterte noch einmal zurück, als gälte es, eine Stelle im Text zu klären. »Mein Onkel, du mußt ihn davon abhalten. Wird er gefaßt, müssen alle sterben, die seines Blutes sind.«

Einen Augenblick herrschte Schweigen. Diesmal mischte sich die Frau nicht mit ihrem Geplapper ein.

»Ich habe ihn angefleht, aber er wollte nicht auf mich hören. Er hat gesagt, er habe die Familie nie mit hineingezogen und werde das auch in Zukunft nicht tun. Dieser Tor! Jetzt bleibt nur noch wenig Zeit. Der Beamte trifft Mittwoch nächster Woche ein und bleibt eine Zeitlang im Kloster Gelassenen Strebens. Am Donnerstag nimmt er an Sitzungen im Regierungsgebäude teil. Ich kann noch nicht einmal Erkundigungen anstellen, sonst schöpfen die Leute noch Verdacht.«

»Übermittle dem Beamten, er solle nicht herkommen!« Sie zeigte auf eine Zeile in der Mitte der Seite.

»Und unter welchem Vorwand?« Selbst wenn er, das Oberhaupt des Hauses Chang, sich dem Gefolge des Mandschu anschloß, wäre damit noch lange nicht gewährleistet, daß Edles Talent ihn rechtzeitig erkannte, um das Attentat abzublasen. Es gab keine Möglichkeit, den Mandschu zu warnen, ohne das Komplott aufzudecken, keine Möglichkeit, seinen Bruder zu retten, ohne mit den Fingern auf seinen Verrat zu zeigen, keine Möglichkeit – es sei denn, der Beamte starb in seinem Bett. Nur war er nicht alt und erfreute sich einer ausgezeichneten Gesundheit. Es gab keine Möglichkeit, die Sippe zu schützen – keine einzige.

»Es gibt keine Möglichkeit«, sagte er laut, »es sei denn, der Schurke stirbt im Bett.« Er hörte auf zu lesen, blickte auf und kam sich töricht und geschlagen vor. »Ich hätte dich nicht einweihen sollen, meine Nichte. Es ist nichts damit gewonnen, und ich weiß nicht, was mich dazu gebracht hat...«

»Mein Gatte, soll ich noch Tee holen?«

Er starrte sie an. »Nein, nein«, sagte er dann zu laut. Rasch hatte er sich wieder gefaßt. »Es geht mir gut, meine Gattin. Aber es wird dunkel. Würdest du bitte die Lampen anzünden?«

Frühlingsmond sagte nichts, und nachdem Goldene Tugend an ihre Stickerei zurückgekehrt war, blätterte er um und las jetzt ernstlich. Ohne zu begreifen, was er da eigentlich las, hatte er ohne jede Unterbrechung ein ganzes Kapitel vorgelesen, als Frühlingsmond plötzlich die Hand auf die Seite legte. »Warte, mein Onkel. Du hast da vorhin etwas Überlegenswertes gesagt!«

Er konnte sich nicht vorstellen, was.

Sie schlug eine Seite um, dann noch eine. »Du hast davon gesprochen, daß er im Schlaf sterben müsse. Und genau das ist die Lösung, die wir suchen.«

»Rein theoretisch gesehen schon, aber in der Praxis undurchführbar.«

»Laß mich nachdenken«, sagte Frühlingsmond. »Und lies du nur weiter.«

Mechanisch hatte er bereits etliche Seiten weitergelesen, als Dickens plötzlich zu ihm, seinem Bruder, sprach... »›Nichtswürdiger Sohn, Feigling und Lügner – du, der du dich nachts in dunklen Räumen mit Dieben und Mördern besprichst – du, dessen Machenschaften und Listen den gewaltsamen Tod auf den Kopf eines...‹« Er zauderte, fuhr dann fort: »›Galle und Bitterkeit in das Herz deines eigenen Vater gebracht...‹«

»Ältester Onkel?« versuchte Frühlingsmond seine Aufmerksamkeit zu erregen. Er sah zu Goldener Tugend hinüber. Offenbar hatte sie nichts gemerkt.
»Ältester Onkel?« wiederholte Frühlingsmond, »hast du nicht gesagt, der Beamte werde gewisser Verfehlungen beschuldigt?«
»Ja. Alle Welt weiß, hätte er nicht so gute Beziehungen zum Hof, er wäre schon vor Jahren bestraft worden.«
»Dann, mein Onkel, weiß ich einen Weg. Wir können ihm ein Zeichen kaiserlichen Erbarmens schicken. Eine Seidenschlinge.«
Eine Seidenschlinge. Eine Seidenschlinge... Langsam nickte er. Es könnte klappen. Es könnte gerade eben klappen. Es mußte schon im Kloster geschehen, noch ehe der Mandschu Soochow überhaupt erreichte. Und da Frühlingsmond regelmäßig dort hinging, wäre es nicht unwahrscheinlich, wenn sie gerade im richtigen Augenblick...
Er blätterte um, suchte nach einem früheren, einem weniger bedrückenden Kapitel und schob ihr das Buch hinüber. »Du mußt jetzt lesen, meine Nichte.«
Er war jetzt beschäftigt, spielte im Geiste alle Möglichkeiten durch, prüfte sie vor dem Hintergrund des Wahrscheinlichen, feilte die Einzelheiten aus, rückte jede Facette zurecht, bis sie zur nächsten und diese zur übernächsten paßte, auf daß alles so verlief wie geplant und das gewünschte Ergebnis zeitigte. Dann ging er die ganze Sache von hinten noch einmal durch, beschäftigte sich eingehend noch einmal mit jedem einzelnen Stadium, wie beim Schachspiel, bei dem man dem Gegner nie die Möglichkeit geben darf, einen unvorhergesehenen Zug zu machen.
Ab und zu sah Frühlingsmond von ihrer Lektüre auf. Einmal drehte sie den Docht der Petroleumlampe auf ihrem Tisch höher.

17. Die Seidenschlinge

Einst wurde ein buddhistisches Kloster gebaut und die erhabenen Tempel nur eine Tagereise von einer alten Stadt zwischen majestätischen Kiefern errichtet. Jahrhundertelang gedieh die Zufluchtsstätte und wurde reich. Doch dann kamen schlechte Zeiten, und steigende Schulden drohten, die mit dicken Nägeln beschlagenen Tore zu schließen und die Frauen, die darin lebten, hinauszustoßen in die Welt. Doch die Äbtissin war die verachtete Witwe eines großen Hauses, und ihr Heim ein zweites Mal zu verlieren, war undenkbar. Sie war eine Frau, die sich immer wieder etwas Neues einfallen ließ, und so unternahm sie drastische, wenn auch nicht unüberlegte Schritte. Die Jüngeren und Hübscheren von den Nonnen schnitten sich nicht mehr das Haar ab und rasierten sich den Schädel. Die Äbtissin brachte ihnen vielmehr bei, sich zu schminken, sorgte dafür, daß sie Seidengewänder trugen und die Kunst der Unterhaltung, der Verführung, der Erwiderung von Gunstbeweisen und des Geschlechtsgenusses erlernten.

Diese besonderen Nonnen wurden Gästen zugewiesen, die nur eine Nacht blieben, und den vielen kultivierten Gönnern, welche der Schatzkammer des Klosters regelmäßig Zuwendungen zukommen ließen. Und während die meisten Damen des Landadels die Zufluchtsstätte weiterhin aufsuchten, um dort zu beten, fanden ein paar wenige sie – für eine gewisse Summe – ebenso geeignet, dort weltlicheren Dingen nachzugehen.

So wurden die Angelegenheiten der Sterblichen dort zusammen mit denen der Götter gefördert, ohne daß ein Interessenkonflikt entstanden oder gegen die guten Sitten verstoßen worden wäre, und blieb die Zufluchtsstätte denen erhalten, die sonst kein Zuhause mehr hatten.

Chinesische Erzählung

Es war bereits heiß, als Frühlingsmonds Sänfte das Haus Chang verließ, die Pagodenstraße hinunterwankte und dem nordwestlichen Stadttor zustrebte. Vor Tag war ein sanfter Regen gefallen, so daß

Soochow im Vormittagslicht schimmerte wie eine Stadt aus Jade. Die Kanäle entlang glitten Fischer in braunen Strohumhängen geistergleich durch steigende Nebelschwaden: Mal sah man sie, mal waren sie den Blicken entzogen.

Die Sänftenträger eilten in rhythmischem Gleichmaß dahin, über die Halbmondbrücke hinweg, auf der alte Männer ihre Singvögel sonnten, dann den Hauptkanal entlang, auf dem Blumenboote ankerten. Frühlingsmonds Herz pochte lauter als das Tappen ihrer Sandalen auf dem Kopfsteinpflaster. Unvermittelt blieb die Sänfte stehen. Sie packte die Tragestangen, dankbar, daß sie nicht vom Sitz herabgerutscht war. Sie machte das Sprechfenster auf und erkundigte sich beim Obersänftenträger, was denn geschehen sei.

»Ein Feuer, Junge Herrin. Wir können nicht durch.«

»Bist du sicher?«

»Ja. Sollen wir umkehren?«

»Nein. Es muß noch einen anderen Weg geben.«

»Nur einen höchst ungehörigen. Junge Herrin, laß uns zurückkehren. Der andere Weg ziemt sich nicht für Euch.«

»Welchen Weg wir nehmen, ist unwichtig.«

Der Träger zuckte mit den Achseln und tat, wie ihm geheißen. Sie bogen nach links ab, und es ging eine schmale Seitengasse hinunter, die zu beiden Seiten Seidenläden aufwies. Hinterher konnte sie sich nicht erinnern, wann sie angefangen hatte, das Geräusch wahrzunehmen. Zuerst war es recht leise, wie das Zirpen von Heuschrekken, doch als die Sänfte weitereilte, wurde es immer lauter, bis es klang wie das Wehklagen von hundert Witwen, das Aufbrüllen von Drachen. Plötzlich roch es durchdringend nach faulendem Aas und nach Angst, schlimmer noch als damals an jenem Tag, da sie aus den Bergen nach Peking zurückgekehrt war.

Sie zog die Vorhänge auseinander. Die Sänfte war auf ein weitläufiges Gelände gelangt, das sie nie zuvor gesehen hatte. Es war die Stätte der offiziellen Züchtigungen, wo Verbrecher nach uralter Tradition und den Gesetzen der kaiserlichen Gerichtsbarkeit ausgepeitscht, an den Pranger gestellt, gebrandmarkt, gefoltert oder geköpft wurden. Von Stangen an der Ecke des Platzes hingen blutige Köpfe herunter, die ganz schwarz waren von Fliegen.

Ein junger Dieb saß im Schmutz und flehte die Leute und die Götter an, die Fliegen zu verscheuchen, die sein geschwollenes und von Schweiß glänzendes Gesicht bedeckten. Mit den eigenen Armen konnte er nichts anfangen, denn er konnte nicht um den riesigen schweren Holzkragen herumfassen, der ihm auf dem spindeldürren Hals saß. Um ihn herum spielten vier oder fünf Kinder ein grausames Spiel: Auf Zehenspitzen kamen sie näher und taten so, als wollten sie ihm helfen, um dann jedoch urplötzlich, vor Vergnügen kreischend, auseinanderzustieben.

In der Nähe kniete ein Kaufmann in teuren Gewändern neben einem Diebstahlsgeständnis, das in großen, kühnen Schriftzeichen für alle sichtbar aufgehängt war. Jedesmal, wenn ein Peitschenhieb fiel, ertönte ein Gong.

In der Mitte des Platzes mußte die Sänfte stehenbleiben, weil ein Haufen hemdloser Kulis ihnen den Weg versperrte. Drei in Lumpen gehüllte Männer saßen auf dem Boden, rissen Witze, als sie Gemüse und Schweinefleisch aus den vor ihnen stehenden Schüsseln wählten und laut schmatzend ihre Zufriedenheit kundtaten. Daneben, in schwarzer Kapuze, stand der Scharfrichter und wartete geduldig darauf, daß sie mit dem Essen fertig würden.

»Platz da! Platz da! Geehrte Bürger, macht Platz!« Die Sänfte fuhr durch die Zuschauer, mußte jedoch gleich darauf vor einem Grabräuber abermals haltmachen. Der Kopf dieses Mannes ruhte – am Hals eingeschlossen – oben auf einem großen Käfig, während sein Körper sich im Inneren streckte und reckte und mit den Zehen gerade eben einen kleinen Haufen Steine berührte. Während Frühlingsmond hinsah, nahm der Wächter erst einen Stein, dann einen anderen fort. Ein anderer Mann – vielleicht einer, der das Leben weniger geliebt hätte – würde wohl einen raschen Tod gesucht haben, indem er dem lockeren Haufen einen raschen Tritt versetzte. Der Blick des Unglücklichen aus weitaufgerissenen Augen begegnete dem ihren, kurz bevor die Sänfte sich wieder in Bewegung setzte.

Als sie beim Kloster anlangte, hatte die untergehende Sonne ein zitterndes Netz aus Licht über den tiefroten und goldenen Tempel geworfen und holte es mählich über den Waldboden ein. Die Vögel sangen ihr Abendlied, warnten davor, daß alles Licht verschwindet, und sollten selbst bald verschwunden sein.

Frühlingsmond begab sich unverzüglich zu dem großen Kohlenbekken, das genau in der Mitte des Hofes stand, warf das Geistergeld hinein und trat zurück, um zu sehen, wie es aufflammte und sich in Asche verwandelte. Wie gewöhnlich war, noch ehe es gänzlich verzehrt war, die kleine Nonne mit dem pockennarbigen Gesicht zur

Stelle; ihr sackleinenes Gewand staubte, und der Staub flimmerte, wenn sie ins Licht trat und wieder daraus verschwand.
»*Amitabha!*« Sie verneigte sich tief. »Geehrte Gönnerin, möchtet Ihr, daß ich Euch zur Stätte des Gebetes bringe?«
»Nein. Heute habe ich Dringendes mit der Äbtissin zu besprechen.«
Ohne das geringste Zeichen von Überraschung oder Neugier verneigte die Nonne sich abermals. »Bitte, kommt mit mir.« Frühlingsmond folgte ihr über die ausgetretenen Steinstufen und einen langen, gewundenen und gedeckten Gang entlang bis zu einem kleinen Raum, der so sehr im Hintergrund lag, daß es darin bereits dunkel war. Dieser Raum war nur mit zwei Hockern und einem Eichentisch ausgestattet, auf dem eine kleine Lampe flackerte. »Bitte, wartet hier«, sagte die Nonne und schloß die Tür hinter sich. Frühlingsmond zitterte, war gleichzeitig aber auch überrascht, daß der Lehmboden trocken war und kein Wasser durchsickerte. Sie setzte sich, um zu warten, stopfte ihren Rock unter sich und saß dann regungslos da wie ein Stein, der von kriechendem Moos festgehalten wird.
Ein Falter umkreiste den brennenden Docht, und sein Flügelschlag wurde an den Wänden in Gestalt von Geschöpfen wiedergegeben, die ihn verfolgten – bis er sich an der Flamme versengte und abstürzte in das Bohnenöl, das in der flachen Schale schwamm. Seine blassen Flügel flatterten noch einmal auf, ehe sie sich nicht mehr rührten.
Draußen hämmerte ein Specht, hielt inne, pochte wieder. Endlich glitt die Äbtissin herein, wobei ihre faltenreiche naturfarbene Robe sich bauschte. Frühlingsmond war ihr nie begegnet, ja, hatte sie bisher nur aus der Ferne gesehen, denn sie gab sich nicht mit Frauen ab, die nicht ihrer Obhut anvertraut waren, es sei denn, sie wollten sich eines der Spezialdienste des Klosters versichern. Den Kopf geneigt, nahm sie wortlos Platz. Ebenso wortlos streifte Frühlingsmond die beiden Goldarmbänder ab und legte sie auf den Tisch.
Die wäßrigen Augen der alten Nonne waren nahezu blind; trotzdem hatte sie den Wert des Schmuckes mit einem Blick abgeschätzt. Langsam senkte sie die Lider über die Augen, holte tief Atem, stieß ihn nicht wieder aus und hockte auf ihrem Stuhl wie ein Geier, der schläft und doch nicht schläft.
Unvermittelt räusperte sie sich. »Alles ist teuer heutzutage.« Ihre Stimme klang heiser, gleichsam, als ernähre sie sich nur von

Knochen. »Was ist Euer Begehr?« Sie selbst sagte kein Wort zu dem Vorschlag, den Frühlingsmond ihr unterbreitete, bis diese den Armbändern auf dem Tisch noch einen goldenen Ring und zwei Jadekämme hinzugefügt hatte. »Sehr ungewöhnlich, aber einverstanden. *Amitabha!*« Damit erhob sie sich. »Folgt mir!«

Frühlingsmond konnte dem flotten Gang, den die alte Frau anschlug, als sie den Tempel verließen, kaum folgen. Durch den Garten des Schweigens ging es zur Glyzinenlaube auf der anderen Seite, dann einen kiefernnadelbedeckten Pfad entlang bis zu einem langgestreckten Gebäude im Wald. Die glatte Vorderfront wurde nur durch eine Reihe winziger Fenster und eng beieinanderstehender Türen unterbrochen.

Eine dieser Türen wurde von der Äbtissin geöffnet. »Alles, was Ihr braucht, findet Ihr im Schrank.«

Ehe Frühlingsmond sich bedanken konnte, war sie wieder verschwunden.

Die von einer Kerze erhellte Zelle enthielt nur ein Bett, einen Waschständer und den Schrank. Diesem entnahm Frühlingsmond ein langes schwarzes Gewand mit weiten Ärmeln sowie die schmukke Haube der Novizin. Sie brauchte nicht lange, um sich umzukleiden.

Als sie damit fertig war, schlüpfte sie zur Tür hinaus und eilte über den Pfad zwischen den Kiefern zurück zum Hauptkomplex des Klosters.

Am Himmel wurde es jetzt finster, so daß das Rot gedämpft wurde und das Gold matt; die große Stätte der Verehrung ragte dunkel vor ihr, und nur ihre Dachtraufen waren noch im Lichtnetz der untergehenden Sonne gefangen. Frühlingsmond wartete einen Augenblick, um Atem zu schöpfen, dann neigte sie das Haupt, kletterte äußerst behutsam die Treppe hinauf und hielt sich dabei mit den Händen fest.

Heute abend wollte es ihr erscheinen, als ob die beiden riesigen Steinidole, die den Eingang oben an der Treppe bewachten, sie herausforderten, und so hielt sie die Augen auf den irdenen Boden gerichtet, als sie zwischen ihnen hindurchschlüpfte. Drinnen blieb sie abermals stehen und zwang sich, dafür zu sorgen, daß das Pochen in ihren Ohren aufhörte. Sie griff nach ihrem Taschentuch, fand jedoch keines. Sie holte tief Atem. Die Luft hatte etwas Beklemmendes, war weihrauchgeschwängert und brachte ihr keine Erleichterung.

Die gewölbte Holzdecke war noch höher, als sie sie in Erinnerung hatte, und kam ihr vor wie der Gaumen eines riesigen, aufgerissenen Mundes, und die älteren Witwen, die zu Füßen der Götterbilder beteten, erschienen ihr wie Geister und ihre Gebete wie das Gewimmer von Geistern. Die flackernden Kerzen, die sie entzündet hatten, verbreiteten mehr Schatten als Helligkeit. Niemand bemerkte es, als sie an ihnen vorübereilte auf die Schranke zu, die den Abschluß der Halle bildete und hinter der verborgen die Götterbilder standen.
Als sie näher kam, schien Leben in das Bild von der Siebten Hölle zu kommen. Von wütenden Dämonen und wilden Tieren geschwungene Peitschen klatschten immer und immer wieder auf den Rücken von Grabschändern und Essern menschlichen Fleisches und trieben sie in einen Feuerfluß hinein. Ihre Augen waren vor Entsetzen geweitet wie die des Grabräubers vorhin auf dem Platz. Schließlich zwang sie sich weiterzugehen, sich vorsichtig der Ecke zu nähern und um die Schranke herumzugleiten, hinein in die Halle der Drei Buddhas. Die Götter, welche die Vergangenheit, die Gegenwart und die Zukunft darstellten, thronten hinter einem langen Altartisch, der beladen war mit Dingen, die geeignet waren, ihr Wohlwollen zu erringen und die Zukunft zu enthüllen. Frühlingsmond sah niemanden, doch war ihr, als ob die ertrunkenen Geister auf der Schranke in einer Reihe hinter ihr in die Halle eingetreten wären, schrak vor ihrer unsichtbaren Gegenwart zurück und suchte schnellstens die noch dämmerigen Ränder am äußersten Ende des Raums auf, wo Beherztes Talent warten sollte.
Er war nicht da. Aufgeregt spähte sie in alle Tiefen hinein, doch es war wirklich kein Mensch da. Schließlich blieb sie vor dem Buddha Gegenwart stehen, bemühte sich, ihre Lungen ganz mit Luft zu füllen und gleichmäßig zu atmen. Was mochte schiefgegangen sein? Ein höchst ungehöriger Weg hierher, hatte der Oberträger gesagt. Einer, der sich für sie nicht geziemte! Doch was blieb ihr jetzt anderes übrig, als zu warten? Warten, Barmherziger Kwan Yin, nur nicht zu lange!
Langsam wanderte sie in eine besonders dunkle Ecke in der Nähe der Füße des Buddhas Vergangenheit hinüber und kniete nieder. Der Boden war feucht. Sie schloß die Augen.
»Barmherziger Buddha, bitte...« Schweigend versuchte sie zu beten, doch eine Stimme in ihrem Inneren wiederholte statt dessen immer und immer wieder von neuem einen Vers aus einem Gedicht, das sie nicht unterbringen konnte:

So dämmrig, so dunkel,
So dicht und so dumpf,
So trüb und so traurig,
So tot.

Ständig aufs neue wiederholten sich diese Worte zitternd in ihrem Kopf, bis sie meinte, er müsse ihr platzen. Minute um Minute wartete sie, bis ihre Beine völlig gefühllos waren. Dunkler und immer dunkler wurde es in der Halle. So tot. Plötzlich hallte es in dem verlassenen Raum von einem höllischen Getose wider. Ein durchdringender Gestank bestürmte ihre Nase. Der Gestank von brennendem Fleisch? Sie richtete sich auf, drückte den Rücken an die Wand, starrte auf die Schranke, die wie von einem höllischen Licht zu schimmern schien. Langsam bewegte das Licht sich um die Schranke herum und in die Halle selbst hinein und bildete einen Pfad auf dem Boden. Sie schlug die Hände vor den Mund, um nicht loszuschreien – dann jedoch ward sie ganz schwach vor Erleichterung und mußte statt dessen sogar ein Lachen unterdrücken, als eine Prozession von singenden und kerzentragenden Nonnen in die Halle hereinkam. Den Nonnen folgten Novizinnen, die Dutzende von Hühnern, drei Ziegen, zwei Maulesel, eine Kuh sowie zahllose junge Enten und Kaninchen hereintrieben. Diesen wiederum folgte eine Schar kichernder und prustender Witwen, die versuchten, aneinander vorüber voranzueilen, um gut sehen zu können. *Amitabha!* Das gesamte Kloster war versammelt! Rasch trat sie in die Schatten hinter den mächtigen Buddhas.

Als letzte trat die Äbtissin ein; ihr kahlgeschorener Kopf glänzte im Schimmer der Kerzen. Sie forderte die Witwen mit wedelnder Handbewegung auf beiseitezutreten und die Tiere in die Mitte zu treiben, und ging vor einem wohlbeleibten Herrn in grünseidenem Gewand einher, der – den Kopf gesenkt und die Hände zum Gebet zusammengelegt – durch die unruhige Gemeinde hindurchschritt auf den Altartisch in der Mitte zu, vor den Buddha Gegenwart. Ihm folgte ein Dutzend Lastträger, die zwei große, in roten Brokat eingehüllte Kisten trugen. Feierlich entzündete der Herr ein Räucherstäbchen und machte dreimal Kotau. Dann kniete er nieder und betete stumm, während die Nonnen murmelten, die Witwen plapperten und die Tiere in einem unheiligen Chor durcheinandergakkerten und -schrien.

Als die Äbtissin einen Gong ertönen ließ, stand der Herr auf und intonierte mit flehentlich erhobenen Händen: »Ich entlasse euch aus eurer Mühsal hinieden, auf daß ihr meiner ehrenwerten Mutter in der anderen Welt dient.«

Abermals ertönte der Gong. Schwungvoll zogen Diener das Brokattuch von einer der Kisten herunter. Hundert schneeweiße Tauben erhoben sich flügelschlagend in die Luft, stiegen hoch und immer höher und suchten wie rasend einen Weg heraus aus der Halle.

Ein zweites Mal ertönte der Gong. »Auch euch entlasse ich aus eurer Mühsal hinieden, auf daß ihr meiner ehrenwerten Mutter in der anderen Welt dient«, wiederholte der grüngewandete Herr, während die Diener auch von der zweiten Kiste das Brokattuch herunterzogen und die Seiten aufklappten. Hundert Schlangen glitten in alle Ecken des Raums.

Obgleich sie wußte, daß die Tiere harmlos waren, zog Frühlingsmond ihren Rock enger. Glücklicherweise kam keines der Reptilien in ihre Nähe, und nach wenigen Minuten waren sie alle wie vom Erdboden verschluckt und verschwunden. Den Tauben gelang es nicht, so mühelos zu entkommen; sie schossen vielmehr aufgeregt über ihren Köpfen hin und her, bis sie eine nach der anderen die Öffnungen unter den Dachtraufen fanden und entflohen. Als nur noch eine Handvoll völlig erschöpfter Vögel übrig war, die immer aufgeregt hin- und herschwirrten, rief der pflichtbewußte Sohn laut: »*Amitabha! Amitabha! Amitabha!*« Wie ein Echo nahmen die anderen seinen Ruf auf, und dann machte die ganze Gesellschaft kehrt und begab sich zurück auf die andere Seite der Schranke.

Wieder war Frühlingsmond allein.

Sie mußte sich bewegen. Ihre Beine waren so gefühllos wie Holzstecken, gleichwohl jedoch fühlte sie sich von tausend Bienen gestochen. Langsam setzte sie einen Fuß vor den anderen, bis sie den Altar erreichte. Sie zündete eine Kerze und ein Räucherstäbchen an und kniete abermals zum Beten nieder. Das Flügelflattern schien die ganze Halle zu erfüllen, und die Luft roch durchdringend nach Angst und Flucht. Barmherziger Buddha, betete sie, laß die Vögel ins Freie finden! Laß doch die letzten Tauben ins Freie finden!

Plötzlich hörte sie Schritte. Die Schritte Beherzten Talents. Und gleich darauf sank er neben ihr auf die Knie. »Barmherziger Buddha...«, rief er, ohne erst zu Atem gekommen zu sein, und dann flüsterte er rasch: »Ich habe ihn gesehen. Er ist hier.«

Ohne den Kopf zu wenden, erkundigte Frühlingsmond sich leise:

»Bist du dir sicher?«
»Behüte uns vor Unglück...«, betete er. »Ja. Er hat diese Halle gerade erst vor wenigen Augenblicken verlassen.«
»Aber es ist kein Mensch hier gewesen seit der Zeremonie der Entlassung aus diesem Leben.«
»Der Mandschu Pu Hsiao selbst hat die Tiere für seine Mutter entlassen.«
»Das stimmt nicht«, rief Frühlingsmond laut.
»Vorsichtig!« warnte Beherztes Talent.
»Wie soll dieser pflichtbewußte Sohn der korrupte Mann sein, den du mir beschrieben hast?« flüsterte sie verzweifelt.
»Ein würdiger Sohn kann durchaus ein unwürdiger Beamter sein. Aber wir sind nicht hier, um ein Urteil über ihn zu fällen. Wir haben eine Pflicht der Sippe gegenüber zu erfüllen. Ich werde ihn heute nach dem Essen zu dir schicken.« Er stand auf und wollte gehen.
»Warte, bitte...« Sie blickte in seine Richtung, und die Worte, die sie sagen wollte, verhallten, als sie sein Gesicht sah, so ruhig, so ausdrucksleer wie das eines Fremden, als ob die Götter ihm bereits verziehen hätten.
Hatte es für ihn kein böses Omen gegeben? Er war nicht auf demselben Weg gekommen wie sie. Vielleicht hatte er gar keine Ahnung. Oder war es ganz einfach so: Er wußte, daß sie weitermachen mußten und ihnen gar nichts anderes übrigblieb?
»Gib auf dich acht!« Leichtfüßig verließ er die Halle. Die Tempelglocke verkündete den Beginn der Nacht.
Frühlingsmond wollte hinter ihm herlaufen, tat es jedoch nicht. In wenigen Minuten würde er den Speiseraum erreichen, wo er sich mit Pu Hsiao anfreunden, ihn mit Wein traktieren, sein Vertrauen gewinnen und seine Gier anstacheln sollte. Ein Zurück gab es nicht. Und abermals betete sie:
»Barmherziger Buddha, behüte uns vor Unglück!« Aber sie fand keinen inneren Frieden.
Zuletzt erhob sie sich, glitt aus der Halle hinaus und nahm sich eine Kerze, um sich den Weg zurück durch den Wald in ihre Zelle zu leuchten.
Ein Tablett war auf dem Bett zurückgelassen worden. Sie biß einen Brocken Brot ab, doch ihre Kehle war wie zugeschnürt, und sie konnte nichts hinunterschlucken. Sie trank den Tee. Er war kalt. Sie stellte das Tablett draußen vor die Tür, legte sich nieder und

versuchte in Gedanken, den Plan Schritt für Schritt noch einmal durchzugehen, genauso, wie sie ihn während der Englischstunden ausgebrütet hatten.

Als die Glocke die Stunde des Ebers verkündete, stand die Nonne auf und kehrte langsam auf dem Pfad durch die Kiefern zur Großen Halle der Verehrung zurück. Die brennenden Dochte der Lampen flackerten in den flachen Ölschalen, und im Raum war es lebendig von Geistern und Gespenstern, die von der Decke sprangen, sich in Spalten verkrochen und die Schatten anschlichen, die die Wände zerkratzten. Die Buddhas waren mit Blut gemalt, ihr Atem hatte einen Hauch von Feuer und einen Hauch von Frost. Ihre Augen folgten ihr, als sie ihren Platz einnahm, und die Gewänder schienen in der Brise zu rascheln und streiften ihre Wangen, ohne sie zu kühlen. Ganz leise drang von einem anderen Ende des Klosters das Absingen von Sutras herüber, das Klirren von *mu* auf *mu* und das Dröhnen einer antiken Trommel.

Eine Taube lag auf dem Boden. Die Nonne legte sie auf den Altar. Ihre Seele war bereits davongegangen.

In der von Dunkel erfüllten Kapelle des Buddhas Vergangenheit kniete sie nieder, um zu warten.

Zwei Herren betraten die Halle.

»Es ist zu spät. Sie wird fort sein. Laßt uns zurückkehren und den Wein austrinken«, sagte einer, ein Han.

»Habt es doch nicht so eilig, mein neuer Freund. Wir haben doch noch in keiner der Kapellen nachgesehen«, erklärte eine andere, die eines Mandschu.

»Kein Mensch ist hier.«

»Woher wollt Ihr so sicher sein? Hört auf, mich fortzuziehen.«

»Morgen. Ich verspreche Euch, Euch morgen mit ihr bekannt zu machen.«

»Warum nicht jetzt?«

»Nun...«

»Ich mache Euch keinen Vorwurf.« Der Mandschu lächelte mitleidig. »Wenn sie wirklich all das hat, was Ihr behauptet, ist es kein Wunder, daß Ihr sie für Euch selbst behalten wollt. Aber Ihr habt den ganzen Abend über großgetan, und jetzt muß ich mich selber überzeugen.«

Die beiden Männer schubsten und zerrten einander wie Betrunkene, doch gelang es dem Mandschu, sich dem anderen zu entwinden,

woraufhin er sofort in die äußerste Kapelle lief, in welcher die Nonne ihren Rosenkranz betete.
»Ist sie das?«
»Nein!« Die Verneinung kam mit einiger Schärfe. »Nein, das ist sie nicht.«
»Seht sie Euch gut an, mein Freund. Ich bestehe darauf.«
»Vielleicht ist sie es doch.« Und dann, nüchtern: »Sie ist es.«
»Macht mich mit ihr bekannt. Ich brenne darauf, meinen Einsatz zu verlieren. Wenn sie die Zukunft voraussagen kann, gehört mein Hengst Euch. Macht schon!«
Als die Herren sich der knienden Nonne näherten, sah sie auf. »Entschuldigt mich, heilige Schwester. Ich bin's, Euer unwürdiger Diener, einst Euer Nachbar.«
»Was ist geschehen? Es ist schon spät.«
»Es ist unverzeihlich von mir, Euch beim Gebet zu stören, aber ein großmächtiger Beamter möchte Euch unbedingt heute abend noch kennenlernen. Wie konnte jemand so Niedrigstehendes wie ich ihm diese Bitte abschlagen? Dürfte ich Euch jetzt den Ehrenwerten Pu Hsiao vorstellen?«
»Selbst Nonnen brauchen hochgestellte Freunde. *Amitabha!*« Sie erhob sich, drehte sich um, legte die Hände zusammen und verneigte sich. »Kann ich Euch irgendwie zu Diensten sein? Es wäre mir ein Vergnügen, Gebete für Eure Ahnen zu sprechen.«
»Vielen Dank, heilige Schwester, aber was meine Ahnen brauchen, dafür ist gesorgt. Doch wenn Ihr mir eine andere Bitte gewähren würdet, wäre ich überglücklich.«
»Ich fühle mich geehrt. Ihr braucht nur zu sagen, um was es geht.«
»Mein Freund hier hat mir von Eurer einzigartigen Fähigkeit erzählt.«
Die Nonne runzelte die Stirn und sah den besagten Herrn an, der jetzt den Kopf hängen ließ. »Ich bin betrunken. Ich habe aufgeschnitten.«
»Wie konntet Ihr nur mein Geheimnis preisgeben? Ich bin Nonne geworden, um den Weltlichen zu entkommen, die mich ständig mit Fragen nach der Zukunft plagten.«
»Aber, aber, keine Aufregung«, versuchte Pu Hsiao sie zu begütigen, wobei er sich durchaus vernünftig benahm. »Da ich es nun einmal weiß und Ihr wißt, daß ich es weiß, und wir drei hier unter uns sind – wollt Ihr da meiner Bitte nicht willfahren?«

Die Nonne senkte den Kopf, dann sah sie den Han an. »Ich will mein Versprechen nicht zurücknehmen. Aber Ihr, Nachbar, könnt nicht dabeisein. Ihr müßt gehen.«
Der Herr verneigte sich unterwürfig und entfernte sich dann respektvoll rückwärtsgehend.
»Wollen wir ans Werk gehen?« fragte die Nonne.
Gemeinsam knieten sie vor dem Buddha Gegenwart.
Pu Hsiao gab Einzelheiten seines Horoskops bekannt und nannte die Namen der drei großen Seher, die er bereits befragt hatte.
Die Nonne begann mit ihren Berechnungen, krümmte ihre Finger und streckte sie wieder, zählte die zehn himmlischen Stengel ab, die fünf Elemente und die zwölf Zweige ebenso wie die Sonnentiere, welche die Einzelheiten seines Wesens und Lebens verraten.
Während sie redete, nickte der Mann eifrig zustimmend. Nachdem sie fertig war, war er erstaunt. »Heilige Schwester, Ihr habt Euch nicht geirrt. Alles, was Ihr erwähntet, trifft in der Tat zu.«
»Gibt es in der Zukunft etwas, worüber insbesondere Ihr reden möchtet? Es ist schon spät.«
Inständig lächelte er sie an. »Bitte«, sagte er, »verratet mir nur, wie viele Jahre ich noch zu leben habe.«
Die heilige Schwester stellte rasch ein paar Berechnungen an. »Würdet Ihr so freundlich sein, ein Räucherstäbchen herauszuschütteln? Ich brauche weitere Anhaltspunkte.«
Pu Hsiao nahm den Behälter vom Altar und schüttelte ihn, bis eines der Holzstäbchen heraus und auf den Boden fiel. Die Nonne las die Zeichen auf dem Stäbchen ab. »Bitte, habt die Güte, noch eines herauszuschütteln.«
»Was ist denn los?«
»Nichts weiter... Da war nur etwas, was mich verwirrt hat. Ich möchte aber absolut sicher sein.«
Diesmal schüttelte Pu Hsiao die Räucherstäbchen länger und ausgiebiger als das Mal zuvor. Schließlich fiel eines heraus. Die Nonne las, was darauf stand.
Nachdenklich fuhr sie mit dem Finger über die Zeichen, dann fragte sie: »Was haben die anderen Seher Euch gesagt?«
»Daß ich so alt werde, noch Urenkel zu erleben.«
»Ah, sie müssen recht haben. Ihr werdet viele Urenkel erleben.«
»Heilige Schwester, Ihr seid nicht aufrichtig mit mir.«
»Herr, Ihr irrt Euch.«
»Warum dann so verwirrt?«

»Bisweilen ist es ratsam, nicht zuviel zu wissen.«
»Das laßt nur mich beurteilen.«
Die Nonne schwieg und verharrte in Reglosigkeit, bis auf die Finger der Linken, welche die Kugeln des Rosenkranzes hindurchgleiten ließen. Schließlich ergriff sie wieder das Wort. »Dürfte ich vorschlagen, erst noch durch Meditation zu größerer Klarheit zu gelangen? Ich möchte nicht voreilig sprechen.«
Pu Hsiao erklärte sich einverstanden. Als der Weihrauch fertig war und langsam im Messingbrenner vor sich hinschwelte, begann die Nonne, einen hypnotischen Rhythmus auf den hölzernen Fisch zu schlagen. Pu Hsiao fingerte nervös an seinem Gewand herum und entfernte einen Fussel vom Saum, der gefaltet über seinem Knie lag.
Nachdem der Weihrauch eine Weile geschwelt hatte, hörte die heilige Schwester unvermittelt mit dem Getrommel auf und erschlaffte. Mit einer Stimme wie der einer Mutter, die ein Kind ruft, rief sie: »Kahler Tiger... Kahler Tiger!«
»Aber das ist mein Kindername. So hat meine Mutter mich gerufen.«
»Kahler Tiger...«
»Bist du das, Ehrwürdige Mutter?«
Die Nonne gab keine Antwort, fuhr jedoch fort, ständig seinen Namen zu rufen.
Hilflos sah Pu Hsiao zu. Schweiß stand ihm auf der Stirn. Plötzlich schwieg die Nonne. Reglos saß sie einen Augenblick da, genauso still wie die Luft im Raum. Dann hob sie das Räucherstäbchen auf und begann die Trommel zu schlagen wie zuvor. »Habe ich etwas gesagt?« fragte sie.
Pu Hsiao war aschgrau, seine Stimme heiser. »Erinnert Ihr Euch denn nicht, Heilige Schwester?«
»Nein, das tue ich nie.«
Er zog das Taschentuch aus dem Ärmel und trocknete sich die Stirn. Dann fragte er entschlossen: »Was habt Ihr erfahren? Werde ich mich eines langen Lebens erfreuen?«
Langsam nickte sie. »Es stimmt, die anderen haben recht gehabt. Ich begreife nicht, wieso ich so durcheinander habe sein können.«
Er packte sie am Arm, ließ ihn dann jedoch fahren, gleichsam, als brennte ihr Fleisch. »Ihr lügt. Ich glaube Euch nicht.«
»Ich bin bis an die Grenzen dessen gegangen, was ich vermag. Es ist spät. Es ist an der Zeit, sich zurückzuziehen.«

»Ihr habt mir nicht die Wahrheit gesagt.«
»Bitte, verzeiht. Ich wünsche Euch eine gute Nacht.« Mit diesen Worten erhob sie sich und ging von ihm fort auf die Tür zu.
»Ihr werdet jetzt nicht gehen!« rief Pu Hsiao laut. Und dann, beherrschter: »Ich befehle Euch – setzt Euch wieder hin!«
Sie zögerte.
»Heilige Schwester, Ihr werdet diese Halle nicht verlassen, ehe Ihr mir nicht alles gesagt habt.«
»Aber das führt zu nichts.«
»Das laßt nur mich beurteilen.«
Sie senkte die Augen. »Ich habe Angst.«
»Wovor?«
»Daß Ihr böse werdet.«
»Auf meine Ehre – ich werde nicht zornig werden. Sagt es mir.«
Die Hände um den Rosenkranz gekrallt und diese an die Brust gedrückt, sprach sie sehr sanft, wie zu einem Kind. »Die anderen hatten keineswegs unrecht. Es sollte Euch vergönnt werden, über siebzig Jahre ält zu werden. Doch heute abend habe ich den starken und unerwarteten Einfluß von einer unbekannten Quelle entdeckt. Es handelte sich weder um Krankheit noch um einen Unfall oder sonst ein Gebrechen. Meiner Eingebung zufolge ist es so, daß Ihr den Augenblick Eures Todes selbst bestimmt.«
»Wann?«
»Euer Leben wird noch heute nacht enden.«
»Was soll das heißen?« Der Schweiß lief ihm in die Augen, er zwinkerte, wandte jedoch den Blick nicht von ihr ab.
»Ganz gewiß irre ich mich, Herr. Ja, ich sehe eigentlich nicht, wieso ich überhaupt recht haben könnte. Darum muß ich mich irren.«
»Nein, wartet... Was habt Ihr gesehen?«
»Ich sah eine alte Frau mit alabasterfarbener Haut und weißem Haar. Sie war im höchsten Maße verzweifelt und klagte und schrie. Ich kann nicht mit Sicherheit sagen, wer sie war, aber gewiß ein Mitglied Eurer Familie – vielleicht eine Großmutter oder eine Tante?«
»Nein, es war meine Mutter. Und weiter?«
»Sie rief immer wieder nach Kahlem Tiger. Und erklärte immer wieder, nur er könne verhindern, daß sie zu einem hungrigen Geist würde, einer Seele, die für alle Ewigkeit allein und in schweigendem Dunkel dahinlebt.«
Er schüttelte den Kopf. »Aber das verstehe ich nicht. Meine Mutter

hat keinen Grund, so etwas zu befürchten. Sie ist in einem prachtvollen Grab begraben, an einem Ort, den sechs Wahrsager bestimmt haben. Ich habe drei Jahre hindurch Trauer getragen und bringe den Göttern alle gebührenden Opfergaben und Gebete dar. Wie sollten sie eine Seele strafen, die auf Erden ein tugendhaftes Leben gelebt hat und deren Sohn ihren geistlichen Kredit in der anderen Welt so sehr vermehrt?« Durchdringend forschte er im Gesicht der Nonne nach einem Hinweis darauf, was das Ganze zu bedeuten habe.

Sie senkte die Augen, murmelte ein kurzes Gebet und sah dann wieder zu ihm auf. »Eure Mutter, Herr, fürchtet, daß ihr Grab geschändet wird. Sie sagte, wütende Menschen würden ihre Knochen in alle Winde zerstreuen, falls Kahler Tiger sie nicht beschwichtige.«

Sie machte eine Pause.

»Es sei denn, Kahler Tiger beschwichtige sie«, sagte sie noch einmal. »Sonst muß seine Mutter eine Hölle durchleiden, die schlimmer ist als der Feuerfluß und der Skorpionsee.«

»Aber was kann ich tun?« Pu Hsiaos Stimme klang ganz schwach und war kaum zu verstehen. »Wer sind diese wütenden Menschen? Und wenn es heute nacht geschehen soll – wo sind sie dann jetzt?«

»Ich habe keine Ahnung; das ist ja auch der Grund, warum ich meine, ich muß mich irren.«

Pu Hsiao barg das Gesicht in den Händen und weinte wie ein Kind. »Mutter«, bettelte er. »Sag mir, was ich tun soll, und ich werde es tun. Das schwöre ich dir, Mutter. Dein Sohn fleht dich an, ihm zu sagen, was er tun soll!«

Während er kniete, wandte die Nonne sich ab und verließ raschen Schrittes die Halle.

Es war die Stunde des Kaninchens, als Pu Hsiao seine Gemächer erreichte. Er bemerkte kaum, daß seine Wache schlief, und machte die Tür selbst auf. Sobald er drinnen war, fiel er auf den nächsten Stuhl. Er war sich nicht bewußt, daß er zitterte und seine Kleidung durch und durch naß war. Er griff nach der Weinflasche.

Ein Lichtschimmer fiel durch die Fensterläden. Er lachte laut heraus. Er war gerettet! Er warf einen Blick auf das Bett und dachte flüchtig an die Frau, mit der er vorgehabt hatte zusammenzukommen. Sie mußte hiergewesen und wieder gegangen sein, ehe er zurückgekehrt war.

Jetzt erst bemerkte er das Paket. Es war auf die Kissen gestellt worden. Die gelbe Seide, die ausschließlich von der Kaiserlichen Familie zum Einwickeln benutzt wurde, war derartig schmutzverkrustet, daß er kaum seinen Namen erkennen konnte.
Die Hände zitterten ihm, als er die Verpackung entfernte und den Deckel des Elfenbeinkästchens aufmachte. Behutsam hob er die lange Seidenschnur in die Höhe, die darin lag.
Einen Moment starrte er sie an – erst dann begriff er, was sie bedeutete. Wer hatte dem Regenten seine Geheimnisse verraten? Seine Dritte Gattin? Oder der Eunuch? Was mochten sie gegen ihn vorgebracht haben, um ihn zu belasten? Er stöhnte. Was spielte es für eine Rolle? Seine Stunde hatte geschlagen.
Gleichsam, als spielte er eine Rolle, die er schon viele Male gespielt, schlang er die Seidenschnur gleich hinter der Tür um einen Dachsparren, richtete die Schlinge und stellte einen geschnitzten Hocker darunter. Dann kehrte er auf den Stuhl zurück. Er trank den Rest, der noch in der Flasche war, und starrte die ganze Zeit über auf die Seidenschlinge. Wie harmlos sie aussah, wie die Schnur seines Lieblingsdrachens, des orangefarbenen Karpfens, den seine Mutter ihm gekauft hatte. Sie hatte sich in den Zweigen des Pfirsichbaums im Großen Hof seiner *lao chia* verheddert, und die Fetzen hatten den ganzen Winter über darin gehangen und im Wind geflattert.
Dankbar überließ er sich der Wirkung des Weins. Sein Körper wurde zu einem fremden Gewicht, das zwar hinderlich war, aber nichts mehr mit ihm selbst zu tun hatte. Er berührte sein Gesicht und fühlte nichts. Unsicher wollte er sich erheben, besann sich dann jedoch eines Besseren. Wenn er mit seinen unsicheren Beinen zufällig hinschlug, konnte es sein, daß die Wache hereinstürzte, ehe er soweit war. Langsam ließ er sich daher auf die Knie nieder. Auf allen vieren kroch er durch den Raum. Er berührte die Rotholzklauen, welche die Füße des Hockers bildeten, zog sich daran in die Höhe und legte sich die Schlinge um den Hals.
Er stemmte sich gegen die Wand und machte die Augen zu. »Mutter, bald bin ich bei dir...«
Nur brachte er nicht den Mut auf, den Hocker unter sich umzustoßen. Gequält lächelte er. Er verstand sich gut und war durchaus bereit.
Es kostete ihn unendlich viel Überwindung, bis er es endlich schaffte, »Wache!« zu rufen. Augenblicklich stieß die Wache die Tür auf, der Hocker wurde umgestoßen, und die Halswirbel rissen.

18. Die Attentäter

Der Kraftanstrengung folgt ein Verlust an Stärke.
Das ist nicht der Weg des Tao.
Was sich gegen das Tao stellt,
Kommt zu einem frühen Ende.

Lao Tzu

Es war kurz vor Morgengrauen. Dunst hing über dem Kanal, verdichtete sich zu Nebel und verbarg die gemalten Augen am Bug einer Flottille von Blumenbooten. Das Lachen und der Gesang der Vergnügungssuchenden waren längst verklungen, da die als ›Blumen‹ bekannten Damen samt ihren Kunden unter Deck verschwunden waren. Nur der Duft nach Opium hing noch in der Luft.

In einem Sampan, der neben der bröckelnden Brücke des Trägen Kamels vertäut war, hielt Edles Talent Wache, während Entschlossener Geist an die Bootswand gedrückt schlief. Er zündete sich eine Zigarette an. Die wievielte heute nacht war es? Soll der Junge doch noch ein bißchen länger schlafen, dachte er. Soll er doch für uns beide träumen! Er saugte den Rauch tief ein und genoß das Kratzen im Hals. Er selbst hatte seit mehreren Nächten nicht mehr geschlafen, und seine Hände zitterten, so ausgepumpt war er.

Welch ein Glück, daß der Plan, für den er sich entschieden hatte, keinerlei Präzision erforderte.

Ein plötzliches Geräusch ließ ihn herumfahren, doch es war nichts. Eine Ratte oder ihre Gastgeberin, die schnarchend in der Kabine lag. Ingrimmig lächelte er in sich hinein. Das umgebaute Kanalboot war zwar kaum das Schlachtschiff, von dem er einst geträumt hatte, es hatte sich jedoch als vollkommenes Versteck erwiesen, ja, er hatte es geradezu liebgewonnen: den Duft von Fisch, der geräuchert wurde, die schwankenden Laternen, das sanfte Wogen des Flusses, die kleine Kabine, in der die Frau des Bauern ihre Kunden empfing, mit den grellen Steppdecken, dem bemalten Bambusrollo und – wo mochte sie nur herkommen? – der Geige. Die Frau, die ihn mit

blitzendem Goldzahn und Grübchen in den Wangen begrüßte, wäre fast in Ohnmacht gefallen, als er ihr fünfundzwanzig Schnüre Käsch für zwei Wochen Exklusivrecht geboten hatte.
Doch nach einer Woche war sie ungehalten mit ihnen – weil der Herr so gar nicht auf ihre Reize ansprach, und dem Bauern, weil er sich ihrer allzu häufig bediente. In den letzten paar Tagen war sie beiden aus dem Weg gegangen und hatte mit ihrer alten Dienerin Karten gespielt, denn wenn sie ins Gerede kam, konnte das ihrem Ruf schaden. Edles Talent vermutete, daß – hätte sie nicht darauf gezählt, ihrem Mann für das Geld, das er ihr gegeben hatte, ein Ferkel zu kaufen und den Kindern neue Schuhe – sie sie längst von Bord gewiesen haben würde.
Schlaf gut, dachte er. In ein paar Stunden waren sie auf und davon, brauchte sie um ihren guten Ruf nicht mehr zu fürchten.
Er seufzte. Wenn er doch auch schlafen könnte und aufhörte zu denken!
Es kam ihm vor, als hätte alles von Anfang an unter einem Unstern gestanden, tue es noch und werde es vielleicht bis zum Schluß tun. Nur ein solcher Unstern konnte erklären, warum die Aufstände alle fehlgeschlagen waren. Es hatte so viele gegeben, daß er die genaue Zahl gar nicht mehr wußte. Zwölf? Vierzehn?
Gingen die Tung Meng Hui bei ihrer Planung vom Wetter aus, irrten sie sich bei den Waffen. Und rüsteten sie die Männer aus, konnten zwei oder drei – genau die Anzahl, auf die es ankam – sich nicht ausweisen. Wenn die Männer sich erkannten, verstanden einige von ihnen den Dialekt der anderen nicht und hätten genausogut Russen sein können, die versuchten, mit irgendwelchen Eingeborenen zu sprechen. Nach dem letzten Versuch, als 120 Todeswillige den Yamen von Kanton gestürmt hatten, waren 72 Märtyrer unter dem Gelbgeblümten Erdhügel begraben worden.
Vielleicht hatte Beherztes Talent recht, vielleicht waren die Menschen wirklich noch nicht bereit für Veränderungen. Und dennoch – wenn der Augenblick für eine Erhebung noch nicht reif war – wann würde er es jemals sein?
Er warf die Zigarette ins Wasser und riß ein neues Zündholz an, um sich eine neue anzustecken.
Die Hälfte seines Lebens hatte er der Revolution geweiht und einen Eid geschworen, der absolute Treue verlangte. Mochten andere seine Ergebenheit auch bezweifeln, er selbst tat es nicht und würde daher den Befehl ausführen, den man ihm gegeben hatte.

Der Befehl! Jetzt, nachdem viele Wochen des Planens vergangen waren, war es nichts weiter als das. Aber als die Knoblauchfresser aus Kanton zum ersten Mal Andeutungen bezüglich ihres völlig unbegründeten Verdachts gemacht hatten, war eine solche Wut in ihm aufgestiegen, daß Mord und Lachen sein Herz gleichermaßen erfüllt hatten. Aber er hatte sich jede Reaktion verboten; er wollte sich nicht durch Dummheit oder Kränkung vom Schlachtfeld jagen lassen. Cliquen machten das Land uneinig. Es durfte nicht soweit kommen, daß sich auch noch innerhalb ihrer Gesellschaft Cliquen bildeten. Um der Sache willen, die sie alle einte, war er entschlossen weiterzumachen, sogar mit Kantonesen. Mehr als einmal in den letzten fünfzehn Jahren hatte er sich überwunden und seinen Zorn auf etwas Läppisches gelenkt, auf den schaurigen Dialekt von Kwantung zum Beispiel. Ingrimmig lächelte er. Wie hatte er es nur ertragen, dieses Geräusch, das dem Trommelfell wehtat und den Menschen die Fassung verlieren läßt? Man sagte, wenn Kantonesen von Liebe sprächen, klinge das nicht so süß wie wenn eine Schar Bettler aus Soochow sich um eine Geldbörse voller Gold zankte, und das stimmte! Doch wie dem auch sei, vielleicht war es gerade die Häßlichkeit ihres Dialekts, die sie so viel mehr als andere bereit machte, sich aufs unbekannte Meer hinauszuwagen, Veränderungen herbeizuführen und echte Revolutionäre zu sein.
Wohingegen Menschen, welche die alten Künste pflegen, sich widersetzen, dachte er. Wie Beherztes Talent.
In einem Punkt jedoch mußte er Ältestem Bruder recht geben. So sehr sie sich auch angestrengt hatten, die Revolutionäre waren dem Ziel, die Mandschus zu stürzen und die Ausländer hinauszuwerfen, nicht näher gekommen als in dem Jahr, da die Braunen Zwerge die chinesische Kriegsflotte versenkt hatten. Es war sogar so, China war rückschrittlich.
Warum nur machten sie – machte er – weiter? Das fragte er sich manchmal, freilich niemals lange. Die Revolution war zu seiner Lebensweise geworden, der einzigen, die er kannte. Es gab keine Umkehr mehr.
Plötzlich kam Leben in Entschlossener Geist. Er zog die Knie ans Kinn und lächelte im Schlaf.
Was für ein unwahrscheinliches Paar von Attentätern sie doch waren! Er mit seinen vierzig Jahren war doppelt so alt wie Entschlossener Geist; dafür war der junge Mann zwei Kopf größer als er und noch mal halb so breit. Er – Edles Talent – hatte sämtliche

Vorteile genossen, welche die Geburt zu bieten hatte; Entschlossener Geist hingegen war der Sohn des Bauern Lee, der Beherztes Talent damals bei seinen unseligen Versuchen unterstützt hatte, Neuerungen einzuführen, und dieser Sohn hatte weder lesen noch schreiben gelernt. Er – Edles Talent – war Soldat, der nach Ordnung verlangte, wohingegen Entschlossener Geist im Grunde auf das ungebundene Leben eines Söldners und Abenteurers aus war. Mit zwölf hatte er das *mou*-Land seinen Brüdern überlassen und war ausgezogen, um als Treidler Frachtkähne auf den Kanälen zu ziehen, war dann einer *bee mi tzu* beigetreten, wie sie unter den Arbeitern blühten, weil die Mitglieder sich gegenseitig halfen. Durch ein paar Genossen war er mit einer anderen, wesentlich aktiveren Gruppe bekanntgeworden. So einfach war die Geschichte, die er an jenem Abend erzählt hatte, als sie sich in dem Labyrinth von Geheimgesellschaften getroffen und die unwahrscheinlichste Blutsbrüderschaft geschlossen hatten. Erst als sie – als Männer von Soochow – diese Aufgabe gemeinsam gezogen hatten, hatten sie entdeckt, wie sie richtig hießen und welche Zusammenhänge früher zwischen ihren Familien bestanden hatten. Jetzt stand ihnen ein gemeinsames Schicksal bevor. Edles Talent raffte sich hoch. Im Osten wurde es grau. Es wurde Zeit, seinen Genossen zu wecken.

Entschlossener Geist ging als erster an Land. Kein Mensch bemerkte ihn. Er war nichts weiter als einer von vielen Bauern auf dem Weg zum Markt, dem sanft die Zwillingskörbe mit Obst an der Schulterstange schwangen. Er grinste in sich hinein. Er hatte an diesem Morgen bereits einen unwiderruflichen Akt des Verrats begangen, indem er sich den Zopf abgeschnitten hatte, wenn auch kein Mensch das wußte, denn der Zopf war mittels eines bunten Tuches immer noch mit seinem Kopfhaar verbunden. Nicht einmal Edles Talent sollte es erfahren. Der vornehme Herr machte sich ohnehin schon viel zuviel Sorgen!

Von der Brücke zum Marktplatz neben dem Yamen war es nicht weit. Rasch kam er durch die Menge voran; seine Größe, seine vollbeladenen Körbe und sein Ruf »*Aji ho! Aji ho!*« bewirkten, daß man ihm bereitwillig Platz machte. Nachdem er die Pferdestraße überquert hatte, folgte er der Ringmauer bis zum Tor und blieb stehen, um sich die dort angehefteten Nachrichten anzusehen. Vermutlich wurde auf einer von ihnen die Ankunft des Mandschu verkündet, aber er konnte ja nicht lesen. Er spuckte aus.

Als er sich dem Tor näherte, kam es ihm vor, als ob die vorquellenden Augen des Gottes, der den Torbogen schmückte, insbesondere ihn ansahen, und es lief ihm trotz der Hitze kalt über den Rücken. Was, wenn der Geist des Mandschu zurückkehrte und ihn nicht mehr losließ? Das selbstverständlich lag ganz bei den Schicksalsgöttern, genauso, wie es bei den Schicksalsgöttern gelegen hatte, ihn hierherzuschicken, damit er tat, was sie wollten. Wieder spuckte er aus, diesmal weniger selbstüberzeugt. Es hatte keinen Sinn, soviel nachzudenken. Einen Moment blieb er stehen, um die Stange auf seiner Schulter besser hinzulegen. Dann marschierte er durch das Tor hindurch und übersah die hochmütigen, schwarzuniformierten und mit einer schimmernden stählernen Lanze ausgerüsteten Wachen vollständig. Das waren nur Menschen, leicht überwältigt. »He, du Sohn einer Schildkröte, was hast du vor?« Der Anruf des Torhüters ließ ihn innehalten. Er drehte sich um und nickte respektvoll.

»Verehrer Herr, ich muß eine betagte Mutter ernähren. Wenn Ihr mich freundlich hindurchlassen würdet, damit ich Obst an die Bittsteller verkaufen kann, würde der Himmel es Euch lohnen.«

»Und was ist mit dem Hier und Jetzt?«

»Das soll auch nicht vergessen sein, Herr«, sagte er und stopfte dem Mann ein paar Münzen in die Tasche.

Nachdem er den äußeren Hof betreten hatte, sah er sich genau um und suchte nach der richtigen Stelle. Der Hof war voll von Bittstellern, die schon zeitig gekommen waren und bis spät in die Nacht bleiben, sich auf den Boden hocken, auf und ab gehen und klagen und weinen würden, bis sie aufgerufen wurden. Er holte die Körbe heran und ging auf eine Nische in der gegenüberliegenden Wand zu. Dort fiel er bestimmt nicht auf, und dort konnte er, wie er hoffte, ungestört auf Edles Talent warten.

Dem Plan entsprechend sollte der Bauer mit den Marktkörben einem Herrn, der kurz nach dem Mandschu eintreffen würde, eine ganz bestimmte Melone verkaufen – einem Herrn in einem langen, beigefarbenen Gewand, mit Lippenbärtchen und einem japanischen Strohhut auf dem Kopf. Entschlossener Geist grinste stillvergnügt in sich hinein. Mehr als einmal hatte er sich ausschütten wollen vor Lachen, bevor es Edlem Talent gelungen war, das Bärtchen richtig anzukleben und den Hut schief aufzusetzen, wie es sein mußte. Leute wie die Changs, die soviel mehr Wörter kannten als Leute wie er, brauchten nie jemanden, um ihr Mißfallen auszudrücken. Ein kaum wahrnehmbares Beben der Lippen hatte genügt, um unmißverständlich klarzumachen, daß Edles Talent es haßte, diesen japanischen Hut aufzusetzen. Doch wollte er nicht als vornehmer Herr aus Soochow erkannt werden. Freilich, nur einem vornehmen Herrn würde es gelingen, ohne besondere Schwierigkeiten in das Gebäude hineinzukommen, in dem Pu Hsiao an diesem Tag zu Mittag speisen sollte. Zum letzten Mal zu Mittag speisen sollte, wenn alles gutging. Entschlossener Geist setzte seine Last geradezu behutsam ab, denn in der kleinsten der Melonen im vorderen Korb waren eine Büchse Schießpulver und ein winziges Fläschchen Nitroglyzerin versteckt.

Ehe er selbst sich auch auf dem Boden niederlassen konnte, näherte sich einer der Yamen-Bediensteten. »Es sind Wochen her, daß ich eine gute Pflaume gekostet habe«, sagte er und befingerte die Früchte im nächststehenden Korb.

Entschlossener Geist beugte sich nieder, nahm rasch eine Pflaume und überreichte sie dem Mann mit ausgesuchter Artigkeit. »Bitte, Herr, nehmt eine von mir an.«

»Nur, wenn du unbedingt darauf bestehst.«

»Ich bestehe darauf, ich bestehe darauf«, erklärte der Bauer und verneigte sich mehrere Male.

Der Mann steckte die Pflaume ein und ließ sein Auge auf einer Orange ruhen.

»Herr, kostet auch eine von meinen Orangen!«

Der Bedienstete suchte sich eine aus. »Aber gern doch. Wenn sie gut sind, komme ich wieder und kaufe dir ein paar ab.«

»Es wird mir ein Vergnügen sein.«

Kaum war dieser Bedienstete gegangen, näherte sich auch schon ein zweiter. »Wie ich sehe, verteilst du Kostproben.«

»Nur an Euch. Nur an Euch.«

Entschlossener Geist überlegte, was er nur machen sollte, wenn er vor dem verabredeten Zeitpunkt sämtliches Obst verkauft oder verschenkt hätte. Nicht einmal er hatte vorausgesehen, welch habgierige Augen diese Diener machten, die wenig anderes zu tun hatten, als gewichtig dreinzuschauen. Sich mit einer einzigen unverkauften Melone zu trollen, hieß, den Argwohn zu wecken. Und sich zu weigern, sie herzugeben, könnte katastrophale Folgen haben.

Als die Sonne aufging, tat er so, als schliefe er, und hielt sich auf diese Weise Käufer vom Leib. Die meisten möglichen Kunden hielten sich an andere, zudringlichere Verkäufer. Unglücklicherweise kannten diese Hahnreis in Uniform keinerlei Hemmungen, ihn mit Fußtritten zu wecken, wenn ihnen der Sinn danach stand, und wenn er auch wenig verkaufte, er schenkte viel weg. Als seine Waren immer mehr dahinschwanden, verfluchte er den unseligen Dämon, der ihn verleitet hatte, nur ausgesuchtes Obst herzubringen statt angestoßene Früchte mit faulen Stellen.

Eine Stunde verging, dann noch eine. Wo blieb der Mandschu? Irgendwelche offiziellen Begrüßungen hatte es ganz gewiß nicht gegeben. Die acht Musikanten am Tor hatten den ganzen Morgen über noch keinen einzigen Ton gespielt. Das Schießpulver lag immer noch in seiner Büchse zu ihren Füßen. Bald würde die Sonne direkt über ihm stehen und der Yamen für die Mittagsstunde schließen. Der Mandschu mußte seine Pläne geändert haben. Mußte fünf Minuten mit einer Sonnenblume verbracht haben und dahingewelkt sein. Entschlossener Geist setzte sich auf und spuckte abermals aus, diesmal voller Verachtung. Was war da schon zu erwarten! Der Mann war schließlich ein Mandschu, oder? Plötzlich war er hellwach, bemühte sich jedoch gleichwohl, sich das nicht anmerken zu lassen. Edles Talent war gekommen. Er stand da und unterhielt sich mit einer der Wachen, blickte jedoch ständig in seine Richtung. Als ihre Blicke sich trafen, sagte der Herr noch ein paar Worte, verneigte sich dann vor der Wache und ging.

Damit war es entschieden. Irgend etwas mußte schiefgelaufen sein. Sie brauchten nicht mehr zu warten. Entschlossener Geist erhob sich und nahm seine Sachen auf. Als er jedoch auf das Tor zuging, verließ eine der Wachen ihren Platz und stellte sich vor ihn hin. Als er versuchte, um sie herumzugehen, stellte die Wache ihm einen Fuß, so daß er strauchelte und ums Haar hingeschlagen wäre.

»Wozu denn diese Eile, Dummkopf! Ich bin ja gekommen, um dir was abzukaufen.« Mit größerer Wahrscheinlichkeit, um zu sterben, dachte Entschlossener Geist, als er die Körbe wieder behutsam absetzte. Mit allergrößter Behutsamkeit. Er wischte sich die Handflächen an der Hose ab. Die vom Glück begünstigte Blume war allzu nahe herangekommen, um jemals wieder so etwas wie die Seligkeit kennenzulernen.

Die Wache wühlte in den Früchten. Rasch bot Entschlossener Geist ihm eine Pflaume an in der Hoffnung, er würde sich dann zumindest nicht mehr für Melonen interessieren. Aber dieser Soldat war ein sehr gründlicher Mann. Ohne ein Wort zu sagen, fuhr er fort,

die Orangen zu drücken und jeder einzelnen Frucht seine Aufmerksamkeit zu widmen. Offenbar war er erst dann zufrieden, wenn er alles, was noch in den Körben war, in die Finger genommen hatte.
Ums Haar hätte Entschlossener Geist vor Lachen losgeprustet. Von Anfang an hatte der Bauer seinen eigenen Plan gehabt. Jetzt war die Gelegenheit für ihn gekommen, selbst wenn er damit den Narren spielte.
Er hielt sich den Magen, knickte vornüber und stöhnte: »Geehrter Herr!« Dann stöhnte er lauter und ging, von einem Fuß auf den anderen tretend, auf das Tor zu. »Bitte, verzeiht! Zu viele Pflaumen. Ich muß dringend. Großes Geschäft!« Unter dem Gefeixe und Gejohle der Zuschauer drehte er sich um, fegte an der Wache vorbei zum Tor hinaus und rannte dabei einen Bettler um, der im Schmutz lag. Ums Haar hätte er die Sicherheit des Marktes erreicht, da gingen hinter ihm tausend Knallfrösche los. Er fuhr herum. Im Hof des Yamen wölkte Rauch auf und stieg Staub in die Höhe. Leute rannten hin und her. Ein paar krümmten sich am Boden. Einer oder zwei lagen reglos da. Während er noch dastand und hinüberstarrte, nahm eine Wache nach der anderen den Ruf des ersten auf: »Der Obstverkäufer! Der Obstverkäufer!«
Abermals fuhr Entschlossener Geist herum, nahm die Beine unter die Arme und schoß auf das Gewirr der Gassen auf der anderen Seite des Platzes zu, sprang über Hindernisse hinweg, die sich ihm in den Weg stellten, und schlug Haken, wenn Hände nach ihm griffen. Fast hatte er es geschafft, als er über einen Eimer mit Aalen stolperte und auf allen vieren auf der Erde landete. Die Menge schloß sich um ihn. Einer von ihnen griff hinunter, um ihn in die Höhe zu ziehen. Die anderen traten zurück, woraufhin er erkannte, daß es sich bei dem Mann um Edles Talent handelte. Daraufhin raffte Entschlossener Geist sich auf und kam in die Höhe.
»Ich habe ihn!« rief Edles Talent und scheuchte die anderen fort. Die Menge fügte sich den Anweisungen des vornehmen Herrn und machte den Weg frei, woraufhin die beiden Flüchtenden durch die Bresche davonsprangen. Fast hatten sie die Gasse erreicht, als aus dem Nirgendwo plötzlich ein Junge Entschlossenen Geist anrempelte, sich festhalten wollte, den Zopf zu fassen bekam und hintenüberfiel. »Ohne Zopf! Ohne Zopf!« rief er vom Boden aus und winkte den Wachen, die die Verfolgung aufgenommen hatten, mit dem schwarzen Zopf zu. »Der Große hat keinen Zopf! Der andere ist ein vornehmer Herr! Der Große hat keinen Zopf!«

Entschlossener Geist übernahm in den schmalen Seitenstraßen und dunklen Gassen die Führung, und als ringsum Zeter und Mordio geschrien wurde, wurden Türen zugeschlagen und Fensterläden vorgelegt.
Als sie den Pferdestraßenkanal erreichten, verlangsamten sie ihr Tempo. Beide waren sie völlig außer Atem. Trotzdem lief der Bauer unverdrossen weiter auf das Wasser zu, hielt sich die Nase zu und ging in die Hocke. Der vornehme Herr zögerte. Eine tote Ratte trieb in den Abwässern vorüber. Entschlossener Geist packte ihn beim Arm. »Haltet Euch die Nase zu!« rief er und zog Edles Talent hinter sich her. Sie tauchten unter, gelangten unter die Reste einer alten Brücke, die zu reparieren sich nicht mehr lohnte.
Entschlossener Geist stemmte sich gegen die bröckelnde Mauer und stützte Edles Talent, der sich erbrach und verkrampft hustete. Soldaten klapperten vorbei und stießen Rufe aus. Edles Talent hielt sich den Mund zu, um jeden Laut abzuwürgen.
Selbst nachdem die Soldaten vorüber waren, verharrten die beiden Männer noch weiter in Regungslosigkeit, als ob der geringste Wimpernschlag sie zurückbringen könnte. Minuten vergingen. Sie wagten es nicht, sich anzusehen, sondern spähten in entgegengesetzte Richtungen, um sich auch nicht die kleinste Bewegung entgehen zu lassen. Doch nichts regte sich. Offenbar gab es auf diesem Abschnitt des Kanals weder Boote noch Wäscherinnen.
Nach einer Weile herrschte auf der Straße wieder der übliche Verkehr. Die Vorübergehenden redeten von nichts anderem als von dem riesigen Obstverkäufer und dem vornehmen Herrn mit dem japanischen Hut.
Als es dunkel war und man nichts weiter hörte als in der Ferne den Ruf eines Schmiedes, der über ein Maultier fluchte, das sich nicht beschlagen lasssen wollte, flüsterte Entschlossener Geist: »Was ist denn bloß passiert?«
»Pu Hsiao ist tot.«
»Wie bitte?«
Edles Talent nickte. »Ich hab's auf einem der Maueranschläge gelesen.«
Das also war der Grund. Blinde Fledermaus! Wütend schlug Entschlossener Geist mit der Stirn gegen die Brücke. »Und jetzt könnten wir getötet werden! Und das bloß, weil ich ein solcher Holzkopf bin!«
»Niemand hat Schuld daran.«

»Doch, ich. Wäre ich nicht zu blöde, um zu lesen, säßen wir jetzt nicht in der Falle.«
»Es hat keinen Sinn, Worte zu verschwenden. Die Schlacht hat begonnen. Wir müssen uns in Sicherheit bringen.«
»Herr, laßt mich allein gehen. Ich bin es, hinter dem sie her sind.«
»Still! Laß mich überlegen!«

Als der Mond aufging, schwammen die Verschwörer ans Kanalufer und kletterten an Land. Vorsichtig schlichen sie sich durch die leeren Straßen; nur wenn ein Nachtwächter vorüberkam und die Zeit ausrief, mußten sie sich verbergen. Schließlich erreichten sie das Händlertor des Hauses Chang. »Aufmachen! Aufmachen!« flüsterte Edles Talent heiser. Kein Mensch ließ sich blicken. Er nahm einen Kieselstein hoch und warf ihn über die Mauer. Sie warteten. Er warf noch einen und noch einen.
Zuletzt zischte eine wütende Stimme: »Schert euch fort, oder ich rufe die Wachen!«
»Fatso, mach auf. Ich bin's, der dritte Sohn des Altehrwürdigen.«
Das Tor öffnete sich, und sie schlüpften an ihr vorüber in den Hof der Dienstboten. »Was macht Ihr hier? Und wer ist das?« Sie wich zurück. »Pppuuu!« Sie hielt sich die Nase zu. »Hebt euch hinweg von mir!«
»Schließ das Tor, treue Dienerin, und geh zu Bett. Und sag niemandem, daß du uns gesehen hast.«
Schweigend krochen die beiden Männer durch die Schatten der monderhellten Höfe, bis sie das Ming-Studierzimmer erreichten. Im Alkoven lag das Familienoberhaupt und schlief.
Edles Talent streckte die Hand aus, um ihn zu wecken, zog sie dann jedoch zurück, ohne die seidene Bettdecke zu berühren. Seine Hände stanken nach dem Wasser des Kanals. »Ältester Bruder, wach auf! Wach auf!« flüsterte er.
Beherztes Talent machte die Augen auf. »Was? Wer ist da?«
»Ich bin's, dein Bruder. Wir müssen miteinander reden.«
Plötzlich hellwach, sprang Beherztes Talent aus dem Bett. »Was machst du hier? Du stinkst wie der Abwässerkanal.« Er griff nach der Lampe auf dem Nachttischchen und drehte den Docht hoch. »Komm mit mir!« Er marschierte an ihnen vorüber und stellte die Lampe sorgfältig auf den Schreibtisch, fuhr dann herum und blickte seinen Bruder an. »Wen hast du da bei dir?«

»Verzeiht, Herr«, sagte Entschlossener Geist und verneigte sich. »Ich bitte vielmals um Entschuldigung, Herr. Ich bin Entschlossener Geist, der Sohn von Bauer Lee, der mit dem Schwein. Dem schwarzen. Schinken hatte ich es genannt.«

Beherztes Talent blickte von einem zum anderen. »Ich begreife überhaupt nichts. Erkläre, Bruder, und zwar rasch.«

Solange Edles Talent sprach, blieb das Familienoberhaupt völlig regungslos stehen. Sein Gesicht war bar jeden Ausdrucks, nur seine Augen waren hart.

»Willst du etwa behaupten, die Soldaten suchen nach ihm?« Er zeigte auf Entschlossenen Geist. »Und bringst ihn geradenwegs mit nach Hause! Hast du denn ganz und gar den Verstand verloren? Du hättest dich ertränken sollen, damit du's hinter dir hast.«

»Es blieb mir keine andere Wahl. Ich war für den Jungen hier verantwortlich.«

»Und wie steht es mit deiner Verantwortung dem Haus gegenüber? Der Sippe gegenüber? Den Ahnen gegenüber?« Seine Stimme bebte vor unterdrücktem Zorn.

»Sei doch vernünftig, mein Bruder!« Edles Talent wollte einen Schritt auf ihn zu machen, doch Beherztes Talent ließ ihn mit einer jähen Handbewegung innehalten.

»Geh fort! Du tust unrecht.«

»Wo sollten wir sonst hin? Außerdem hat uns kein Mensch gesehen. Kein Mensch!« Edles Talent sah Entschlossenen Geist an, der schafsköpfig nickte.

»Was spielt das für eine Rolle, ihr Narren? Wonach sie Ausschau halten, das ist ein riesiger Bauer ohne Zopf und ein vornehmer Herr. Bildest du dir etwa ein, die wagen nicht hierherzukommen? Sie werden mit Gewalt in jedes vornehme Haus eindringen. Wie lange wird es dauern, bis sie den vornehmen Herrn von heute mit dem vornehmen Herrn gestern im Yamen in Verbin...«

Es wurde geklopft. Die drei fuhren herum und starrten auf die Tür.

»Ich bin's, Frühlingsmond«, flüsterte sie, als sie eintrat. Sie sah von einem zum anderen. »Dann ist das, was Fatso gesagt hat, also wahr.«

Edles Talent warf verzweifelt die Hände in die Höhe. »*Aija!* Ich hätte es wissen sollen. Kein Geheimnis zu bewahren! Jedenfalls nicht in diesem Hause! Nicht einmal eine einzige Nacht lang!«

»Geheimnis? Was für ein Geheimnis? Es gibt keine Geheimnisse – jedenfalls jetzt nicht mehr.« Beherztes Talent stand hinterm

Schreibtisch und hielt die Stuhllehne mit einer solchen Gewalt gepackt, daß es aussah, als müsse das Holz brechen. »Wie hast du nur den jungen Mann hierherbringen können? Wenn sie ihn hier finden, ist das für sie Beweis genug.«

»Ich habe dir doch schon gesagt. Uns blieb keine andere Wahl. Ich bin für ihn verantwortlich.« Der Soldat räusperte sich. Die Galle kam in ihm hoch. »Mein Bruder, du kannst dich unmöglich so verhärten, daß du das Leben eines Mannes opferst, um irgendeine eingebildete oder – schlimmstenfalls – unwahrscheinliche Gefahr für die Familie abzuwenden.«

Kein Mensch sagte etwas dazu.

»Kannst du so hartherzig sein, mein Bruder?«

Langsam schloß Beherztes Talent die Augen und schüttelte wie unter Schmerzen den Kopf. »Die Gefahr ist so unwahrscheinlich nicht«, sagte er. »Du weißt es nicht. Du verstehst es nicht...«

Die anderen warteten. Auf dem Dach miaute eine Katze. Zum Schluß war es dann Frühlingsmond, die etwas sagte: »Es wird Zeit, daß sie begreifen, was geschehen ist, Ältester Onkel. Laß uns ihnen sagen, was geschehen ist, nachdem Junger Onkel von zu Hause fortgegangen ist.«

19. Das Schicksal vorausgesagt

Irgendwo zwischen Shanghai und Manila geriet die Hochseedschunke Joss in einen Wirbelsturm, und alle an Bord bekamen einen großen Schrecken. Als der Sturm seinen Höhepunkt erreichte, erschien ein Gott und verlangte mit furchteinflößender Stimme zu wissen, wer von ihnen Brüder seien. Den Passagieren fiel ein Stein vom Herzen, sie lachten und zeigten auf zwei, die nebeneinander standen. Der Gott sprach abermals: »Leugne deinen Bruder, und du kannst an Bord bleiben. Poche auf die Familienbande, und du mußt ins Meer springen.«

Ohne auch nur einen Herzschlag abzuwarten, stürzten die beiden Brüder sich wie ein Mann in das aufgewühlte Wasser. Tiefer und immer tiefer sanken sie, bis sie mit den Füßen den Meeresboden erreichten. Doch als sie sich verneigten, um Abschied voneinander zu nehmen, machten zwei Riesenschildkröten vor ihnen halt. Im Nu trugen sie die beiden zurück an die Meeresoberfläche. Die eine schwamm auf das Festland zu, die andere auf die Inseln. Das große Schiff war verloren. Von denen, die ihre Bande geleugnet hatten, war keine Spur zu sehen. Auf dem Wasser kräuselte sich nichts, und die Himmel darüber waren von leuchtendem Blau.

Familiengeschichte

In den vierzehn Tagen, da die Reisschößlinge ausgepflanzt werden, wurde die Hitze so stark, daß sie fast unerträglich war. Jedes Bambusrollo wurde heruntergelassen, um die unbarmherzige Sonne draußen zu lassen, und viele erhoben sich erst gar nicht von ihren Strohmatten, sondern schliefen bis zum Dunkelwerden, während Diener die Steinplatten auf den Gehsteigen und Blumenbeete kühlten, indem sie mit dem Besen Brunnenwasser darübersprenkelten. Nichts half außer vielleicht einer noch heißeren Tasse Tee. Von einem schweren Gewitter wurde gemunkelt, das aufziehen sollte. Dennoch erhob sich die Erste Gebieterin am siebten Tag nach Edlen

Talents Abreise nach Shanghai schon früh nach ihrem Mittagsschläfchen, denn sie hielt nun mal eisern an der Gewohnheit fest, einmal im Jahr, und zwar genau an diesem Tag, das Perlenelixier zu sich zu nehmen. Zur Stunde des Schafes saß sie an ihrem Frisiertisch und überwachte die Zubereitung des Tranks. Während die ältere ihrer beiden Sklavenmädchen ihr Kühlung zufächelte, zerstampfte die jüngere und weniger hübsche die mit Reis gedämpften Perlen im Mörser.

»Ist das Pulver jetzt fein genug gemahlen, Herrin?«

»Beinahe. Nur noch ein paarmal mit dem Stößel drehen«, erwiderte die Erste Gebieterin.

»Hoffentlich kauft mein Gatte mir irgendwann einmal Perlen«, wagte das Mädchen zu sagen. »Aber die würde ich nicht trinken, sondern im Ohr tragen.«

Das andere Mädchen zuckte mit den Achseln. »Wozu von so etwas reden, Schwester? Du und ich, wir werden niemals wieder Perlen zu sehen bekommen, sobald wir dieses Haus verlassen.«

Die Erste Gebieterin nickte. Die Ältere war ein vernünftiges Mädchen. Sie mußte sich Mühe geben, einen besonders fleißigen Mann für sie zu finden.

Nachdem die Perlen staubfein zermahlen waren, rührte die Erste Gebieterin das Pulver mit eigener Hand in ein Glas gezuckertes Reiswasser ein, trank es dann langsam und ließ durch nichts erkennen, wie scheußlich das Gebräu schmeckte.

Sie hatte noch nicht ganz ausgetrunken, da entstand Bewegung an der Tür. Die Augen der Ersten Gebieterin verengten sich, doch noch ehe sie ein Wort sagen konnte, kam Fatso – die Haare aufgelöst und die Schürze schief vorgebunden – hereingewatschelt. Die Hände himmelwärts gereckt, stieß sie klagende Rufe aus wie eine Mutter, deren Baby nicht geboren werden will.

Beim zweiten Crescendo schnitt die Erste Gebieterin ihr den Ton ab. »Genug, Fatso! Was gibt's? Ist dein Mann zurückgekehrt und läßt dir keine Ruhe?« Alten Dienstboten gegenüber übte man Nachsicht, doch nicht einmal Fatso konnte es sich herausnehmen, die Erste Gebieterin bei ihrem Verjüngungsritual zu unterbrechen.

»Es war schrecklich! Schrecklich! Doch dank der Götter sind sie nicht bis in die Inneren Höfe vorgedrungen.«

»Wer? Wovon redest du überhaupt, Weib?«

»Von den Grünen Bannerträgern!« Fatso wischte sich mit dem Ärmel den Schweiß von der Oberlippe. »Sie hatten Säbel umhängen. Und haben in den Büschen damit herumgestochert. Durch alle Räume hinter der Marmorwand sind sie gezogen und haben einen Haufen Schmutz gemacht. Die Sänftenträger haben sie antreten lassen und jeden am Zopf gezogen. Sie durchsuchen jedes einzelne Haus in Soochow, Alte Herrin. Sie suchen nach den beiden Wahnsinnigen, die die Bombe im Yamen haben hochgehen lassen.«

Die Sklavenmädchen schossen auf die Tür zu. Ein solches Schauspiel durfte man sich nicht entgehen lassen.

»Ihr Törinnen!« Fatso versperrte ihnen den Weg. »Ihr habt hier eure Pflicht zu tun. Außerdem sind die Soldaten schon wieder fort. Der Herr hat eine ansehnliche Bestechungssumme gezahlt, sonst wären sie schon hier in diesem Raum.«

Das würden sie nicht wagen, dachte die Erste Gebieterin, nicht im Hause Chang! Und trotzdem... »Fatso, laß die Mädchen durch. Meine Geduld ist zu Ende. Hinaus, hinaus!« Nachdem sie gegangen waren, wandte sie sich der Dienerin zu. »Was soll das heißen, daß du hier weinst und rumschreist wie eine Bettlerin? Wo bleibt deine Würde?«

»Ich bitte tausendmal um Verzeihung, Alte Herrin.«

Doch die Erste Gebieterin wollte nicht einlenken. »Geh sofort zu meinem Sohn und schick ihn zu mir.«

»Ich bedaure, Euch sagen zu müssen, daß der Herr die Höfe für heute verlassen hat.«

Wie üblich war er also nicht da, wenn man ihn brauchte. Doch gleichviel! Da war ja noch jemand, der es bestimmt wußte und den man vermutlich müheloser zum Reden bringen konnte. »Dann geh und hole Frühlingsmond her.«

Fatso entschuldigte sich nochmals und zog sich dann zurück. Als sie allein war, gestattete sich die Erste Gebieterin, sich gegen die Rückenlehne zu lehnen. Der Kopf schmerzte sie; sie drückte mit den Fingern gegen die Schläfen und schloß die Augen. Seit Monaten sehe ich Unheil auf uns zukommen, dachte sie, schon seit Frühlingsmond mit dem unverbesserlichen Enkelkind des Hanlin zurückgekommen ist. Wie oft hatten die anderen sich nicht über die Parteilichkeit beschwert, mit welcher Beherztes Talent die beiden behandelte?

Jetzt murrte jeder über die Nachsicht, mit der man ihnen begegnete, bezichtigte jeder den anderen, sich Extravaganzen zu leisten. Mit der alten Großzügigkeit war es vorbei, Zwietracht breitete sich aus, und bald würde sie nicht mehr hier sein...

Es klopfte. »Großmutter? Darf ich eintreten?«
Es kostete sie einiges, sich gerade hinzusetzen; dann winkte sie Frühlingsmond, Platz zu nehmen.
Lange saßen sie schweigend da. Die junge Frau beugte den Kopf. Ein Hitzeschwall erfaßte beide, machte das Atmen beschwerlich.
Endlich brach die Erste Gebieterin das Schweigen. »Ich kann vielleicht nicht in Büchern lesen, dafür aber in Gesichtern. Ich habe seit geraumer Zeit so meinen Verdacht in bezug auf das, was in diesem Hause vorgeht. Es ist nicht nur die Hitze, die Dritten Großonkel und Zweiten Vetter in die Berge treibt. Und es ist auch nicht nur der Zustand unseres Magens, der meine Schwiegertochter dazu bringt, ständig unruhig zwischen den verschiedenen Höfen hin- und herzugehen. Und es liegt auch nicht nur am fröhlichen Treiben in Shanghai, daß mein dritter Sohn zu nachtschlafender Zeit hier eintrifft und wieder geht, ohne mir zum Abschied auch nur zuzunicken. Und es ist auch nicht die Lage unserer Höfe in Soochow, welche die Aufmerksamkeit der Mandschus erregt.« Die alte Frau hielt inne und wartete darauf, was die jüngere zu sagen hatte.
Frühlingsmond sagte nichts.
»Nun? Nun?«
Immer noch nichts.
Erbost zog die Erste Gebieterin ihren Fächer aus der Jackentasche und zeigte damit auf Frühlingsmond. »Meine Enkelin, ich befehle dir, mir alles zu sagen! Ich möchte nicht der Frosch sein, der tief unten im Brunnen auf dem Grund sitzt.«
»Die Zweiten sind unsicher, Großmutter. Unsere Leute haben Angst«, flüsterte Frühlingsmond, den Kopf immer noch gebeugt.
»Angst wovor?«
»Vor dem Jungen.«
»Was für einem Jungen?«
»Dem neuen Arbeiter, den Ältester Onkel eingestellt hat, damit der Altem Gärtner in den Inneren Höfen hilft.«
»Warum?«
Frühlingsmond zögerte. Dann blickte sie auf und griff sich ans Haar. »Weil er so groß ist und selbst bei dieser Hitze noch ein Handtuch um den Kopf geschlungen trägt.«
»Sprich nicht in Rätseln! Erkläre!« Die Erste Gebieterin übte ihren Fächer aus.
»Sie glauben, er könnte einer von denen sein, nach denen die Soldaten heute gesucht haben – der Obstverkäufer im Yamen, der

eine Bombe in der Melone versteckt hielt und seinen Zopf verloren hat.«

»Warum entläßt Beherztes Talent ihn dann nicht oder übergibt ihn an die Polizei?«

»Das sagt er nicht. Er weigert sich nur, das zu tun. Und deshalb argwöhnt jetzt jeder, daß Ältester Onkel der vornehme Herr war, der dem Obstverkäufer geholfen hat zu entkommen.«

»Lächerlich!« Die Erste Gebieterin rümpfte die Nase. »Haben denn alle Männer unserer Familie Fieber im Gehirn? Lächerlich!« Sie überlegte einen Augenblick. »Er ist es doch nicht, oder?«

»Nein, Großmutter.«

»Hab' ich doch gewußt.«

»Nein, es war Junger Onkel, der mit dem Obstverkäufer zusammen war.«

Der Fächer der Ersten Gebieterin wurde langsamer und blieb dann ganz still. Sie schloß die Augen. Barmherzige Kwan Yin, betete sie, sei freundlich und erspare diesem Haus das *luan*. Laut sagte sie: »Woher weißt du das?«

Frühlingsmond antwortete nicht sofort, und die Erste Gebieterin wiederholte ihre Frage. Widerstrebend erklärte die junge Witwe es.

Während sie zuhörte, spürte die Ältere von den beiden gleichsam, wie sie immer mehr welkte und schrumpfte, bis zuletzt nur noch der Reispuder ihr Gesicht zusammenhielt. Als die Geschichte heraus war, konnte sie nur noch flüstern: »*Amitabha!* Meine Söhne und du, ihr habt Hochverrat begangen. Die Mandschus werden alle unsere Köpfe in einen Korb werfen, als wären es Enteneier. Sie werden die Gräber unserer Ahnen aufreißen und die Gebeine in alle Winde zerstreuen. *Amitabha!*« Tränen füllten ihre Augen.

»Großmutter, bitte, weine nicht. Es wird ja alles gut werden. Der Obstverkäufer ist bereits fort. Ältester Onkel ist in diesem Augenblick dabei, ihn aus der Stadt hinauszubringen.«

Die Jungen sehen, was sie sehen wollen, dachte die Erste Gebieterin. Und die Alten sehen, was sie nicht sehen wollen. Sie war sich jetzt ganz sicher. Die Tage ihrer Kraft waren vorüber.

»Großmutter, sei nicht bekümmert. Es wird alles wieder so wie früher.«

»Wie das? Bald werden die Behörden dich und meinen Sohn mit dem Mandschu in Verbindung bringen, den Mandschu mit der Bombe und die Bombe mit Edlem Talent und Edles Talent mit diesen Höfen. Es wäre töricht von dir, wenn du dir einbildetest, alles könnte wieder sein wie vorher. Und von meinem Sohn auch.« Sie ließ den Fächer fahren. Lautlos fiel er zu Boden.

Frühlingsmond kniete nieder, hob ihn auf und drückte ihn der alten Frau sanft in die Hand.

Noch lange, nachdem ihre Enkelin gegangen war, saß die Erste Gebieterin regungslos da. Niemals in ihren dreiundsiebzig Jahren hatte sie sich vorstellen können, daß das Ganze in seine Einzelteile auseinanderbrechen könnte, daß die Tore im Hause ihres Gatten sich schließen und die Brüder trennen könnte. Selbst wenn nur eine vorübergehende Trennung beabsichtigt war – das Ergebnis würde die Isolation sein. Und doch konnte es keine wahre Ehre für einen Bruder geben, wenn der andere den Namen der Familie beschmutzte. Den Rest des Nachmittags über blieb sie in ihrem Stuhl sitzen. Als die Sklavenmädchen kamen, um sie zum Abendessen zu bringen, sagte sie ihnen, sie wolle in ihren Räumen essen. Und als die Damen sich in den Gärten ergingen und die vergleichsweise kühle Nachtluft genossen, gesellte sie sich nicht zu ihnen. Sie verspürte keinerlei Verlangen, wieder an jenem Lotusteich zu sitzen, wo einst die Zypresse gestanden hatte.

Nach einer schlaflosen Nacht schickte sie nach ihrem Lieblingswahrsager.

Es war die Stunde der Schlange, als die Dienerin Begabten Seher in ihre Gemächer führte. Wie immer war das graue Baumwollgewand des ausgemergelten Mannes nicht ganz sauber. Ein schwarzer Schirm hing ihm vom linken Unterarm; in der Rechten hielt er einen rot angestrichenen Vogelbauer mit einem Hirtenstar darin. Er verneigte sich, und sie tauschten Grüße, ehe er seinen Platz am runden Walnußtisch einnahm, an dem für gewöhnlich der Tee serviert wurde. Als er in seinen Ärmelaufschlag griff, um die Karten herauszuholen, ließ die alte Frau ihren Blick durchs Zimmer schweifen. »Hinaus! Alle hinaus!« Die Sklavenmädchen gingen ohne den üblichen Protest.

»Fangen wir an?« fragte Begabter Seher.

Die Erste Gebieterin stand auf und trat ans offene Fenster. Nichts war zu hören, und zu sehen waren nur dahinflüchtende Schatten. Sie schloß die Fensterläden und kehrte auf ihren Platz zurück. »Jetzt können wir anfangen.«

Dreimal mischte er die Karten und legte jeweils drei Karten in drei Reihen aus. Dann wandte er sich an den Vogel und flüsterte:

»Geistervogel! Geistervogel! Untersuche das Herz dieser alten Frau. Erkenne, welche Antworten auf ihre Fragen gegeben werden müssen. Und wähle aus, was du mußt.«

Mit diesen Worten machte er den Vogelbauer auf. Der Hirtenvogel hüpfte heraus, verneigte sich vor der Ersten Gebieterin und tanzte zwischen den Karten umher. An ein paar Karten pickte er herum, eine nahm er in den Schnabel und überreichte sie Begabtem Seher, der seinen Liebling mit ein paar Körnern belohnte, die er aus dem Aufschlag des anderen Ärmels hervorholte.

Es umgab sie ein unbehagliches Schweigen, während der Wahrsager die Karten studierte. »Große Veränderungen stehen ins Haus«, sagte er schließlich. »Das Ende alter Existenzen. Der Beginn neuer Ordnungen. Eine Zeit des Verfalls und des Neubeginns.«

»Wann wird es zu diesen Veränderungen kommen?«

»Bald. Vielleicht schon innerhalb der nächsten vierzehn Tage. Bereitet Euch darauf vor.«

»Wie viele Veränderungen wird es geben?«

»Drei. Und eine davon wird nicht mehr rückgängig zu machen sein.«

»Tod!« kam es atemlos von der alten Frau.

Der Wahrsager senkte die Augen und sagte nicht nein.

»Und die anderen beiden?«

»Nicht mehr rückgängig zu machen ist nur eine. Die anderen folgen auf das Wüten des Sturms.«

»Und was wird aus der Sippe?«

»Das sagen die Karten nicht. Nur daß einer, der heute unter euch lebt, fünf Generationen unter einem Dach versammelt erleben wird.«

»Wer?« fragte die Erste Gebieterin.

»Einer, der sich im Abglanz des Ruhms sonnt und den Schnee erwärmt.«

»Ist das alles, was Ihr mir sagen könnt?«

»Alles, was ich gesehen habe, Alte Frau.«

Die Erste Gebieterin nahm eine Silbermünze aus einem bestickten Beutel, der ihr von der Hüfte herabhing.

Augenblicklich kam der Vogel über den Tisch gehüpft, um sie davon zu befreien, biß kräftig auf ihr herum, als gälte es festzustellen, aus welchem Metall sie wohl sei, ehe er zurückhüpfte und die Münze in das Münzkästchen im Vogelbauer steckte.

Den ganzen Tag und die ganze Nacht hindurch zerbrach die Erste

Gebieterin sich den Kopf darüber, was die Rätsel wohl zu bedeuten hätten, doch sie kam nicht dahinter. Gegen Morgengrauen schlief sie ein.
Als sie wieder aufwachte, wußte sie es.
Das, was nicht wieder rückgängig zu machen war, war ihr eigener Tod. Bei den anderen handelte es sich um die ›Tode‹ ihrer beiden Söhne, die in dem heraufziehenden Sturm verschwinden würden. Erst wenn die Sippe die weißen Hanfkleider der Trauer anlegte, würde die Verfolgung enden, aber auch erst dann.
Und was den betraf, der fünf Generationen unter einem Dach versammelt sehen sollte, so galt:

Der Mond spiegelt den Glanz der Sonne,
Und jedes Frühjahr schmilzt das Wintereis.

Am Spätnachmittag des fünfzehnten Tages im fünften Mond verließ das Oberhaupt der Familie Chang die *lao chia* in Soochow und reiste nach Shanghai. Dort angekommen, sollte er ein Telegramm schicken, das dem Anschein nach von Köstlichem Lotus stammte und Frühlingsmond zurückrief nach Peking – und eine Botschaft an Edles Talent, in dem diesem von ihrer beider bevorstehenden ›Tod‹ durch Taifun unterrichtet wurde. Sodann sollte er für Schimmernde Jade eine Missionsschule sowie im internationalen Teil der Stadt ein Haus für ›Herrn und Frau Yang‹ finden.
Die Aufforderung für Frühlingsmond traf am nächsten Tag ein. Als die Frauen in den Höfen davon hörten, beglückwünschten sie sie von Herzen, kehrte sie doch in das Haus ihres Gatten zurück, wohin eine geehrte Witwe rechtens gehörte.
Sie wußte: Sie würden am Tor stehen und Tränen vergießen, gleichzeitig aber auch erleichtert aufseufzen, sobald die Sänfte um die Ecke bog. Sie und ihre Tochter hatten die Harmonie des Hauses Chang gestört. Nur zwei Menschen würden sie fehlen.
Noch vor Sonnenuntergang war sie bereit. Sie und Fatso machten den letzten Koffer zu und setzten sich dann Hand in Hand aufs Bett.
»Ich werde dich nachkommen lassen, sobald ich dazu in der Lage bin.«
Fatso nickte. Frühlingsmond war sich völlig sicher, daß die alte Dienerin keine Fragen stellen würde. Sie hatte genug begriffen, um die Gefahr zu erkennen, hatte die Trennung ihrerseits vorausgese-

hen und sie den anderen gegenüber im voraus gerechtfertigt, indem sie sich laut darüber beklagte, welch eine Zumutung es sei, sie in ihrem Alter womöglich noch eine solche Reise unternehmen zu lassen.

»Mach dir keine Sorgen, alte Freundin. Mir wird es gutgehen.«

Plötzlich brach Fatso in Schluchzen aus.

Für ihre Herrin war es nicht der richtige Zeitpunkt, noch zu zaudern. »Bitte, weine nicht. Ich weiß, wir werden bald wieder zusammensein. Das verspreche ich.« Mit diesen Worten bot sie Fatso ihr eigenes Taschentuch an.

Fatso wischte sich die Tränen fort und schneuzte sich. Nach einer Weile sagte sie: »Junge Herrin?«

»Ja, alte Frau?« Frühlingsmond lächelte. »Es ist jetzt schon eine ganze Zeitlang her, daß ich deine Junge Herrin bin, meine Freundin. Was möchtest du sagen?«

Die Dienerin räusperte sich. »Wenn du versprichst, nicht zu lachen, Junge Herrin, werde ich dir ein Geheimnis anvertrauen.«

»Ich verspreche es.«

»Erinnerst du dich noch an den Tag, da du in meine Kammer gekommen bist und mich zum ersten Mal ›Alte Freundin‹ genannt hast? Erinnerst du dich noch?«

»Sehr gut sogar. Du warst gerade beim Wäschewaschen.«

»Richtig! Richtig! Nun, seither habe ich immer so getan, als ob du... als ob du meine Tochter wärest. Hast du so was Komisches schon mal gehört?«

Ehe Frühlingsmond etwas dazu sagen konnte, war Fatso aufgestanden und auf die Tür zugelaufen. Doch auf der Schwelle drehte sie sich noch einmal um. Ihre Augen waren zwar immer noch feucht, aber ihre Stimme klang ganz ruhig. »Paß gut auf dich auf, Junge Herrin. Um mich brauchst du dir keine Sorgen zu machen. Ich würde noch dem Teufel selbst ins Gesicht furzen.«

Als der Wächter die Stunde des Schweins verkündete, zog Frühlingsmond ein frisches Gewand an. Sie wollte Goldener Tugend ihre Aufwartung machen und sich für die Freundlichkeit bedanken, die es ihr und ihrer großfüßigen Tochter ermöglicht hatte, die ganzen Monate hindurch in Soochow zu leben, ohne den bitteren Geschmack der Mildtätigkeit im Mund zu haben.

Auch als die Tage heißer und immer heißer geworden waren, war ihre Tante endlos und unermüdlich von einem Hof zum anderen gegangen und hatte – wie immer – dafür gesorgt, daß jeder zu seinem Recht kam. Sie pflückte frische Minze im Garten und mischte sie mit getrockneten Chrysanthemenblütenblättern, damit der Tee der Familie frischer schmeckte. Sie kochte einen kühlen Bohnenbrei für Schimmernde Jade, nachdem diese erwähnt hatte, daß sie diesen besonders gern esse, und tat das, obgleich die Küche jetzt ein Chaos war.

Sie hatte am Fenster gesessen und im letzten Licht der Abendsonne gestickt, während ihr Gatte und ihre Nichte sich über Dinge unterhielten, die ihr nichts sagten.

Frühlingsmond hatte sich nie gefragt, ob die andere einfach den Wunsch habe, dabeizusein und Worten zu lauschen, die sie nicht kannte, darauf zu warten, daß die Stunde vorüberging, und zuzusehen, wie ihr Gatte ihre Nichte unterrichtete, wo er sich doch nicht einmal die Hausaufgaben seiner Söhne ansah. Was sollte Frühlingsmond jetzt zu ihr sagen?

Immer noch unsicher, steckte sie gerade ihren Fächer in ihr Oberteil, als es klopfte und Goldene Tugend – heiter wie immer – eintrat. In der Hand trug sie ein kleines, in rote Seide eingewickeltes Kästchen.

»Meine Nichte, ich bin gekommen, um dir guten Wind und eine friedvolle Heimreise zu wünschen.«

Frühlingsmond schoß das Blut in den Kopf. »Meine Tante, du erweist mir eine Ehre, die ich nicht verdient habe.« Sie bot ihrem Gast einen Stuhl an. »Ich war im übrigen gerade im Begriff, zu dir zu gehen«, fügte sie dann noch hinzu, machte sich mit der Teekanne zu schaffen und bot Goldener Tugend eine Schale lauwarmen und völlig ungenießbaren Tee an.

»Du wirst mir fehlen, Frühlingsmond«, sagte Goldene Tugend schlicht, als auch ihre Gastgeberin sich gesetzt hatte. Noch ehe Frühlingsmond eine passende Antwort gefunden hatte, hielt ihre Tante ihr das in rote Seide gehüllte Kästchen hin und lächelte. »Das hier ist für dich.«

»Vielen Dank, liebste Tante.« Frühlingsmond erhob sich, nahm das Angebinde mit beiden Händen entgegen und verneigte sich. Ums Haar hätte sie es fallen lassen, denn es war schwerer, als sie erwartet hatte. Lächelnd schüttelte sie es sanft. »Eine weitere unverdiente Ehre, meine Tante?«

Schon wollte sie es zu den anderen Geschenken stellen, da sagte Goldene Tugend: »Laß doch die Zeremonien einmal beiseite, meine Nichte. Bitte, mach es jetzt auf.«

»Darf ich das denn?«
Goldene Tugend nickte. »Bitte!«
Frühlingsmond nahm wieder am Tisch Platz, wickelte das Geschenk aus, und was zum Vorschein kam, war ein wunderschön besticktes Täschchen. Das Bild – Berge und Gewässer Kiangsus, Nebelschwaden und der aufgehende Mond – war nicht zu Ende gestickt, doch erkannte sie augenblicklich die kunstfertige Hand ihrer Tante.
»Ich wünschte, ich hätte Zeit gehabt, es fertigzustellen, wie es sich gehört, aber du fährst ja schon morgen ab, und ich hatte kein anderes Geschenk.«
»Ich weiß es wohl zu schätzen, wie es ist, meine Tante. Das Unfertige läßt die Schönheit deiner Kunst nur um so deutlicher zutage treten.«
Goldene Tugend errötete. »Du bist zu gütig. Es ist nichts. Bitte, mach es auf.«
Neugierig, aber völlig ahnungslos, hob Frühlingsmond die Lasche in die Höhe. Das Täschchen enthielt Goldstücke. Entgeistert starrte sie sie an.
»Es sind zweiundfünfzig«, sagte Goldene Tugend. »Meine Mutter hat in jedes der Gewänder meiner Aussteuer eines eingenäht, damit es mir an nichts mangle im Haus meines Gatten. Aber ich habe sie nie gebraucht. Was sollte mir in diesen geehrten Höfen schon fehlen und widerfahren? Du bist zu mir und meinem Gatten so gut gewesen. Du mußt sie unbedingt annehmen.« Sie senkte den Kopf. »Ich, die ich mehr habe, als mir zusteht, wäre überglücklich, wenn du, die du soviel mehr verdienst, dieses wertlose Geschenk annehmen würdest.«
Minutenlang sah Frühlingsmond die Frau an, die ihr gegenübersaß. Sie, die dafür lebte, Beherztem Talent zu dienen, deren einziger Lohn in seiner Freude bestand: Was würde aus ihr werden, wenn sie glauben mußte, er sei tot? Undenkbar, daß ihr das Leben dann so leer vorkäme, daß sie anfinge, Opium zu nehmen und versuchte, sich in der anderen Welt zu ihm zu gesellen. Frühlingsmond schüttelte den Kopf; trotzdem, der Gedanke wollte sich nicht verscheuchen lassen, genauso die Vorstellung von Goldener Tugend Geist, wie er in der Welt jenseits der Gelben Quellen umherirrte und nach ihrem Gatten rief, der gar nicht dort weilte.
»Schüttle nicht den Kopf, meine Nichte. Du wirst die Münzen brauchen. Wenn deine Schwiegermutter dein Wohlergehen im Sinn gehabt hätte, sie würde dich nie...«

Aber Frühlingsmond hörte nicht zu. So deutlich, als wäre sie dabeigewesen, sah sie den Mandschu von den Dachsparren herunterhängen, einen Festtagsschal um den Hals.
»Fehlt dir was, meine Nichte? Was hast du?« rief Goldene Tugend. Beide griffen sie gleichzeitig über den Tisch und ergriffen eine der anderen Hand.
»Meine Tante...«
»Ja?«
Eine Zeitlang konnte Frühlingsmond nicht sprechen. Zuletzt begann sie wieder. »Meine Tante, ich habe kein Geschenk für dich, außer der Geschichte, die ich dir erzählen werde – eine Geschichte, von der ich Großmutter feierlich versprochen habe, daß ich sie nie einem Menschen erzählen würde, eine Geschichte, die nur uns und dem Familienoberhaupt bekannt ist.«
Langsam, mit Unterbrechungen, erzählte sie eine Geschichte mit Menschen und Orten darin, so fremdartig, daß sie fürchtete, ihre Zuhörerin könnte sie sich überhaupt nicht vorstellen.
Goldene Tugend rührte sich nicht ein einziges Mal, und als die Geschichte erzählt war, hörte man viele Minuten lang nichts außer dem Gesang einer Lerche, die draußen im Garten ausgeführt wurde.
Endlich brach Goldene Tugend das Schweigen. »Ich danke dir für das Geschenk, dessen du mich allein für würdig befunden hast und welches mich wahrhaft dem Hause Chang vermählt. Sei versichert, daß ich dein Vertrauen nicht mißbrauchen werde. Kein Mensch wird jemals argwöhnen, daß ich sie kenne – weder heute noch jemals.«
Dann stand sie auf und sagte höchst förmlich, als vollziehe sie ein Ritual: »Jetzt möchte ich dich um drei Dinge bitten. Erstens, daß du die Goldmünzen annimmst, auf daß es dir wohl ergehe in Shanghai. Zweitens, daß du dich um das Wohlergehen der Männer kümmerst, denn euer Exil könnte viele Jahre dauern. Und drittens, daß du dich um eine Konkubine bemühst, die meinem Gatten Freude bereitet, solange er fort ist von daheim.«

Am nächsten Morgen, in der Stunde des Drachen, saßen Frühlingsmond und Schimmernde Jade im Zug nach Shanghai. Dort angekommen, begaben sie sich sofort zur angegebenen Stelle unter der Bahnhofsuhr. Nach wenigen Minuten trat ein Bote auf sie zu und überreichte Frühlingsmond einen Umschlag.

Sie machte ihn auf und las: MISSION SCHOOL, 100 JAMES STREET. TRAVELER'S HOTEL, 780 RUE DE LA PAIX.
Sie ergriff die Hand ihrer Tochter und folgte dem Gepäckträger zu seiner Droschke, bezahlte den Mann und half Schimmernder Jade in das Pferdefuhrwerk. Dann nannte sie dem Kutscher die Adresse.
»Wohin fahren wir, Mutter?«
Frühlingsmond gab ihr nicht sogleich eine Antwort. Statt dessen zupfte sie am Kragen des Oberteils ihrer Tochter herum.
»Wohin fahren wir?« fragte das Mädchen noch einmal.
»Mein Kind.« Sie hatte eine Erklärung eingeübt. Rasch, ehe ihr guter Vorsatz sie verließ, ratterte sie sie herunter. »Ich bringe dich in eine Schule. Und zwar in eine sehr gute. Du wirst dort viele Dinge lernen, nicht nur die traditionellen Fächer, sondern auch Fremdsprachen und die Lebensweise der Ausländer.«
Schimmernde Jade sagte nichts, sondern drehte den Kopf beiseite, um aus dem Fenster zu schauen.
»Tochter?«
Das Mädchen verschränkte die Arme. Dem Anschein nach konzentrierte sie sich auf die Leute auf der Straße.
»Sieh mich an, Kind.«
Als sie es nicht tat, legte Frühlingsmond ihr den Arm um die schmalen Schultern und drehte sie zu sich hin.
Tränen standen Schimmernder Jade in den Augen. Ihre Mutter konnte sich nicht erinnern, wann sie sie das letzte Mal hatte weinen sehen. Ganz gewiß hatte sie keine Tränen vergossen, als sie heute morgen das Haus Chang verlassen hatte – oder das Haus Woo vor neun Monaten.
»Was hast du denn, meine Tochter?«
»Ich will nicht in eine Barbarenschule gehen und ausländische Dinge lernen. Ich will mit dir nach Peking.«
»Mein Kleinod, du kannst nicht mit mir kommen.«
Frühlingsmond strich dem Kind eine Haarsträhne aus dem Gesicht. Ihre Stirn fühlte sich fiebrig an. Sie holte tief Atem, suchte nach dem rechten Wort. »Erinnerst du dich nicht mehr an die Geschichten von deinem Vater? Und daran, wie er einmal in den Westen gefahren ist und viele Jahre von daheim fortblieb? Er wußte, daß er gehen mußte. Und jetzt mußt auch du gehen.«
Als von ihrem Vater die Rede war, legte Schimmernde Jade den Kopf auf die Seite und lauschte.
»Ich hatte gehofft, meine Tochter bliebe meiner Obhut viel länger

anvertraut, aber wir müssen uns beide dreinfügen – du genauso wie ich. Es bleibt uns nichts anderes übrig.« Sie wartete auf eine Reaktion.
Schimmernde Jade nickte.
»Diese Schule wird dir helfen, das Versprechen zu halten, das du deinem Großvater gegeben hast. Weißt du noch?«
Sie nickte wieder und fragte dann nach einem Augenblick: »Werde ich dann ein Held sein?«
»Vielleicht. Es bleibt der Geschichte überlassen zu bestimmen, wer ein Held ist und wer nicht. Aber du wirst das Wissen erwerben, das du brauchst, um den richtigen Weg zu finden. Den können heutzutage nur die gehen, die nicht nur die Denkweise Chinas, sondern auch die des Westens kennengelernt haben.«
»Wie lange werden wir getrennt bleiben, meine Mutter?«
»Die Schule stellt hohe Ansprüche. Die Missionare lehren viele Dinge.«
»Wie lange, meine Mutter? Wie lange?«
»Die Schule dauert ununterbrochen sechs Jahre.«
»Sechs Jahre? Werde ich dich in diesen sechs Jahren überhaupt nicht sehen?« Eine Träne wollte ihr über die Wange rollen. »Ach, Mutter, das ist eine sehr, sehr lange Zeit.«
Frühlingsmond senkte die Augen, um nicht auch noch zu weinen anzufangen.
»Werde ich dich in all diesen Jahren nicht sehen?« fragte Schimmernde Jade noch einmal.
»Ich hoffe es nicht, meine Tochter. Und ich bete darum. Aber versprechen kann ich es dir nicht.« Sie riß das Kind an sich, bis ihr Schluchzen erstarb und sie den Mut aufbrachte weiterzumachen und die Dinge zu sagen, die sie sich vorgenommen hatte.
»Meine Tochter, dein Vater hat einmal zu mir gesagt, er müsse ein Mann von Charakter sein. Deine Bestimmung ist es, die Tochter deines Vaters zu sein. Dein Schicksal ist es, der Sohn deines Großvaters zu sein.«
Schimmernde Jade schien nicht zuzuhören, denn ehe ihre Mutter fortfahren konnte, fragte sie: »Wirst du mir schreiben, meine Mutter?«
Frühlingsmond schüttelte den Kopf. »Nein, mein Kind, jedenfalls nicht so bald. Wenn du von mir hörtest, würde dir das deine edle Sendung nur noch schwerer machen. Vielleicht später, wenn du viel gelernt hast.«

Schimmernde Jade machte den Mund auf, um zu protestieren, doch dann tat sie es doch nicht, und Frühlingsmond fuhr fort:
»Meine Tochter, das, was wir zusammen gelernt haben... erinnerst du dich noch daran, was geschehen muß, ehe die Raupe zu einem Schmetterling wird?«
Das Kind nickte.
»Dann sag es mir. Was muß vor dieser magischen Verwandlung geschehen?«
Die Schultern des Mädchens fingen an zu zittern, und wieder füllten sich ihre Augen mit Tränen. Aber sie rollten nicht herab, und ihre Stimme war fest und klar, als sie aufsagte, was sie gelernt hatte: »Die Raupe muß einen Kokon weben und ganz allein für sich darin leben. Sie verpuppt sich darin, verwandelt sich ständig weiter und wartet den richtigen Zeitpunkt ab. Dann wird der Kokon aufgebrochen.«
»Und...?«
»Der Schmetterling kommt hervor.«
»Er ist...?«
»Wunderschön.«
»Und er ...?«
»Fliegt davon.«
»Gut. Du hast deine Lektionen gut gelernt, meine Tochter.« Wieder wischte die Mutter ihr die Tränen fort.
»Mutter?«
»Ja?«
Schimmernde Jade schluckte hart. »Ich habe gar nicht gewußt, daß Helden unglücklich sein müssen.«
Das war die Wahrheit. Frühlingsmond wollte es erklären, aber wie sollte sie? Wie sollte sie beweisen, daß großes Glück und großes Unglück ein und dasselbe sind? Sie versuchte es auch nicht, sondern sagte einfach: »Meine Tochter, du kannst nicht haben, ohne auch zu geben. Das wäre unschicklich. Du bist ein Kind. Eines Tages wirst du eine Frau von Charakter sein.«

Zur Stunde des Zwielichts desselben Tages saß Frühlingsmond allein in der Stadt, über der fünfzehn verschiedene Nationalflaggen wehten, in einem Zimmer, das niemandem gehörte, auf einem Stuhl, der so anders war als die, die sie gewöhnt war, daß ihre Füße müde über dem Boden baumelten.
Irgendwie mußte sie Schimmernde Jade in der Missionsschule

untergebracht und ihrer Tochter Lebewohl gesagt haben. Irgendwo mußte sie in einem Hotel abgestiegen und den Koffer ausgepackt haben. Sie konnte sich nicht mehr erinnern.
Sie nahm den Brief, den sie auf dem Schoß liegen hatte, und zerbrach das rote Wachsrund, in welches das Siegel der Ersten Gebieterin eingedrückt war.
Eine Zeitlang lag das Papier noch zusammengefaltet in ihrer Hand. Noch nicht, dachte sie, jedenfalls jetzt noch nicht. Diese Nachricht stellte das letzte Bindeglied zum Hause Chang dar. War das erst einmal durchschnitten – wie lange würde dann Schweigen herrschen? Woher wollte sie das wissen? Ein Seufzer entrang sich ihrer Brust, so verloren, daß sie sich augenblicklich zur Ordnung rief. Wenn sie nicht die nötige Kraft aufbrachte – wie konnte sie von dem Kind, das sie geboren hatte, erwarten, allein zu überleben? Sie faltete den Brief auseinander.

Meine Söhne und Enkelin –
wenn diese Echos meiner Gedanken Euch erreichen, werde ich meine Reise jenseits der Gelben Quellen angetreten haben. Lange ehe Ihr fortginget, habe ich die Geister rufen hören. Ich bin müde und sehne mich danach, neben unseren Ahnen im Garten zu schlafen. Trauert nicht. Wir sind alle Pilger, unterwegs nach demselben Ziel.
Ich bin bereit. Sobald die Nachricht vom tragischen Tod meiner Söhne in Soochow eintrifft, wird die Welt glauben, ich sei meinem Schmerz erlegen. Das trifft sich gut mit meinen Plänen und Wünschen.
Bewahrt mich in Eurem Herzen. Klagt nicht neben meinem Sarg. Aus demselben Grund, aus dem ich euch fortgeschickt habe, verbiete ich Euch, in diese Höfe zurückzukehren, um an meiner Seite zu knien. Enttäuscht meine Hoffnungen nicht. Die Familie wäre verloren, wenn Leidenschaften regierten. Doch in einer Zeit, da wieder Harmonie herrscht, einem Tag, da die Hügel grün sind und der Wind sanft, versammelt Eure Kinder und die Kinder Eurer Kinder um Euch und fegt die Dächer unserer ewigen Ruhestätte. Auf diese Weise wird die Vergangenheit mit der Gegenwart verbunden und die Gegenwart mit der Zukunft. Vergeßt diese Riten nicht, auf daß wir nicht allein seien, ohne rechten Platz noch Namen, ohne Heimat.
Das Leben ist ein Paradox, welches die Götter geschaffen haben,

damit die Sterblichen spielen, Götter zu sein. In seinem Wunsch, das Alte zu bewahren, hat der Altehrwürdige Euch, meine Söhne, ausgeschickt, das Neue zu lernen. Wie hätte er vorhersehen können, daß, um das Reich zu bewahren, die Sippe weichen muß? Ich freue mich, daß ich den Ausgang dieses Kampfes nicht mehr erfahren werde. Enden wird er, wie ich vermute, dann, wenn das Alte neu ist und das Neue alt. Meine Enkelin, man hat mir geweissagt, Du seiest mit dem größten Glück gesegnet, das der Mensch kennt. Du wirst fünf Generationen erleben. Halte Dich an dieses Schicksal, Kind! Höre auf die Weisen, halte die Tradition in Ehren und sichere unseren Weiterbestand unter einem Dach!
Durch Euch, meine Kinder, lebe ich.

Mutter, Großmutter

Der Taifun, der durch die Hitze angekündigt wurde, raste drei Tage lang die chinesische Küste entlang wie ein gigantischer Drehkreisel, schickte Schiffe auf den Meeresgrund, verschonte aber das Land. Unter den vielen Ertrunkenen, so hieß es, befänden sich auch die Brüder Chang aus Soochow.

Sommerwein

20. Zwischenspiel

Der Himmelskaiser hatte eine wunderschöne Tochter, die allein an den östlichen Gestaden des Sternenflusses lebte und webte. Ihr Fleiß rührte ihn so sehr, daß – als sie volljährig wurde – er das Universum absuchte nach einem Mann mit einem guten Herzen. Nach vielen Monden fand er einen solchen Mann – einen Kuhhirten, der an den westlichen Gestaden lebte. Dem Wunsch des Vaters gehorsam, heirateten die beiden.

Nach der Hochzeit verliebten Mann und Frau sich so heftig ineinander, daß sie nur noch für sich Zeit hatten. Der Webstuhl stand still. Die Kühe liefen auseinander

Der Kaiser war ungehalten und ließ durch die Elster ausrichten, das unmäßige Paar möge augenblicklich seine Pflichten an den entgegengesetzten Gestaden wieder aufnehmen und dürfe nur einmal im Monat zusammenkommen.

Aber ach, der Vogel war vergeßlich und sagte ihnen: einmal im Jahr.

So kommt es, daß jedes Jahr am siebten Tag des siebten Monds die Elstern zum Himmel aufschwirren, die Flügelspitzen ausbreiten, bis sie den Sternenfluß überspannen und den Weg bereiten für das Wiedersehen von Spinnerin und Kuhhirt. Wenn auch die restlichen 364 Tage im Jahr unfruchtbar sind, ist das Glück von Mann und Frau an diesem einen Tag so groß, daß die Regenwolken es den Augen der Sterblichen entziehen müssen, indem sie taktvoll den Himmel verhüllen.

Chinesische Erzählung

Wie noch jeden Tag, seit sie in das Traveler's Hotel gekommen war, saß Frühlingsmond auf dem ungefügen Stuhl am Fenster ihres Zimmers. Es kam ihr vor, als sei sie schon eine Ewigkeit hier und sähe Shanghai und sähe es doch nicht. Wann war der Wirbelsturm vorübergegangen? Sie hatte seinen Gang verfolgt; trotzdem erinnerte sie sich nur noch an wenig. Immer und immer wieder kehrte sie in Gedanken zum Kloster zurück. Nicht zu dem Mandschu, denn diese Tat war notwendig gewesen und getan worden, sondern zu der Verschwörung, die sie jetzt an ihren Onkel band. Nacht für Nacht fand sie nur wenig Ruhe. Geistererscheinungen, die sie nicht benennen konnte, verfolgten sie durch gewundene Galerien und fremde Höfe bis in unbekannte Höhen, aus denen es kein Entrinnen mehr gab. Wenn sie morgens aufwachte, war sie zerschlagen und konnte nicht vergessen.

Am zweiten Tag hatte sie sich einen Band der Sung-Dichterin Li Ch'ing-chao kommen lassen, deren Schicksal dem ihren nicht unähnlich war. Auch sie hatte mit jungen Jahren den Sohn eines berühmten Gelehrten geheiratet, war glücklich mit ihm gewesen, zur Witwe geworden und gezwungen worden, den Norden zu verlassen und in den Süden zu ziehen.

Einsam in meiner abgeschiedenen Kammer,
Erfüllen tausend Kümmernisse jeden Fingerbreit meines empfindsamen Wesens.
Ich bedaure, daß der Frühling so rasch verging, und
Daß Regentropfen die Blüten zu früh niederdrückten.
Ich lehne mich über die Balustrade,
Müde und einsam.
Wo weilt mein Geliebter?
Nur das schwindende Grasland erstreckt sich endlos bis an den Horizont.
Bangen Herzens blick' ich die Straße entlang, ob du nicht wiederkommst.

Immer und immer wieder dasselbe Gedicht.

Ab und zu pflegte sie die Augen zuzumachen und Frohes Versprechen aufzufordern zu kommen. Dann sah sie wohl sein Gesicht vor sich, wie es in ihrer Hochzeitsnacht gewesen und an dem Morgen, da er fortgegangen war. Wie jung er ausgesehen hatte! Inzwischen war sie schon drei Jahre älter als er.

Warum, mein Gatte, hast du mich verlassen? Nichts, was ich mir jetzt wünschen könnte, wäre mit der Freude zu vergleichen, die unser Herz erfüllt hätte, wärest du geblieben, dich im Garten zu ergehen und den Sohn deines Sohnes im Arm zu halten. Nichts, was ich fühle, wäre mit dem zu vergleichen, was ich empfand, als wir

jung waren. Nichts, was ich heute verspreche, wird so aufrichtig sein, denn wenn ich etwas verspreche, breche ich damit den Schwur, der mich an dich bindet.
Früher hatte sie ganze Tage nacherleben können, die sie gemeinsam verbracht hatten. Was er angehabt hatte. Der sich verändernde Ausdruck seiner Augen. Wie die Luft an ihren Wangen sich angefühlt hatte und ob sie über Laub gegangen waren. Jede Einzelheit hatte sie gehortet und aufgehoben. Wann hatte sie angefangen zu vergessen? Sie wußte es nicht mehr.
Es gab für sie jetzt so viel, was für immer verloren war. Hatte er die winzige Narbe am Daumen oder am Zeigefinger gehabt? Daran hatte sie zum ersten Mal gemerkt, daß mit ihrer Erinnerung etwas nicht stimmte. Das wußte sie noch ganz genau. Und daß sie geweint hatte, als sie sich nicht mehr ganz sicher war. Seither hatte sie willkürlich bestimmt, daß die Narbe sich am Daumen befunden hatte. Nach elf Jahren war es schwierig, genau zu wissen, was wirklich gewesen war und was sie ihm andichtete.
Manchmal, wenn sie ihn rief, starrten die Augen in der silbergerahmten Fotografie sie aus einem leblosen Gesicht heraus an, dann verschwand das Bild, und ein anderes schob sich an seine Stelle.
»Nein!« rief sie wohl, wenn das geschah. »Das ist nicht der, den ich liebe. Mein Gatte war jung. Er hatte noch keine grauen Strähnen im Haar.«
Trotzdem verweilte Ältesten Onkels Bild, und es blieben die Abschiedsanweisungen von Goldener Tugend.
Immer und immer wieder dieselben Fragen. Wem hatte ihre Treue zu gelten? Der Vergangenheit? Einem gegebenen Versprechen? Einem oder mehreren? Verpflichtungen, die sie eingegangen war? Was mußte geopfert, was behalten werden? Sie wandte sich vom Fenster ab, nahm eine Kirsche von dem Tablett mit Früchten, das unberührt auf ihrem Tisch stand, aß sie wie abwesend, schluckte den Stein mit hinunter und hörte auf die eigene Stimme, mit der sie schalt, wenn Schimmernde Jade das gleiche tat. Barmherzige Kwan Yin, flehte sie, laß unsere zärtlichen Worte die im Zorn gesprochenen überdauern und tröste mein Kind in den kommenden Jahren.
Unruhig zog sie ihren zusammengelegten Fächer aus dem Überwurf. Er bestand aus Elfenbein, war jedoch so unendlich fein geschnitzt, daß er aussah wie Spitze. Eine Stimme aus der Vergangenheit flüsterte: »Bist du sicher, daß der Fächer rot ist, kleines

Mädchen? Schau noch einmal hin!« Er war blau. »Schau nochmals hin!« sagte der Zauberer. Er war gold. Was ist wahr, und was ist listige Täuschung? Ganz gewiß hatte heiße Erwartung ihn gefärbt. Oder war sie verzaubert?
Und wenn nicht, warum war sie kaum imstande, an irgend etwas anderes zu denken als daran, wie es wohl sein würde ohne die Sippe, ohne die Familie und ohne Namen. Nur sie beide, die den anderen etwas vorspielten.
Mit klatschendem Geräusch ließ sie den Fächer zuschnappen, trat ans Waschbecken, drehte am Hahn, mit dem man das Wasser herbeirief, und wusch sich die Hände. Nachdem sie sie abgetrocknet hatte, dufteten sie noch lange nach Rosen. Sie lächelte. Es roch nach Sommerabenden in längst vergangener Zeit, da sie – die kindlichen Finger ausgestreckt – dagestanden und Dritte Base ihr jeden Fingernagel mit Blütenblättern rosa gerieben hatte. War sie fünf Jahre alt gewesen, als das Geißblatt so überaus süß gewesen war, daß Pflaumenblüte die Blüten von den höchsten Ranken gepflückt hatte, um sie zu versuchen?
Wie würde es wohl sein, sie beide, ganz allein, die den anderen etwas vormachten?
Es war noch zu früh, um zu schlafen, doch legte sie sich aufs Bett und bemühte sich, eine möglichst bequeme Lage zu finden. Die europäische Matratze war zu weich, das federngefüllte Kissen zu formlos. Sie kam sich vor wie ein Vogel im Käfig, den die Familie auf dem Weg in ein neues Haus aus Versehen irgendwo abgestellt hatte.
Sie zwang sich, sich zu konzentrieren und die Tage zu zählen. Waren erst sieben oder schon acht Tage vergangen, seit sie hierhergekommen war? Immer noch keine Nachricht von Beherztem Talent. Vor Verlassen Soochows hatte er sie gewarnt, es könne eine ganze Woche oder noch länger dauern. Ein neues Leben zu beginnen, das war nicht so einfach und ließ sich nicht übers Knie brechen, zumal dann nicht, wenn Geheimnisse gewahrt bleiben mußten. Sie jedoch hatte Angst: Wenn er sie jetzt nicht bald kommen ließ, würde die Einsamkeit – oder war es die Sehnsucht? – die Oberhand über sie gewinnen, und sie würde ihn verraten.
Das Hotelzimmer war nicht klein, war jedoch vollgestopft mit dem, was gewesen war und was sein würde. Wenn sie nur einen Spaziergang machen, mit irgend jemandem reden könnte!
Wie mochte das sein, nur die...

Es wurde geklopft. Sie fuhr in die Höhe. »Wer ist da?«
»Brief für die Woo Tai Tai.«
Sie machte die Tür auf. Der Überbringer verneigte sich und reichte ihr den Umschlag. Sie bat den Mann zu warten und riß den Umschlag auf. Die Nachricht lautete: HEUTE ABEND. 333 BUBBLING WELL ROAD.
Endlich! Sie meinte, einen wissenden Ausdruck im Gesicht des Portiers zu erkennen, und nahm rasch eine würdige Haltung ein. »Bitte, bereitet meine Rechnung vor.«
»Die ist bereits beglichen, Herrin. Und eine Droschke zur gefälligen Benutzung wartet auf Euch.«

Die Fahrt, sagte der Kutscher, werde etwa eine halbe Stunde dauern. Dankbar lehnte sie sich zurück. Die Luft war mild, sogar kühl, und doch hatte sie Mühe zu atmen. Sie schloß die Augen, hatte Angst vor Gesichten, machte sie wieder auf und blickte zum Fenster hinaus. Aber es war Nacht, und sie fuhren zu schnell, als daß sie viel hätte sehen können. Eines jedoch würde sie nie vergessen. Kurz nachdem sie vom Bund abgebogen waren, zog eine andere Kutsche neben der ihren gleich. Von den schimmernden beiden Messinglampen strahlte sie wie ein lackiertes Schmuckkästchen, und drinnen hatte ganz allein ein Mann gesessen. Für einen Moment, ehe sie die Augen hatte senken können, hatten ihre Blicke sich gekreuzt. Irgend etwas an ihm verwirrte sie. Sein Gesicht kam ihr bekannt vor. Wo war sie ihm schon einmal begegnet? In Soochow nicht; aber vielleicht in Peking. Dann plötzlich wußte sie es. Sie hatte ihn überhaupt niemals kennengelernt. Er war nur jemand, der Frohem Versprechen ähnlich sah.
Ungerufen erschien ihr Gatte vor ihr so, wie sie ihn das erste Mal gesehen hatte, damals, an ihrem Hochzeitstag. Seine Haut war glatt, seine Augen wie die keines anderen. Und unvermittelt ertappte sie sich dabei, wie sie erklärte, was sie noch nicht begriffen hatte. »Ich habe hart gekämpft, mein Gatte, habe alles getan, um die Jahreszeit daran zu hindern, eine andere zu werden. Aber der Frühling ist vergangen, und jetzt ist Sommer.«
Sein Bild verweilte nur noch einen kurzen Augenblick länger, und sie meinte, ihn sagen zu hören, wie er es schon einmal gesagt hatte: »Wir leben in einer Zeit der Veränderung.« Als die Droschke an einer Kreuzung hielt, sah sie wieder auf. Derselbe Wagen wie vorhin hielt neben dem ihren, und der Fremde strahlte sie herzlich

an. Ohne weiter darüber nachzudenken, erwiderte sie sein Lächeln. Als ihr klarwurde, was sie getan hatte, waren seine Pferde im Galopp davongestoben, war die Kutsche verschwunden.

Sie ließ sich in das Polster sinken und schloß die Augen. »Herrin, wir sind da.« Der Kutscher hielt ihr den Wagenschlag auf. Frühlingsmond stieg aus, sah ihm zu, wie er ihr Gepäck losschnallte, und ging ihr dann die Treppenstufen zum Stadthaus voran. Sie bezahlte ihn und wartete mit dem Klingeln, bis das Hufgeklapper nicht mehr zu hören war. Die Tür wurde geöffnet. Ein Mann in weißem Leinenanzug und mit schwarzem Querbinder stand vor ihr.

»Ältester Onkel?«

Er lachte und hob die Hand, um sich über das wie bei einem Europäer kurzgeschnittene und pomadisierte Haar zu fahren. »Es ist schon eine ziemliche Veränderung. Ich kann mich selbst immer noch nicht daran gewöhnen.«

Jünger sieht er aus, dachte sie, viel jünger.

»Tritt ein, tritt ein! Ich werde dein Gepäck nehmen. Diener haben wir bis jetzt noch nicht. Ich hielt es für das beste, wenn du sie dir selbst aussuchst. Bis dahin sind wir allein.«

Er schloß die Tür hinter ihnen und führte sie in einen langen, schmalen und mit einer Art breitem *mu-ban* getäfelten Raum, wie sie es sonst immer auf dem Fußboden gesehen hatte. Die Wirkung war sonderbar, aber nicht unangenehm. »Bitte, nimm Platz.« Er zeigte auf einen der beiden schwarzen Lederstühle, die an einem Mahagonitisch standen, und setzte sich auf den anderen. Das Buch, in dem er gelesen hatte, lag aufgeschlagen auf der zu dick gepolsterten Armlehne.

Frühlingsmond wußte einfach nicht, was sie sagen sollte. Sie blickte sich im Zimmer um, betrachtete den großen Kamin, die Ölgemälde von Reitern, Segelschiffen und riesigen gefleckten Hunden.

Beherztes Talent räusperte sich und berichtete ihr im Plauderton, was er alles unternommen hatte, um sich hier als B. T. Yang, ein Chinese aus Übersee, der geschäftlich in Shanghai zu tun habe, niederzulassen. Sie stellte nur ein paar Fragen. Nachdem dieses Thema besprochen war, stand er auf und sagte: »Nun, wie wär's mit ein paar Erfrischungen?«

»Erfrischungen?«

»Ja, ich bin bei der Bäckerei vorbeigegangen und habe ein wenig von dem von dir so geliebten Mandelgebäck gekauft.« Mit diesen Worten wollte er ins Zimmer nebenan gehen.

Impulsiv streckte sie die Hand aus und schrie fast. »Nein. Bitte, geh nicht! Bitte, mach keine Umstände.«
»Das sind doch keine Umstände.«
»Bitte, Ältester Onkel, ich habe im Hotel gegessen, ehe ich hierhergefahren bin.«
»Dann vielleicht bloß Tee?«
»Tee?«
»Ja, Tee.«
Sie schüttelte den Kopf. »Nein, ich habe keinen Durst.« Sobald sie das gesagt hatte, bedauerte sie es. Tee zu trinken hätte bedeutet, etwas mit den Händen zu tun zu haben. Verzweifelt suchte sie nach einem Thema, über das sie hätten reden können, und zuletzt entfuhr es ihr: »Wo ist Junger Onkel?«
»Auf den Philippinen«, sagte er und nahm wieder Platz. »Er ist schon vor über einer Woche von hier abgefahren.«
»Und wie lange wird er fortbleiben.«
»So lange, wie es nötig ist. Seine Freunde in der chinesischen Gemeinde dort werden ihm helfen.« Ihre Augen begegneten einander. »Keine Sorge, meine Nichte. Er ist nicht allein...«
Sie wandte den Blick ab, starrte auf das Buch, das zwischen ihnen lag, las den Titel immer wieder, ohne ihn indes aufzunehmen.
Er beeilte sich, das Schweigen zu füllen, doch sie hörte gar nicht, was er sagte. Hatte es jemals eine Zeit gegeben, da sie in seiner Gegenwart nicht gewußt hatte, was sagen? Sie konnte sich nicht erinnern. Bis auf heute abend...
»Meine Nichte?«
»Ja?«
»Ich sagte gerade, dieses Zimmer hier ist eine Kopie gewisser Zufluchtsstätten, wie man sie in London findet.« Er erklärte die unnatürliche Umgebung. »Die Abenteuerlustigen, die nach China kommen, um hier ihr Glück zu machen, statten ihre Häuser oft wie dieses hier aus. Daheim in England könnten sie niemals hoffen, zu einem der exklusiven Clubs zu gehören, die solche Räume haben wie diesen.«
»Wie traurig.«
»Findest du das wirklich?« fragte er und das in jenem Ton, den er früher immer angenommen hatte, wenn er die richtige Antwort aus seiner Schülerin hatte herausholen wollen. Als sie nichts erwiderte, fuhr er fort: »Ich finde das nicht so traurig. Wer kann schließlich jeden Traum verwirklichen? Für manche ist eine Illusion schon

genug, und wenn es auch nur für eine kurze Zeit ist.« Er wartete, doch sie starrte nur das Muster im Teppich an.

»Traurig wäre es doch nur«, fuhr er fort, »wenn es nicht einmal in Shanghai einen Ort gäbe, den Verbannte zu ihrem Platz machen könnten...« Abermals wartete er auf ein Zeichen, daß sie verstanden habe. Widerwillig begegneten ihre Augen den seinen. Das war genug.

Als er schließlich wieder sprach, verriet seine Stimme eine Zärtlichkeit, wie sie sie noch nie bei ihm gehört hatte. »Frühlingsmond? Ich muß dir soviel erklären.«

Nein, hätte sie fast gerufen, nicht jetzt, noch nicht. Unvermittelt stand sie auf. »Ältester Onkel, bitte entschuldige mich. Ich bin müde.«

Auch er stand auf. »Das ist durchaus begreiflich.« Er trug ihre Sachen in das Vorderzimmer des zweiten Stocks. Sie dankte ihm, und er wünschte ihr eine gute Nacht. Als er ging, stand sie unter der Tür und sah ihm nach, wie er die Treppe hinunterging. Sie würde ihn überall erkennen, dachte sie, gleichgültig, welche Verkleidung er trug.

Als sie allein war, packte sie aus, ging wie mechanisch zwischen Koffer, Schrank und Ankleide hin und her.

Nachdem alle Koffer und Taschen leer waren, setzte sie sich neben das Foto von Frohem Versprechen, das auf dem Bett lag, und betrachtete es sehr lange. Er war groß, und seine Haut war glatt. Seine Augen glichen keinem anderen. Sie und ihr Gatte waren wieder Fremde.

Ehe sie das Zimmer verließ, legte sie den Silberrahmen vorsichtig in eine Schublade.

Unten waren bis auf die Lampe auf dem Dielentisch alle Lichter gelöscht worden. Die Vordertür stand weit offen. Beherztes Talent stand da, einen halben Schritt vor der Schwelle, und kehrte ihr den Rücken zu.

Eine Zeitlang beobachtete sie ihn. Ob er sich bewegte oder wie jetzt still stand – die Art, wie er sich gab, erinnerte immer an die Ideale der Eleganz und der Vornehmheit. Seine Anmut war wahre Anmut, voller Kraft, und wer seine harmonischen Züge sah, fühlte sich sogleich aufgefordert, sein Wesen kennenzulernen.

Leise klopfte sie auf den Boden.

Er drehte sich um und sah sie ohne Überraschung an.

»Warum stehst du draußen?« fragte sie. »Erwartest du jemanden?«

»Nein«, antwortete er ernst, »sonst niemanden.«
»Aber warum wartest du dann?«
»Ach, ich bin so lange hindurch ein Narr gewesen, so lange, Frühlingsmond.«
»Wieso bist du ein Narr gewesen?«
»So etwas kann nur fragen, wer selbst ein Narr ist.«
Sie trat auf ihn zu und schmiegte das Gesicht an sein Herz.
Den ganzen Sommer über war der Mond über Shanghai durchsichtig, eine kristalline Schuppe, die eine schimmernde Meerjungfrau verloren hat. Die Nächte waren lind. Eine duftende Brise regte sanft die Weiden, ohne Hast, und Heimchen zirpten, um ihr Lied vor dem Ende der treibenden Lebensspanne zu Ende zu bringen.
Der Sommerwein entfachte neues Begehren.

21. Sich dreinfügen

Um neun Uhr abends des Tages, der als Doppelte Zehn des Ersten Jahres der Republik China bekannt werden sollte, besetzte ein Trupp von Aufständischen das Wuchang-Arsenal in Wuhan.
Als die Nachricht sich verbreitete, erhoben sich die Aufständischen im ganzen Lande. Sie trafen auf wenig Widerstand. Sobald ein Gegner sich den Zopf abschnitt, wurde er unvoreingenommen in den Reihen der Republikaner willkommen geheißen.
Am sechsten Tag vorm ersten Tag des Jahrs der Ratte – 1912 – wurde vom Scharlachroten Stift ein letzter Erlaß herausgegeben:

»Die Wünsche von Millionen dürfen um des Ruhms einer einzigen Familie willen nicht unberücksichtigt bleiben. Infolgedessen wird der Kaiser sich zurückziehen und in Muße das Zu- und Abnehmen vieler Monde betrachten und über die Ausübung einer klugen Regierung nachsinnen.«

Der Violette Drachen der Ch'ing-Dynastie hatte länger als zweihundertundfünfzig Jahre über den Dächern Chinas geschwebt. Jetzt war er über Nacht hinweggefegt. Über jedem Haus und jeder Hütte in Shanghai flatterten die weißen Fahnen der Revolution wie zum Trocknen aufgehängte Bettlaken. An Straßenecken, in Straßenbahnen und Gassen waren vor Tag, nach Dunkelwerden, kurz: die ganze Zeit Trupps scherenschwingender Männer unterwegs, nichtsahnenden und widerstrebenden Köpfen die Zöpfe abzuschneiden. Männer lachten, wenn sie ihre Nachbarn ohne Zopf sahen, und wurden ihrerseits ausgelacht, wenn sie an der Reihe waren. Die Armen sahen ohne den Haarbändiger Zopf aus wie die Stachelschweine, die Reichen, die sich Vaseline leisten konnten, wie nasse Enten. Söhne baten ihre Eltern weinend um Verzeihung dafür, ohne das Geschenk der Ahnen verunstaltet auszusehen. Klagende Mütter liebkosten die abgeschnittene Zierde.

Chinesische Geschichte

Am ersten Tag des ersten Monds schrieb Frühlingsmond ihrer Schwiegermutter einen Brief und wünschte ihr und der Familie ein glückliches und erfolgreiches Jahr der Ratte. Der Tradition entsprechend berichtete sie, wie es ihr im vergangenen Jahr ergangen war und hielt die Lügen möglichst nahe an der Wahrheit, ohne irgendwelche Geheimnisse preiszugeben. »Schimmernde Jade besucht eine vorzügliche Schule ganz in der Nähe, und ich habe Beschäftigung bei der Shanghaier Familie Yang gefunden...« Sie erwartete keine Neujahrsgrüße von Köstlicher Lotus, denn diese hatte im vergangenen Jahr nicht geschrieben.
Drei Wochen später, an einem Morgen, da die Pferde weißen Rauch ausatmeten und das Licht die Vorderräume viel größer erscheinen ließ als an anderen Tagen, saß Frühlingsmond allein im Arbeitszimmer und las. Beherztes Talent hatte sich in der Stadt mit jemandem verabredet. Wie gewöhnlich hatte sie einen der Diener ausgeschickt, sein letztes Geschenk noch vor der Mittagsstunde zurückzutragen, denn um diese Zeit kam er oft zum Mittagessen heim.
Sie lächelte in sich hinein und berührte die goldene Haarnadel, die sie trug. Sie war sein erstes Geschenk, das einzige, das sie behalten hatte. Offensichtlich war es ihm hauptsächlich um die Freude des Schenkens zu tun, denn ihm fiel nie auf, daß seine Geschenke später nicht mehr da waren. Seine Freude an ihr und – später – an der Republik war die eines jungen Mannes, für den alles Hoffnungen und Zukunftspläne sind. »Vielleicht ist die Welt wirklich anders geworden«, sagte er immer und immer wieder. »Vielleicht wird mit dem Kampf wirklich etwas erreicht. Vielleicht werden wir frei sein.« Er handelte ganz so, als ob ihr Glück nie ein Ende haben würde. Manchmal lachte er nachts im Schlaf laut auf.
Sie war gerade dabei, die Glut im Kamin zu schüren, als es klingelte. Es war ein Telegrammbote. Ihre Hand zitterte, als sie das Kuvert entgegennahm.
Das Telegramm kam aus Peking. Köstlicher Lotus brauchte ihre Schwiegertochter an ihrer Seite.
Sie würde nicht weinen. Frühlingsmond hatte von Anfang an gewußt, daß ihr Glück mit Beherztem Talent nur ein Zwischenspiel war. Anfangs hatte sie gedacht, es würde ihnen mehr Zeit bleiben, Jahre vielleicht. Doch nach Wuhan sank ihr jedesmal das Herz, wenn die Sonne unterging, denn sobald die Mandschus erst einmal bezwungen und die Ordnung wiederhergestellt war, würden die Revolutionäre nach Hause gehen. Und die Toten, wie die Chang-

Brüder, zu neuem Leben auferstehen. Und die Wurzellosen, wie die Yangs, sterben. Sie durfte nicht wie ein Kind sorglos vor sich hin leben, ohne einen Wunsch, der ihr nicht erfüllt worden wäre, als ob sie ihr Sklavenmädchen gerettet und ihr Schicksal geändert hätte. Immer und immer wieder hatte sie sich die Lektion des Altehrwürdigen wiederholt, um sich dann, wenn es soweit war, nicht festzuklammern, sondern loszulassen. Noch während sie sich auf diesen Augenblick vorbereitet hatte, hatte sie überlegt, wo sie dann wohl leben würde. Soochow kam nicht in Frage. Wie sollte sie sich über Nacht von seiner Frau wieder in seine Nichte verwandeln? Das konnte sie nicht. Und er auch nicht. Und doch gab es nichts anderes als Soochow. Jetzt gab das Telegramm ihr die Antwort. Ohne sich irgendwelchem Kummer hinzugeben, stieg sie die Treppe hinauf, um sich auf die Reise vorzubereiten.

In der Stunde des Affen wurde ihr von der Dienerin gemeldet, der Herr sei zurückgekehrt. Als Frühlingsmond das Arbeitszimmer betrat, fand sie ihn bereits in die Zeitungen vertieft, die auf dem Schreibtisch ausgebreitet lagen. Sie legte das Telegramm über die Seite, die er gerade las, und setzte sich dann wortlos ans Fenster.

Lange Zeit geschah überhaupt nichts. Ihr Rücken war verspannt, und mit ihrer Fassung war es bestellt wie mit einer Kerze, die im Wind flackert.

Plötzlich lachte er. Hohl klang es, wie das Gelächter, das Marionetten ausstoßen, mit denen Kinder unterhalten werden. »Es ist aberwitzig! Es sind dieselben Worte, die ich in der falschen Nachricht benutzt habe, die ich letzten Sommer nach Soochow geschickt habe. Ich zitiere: Frühlingsmond dringend gebraucht. Gezeichnet: Schwiegermutter. Zitat – Ende. Die Götter suchen uns mit unseren eigenen Lügen heim! Komisch, findest du nicht auch?«

Sie nickte, wie versteinert.

»Dann solltest du lachen. Warum lachst du nicht?« Mit Bedacht erhob er sich und zerriß das Telegramm in kleine und immer kleinere Fetzen, ehe er sie ins Feuer warf. Sie sah zu, wie die Papierschnitzel aufflammten, zu Asche wurden und dann sanft in die Höhe schwebten, bis sie im Kamin verschwanden.

Er nahm den Schürhaken zur Hand und durchbohrte die Flammen wie mit einem Speer.

Worte kamen nicht an ihr Ohr. Es war, als ob der Raum voll und kein Platz mehr vorhanden wäre für noch einen Gedanken, für noch einen Schrei.

Plötzlich ließ er den Schürhaken fallen, trat zu ihr und riß sie brüsk in die Höhe. »Bedauerst du unsere Liebe?« Durchdringend sah er sie an, suchte nach einer Antwort in ihren Augen.
Sie gab keine Antwort. Ihr fiel ein, daß ihr Gatte sie einmal dasselbe gefragt hatte. Mußte Glück denn immer so enden?
Er hielt sie fest umschlungen und wiederholte seine Frage. »Bedauerst du unsere Liebe? Ich muß das wissen.«
Warum fragen sie, überlegte sie. Fragen sie denn auch die Sonne, ob sie es bedauert zu scheinen? »Nein, das tue ich nicht«, antwortete sie zärtlich. »Das einzige, was ich bedauere, ist, daß ich heute abreisen muß.«
»Muß es schon heute sein?«
»Heute ist es leichter als morgen«, erwiderte sie. Er konnte nicht abstreiten, daß etwas Wahres daran war.
Schweigend umklammerten sie sich.
»Vielleicht ist es nur für eine kurze Zeit«, flüsterte er.
Sie riß sich los und ging zu dem Globus hinüber, der in einer Ecke des Zimmers stand. Müßig versetzte sie ihn in Bewegung, so daß er sich drehte. Dann sagte sie: »Es wird für immer sein.« Und: »Meine Schwiegermutter macht mich für all ihr Unglück verantwortlich. Bliebe ihr eine andere Wahl, sie hätte mich nicht gerufen. Irgend etwas muß mit ihrem angenommenen Sohn geschehen sein. Ich bin alles, was ihr noch geblieben ist. Es ist meine Pflicht, ist mein Schicksal. Meinem Gatten zu Ehren werde ich meiner Schwiegermutter dienen, so wie er ihr gedient hätte, wäre er nicht gestorben. Unsere Ahnen, die uns das Leben gegeben haben, verweigern dir und mir ein gemeinsames Leben. Wir, die wir einen Platz einnehmen, der uns rechtens nicht zusteht, müssen uns dreinfügen. Es gibt keinen anderen Weg.« Mit den Augen folgte sie ihren Handlinien. Stand das alles hier geschrieben? War es ihr Schicksal? Als sie aufsah, blitzte es vor Zorn in seinen Augen.
»Keinen anderen Weg?« Er verlegte sich aufs Bitten. »Es muß einen anderen Weg geben. Die Revolution hat Schluß gemacht mit dem Sich-Dreinfügen. Begreifst du das denn nicht?« Als sie nichts entgegnete, griff er nach den Kummerkügelchen, die sie ihm geschenkt hatte, ließ sie durch die Finger gleiten, tigerte im Zimmer auf und ab und ging hin und her und bot das Bild von Jahrzehnten von Enttäuschungen. Sie hielt ihn nicht davon ab. Je erregter er wurde, desto ruhiger wurde sie.
»Begreifst du denn nicht, was nicht stimmt?« rief er. »Was mit dir

nicht stimmt, mit mir nicht, mit Goldener Tugend nicht, allen Chinesen nicht, dem Alten Reich und der alten Lebensweise?
Sich dreinfügen! Das ist es, was nicht richtig ist. Zuletzt fügen wir uns doch immer: der Tradition, den Ausländern, der Familie, der Autorität, der Pflicht. Wir fügen uns allem und jedem, Lebenden wie Toten – nur unseren Bedürfnissen, unseren Träumen und unseren Leidenschaften, denen geben wir nicht nach. Und wenn wir dann einmal für uns leben, dann niemals für lange. Mal einen Augenblick hier, einen Monat dort. So lange, wie niemand etwas davon weiß. Solange nichts wirklich verändert ist. Und danach fügen wir uns wieder. Danach leben wir wieder genau so, wie *andere* wollen, daß wir leben.«
Unversehens hörte er auf zu sprechen und spähte zum Fenster hinaus, das vom Frost silbrig überhaucht war und jetzt, wo die Sonne unterging, allmählich dunkel wurde. Nur das Knistern und Knacken des Holzes im Kamin war zu hören. Als er weiterredete, klang seine Stimme ganz leblos.
»Noch während ich protestiere, weiß ich, daß nichts daraus wird. Du wirst deinen verstorbenen Gatten ehren, und ich werde die Familie nicht entehren. Darum werden wir jeder für sich leben, ein jeder das Leben, das wir nicht selbst gewählt haben.«
Mit vorgestrecktem Arm ging sie auf ihn zu. Er wollte sie nicht ansehen. Sie umfaßte sein Gesicht mit beiden Händen. »Wir werden's überstehen«, sagte sie. »Irgendwann werden wir unsere Trennung als ganz natürlichen Zustand sehen. Je mehr wir uns fügen, desto weniger werden wir begehren. So ist das mit uns Chinesen. Das hast du selbst oft gesagt.«
Sanft küßte sie ihn auf die Lippen. Doch er wollte sich nicht trösten lassen und riß sich los. Mit dem Schürhaken stieß er die verkohlten Überreste der Scheite durch das Rost und legte dann zwei neue nach. Nachdem er sich eine Weile mit dem Feuer beschäftigt hatte, sagte er: »Was kein anderer Mensch dulden würde, werde ich zulassen, denn ich bin ja Chinese. Wenn Europäer oder Amerikaner zu Fuß gehen, träumen sie davon, in einem Pferdewagen zu fahren oder auf einem Pferd zu reiten, dann von einer Kutsche, dann von einem Zug und eines Tages von einem Wagen ohne Pferde, der von selbst fährt. Wenn wir Chinesen zu Fuß gehen, halten wir uns schon für vom Glück begünstigt, daß wir beide Beine gebrauchen können. Und würden uns die Beine abgehackt, wir zügelten unser Temperament, übersähen Drohungen, fänden uns mit Beleidigun-

gen ab und würden wilde Gedanken zerstreuen. Gelingt uns das nicht, verbergen wir sie vor der Welt und finden uns damit ab, das Dasein eines Krüppels zu führen, überzeugt, wir können noch von Glück sagen, daß wir sitzen und deshalb kein Geld für Schuhe auszugeben brauchen und es daher sparen, wohingegen weniger vom Glück Begünstigte bereits unter der Erde liegen.
Wir fügen uns, und wir überleben, Frühlingsmond – aber wozu? Wozu, frage ich dich.«
»Für ein Leben des Opfers – der Pflichterfüllung – der Ehre«, erwiderte sie.
»Aber das ist nicht genug...«
Sie konnte den Schmerz in seiner Stimme nicht ertragen und hielt ihm die Hand vor den Mund. »Bitte, hör auf! Hör auf davon!«
Er nickte sanft.
Es blieb nichts mehr zu sagen.
Am Bahnhof, als es Zeit war, sich Lebewohl zu sagen, wagte er zum Abschied ihre Hand zu berühren; wider Willen mußte er über die vertrauten Falten lächeln, die sich augenblicklich auf ihrer Stirn bildeten. So hatte sie als Mädchen ausgesehen, ehe er wußte, daß sie es war, die jenen Teil von ihm barg, den die Götter zwar gemacht, aber im Augenblick seiner Geburt zufällig verlegt hatten, um ihn dann ohne weiter darüber nachzudenken ihr zu geben, als sie geboren wurde.
Bei seiner Rückkehr fand er einen Brief von ihr auf dem Bett liegen. Er setzte sich an den Tisch und starrte den Umschlag eine Weile an aus lauter Angst, jetzt zu erfahren, was zu sagen sie nicht den Mut aufgebracht hatte. Zuletzt machte er ihn auf und las:

Liebster –
einst kam mir das Leben nicht weniger eingeengt vor als dem Seidenwurm der Kokon. Dann gabst Du mir Flügel, und ich genoß das Fliegen in vollen Zügen.
Doch der Mond bleibt nie lange rund, und unsere Zeit vergeht. Mein Herz ist voll. Es ist kein Platz darin für Bedauern.
Die Liebe, die wir empfinden, wird bleiben. Aber die Träume, die wir geträumt haben, müssen sterben.
Wir wollen uns bitte nur einmal im Jahr schreiben: am ersten Tag des ersten Monds, so wie es Sitte ist. Sollten wir uns wiedersehen, laß uns nicht an den Anfang zurückkehren.

Deine Nichte

22. Den Göttern ein Schnippchen schlagen

Söhne werden ihm geboren werden –
Sie werden auf weichen Polstern zum Schlafen gelegt,
Sie werden in feine Gewänder gekleidet.
Sie werden Szepter haben, damit zu spielen,
Sie werden laut schreien. Prachtvoll werden
Sie aussehen mit ihren roten Knieschützern,
Die künftigen Herren des Landes.

Töchter werden ihm geboren werden –
Sie werden auf hartem Boden zum Schlafen gelegt,
Sie werden in einfache Kleider gehüllt.
Sie werden Steine haben, damit zu spielen,
Es ist nicht ihre Sache, Gutes oder Böses zu tun.
Nur über die Geister und das Essen werden sie nachzudenken haben,
Und darüber, ihren Eltern keinen Kummer zu bereiten.

Buch der Oden

An bestimmten Tagen, wenn der Wind aus dem Westen weht, wirbelt der Sand in den Lüften über der Verbotenen Stadt, so daß der Himmel golden aussieht. Ein solcher Tag war es, als die Schwiegertochter nach Peking zurückkehrte.

Sie fand ihre Schwiegermutter allein mit einer geistig zurückgebliebenen Dienerin in einem Haus vor, das nur noch eine Ruine war. Ihr Adoptivsohn war verbrannt – einer von denen vielen, die nach der Abdankung des Kaisers ein Opfer der Flammen geworden waren.

Seine kränkelnde Gattin war aufs Land zurückgekehrt, doch Köstlicher Lotus hatte sich geweigert, Peking zu verlassen. Hatte man sie einst nicht die Schönste der nördlichen Hauptstadt genannt? Lieber wollte sie sterben, als vor der Gattin ihres Neffen Kotau zu machen.

Frühlingsmond ließ sogleich Fatso kommen und machte sich auf die Suche nach einem neuen Heim – einem kleineren Haus in einem noch weniger begehrenswerten Viertel. Köstlicher Lotus tat kaum etwas anderes, als in die Ferne zu blicken, das Feuer zu beobachten, das längst erloschen war, und sich an niemanden im besonderen zu wenden, wenn sie fragte: »Was für eine Dynastie ist das, eine Republik? Was für ein Himmlischer Auftrag ist das – der Wille des Volkes? Was für Chinesen sind das, die keinen Zopf tragen?«

Als der erste Monat vorüberging, merkte Frühlingsmond es eigentlich noch gar nicht.

Als der zweite verging, ohne daß sich das Erwartete einstellte, fielen ihr Geschichten ein: von dem Beamten, der seine Stellung verlor, weil seine Frau während der neun Monate nationaler Trauer schwanger wurde... von Herrn Koo, der seiner Frau samt ihrem Liebhaber den Kopf abschlug und der freigesprochen wurde von jeder Schuld... von der geilen Witwe Ling, die lebendig begraben wurde, da sie den Namen der Familie beschmutzt hatte.

Sie hatte Beherztes Talent geliebt, und solange ihr Fehltritt ein Geheimnis blieb, empfand sie keinerlei Scham. Die Gesetze waren schließlich willkürliche Grenzen, von Menschen gesetzt, um das Walten der Harmonie zu gewährleisten, und keine göttlichen Normen. Doch als der dritte Monat vorüberging, ohne daß etwas geschah, wußte sie, daß ihr Zustand bald ruchbar werden und die Familien Chang und Woo entehrt werden würden. Angst bemächtigte sich ihrer. Aufgüsse von grünem Ingwer, Orangenschale und Ginseng halfen ebensowenig wie siedendheiße Bäder noch tagelanges Fasten.

Schließlich war es Fatso, die das Unaussprechliche aussprach.

»Herrin, ich weiß es seit vielen Wochen, und seit vielen Wochen habe ich nachgedacht. Früher hätte man das Baby durch die Hintertür als mein Kind in die Höfe gebracht, doch dazu bin ich zu alt. Deshalb mußt du mir erlauben, Stummchen zu finden und dafür zu sorgen, daß du niederkommen kannst. Deiner Schwiegermutter werden wir sagen, du habest bei einer ausländischen Familie einen Auftrag als Hauslehrerin übernommen. Es geht ihr nicht gut, und sie wird keine Einwände erheben. Ich werde sie bedienen, bis du zurückkommst.«

Mehr Worte wurden nicht darüber verloren, und am nächsten Morgen fuhr Fatso ab. Eine Woche darauf bestieg ihre Herrin das kleine Kanalboot, das sie nach Gelehrte Asche bringen sollte.

Als sie das Dorf erreichte, trug sie den grünen Rock einer Konkubine. Eine Sänfte gab es nicht zu mieten, doch die Dienerin vom Boot besorgte einen Mauleselskarren für die einzige Passagierin ihres Herrn.

Als sie an den dicht beieinanderstehenden Lehmhütten vorüberfuhr, sperrten Erwachsene Mund und Nase auf, Kinder kicherten, zeigten mit den Fingern auf sie, rannten hinter dem Karren her und hatten bunte Bildchen auf Fußsohlen und Handflächen, die sich sofort auflösten, sollten die Kinder es wagen, in dem verbotenen Kanal zu spielen. Ein paar Bettler riefen laut um Almosen. Selbst die Dorfköter rotteten sich zusammen, als sie eine Fremde rochen. Sie ließen den Kopf hängen und taten so, als wären sie gar nicht da.

Ruckartig blieb der Karren stehen. Sofort war sie von Straßenjungen umringt, die ihren Rock und ihr Gepäck befingerten. Voller Unbehagen blickte sie um sich. Der Kutscher war abgestiegen und schaufelte hinter dem Karren Dung, den sein Maulesel hatte fallen lassen, in einen Korb, der hinten von seinem Fahrzeug herunterhing – und beeilte sich, das zu tun, bevor jemand anders ihn für seine Felder einsammelte.

Die Menge um den Karren herum wurde immer größer, da die Frauen aus dem Dorf sich ihren Kindern beigesellten. In der Hoffnung, eine von ihnen zu erkennen, spähte sie aufmerksam in jedes Gesicht.

Plötzlich hörte sie eine Stimme rufen: »*Aija! Aija!* Ihr seid es!« Die Frauen traten beiseite, und Stummchen kam langsam auf sie zu.

»Wer ist sie?« riefen die Frauen. »Wer ist die schöne Dame?«

Stummchen würdigte sie keiner Antwort, sondern half Frühlingsmond vom Karren herunter. »Unser Haus ist nur ein paar Schritt von hier entfernt«, flüsterte sie.

Frühlingsmond bezahlte den Kutscher und bat ihn, ihr den kleinen Koffer ins Haus zu bringen. Er verneigte sich, zählte die Münzen und setzte dann ein breites Grinsen auf. »Aber gewiß doch, Herrin.«

»Schwester«, riefen die Frauen, »Ihr gebt zuviel. Ihr verwöhnt den Kutscher. Zuviel!«

Kinder, Bettler und Hunde scheuchten sie fort, doch dann folgten sie Frühlingsmond und Stummchen unverfroren in die Zwei-Zimmer-Hütte, betasteten Gewand, Haar und Haut der Fremden und betrachteten sie in allen Einzelheiten.

»So samten wie das Hinterteil meines Enkelkinds«, flüsterte eine.

»Fühl doch, wenn du mir nicht glaubst.«
»Habt Ihr Geschenke aus der Stadt mitgebracht?« rief eine laut. »Bleibt Ihr lang?«
»Schwester Hua, soll ich den Herrn des Hauses holen?«
»Wieviel hat der Kamm gekostet, den Ihr da im Haar tragt?«
»Stellt uns vor, Schwester.«
Nicht jetzt, bitte, nicht jetzt, flehte Frühlingsmond stumm. Stummchen steuerte sie auf den steinernen *k'ang* zu, doch die anderen hatten keinen Platz zum Sitzen gelassen, so daß sie – den Arm um ihren Gast gelegt – erklärte: »Ach, mein Haus ist zu klein, alle meine lieben Nachbarn zu empfangen, und ich habe auch gar keine Erfrischungen vorbereitet für ein so unerwartetes Vergnügen. Tanten, Schwestern und Nichten aus Gelehrte Asche, laßt mich das Gesicht wahren. Kommt morgen wieder, dann werde ich alles bereit haben.«
Gefangen von diesen gastfreundlichen Worten schlurften die Frauen widerstrebend eine nach der anderen hinaus.
Nachdem sie gegangen waren, sprach Frühlingsmond, die unmittelbar neben Stummchen saß, zum ersten Mal.
»Schwester...?«
»Ja, Herrin?«
Frühlingsmond senkte den Kopf. »Du bist meine Schwester«, flüsterte sie. Und dann: »Hat Fatso dir alles gesagt?«
»Alles.« Auch Stummchen sprach im Flüsterton. »Keine Angst. Deine Geheimnisse sind hier in Gelehrte Asche sicher aufgehoben. Ich habe es nicht einmal meinem Gatten erzählt. Er wie jeder andere auch wird denken, du bist eine entfernte Verwandte, die Konkubine eines reichen Mannes, die einer eifersüchtigen Gattin wegen fortgeschickt worden ist.«
Frühlingsmond barg das Gesicht in beiden Händen und schämte sich.
»Keine Sorge«, sagte Stummchen noch einmal. »Du bist willkommen. Mein Gatte ist ein guter Mann.«
Und in der Tat, Bruder Hua war wirklich ein guter Mann. Er hatte als Knecht auf dem Bauernhof begonnen, der jetzt ihm gehörte. Fort zum Wurzelnsammeln, als die Einträchtigen Fäuste die Hua-Familie umgebracht hatten, hatte er hinterher weitergemacht, als ob sich überhaupt nichts geändert hätte, und die fünf *mou* Land bestellt, die gleich vorm Nordtor von Gelehrte Asche lagen und ihnen gehörten. Kein Mensch hatte ihn je in der Dorfschenke trinken oder spielen

sehen. Sein Zopf hing ihm nie den Rücken herunter; er trug ihn vielmehr immer um den Kopf gewunden, damit er ihn bei der Arbeit nicht störe. Nie gönnte er sich einen Festtag. Die Leute vergaßen, wie er eigentlich hieß, und nannten ihn einfach Unentwegt.

Bald war das Dach des Hauses wieder gerichtet, scharrten wieder Hühner im Hof, grunzten Ferkel im Koben und hingen Ährenbüschel und Zwiebeln von den Sparren herunter. Die Gräber wurden gepflegt. Unentwegt bezog nur das Lager auf dem geheizten *k'ang* im Hauptwohnraum; sonst beanspruchte er keinerlei Vorrechte.

Als Stummchen ins Dorf zurückkehrte, war sie dankbar. Er zog sofort aus dem Haus aus und bat Einhundert Prozent Zufriedenheit, die nötigen Verhandlungen zu führen. Nach der Hochzeit nahm er den Namen ihrer Familie an, um die Linie der Hua fortzusetzen. Er mußte glücklich gewesen sein, denn fürderhin arbeitete er womöglich noch härter als zuvor. Obwohl Schwester Hua nie erwähnte, was ihre Nachbarn nie vergaßen – daß der Hof ihm nicht immer gehört hatte –, er selbst vergaß es auch nie, und so kam es, daß er, als Stummchen ihm erzählte, Frühlingsmond werde eine Zeitlang bei ihnen wohnen, sich mit keinem Wort beklagte. Für ihn gehörte das Land immer noch ihr, jedenfalls solange sie noch keinen Sohn hatten. Doch in der ersten Nacht, in der Ungestörtheit ihres *k'ang*, sagte er zu seiner Frau: »Das hier ist nicht das Haus eines reichen Mannes. Du kannst nicht zu deinen Aufgaben auch noch ihre übernehmen. Sie muß mehr tun, als ihre Notdurft im Nachtgeschirr für die Felder zu hinterlassen. Sie muß arbeiten.«

Frühlingsmond hörte das und gelobte, es zu tun.

Sie war so unnütz wie ein Baby. Wie bei allen Angehörigen des niederen Adels – Männern wie Frauen – hatte sich körperliche Anstrengung bei ihr bisher darauf beschränkt, die Haarbürste zu heben und gelegentlich eine Nadel in die Hand zu nehmen. Das Ideal war ein Leben sanfter Ruhe. Sie verstand nicht einmal, die eigenen Füße richtig einzubinden, geschweige denn Feuer zu machen, Hennen die Eier wegzunehmen und die Ferkel vom Haus fortzutreiben. Sie erbot sich zu kochen, doch ihr Dampfbrot war entweder nicht gar oder klebrig, ihr Gemüse schlaff und fade, und – was das allerschlimmste war – sie war verschwenderisch. Nach einer Woche erklärte Unentwegt, er könne nicht den ganzen Tag schuften und Brei essen, und so übernahm Stummchen wieder das Kochen. Mittlerweile schrieb man die Vierzehn Tage der Treibenden Pflanzen, da die Erdbeeren reifen und die Frauen hingehen, die Früchte zu ernten. Frühlingsmond ließ es sich trotz ihrer Goldenen Lilien nicht nehmen mitzugehen. Die Frauen machten sich gründlich auf ihre Kosten lustig, aber sie schickten sie nicht fort, und wenn sie abends auch wunde Füße hatte, zerkratzte Hände und einen schmerzenden Rücken, stand sie doch stolz neben ihrem kleinen Haufen Beeren und übergab ihn an Unentwegt, damit er sie auf dem Markt verkaufe.

Selbst als ihre Bürde sich zeigte, schloß sie sich den anderen Frauen an und verrichtete Arbeiten, die ihr möglich waren, und die Frauen gewannen die entlaufene Konkubine, die nie tat, als sei sie etwas Besseres als sie, lieb; dabei hatte sie früher in das Haus eines Landadeligen gehört! Wenn die Frauen sie ›Grünschnabel‹ nannten, nahm sie ihnen das nicht übel, sondern lachte zusammen mit ihnen. Manche gluckten zusammen und erklärten, es sei eine Schande, daß ihre Wangen anfingen braun zu werden, ihre Füße weniger zierlich und ihre Hände schwielig. Alle liebten die Geschichten, die sie erzählte, die vom Alchimisten, der Gerächten Grausamkeit, dem Weisen Beamten und dem Zwergengeneral, und als Gegengabe erzählten sie ihr die Geschichte von Gelehrte Asche und wie das Dorf zu seinem Namen gekommen war.

Vor über zweitausend Jahren, zur Zeit des tyrannischen Kaisers Ch'in Shih Hwang Ti, unter dem China zu einem Reich vereinigt wurde, der die Große Mauer baute, Konfuzius ablehnte und die Bücher verbrannte, lebte im Ort ein mutiger und getreuer Gelehrter. Als der Kaiser befahl, daß die Worte der Meister verbrannt würden, versuchte dieser Gelehrte, seine klassische Bibliothek dadurch zu retten, daß er seine Bücher in Mauern versiegelte. Doch ach, sein Plan wurde entdeckt. Der Gelehrte wurde bei lebendigem Leibe begraben und untergepflügt, und kein Erdhügel ließ seine Grabstelle erkennen. Das Dorf wurde niedergebrannt. Doch es dauerte keine zwanzig Jahre, da wurde die Ch'in-Dynastie gestürzt, und die neuen Herrscher des Landes Han brachten die Lehren des großen Weisen wieder zu Ehren. Der Ort wurde aus der Asche wiederaufgebaut und hieß fortan ›Gelehrte Asche‹.

Nachdem sie diesen Bericht gehört hatte, begann Frühlingsmond jedesmal, wenn *sie* eine Geschichte erzählte, mit den Worten: »Selbstverständlich kann sich die Geschichte, die ich zu berichten weiß, nicht mit der eures erlauchten Ortes vergleichen.«

»Trotzdem! Trotzdem!« riefen die Frauen aus dem Dorf dann. »Schwester Hua sagt, Ihr hättet eine Geschichte für jeden einzelnen der sechstausenddreihundert Stufen bis zur höchsten Stufe des Himmelstores.«

Sogar Unentwegt gewöhnte sich daran, Frühlingsmond um sich zu haben. Nachdem ihre Schwangerschaft für jedermann sichtbar war, erklärte er, er habe sich noch nie viel aus Eiern gemacht und bestand darauf, daß sie die für ihn bestimmten bekam. Hatte nicht die alte Hebamme gesagt, eine Frau, die ein Kind bekomme, müsse sechsunddreißig Eier essen?

Als die Hirse reifte und Frühlingsmond dick und ungefüge war und kaum noch laufen und sich bücken konnte, wies Unentwegt ihr eine ganz besondere Aufgabe zu. »Solange, bis das Korn geschnitten, zu Garben gebunden und sicher in den Speicher gebracht ist, müssen wir Tag und Nacht auf Diebe aufpassen. Ich möchte, daß du dich auf eines unserer Felder setzt.«

»Gewiß. Das ist schließlich das Wenigste, was ich tun kann.«

»Gut. Nimm eine Strohmatte mit.«

Frühlingsmond nahm etwas zu essen und die Matte mit und wollte Unentwegt bereits aufs Feld hinaus folgen, da fiel ihr ein zu fragen: »Und was mache ich, wenn ein Dieb kommt? Was soll ich tun? Ich kann ihn doch nicht fangen!«

»Ruf nur: ›Fort! Fort mit dir!‹«

»Ist das alles?«

»Ja. Was nützt es, einen hungernden Bettler auch noch zu bestrafen! Schrei nur tüchtig und jage ihn in das Feld von jemand anders.«

Es war der Morgen des dritten Tages der Vierzehn Tage des Kleinen Schnees, als Frühlingsmond die ersten Wehen verspürte und sich zu Bett begab. Diese Geburt war im Gegensatz zu ihrer ersten eine Qual. Das Kind schämt sich, dachte sie immer und immer wieder, während die Stunden verrannen. Es hat kein Recht darauf und will daher nicht geboren werden.

Sie hörte ein Schwein schreien, das geschlachtet wurde. Nein, das war sie selbst. Sie wußte nicht mehr, wie lange sie schon in den Wehen gelegen, von einer Todesqual in die andere hinübertrieb, von Scham erfüllt darüber, daß Stummchen und die Hebamme ihr Gesicht sahen, das Gesicht des Tieres, das sie war. Sie kämpfte mit sich, um bei Bewußtsein zu bleiben und seinen Namen nicht laut hinauszuschreien. Doch dann konnte sie einfach nicht mehr und fiel in die Schwärze. Sie ging unter.

Wo war sie? Was war das für ein Lärm? Waren das Hunde, die da scharrten, oder eine Hacke? Langsam, denn es tat unendlich weh, wandte sie das Gesicht dem Geräusch zu. Die Hebamme grub das Loch für die Nachgeburt in den gestampften Lehmboden neben dem *k'ang*. Dann ist es also ein Junge, dachte sie. Wäre das Kind ein Mädchen, hätte man die Nachgeburt draußen, außerhalb des Hauses, vergraben, würde das Mädchen doch eines Tages zur Sippe ihres Gatten gehören.

Stummchen beugte sich über sie und schüttelte den Kopf, um den Worten zu widersprechen, die sie für die eifersüchtigen Götter hinausschrie: »Ein wertloses Mädchenbaby. Ein wertloses Mädchenbaby«, um dann der Mutter ins Ohr zu flüstern: »Ein prächtiges Mannkind!« und legte das Bündel auf die Zudecke neben ihr.

»Vielen Dank, Schwester Hua.«

Stummchen lächelte verlegen, drehte sich rasch um und brachte die Hebamme ans Tor.

Frühlingsmond starrte hinter ihr her und wollte nicht das kleine Wesen ansehen, das neben ihr lag. Tränen stiegen in ihr auf. Blinzelnd vertrieb sie sie. Das Baby wimmerte. Widerstrebend wandte sie sich ihm zu. Die pulsierende weiche Stelle oben am Schädel war genauso verwundbar wie ein Papierfenster bei einem Sturm.

Zweimal war der Stuhl vor ihrer Tür während einer Geburt leergeblieben, leer auch, als die Tür sich endlich öffnete und das glückliche Ereignis verkündet wurde. Und nachdem die Vorbereitungen abgeschlossen waren, war niemand eingetreten, um ihr die goldene Haarnadel der Dankbarkeit aufs Kopfkissen zu legen, sie der Hochachtung ihres Gatten und ihrer eigenen Erfüllung zu versichern. Keiner nahm das Baby hoch, weder vor zwölf Jahren das in rote Seide gewickelte Mädchen noch heute diesen in wattierte Baumwolle gehüllten Jungen, um vor den Großmüttern niederzuknien, stolz und feierlich durch sämtliche Höfe des Anwesens damit zu ziehen und sich zuletzt in der Ahnenhalle unter die Lampe des fortdauernden Lebens zu stellen. Es war niemand da, den Weihrauch zu entzünden, die winzige Hand mit der großen zu führen und allen Vorfahren das glückliche Ereignis zu verkünden, ehe er das Kind der Mutter zurückbrachte, damit diese es für die drei Tage der Stille ganz für sich behielt.

Ihre Hand bewegte sich, um dem Baby über die Wange zu streichen und um ihm über den schwarzen Flaum auf dem Kopf zu fahren. Plötzlich wurde sie von einem solchen Gefühl der Angst überflutet,

daß sie das wattierte Tuch aufriß und ihren Sohn auszog, um nachzusehen, ob er wirklich gesund sei, kein Krüppel und nichts fehle.
Er wachte auf, strampelte ungebärdig und weinte, weil er anerkannt werden wollte.
Dieser unser Sohn ist wunderschön, dachte Frühlingsmond, und er hat die Kraft von zehn Tigern.

Am Morgen des vierten Tages stand Stummchen am Bett der jungen Mutter und zupfte nervös an den Ärmeln ihrer blauen Tuchjacke. Frühlingsmond, das Baby neben sich, lag still da. »Was ist, Schwester Hua?«
»Ob es wohl möglich wäre, daß mein unnützer Gatte... er möchte so furchtbar gern...«
Frühlingsmond nickte. »Ja, laß ihn nur herein.«
Stummchen lief an die Tür und rief. Er kam sofort, blieb auf der Schwelle stehen. Er hatte sich eigens gewaschen. »Es ist noch zu früh, Ältere Schwester. Ich werde morgen wiederkommen.«
»Nein, bitte, komm herein.« Frühlingsmond schlug das rote Einschlagtuch des Babys auf.
Mit zwei Riesenschritten war er neben dem *k'ang*. Das Neugeborene schlief, zufriedene Bläschen bildeten sich an seinem Mund. Er streckte die Hand nach dem winzigen Gesicht aus. Und zog sie dann zurück, als hätte er sich versengt. Seine Hand war so rauh wie die Borke einer Zirbelkiefer. »Ahhh!« seufzte der Mann. »Was für ein Mannkind! Was für ein Mannkind!« Mit diesen Worten trat er zurück und verneigte sich. »Wie können wir Euch danken? Ich hätte mir nie träumen lassen, daß uns so etwas vergönnt sein würde!«
Frühlingsmond nickte. Sie mußte gegen die Tränen ankämpfen und hielt das Baby fest, das dieser Mann seinen Sohn nennen würde.

23. Briefe

Der Dunst liegt tief, das Gewässer ist breit;
Botschaften und Briefe können sie nicht erreichen.
Nur der Mond droben am azurblauen Himmel, jenseits der Wolken,
Hat nichts dawider, dem sich in Liebe verzehrenden, getrennten Paar zu scheinen.
Den ganzen Tag lang erinnern die Dinge mich und bereiten mir Herzeleid.
Meine traurigen Brauen sind wie ein schwer zu öffnendes Schloß.
Nacht für Nacht halt' ich die Hälfte meines Lagers für sie frei,
Stets in Erwartung, daß ihr Geist in einem Traum zu mir zurückkommt.

Li Po, Tang-Dynastie

Erster Tag des ersten Monds
im Jahr des Ochsen – 1913

Meine Nichte –
das Leben hier verläuft ruhig. Nur die fünf Witwen, meine Gattin samt meinen Söhnen und ich sind in Soochow zurückgeblieben.
Viele der Höfe waren bei meiner Rückkehr bereits versiegelt und verkauft. Meine Mutter, Erste Gebieterin, hatte darauf bestanden, daß so gründlich über ihre beiden Söhne getrauert wurde, die ›bei einem Taifun den Tod gefunden‹ hatten, so daß niemand die Wahrheit bezweifelte. Danach sorgte dann meine Gattin dafür, daß der Tod meiner Mutter mit dem gebührenden Pomp bekanntgemacht wurde.
Als die Revolution ausbrach, fürchteten die Verwandten um ihren Anteil an dem bißchen, was nach Bezahlung der Begräbnisfeierlichkeiten noch in der Schatztruhe übriggeblieben war, und es wurde beschlossen, Land und Geld zu gleichen Teilen unter die verschiedenen Zweige der Sippe aufzuteilen. Die anderen haben ihr Eigentum

verkauft und sind in die Küstenstädte gezogen, wo sie hoffen, ihr Glück zu machen.

Selbst Erhabene Winde, das Waisenkind, ist fort. Ich habe ihm das Angebot gemacht, ihn zusammen mit meinen Söhnen auf eine Schule in Soochow zu schicken oder aber ihn bei Freunden als Schreiber zu empfehlen, doch er hat beides höflich abgelehnt. Dann, eines Morgens, ist er einfach fortgegangen und hat nur eine Handvoll roter Umschläge mitgenommen, Geldgeschenke von den Witwen. Er hat gesagt, er habe keinerlei Pläne, und er hat auch bestimmt nicht so ausgesehen, als ob er irgendwelche Sorgen hätte.

Meine Gattin hat die Verwaltung der Ländereien übernommen, die mir geblieben sind, und macht das besser, als ich es jemals gekonnt habe. Vielleicht hat sie ein Talent für Geschäfte geerbt. Zwar hat sie immer noch nicht lesen gelernt, dafür aber eine eigene Methode erfunden, um über alle Transaktionen auf dem laufenden zu bleiben. Sie hat Löcher in die Platte eines großen Tisches bohren lassen, in die sie Pflöcke von verschiedener Größe sowie verschiedenfarbene Fäden steckt, welche die Pächter und ihre Verpflichtungen sowie Ausgaben und Einnahmen darstellen. Doch die Pächter, die das Land bestellen, sind nicht nur Pflöcke auf einem Brett für sie. Sie kennt sie ganz genau, weiß, aus wieviel Personen ihre Familie besteht, welche besonderen Schwierigkeiten sie haben und wie sie leben. Im Unterschied zu vielen unserer Freunde, die Schuldeneintreiber schicken, um Pacht und Abgaben für sie einzutreiben, stattet Deine Tante denen, die immer noch für die Familie arbeiten, regelmäßig Besuche ab und hilft ihnen, ihre Probleme mit jener persönlichen Teilnahme zu lösen, die allen Beteiligten Respekt abnötigt und sie zu Freunden macht. Sie besitzt eine unendliche Geduld, hat aber auch keine Angst, einmal nein zu sagen. Sie begreift instinktiv, daß man ihr allzuoft und zu großzügig erwiesene Gefälligkeiten zuletzt einmal übelnehmen würde. Wenn es uns nicht beide in Verlegenheit stürzen würde, ich würde meiner Gattin mit Freuden sagen, wie vorzüglich sie alles macht. Doch Verpflichtungen unter Familienangehörigen gehen tiefer als die, die man leicht ausdrücken oder mit nichts weiter als anerkennenden Worten abgelten kann.

Was mich betrifft, so tue ich für die Republik, was ich muß, ziehe jedoch meine eigene Gesellschaft der neuen Gattung von Politikern vor. Sun hätte niemals zugunsten von Yuan Shih-k'ai zurücktreten

dürfen. Er hätte wissen müssen, daß der Mann aus dem Norden sein Wort brechen und die Hauptstadt von Nanking nach Peking verlegen würde, wo seine Soldaten stehen.
Manchmal frage ich mich, ob eine Republik überhaupt funktionieren kann, wo alte Bande nicht geleugnet werden können. Ich fürchte, dort, wo Althergebrachtes verändert wird – gleichgültig, wie lange sich diese Veränderung bereits ankündigt und wie wünschenswert sie ist –, hält das Chaos seinen Einzug.
Innerhalb der *lao chia* verschließen Ziegel jetzt die Tore, welche einst die Höfe der Familie miteinander verbunden haben. Wie viele Jahre werden vergehen müssen, ehe die neuen Ziegel die Farbe der alten annehmen und ehe das Harte weich wird? Wie lange wird es dauern, ehe das Zusammengehörigkeitsgefühl wiederhergestellt ist?

Allen ein frohes Neues Jahr, Dein Onkel

Erster Tag des ersten Monds
im Jahr des Ochsen – 1913

Ältester Onkel –
ich habe nichts Besonderes zu berichten, außer, daß Schimmernde Jade nicht zu mir nach Peking gekommen ist. Ich habe ihr geschrieben, ich sei einsam und wünschte sie an meiner Seite, doch sie hat die Missionsschule mittlerweile von Herzen lieb gewonnen und bat, bleiben zu dürfen. Wie sollte ich von ihr verlangen, daß sie Ziele aufgab, die ich ihr eingepflanzt hatte?
Wir leben einfach. Meine Schwiegermutter hat sich vom Schock des Brandes nie wieder richtig erholt. Wenn sie nur weniger an das Vergangene und das denken würde, was sie einst besessen hat, würde es ihr schon besser gehen; doch das ist leichter gesagt als getan.
Ein paar Monate lang habe ich der Gattin eines ausländischen Missionars Chinesischunterricht gegeben. Der Lehrer, den sie zuvor hatte, war erkrankt, und obgleich sie bald auf Heimaturlaub gehen sollte, wollte sie ihren Unterricht nicht länger unterbrechen als unbedingt nötig. Jetzt, wo sie nach Hause gefahren ist, fehlt mir die Arbeit und meiner Schwiegermutter das zusätzliche Einkommen. Ich hoffe, bald eine neue Beschäftigung zu finden. In der Zwischenzeit verbringe ich meine Stunden mit lesen und versuche, mein Englisch nicht zu vergessen.

Allen ein frohes Neues Jahr, Deine Nichte

Erster Tag des ersten Monds
im Jahr des Tigers – 1914

Meine Nichte –
ich schreibe aus Soochow, weil ich die Festtage über nach Hause gefahren bin, doch sonst lebe ich in Shanghai in dem Haus, das einst den Yangs gehört hat.
Ganz unerwartet haben vergangenen Sommer Freunde von der Selbsthilfe-Gesellschaft beschlossen, ein neues Unternehmen zu finanzieren, die ›New China Publications‹. Dabei stellten sie zwei Bedingungen: erstens, daß ich die Verantwortung als Verleger übernähme, und zweitens, daß Büro und Druckerei innerhalb der Internationalen Niederlassung aufgemacht würden – um der größeren Freiheit und Sicherheit willen.
Bald werden wir Bücher für den modernen Studenten veröffentlichen, gleichgültig, wie groß seine Vorbildung bereits ist: Übersetzungen westlicher Klassiker und interessante zeitgenössische Literatur sowie eine Wochenzeitschrift, die sich mit den Reformen beschäftigt. Die Gelegenheit hätte zu keinem günstigeren Zeitpunkt kommen können. Ich wußte zu Hause nicht so recht etwas mit mir anzufangen, und als die zweite Revolution und Suns Bemühungen, die Kuomintang in Opposition zu Yuan zu festigen, scheiterten, gelang es mir, Edles Talent zu bewegen, sich mir anzuschließen. Er wohnt jetzt zusammen mit mir in der Bubbling Well Road und schluckt seine Verbitterung darüber herunter, daß die westlichen Demokratien Yuan weiterhin mit durchsichtigen Entschuldigungen und Darlehen unterstützen, die in Wahrheit nichts anderes sind als Faustrechte auf die Souveränität Chinas.
Ich habe mich bemüht, meinen Bruder bei einer Reihe von Familien mit heiratsfähigen Töchtern einzuführen. Er sagt, er sei zu alt, es sei zu spät. Dabei fürchte ich, er widersteht aus dem gleichen Grunde wie immer – weil er meint, das Leben in Gefahr sei noch nicht vorüber für ihn. Deine Tochter hat Dir ohne Zweifel über meine regelmäßigen Besuche in der Missionsschule berichtet. Sie ist eine vorbildliche Schülerin, eine Meisterin im Debattierklub und eine glänzende Federballspielerin.
Mein Ältester beendet dieses Jahr die Mittelschule, und ich habe ihn gefragt, ob er Lust habe, seine Studien in Shanghai weiterzuführen. Dabei war ich mir noch nicht darüber im klaren, daß es sein Herzenswunsch ist, ins Ausland aufs College zu gehen und daher

seine Mutter allzubald verlassen würde. Infolgedessen bleibt er vorerst weiterhin in Soochow. Ob wir wohl jemals Gelegenheit haben werden, einander kennenzulernen?
Ich dachte, mein zweiter Sohn könnte statt seiner für ein paar Jahre nach Shanghai kommen, bevor auch er, wie ich annehme, nach Amerika geht. Doch als ich dieses Thema seiner Mutter gegenüber anschnitt, sah sie aus, als ob der Himmel über ihr einstürzte, obgleich sie flüsterte: »Wie mein Gatte wünscht.« Selbstverständlich werde ich es nie wieder erwähnen.

Allen ein frohes Neues Jahr, Dein Onkel

Erster Tag des ersten Monds,
im Jahr des Tigers – 1914

Ältester Onkel –
nachdem ich eine Gruppe ausländischer Damen ein ganzes Jahr in der Kunst unterwiesen habe, wie sie sich mit ihren Hausboys verständigen, werde ich endlich an einer Schule unterrichten. Diese neue Stellung habe ich meiner Tochter zu verdanken. Sie hörte zufällig, wie ihre Lehrer sich über unbesetzte Stellen in der Missionsgrundschule hier in Peking unterhielten und erzählte ihnen daraufhin, was ich kann. Diesmal bin ich wirklich dankbar für ihre großen Ohren. Fatso schwört Stein und Bein, daß ich meine Seele schon im voraus Jesus versprochen habe.
Meine unglückliche Tochter – ohne Vater wächst sie unter ausländischen Frauen in einem ausländischen Institut auf. Wieder ist ein Jahr vergangen, und ich habe sie nicht gesehen, seit ich sie in der Schule abgeliefert habe. Ihre Briefe sind voll Bewunderung für die Missionare, die halb um die Erde gereist sind, um ihr Leben China zu weihen, und die bleiben, obwohl das mit Gefahren für Leib und Leben verbunden ist. Zwei von ihnen sind Tausende von *li* bis nach Shanghai getreckt, nachdem ihre Eltern von den Einträchtigen Fäusten umgebracht worden waren. Schimmernde Jade hat sie gefragt, warum sie danach noch in China geblieben seien, und sie haben geantwortet, das sei Gottes Wille. Das scheint jetzt auch die Antwort zu sein, die Schimmernde Jade auf alles hat, und manchmal habe ich Angst, sie könnte selbst auch Missionarin werden. Ihre Lieblingslehrerin, eine Miß Clayton, arbeitet auch noch am Tor der Hoffnung, einem Heim für die Mißhandelten, das von den Auslän-

dern der Konzession geleitet wird. Schimmernde Jade hat sich freiwillig erboten, diese Mädchen abends zu unterrichten.
Zwar bin ich selbstverständlich stolz darauf, wie gut sie sich zu machen scheint, doch mache ich mir auch Sorgen um sie. Über die Mädchen in ihrer Klasse schreibt sie so gut wie nichts. Es würde mich nicht wundern, wenn sie sie alle für sehr leichtfertig hält.
Wenn ich daran denke, welche Sorgen sich meine Mutter seinerzeit wegen meines Unterrichts gemacht hat! Die Götter müssen heute lachen.

Allen ein frohes Neues Jahr, Deine Nichte

Erster Tag des ersten Monds
im Jahr des Kaninchens – 1915

Meine Nichte –
ich wünschte, ich teilte Deine Befürchtungen über Deine Tochter, über welche Du in Deinem Brief vom vorigen Jahr schreibst, nicht. Wenn die Mädchen aus den Inneren Höfen das Miniaturabbild ihrer Mutter sind, so stellt Schimmernde Jade die chinesische Version des Missionars dar – nur gute Werke und derbes Schuhwerk. Nichts da von Torheit, wie bei Dir. Und nichts da von romantischer Liebe, wie bei ihrem Vater!
Doch genug davon. Vielleicht kommen hier meine Vorurteile durch.
Die ›New China Publications‹ laufen. Ich lege ein paar von unseren Büchern bei. Vielleicht findest Du sie hilfreich beim Unterricht.
Junger Bruder verläßt Shanghai häufig. Wohin er geht, will er mir nicht sagen, aber ich bin überzeugt, er schmiedet wieder Pläne und Komplotte. Es hat keinen Sinn, ihn zurückhalten zu wollen, jedenfalls jetzt nicht, wo die Japaner sich den Alliierten angeschlossen und Tsingtao genommen haben, während Yuans sogenannte Regierung in Peking tatenlos zusieht. Mein Bruder hat die Braunen Zwerge immer verachtet. Er meint, Tsingtao wird ihnen nur Appetit auf noch mehr chinesisches Territorium machen. Ich kann das nicht ganz von der Hand weisen. Aber was kann irgendeiner von uns tun, um sie davon abzuhalten?

Allen ein frohes Neues Jahr, Dein Onkel

Erster Tag des ersten Monds,
im Jahr des Kaninchens – 1915

Ältester Onkel –
die liebe Fatso ist von uns gegangen und hat ihre letzte Ruhestätte neben der von Altem Falken in Rohrdorf erhalten. Es geschah am vierten Tag des zehnten Monds. Sie hatte den ganzen Tag gearbeitet, eine riesige Mahlzeit zu sich genommen, war in die Oper gegangen und hat sich ins Bett gelegt, ohne jemals wieder aufzuwachen. Ich hielte es nicht für gänzlich ausgeschlossen, daß sie die Kraft besaß, alles einzurichten, daß es genau so geschah.
Was ihre Beerdigung betrifft, so hat sie kein Blatt vor den Mund genommen, vielmehr war das in den letzten Monaten ihr Lieblingsthema. »Verschwende dein Geld nicht und behalte alles, was mir gehört«, sagte sie. »Es hat keinen Sinn, die Würmer mit Seide zu füttern und die Grabschänder mit der Goldbrosche der Ersten Gebieterin in Versuchung zu bringen. Nichts weiter als meine Arbeitskleidung und einen schlichten Kiefernsarg. Was soll es einer Garnele nützen, sich einen Drachenschwanz zuzulegen?«
Sie hat zwar den teuren Staat einer traditionellen Beerdigung mutig von sich gewiesen, traf aber gleichwohl Vorkehrungen gegen die entfernte Möglichkeit, daß man der Dinge, die das Leben hienieden angenehm machen, im anderen Leben vielleicht doch bedarf. So nahm sie mir das Versprechen ab, ihr ein ›loom cer biz‹ zu besorgen. Alles, was du willst, versprach ich – aber was ist ein ›loom cer biz‹?
Etwas ganz Herrliches, sagte sie. Ah Sing, die Dienerin in einem großen Haus von Ausländern, hat es gesehen, als sie mit ihrer ausländischen Familie durch Amerika reiste. In jedem hochgetürmten Haus, in dem sie abstiegen, gab es einen sprechenden Kasten, und die Herrin konnte jederzeit – Tag und Nacht – befehlen, was sie haben wollte; sie brauchte nur in das ›loom cer biz‹ zu sprechen.
Wie sie mir fehlt! Ich bin überzeugt, mit ihrem Telefon bringt sie den Himmel ganz schön durcheinander.

Allen ein frohes Neues Jahr, Deine Nichte

Erster Tag des ersten Monds,
im Jahr des Drachen – 1916

Meine Nichte –
ich schreibe vom Kloster des Gelassenen Strebens aus. Ich bin hierhergekommen, weil ich die Einsamkeit gesucht habe. Die Nachricht, daß Yuan das Mandat des Himmels angenommen hat, hat mich hierher und meinen Bruder nach Peking getrieben, um gegen Japans 21 Forderungen zu protestieren. Es könnte sein, daß Du Jungen Bruder inzwischen gesehen hast.
Wohin ist es mit der Revolution gekommen? Haben wir die ganzen Jahre über nichts weiter als Mondfischerei betrieben? Ich weiß nicht, wie lange ich hierbleiben werde. Bei allem, was mit dem Land geschehen ist, sehe ich nur wenig Grund, gleich nach meinem Urlaub nach Shanghai zurückzukehren. Ich habe mir einen im Wald ganz allein für sich stehenden Pavillon genommen. Er ist fünf Schritte breit und fünf Schritte lang. Ein rohes Lager, Tisch, Stuhl, ein paar Geräte und etwas Geschirr bilden die ganze Einrichtung. Draußen vor der Tür, säuberlich bis unters Dach aufgeschichtet, liegen Reisig- und Tannenzapfenbündel für das Kohlenbecken. Unter der Dachtraufe stehen irdene Krüge, um das Regenwasser aufzufangen. Zwar höre ich die Tempelglocken, doch sehen tue ich nur Bäume und Hügel. Schweigende Nonnen bringen mir mein Essen. Fleisch gibt es nicht, aber das Gemüse ist so zubereitet, daß es im Geschmack den erlesensten Happen Huhn, Schweine- und Rindfleisch ähnelt.
Heute morgen war der Himmel blau, und helle Wolken zogen über ihn hin. Ich habe fünf Teile übereinander gezogen, mich vor die Tür gesetzt und darauf gewartet, daß der Schnee kam. Ganz allmählich wurde das Blau vom Grau vertrieben und verschleierte den Horizont. Während die Ferne verschwand, rückte die Szene, die ich vor mir sah, immer näher und näher, bis schließlich nichts mehr da war als Schneeflocken, die in die Krüge hineinschwebten. Ich zählte sie. Dann fegte ich genug Schnee zusammen, um den Kessel damit zu füllen und mir einen Tee aufzubrühen. Die Wärme meiner Schale in den Händen kostete ich den Unterschied. Mehr weiß ich nicht zu sagen.

Dein Onkel

Erster Tag des ersten Monds,
im Jahr des Drachen – 1916

Ältester Onkel –
es gibt nur wenig Neues zu berichten. Das mit dem Unterrichten geht gut, doch mit dem Haushalt tue ich mich schwer, seitdem Fatso uns verlassen hat. Als sie noch hier war, hat sie für mich eine ganze Familie ersetzt. Jetzt, wo sie nicht mehr da ist, ist das ganze Haus voll von Gespenstern.
Vor ein paar Tagen kam Junger Onkel mich besuchen. Ich fand, er ist älter geworden; er sieht aus wie ein Mann in den mittleren Jahren. Gesagt hat er mir nur, er sei hier, um gegen Japans 21 Forderungen zu protestieren, aber ich vermute, es geht um mehr. Warum sollte er riskieren, festgenommen zu werden, wo die Studenten doch schon auf den Straßen marschieren? Ich hoffe, er hat die Lektion vom Yamen nicht so rasch vergessen. Aber wer wollte leugnen, daß Yuan Schindluder mit der Republik getrieben hat, indem er sich zum Kaiser ausrufen ließ?
Statt über Politik haben wir über daheim gesprochen. Erinnerst Du Dich noch an die Rotholzstühle, die in der Ahnenhalle an der Wand standen? Sind sie noch da? Junger Onkel meinte, sie seien verkauft worden. Die Karpfen gäbe es auch nicht mehr. Wohl aber die Zwergbäume in den flachen Schalen noch und die Bronzelöwen vorm Tor. Damit tröste ich mich.
Allen ein frohes Neues Jahr, Deine Nichte

Erster Tag des ersten Monds
im Jahr der Schlange – 1917

Meine Nichte –
Großartige Aussicht studiert in Amerika an der Harvard-Universität. Ob er wohl gemerkt hat, daß ich am Quai stand, bis das Schiff meinen Blicken entschwand? So hat der Altehrwürdige neben den Löwen gestanden, an dem Tag, da ich meine Reise in den Westen antrat.
Erhabene Winde lebt jetzt hier in Shanghai. Ich habe keine Ahnung, wo er die letzten fünf Jahre gewesen ist; er erzählt jedesmal etwas anderes. Irgendwann unterwegs hat er englisch gelernt.
Als er mir schrieb, er habe eine Anstellung bei der M.S. & Compa-

ny in der französischen Niederlassung, hab' ich ihm angeboten, bei mir zu wohnen; zwar hat er das abgelehnt, doch kommt er oft zum Abendessen zu mir. Mit seiner überwältigenden Respektlosigkeit hat er wieder Lachen in mein Leben gebracht.

Was nicht bedeutet, daß ich ihn heute mehr anerkennte als damals, da er noch ein junger Teufel war, der die Sänftenträger beim Kartenspiel um ihren Gewinn betrog. Aber er besitzt unleugbar Charme. Letzte Woche nahm er mich in die Arme, summte und flötete vor sich hin und brachte mir das Tangotanzen bei. Wie er es fertiggebracht hat, mich derlei würdelose Haltungen einnehmen zu lassen, wird mir für immer unerfindlich bleiben. Aber wir blieben unentdeckt, und jetzt, wo ich für die Feiertage sicher nach Soochow gekommen bin, meine ich doch, es ist furchtbar lustig gewesen. Obgleich er nicht wesentlich älter ist als mein Ältester – er ähnelt meinen beiden Söhnen nicht im entferntesten. Erhabene Winde würde mich trotz seiner Vernarrtheit in alles Ausländische niemals für so alt halten wie Konfuzius, bloß weil ich mich dieses Jahr wie auch voriges Jahr schon geweigert habe, die Kotaus bei den Familienzeremonien zugunsten von drei ehrfürchtigen Verneigungen fallenzulassen, wie viele das getan haben. Das Kotau-Machen erfüllt mich mit Demut und Stolz zugleich. Es hat etwas zugleich Persönliches und Abstraktes, bestätigt die Sterblichkeit und die Unsterblichkeit. Unter mir als Familienoberhaupt wird es darin nicht zu einer Änderung kommen. Sollte mein Sohn das wollen, wenn er an der Reihe ist – bitte! Bis dahin wird weitergemacht wie bisher.

Im Augenblick herrscht zuviel Unsicherheit. Yuan ist tot, aber die Republik war schon verloren. Es sieht ganz so aus, als ob im ganzen Reich die Listenreichen triumphierten, aber nicht die Kultivierten, die Waffentragenden, aber nicht die Tugendhaften. Folglich herrscht *luan*. Nord gegen Süd, Ost gegen West, Anführer gegen Anführer, Interesse gegen Interesse, Generation gegen Generation.

Darum wünsche ich allen mehr denn je von ganzem Herzen ein Frohes Neues Jahr.

Dein Onkel

Erster Tag des ersten Monds
im Jahr der Schlange – 1917

Ältester Onkel –
meine Schwiegermutter ist schwer krank. Ich habe meine Stellung als Lehrerin bereits aufgegeben, um mich Tag und Nacht um sie kümmern und bei ihr sein zu können. Sie stirbt nicht leicht, und ich fürchte, sie hat noch eine sehr schmerzensreiche Reise vor sich.

Allen ein frohes Neues Jahr, Deine Nichte

24. Der Name, der ihm Rechtens zusteht

Die blinden Geschichtenerzähler kennen Tausende von Geschichten. Wenn die Leute sie hören, fangen sie oft an zu weinen, weil die Klänge der pi-pa, die sie dazu spielen, so zu Herzen gehen und von so aufrechten, wackeren Menschen die Rede ist.
In einer wird die Geschichte von vier Menschen erzählt, die vor der Geißel der Barbaren aus dem Norden flohen. Bald waren der Sohn und der Neffe zu schwach, um weitergehen zu können. Der Vater konnte nur einen tragen und bat die Mutter zu entscheiden, wer zurückbleiben sollte.
Die tugendhafte Mutter sagte: »Laß es unseren Sohn sein. Wir können noch einen bekommen. Aber dein Bruder ist tot, und sein einziger Sohn muß leben, auf daß er seinen Geist in der anderen Welt nähre.«

Chinesische Erzählung

Die letzten Blätter fielen wie matte Schmetterlinge von den Bäumen, als Köstlicher Lotus krank wurde. Von diesem Tag an pflegte Frühlingsmond ihre Schwiegermutter, tat, was getan werden mußte, und hatte das Gefühl, mehr von Nutzen zu sein, wenn irgend etwas zu tun war, und sei es noch so unangenehm oder trivial. Jedes Heilmittel, das ihr vorgeschlagen wurde, wurde ausprobiert, bis das Schlafzimmer voll Flaschen und Arzneischachteln war.
Doch nichts half außer Opium. Frühlingsmond lernte, wo man es in der reinsten Form kaufen konnte, wie man über offener Flamme mit einer Nadel das Kügelchen drehte und wie man es, wenn es fertig war, in die Pfeife stopfte. Dieses Ritual vollzog sie zu jeder Tages- und Nachtzeit. Köstlicher Lotus brauchte mit einem Kopfnicken nur auf das Tablett zu deuten, auf dem die nötigen Gerätschaften lagen. Nur wenn das Zimmer gesättigt war von dem süßlichen Geruch, entschuldigte sich die Schwiegertochter und ging hinaus, um ein wenig frische Luft zu schnappen.
Häufig begann Köstlicher Lotus unter dem Einfluß der Droge zu reden,

erzählte Bruchstücke von Träumen und Andenken an Vergangenes. Zu anderen Zeiten füllte Frühlingsmond ihr unbehagliches Schweigen, indem sie aus dem ›Traum der Roten Kammer‹, dem ›Buch der Oden‹ oder den ›Sutras‹ vorlas. Als die Vierzehn Tage der Bitteren Kälte zu Ende gingen, wußte Frühlingsmond, daß ihre Schwiegermutter bald sterben würde. Die ganzen Monate ihrer Krankheit hindurch war sie immer magerer geworden, bis ihre Brust flach war wie ein Waschbrett und Hände und Gesicht schwarzgefleckt. Die Ärzte hatten sie aufgegeben und kamen nicht mehr; schließlich wollten sie nicht Gefahr laufen, daß sie ihnen während der Behandlung unter den Händen wegstarb und sie womöglich noch beschuldigt wurden, sie umgebracht zu haben.

Manchmal fragte Frühlingsmond sich, ob der Tod nicht etwas war, worauf sie hoffen sollte, und wenn solche Gedanken ihr durch den Kopf gingen, wünschte sie, sie hätte jemand Klügeren hier, um sie zu trösten. Sie stellte sich das Bett leer vor, die seidene Zudecke glattgezogen, die Gewänder säuberlich in den nach dem Parfum einer Dame duftenden Schrank weggelegt, ein Haar, zurückgeblieben im Kamm, und eine feine weißliche Schimmelschicht, mit der die Schuhe sich überzogen. Das würde alles sein, denn alles andere wollte die gierige Erde für sich haben. Die Zimmerwände waren feucht vom Sterben.

Sie versuchte sich daran zu erinnern, wie es war, als noch niemand, den sie kannte, gestorben war, da das Leben grenzenlos und Sterblichkeit nur ein Wort war, daß Großvater im Garten einen Vogel gereizt und ihm geschmeichelt hatte, um ihn für sie zum Singen zu bringen, und nichts trauriger gewesen war als der Klang des Regens, der im Hof herniederplätscherte, so daß sie draußen nicht mehr hatte spielen können.

Jetzt, mit fünfunddreißig Jahren, wollte der Gedanke sie nicht mehr loslassen, daß sie genau in der Mitte ihres Lebens stand – vom Anfang genausoweit entfernt wie von seinem Ende. Sobald Köstlicher Lotus tot war, würde sie ihre traditionellen Pflichten als Gattin und Schwiegertochter erfüllt haben. Und was dann? Goldene Tugend hatte sie gebeten, nach Soochow zurückzukehren. War es das, wo sie hingehörte – zu den Witwen? Wie jedoch war es um das Schicksal von Schimmernder Jade bestellt? Es kam ihr unwahrscheinlich vor, daß ihre Tochter lange bei den Frauen blieb. Sie würde ihre eigenen Pläne haben. »Mutter, ich möchte gern in Amerika studieren, genauso wie meine Vettern«, hatte sie ihr geschrieben. »Mutter, ich will Ärztin werden; denn wer kann mehr tun, um die Menschheit zu heilen?« Ja, gewiß, hatte Frühlingsmond geantwortet – aber ob das wirklich der passende Beruf für eine junge Frau sei? »Mutter« – die Antwort war postwendend gekommen –, »es gibt keinen Unterschied zwischen Männern und Frauen, jedenfalls nicht im Kopf der wahrhaft Aufgeklärten. Hast du von der Brigade Goldener Lilien gehört, die beim Ausbruch der Revolution Nanking gestürmt hat? Die Mandschu-Soldaten haben gelacht, sind aber trotzdem vor ihnen gefallen.«

Frühlingsmond hatte das Thema nicht weiter verfolgt. Vergangenes Jahr hatte ihre Tochter Naturwissenschaftlerin werden wollen, das Jahr zuvor Lehrerin.

Eines Abends, als der Wind wie der Klagegesang einer Trauernden um die Dächer und durch die *hutungs* der Nördlichen Hauptstadt fuhr, winkte Köstlicher Lotus Frühlingsmond nach vielen Pfeifen Opium zu sich heran. »Tochter«, flüsterte die Sterbende heiser, »Tochter, bringe mir den Jungen!«

Sie spricht im Delirium, dachte Frühlingsmond, genauso wie Unerbittliche Rechtschaffenheit es zuletzt getan hatte. »Schon gut, Por Por, schon gut«, sagte sie besänftigend, nahm die Estragonsalbe vom Nachttisch und feuchtete die ausgedörrten Lippen behutsam an.

Köstlicher Lotus stieß ihr die Hand fort, um sie gleich darauf zu ergreifen und festzuhalten. »Hör mir zu, hör mir zu...«

»Ja, Por Por, ich bin ja da.« Frühlingsmond war jetzt hellwach. Angst beschlich sie, denn die Stimme ihrer Schwiegermutter hatte etwas Drängendes, und diesmal kam es nicht von den Schmerzen. War es soweit? Sie beugte den Kopf näher. »Ich bin da.«

Die alte Frau hatte die Augen jetzt weit aufgerissen. Offensichtlich kostete es sie unendliche Mühe, sie nicht wieder zuzumachen, als wäre das etwas, was wider die Natur ging. Ihr Atem beschleunigte sich. »Tochter?«

»Ja, Por Por.«

»Tochter, geh hin. Bring mir den Jungen.«

»Ja, selbstverständlich. Natürlich.« Was für ein Wahnsinn war das? War sie wieder jung und verlangte nach ihrem Sohn? »Deinen Jungen«, flüsterte sie. »Deinen Jungen.«

Immer noch wagte Frühlingsmond es nicht, das Unmögliche zu hoffen, und wies jeden solchen Gedanken von sich. Doch Köstlicher Lotus befahl es ihr.

»Bring ihn nach Hause, damit er meinen Geist in der nächsten Welt nähren kann. Er wird mein Adoptivsohn sein. Sag nichts weiter.«
Frühlingsmond ließ sich auf die Knie nieder, kämpfte mit den Tränen. Sie machte Kotau. »Por Por, kannst du mir verzeihen? Kannst du mir je verzeihen?«
Köstlicher Lotus antwortete nicht direkt, sondern flüsterte nur: »Geh rasch! Ich muß ihn sehen, ehe ich sterbe.«
»Ja, Por Por, du sollst ihn sehen.«
Es kam keine Antwort, nur, daß die Lider sich jetzt über die Augen senkten. Köstlicher Lotus schlief.
Der Wind hatte am Morgen immer noch nicht nachgelassen, doch konnte Frühlingsmond die Reise auch nicht um einen einzigen Tag verschieben. Sie befahl, daß Kleidung für einen kleinen Jungen gekauft werde, die Fenster verschlossen würden und dafür gesorgt war, daß während ihrer Abwesenheit immer jemand im Krankenzimmer weilte. Dann – mit bedecktem Kopf und die Hose unten zugebunden – machte sie sich auf die Reise. Es war dunkel, als sie das Dorf betrat, in dem sie einen Sohn geboren hatte.
Sie sagte nicht, warum sie gekommen war. Sie wußten es von dem Augenblick an, da sie die Tür entriegelten. Der Junge schlief bereits. Sie würde bis morgen früh warten müssen, ehe sie ihn zu sehen bekam. Sie saßen da und tranken eine Tasse Tee, ehe sie sich für die Nacht zurückzogen.

Der Junge im rotgeblümten Hemd und der grünen Hose stand in der Tür seines Elternhauses. Neben ihm seine Mama und sein Papa, die für ihn stets einen warmen Platz zum Schlafen zwischen sich gelassen hatten; vor ihm der Karren und die wunderschöne Fremde, die sich Sao Sao nannte, Ältere Schwägerin. Mit weit aufgerissenen Augen starrte er sie an und biß sich auf die Lippen.
»Geh, kleiner Schatz, wir haben dich lange genug gefüttert. Geh mit der Sao Sao dorthin, wo du hingehörst!« Mamas Stimme klang unnatürlich schrill. Als der Junge sich nicht von der Stelle rührte, schalt sie ihn. »Willst du Schande über mich bringen, Junge? Haben wir dir keine Manieren beigebracht? Benimm dich und gehorche den Älteren. Geh, Dummer, du!« Sie gab ihm einen kleinen Schubs. »Geh, wir haben genug von dir gehabt.«
Kleiner Schatz blickte zum Bauern auf. Papas Gesicht war sorgengerunzelt, doch als er sprach, vermittelten seine Worte genau das gleiche wie zuvor die der Mama. »Geh jetzt, Junge! Geh!«

Papa hatte nie viel zu sagen. Und wenn er etwas sagte, meinte er das auch. Der Junge drehte sich um, ging die ersten Schritte und lief dann auf den Karren zu. Er kletterte hinauf. Die Dame folgte ihm. »Bitte, Kutscher, wir können jetzt fahren«, sagte er.
Als der Karren, der keinerlei Federung aufwies, sich mit einem Ruck in Bewegung setzte und dann in den ausgefahrenen Wagenspuren der alten Straße dahinholperte, berührte Frühlingsmond ihren Sohn zum ersten Mal seit seiner Geburt und drückte ihn an sich. Sie blickte starr geradeaus, bemühte sich, die Fassung zu bewahren, und bemühte sich, die neugierigen Blicke der Leute aus dem Dorf nicht wahrzunehmen, die regunglos am Wegrand standen und sich höchstens den Staub aus den Augen wischten. Erst als der Maulesel auf den Kanal zuging, wo das Boot wartete, warf Frühlingsmond einen Blick zurück. Stummchen mußte in der Hütte verschwunden sein, denn Unentwegt stand allein unter der Tür und starrte hinter dem Karren her. In der Hand hielt er die lederne Geldbörse, und in seinem Gesicht sah es genauso trostlos aus wie auf winterlichen, windgepeitschten Feldern.

Sie richtete den Blick wieder auf den Jungen und strich ihm über die widerborstige Stirnlocke. Mit den Goldstücken konnte Bruder Hua sich einen neuen Sohn kaufen, viele Söhne. Dieses Kind gehörte ihr, war Fleisch von ihrem Fleisch. Ihm war ein besseres Leben bestimmt als das, welches sie ihm zu bieten hatten. Ein Leben der Bildung, nicht der Plackerei. Die ganze Fahrt nach Peking über sprach Kleiner Schatz kein Wort, und Frühlingsmond respektierte sein Schweigen, ließ ihm Zeit zu trauern. Bei Einbruch der Nacht erreichten sie das Haus ihrer Schwiegermutter.
Die beiden Dienerinnen begrüßten sie an der Tür und renkten sich fast den Hals aus, um einen Blick auf den fremden Jungen werfen zu können. Mit einer Handbewegung scheuchte Frühlingsmond sie fort.
Das Essen war den beiden Reisenden hingestellt worden, doch keiner von ihnen rührte einen Bissen an.
Sie befahl, einen Zuber mit warmem Wasser zu füllen, und der Junge erlaubte ihr, ihn zu baden. Er stand im Wasser und ließ sich hin- und herdrehen wie eine Holzpuppe, die Arme heben, die Füße einseifen – und ließ ihr Gesicht dabei nicht einen Moment aus den Augen. Nackt und vor Kälte bibbernd, sah er genauso wehrlos aus wie damals, als sie gleich nach seiner Geburt die Tücher aufgerissen

hatte, in die er eingehüllt war. Er hatte einen geraden Rücken, knubbelige Knie, seine helle Elfenbeinhaut überall dort, wo die Sonne herangekommen war, dunkelgebrannt wie die Erde. Als sie ihm die Beine schrubbte, bemerkte sie, daß das blaue Muttermal, von dem gesagt wurde, der Verwalter der anderen Welt habe dem widerstrebenden Kind einen Tritt in den Hintern gegeben, um ihn in diese zu befördern, verschwunden war, ohne daß eine Spur zurückgeblieben wäre.

Sie trocknete ihn mit einem großen Badelaken ab und schlang die Arme um ihn, ohne zu versuchen, zärtlich zu ihm zu sein. Er braucht Zeit, dachte sie, stolz darauf, daß ihr Sohn treu war. Es war kein Grund vorhanden, die Sache übers Knie zu brechen, jetzt, wo er Woo hieß.

Nachdem sie dem Jungen das wattierte Untergewand angezogen hatte, das zurechtgelegt worden war, legte sie ihn sanft in der Bettnische draußen vor ihrem Zimmer schlafen.

Ob er wohl Angst vor dem Dunkel hatte?

Sie wußte es nicht, und nachdem sie den Docht heruntergedreht hatte, bis die Flamme kaum noch flackerte, zog sie sich in das Gemach ihrer Schwiegermutter zurück. Köstlicher Lotus schlief, allerdings einen unruhigen Schlaf. Gelegentlich schüttelte sie den Kopf, als wollte sie nein sagen. Nach einer Weile nickte Frühlingsmond der Dienerin zu, welche die Nachtwache halten sollte, und zog sich in ihr Zimmer zurück.

Es war eine lange Fahrt gewesen, doch der Schlaf wollte sich nicht einstellen. Wach lag sie da, verfolgte, wie das Mondlicht über die Wände wanderte, dachte an Stummchen: an das entsetzte Bauernmädchen, das in der Regentonne Zuflucht gesucht hatte. Dachte an die schöne, junge Frau, die jedesmal dabeigewesen war und ihr bei der Geburt ihrer beiden Kinder die Hand gehalten hatte. Und am lebhaftesten stand ihr der Schreckensschrei in der Erinnerung, mit der sie um die Familie getrauert hatte, die ihr genommen worden war. Bald nachdem der Nachtwächter vorübergegangen und die Stunde der Ratte verkündet hatte, entstand ein Geräusch. Sie sah zur Tür hinüber. Ein kleiner Schatten schoß auf ihr Bett zu. »Sao Sao.« Die Stimme des Jungen zitterte. »Schläfst du? Zuhau... im Dorf habe ich nie allein geschlafen.«

Selbstverständlich. In Gelehrte Asche gab es keine Kohlenbecken, war es immer kalt. Sie schlug die Zudecke zurück. »Dann komm, Kleiner Schatz, es ist Platz genug für dich in meinem Bett.«

Sie schliefen lange, und nachdem sie ihn am Morgen angezogen hatte, lächelte sie schüchtern, erfreut darüber, daß sie ihm so viele Gewänder übereinander anziehen konnte, bis er es warm hatte. Einen Moment glaubte sie, er erwidere ihr Lächeln, doch als sie ihm die neuen Schuhe zeigte, schüttelte er den Kopf und patschte barfuß zur Bettnische. Als er wiederkam, hatte er die Tigerschuhe an, die er in Gelehrte Asche getragen hatte.
Gemeinsam nahmen sie ein herzhaftes Frühstück zu sich: Pfannkuchen und Schweinefleisch. Als sie fertig waren, nahm Frühlingsmond seine Hand und sagte: »Kleiner Schatz, ich weiß, du bist ein guter Junge, denn in dir ist eine Leere, die keine Schale Reis ausfüllen kann, stimmt's?«
Tränen stiegen ihm in die Augen, und er nickte.
Sie holte tief Atem und fuhr dann fort:
»Das ist auch richtig so. Du mußt mit mir über die Menschen reden, die du kennst, und die Orte, die dir fehlen. Das wird dir helfen und auch mir helfen. Versprichst du mir das?«
»Ja, Sao Sao.«
Wie merkwürdig der Name klingt, mit dem er mich ruft, dachte sie. Und doch war das schön, denn nur er würde sie jemals so nennen.
»Kleiner Schatz, hat es in Gelehrte Asche irgend etwas gegeben, was du jeden Tag tun mußtest?«
»O ja«, sagte er und nickte. »Ich habe Reisig fürs Feuer gesammelt, den Hof gefegt und das Schwein gefüttert...«
»Auch hier wirst du etwas tun müssen. Und zwar etwas, was wichtiger ist als das, was du dort als Aufgabe hattest. Es ist sehr schwierig. Nicht viele Jungen deines Alters könnten damit fertigwerden.« Sie hielt inne und wartete auf ein Zeichen, daß er verstanden habe.
Er sah verwirrt, aber nicht verängstigt aus.
»Kleiner Schatz, ich meine, du kannst die Aufgabe bewältigen, die ich dir stellen werde. Kannst du mir sagen, ob du sie übernehmen willst?«
»Ja. Ja, ich möchte es versuchen.« Sein Eifer rührte sie sehr, doch durfte sie ihn nicht in die Arme schließen. So weit war er noch nicht.
Kerzengerade saß sie da. »Gut. In ein paar Minuten werde ich dich zu deiner Wahren Mutter bringen. Sie wird im Bett liegen. Sie ist sehr krank, und ihr Gesicht ist nur noch Haut und Knochen. Aber du darfst es dir nicht anmerken lassen, wenn sie dir Angst macht.«

»Wirst du dabeisein, Sao Sao?«
»Ja. Direkt an deiner Seite.« Sie lächelte. »Sobald wir eingetreten sind, mußt du dreimal Kotau machen und sie mit dem ihr zustehenden Namen anreden, der da heißt: Wahre Mutter – du mußt erklären, du bist ein Sohn des Hauses Woo. Kannst du das behalten?«
Er nickte. »Ja.« Er nickte noch einmal, mit Nachdruck. »Ja. Sie ist meine Wahre Mutter, und ich bin ein Sohn des Hauses Woo.«
»Vielleicht spricht deine Mutter zu dir. Wenn sie das tut, mußt du tun, was sie sagt. Das wird sie in einer sehr unglücklichen Zeit sehr glücklich machen.«
»Wird sie sterben?«
»Ja.«
Der Junge biß sich auf die Lippe und runzelte die Stirn. »Wirst du mir dabei die Hand halten?«
Sie schüttelte den Kopf. »Nein, das nicht, aber ich werde neben dir stehen.«
»Geht es denn nicht, daß ich das morgen mache?« fragte er voller Hoffnung.
»Nein. Du mußt es jetzt tun.«
Die beiden Dienerinnen hatten den Raum vorbereitet. Die Medizinen waren versteckt worden, der Geruch wurde von Weihrauch überdeckt, und der sterbenden Frau hatten sie Kissen in den Rücken gestopft, so daß es aussah, als sitze sie. Ihr Gesicht war gepudert, Wangen und Lippen mit Rouge gefärbt. Über jedem Auge war sorgfältig eine Weidenblattbraue gezogen, und ein Wickeltuch bedeckte ihr verfilztes Haar. Die Jadeanhänger, die ihr von den Ohrläppchen herunterhingen, ließen ihr Gesicht jünger wirken, als es in Wirklichkeit war. Ihre beringten Finger – verrunzelt und verschrumpelt wie die Krallen eines alten Gockels – ruhten auf der wattierten Zudecke.
Als die Tür aufging, huschten die Dienerinnen hinaus und wischten sich mit dem Ärmel die Tränen fort. Gemeinsam traten Frühlingsmond und Kleiner Schatz auf das Bett zu. »Por Por, dein Sohn ist gekommen.«
Köstlicher Lotus hob eine Hand.
Augenblicklich fiel der Junge auf die Knie und machte Kotau, dann rappelte er sich wieder hoch und sagte: »Wahre Mutter, ich bin Woo, dein Sohn.«
Langsam öffnete Köstlicher Lotus den Mund, gleichsam, als brauch-

te sie dazu alle Kraft, die sie noch besaß, und flüsterte: »Sohn... gut.«
Kleiner Schatz sah Frühlingsmond an, als wollte er fragen, was er jetzt tun solle. Doch da sprach Köstlicher Lotus noch einmal: »Komm... nimm meine... Hand.«
Der Junge gehorchte. Eine Träne rollte der sterbenden Frau über die Wange und zog eine breite Spur in den Puder.
In dieser Nacht starb Köstlicher Lotus.
Drei Tage und drei Nächte stießen Frühlingsmond, der Junge und die Dienerinnen ihre Klagelaute neben dem Sarg aus, und nachdem er geschlossen und versiegelt worden war, kehrten sie noch oft in den Raum zurück, um der Toten ihre Aufwartung zu machen, und warteten bis zum Frühjahr, ehe sie die Reise nach Rohrdorf antreten konnten.
Mutter und Sohn waren diese Zeit über unzertrennlich. Sie erzählte ihm Geschichten aus dem Hause Woo – von seinem Vater, dem Hanlin, vom Wald der Schreibstifte, von seinem Bruder, Frohes Versprechen, der übers Meer gereist war, und seiner Mutter, Köstlicher Lotus, die einst als die Schönheit der Nördlichen Hauptstadt gepriesen worden war. Er seinerseits erzählte ihr von seinem alten Zuhause – davon, daß er mit den Ferkeln hatte schlafen müssen, als der Kanal zufror, von Mama, die ihm die Tigergesichter auf die Zehen seiner Schuhe genäht hatte, und von Papa, der stark war und ihn auf den Schultern bis zur nächsten Stadt getragen hatte. Frühlingsmond erzählte ihm die Abenteuer des Affenkönigs, der in den Westen gereist war. Das Kind vergalt es ihr, indem er ihr die Lieder von Gelehrte Asche vorsang. Er spielte Treibball, und gemeinsam spielten sie mit Marmeln und Verstecken. Er lachte, wenn sie ihn hinter der Tür nicht fand, und lachte auch, wenn sie ihn allzu mühelos entdeckte.
Er war sehr aufgeweckt. Es dauerte nicht lange, und er hatte die harte, kehlige Sprechweise von Shantung abgelegt und sprach Mandarin mit einer Spur der weichen Aussprache von Soochow, die er von ihr übernahm. Als es Zeit wurde für den Begräbniszug nach Rohrdorf, hatte er dreißig Schriftzeichen gelernt, wurde es nie müde, das Tintenstäbchen auf dem Tintenstein zu verreiben und die Begriffe in die Kästchen zu schreiben, die sie auf dem Papier gezogen hatte.
Im Dorf des Hanlin vollzog der Sohn die Riten auf sehr feierliche Weise. Am Tag des Reinen Strahlens fegte er die Gräber, brachte die

Opfergaben dar und machte Kotau vor den Ahnen des Hauses Woo, als wäre er für diese Pflichten geboren. Der Sitte entsprechend, aßen er und Frühlingsmond dann unter den Toten, auf daß die Ahnen an die glücklichen Zeiten erinnert wurden und die Opfergaben nicht verschwendet waren.

Nachdem die Begräbnisriten vorüber waren, wurde ihnen vom Oberhaupt der Woos äußerst huldvoll angeboten, in Rohrdorf zu bleiben. Und wie erwartet lehnte Frühlingsmond mit größtem Bedauern dankend ab.

Sie und Kleiner Schatz kehrten nach Peking zurück. Dort brachte sie die Angelegenheiten ihrer Schwiegermutter ins reine, schrieb Beherztem Talent, sie werde zum Abschlußexamen von Schimmernder Jade zusammen mit dem Adoptivsohn des Hanlin nach Shanghai kommen, verkaufte die Möbel, packte, brachte dem Vermieter die Hausschlüssel zurück und entließ die Dienerinnen.

Als sie am neunten Tag des fünften Monds den Zug nach Shanghai bestiegen, hatte Kleiner Schatz seine Tigerschuhe ausgezogen und trug neue Schuhe aus Leder.

Während der Zug nach Süden brauste, wurde Kleiner Schatz immer aufgeregter und Frühlingsmond immer kleinmütiger. Er konnte die Augen nicht vom Fenster wenden und sie die Augen nicht von ihm. Sprechen taten sie beide nicht viel.

Wie widersinnig die Götter, dachte sie. Sie verwandeln Verlangen in Furcht und wieder zurück, so gewiß wie die Jahreszeiten einander folgen, so verschieden die Jahre auch sein müssen. Wieder saß sie mit einem Kind in einem Zug. Genauso wie damals war es und doch ganz anders. Auch in diesem Falle kannte das Kind seinen Vater nicht. Auch in diesem Falle sollten sie und Beherztes Talent sich in Shanghai treffen. Seine Briefe beschworen immer noch die Vergangenheit, eine Vergangenheit, die sie abgelegt hatte wie Blätter, die sie in einem längst vergangenen Herbst gesammelt und zwischen den Seiten eines Buches getrocknet hatte. Diesmal war sie es, die zurückkehrte, und er, der wartete. Jetzt ging der Junge ihr über alles. Was sein Vater und sie gemeinsam erfahren hatten, konnte nur in ihm leben.

Bewußt verweilte sie nicht lange beim Wiedersehen mit Schimmernder Jade; es werde schon sehr freudig sein, sagte sie sich. Wie konnte es anders sein? Mutter und Tochter nach soviel Jahren wieder vereint. Und doch, wenn sie Kleinen Schatz so betrachtete, fragte sie sich manchmal... Jetzt, wo sie zurückkehrte – würde ihre Tochter auf sie warten? Oder hatte sie die Bande zwischen ihnen beiseite gelegt wie der Junge seine Tigerschuhe?

Als die Fahrt fast vorüber war, wandte er sich ihr zu. »Sao Sao, werden die Leute in Shanghai und Soochow mich mit meinem Kindernamen anreden? Meinst du nicht, Kleiner Schatz ist ein etwas alberner Name für einen Jungen, der lesen und schreiben kann?«

»Ist es das, worüber du die ganze Zeit nachgedacht hast?« Sie strich ihm die Stirnlocke glatt. »Vielleicht ist es wirklich an der Zeit für dich, daß du einen Schulnamen bekommst.«

»Und wie soll der lauten?«

»Auch ich habe darüber nachgedacht. Er müßte ein Schriftzeichen mit dem Namen deines Älteren Bruders, Frohes Versprechen, gemeinsam haben. Was das andere betrifft... Wie würde dir Festes Versprechen gefallen?«

Der Junge nickte. In wenigen Minuten hatte sie ihm gezeigt, wie man die dafür nötigen Schriftzeichen schrieb; den Rest der Fahrt über übte er sich darin, bis er sie vollkommen schreiben konnte. Ab und zu blickte er zu ihr auf und lächelte. Sein Lächeln war ihr Lächeln, seine Augen die von Beherztem Talent. Barmherzige Kwan Yin, betete sie, laß ihn das nicht sehen!

Auf dem von Menschen wimmelnden Bahnhof von Shanghai hüpfte Festes Versprechen auf und ab und sah allen nach, die unter der Bahnhofsuhr hindurchgingen, wo sie, wie abgemacht worden war, warten sollten. Frühlingsmond war nicht weniger ungeduldig als er, hielt sich an seiner Hand fest und blickte sich suchend nach Beherztem Talent und Schimmernder Jade um und beschrieb dem Kind, wie sie aussahen. Sie erblickte kein vertrautes Gesicht.

Gerade, als sie sich erkundigen wollte, ob es womöglich noch eine zweite Uhr gäbe, trat ein schmucker junger Mann in weißem Leinenanzug auf sie zu. Links und rechts von ihm gingen zwei großgewachsene Ausländer, prächtig in dunkelgrüne, mit Goldlitzen geschmückte Uniformen und Mützen gekleidet – offenbar handelte es sich um eine wichtige Persönlichkeit. Er verneigte sich: »Willkommen, Tante.« Frühlingsmonds Überraschung mußte ihr anzusehen sein, denn er lachte fröhlich. »Tante, ich bin's, Erhabene Winde.«

Was war aus dem pummeligen Jüngling geworden, der im Unterricht nur selten bei der Sache war? Der Mann, der vor ihr stand, war nicht groß, wohl aber schlank. Er war untadelig gekleidet und seine

goldene Uhrkette so dick wie Shanghai-Nudeln. »Erhabene Winde – hast du dich aber verändert!«
»Meinst du wirklich?« Wieder lachte er, wie über ein Geheimnis. Sein Lächeln, bei dem sich Grübchen auf seinen Wangen bildeten, war ansteckend, so daß auch Frühlingsmond sich dabei ertappte, wie sie lachte; erst viel später merkte sie, daß seine Gesichtszüge durchaus nichts Besonderes waren.
Festes Versprechen zupfte sie am Ärmel. »Sao Sao, sind das Generale?« Er starrte die beiden Ausländer an.
Erhabene Winde schien äußerst geschmeichelt. »Könnte sein, könnte sein. Denn wer weiß wirklich, was einer von diesen Weißrussen ist?« Er beugte sich hinunter, bis seine Nasenspitze sich in gleicher Höhe mit der des Jungen befand. »Aber ich weiß genau, wer du bist. Du bist Kleiner Schatz.«
»Nein, ich habe einen Schulnamen.« Er drückte die Brust heraus und verkündete: »Ich heiße Festes Versprechen.«
»Was du nicht sagst! Was für ein schöner Name für meinen Onkel.«
»Nein, nein«, beharrte das Kind. »So heiße *ich*.«
»Ich weiß, ja. Aber du bist auch« – und bei diesen Worten verneigte Erhabene Winde sich womöglich noch tiefer – »mein geschätzter Onkel« – und verneigte sich nochmals –, »mein hochgeehrter Onkel.«
»Bin ich das, Sao, Sao, bin ich das wirklich?« Festes Versprechen klatschte entzückt in die Hände.
Frühlingsmond nickte, doch in Gedanken war sie plötzlich ganz woanders, und als Erhabene Winde sich aufrichtete, fragte sie: »Wo ist Ältester Onkel? Und Schimmernde Jade?«
»Er läßt sich entschuldigen«, erwiderte Erhabene Winde. »Er wurde im letzten Moment verhindert und hat mich gebeten, dich abzuholen. Ich habe versucht, die Schule zu bewegen, Schimmernder Jade zu gestatten, mit mir zu kommen, aber die Missionare waren äußerst argwöhnisch und hielten es für das beste, wenn euer Wiedersehen morgen, bei der Abschlußfeier, stattfindet.« Er zuckte mit den Achseln, und in seinen Augen blitzte es. »Vielleicht...«
Frühlingsmond dachte: Ja, morgen, das ist viel besser. Und bestritt diesen Gedanken dann sofort auf das energischste.
»... meine Schuld.« Die Stimme von Erhabene Winde heischte sofort wieder ihre Aufmerksamkeit. »Zwar habe ich ihnen auch gesagt, daß ich ihr Onkel bin, aber offenbar haben sie mir nicht

geglaubt. Irgendwie bin ich verflucht. Kein Mensch scheint mir je zu glauben.« Der Stolz in seiner Stimme strafte diese Worte Lügen, und sie konnte nicht umhin, in sich hineinzulächeln. Der Mann war schließlich doch noch sehr das Kind, das er gewesen war.

Doch gerade, als sie das erkannt hatte, veränderte er sich abermals, übernahm die Verantwortung, schickte einen der Männer, das Gepäck, und den anderen, das Automobil zu holen, ging dann anmutig durch die Menge voran, erklärte im Plauderton, wie wunderbar es sei, seine Lehrerin wiederzusehen. Als sie durch den Haupteingang auf die Straße hinausgetreten waren, blieb er stehen.

»Was ist denn, Erhabene Winde?« fragte sie.

Mit schüchtern wedelnder Handbewegung zeigte er auf ein langes, elegantes Gefährt, das blitzte wie die Oberfläche eines Sees bei Sonnenuntergang. »Schau! Mein *Pierce Arrow*!«

Festes Versprechen ließ ihre Hand los und lief hin, das glänzende Gefährt, das er da vor sich sah, zu berühren, als könnte er nicht glauben, daß es so etwas wirklich gab. Zufrieden grinste er und machte eine Wendung, um den Chauffeur zu bestaunen, der am geöffneten Wagenschlag stand. »Schau, Sao Sao, da bin ich sechsmal.« Sagte es und zeigte auf die sechs schimmernden Messingknöpfe auf dem Rock. Ehe sie irgend etwas sagen konnte, erschien der Leibwächter. Gemeinsam hoben die beiden Russen den Jungen in die Luft und beförderten ihn dann auf den Vordersitz. Erhabene Winde und Frühlingsmond lachten mit ihm und stiegen ein.

Als sie saß, schüttelte Frühlingsmond den Kopf und lächelte in sich hinein. Erhabene Winde nickte, als könne er ihre Gedanken lesen. »Tante, ich kann es selbst kaum glauben. Aber es gehört mir, wirklich mir.«

Der Leibwächter eilte vor die Kühlerhaube und drehte an der Kurbel, um den Motor anzuwerfen. Der *Pierce Arrow* erzitterte. Gleich darauf setzten sie sich in Bewegung. Während der Leibwächter auf das Trittbrett sprang und sich auf den Sitz neben Festes Versprechen zwängte, ließ der Chauffeur für die Menge der Bewunderer die Hupe erschallen. Der Junge erschrak und drehte sich nach Frühlingsmond um. Doch der Chauffeur gluckste, nahm seine Hand und ließ ihn den Gummiball drücken. *Bäh! Bäh!* Die Menge stob auseinander. Festes Versprechen strahlte – ein Kaiser, der den ungebärdigsten Drachen ritt.

Unterwegs machte Erhabene Winde sie auf alle möglichen Beson-

derheiten aufmerksam: sein Lieblingsrestaurant, seinen Uhrmacher, den Laden, in dem er seinen Tee kaufte, seinen Schneider. Um kein Schweigen aufkommen zu lassen, um nicht nachzudenken.
Beim Essen amüsierte er sie mit kleinen Geschichten, doch gleich hinterher entschuldigte er sich. »Eine dringende Geschäftsangelegenheit.«
Frühlingsmond wünschte, er hätte bleiben und sie ablenken können, denn das Haus in der Bubbling Well Road war genau so, wie sie es in der Erinnerung hatte. Nur die Dienerinnen waren andere.
Festes Versprechen war müde, doch würde er wachbleiben müssen, bis Beherztes Talent nach Hause kam. Sie durfte nicht zulassen, daß sie mit ihm allein war – jedenfalls zuerst nicht.
Es war die Stunde des Hundes, als eine Kutsche vorm Haus hielt. Sanft rüttelte Frühlingsmond den Jungen wach, der neben ihr im Sessel eingeschlafen war. »Wach auf, Kleiner Bruder«, flüsterte sie. »Er kommt.« Festes Versprechen riß die Augen auf und machte sie gleich wieder zu. »Nein, du mußt aufwachen!« Sie schüttelte ihn nochmals.
»Frühlingsmond?« Sie erhob sich. Er stand in der Tür. Sie senkte die Augen, blickte ihn dann jedoch wieder an. Älter sieht er aus, dachte sie. Aber vielleicht liegt es auch nur daran, daß ich ihn nicht habe älter werden sehen.
Er breitete die Arme aus und wollte auf sie zugehen, doch dann blieb er stehen, denn sie hatte warnend die Handfläche erhoben, war beiseite getreten und hatte den Blick auf den Jungen freigegeben. »Kleiner Bruder, steh auf!« Das Kind rappelte sich hoch, klammerte sich an ihren Rock und rieb sich den Schlaf aus den Augen.
Sie spürte Beherzten Talents Blick nicht weniger körperlich als eine Umarmung. Rasch schob sie Festes Versprechen zwischen ihn und sich und stand, die Hände auf seinen Schultern, hinter ihm.
»Frühlingsmond?« fragte er nochmals.
Sie wagte nicht zu sprechen. Was sollte sie sagen? Er mußte das verstehen.
Beide warteten sie, daß der andere das Schweigen brach. Schließlich war es der Junge, der sprach: »Sao Sao, ist der ehrenwerte Herr unser Großvater?«
Zwischen Lachen und Weinen konnte sie nur den Kopf schütteln und auf seinen Sohn herniederblicken.
Beherztes Talent ließ ein klägliches Lachen vernehmen und winkte Festem Versprechen näher zu kommen. Das Kind sah zu Frühlings-

mond empor; es wußte nicht recht, ob es sollte. Sie nickte, versuchte zu sprechen, brachte es jedoch nicht fertig und schob ihn dann sanft von sich fort.
Beherztes Talent nahm das Kind bei der Hand und führte ihn zu dem Ohrensessel, auf dem er mit seiner üblichen Anmut Platz nahm und neben seinem Knie eine Stelle für den Jungen freiließ. Festes Versprechen kletterte hinauf, setzte sich feierlich hin, und die Spitzen seiner neuen Schuhe zeigten in die Höhe.
»Wer seid Ihr, Herr?« fragte er im höflichsten Ton und sah seinem Vater ins Gesicht.
Beherztes Talent nickte, sagte jedoch nichts, als ob er die Frage nicht gehört hätte. Freundlich erinnerte ihn der Knabe daran, woraufhin er sagte: »Gewiß bin ich alt genug, um dein Großvater zu sein«, sagte er sanft. »Aber ich bin der Onkel deiner Sao Sao, und damit auch dein Onkel.«
Das Kind runzelte die Stirn. »Aber Sao Sao hat mir erzählt, du hättest schwarzes Haar.«
Beherztes Talent blickte verstohlen zu Frühlingsmond hinüber. »Vielleicht hat sie deinen anderen Onkel gemeint...« Seine Stimme verklang.
»Ja, genau den habe ich gemeint«, beeilte Frühlingsmond sich zu erklären.
Mit dieser Auskunft befriedigt, zupfte Festes Versprechen Beherztes Talent am Ärmel. »Onkel, mein Name ist Festes Versprechen«, verkündete er stolz.
»Aber das ist ja der Name eines Gelehrten! Ich kann mir nicht vorstellen, daß ein so kleiner Junge schon die Schriftzeichen für einen so großartigen Namen wie Festes Versprechen schreiben kann.«
»Aber doch kann ich das. Doch kann ich das!« rief der Junge entzückt, ergriff Beherztes Talent am Arm, zwängte ihm die Hand auf und führte mit dem Zeigefinger die verschiedenen Pinselstriche aus.
»Und wer war dein Lehrer?«
»Sao Sao.«
»Hat Sao Sao dir auch gesagt, wer *ihr* Lehrer war?«
Festes Versprechen schien ihn nicht zu hören. Er war vollauf damit beschäftigt, Schriftzeichen auf die Handfläche seines Vaters zu schreiben und jedesmal auszurufen, welches er gerade schrieb: »Haus. Pferd. Himmel.«

Wie sie Seite an Seite vor ihr saßen, schien es Frühlingsmond offenkundig, daß der Mann und der Junge Vater und Sohn waren. Die hohe Stirn, die eindringlich blickenden Augen, die Handbewegungen – alles war von einleuchtender Ähnlichkeit. In den Pausen ihrer Unterhaltung sahen sie beide zu ihr hin, den Kopf leicht geneigt. Bestimmt würde Beherztes Talent es erkennen. Er mußte es erkennen. Durfte es nicht. Wie hatte sie nur so töricht sein können anzunehmen, daß sie sich begegnen und Fremde füreinander sein könnten?

Als er das letzte Tüpfelchen des Schriftzeichens für ›schreiben‹ hingesetzt hatte, lachten Mann und Junge gleichermaßen und sahen sie Zustimmung heischend an. »Onkel, jetzt schreib bitte deinen ehrenwerten Namen für mich«, bat der kleine Junge und hielt Beherztem Talent seine kleine Handfläche hin.

»Aber das kann ich nicht.« Beherztes Talent ließ den Kopf hängen, als schämte er sich.

Das Kind errötete. Er hatte einen Älteren dazu gebracht, das Gesicht zu verlieren, indem er ihn gezwungen hatte zu bekennen, daß er weder lesen noch schreiben konnte.

»Nein, das kann ich nicht«, wiederholte Beherztes Talent und schüttelte den Kopf. Zu Frühlingsmond hinüberblickend, zögerte er kaum merklich, dann lächelte er. Sie versuchte, das Lächeln zu erwidern, brachte es jedoch nicht fertig und senkte die Augen. Er erkennt es nicht, dachte sie, er weiß es nicht, und überlegte, warum sie sich so allein vorkam. Plötzlich lachte Beherztes Talent. »Festes Versprechen, es braucht dir nicht peinlich zu sein«, sagte er. »Ich habe dich bloß geneckt. Ich kann schon schreiben, bloß nicht auf so einen winzigen Fleck wie deine Handfläche. Die wäre ja schon mit einem Strich und einem Haken voll.«

Abermals blickte er zu Frühlingsmond hinüber, mit verschleierten Augen jetzt, Augen, die Schmerz verbargen. Als sie nicht darauf einging, wandte er sich wieder dem Jungen zu. »Komm mit mir«, sagte er. »Komm mit mir in die Bibliothek, dort bringe ich dir bei, wie ein richtiger Kalligraph zu schreiben hat. Du mußt mindestens einmal am Tag üben...«

Frühlingsmond sah ihnen nach, als sie Hand in Hand ins Zimmer nebenan gingen und der Mann sich zu dem Kind hinunterbeugte.

Langsam folgte sie ihnen und setzte sich auf den Stuhl, der am weitesten vom Schreibtisch entfernt war, und sah ihnen zu. Beherztes Talent beschäftigte sich mit den Vorbereitungen. Nur ein einzi-

ges Mal begegneten ihre Blicke sich – als er die Kummerkügelchen aus der Tasche nahm und sie auf dem Schreibtisch auf die Seite legte.
Ja, seine Schläfen waren jetzt grau, und um die Augen herum hatte er Krähenfüße. Man sieht ihm sein Alter an, dachte sie plötzlich: zweiundsechzig. So viele Jahre waren vergangen.
Er zwirbelte die Härchen des Pinsels, zeigte dem Jungen, wie man Tinte rieb, und nickte dazu, wie gut er es machte. Sie ließ den Blick nicht von ihm. Der Vater. Der Sohn. Beide hatten sie sich in diesem Augenblick vergessen. Sie erhob sich, um zu ihnen zu treten, blieb dann jedoch stehen, als sie sah, daß sie miteinander tuschelten.
Sie räusperte sich. »Ich werde den Dienerinnen sagen, daß du hier bist...«
Mann und Junge brachen in Lachen aus.
Sie floh hinaus.
Während der Tisch gedeckt wurde, brachte Frühlingsmond das Kind zu Bett und gesellte sich dann im Speisezimmer zu Beherztem Talent.
»Möchtest du nicht etwas zu dir nehmen, meine Nichte?«
»Nein, wir haben zusammen mit Erhabene Winde zu Abend gegessen.«
Er sah sie direkt an, schien aber dennoch nicht wahrgenommen zu haben, daß sie seine Frage beantwortet hatte, denn er wiederholte sie.
Nachdem sie sie ein zweites Mal beantwortet hatte, blickte er rasch beiseite und stellte eine andere. »Was hältst du von unserem Waisenknaben?«
Im ersten Augenblick dachte sie, er spräche von Festem Versprechen, doch dann errötete sie und lachte. »Erhabene Winde erzählt so viele Geschichten, eine unwahrscheinlicher als die andere. Er macht es einem unmöglich, ihn für etwas anderes zu halten als für einen Schelm, und doch...«
»Ja, das finde ich auch.« Er beendete den Satz für sie. »Und doch hat keiner ein größeres Herz als er.«
Schweigen. Wie abwesend pickte Beherztes Talent Gräten aus seinem Fisch.
Schließlich fragte Frühlingsmond: »Und wie geht es meiner Tante?«
»Meiner Gattin geht es gut. Sie freut sich darauf, dich wieder in Soochow bei sich zu haben.«

»Und ich freue mich darauf, sie wiederzusehen.«
»Ihr versteht einander so gut.« Er sah sie an. »Man hätte das nicht für möglich halten sollen.«
»Warum nicht? Sie ist der gütigste Mensch, den ich kenne.«
»Ja und der verständnisvollste.«
»Ja, der verständnisvollste.«
Wieder Schweigen. Frühlingsmond schenkte sich eine Tasse Tee ein und trank. Die Uhr an der Wand tickte laut, und doch schien die Zeit nicht zu vergehen. Die Dielenbretter knarrten bei jedem Schritt des alten Dieners, der den Tisch abräumte. Sie sahen ihn kommen und gehen, kommen und gehen, bis nur noch das Teeservice auf dem Tisch stand.
Nachdem sie wieder allein waren, sprachen plötzlich beide auf einmal, und einer wollte dem anderen den Vortritt lassen. Dabei wollte keinem einfallen, was er gerade eben noch hatte sagen wollen. Schließlich erkundigte Frühlingsmond sich: »Und wo ist Junger Onkel jetzt?«
»Wieder zurück bei Sun und versucht, Kanton zur zweiten Hauptstadt zu machen.«
»Meinst du, er schafft es?«
»Das glaube ich nicht, jedenfalls nicht, solange die Ausländer Peking anerkennen. Ich bin mir nicht einmal sicher, ob mein Bruder das selbst noch glaubt. Er macht nur deshalb weiter, weil er sonst nichts zu tun hat.«
Sie nickte.
Beherztes Talent räusperte sich und sagte sehr leise: »Du jedenfalls hast dich nicht verändert.«
»Aber doch habe ich das, mein Onkel.«
»Nein, nicht für mich, nicht für mich.«
Sie streckte die Hand aus, um ihn zu berühren. Seine Hand zitterte, und er zog sie rasch vom Tisch.
Der Vater folgte den gedämpften Schreien den monderhellten Korridor entlang bis zur Kammer seines Sohnes.
Festes Versprechen hatte sich ganz unter die Zudecke verkrochen und zitterte.
Warum weinen Kinder in der Nacht? Beherztes Talent versuchte sich zu erinnern. Leise fragte er: »Was ist denn? Weine doch nicht! War es ein böser Traum?«
Das Kind schüttelte den Kopf. Langsam rannen die Tränen herunter, wie mutige Soldaten, die vor ihrem König hermarschieren.

»War es ein Gespenst...?«
»Ich...« Seine Worte überstürzten sich. »Ich will nicht sterben, ich will nicht sterben wie Wahre Mutter. Warum muß ich sterben?«
Beherztes Talent legte den Arm um ihn und tröstete ihn. »Verstehst du, wenn kein Mensch je stürbe, wäre es schrecklich auf der Welt. Dann gäbe es viel zu viele Menschen, keinen Raum, um Reis anzubauen oder zu spielen. Deshalb ist es besser, seine Lebensspanne zu haben und jede Minute zu leben, bis es Zeit ist, sich den Ahnen zuzugesellen.«
Der Junge nickte. »Sag mir, wie wird das sein, wenn man tot ist?«
»Erinnerst du dich noch, wie es war, bevor du geboren wurdest?«
Er schüttelte den Kopf.
»Hast du da etwas Böses gefühlt?«
»Nein.«
»Hast du Angst gehabt?«
»Nein.«
»Ja, und so, glaube ich, ist es auch, wenn man tot ist.«
»Bist du ganz sicher?«
»Ja. Und jetzt leg dich hin. Ich bleibe hier sitzen, bis du eingeschlafen bist.«

Jadephönix

25. Die Abschlußfeier

Zur Zeit der Liang-Dynastie lebte ein getreuer Soldat, seine gute Frau und ihre sehr pflichtbewußte Tochter, Mu Lan. Eines Tages erkrankte der Mann schwer. Bald danach kam eine Aufforderung vom Kaiser, in den Krieg zu ziehen.
»Sattelt mein Pferd«, sagte der Vater. Dabei konnte er sich kaum auf den Beinen halten.
»Wie willst du reiten, mein Gatte?«
»Ich muß. Und ich werde!« gelobte der Soldat. Dann schwanden ihm die Sinne.
Um seine Ehre zu retten, zog Mu Lan die Uniform ihres Vaters an und ritt an seiner Stelle in den Krieg.
Zwölf Jahre lang führte sie Männer in die Schlacht. Kein einziges Mal verriet sie, welchen Geschlechts sie war.
Chinesische Geschichte

»Vor nunmehr sechs Jahren haben wir die Höfe unserer Ahnen verlassen und sind eingezogen in diese Stätte der Gelehrsamkeit. Heute nun ziehen wir hinaus in die Welt, um Gottes Werk zu vollbringen...«
Frühlingsmond saß zusammen mit Erhabene Winde, Festem Versprechen und Beherztem Talent in der dritten Reihe der Kapelle, hörte jedoch ihrer Tochter, die die Abschiedsrede hielt, kaum zu.
Abschiedsrede! Lächelnd wiederholte sie für sich dieses Wort. Bis heute war es ihr unbekannt geblieben; kennengelernt hatte sie es erst, als sie es auf dem Programmzettel gelesen hatte – und daneben den Namen ›Margaret Woo‹, den Namen, den die Missionare ihrer Tochter gegeben hatten. Die Ehre überraschte sie nicht sonderlich. Schließlich entstammte Schimmernde Jade zwei Familien, die seit Generationen Akademiker hervorgebracht hatten. Flüchtig dachte sie an Lauteres Talent, sah ihn lebendig vor sich, wie sie ihn immer gesehen hatte: an seinem Schreibtisch sitzend, das aufgeschlagene

Buch vor sich. Möge es Vater zur Freude gereichen, betete sie, daß die Gelehrsamkeit weiterlebt in seinen Nachfahren.

Die Stimme von Schimmernder Jade schwoll an, und Frühlingsmond blickte wieder hinüber auf die Rednertribüne, auf jene Fremde, die ihre Tochter war.

»... Wir werden uns mit dem Analphabetentum nicht abfinden. Und wir werden uns mit der Korruption nicht abfinden. Wir werden...«

Frühlingsmond versuchte sich auf die englischen Worte zu konzentrieren. Der Stolz, den sie darüber empfand, was ihre Tochter erreicht hatte, wurde überschattet von dem peinlichen Berührtsein über die Tatsache, daß Schimmernde Jade denen ins Gewissen redete, die ihr an Jahren und Weisheit voraus waren. Ihre Gesten hatten etwas Gekünsteltes, wie die von Kriegern in einer Oper, und ihr Ton hatte etwas sehr Abweisendes, so daß Frühlingsmond fast wünschte, die Abschiedsrede möge bald vorüber sein.

Selbst noch ehe die Rede überhaupt begonnen hatte, als die Schulabgängerinnen Seite an Seite auf der kleinen Bühne gesessen hatten, alle in langen, schwarzen Röcken und weißen Blusen – die Füße wirkten durch die hochgeknöpften Stiefel noch größer –, selbst da war ihre Tochter schon aus dem Rahmen gefallen. Selbstverständlich hatte sie durch ihren Vater etwas Nordchinesisches, etwas von gemeißelter Kraft, das so ganz anders war als die zarten Mandelgesichter ihrer Klassengefährtinnen. Aber da war noch etwas anderes, etwas, das auf den Bildern nicht herausgekommen war, die sie ihrer Mutter im Laufe der Trennung geschickt hatte, etwas... Frühlingsmond ließ die Augen über die Gestalten auf der Bühne wandern. Die anderen Schulabgängerinnen, das ging ihr plötzlich auf, waren trotz ihrer westlichen Kleidung gar nicht so verschieden von ihren Basen in den Höfen. Sie konnte sie sich durchaus vorstellen, wie sie nach der Feier tuschelnd die Köpfe zusammensteckten und sich darüber unterhielten, wer heute nun besonders schön ausgesehen habe. Selbst der Priester war ihr nicht fremd. Bis auf die runden Augen erinnerte er sie an Begabten Seher, und fast hatte sie, als er den Kopf neigte, um sie zu begrüßen, erwartet, daß ihm ein Hirtenstar auf die Schulter hüpfen würde. Ihr Blick wanderte von ihm hinüber zu den Damen von der Mission, die neben ihm auf der Plattform saßen. Eine nach der anderen musterte sie diese Frauen, denen sie ihre Tochter anvertraut hatte und denen jetzt die ganze Ergebenheit von Schimmernder Jade galt. Ähnlich sahen sie einander nicht, obgleich

sie alle in Schwarz gekleidet waren und ihr verschiedenfarbenes Haar hochgekämmt und eine wie die andere oben auf dem Kopf zu kleinen Löckchen hochgesteckt trugen. Trotzdem hatten sie etwas gemeinsam, das bewirkte, sie erweckten den Anschein, daß sie einander *ähnlich* wären, sehr ähnlich sogar... Ihr Blick kehrte zurück zu Schimmernder Jade. Und sie schloß ihren Gedanken ab: ähnlich wie Schimmernde Jade. Ein Klappern ließ sie zusammenfahren, und sie blickte nach unten. Festes Versprechen hatte das winzige Spielauto fallen lassen, das Erhabene Winde ihm heute morgen geschenkt hatte. Röte schoß ihr in den Kopf. Hoffentlich hatte niemand sonst das bemerkt. Vielleicht hätte sie ihn bei der Dienerschaft zurücklassen sollen. Keine anderen Eltern hatten ein Kind in diesem zarten Alter mitgebracht. Vermutlich tat man das nicht. Der Junge zupfte Erhabene Winde am Ärmel, doch dieser schien wie gebannt den Worten von Schimmernder Jade zu lauschen, und es war Beherztes Talent, der das Auto aufhob und einsteckte und dem Jungen dafür ein Taschentuch in die Hand drückte, damit er etwas zum Spielen hatte.
Ihre Blicke begegneten einander. Für einen Augenblick waren sie nicht mehr bei dieser sonderbaren Abschiedsfeier, sondern auf ihrem Jungfrauenfest vor fast zwanzig Jahren. Wie feierlich er aussah. Wie jung er war. Langsam hoben sie ihre Weinbecher.
»Ich trinke auf dein Glück, Tochter meines Bruders.«
»Ich trinke auf deines, mein Onkel...«
Ehe sie sich's versah, war sie wieder in dem riesigen rechteckigen Raum mit den endlosen Reihen von Leuten, die ganz still dasaßen und zuhörten. Die großen Glasfenster, die schmucklosen weißen Wände, das Kreuz, das so aussah, als fiele es jeden Augenblick um: Wie anders war dies alles als die Tempel, die sie gekannt hatte, in denen dämmerige Ecken heimliches Tun und Zauber aufkommen ließen. Hatte man ihr diesen Raum gezeigt, als sie damals gekommen war, um Schimmernde Jade hierherzubringen? Sie konnte sich nicht erinnern; ja, sie konnte sich im Zusammenhang mit ihrem ersten Besuch hier an überhaupt nichts erinnern. Da sie die Schulanlagen jetzt sah, meinte sie, sie könnte sie damals keineswegs so gesehen haben, wie sie wirklich waren: die hohen Hecken, die schnurgeraden Wege, die riesigen Gebäude mit den vielen Schichten von Räumen unter einem Dach – Dächern, die einfach in den Himmel vorstießen, statt sich anmutig gewölbt zu ihnen aufzuschwingen. Alles starr und unnachgiebig, wie gebaut, um den

Elementen zu trotzen, sich der Natur entgegenzustellen, auseinanderzureißen, statt harmonische Übereinstimmung zu suchen. Wäre ihr das damals aufgegangen, sie hätte Schimmernde Jade nicht hier zurücklassen können.

»... und so danke ich euch, meinen Lehrerinnen, auch im Namen meiner Mitschülerinnen von ganzem Herzen.« Groß, ja, hochgereckt stand Schimmernde Jade da, um sich dann sehr tief zu verneigen.

Erhabene Winde war der erste, der begeistert klatschte, ja, so ungestüm klatschte, daß die ganze Bank erzitterte. Festes Versprechen tat es ihm nach und klatschte gleichfalls, bis Frühlingsmond – entsetzt darüber, daß Familienmitglieder einem anderen Familienmitglied öffentlich Lob spendeten – hinübergriff und ihn daran hinderte. Wieder fing sie Beherzten Talents Blick auf. Lächelnd schüttelte er den Kopf. Plötzlich lächelte auch sie. Es war in der Tat schwierig, dermaßen Zurückhaltung zu üben, wo doch an erster Stelle ihre Tochter kam.

Nach und nach verebbte der Applaus, und die Direktorin sagte die Überreichung der Diplome an.

Und jedesmal, wenn die Mädchen eines nach dem anderen vortraten, um die Urkunde in Empfang zu nehmen und den Lehrern die Hand zu schütteln, brach erneut Beifall aus. Diesmal klatschte auch Frühlingsmond – für alle Mädchen, die ihr Examen bestanden hatten.

Als auch die letzte wieder auf ihrem Platz saß, ertönte Orgelklang. Die Anwesenden erhoben sich und sangen. Genauso wie beim ersten Mal, gleich zu Anfang der Feier, mühte sich auch Frühlingsmond hoch, nahm das Gesangbuch aus dem Fach vor ihr, schlug es auf und starrte die Seite an, ohne irgend etwas wahrzunehmen. Sie bekam auch nur sehr wenige Worte mit, etwas über christliche Soldaten und das Kreuz Jesu, das voranzog. Der neben ihr sitzende Erhabene Winde schien den Text sehr gut zu kennen. Sein jubelnder Bariton hatte etwas unwahrscheinlich Schmetterndes, und einen Moment fragte sie sich, wo er das gelernt haben mochte, ehe sie ihre Aufmerksamkeit wieder Schimmernder Jade zuwandte.

Als der Choral zu Ende war, wollte Frühlingsmond sich wieder setzen, richtete sich dann jedoch wieder auf, als sie sah, daß die anderen nur den Kopf beugten.

Der Priester war vorgetreten und betete laut: »... Der Herr behüte euch und lasse sein Angesicht leuchten über euch ... Amen.«

Endlich war der formale Teil der Feier vorüber, und die Mädchen marschierten von der Plattform herunter, um ihre Angehörigen zu begrüßen, die in kleinen Gruppen eng gedrängt auf den Gängen standen. Frühlingsmond wartete auf Schimmernde Jade, sah sie die wenigen Stufen heruntersteigen und geradenwegs auf sie zukommen.

Gleich darauf fühlte Frühlingsmond sich von ihrer Tochter in die Arme geschlossen. »Mutter! Wie glücklich ich bin, dich zu sehen.« Steif, die Arme hingen ihr herunter, stand Frühlingsmond da. Wenn die anderen in aller Öffentlichkeit eine ähnliche Herzlichkeit bekundeten – sie brachte es einfach nicht fertig.

»Meine Tochter«, sagte sie förmlich. »Wie lange ist das her! Tritt einen Schritt zurück, laß dich ansehen.« Einen Moment begegneten ihre Augen einander, und die Mutter dachte, mein Kind, wie erwachsen du bist, wie schön! Es verlangte sie, die Hand auszustrekken, ihrer Tochter die Wange zu streicheln...

»Großnichte, wie schön, dich wiederzusehen!« Beherzten Talents Stimme rief sie wieder in die Gegenwart zurück.

»Großonkel«, sagte Schimmernde Jade und verneigte sich.

»Und ich bin Kleiner Schatz«, rief der Junge laut. »Sao Sao hat von mir geschrieben. Nein, ich bin Festes Versprechen.« Lachend beugte Schimmernde Jade sich zu ihm hinunter und drückte ihn.

Erst da ging Frühlingsmond auf, daß Erhabene Winde wartete. »Schimmernde Jade, erkennst du unseren Freund hier?«

Unsicher schüttelte das Mädchen den Kopf, warf verstohlen einen Blick auf den jungen Mann.

Ehe irgend jemand etwas sagen konnte, trat dieser vor und reichte ihr die Hand. Automatisch nahm Schimmernde Jade sie, ließ sie dann jedoch rasch fahren, als erkenne sie, daß fremden Menschen die Hand zu schütteln eine Sitte war, der sich auch die europäisierteste Chinesin nicht anschließen sollte.

»Kleine Schwester, ich bin Erhabene Winde!«

Fassungslos starrte Schimmernde Jade ihn an.

»Ja.« Er nickte. »Ich bin's wirklich, Erhabene Winde. Erinnerst du dich nicht mehr?«

Er lächelte, und plötzlich lachte auch Schimmernde Jade wieder.

»Mein Bruder«, sagte sie und verneigte sich.

»Meine Schwester.«

Es folgten stürmische Begrüßungen zwischen Schimmernder Jade und anderen Gästen und Schülerinnen, die ihr gratulierten. Immer wieder nickte Frühlingsmond höflich, aber sie sagte kein Wort. Ihre Tochter redete schnell, wechselte mühelos zwischen Englisch und Chinesisch, stellte ihre Freundinnen und ihre Verwandten vor, den Priester und ihre Mathematiklehrerin. Alle schienen hier ganz zu Hause zu sein. Erhabene Winde war auf seine Weise genauso gewandt wie Schimmernde Jade, und Beherztes Talent hatte das westliche Benehmen, das er in Amerika gelernt hatte, nicht wieder vergessen. Selbst die Damen, die kein englisch sprachen, waren in die schlanken Hüllen gekleidet, die jetzt Mode waren, und nickten und lächelten, als ob sie dazugehörten.

»Können wir jetzt gehen, meine Tochter?« fragte Frühlingsmond plötzlich, während einer kleinen Pause. Sie hatte das Bedürfnis, unter ihresgleichen zu sein.

»Noch nicht! Noch nicht! Unten im Garten gibt es Tee, und ich möchte unbedingt, daß du Miß Clayton kennenlernst.«

»Wenn man das erwartet, selbstverständlich.«

Schimmernde Jade ging voran; sie schritt tüchtig neben Beherztem Talent aus, blieb ab und zu stehen, um Hände zu schütteln oder sich zu verneigen und Komplimente zu machen und zu empfangen. Erhabene Winde war es, der mit Frühlingsmond hinter den beiden zurückfiel, sich den Jungen auf die Schulter lud und ihn ungeachtet der mißbilligenden Blicke einer der älteren Lehrerinnen und der Möglichkeit, sich seinen weißen Leinenanzug zu beschmutzen, eine Zeitlang huckepack trug.

»Kein Grund, sich zu beeilen, Tante. Laß nur die Großfüßigen vorangehen. Du und ich, wir lassen uns Zeit.«

Sie war gerührt, daß er an ihre Goldenen Lilien dachte. Die Teetische waren auf den Federballplätzen aufgebaut worden, die ihrerseits von hohen Hecken umschlossen wurden. Jedes der Mädchen, die das Examen geschafft hatten, spielte an einer Tafel Gastgeberin, schenkte Tee aus, reichte die kreisrund geschnittenen Gurken- und dreieckigen Wasserkressesandwiches herum.

Nachdem Erhabene Winde dafür gesorgt hatte, daß Frühlingsmond sitzen konnte, nestelte er seine Uhr los und legte sie neben ihr auf den Tisch. Mit einem Blick auf Festes Versprechen, der auf den Stuhl neben Schimmernder Jade geklettert war, machte er langsam den Deckel auf. Plötzlich ertönte Musik. Festes Versprechen riß die Augen so weit auf wie ein Drache, kletterte von seinem Stuhl und lief zu der Uhr. Lachend hob Erhabene Winde ihn in die Höhe, damit er sie genauer in Augenschein nehmen könne, ehe er sich

anmutig auf dem Stuhl neben seiner Kindheitsgespielin niederließ.
Während Schimmernde Jade Tee ausschenkte, machte er ihr Komplimente, doch sie erwiderte sein Lächeln nicht. Frühlingsmond war erleichtert. Zumindest was das betraf, schien es, war das kleine Mädchen, das einst seine Vorliebe für den pummeligen Jüngling für alle sichtbar kundgetan hatte, bescheiden und zurückhaltend, wie es sich geziemte. Doch dauerte es nicht lange, und Schimmernde Jade bemühte sich, sich daran zu erinnern, wann sie sich das letzte Mal begegnet waren. Er wollte sich nicht davon abbringen lassen, sie an dem Tag gesehen zu haben, an dem sie Soochow verlassen hatte. Das stellte sie entschieden in Abrede. Er fragte sie, ob sie sich noch an das Neujahrsfest erinnere, an dem sie die gesamte Verwandtschaft damit vor den Kopf gestoßen habe, daß sie sich neben einen Waisenjungen gesetzt hatte. Sie lachte, stritt das nicht ab und bot ihm die Gurkensandwiches an.
wohl Erhabene Winde kaum so groß war wie Schimmernde Jade, schien er in seinem drahtigen Körper die Energie und den Charme von mehr als nur einem Menschen zu vereinigen; seine Augen hatten etwas so Lebhaft-Ungeduldiges, was seinen nach außen zur Schau getragenen Gleichmut Lügen strafte. Es war, als ob er sich seit Jahren auf dieses Wiedersehen gefreut hätte. Ob er sie denn wirklich so gut kannte, fragte die Mutter sich, trotz der Gartenmauern?
»Was hast du für Pläne, Großnichte?« erkundigte sich Beherztes Talent, nachdem alle Tee und Sandwiches bekommen hatten.
»Gottes Werk zu tun«, antwortete Erhabene Winde für sie.
»Gottes Werk hin, Gottes Werk her, zuerst fahren wir mal nach Soochow«, sagte Frühlingsmond. »Wir brauchen Zeit für uns...«
»Ja, Mutter. Ja.«
»Aber du wirst doch nach Shanghai zurückkehren, nicht wahr, Kleine Schwester?« fragte Erhabene Winde.
»Ich gehe dorthin, wo der Herr mich hinschickt.«
»Ah, dann kann darüber kein Zweifel herrschen. Shanghai ist die Stadt der Sünde. Wir armen Sünder alle bedürfen deiner.«
Er zwinkerte und hielt seine Tasse hoch, um sich nachschenken zu lassen. Aber Schimmernde Jade hatte sich abgewandt. Ihre Aufmerksamkeit galt einer großen Frau mit blauschwarzem Haar, die geradenwegs auf ihren Tisch zukam. Sie hatte einen genauso männlichen Gang wie Schimmernde Jade und andere Frauen mit großen

Füßen. »Ach, Mutter, das ist Miß Clayton.« Zum ersten Mal schien Schimmernde Jade sich unsicher. »Sie wird dir gefallen. Sie ist wie eine... Tante zu mir gewesen.«
Als Miß Clayton näher kam, sah Frühlingsmond ein von Falten gezeichnetes Gesicht mit vorspringender Nase, doch zwei kluge blaue Augen schienen all dies zu beherrschen. Nachdem sie einander vorgestellt worden waren, nahm die Missionarin auf dem leeren Stuhl am Tisch Platz und sagte, ohne sich damit an jemand besonderen zu wenden: »Wir mögen unsere Margaret alle sehr.«
»Margaret?« fragte Erhabene Winde, um dann lachend zu erklären: »Aber natürlich, Sie meinen meine Schwester, Schimmernde Jade.«
Miß Clayton nickte. »Chinesische Namen sind so schwierig. Mit ein oder zwei würde man schon zurechtkommen, aber wir haben Hunderte von Mädchen. Besonders für die jüngeren Lehrerinnen wäre es einfach zu schwierig, hundert chinesische Namen auswendig zu lernen.«
»Das ist höchst begreiflich«, erklärte Frühlingsmond höflich, unfähig, den Gedanken zu unterdrücken, daß Schimmernde Jade genug englisch gelernt hatte, um eine ganze Rede in dieser Sprache zu halten. Sie selbst hatte... aber jetzt sprach wieder Miß Clayton.
»Ja, Margaret hat unser aller Erwartungen übertroffen. Wir sind sehr, sehr stolz auf sie. Sie wird den chinesischen Frauen ein leuchtendes Beispiel dafür sein, was man mit Lernen alles erreichen kann.«
Voller Unbehagen senkte Frühlingsmond die Augen. Eine Ausländerin tat groß mit ihrer Tochter. War solcher Art dickes Lob Sitte unter diesen Ausländern?
»Freuen Sie sich denn nicht über das, was sie in diesen sechs Jahren alles erreicht hat, Mrs. Woo?«
»Alles, was *Sie* mit meiner zurückgebliebenen Tochter alles erreicht haben, ehrenwerte Lehrerin!« konnte Frühlingsmond sich nicht enthalten zu erklären.
Ehe Miß Clayton etwas dazu sagen konnte, zog Erhabene Winde die Aufmerksamkeit der Lehrerin auf sich, indem er sie zu der gelungenen Feier beglückwünschte und dem Gespräch damit auf sehr geschickte Weise eine Wendung gab.
»Woher stammen Sie ursprünglich, Miß Clayton?«
»Aus Philadelphia.«
»Eine wunderbare Stadt, wirklich wunderbar.« Er nickte beifällig.

»Wann sind Sie denn dort gewesen?«
»Nie. Aber für mich ist Philadelphia so eine Art Himmel – man braucht es nicht zu kennen, um zu wissen, daß es eine sehr, sehr schöne Stadt ist.«
Das verschlug der Missionarin im Moment die Sprache, und sie setzte ein unsicheres Lächeln auf. Erhabene Winde schien das nicht zu bemerken, sondern redete einfach weiter und erzählte eine Geschichte, von der er sagte, er habe sie gehört, während er aus Gesundheitsgründen eine Seereise gemacht habe.
»Bist du krank gewesen?« erkundigte sich Schimmernde Jade.
»Ah, Schwester, ich sehe, daß du dir Sorgen machst. Aber das brauchst du nicht. Meine Reise war genauso wie die Kräutermedizin eine Sache der Vorsorge. Warum sollte man solange warten, bis man krank ist, ehe man eine solche Reise genießt?«
Es folgte ein Gespräch über die Vorzüge der westlichen und der östlichen Medizin, des Vereins Christlicher Junger Frauen in China und der Zunahme des Banditenunwesens. Während Miß Clayton, Erhabene Winde und Schimmernde Jade plauderten, ging die Stunde langsam vorüber. Frühlingsmond schwieg und beobachtete die Schatten, die von den hohen Hecken wie ein düsteres Tuch über den Tisch geworfen wurden. Auch Beherztes Talent sagte nur wenig, hörte aber sehr aufmerksam zu, als sich die Unterhaltung zuletzt der Politik zuwandte. Das Kind, das inzwischen auf seinem Schoß saß, war eingenickt, und viele Tische waren bereits leer.
»Was meinen Sie, Mr. Chang?« fragte Miß Clayton. »Ob China in diesem Krieg an die Seite von Amerika und der Alliierten tritt?«
Er nickte nachdenklich und machte eine kleine Pause, ehe er sich äußerte. »Ich vermute, Peking steht im Begriff, genau diesen Entschluß – auf seiten der Alliierten und Amerikas in den Krieg einzutreten – bekanntzugeben. Wenn es an mir läge, würde ich China neutral halten.«
Schimmernde Jade brach das Schweigen, das auf diese Erklärung folgte. »Aber warum denn, Großonkel? Warum bist du dagegen, daß China in den Krieg eintritt?«
Wenn Beherztes Talent überrascht über ihre Direktheit war, ließ er es sich jedenfalls nicht anmerken, und er antwortete ganz ruhig: »Weil China Deutschland gegenüber keinen besonderen Grund zur Klage hat, meine Nichte, und China nur deshalb in den Krieg eintritt, weil es sich zusätzliche Waffen und Kredite von den Alliierten erhofft. Ich glaube nicht, daß unser armes Land sich noch

mehr Großzügigkeit von seiten der Alliierten leisten kann.« Er schüttelte den Kopf.
»Vielleicht«, sagte Miß Clayton, »wenn China an der Seite der Alliierten in den Krieg eintritt, kann es später an den Früchten des Sieges teilhaben. Sonst wird es in der Welt nach dem Krieg, also in der Zukunftswelt, kein Mitspracherecht haben.«
Zu Frühlingsmonds Entsetzen ergriff ihre Tochter wieder das Wort. »Meiner Meinung nach sollte China am Kampf teilnehmen. Präsident Wilson hat gesagt, die Welt muß für die Demokratie sichergemacht werden. Von einem solchen Prinzip hätte China nichts als Vorteile zu erwarten. Kannst du das abstreiten, Großonkel?«
Und wieder antwortete Beherztes Talent, als ob er ihr ungehöriges Betragen nicht bemerkt hätte. »Prinzipien haben es nun mal an sich, daß sie der Macht weichen. Yuan Shih-k'ai hatte einst versprochen, die republikanischen Prinzipien hochzuhalten...«
»Aber Großonkel, Präsident Wilson ist nicht Yuan!«
Frühlingsmond räusperte sich in der Hoffnung, die Aufmerksamkeit ihrer Tochter auf sich zu lenken und ihrer Anmaßung ein Ende zu bereiten, obgleich Beherztes Talent immer noch nicht beleidigt zu sein schien. »Großnichte«, sagte er sanft, »er ist nur ein Mensch.«
»Er ist Christ.«
Auf diese Worte hin sprach Frühlingsmond nun doch – freilich auf chinesisch. Sie sagte: »Wie kann meine Tochter es wagen, sich mit dem Oberhaupt der Familie auf eine Stufe zu stellen?«
Woraufhin ihre Tochter auf englisch antwortete: »Mutter, jeder hat ein Recht auf seine Meinung.«
Besaß sie denn kein Schamgefühl? Wieder sprach Frühlingsmond auf chinesisch. »Ich verbiete dir, auf diese Weise noch ein Wort zu sagen! Hast du denn noch nie darüber nachgedacht, daß der deutsche König auch ein Jesus-Verehrer ist?«
Peinliches Schweigen machte sich breit. Sei's drum, dachte Frühlingsmond. Eltern sind immer noch Eltern, selbst auf einer Abschlußfeier.
Erhabene Winde war der erste, der sich wieder faßte. Er schlug die Hände zusammen und erklärte in dem Versuch, gute Laune um sich herum zu verbreiten: »Ach, lassen Sie mich übersetzen. Verstehen Sie, Miß Clayton, Sie sind eine so gute Freundin, daß wir ganz vergessen haben, darüber nachzudenken, daß Sie ja kein chinesisch sprechen. Meine ehrenwerte Tante hat gerade eben gesagt, um

wieviel schmackhafter die runden Sandwiches sind. Meine jüngere Schwester hingegen hat gebeten, anderer Ansicht sein zu dürfen; offensichtlich schmecken ihr die dreieckigen besser. Ja, und was mich betrifft, so bin ich einer Meinung mit meinem lieben verstorbenen Freund: De gustibus non est disputandum.«

Alle fanden das, was er sagte, sehr zum Lachen – was immer es bedeuten mochte. Nachdem sie sich wieder gefaßt hatten, wünschten sie Miß Clayton Lebewohl und begaben sich dann langsam in Richtung Ausgang. Erhabene Winde und Schimmernde Jade hielten jeder eine Hand des Kindes.

Als sie an den Stufen der Kapelle vorüberkamen, wandte Beherztes Talent sich Frühlingsmond zu und sagte leise, so daß niemand sonst es verstehen konnte: »Ihr Vater hätte sich heute sehr über sie gefreut, dessen bin ich ganz sicher.«

»Ihre Mutter...« Sie hielt inne, konnte nicht umhin, daran zu denken, was vorgefallen war. Dann überzog sich ihr Gesicht mit einem Lächeln, und sie sagte langsam: »Ihre Mutter auch.«

Als sie den Eingang und den *Pierce Arrow* erreichten, zerrte das plötzlich hellwache Kind Schimmernde Jade beiseite und sagte: »Komm, Nichte, komm und schau!«

Aber Schimmernde Jade hatte sich nochmals den ausländischen Gebäuden zugewandt. Einen Moment stand sie da, kerzengerade aufgerichtet und völlig reglos und schaute zurück.

Frühlingsmond meinte, Tränen in den Augen ihrer Tochter zu sehen.

26. Geschenke

Vor noch nicht langer Zeit beschloß in der Provinz Kiangsu ein Waisenkind, sein Glück zu suchen und verließ das Haus seiner Wohltäter.

In Tschingkiang, wo der Große Kanal und der Yangtsekiang sich kreuzen, lauschte er dem Gerede in den Teehäusern und verlor absichtlich beim Kartenspiel, so daß er an allen Tischen willkommen war. Auf diese Weise erfuhr er den Namen jenes comprador *– des chinesischen Geschäftsführers einer ausländischen Firma –, der in der kürzesten Zeit mit dem geringsten Kapitaleinsatz das meiste Geld verdient hatte. Im Teehaus der Trunkenen Bärte verwickelte der elternlose Jüngling den großen Mann in ein Spiel und ließ durchblicken, er sei in Wahrheit der pflichtvergessene Erbe einer bedeutenden Sippe und verlor abermals. Da er nicht imstande war, die Schuld zu begleichen, erbot er sich, als unbezahlter Assistent zu arbeiten, und der* comprador*, der nichts zu verlieren und die gute Meinung einer mächtigen Sippe zu gewinnen hatte, willigte ein. Der elternlose junge Mann lernte Verkaufsmethoden und Buchhaltung und den Zeitpunkt abschätzen, wann es galt, die Lagerbestände zu reduzieren. Nach einem halben Jahr war die Schuld beglichen, er reiste nach Yangtchow und erlernte dort bei einem gleichfalls nichtsahnenden Lehrmeister das Kreditwesen, Wechselgeschäfte und die Leitung von Fabriken.*

Sein nächster Schritt war die Erlernung der englischen Sprache, der Sprache des Geldes. In Nanking stellte er sich bei der Baptistenmission vor. Er habe, sagte er, seiner geliebten Mutter nur zehn Minuten, ehe sie durch die Jadetore in den christlichen Himmel eingegangen sei, geschworen, auch er werde die fremde Religion schlucken und die Frohe Botschaft unter den Menschen verkündigen. Der Leiter der Mission persönlich unterrichtete ihn im Englischen. Nach einem Jahr bat er um die Erlaubnis, das Grab seiner Mutter besuchen zu dürfen, war bald unterwegs und sang aus vollem Herzen: ›Lobt Gott, von wannen alles Gute kommt.‹

In Shanghai erhielt er eine Stellung als Steward auf dem Dampfer

Odyssee. *Getreulich erfüllte er alle seine Pflichten und studierte dabei eifrig Gehabe und Lebensweise der reichen Ausländer.*

Einer von den Passagieren reiste ganz für sich allein. Wie der Proviantmeister sagte, handele es sich um einen reichen Juden aus Deutschland, der in Shanghai lebe und die Seereise aus Gesundheitsgründen mache.

Als die Reise vorüber war, bot der Jude seinem Steward die Stellung eines Mieteintreibers an.

Es dauerte nicht lange, und der elternlose junge Mann wußte genau, welche Mieter unzuverlässig waren und bei wem die Wahrscheinlichkeit groß war, daß er ausziehen würde, ohne zu bezahlen. Einer nach dem anderen von diesen wurde gegen Geldbäume ausgewechselt, wohlhabende und verschwiegene Frauen, deren einzige Kunden hochgeachtete Europäer waren. Binnen Jahresfrist rückte er zum persönlichen Assistenten seines Herrn auf, und im Kontor wurde neben dem alten ein neuer Rollschreibtisch aufgestellt.

Zwei Jahre später kamen Gerüchte auf, der Besitz von Deutschen werde konfisziert, und so kam es, daß der Eigentümer seinen Besitz – nur zur Vorsicht – seinem chinesischen Assistenten überschrieb. Mit feinem Sherry begossen sie ihre Voraussicht, und keiner von beiden dachte daran, daß sich irgend etwas geändert habe. Dann, eines Abends, nachdem sein Schützling ihn verlassen hatte, setzte der alte Mann sich hin, um sich die Zahlen des Hauptbuches anzusehen; am nächsten Morgen fand sein Assistent ihn am Schreibtisch sitzend.

Sanft nahm der junge Mann die Leiche in die Arme und legte sie aufs Bett im Hinterzimmer, wo der alte Mann geschlafen hatte. Zwar suchte er und forschte nach, aber von einer Familie fand er keine Spur – nur die verblaßte Fotografie eines Fachwerkhauses, die in der Ecke des Spiegels steckte. Der elternlose junge Mann bestellte den teuersten Sarg sowie eine akkurate Kopie vom dunklen Anzug des alten Mannes – so akkurat, daß selbst das Zigarettenloch auf dem Ärmel stimmte. Außerdem bestellte er einen Marmorgrabstein, das Abbild des Hauses auf der Fotografie.

Am neunundvierzigsten Tag führte der Erbe unrasiert und ungepflegt in seinem Äußeren ein großartiges Trauergefolge an, das zur Grabstätte hinauszog. Was ihm folgte, waren bezahlte Trauergäste, die sich weißen Hanf um die Stirn und die Hüfte gebunden hatten; die Damen der Nacht trugen Bombazin-Kleider in gedeckten Tönen und elegante Hüte. Die Klagen der Menge rührte selbst den Himmel zu Tränen, und die Kapelle vom Hotel Astor spielte den Walzer Donauwellen.

Familiengeschichte

Erhabene Winde begleitete die Woos auf einem seiner Hausboote nach Soochow. Die Fahrt dauerte drei Tage und drei Nächte. Abends ergingen die Reisenden sich – eingehüllt von Dunkelheit und Jasminduft – an Deck. Der Mond schien nicht, und so verschwanden die Ufer, und die flackernden Laternen auf der *yuloh* unmittelbar vor ihnen waren wie die Lichter des Himmels. Es war, als würde das Hausboot durch einen Sternenfluß getreidelt. Den Kopf himmelwärts träumte Frühlingsmond und sonnte sich im Glück des Heimkommens; sie ließ nur hin und wieder flüchtig einen Gedanken an Veränderungen aufkommen und stellte sich vor, daß das Haar ihrer Mutter inzwischen vermutlich grau geworden war.

Manchmal wechselten Frühlingsmond und Erhabene Winde sich im Geschichtenerzählen ab, während das Kind auf dem Schoß von Schimmernder Jade saß und genausoviel lachte wie sie. Einmal stolperte Festes Versprechen und wäre ums Haar ins Wasser gefallen. Von da an führte Beherztes Talent den Jungen an einem Strick mit sich herum, dessen Ende er sich selbst um den Leib geschlungen hatte, und tat dabei so, als sei das ganze ein Spiel.

Was Erhabene Winde erzählte, waren absurde Geschichten, wie er zu seinem Reichtum gekommen war. »Vor noch nicht langer Zeit«, begann er dann wohl, »wurde ich dem allererfolgreichsten Geschäftsmann der Welt vorgestellt, der in mir gleich etwas Vielversprechendes sah, daß er mich sofort bat, sein Kompagnon zu werden.« Oder: »Ich reiste nach Tibet, wo der Dalai Lama mich mit Diamanten und Rubinen überschüttete, einen für jeden Knochen in meinem Leibe, denn wahrhaftig, sagte er, mir sei es bestimmt, ein Maharadscha zu werden.«

Manchmal verschwand er überraschend unter Deck und kam kurz danach in völlig neuem Aufzug wieder nach oben. Er stolzierte vor ihnen auf und ab und drängte sie zu sagen, was sie vom »Tennisdreß des Prince of Wales« hielten oder wie sie »den Reitanzug des Prinzen« fänden. Denn er und der Prinz, so sagte er, hätten denselben Schneider und auch denselben Freundeskreis. »Wie sollte

ich sonst wohl zu meinem *Pierce Arrow* kommen, zu meiner Flotte von Kanalbooten und zu meiner Speditionsfirma?«
Ja, wie sonst? überlegte Frühlingsmond und dachte darüber nach, ob sie wirklich die Wahrheit wissen wollte.
Bei den Geschichten, die *sie* erzählte, ging es um Ahnen, Mythen, Legenden und Gesichte, die Schimmernde Jade entweder nie gehört oder vergessen hatte. Es war fast, als ob ihre Tochter wieder zu ihrem Kind geworden wäre, als ob die Jahre nicht verloren wären.
Gelegentlich erzählte Schimmernde Jade etwas aus der Schule oder eine Geschichte aus der Bibel. Nur tat sie das mit einem solchen Ernst und moralisch erhobenem Zeigefinger, daß den anderen unbehaglich zumute war. Frohes Versprechen war genauso aufrichtig gewesen wie seine Tochter, aber er hatte auch über sich lachen können. Schimmernde Jade lachte zwar über die ungeheuerlichen Scharaden, die Erhabene Winde aufführte, sich selbst nahm sie aber sehr ernst.
Der Himmel war tiefblau, als die Reisenden neben den Bronzelöwen aus dem Wagen stiegen, und aus der Ferne kamen die Klänge von Pagodenglocken herübergeweht. Es war ein Tag, der alle Gemüter froh stimmte – zumindest sah es anfangs so aus. Doch als sie neben der Geisterwand stand, wallte in Frühlingsmond eine Sehnsucht auf, daß es ihr schier den Atem raubte. Sie hatte das schon einmal erlebt – viele Wochen, nachdem Frohes Versprechen fortgegangen war und sie an dem Pavillon in den Westlichen Bergen vorübergegangen war und gemeint hatte, er sei dort. Heute jedoch sah sie die Halle der Weiblichen Tugenden – obschon sie wußte, es gab sie nicht mehr – für einen Moment vor sich, wie sie einst war, und davor auf dem Rosenholzstuhl die winzige, sehr aufrecht sitzende Gestalt ihrer Großmutter. Bedenkenlos wie aus der Jugend selbst hatte sie Kraft aus diesem Ort gezogen. Jetzt gab es beides nicht mehr.
Plötzlich überlagerte Angst ihr Verlangen und löschte ihre Erinnerungen. Festes Versprechen war vorausgelaufen. Was, wenn eine von den scharfäugigen Witwen die Ähnlichkeit erkannte? Rasch holte sie ihn ein, um ihn bei der Hand zu nehmen; gleichzeitig sagte sie sich, was geschehen sei, sei geschehen, und sie dürfe sich nichts anmerken lassen. Sie bemühte sich, dem Torwächter freundlich zuzulächeln. Der sagte ihr, sie würden in der Ahnenhalle erwartet.
Wie das, fragte sie sich, wo doch die Frauen alle nicht dawaren, den

ihnen zustehenden Platz einzunehmen? Erhabene Winde hatte die Zügel ergriffen und instruierte den Torhüter hinsichtlich der Karawane von Geschenken, die bald eintreffen werde. »Schick sie gleich in die Halle. Dann ruf den gesamten Haushalt zusammen. Und du kommst selbstverständlich auch.«

Der Mann bekam vor lauter Erwartung große Augen und verneigte sich viele Male. »Willkommen, willkommen!«

»Was *hast* du denn eigentlich in all diesen Kartons, Erhabene Winde?« fragte Schimmernde Jade.

»Bald, bald wirst du es erfahren.« Er grinste und zog die breite Krawatte zurecht, die zum Straßenanzug des Prince of Wales gehörte.

Stetes Versprechen zog Frühlingsmond hinter sich her in den Großen Hof. Das erste, was ihr auffiel, war, daß das Flaschentor fort war und an seiner Stelle ein dunkler Schatten neuer Ziegelsteine den Blick versperrte. Dahin der Schachgarten, das Schulhaus, das Schlafhaus der Knaben – und was sonst noch alles?

Sie schüttelte den Kopf. Sie durfte nicht bei dem verweilen, was es nicht mehr gab, sondern lieber an das denken, was noch da war. Vor ihr ragte die Ahnenhalle. Die roten Säulen davor waren frisch gelackt. Trotzdem zögerte sie hineinzugehen, schob den Augenblick hinaus, da sie all die Veränderungen wahrnehmen würde, zu denen es drinnen gekommen war: die neuen Ahnentafeln hinterm Altar, die Lücken, die die hinterlassen hatten, die in andere Städte gebracht worden waren.

Plötzlich wurde laut durcheinandergeschnattert. »Willkommen daheim! Willkommen daheim!« Alle, die immer noch in der *lao chia* lebten, standen wie durch Zauberhand dorthingebracht auf der Schwelle.

Frühlingsmond lachte unter Tränen, als sie eine Frau nach der anderen in die Arme schloß und die Verneigungen von Strahlender Aussicht erwiderte, der zu einem ernsten Jüngling herangewachsen war.

Sie waren immer noch dieselben: die Großtanten, Seidige Morgenfrühe, Duftender Schnee, die keineswegs graues Haar hatte, sondern ebenholzschwarzgefärbtes und im Nacken zu einem perlenbesetzten Knoten aufgestecktes. Einzig Goldene Tugend schien älter geworden und gab sich matronenhafter. Doch ihr Lächeln war warmherzig wie eh und je. »Meine Nichte«, rief sie, »wie dein Hiersein unser aller Herz erfreut.«

Alle redeten auf einmal, beteuerten sich gegenseitig, wie gut sie aussähen, sagten, wie groß Schimmernde Jade geworden sei. Erhabene Winde, der sich mit einer Bescheidenheit vorstellte, die ihm wohl anstand, wurde von keiner erkannt, doch war es offenkundig, daß er sich über ihre Überraschung freute.

Wie von einer einzigen freudigen Erregung gemeinsam erfaßt, betraten sie gemeinsam die Ahnenhalle.

Überall in dem ausgewogenen Raum standen Mah-Jongg- und Eßtische herum, der Stickrahmen, die Rosenholzstühle aus der Halle der weiblichen Tugenden. Der Altar und die Ahnentafeln wurden von einem Wandschirm aus Koromandelholz verdeckt.

Einen flüchtigen Augenblick kam es Frühlingsmond vor, als sei die fröhliche Begrüßung aufgesetzt, als versuchten alle, den traurigen Unterschied zu früher zu überspielen. Doch dann fühlte sie sich von Festem Versprechen an die Hand genommen und zu einem der Tische hinübergezogen, auf denen Erfrischungen bereitgestellt worden waren. »Komm, Sao Sao, komm schnell!« rief er. »Einen so wunderschönen Palast habe ich noch nie gesehen – nicht einmal in Büchern.«

Und da blickte sie sich um und dachte: Ja, so ist es.

»*Lai! Lai!*« riefen die Frauen, jede winkte dem Kind und forderte es auf, sich neben sie zu setzen, während die Reisenden um den Tisch herum Platz nahmen.

Festes Versprechen sah Frühlingsmond fragend an und lief dann zu der Ältesten hinüber. Zweite Großtante kicherte, doch die anderen nickten beifällig.

Die alte Frau verengte die Augen, als sie das Gesicht des Jungen betrachtete, während er ihr auf den Schoß kletterte. »Du hast außerordentlich feine Züge. Offen gestanden, siehst du Großartiger Aussicht ähnlich, so wie er in deinem Alter ausgesehen hat. Findest du nicht auch, Schwester?« Damit wandte sie sich Seidiger Morgenfrühe zu.

Frühlingsmond schlug das Herz bis zum Hals, doch ehe irgend jemand sonst eine Meinung von sich geben konnte, erklärte Goldene Tugend: »Unsinn! Festes Versprechen sieht meinem Ältesten kein bißchen ähnlich. Er sieht besser aus, viel besser als Großartige Aussicht...«

An der Tür entstand Bewegung. Die Geschenke waren da. Und mit den Geschenken hatten sich auch die Bediensteten eingefunden, insgesamt etwa zwei Dutzend Personen, von denen viele genauso alt

waren wie die ältesten Witwen. Mochten auch viele Familienangehörige in ferne Städte ziehen, denen, die im Hause gedient hatten, war bis ans Ende ihres Lebens ein Platz sicher.
Wieder war es Erhabene Winde, der den Verkehr regelte, die Diener zu beiden Seiten des Familientisches auf dem Fußboden Platz nehmen ließ und den jeweiligen Träger heranwinkte, um die Geschenke eines nach dem anderen zu bringen. Es war kaum zu fassen, aber dieser Mann, der die Höfe vor fünf Jahren verlassen hatte, hatte für jeden genau das richtige Geschenk gewählt. Da war die Brille für die weitsichtige Näherin, duftende Seife für das Küchenmädchen, ein Hund für den Nachtwächter, Gamaschen und Tropenhelme für die Sänftenträger, ein Eichhörnchenmantel für die dünnblütige Amah, die inzwischen so alt geworden war, daß sie kaum noch etwas anderes tat als im Hof zu sitzen und mit den Händlern zu plaudern, die an die Tür klopften, einen Jahresvorrat von Lydia Inkham's Tonic für den ängstlichen Koch, dem jede einzelne der 367 Stellen seines Körpers wehtat, wogegen – etwas völlig Ungewöhnliches – sowohl die Kräutermänner als auch der Mann mit den Goldenen Nadeln machtlos waren, eine Federwaage für den Bewahrer der Lagerraumschlüssel, ein Fahrrad für den Obersänftenträger, Jadeohrringe für sämtliche Dienerinnen und eine Wärmflasche für jedes Bett.
Die Überreichung jeden Geschenks löste jedesmal einen kleinen Sturm der Begeisterung aus, was die Erwartungsfreude und die Spannung auf das große Geschenk – das er für die Familie mitgebracht hatte – noch steigerte. Zuletzt steckte er den Kopf zur Tür hinaus und rief die Träger – sechs Mann, die eine schwere, unter rotem Brokat verborgene Last trugen. Als sie in die Mitte des Raums traten, brachen die Versammelten in lautes Beifallklatschen aus.
»Was ist es denn? Was ist es denn?« riefen sie, baten die Träger, es ja nicht fallen zu lassen und versuchten zu erraten, was es sein könnte.
»Drei Särge.«
»Ein elektrischer Wagen.«
»Eine Braut für den jungen Herrn.«
»Bohnenpudding, daß es für fünf Jahre reicht.«
»Gold! Gold! Gold!«
Jedesmal, wenn etwas Neues geraten wurde, schüttelte der neben dem Geschenk stehende Erhabene Winde den Kopf. Als sie sich

wiederholten, klatschte er in die Hände, und alle schwiegen. »Geehrte Großmütter, alte Freunde und neue Freunde.«
Die Versammelten wagten kaum Luft zu holen.
»Jeder von euch darf jetzt noch einmal raten.«
»Ach«, rief Zweite Großtante klagend aus. »Bitte, nicht mehr raten. Laß mich alte Frau sehen, was du gebracht hast, ehe ich mit dem Storch davonfliege.«
»Wie du willst, meine Urururgroßtante.« Und wieder verneigte er sich. Dann zog er mit eleganter Bewegung die Brokatdecke fort, und ein Wunder aus Rosenholz und Perlmutt, Elfenbein und Silber stand vor ihnen.
Schreie des Entzückens lösten sich aus aller Mund, und selbst Frühlingsmond war so geblendet, daß sie ein paar Augenblicke brauchte, ehe sie begriff, daß es sich bei dem Geschenk um ein Klavier handelte.
Die drei alten Witwen trippelten elegant auf ihren Goldenen Lilien herbei, stellten sich um das Instrument herum auf, streckten die Hände aus, hatten dann jedoch nicht den Mut, es zu berühren, während die Diener darauf zeigten, sich auf die Schenkel klatschten und beifällige Rufe ausstießen. Seidige Morgenfrühe und Goldene Tugend waren die einzigen, die Würde bewahrten, wenngleich ihre Fächer wie wild wirbelten. Frühlingsmond hielt Festes Versprechen zurück. Schweigen machte sich breit.
»Was ist das?« fragte Zweite Großtante. »Was ist das nur?«
»Ja, weißt du das denn nicht, Schwester?« Dritte Großtante gab sich sehr überlegen.
»Nein. Du denn?«
»Selbstverständlich weiß ich das.« Dritte Großtante hielt inne, während die Versammelten näher rückten, um die Antwort zu vernehmen. »Aber ich werde es Erhabene Winde überlassen, euch anderen aufzuklären.« Während die anderen Klagetöne ausstießen, brach sie in ein Lachen aus, daß ihr ganzer Körper – rund wie ein Kürbis im Sommer – wackelte, was die bescheiden vor den Mund geschlagene Hand, die ein ungebührlich hohes Maß an Belustigung sowie zwei fehlende Zähne verbergen sollte, Lügen strafte.
Festes Versprechen konnte nicht länger warten. Er riß sich von Frühlingsmond los, lief zu Erhabene Winde, zog ihn an seiner Hose und flüsterte: »Sag's! Sag's!«
Jetzt hallte Lachen in der Halle wider, und andere, allen voran die Witwen, nahmen den Ruf auf: »Sag's! Sag's!« Auch Frühlings-

mond mußte lachen – sie konnte einfach nicht anders. Meine Großtanten werden noch hundert, zweihundert Jahre alt werden, dachte sie.
Erhabene Winde hob die Hände, als gäbe er sich geschlagen, und klopfte dann seine vielen Taschen ab, bis er ein Taschentuch fand, um sich die Stirn abzuwischen. Aller Augen waren auf ihn gerichtet. Sorgfältig legte er das Taschentuch dann zusammen und steckte es in die Brusttasche seines Anzugs. »Bitte, setzt euch alle, denn ich möchte euch zeigen, was das hier ist.«
Die Witwen schüttelten den Kopf, als wollten sie sagen, ›wird aber auch Zeit! Wird aber auch Zeit!‹, und halfen einander dann wieder auf ihre Stühle, während die Dienstboten wieder auf dem Fußboden Platz nahmen.
Erhabene Winde grinste. »Aber ehe...«
Die Menge stöhnte.
»Aber ehe ich den Zauber vorführen kann, der in diesem Kasten steckt, brauche ich die Hilfe eines Mädchens mit großen Füßen.«
Alle Köpfe fuhren herum zu Schimmernder Jade. »Du! Du! Du!« In der Aufregung hatte Frühlingsmond Schimmernde Jade ganz vergessen. Sie hatte sich nicht vom Tisch gerührt und saß in ihrem Missionarskleid sehr aufrecht da.
Schimmernde Jade schüttelte den Kopf. Meine Tochter, dachte Frühlingsmond, sieht aus, als ob sie ein Urteil über etwas abgegeben hätte und nicht ganz zufrieden sei. Nicht einmal der Charme von Erhabene Winde konnte sie erweichen.
Frühlingsmond schloß sich dem Chor an: »Du! Du! Du!«
Schließlich trat Festes Versprechen herzu und nahm sie bei der Hand. »Bitte, meine Nichte. Bitte?«
Niemand konnte ihm widerstehen. Alle stießen Freudenrufe aus, als sie sich ans Klavier setzte.
»Und jetzt, Schwester, paß auf!« Die Stimme von Erhabene Winde dröhnte.
»Stell deine großen Füße hierhin.« Er zeigte auf das linke Pedal. »Und deinen großen linken Fuß hierhin.«
Widerstrebend gehorchte Schimmernde Jade.
»Und jetzt, meine Schwester, nütze deine Füße! Drück erst den einen hinunter und dann den anderen.«
Das Mädchen tat, wie ihm geheißen. Plötzlich erfüllte Musik die Halle. Keiner außer Erhabene Winde und Schimmernde Jade erkannte die Melodien, aber alle klatschten trotzdem in die Hände, als

Erhabene Winde verkündete, sie stamme von einem berühmten Amerikaner, Stephen Foster.
Stundenlang hallte es in den Höfen wider von Gesang und dem sanften Stampfen Goldener Lilien und Strohsandalen, da der gesamte Haushalt die Melodien von *Camptown Races* und *Jeannie with the Light Brown Hair* summte. Immer und immer wieder drehte sich Festes Versprechen – die Arme in die Höhe gehoben und den Kopf in den Nacken geworfen und lachend wie Großartige Aussicht – im Kreis herum, und ein Lastträger nach dem anderen folgte ihm, um ihn aufzufangen, falls er fallen sollte. Und Schimmernde Jade trat unverdrossen in die Pedale und tauschte beim Singen zärtliche Blicke mit dem Dirigenten.
Es ist fast so wie früher, dachte Frühlingsmond. Soviel Herzenswärme, soviel Lärm, so viele Menschen. Selbst die Ahnen schienen ganz nahe. Sie stellte sich vor, daß ihr Vater, die Erste Gebieterin und der Altehrwürdige Seite an Seite auf ihren Rosenholzstühlen säßen und sehr würdevoll zu der Musik nickten. Alter Gärtner ruhte in der Ecke, und Fatso war überall und lachte.
Der Frohsinn dauerte, bis die Nacht hereinbrach, und selbst nach dem Frühstück am nächsten Tag konnte man in den Höfen noch Bruchstücke von den Melodien hören, als die Diener an die Arbeit gingen.

Frühlingsmond packte in den ihr zugewiesenen Gemächern im Hof des Weisen Herzens ihre Bücher aus, als eine der Dienerinnen eintrat und im Namen von Erhabene Winde um eine Unterredung unter vier Augen bat.
Sie empfing ihn voller Unbehagen. Er hätte vernünftig sein und erst eine Zeitlang abwarten sollen, ehe er ihrer Tochter wegen mit ihr sprach.
»Tante, wie freundlich von dir, mich zu empfangen.«
Sie bot ihm einen Stuhl an. »Es ist doch nur recht, wenn eine Lehrerin ihren alten Schüler empfängt.«
»Ich hätte es lieber, du könntest mich in einem günstigeren Licht sehen. Trotz all deiner glänzenden Bemühungen bin ich immer der schlechteste Schüler von allen gewesen.«
»Für manche ist das Leben eben ein besserer Lehrmeister.«
Er zog den Stuhl näher an den ihren heran. »Dürfte ich dich wohl um einen Gefallen bitten, Tante?«
»Ich kann mir nicht vorstellen, was für einen Gefallen ich dir im

Augenblick tun könnte, Erhabene Winde.« Sie zog ihren Fächer und entfaltete ihn.

Daß sie so förmlich blieb, schien ihm nichts auszumachen; er lächelte trotzdem. »Wie du siehst, bin ich in vielerlei Geschäfte hineingeraten.«

»Sprich nicht von Geschäften zu mir. Von solchen Dingen verstehe ich nichts.«

Wieder lächelte er. »Bitte, weise mich nicht ab. Ich möchte dich um einen großen Gefallen bitten – um einen Gefallen, den nur du mir tun kannst, meine Tante.«

Sie nickte.

»Bei meinem Vorschlag geht es um ein Haus und ein Grundstück, das ich besitze und für später behalten möchte, für den Fall, daß einmal eine Fabrik oder ein Bahnhof dort gebaut werden sollte. Ich möchte nicht, daß meine Konkurrenten von meinen Plänen erfahren, sonst kaufen sie die umliegenden Grundstücke auf. Um keinerlei Verdacht aufkommen zu lassen, brauche ich jemanden, auf den ich mich verlassen kann und der in dem Haus wohnt. Es ist mit allem Nötigen eingerichtet, und Dienerschaft ist auch vorhanden. Wenn ich dort einziehe, werden die Leute Lunte riechen. Ziehst jedoch du dort ein, könnte unmöglich irgend jemand meine Absichten erraten.« Er hielt inne, wartete auf eine Reaktion.

Frühlingsmond legte den Fächer beiseite, sagte jedoch nichts.

Er fuhr fort: »Es wäre außerordentlich lieb von dir, wenn du dich bereitfinden könntest, dort zu wohnen. Selbstverständlich würde ich für alle Kosten aufkommen.«

Frühlingsmond schüttelte den Kopf.

»Tante, ich weiß, was für eine Zumutung das ist. Aber bitte, sag nicht nein, ehe du das Haus nicht gesehen hast.«

»Erhabene Winde, wo liegt dieses Haus?«

»In Shanghai, im französischen Sektor, in der Rue Flaubert.« Und außerordentlich günstig in der Nähe der Firma M.S. & Co. gelegen, dachte sie. Trotzdem: Richtig böse konnte sie auch nicht auf ihn sein. War er sich denn nicht darüber im klaren, daß der Preis, um den er so klug seine Ränke spann, nicht von ihr vergeben werden konnte? Für Schimmernde Jade würde es keine Mittelsmänner geben.

»Erhabene Winde, wir sind gerade eben erst nach Hause gekommen.«

»Bitte, Tante, verzeih mir, daß ich dich so bald nach deiner Heimkehr mit meinen Geschäftsproblemen belästigt habe. Ich hätte damit noch warten sollen. Aber schlag es mir bitte noch nicht ab. Denk während der kommenden Monate ein wenig darüber nach. Es eilt nicht.« Er zögerte, schien zu überlegen, ob er noch weitergehen sollte, und sagte dann leise: »Jetzt habe ich so lange gewartet, da kann ich auch noch etwas länger warten. Trotz allem, was du denkst, meine Lehrerin, ich kann sehr überzeugend sein.

27. Ein Mann von Charakter

Es war einmal eine Gattin, die ihrem Gatten gefallen wollte; sie wollte ihn lächeln und glücklich sehen.
Als sie hörte, daß er große Füße bewundere, gelobte sie, ihre Goldenen Lilien aufzubinden. Getreulich badete sie sie den ersten Mond hindurch in Heilwasser, bis Hornhaut und Knochen wieder weich waren. Im zweiten streckte sie nacheinander die verkrüppelten Zehen. Im dritten lernte sie wieder gehen, einen Schritt zur Zeit. Und vergoß jeden Mond einen ganzen See von Tränen.
Da ihre Füße nach dem Aufbinden immer noch zu kurz waren, stopfte sie die Spitzen der neuen hochhackigen Schuhe mit Watte und einem Holzpfropf aus. Stolz ging sie dann ans Mondtor, um ihren Gatten bei seiner Rückkehr aus einer anderen Stadt zu überraschen.
Ihm fiel die Veränderung erst auf, als sie ums Haar gefallen wäre.
Leise weinte die Gattin. »Mein Gatte«, sagte sie. »Ich wollte dir nur gefallen und tun, was keine andere in unserem Hause getan hat. Du solltest sagen können, du wärest stolz auf deine Gattin, eine moderne Chinesin mit großen Füßen.«

Familiengeschichte

Es war der dritte Tag der Vierzehn Tage des Kleinen Schnees, und es dämmerte. Schimmernde Jade saß in dem Raum, den sie mit Festem Versprechen teilte, blätterte die Seiten ihres Neuen Testaments um, während draußen auf der Galerie der Junge mit einem Besen spielte und ein Lied sang, das sie nicht kannte.
Die Witwen und Goldene Tugend waren in der Stunde der Schlange in Begleitung von Strahlender Aussicht abgereist, um eine Woche im Kloster des Gelassenen Strebens zu verbringen. Schimmernde Jade hatte die Stunden ohne sie genossen, und dieser Umstand beunruhigte sie. War das nun Schwäche oder ein Zeichen für

mangelndes Pflichtgefühl? Sie war dazu da, Gottes Werk zu tun, und dabei sollte es keine Rolle spielen, ob sie ihr Verhalten für unziemlich oder unzivilisiert hielten.

Es ließ sich nicht leugnen, daß sie in den vier Monaten, die seit ihrer Heimkehr vergangen waren, dem gesamten Haushalt auf die Nerven ging. Nachdem sie den Küchengott von seinem Standort heruntergenommen und die für ihn bestimmten Opfergaben den Bettlern gegeben hatte, die am Tor der Lieferanten herumlungerten, hatten die Älteren eine Woche lang geschimpft, und ihre Mutter hatte sie viele Male um Verzeihung bitten müssen. Als sie dem einzigen Sohn des Obersänftenträgers – der Vater hatte bereits sechs Töchter gehabt, als es ihm endlich gelungen war, einen Sohn zu zeugen – die Ohrringe und die Haarschleifen herausgenommen hatte, war der Mann in Tränen ausgebrochen. »Jetzt werden die neidischen Götter mir meinen Sohn stehlen!« hatte er immer wieder verzweifelt gerufen. Nichts, was sie gesagt hatte, hatte geholfen, bis sie ihm die Sachen zurückgegeben hatte. Die alten Dienstboten hatten gedroht, das Haus zu verlassen, wenn sie nicht endlich aufhörte, sich in alles einzumischen, und Goldene Tugend hatte sie mit Geschenken beschwichtigen müssen.

Bald hatte sie aufgehört, von Noah und der Sintflut, Moses und den Sieben Plagen zu erzählen, ja, sogar die Gleichnisse Jesu vorzulesen. Die Frauen hatten die Geschichten zu sehr genossen und gar nicht gemerkt, was in Wahrheit dahintersteckte. Jetzt erfreute sie sie nur noch mit weniger unterhaltsamen Passagen und Predigten, die einerseits erbaulich, andererseits so ganz anders waren als die traditionellen Geschichten, die sie einander jeden Tag erzählten. Sie aber lachten über die Seligpreisungen und waren längst wieder beim Plaudern, Nähen und Teetrinken, ehe sie bei der letzten angekommen war.

Die Schlimmste war ihre Großmutter, Duftender Schnee, die offenbar den ganzen Vormittag über mit nichts anderem beschäftigt war, als sich das Haar aufzustecken und sich die Wimpern zu tuschen. Welch eine Eitelkeit!

Ihre Mutter war zwar kein bißchen eitel, aber eine Hilfe war sie auch nicht.

Sie hatte in einer christlichen Schule unterrichtet, doch hier, in der *lao chia*, hätte ihr das kein Mensch je angemerkt. Das letzte Mal waren sie erst gestern aneinandergeraten, und abgelaufen war der Streit wie alle anderen zuvor auch:

»Aber Mutter...«
»Meine Tochter, ich wünsche nicht, mich über die Verdienste von jedem Regentropfen zu unterhalten. Ich rede vom Sturm – dem Sturm, den du erregst, wo immer du hingehst und predigst und belehrst. Du sollst die Älteren nicht beleidigen. Du sollst nicht so tun, als wärest du klüger als sie. Ich hätte auf die Por Por hören und dich lehren sollen, Gesichter zu lesen, statt dich fortzuschicken, damit du englisch lernst.«
»Aber Mutter, begreifst du denn nicht, daß ihre Unwissenheit sie daran hindert, ein produktiveres und gottgefälligeres Leben zu leben? Du sagst, ich soll aufhören. Aber wenn du Zeuge würdest, wie jemand aus einer vergifteten Schale trinkt – würdest du nicht versuchen, ihn davon abzuhalten? Zumal dann, wenn der Betreffende hilflos wäre wie jemand, der weder hören noch sehen, noch sprechen kann?«
»Genug! So von den Menschen zu reden, die uns bei sich aufnehmen und uns ein Zuhause bieten, ist... ist geradezu sündig! Ach, Schimmernde Jade, ich fürchte, als du deinen Verstand ausweitetest, hast du dein Herz verengt.«
Zumindest Goldene Tugend tat auch noch etwas anderes außer Mah-Jongg zu spielen und Altartücher zu besticken, wenn sie sich Jesus gegenüber auch völlig unzugänglich zeigte und den Küchengott ungerührt wieder zurückstellte an seinen Platz an der Wand... Immerhin war sie die einzige, die sich nicht aufgeregt hatte, als der Koch einen Tag nicht gearbeitet hatte, nachdem ihm gesagt worden war, daß die Feuer der Hölle noch heißer brennten als die in seinem Herd. Und sie hatte sich auch wirklich die gute Nachricht über die Tausende angehört, die ihre Füße aufbanden, während die Witwen nur lauthals verlangt hatten, sie solle ihnen eine Skizze von den hochhackigen Schuhen zeichnen, die jetzt Mode waren.
»Großtante«, hatte sie gesagt, »junge Männer in ganz China – und alle aus guter Familie – haben geschworen, nie ein Mädchen mit Goldenen Lilien zu heiraten.«
Als die Witwen behaupteten, das könne nur eine Lüge sein, hatte sie ihnen entschlossen die Liste von Namen aus der Zeitung vorgelesen, die sie ausgeschnitten hatte. Trotzdem wollten die Frauen ihr nicht glauben, bis Goldene Tugend das Wort ergriffen hatte. »Es stimmt. Ich habe meinen Gatten von solchen Dingen reden hören. Ich habe gehört, wie er sagte, er werde unsere Söhne ermutigen, Mädchen mit großen Füßen zu heiraten.«

»Wenn das sein Wunsch ist – warum bindest du deine dann nicht auf?« fragte Zweite Großtante triumphierend, als ob sie beim *p'ung* gewonnen hätte.
»Das könntest du! Das könntest du!« drängte Schimmernde Jade sie.
»Aber es wäre zu schmerzlich für mich«, hielt Goldene Tugend ihr entgegen. »Habt ihr denn die Tränen vergessen, die wir alle während der ersten Monde vergossen haben, als uns die Füße eingebunden wurden?«
Daraufhin schwiegen die Frauen.
»Würdest du von jemandem erwarten, daß sie diese Schmerzen noch einmal auf sich nähme, und wenn sie damit den Wind einfangen könnte?«
»O nein!« riefen alle Frauen bis auf Goldene Tugend. »O nein!«
»Einen solchen Vorschlag kann nur jemand wie meine Tochter machen – jemand, der diese Qual nie kennengelernt hat! Aber was geschehen ist, ist geschehen!«
Sie nickten. Schimmernde Jade biß sich auf die Zunge, um die Antwort nicht vorzubringen, die ihr wie eine Fischgräte im Hals steckte.
Als es Herbst wurde, hatte sie angefangen, Goldene Tugend auf ihren Besuchen bei den wenigen Pächtern zu begleiten, die noch zum Hause Chang gehörten. Wohin sie auch kamen, die Pächter hatten tief in den Höhlen liegende Augen, waren ausgemergelt und ausgepumpt. Viele, die ihre Winterkleider zum Pfandleiher getragen und nicht hatten auslösen können, froren auch noch. Doch wenn sie von ihrem Mißgeschick berichteten, ließ Goldene Tugend weiter kein Mitgefühl erkennen, sondern erklärte nur trocken: »Zuwenig Regen. Schlechte Ernte.«
»Großtante, du mußt etwas tun, um zu helfen!«
Goldene Tugend ging darauf nicht direkt ein, aber da sie die Fragen ihrer Nichte auch nicht einfach mit Stillschweigen übergehen konnte, versuchte sie, es zu erklären.
Zwar wurde die Ernte – wie seit Jahrhunderten schon – zwischen Grundherrn und Pächter geteilt, doch wurde das Leben für die, die das Land bearbeiteten, zunehmend schwierig. Da Söhne gleichsam als lebende Spardosen geschätzt wurden und Eltern in hohem Alter mehr galten als Gold, kamen viele auf die Welt, und sobald sie erwachsen wurden, wollten auch sie wiederum Söhne haben, bis

zu viele Münder mit dem Anteil zu stopfen waren, der dem Pächter blieb. Früher – ehe Soochow zu einem Vertragshafen geworden war – hatten die Bauern ihr Einkommen dadurch aufgebessert, daß sie irgendwelche handwerklichen Erzeugnisse verkauften; jetzt zogen nicht einmal sie die selbstgefertigten Dinge den billigeren und besser gearbeiteten der Ausländer vor. In den vergangenen Jahren waren viele Männer in die Stadt gezogen, um sich dort Arbeit zu suchen, doch nur wenige hatten das geschafft, und die meisten mußten noch zusätzlich von ihren Familien unterstützt werden.

All das war eine Liste von Gründen ohne auch nur den Vorschlag, wie man daran etwas ändern könnte, und so ließ Schimmernde Jade nicht locker.

»Können wir denn nicht zumindest weniger Pacht verlangen, Großtante?«

Goldene Tugend tat so, als habe sie nichts gehört, und redete von anderen Dingen.

Doch Schimmernde Jade ließ sich nicht einschüchtern und fragte weiter. Zuletzt sagte Goldene Tugend: »Das Haus Chang hat viele Verpflichtungen. Es leben viele in den Höfen, die nicht das Land bebauen können, viele, die der Familie seit Generationen gedient haben, viele, die sich nicht mehr verändern können, einer, der im Ausland studiert, andere, die auf unsere Hilfe zählen, das Hospital, die Zunft der Bettler...«

»Aber Großtante« – Schimmernde Jade fiel ihr weniger ins Wort, als daß sie sich eine Pause zunutze machte –, »Großtante, was soll denn aus ihnen werden? Manche werden einfach nicht genug zu essen haben. Werden sie dann ihre Kinder verkaufen? Das ist nicht recht! Wir müssen etwas unternehmen.«

Die Frau des Familienoberhauptes sagte nur: »Das ist Schicksal« und wiederholte einen Satz, den Schimmernde Jade selbst schon häufig gebraucht hatte: »Gottes Wille geschehe!« Worauf Schimmernde Jade nichts mehr sagte. Aber gleichwohl konnte sie sich mit dem, was sie sah, nicht abfinden. Gewiß, sie hatte immer gewußt, daß China arm war; das hatten ihr schon die Missionare gesagt, und außerdem hatte sie Schreckensgeschichten von den Mädchen im Tor der Hoffnung gehört. Doch mit eigenen Augen *sehen* tat sie es jetzt erst.

Auf einem Hof, den sie besuchten – ein *mou* Land, der von zwei Brüdern namens Lee beackert wurde –, fragte sie Goldene Tugend, wie alt die Pächter denn seien. Die Erwachsenen waren weit über

zehn Jahre älter, als sie angenommen hätte. Trotz der Tatsache, daß sie zuvorkommend lächelten, sahen sie geschlagen aus, und die kleinsten Kinder, die sich an die Hüften ihrer Mütter klammerten, hatten schwärende Wunden an den Beinen und laufende Nasen.
Sie bedrückte außerdem, daß die Pächter sich nicht einmal, sondern viele, viele Male verneigten, und die Art und Weise, wie erwachsene Männer noch um den kleinsten Gefallen baten. Nur wenige wagten überhaupt den Mund aufzumachen; dabei war die Herrin niemals unfreundlich. Die älteren Kinder hielten sich versteckt, bis sie wieder fort waren.
Ihre Gedanken jagten einander. Sie mußte etwas unternehmen, mußte helfen, durfte keine Zeit mehr verlieren... Vielleicht sollte sie doch nicht nach Amerika gehen... Vielleicht sollte sie sich in einem Provinzcollege einschreiben lassen und der Familie weniger Kosten verursachen...
Schließlich entschloß sie sich, sich freiwillig im Krankenhaus zu melden. Wie wollte sie jemals Ärztin werden, wenn sie nie Kranke gesehen hatte?
Die Reaktion der alten Witwen war vorauszusehen gewesen. »Barmherzige Kwan Yin«, lagen sie Frühlingsmond in den Ohren. »Ist es nicht genug, daß das Haus Chang nie versäumt hat, Geld für die Kranken zu spenden? Was will ein Mädchen wie sie unter Fremden mit womöglich noch merkwürdigeren Krankheiten? Sie schleppt diese Krankheiten doch bloß zu uns nach Hause. Du mußt es ihr verbieten!«
Doch diesmal machte ihre Mutter sich nicht für die Verwandtschaft stark. »Laßt meine Tochter ins Hospital gehen«, meinte sie seelenruhig. »Soll sie sich doch erkundigen, ob man dort Arbeit für sie hat.«
Freudig erregt wollte Schimmernde Jade sofort hingehen, doch wurde ihr gesagt, der Wagen werde für etwas anderes gebraucht. »Morgen«, hatte ihre Mutter gesagt. »Warte bis morgen.«
In dieser Nacht hatte sie keinen Schlaf gefunden, so aufgeregt war sie von der Aussicht, endlich etwas zu schaffen.
Die Frau des Missionsarztes empfing sie am nächsten Morgen sehr herzlich und unterhielt sich beim Tee mit ihr über die Bedeutung von Beziehungen zum Gemeinwesen und über die Notwendigkeit, ständig auf das Wohlwollen so einflußreicher Familien wie der Changs angewiesen zu sein.
»Ich würde ja so gern helfen. Ich könnte...«

»Ja, ich habe gehört, daß Sie gern Medizin studieren möchten. Bitte, denken Sie an uns, wenn Sie soweit sind, daß Sie praktizieren können, Margaret. Wir sind immer auf der Suche nach Ärzten. Aber freiwillige Helfer brauchen wir nicht.«
Auf dem Heimweg weinte sie still in sich hinein. Margaret war nicht wichtig – wichtig war nur die Familie.

Schimmernde Jade klappte die Bibel zu. Es war fast dunkel, und sie drehte den Docht der Lampe hoch. Zeit, zu Bett zu gehen. Sie machte die Gitterfenster auf, schaute eine Weile hinaus und sah dem Jungen zu. Pummelig wie der Erste Unsterbliche in seinen vielen Kleidungsstücken, die er übereinandergezogen hatte, tat er so, als sammle er irgend etwas in einen imaginären Korb ein, und sang dabei vor sich hin:

Nimm ein Ei, nimm ein Ei,
Geht's kaputt, brichst du dir's Bein.
Nimm 'n Zweig, nimm 'n Zweig,
Knackt er laut, verlierst du 'n Schwein.

Das klang wie ein Bauernreim, und sie überlegte, wo er ihn wohl gelernt haben mochte. Doch der Nordwind zauste ihr Haar. »Festes Versprechen!« rief sie und zitterte. »Es ist spät. Zeit, ins Bett zu gehen!«
Sie lächelte, als er angelaufen kam. Dieser Junge fauchte jedenfalls nicht, wenn sie irgendeinen Vorschlag machte, zog sich nicht in eisiges Schweigen zurück und sagte ihr nie, sie benehme sich nicht wie eine Chinesin.
»Soll ich dir beim Ausziehen helfen?« fragte sie ihn.
Er schüttelte ernst den Kopf. Die Augen hatte er weit aufgerissen, so unschuldig wie... wie das Lamm Gottes. Deutliches Zeichen also, daß er das Ritual möglichst noch hinausschieben wollte. Wieder lächelte sie. Ihn zu durchschauen, gab ihr irgendwie Mut, und als sein Kopf in der Kommodenschublade verschwand, in der sein Nachthemd aufbewahrt wurde, legte sie die Bibel weg und holte statt dessen Bleistift und Notizbuch hervor. Sie würde sich jetzt bestimmte Ziele vornehmen, genauso, wie sie es in der Schule getan hatte; konnte sie sie als ›erledigt‹ durchstreichen, verlieh ihr das ein Gefühl, wirklich etwas geschafft zu haben. Ihn dabei im Auge behaltend, kritzelte sie hin, was sie tun müsse, wenn die Frauen aus dem Kloster wieder zurück wären.

Leicht würde das nicht sein. Bei dem Gedanken, daß sie vor ihren Götzenbildern niederknieten, packte sie blinde Wut, und sie zerknüllte die Seite – freilich nur, um noch einmal ganz von vorn anzufangen, wenn sie sich wieder beruhigt hatte. Bald lagen überall um sie herum kleine Papierbällchen. Trotzdem wuchs die Liste. Muß versuchen, den Koch davon zu überzeugen, daß mit Opiumrauchen nichts geholfen ist. Muß versuchen, mich wieder als freiwillige Hilfe anzubieten, diesmal im Waisenhaus. Muß erklären, daß Kürbisse unterm Bett Geister nicht davon abhalten, Schlafende zu würgen. Muß... plötzlich lief sie zu ihrem Bett und schaute darunter nach. Nichts da, kein Kürbis, auch keine Knoblauchzehe, nicht einmal eine Staubflocke. Sie setzte sich wieder auf ihren Stuhl.

Muß beweisen, daß die Voraussagen des Weissagers nicht stimmen. Muß...

Festes Versprechen hüpfte vorm Baderaum auf und ab. »Spielen! Spielen!« rief er und lief hinzu, eines der zusammengeknüllten Papiere aufzuheben.

Abermals mußte sie lächeln. »Was für ein Spiel denn?«

»Der Papierball? Ist da keine Überraschung für mich drin?« fragte er hoffnungsvoll. »Wenn ich etwas darin finde, kann ich es dann behalten?«

»Keine Überraschung«, sagte sie und sammelte die Papiere rasch ein. »Es ist Zeit, ins Bett zu gehen.«

»Eine Geschichte?«

»Nein, es ist spät.«

»Ein Lied?«

»Nein«, erklärte sie entschieden. »Nur noch Zeit, dein Gebet zu sprechen.«

Er protestierte nicht, sondern ließ sich rasch auf die Knie nieder, nahm die Gebetshaltung ein, wie es sich gehörte, und sprach das Gebet, das sie ihm beigebracht hatte. Er machte keinen einzigen Fehler. Am Schluß fügte er noch hinzu: »Gott segne Sao Sao. Gott segne meine Nichte, Schimmernde Jade. Gott segne meinen Neffen, Erhabene Winde. Gott segne das ganze Haus Chang...« Plötzlich blickte er zu der gleichfalls knienden Schimmernden Jade auf und sagte: »Kann ich Gott bitten zu segnen, wen ich will?«

Argwöhnisch zögerte sie. Aber seine Augen hatten wirklich etwas angstvoll Flehendes. »Selbstverständlich.«

Woraufhin er wieder den Kopf neigte und sagte: »Gott segne

Mama. Gott segne Papa. Amen!« Gleich darauf war er ins Bett geklettert.
Es war das erste Mal, daß er sie erwähnt, und sie fragte: »Sind Mama und Papa aus dem Dorf?«
Er nickte. »Aus Gelehrte Asche.«
»Du meinst: Rohrdorf.«
»Nein.« Kopfschüttelnd setzte er sich auf.
»Wirklich nicht?«
»Nein, wirklich nicht. Sao Sao hat mich nach Rohrdorf mitgenommen, aber dort habe ich nicht gelebt. Das habe ich nur in Gelehrte Asche getan.«
»Bei Mama und Papa?«
»Natürlich. Papa hat mich jeden Tag mit aufs Feld genommen. Und Mama hat mir die Tigerschuhe genäht.«
Sie mußte wohl laut gesagt haben, daß sie ihm nicht glaube, denn der Junge schlüpfte aus dem Bett, ging nach nebenan in den Umkleideraum und kehrte mit einem Paar alter Schuhe zurück. »Schau! Schau! Wie ich dir gesagt hab'.«
»Wie hast du denn früher geheißen?« fragte sie. Sollte es möglich sein, daß dieser Junge gar kein Woo war?
»Kleiner Schatz. Aber ich mag den Namen nicht mehr. Das ist ein Babyname. Ich kann aber schon lesen.«
Sie hörte gar nicht mehr zu. Gelehrte Asche... Gelehrte... Sie hatte den Namen irgendwann schon mal gehört. Vor langer Zeit. In ihrer Kindheit. Hatte irgendwas mit Geschichten zu tun, die ihre Mutter erzählte, vielleicht...
Dann fiel es ihr wieder ein. Gelehrte Asche – so hieß doch Stummchens Dorf. Stummchen, die ihre Mutter getröstet hatte, als sie geboren worden war, deren Familie umgebracht worden war und von der ihre Mutter immer wieder erzählt hatte, was sie alles durchgemacht hatte. Festes Versprechen mußte ihr Sohn sein.
Sie hatte die Dienerin nie gesehen, doch jetzt stellte sie sie sich vor, wie sie – abgerissen und vor Hunger aufgedunsen – den Sohn, den sie mehr als alles auf der Welt liebte, hilfesuchend zu ihrer Freundin, ihrer ehemaligen Herrin, brachte. Statt zu schenken, hatte ihre Mutter, deren goldene Haarnadel eine Familie ein ganzes Jahr hätte ernähren können, einen Handel abgeschlossen und das Unannehmbare angenommen.
»Was ist denn, meine Nichte? Warum bist du traurig?« Beklommen

hob Festes Versprechen die Hand, um ihr die Wange zu streicheln und ihre Aufmerksamkeit wieder auf sich zu lenken.
Noch während sie versuchte, ihn zu beruhigen, und die Zudecke um ihn herum feststeckte, stand ihr das Bild vor Augen, wurde immer lebendiger, fest davon überzeugt, daß es die Wahrheit war. Ihre Mutter war nicht anders als alle anderen Chinesinnen, die innerhalb von Gartenmauern lebten und ihr Herz denen verschlossen, die nicht dieses Glück hatten. Ihre Mutter hatte der unglücklichsten aller Frauen ihren Sohn, vielleicht ihren einzigen Sohn weggenommen – einer Frau, die ihre Mutter und ihren Vater und ihren kleinen Bruder begraben hatte... hatte ein Kind getauft... hatte einen Sohn weggenommen... hatte gekauft...
Festes Versprechen rührte sich im Schlaf, und wieder streckte sie die Hand aus, um ihn zu begütigen. Sie lag immer noch auf den Knien, und jetzt betete sie flüsternd, um ja das Kind nicht aufzuwecken. »Vater unser, der du bist im Himmel...«

Als sie am nächsten Morgen aufwachte, trug sie immer noch die Kleider, die sie auch am Abend zuvor getragen hatte, und konnte sich nicht mehr daran erinnern, wann sie, den Jungen im Arm, eingeschlafen war.
Die ganze Woche über blieb sie in ihrem Zimmer, tat nur das, was für Festes Versprechen zu tun notwendig war, zerbrach sich den Kopf darüber, was sie tun könne, und las immer und immer wieder denselben Vers aus dem Ersten Brief an die Korinther: *Nun aber bleibt Glaube, Hoffnung, Liebe, diese drei; aber die Liebe ist die größte unter ihnen.*
Die Entscheidung fiel in der Nacht vor dem achten Tag der Vierzehn Tage des Kleinen Schnees, ehe die Frauen aus dem Kloster heimkehren sollten.
Ihr träumte, sie spiele Federball in der Schule, nur, daß diesmal viele Zuschauer da waren. Alle waren sie da, selbst der Hanlin, und ihr Vater, in silbernem Rahmen. Dann veränderte sich das Spiel unversehens. Aus dem Federball wurde ein Vogel, aus dem Netz eine Geisterwand, und aus dem Schläger war plötzlich ein Stein geworden, mit dem sie nach dem Vogel warf. Sie verfehlte ihn. Die Menge umdrängte den Hof. Jeder hielt einen Stein in der Hand, doch der Vogel war fort. Statt seiner war ihre Mutter da. Wieder hatte Schimmernde Jade einen Stein in der Hand... Jetzt riefen alle: »Du, du, du!« Frühlingsmond lächelte und breitete die Arme weit aus. Sie

nahm den Singsang auf. »Du, du, du!« Schimmernde Jade tat, wie ihr geheißen, und hob den Stein. Ihre Mutter stürzte, und sie wachte auf.
Ihre Wangen waren tränenüberströmt.
War der Traum eine Botschaft vom Herrn gewesen oder etwas anderes? Sie wußte es nicht. Sie wußte nur, daß sie ihre Mutter nicht anklagen konnte, sie nie mit dem konfrontieren würde, was sie wußte.

Der letzte Tag der Vierzehn Tage des Großen Schnees war ungewöhnlich kalt, die Töpfe sprangen, in denen die gelben Chrysanthemen blühten, in einem Fußstapfen im Garten sammelte sich Regenwasser und gefror.
Frühlingsmond glasierte, wie schon die ganze Woche über, Maronen und Ingwer für die Neujahrsgeschenke, während die anderen Frauen um sie herum am Stickrahmen saßen und sich beeilten, das Altartuch fertigzustellen. Sie unterhielten sich darüber, wer zur Feier wohl heimkommen würde, wer sich in den Hafenstädten gut gemacht habe, wen sie vermißten und wen sie froh waren loszusein. Nur Goldene Tugend und Strahlende Aussicht fehlten; die beiden stellten die Neujahrsabrechnungen auf und machten die roten Umschläge für die Bediensteten fertig.
Am Mah-Jongg-Tisch in der Ecke schmückten Festes Versprechen und Schimmernde Jade den kleinen Weihnachtsbaum, den Erhabene Winde zusammen mit einer wunderschönen, in Frankreich geschnitzten Krippe geschickt hatte. Von Zeit zu Zeit hörte Frühlingsmond die Piepsstimme des Jungen über dem allgemeinen Lärm, den die anderen machten. »*Cow!... Goat...!*« Schimmernde Jade brachte ihm englisch bei. »*Virgin Mary!* – Heilige Jungfrau!«
Frühlingsmond blickte von einer Gruppe zur anderen und genoß die Zufriedenheit im Inneren, die genauso warm strahlte wie das Kohlenbecken in der Mitte des Raums in der Nähe von Großmutters leerem Stuhl. Lag es daran, daß die Festtage näherrückten? Oder weil jede Frau – sogar Schimmernde Jade – sich mit Freuden ihrer Aufgabe widmete? Das Bild war so traut, war genauso wie in ihrer Kindheit, und doch... und doch ganz, ganz anders. Verlegen betrachtete sie die anmutigen Hände, die Schimmernde Jade hatte, die Heiterkeit auf dem Gesicht von Dritter Großtante und wie Zweite Großtante die Augen verengte, um besser sehen zu können. Warum wollte sie sich das alles so genau ins Gedächtnis einprägen? Ihr Blick verweilte

auf ihrer Mutter, die sich das Haar an den Schläfen so hingestrählt hatte, daß es den Schwingen einer Taube ähnelte.

Von einem Augenblick auf den anderen wußte Frühlingsmond, sie würde bald fortgehen.

Kein Mensch hatte eine Andeutung in dieser Richtung fallenlassen. Doch je weniger gesagt wurde, desto inniger empfand sie den Druck. Es war an der Zeit, sich zurückzuziehen, ohne es zu einer Konfrontation kommen zu lassen; dann brauchte kein Mensch zu bedauern, bittere Worte gesprochen zu haben, und niemand verlor das Gesicht.

Sagen würde sie erst nach den Festtagen etwas und die Regelung der Schulfrage für den Jungen dann als Vorwand benutzen. Sie würde das Angebot von Erhabene Winde annehmen, das er – stets in andere Worte gekleidet – in jedem seiner Briefe wiederholte. Im letzten hatte er sie gebeten, das nicht als ein Zeichen von Freigebigkeit zu nehmen, sondern als kleine Wiedergutmachung für alles, was er dem Hause Chang schulde. Sein Haus anzunehmen bedeutete, ihn als Bewerber um die Hand ihrer Tochter anzuerkennen, doch Frühlingsmond hatte in den vergangenen paar Monaten genug von Schimmernder Jade erfahren, um zu wissen, daß das Mädchen sich nie mit einer Ehe einverstanden erklären würde, die andere für sie arrangiert hätten. Man lebte in einer neuen Zeit, und moderne junge Leute trafen ihre Wahl und ihre Entscheidung selbst. Sollte Schimmernde Jade ihn erwählen, würden die Eltern und die Älteren sich damit abfinden, so wie die Familien in ganz China sich damit abgefunden hatten.

Hatte sie sich erst einmal in Shanghai niedergelassen, so nahm sie sich vor, wollte sie Beherztes Talent um Hilfe bitten, irgendwo eine Stellung als Lehrerin zu finden. Er würde ihre Gründe, nach Shanghai zurückzukehren, nicht mißverstehen – in diese Stadt, in der sie einst ein Liebespaar gewesen waren. Darüber war sie sich ganz sicher. Denn mochte er sich auch am ersten Abend nach ihrer Rückkehr hierher noch Hoffnungen hingegeben haben – er hatte später nichts getan und nichts gesagt, was darauf hätte schließen lassen, daß sie etwas anderes wären als wieder Onkel und Nichte. Vielleicht waren jene Stunden für ihn genauso wie für sie mehr von der Erinnerung geprägt als von Verlangen. Ihr blieb auch gar keine andere Wahl. Einmal töricht gewesen zu sein, war menschlich. Er war ihr Lehrer gewesen, ihr lebenslanger Freund, ihre zweite Liebe. Doch eine Torheit ein zweites Mal zu begehen, würde unschicklich sein, würdelos und jeder Anmut ermangeln. Im Exil konnte man vielleicht sein eigenes Leben leben, nicht aber im Schoß der Familie. Jetzt hatte auch er sich dreingefügt; und daß sie das würden tun müssen, hatten sie schon gewußt, ehe sie noch auseinandergegangen waren. Es hatte einfach sein müsssen. Und es war so.

Während seiner jüngsten Besuche hier in Soochow hatte er, sobald das Gespräch auf die Politik kam, zunehmend vom Vorüberziehen der Jahrhunderte gesprochen. Schwelgten sie in Erinnerungen, verweilte er bei der Schönheit einer einzelnen Knospe, einer ganz bestimmten Morgendämmerung. Als er noch in der Stadt gelebt hatte und nur gelegentlich in die *lao chia* gekommen war, schien es, als sei er diesen Dingen sehr fern. Sie erinnerte sich daran, daß er einmal davon gesprochen hatte, ungebunden durch die Bergnebel zu streifen sei eine ideale Möglichkeit, die letzten Tage seines Lebens zu verbringen. Gewiß, er hatte keinen schütteren Bart bekommen, und doch machte er auf sie den Eindruck, als verliere er sich bereits in den Hügeln, die in seinem Denken Gestalt anzunehmen schienen. Den Mann, den sie einst gekannt hatte, gab es nicht mehr.

Sie war fertig mit dem Glasieren. Frühlingsmond gesellte sich zu den anderen Frauen und wählte sich den Platz neben Duftendem Schnee aus.

28. Das Werben

Ein Tiger fiel über einen Fuchs her und war drauf und dran, ihn zu verschlingen, als sein Opfer höchst herrisch rief: »Nimm dich in acht, mein Freund! Siehst du denn nicht, daß ich von den Göttern zum König der Tiere ausgerufen worden bin? Solltest du mir auch nur ein Haar krümmen, werden sie dich dafür strafen.«
Der Tiger brach in brüllendes Gelächter aus. »Du könntest in keinem größeren Irrtum befangen sein, denn der König der Tiere bin ich!«
»Dann folge mir in den Wald und siehe selbst, ob nicht alle Tiere vor mir fliehen.«
Der Tiger erklärte sich einverstanden und schlich hinter dem Fuchs her. Als er mit eigenen Augen sah, wie beim Anblick dieser halben Portion alle Tiere flohen, senkte auch er den Kopf und verdrückte sich im Unterholz.
Der Fuchs war seiner Sache so sicher, daß er weiterlief, ohne sich auch nur ein einziges Mal umzublicken.

Chinesische Erzählung

Es dämmerte bereits, als die Reisenden das Haus in der Rue Flaubert Nummer 42 erreichten. Das zweistöckige Ziegelgebäude schien im schwindenden Licht zu glühen und ähnelte – zu diesem Schluß kam Frühlingsmond – einer riesigen Hochzeitstruhe. Das Innere bestätigte diesen Eindruck. Ihr neues Zuhause war ein Geschenk der Liebe und enthielt alles, was das Herz eines Menschen nach Erhabener Winde Vorstellung begehren konnte. Daß es gewöhnlich und überladen war, daß sie das Gefühl hatte, mit den Augen nirgends ausruhen zu können, spielte keine Rolle.
»Es ist wunderschön«, sagte sie ehrlich bewegt.
Erhabene Winde strahlte vor Freude, mehr wie der Schüler, den sie aus dem Unterricht kannte, als der mit allen Wassern gewaschene Geschäftsmann, zu dem er geworden war. »Schau, Tante, hast du jemals ein besseres Telefon gesehen?«

»Nein!« Der für sie antwortete, war Festes Versprechen, der herzutrat, den Hörer abhob und rief: *»Wei? Wei? Wei?«*
Schimmernde Jade setzte diesem Unfug sofort ein Ende, doch der in seiner Neugier unbezähmbare Junge war gleich darauf schon woanders und fingerte entzückt an den Samtportieren, der geblümten Tapete und den Tiffanylampen herum.
»Schau, Tante, Bücher, Bücher und nochmals Bücher!« Erhabene Winde stieß die Flügeltür auf, die in die Bibliothek führte.
»Hast du auch nur ein einziges davon gelesen?« fragte Schimmernde Jade und zog aufs Geratewohl einen dicken Band heraus und dann einen anderen.
»Ach, Schwester Margaret, deine Frage beweist doch nur, daß du keine Ahnung davon hast, was ein Unternehmer so tut. Hast du nicht gehört? Zeit ist Geld, und Geld ist das, wobei es in den Geschäften geht. Um nichts sonst.«
Schimmernde Jade hörte schon gar nicht mehr zu, sondern setzte sich auf den nächstbesten Stuhl und fing an zu lesen.
»Ist das hier mein Stuhl?« fragte der Junge und deutete auf einen Schemel, auf den in *petit-point*-Stickerei possierlich durcheinanderspringende Scotchterrier abgebildet waren.
»Er gehört dir, wenn du ihn haben möchtest«, erklärte Erhabene Winde mit großartiger Gebärde. »Wenn du möchtest, Onkel, kaufen wir einen für jedes Zimmer.«
»Nein!« entfuhr es da Frühlingsmond. »Wir haben schon jetzt mehr als genug Stühle!« Bei sich zählte sie erst einmal nur die im Wohnzimmer – sieben für eine Person, zwei Zweisitzer und einer, der aussah, als könnte ein Dutzend darauf Platz finden.
»Tante, was ist denn? Gefällt dir etwas nicht?« fragte Erhabene Winde. »Alles, was du siehst, ist ein genaues Ebenbild von etwas, was du im Buckingham-Palast finden würdest.«
Möglich, dachte Frühlingsmond. Aber ob sie alles in einen Raum hineingestopft hatten?
»Es ist alles sehr schön«, sagte sie und lächelte.
»Was gefällt dir am besten, meine Tante?« fragte er und setzte sich Festes Versprechen auf die Schulter, damit der Junge einen Eberkopf oben an der Wand streicheln könne.
»Das sag' ich dir, wenn du versprichst, nicht gleich ein zweites davon zu kaufen.«
Lachend nickte er. »Abgemacht! Aber du mußt es mir auch sagen!«

Langsam ging Frühlingsmond im Wohnzimmer auf und ab und legte die Stirn in Falten, als falle ihr die Entscheidung schwer. Erhabene Winde und Festes Versprechen folgten ihr. Viele Dinge waren durchaus schön, wenn auch wohl mehr nach dem Geschmack der Por Por als dem ihren. Was sollte sie nur sagen? An der Tür zur Bibliothek endete ihre *grand tour* – dort entdeckte sie, wonach sie Ausschau gehalten hatte. Der Globus. Er sah so aus wie jener Globus, den sie im Studierzimmer in der Bubbling Well Road stehen gehabt hatte. Sie zeigte darauf. »Der da gefällt mir am besten.«
»Der Globus?« fragte er.
Sie nickte nachdrücklich.
Ein tiefer Seufzer entrang sich ihm. »Ach, Tante, wenn ich könnte – ich würde dir mit Freuden die ganze Welt schenken.«
»Das bezweifle ich keinen Augenblick, Erhabene Winde.« Sie lächelte. »Du bist wirklich sehr, sehr freundlich.«
Der Aufenthalt begann also vielversprechend, und nach einem Monat wußte jedes Mitglied des kleinen Haushalts morgens beim Aufstehen genau, was er den Tag über machen wollte. Frühlingsmond und Festes Versprechen gingen gemeinsam in die *Modern School*, wo sie in der fünften Klasse unterrichtete, während er die erste Klasse besuchte. Schimmernde Jade arbeitete im Büro der ›New China Publications‹ an einem Übersetzungsauftrag von Beherztem Talent und wartete darauf, im Herbst in das Shanghai-College einzutreten. Gleich bei ihrer Rückkehr in die Stadt hatte sie die Mission aufgesucht und gehofft, daß Miß Clayton ihr eine Aufgabe stellte, die sie mehr fordern würde, doch war die Missionarin unterwegs auf einer ihrer regelmäßigen Reisen ins Landesinnere, und nach kurzer Zeit hatte das Mädchen sich für politische Fragen zu interessieren begonnen, die vornehmlich in den Zeitungen behandelt wurden.
Nur zum Abendessen kam Erhabene Winde zu ihnen. Er lebte in einem karg möblierten Hinterzimmer der Firma M.S. & Company und beschäftigte nicht einmal einen Diener, nur die beiden Russen, den Chauffeur und den Leibwächter. Sonntags aß auch Beherztes Talent mit ihnen, mied mit Bedacht ernste Themen und zog es vor, Gesellschaftsspiele mit dem Jungen zu spielen. »Schimmernde Jade«, sagte er wohl, wenn diese ihn nach seinen Ansichten über die letzten Neuigkeiten fragte, »sei so lieb und laß mich mal einen Tag ausruhen.«
Wenn Edles Talent in die Stadt kam, gesellte er sich gleichfalls zu

ihnen. Steif saß der Soldat auf seinem Stuhl, sprach nur, wenn er gefragt wurde, und beklagte sich dann bitter über die Cliquen, die das Land uneins machten, über die alten Reformer wie K'ang Yu-wei, welcher die kurzlebige Mandschu-Restauration unterstützt hatte, und von Chinas Kriegseintritt. Als Schimmernde Jade versuchte, seinem Pessimismus das Vierzehn-Punkte-Programm von Präsident Wilson entgegenzuhalten, verschanzte er sich hinter einer Mauer aus Schweigen. Frühlingsmond meinte, daß das Leben mit den Frauen der Sippe glimpflicher umgegangen sei als mit den Männern. Die hatten zumindest ein Zuhause und vielerlei Ablenkungen. Junger Onkel hatte von alledem nichts.

Erhabene Winde – und das war wohl nicht verwunderlich – entwikkelte bald ein tiefgehendes Interesse für das Christentum. Schimmernde Jade war argwöhnisch, konnte sich jedoch nicht weigern, ihm Bibelunterricht zu geben, und als ihr Schüler sich auch noch als sehr eifrig erwies, sagte sie zu ihrer Mutter, Miß Clayton habe immer gesagt, Gottes Wille gehe oft wundersame Wege.

Frühlingsmond beobachtete Erhabener Winde Werben um ihre Tochter ängstlich und amüsiert zugleich. Was für ein ungleiches Paar die beiden abgaben! Nicht einmal die blindesten Heiratsvermittler hätten zwei so grundverschiedene Menschen zusammenzubringen versucht. Er war sorglos wie ein Panda, sie hingegen mißtrauisch wie ein Panther – alles andere als unbekümmert. Trotzdem: Immer wenn er da war, war Frühlingsmond – was Schimmernde Jade betraf – wohler zumute und machte sich Sorgen darüber, daß dem so war. Oft, wenn sie spätabends in der Rue Flaubert beisammensaßen, blickte sie von den Heften ihrer Schüler auf und sah, daß Erhabene Winde ihre Tochter beobachtete, die wie besessen etwas in ihr Notizbuch kritzelte. Manchmal streckte er die Hand aus und strich ihr eine Haarsträhne aus den Augen. Diese Geste war so natürlich und ungekünstelt, ja, hatte fast etwas Feierliches, daß die Mutter völlig über das Unziemliche daran hinwegsah.

29. Das Drachenboot

In der Zeit der Kriegswirren wurde der Dichter und Staatsmann Ch'u Yuan von Rivalen bei Hofe fälschlich angeklagt und ging der Gunst des Königs verlustig. Als Verbannter wanderte er durchs Land, sammelte Legenden und schrieb tragische Bittgesuche nieder, und eines Tages, nachdem er sein allerschönstes Gedicht geschrieben hatte, ertränkte er sich im Mi-Lo-Fluß.
Als der König die Aufrichtigkeit und Redlichkeit seines ehemaligen Ministers erkannte und seine eigenen Irrtümer einsah, schickte er Leute aus, nach dem zu suchen, was von Ch'u Yuan übriggeblieben sei. Doch der Fluß wollte den Leichnam nicht hergeben. Deshalb streuten die Bootsleute Reis ins Wasser, um die Teufel der Tiefe zu beschwichtigen und den Geist des tugendhaften Dichters in der nächsten Welt zu laben. Von diesem Tag an – dem fünften Tag des fünften Monds in jedem Jahr – eilen Chinesen, welche die Dichtkunst lieben und edle Beamte in Ehren halten, an Flüsse und Seen, Ch'u Yuans zu gedenken.

Chinesische Geschichte

Gelangweilt von den Gesprächen über Politik, die alle anderen so beschäftigte, nahm Erhabene Winde dem Kellner die Champagnerflasche vom Tablett und erhob sich, um seine Gäste persönlich zu bedienen.
»Nicht mehr! Nicht mehr!« wehrte sich Beherztes Talent und hielt die Hand über den Kristallpokal.
»Unsinn!« Erhabene Winde lachte, schob die Hand des Gelehrten beiseite und schenkte nach.
»Mehr! Mehr!« rief Festes Versprechen, der als nächster an der Reihe war.
»Kommt überhaupt nicht in Frage!« Frühlingsmond bemächtigte sich seines Glases, reichte es dem nächstbesten Diener und klopfte dem Jungen ein paar Krumen von der Hose. »Sei ein guter Junge, Kleiner Bruder. Und erzähl deinem Neffen, was du in der Schule gelernt hast.«

Erhabene Winde seufzte. Wenn die Unterhaltung sich nicht um den Geographieunterricht des Jungen drehte, dann um die Braunen Zwerge, die Truppen in die Mongolei schickten, oder um die chinesischen Studenten, die unter Protest aus Japan zurückkehrten. Dabei sollte dies ein Fest sein!

Als er Schimmernder Jade und Edlem Talent nachschenkte, nahmen die keine Notiz von ihm, wenngleich der Soldat, der Tradition entsprechend, den Inhalt seines Glases auf einmal hinunterstürzte und sich sogleich nachschenken ließ. Erhabene Winde mochte Edles Talent lieber, wenn er nicht trank. Nüchtern sprach er nur selten. Heute erzählte er Schimmernder Jade seine Lebensgeschichte, und diese war so gebannt, daß sie ganz ihren Vorsatz vergaß, *keinen* Champagner zu trinken.

Jetzt, wo die kriegführenden Militärbefehlshaber von Kwantung Sun Yat-sen wieder aus Kanton vertrieben hatten und er wieder in Shanghai lebte, kam Edles Talent häufiger zu Besuch. Schon arbeiteten er und Schimmernde Jade in der Presse zusammen und schrieben gemeinsam Aufrufe zur Unterstützung der Republik.

»Muß ihn unbedingt von ihm fernhalten! Muß ihn unbedingt von ihr fernhalten!« brummte Erhabene Winde vor sich hin und äffte dabei die Art nach, wie Schimmernde Jade sprach. Nachdem er sein eigenes Glas noch einmal vollgeschenkt hatte, warf er dem Kellner die Flasche zu und setzte sich – die Ellbogen auf den Tisch gestützt, das Kinn in den Händen – hin, um ernstlich zu schmollen.

Keine Wolke am Himmel und ein wunderbarer Blick auf den Fluß – nur sah kein Mensch hin. Nun, wenn das Wettrudern losging, vielleicht erinnerten sie sich dann daran, warum er sie eingeladen hatte. Der Pavillon aus Zeltleinwand, der sie vor der Sonne schützte, und das Dach des Warenlagers, auf dem er aufgebaut worden war, hatten ihn ein Vermögen gekostet – dafür hätte er schon ein Haus kaufen können. Er kippte seinen Champagner hinunter.

Festtäglich Gekleidete ergingen sich an den Ufern des Soochowflusses. Die Ufer entlang flatterten blendendrote Wimpel und markierten die Wettkampfstrecke. Hier und da dümpelten langgestreckte, gertenschlanke Boote – den Drachenkopf am Bug in den Wind gereckt und den Schwanz am Heck in die Höhe – auf dem Wasser, als wollten sie davonfliegen. In manchen von ihnen saßen regungslos und kerzengerade bis zu hundert Ruderer und warteten auf den Gong, die Augen starr auf die flatternden Ärmel des ›Generals‹ am Bug gerichtet. Sobald er winkte, würde zum Schlag dicker Trommeln das Rudern beginnen. Plötzlich ertönte der Gong, und die Menschen ließen freudige Rufe erschallen. Und genauso schnell waren seine Gäste – sogar ein Missionar und ihr Mentor – auf den Beinen und brachen in Hochrufe aus. Zu seiner Überraschung hob Beherztes Talent den Jungen auf den Tisch, und als Frühlingsmond Einwände erhob, lachte der Gelehrte und legte schützend den Arm um den kleinen Affen.

Die Drachen waren los! Erhabene Winde winkte dem Kellner, noch eine Flasche Champagner zu holen.

»*Ho lo! Ho lo lo lo!*« Den ganzen Nachmittag über hatten die anspornenden Rufe der Ruderer sich über den Klang der Becken und das Dröhnen der Trommeln, das Knattern der Feuerwerkskörper und die Hochrufe der Zuschauer erhoben. Die Boote rauschten durchs Wasser, schossen von Wimpel zu Wimpel, und die ›Generäle‹ griffen nach dem Siegespreis. Hier und da fiel einer der glänzend in leuchtendes Violett oder Gelb oder Grün Gewandeten über Bord. Wie ein Kork kam er dann wohl wieder an die Oberfläche und bemühte sich mit hochgerecktem Kopf, nassem Grinsen und wie Mühlenflügel um sich schlagenden Armen, das Ufer zu gewinnen, und ein anderer nahm seinen Platz ein.

Den ganzen Nachmittag über zählte Festes Versprechen an den Fingern die ›Generäle‹ ab, die baden gingen und wieder ersetzt wurden. Alle anderen aßen und tranken und lachten, als lebten sie in den üppigen Höfen von Yang Kwei-fei, an dessen maßloser Lebensweise ein früheres Reich zerbrochen war. Als es Zeit zum Heimgehen war, erhob einer seiner Gäste nach dem anderen sich und prostete, wie es Sitte war, Erhabenen Winden zu. Feierlich stieß er mit einem nach dem anderen an und sprach: »Das heutige Drachenbootrennen ist das erinnerungswürdigste seit zweiundzwanzig Jahrhunderten, weil Ihr meine unwürdige Tafel mit Eurer erlauchten Gegenwart geehrt habt.«

Als die Woos und Erhabene Winde das Haus in der Rue Flaubert erreichten und die Amah Festes Versprechen sofort zu Bett brachte, spürte auch Frühlingsmond die Müdigkeit und entschuldigte sich bald.

»Mutter, ich bin viel zu aufgeregt, um schon zu schlafen. Dürfen wir noch ein bißchen hierbleiben?« Schimmernde Jade setzte ein einschmeichelndes Lächeln auf, was sie nur ganz selten tat.

Frühlingsmond zögerte, nickte dann jedoch. »Aber nicht mehr sehr lange.«

»Das verspreche ich.«
Als sie allein im Wohnzimmer waren, setzte Erhabene Winde sich auf den Klavierhocker, schlug hin und wieder eine Taste an und schwelgte im Anblick von Schimmernder Jade, die leichtbeschwipst durch den Raum tanzte. Während sie sich im Tanz drehte, summte sie die Melodie von *Jeannie with the Light Brown Hair*. Er lächelte und meinte, sie noch nie tanzen gesehen zu haben; zwar verlangte es ihn, sie in die Arme zu schließen, doch traute er sich nicht. Es muß am Champagner liegen, sagte er sich, und hätte ums Haar laut aufgelacht. Es lebe der Champagner!
Sie setzte sich neben ihn und sagte: »Noch nie habe ich mich so gut amüsiert wie heute. Und ich glaube, ich werde das auch nie wieder tun.«
»Ich sehe den Sinn meines Lebens darin, dafür zu sorgen, daß du es immer und immer und immer wieder tust.« Bei jedem *immer* schlug er einen Akkord an.
»Schschschhh!« machte sie und lehnte sich an ihn.
»Schschhhh!« Und womöglich noch näher.
Er war sich sicher, daß sie kein Parfum trug, und doch... »Was ist denn?« fragte sie und legte den Kopf auf die Seite. Er strich ihr nur eine Haarsträhne aus der Stirn, denn er brachte kein Wort heraus.
Ihre Hand schwebte über den Tasten, als wisse sie nicht recht, welche Melodie sie spielen sollte. »Wie wunderschön die Drachen dahingeschossen sind! Herrlich war das!« Sie machte die Augen zu und lehnte den Kopf an seine Schulter. »Mein Freund!«
»Liebster Freund?« Morgen mußte er einen Weinberg kaufen. »Liebster Freund.«
»Willst du mich heiraten?« Er erwartete keine Antwort. Er liebte es, die ihm so vertrauten Worte auszusprechen. Oft hatte er sie in den vergangenen Wochen gesagt.
»Schschhhh! Ich träume!« Sie hatte die Augen immer noch geschlossen.
Er wagte nicht, sich zu bewegen, aus Angst, den Zauber zu zerbrechen. Leise flüsterte er: »Was träumst du denn, Kleine Schwester? Erlaube mir, daß ich den Traum wahr mache.«
Sie schien das zu überlegen und sagte dann mit launischer Stimme: »Ich träume, daß ich auf einem goldenen Drachen reite.«
»Irgendwann, das verspreche ich. Irgendwann.«
Unversehens richtete sie sich auf. »Aber ich will das jetzt!«

»Jetzt?«
»Jetzt!« Sie stand auf, nahm ihn bei der Hand und schickte sich an, auf die Tür zuzugehen.
»Was wird deine Mutter sagen?«
»Sie wird es nie erfahren.«
Er zögerte, doch von oben war kein Laut zu hören, und sie hielt ihn bei der Hand. Sie liefen auf die Haustür zu. »Kein Auto! Eine Droschke!« sagte sie.
»Schschh!« Er nickte und stahl sich mit ihr die Straße hinunter.
An der nächsten Straßenecke fanden sie eine. Er half ihr einsteigen und befahl dem Kutscher, sie an den Fluß zu bringen.
Doch als er sich neben sie setzte, schüttelte sie den Kopf und deutete auf den Sitz gegenüber. »Es ist zu heiß.«
Er setzte sich dorthin, bat den Kutscher um einen Fächer und fächelte ihr Kühlung zu.
Sie sah in ihrem blaßgelben Röhrenkleid aus Baumwolle und die Arme auf der Rücklehne ausgestreckt verführerisch aus wie ein Fuchs-Geist. Das Gesicht hatte sie gen Himmel gewandt. Rhythmisch übte er den Fächer aus.
»Woran denkst du, Schimmernde Jade?«
»An Schnee und eisige Nordwinde.«
»Frag mich, woran ich denke.«
»Schschhh! Es ist zu heiß zum Reden.«
»Ich werd's dir trotzdem sagen.« Er hörte auf, den Fächer zu betätigen und lehnte sich über sie.
»Schimmernde Jade. Willst du mich heiraten?«
Sie lächelte nur.
Am Fluß half er ihr mit äußerster Behutsamkeit in einen der goldenen Drachen, die am Steg vertäut waren, bis sie flach hingestreckt auf dem Boden lag. Wenn man sich aufrecht hinsetzte, lief man Gefahr, das überschlanke Boot zum Kentern zu bringen. Er kletterte nach ihr hinein und streckte sich gleichfalls aus. Kopf an Kopf lagen sie da, die Hände unterm Kinn gefaltet, so daß ihre Nasen sich fast berührten.
»Nun, willst du?« fragte er.
»Vielleicht.« Sie schloß die Augen.
So blieben sie fast bis zum Morgengrauen liegen. Während sie schlief, hielt er Wache und träumte von einem anderen Drachenbootrennen, da er, die Arme um ihren Sohn geschlungen, dastehen würde.

30. Der Ritt auf dem Tiger

Wenn ich auf der Landstraße
Mich an deinem Ärmel festhalte –
Haß mich bitte nicht!
Es ist schwer, alte Gewohnheiten abzulegen.

Buch der Lieder

Nach dieser ersten gab es noch viele Droschkenfahrten, doch der Zauber der Festnacht sollte sich nie wieder einstellen. Die Stadt litt unter einer erbarmungslosen Hitze. Stumpfheit machte sich breit. Fliegen summten über Dung, warteten aufgeregt darauf, endlich auch einmal landen zu können. Jeden Tag aufs neue erklärten die Leute, jetzt habe die Hitzewelle endlich ihren Höhepunkt erreicht, von morgen an müsse es kühler werden.

Auf den Straßen aus hartgebranntem Lehm starben die Armen. Ihre Leichen wurden zusammen mit den Leibern anderer fortgekarrt, die noch nicht tot, wohl aber zu schwach waren, um die Hoffnungslosigkeit zu überleben, die sich vor ihnen erstreckte wie ein endloser Korridor.

An dem Sonntag, an dem Schimmernde Jade sich endlich einverstanden erklärte, Erhabene Winde mit zum Tee zu Miß Clayton zu nehmen, kam ihr Auto an einem solchen Karren vorüber. Augenblicklich legte Schimmernde Jade die Hände zum Gebet zusammen. Und augenblicklich verfluchte er seinen Chauffeur, daß er diese Route gewählt hatte und nicht eine andere.

Wenige Minuten später, als er – die Teetasse in der Hand – zwischen ihnen saß, schluckte er seine Enttäuschung herunter und nickte höflich, als Schimmernde Jade ihrer Empörung über den Anblick Luft machte, den sie gerade gehabt hatte. Es hatte keinen Sinn, das Gespräch auf etwas anderes zu bringen. Wie konnte sein Schmerz nur dem der Armen, der Verwaisten und der Kranken den Rang ablaufen?

Als es Zeit war zu gehen, führte Miß Clayton sie durch ihr Büro zum Gartenweg. An einem kleinen Tisch hinterm Schreibtisch der Lehrerin standen – eine jede in einem vergoldeten Rahmen – ein paar sepiafarbene Fotografien, und die Menschen darauf hatten alle die gleichen eindringlichen, blassen Augen wie die Missionarin.

»Ihre Familie?« erkundigte er sich.

Miß Clayton nickte und nahm die Gelegenheit wahr zu erklären, wer wer sei.

Nie wäre es ihm eingefallen, daß ein Mensch mit so vielen Verwandten – und wenn er zehnmal Ausländer war – um die halbe Welt fahren würde, um unter Fremden zu leben. Miß Clayton hatte der Schule sogar das Fahrgeld gestiftet, das ihr nach dem Tod ihrer Eltern von ihrer Schwester geschickt worden war. »Vater und Mutter wären einverstanden gewesen«, erklärte sie sanft, als er seine Verwunderung nicht verhehlen konnte. »Sie waren bereits bei Gott. Hier in China war das Geld besser angelegt.«

Wie traurig, dachte er, eine so große Familie zu haben und dennoch keinerlei Raum für sie im eigenen Leben. Auf der Heimfahrt konnte er den Gedanken nicht verdrängen, daß die biegsame junge Schönheit und ihre Lieblingslehrerin sich sehr ähnlich waren – mochte die eine auch eine Haut haben, so glatt wie Porzellan, und die andere eine Haut, so rauh wie die Schale einer Zitrone. Genauso wie die Missionarin würde Schimmernde Jade ihr Leben damit verbringen, für andere zu sorgen.

»Erhabene Winde, du hörst gar nicht zu«, warf sie ihm vor. Sie blickte auf einen der Bettler, die Chrysanthemen genannt werden, weil ihre Kleider so ausgefranst sind.

»Das brauche ich doch auch gar nicht. Deine Belehrungen sind immer die gleichen.«

Sie funkelte ihn an.

»Bitte, laß uns nicht wieder streiten.« Er streckte den Arm aus, um ihre Hand zu nehmen.

Sie zog sie zurück.

»Werde meine Frau«, bettelte er.

»Erhabene Winde, es gibt soviel Schmerz um uns herum.«

»Aber du machst mir ausschließlich Freude.«

Sie schüttelte den Kopf. »Jetzt lachst du wieder über mich. Seit unserer Kindheit hast du mich immer ausgelacht.«

»Aber nein, keineswegs. Ich möchte bloß nicht leben, als ob die hehren Ziele...« Er hielt inne, begann von neuem. »Seit Miß

Claytons Rückkehr besteht dein ganzes Leben nur noch aus guten Werken. Bettler und Waisenkinder. Es gibt noch andere Dinge, die genauso wichtig sind.«

»Für mich bedeuten sie alles.«

Er stand auf, setzte sich auf den Platz neben sie und flüsterte: »Schimmernde Jade, mir bedeutest *du* alles.«

»Da hast du's wieder: Du lachst über mich.«

»Nein, nicht über dich. Über uns. Das Schicksal hat dich und mich auf denselben Tiger gesetzt. Wir können nicht auf ihm reiten, und absitzen können wir auch nicht. Ich, der ich dich mehr begehre als alles andere auf der Welt, kann nie der Mensch sein, dem du Hochachtung entgegenbringst. Und wer weiß, wenn du mehr so würdest wie ich, fände ich dich vielleicht weniger begehrenswert.«

Sie widersprach nicht, und lange hörte man nichts weiter als das Getrappel der Pferdehufe auf dem Kopfsteinpflaster. Was für ein sonderbar hohler Laut, dachte er und überlegte, was ihn wohl dazu gebracht hatte, die Wahrheit zu sagen. Das hatte ja doch keinen Zweck.

Das hatte es nie.

Sie fragte: »Willst du denn nicht wenigstens versuchen, die Dinge mehr so zu sehen wie ich, Erhabene Winde?«

Er nickte.

»Und wirst du eines Tages mit mir zum Tor der Hoffnung kommen?«

»Sicher, sicher.«

Sie nahm seine Hand. »Und wirst du für unsere Sache spenden?«

»Sicher, sicher.«

Als der Herbst kam und Schimmernde Jade anfing, im Shanghai-College zu studieren, bekam Erhabene Winde sie nicht mehr sooft zu sehen. Auf Vorschlag Edlen Talents war sie der Studentenvereinigung für die Nationale Errettung beigetreten und hatte keine Zeit mehr für Droschkenfahrten. Bis tief in die Nacht schrieb und verteilte sie Flugschriften, in denen verkündet wurde, es müsse alles getan werden, um China zu retten, und die vaterländisch Gesinnten aufgefordert wurden, sich zu organisieren, ehe der Krieg zu Ende ginge und ehe die Alliierten den Chinesen zurückgäben, was den Chinesen gehörte. »Nur in einem starken China lassen sich Lösungen für die Gebrechen der Gesellschaft finden«, erklärte sie.

Edles Talent arbeitete mit ihr zusammen. »Wir können uns keine Rumpfparlamente mehr leisten«, schrieb er, »genausowenig wie parlamentarisches Flickwerk oder selbstherrlich kriegführende Generäle. Es ist an der Zeit, eine Regierung zu bilden, die dafür sorgt, daß chinesisch bleibt, was chinesisch ist.« Inzwischen warteten er und die Anhänger Sun Yat-sens auf den richtigen Augenblick, eine Regierung für Südchina zu bilden, die nicht von einer Clique gestürzt werden würde.

An einem Wintermorgen besuchte Schimmernde Jade Erhabene Winde in der Firma M.S. & Company. Seit gestern abend hatte es geregnet; er hatte bis spät gearbeitet und versucht, seine Bücher zum Abschluß zu bringen. Dabei mußte er über dem Abakus eingeschlafen sein, denn er saß noch am Schreibtisch, als er durch lautes Klopfen und ihre vertraute Stimme geweckt wurde. »Erhabene Winde, mach auf. Ich muß mit dir reden. Es ist dringend.«

Die Sonne blendete ihn, als er sie einließ. Er wand sich und hielt sich den Kopf.

»Bist du betrunken?« fragte sie ihn, folgte ihm aber in das Hinterzimmer, wo er aus einer halbgeleerten Tasse einen Schluck kalten Tee trank. »Bist du betrunken?« fragte sie noch einmal.

»Das muß ich wohl sein, wenn du hier bist.« Sie ließen sich an dem kleinen Tisch mit der Marmorplatte nieder, an dem sein Gönner immer seine Mahlzeiten eingenommen hatte.

»Ich muß mit dir reden, Erhabene Winde.«

»Sag's mir nicht.« Abwehrend hob er die Hand. »Laß mich raten. Einhundert? Fünftausend?«

Ungeduldig schüttelte sie den Kopf. »Hast du in der letzten Zeit keine Zeitungen gelesen?«

Er gähnte und rieb sich den Schlaf aus den Augen. »Das brauche ich nicht. Nichts hat sich geändert. Hungersnot im Norden, Überschwemmungen im Süden, sich gegenseitig bekämpfende Generäle überall in China. Politiker, die nach Gerechtigkeit rufen. Studenten, die streiken, Ausländer, die ihre Schuldner in den Bankrott treiben. Lehrer, die mehr Disziplin verlangen. Die Sowjets sind unsere Verbündeten. Die Amerikaner sind unzuverlässig. Japan ist der Erzfeind. Sun startet eine neue Kampagne. Konfuzius ist konfus. Und du, meine Kleine Schwester, meine Margaret, meine Schimmernde Jade – du brauchst wieder Geld für einen deiner schrecklichen Notfälle.«

Er zuckte mit den Achseln, trat dann hinter den Wandschirm auf die

andere Seite des Zimmers, um sich das Gesicht zu waschen. In der Ecke des Spiegels überm Waschtisch steckte ein Foto von Schimmernder Jade, das er aus einem Kirchenrundbrief ausgeschnitten hatte.
Als er an den Tisch zurückkehrte, saß sie immer noch in derselben Haltung da, die Hände im Schoß gefaltet.
»Erinnerst du dich noch, als wir Kinder waren, Schwester?« fragte er leise. »Wie wir uns da immer hinter dem Steingarten versteckt haben, um laut zu lernen? Du konntest die Antwort nie herausbringen, weil ich dich stets zum Lachen brachte. Du stecktest dir die Finger in die Ohren, aber auch das half nichts. Und konntest das kleine Einmaleins nur, wenn du es von vorn bis hinten aufsagtest.« Er lächelte.
Einen Moment bekam sie einen etwas sanfteren Ausdruck, als ob sie sich in der Tat erinnerte, und so fuhr er fort: »Ich weiß nicht, warum alle anderen dich so klug gefunden haben. Ich wette, du kannst das kleine Einmaleins immer noch nicht.«
Sie war keineswegs amüsiert. »Ich hab' keine Zeit für diesen Unsinn.«
»Schwester, sag mal das Einmalsieben auf, bitte.«
Sie hörte nicht auf ihn.
»Bitte?«
»Nein. Das ist doch Unsinn.«
Er versuchte ihre Hand zu nehmen. Sie versteckte sie hinterm Rücken.
»Sag das Einmalsieben auf, sonst höre ich mir nicht an, was zu sagen du gekommen bist.«
Sie knirschte mit den Zähnen. »Sieben, vierzehn, einundzwanzig...«
Er unterbrach sie: »Einundzwanzig, achtundzwanzig.«
»Sieben, vierzehn, zwanzig...«
»Schwester, laß uns noch mal von vorn anfangen...«
»Sieben, vierzehn, einundzwanzig, achtund...«
»Bitte, noch mal von vorn.«
Sie stand auf. »Mein Bruder, du hast eine Chance gehabt, noch einmal anzufangen. China nicht. Du mußt helfen. Es gibt so viel zu tun für unser Land und für unsere Landsleute.«
Auch er erhob sich. Warum machte er sich nur soviel aus ihr? Sie hatte so etwas... Missionarisches. »Ich werde keinen Fremden helfen«, flüsterte er heiser. »Nur dir werde ich helfen.«

Am Sonntag, ehe sie alle zusammen wieder nach Soochow fahren sollten, kam Erhabene Winde wie gewöhnlich in das Haus in der Rue Flaubert.
Schimmernde Jade saß in der Bibliothek und schrieb. Ihr Notizbuch lag auf der Armlehne des Sofas. Herausgerissene und zerknüllte Seiten lagen auf dem Boden.
»Hast du vergessen, meine liebe Margaret? Es ist Sonntag.«
Sie blickte auf. Ihre Augen waren gerötet, als ob sie geweint hätte.
»Ich geh' heute nicht in die Kirche.«
»Was hast du denn? Fühlst du dich nicht gut?« Besorgt fühlte er ihr die Stirn.
Sie stieß die Hand fort. »Mir geht's gut.«
»Was ist dann los? Die Glocken läuten schon.«
»Ich habe gesagt, ich *gehe* heute nicht in die Kirche.«
»Aber warum? Was ist geschehen?« fragte er, obwohl er die Antwort genau kannte. Wie jeder, der mit seinem eigenen Verstand hochgekommen ist, verfügte er über eigene Informationsquellen. Er hatte bereits etwas unternommen, um seine Investitionen zu schützen.
Anklagend deutete sie mit dem Finger auf die auf dem Boden liegende Zeitung. »Woodrow Wilson hat gelogen!« Unter ihre Verzweiflung mischte sich Wut. »Die Alliierten lügen. Alle diese gottesfürchtigen Christen haben gelogen.«
Die Schlagzeile lautete: »Verrat in Versailles!« Die Alliierten hatten nicht vor, die deutschen Besitzungen in Shantung, wie ursprünglich vorgesehen, an China zurückzugeben. In einem Geheimvertrag, der sechs Monate vor Chinas Kriegseintritt unterzeichnet worden war, hatten sie dieses Land Japan versprochen.
Sollte es möglich sein, daß sie diesen Verdacht wirklich nicht gehabt hatte? Es ging doch nur um Politik, also nichts Wichtiges, nur um Politik. Er reichte ihr die Hand. »Komm, laß uns in die Kirche gehen. Hinterher fühlst du dich bestimmt gleich besser.«
Fassungslos starrte sie ihn an. »Ich werde dich nie begreifen! Du hast nie wirklich daran geglaubt. Du bist nur deshalb in die Kirche gegangen, weil ich es tat. Und jetzt bestehst du darauf, daß ich hingehe.«
Da war etwas in ihrer Stimme, was er bisher noch nie gehört hatte. Verachtung? »Ist es denn so schwierig zu verstehen, meine Schwester?« Sie sagte nichts darauf, und so fuhr er nach einem Augenblick

fort: »Du darfst alten Freunden nicht untreu werden, meine Margaret. Es könnte sein, daß so etwas zur Gewohnheit wird.«
»Was für Freunden?« fragte sie verbittert. »Siehst du denn nicht, daß China betrogen worden ist? Ältester Großonkel hatte ja so recht. Das ganze Gerede über christliche Grundsätze und die Vierzehn Punkte war nichts weiter als ein Trick, uns einzulullen, damit die Ausländer uns ausplündern können, bis nichts mehr da ist. Von jetzt an gebe ich keinen Pfifferling mehr auf ihre Versprechungen.«
Ihm blieb nichts anderes übrig, als sich mit ihr zu streiten. »Aber Schimmernde Jade, solche Versprechungen werden im Krieg doch immer gemacht, um andere auf die eigene Seite zu ziehen. Das ist immer so gewesen. Und daran wird sich nie etwas ändern.«
»Du... du klingst genauso wie meine Mutter.« Ärgerlich zog sie an seiner Krawatte. »Sieh dich an! Du siehst genauso aus wie einer von ihnen! Du hättest auch gelogen! Dir ist das völlig gleichgültig. Ist es immer gleichgültig gewesen.« Sie wurde lauter.
Plötzlich stand Frühlingsmond unter der Tür. Sie klatschte nur ein einziges Mal in die Hände. »Das reicht, meine Tochter. Du schreist wie eine Hausiererin. Besitzt du denn keine Selbstbeherrschung?«
Erhabene Winde stand auf, um seinen Rock überzuziehen. »Bitte, meine Tante, es war meine Schuld. Ich sollte jetzt vielleicht besser gehen.« Er blickte zu Schimmernder Jade hinüber.
Sie sagte kein Wort.
Es war Frühlingsmond, die schließlich etwas sagte. »Ja. Vielleicht ist es das beste.« Sie brachte ihn noch bis an die Tür. Er verneigte sich, zögerte, sah zurück, hoffte, Schimmernde Jade am anderen Ende des Flurs zu sehen. Niemand war zu sehen.
Frühlingsmond lächelte. »Ich erwarte dich zum Abendessen, Erhabene Winde.«
Er verneigte sich. Die Kirchenglocken hatten aufgehört zu läuten. Langsam ging er auf das wartende Auto zu.

31. Spiele

Es war einmal ein Bauernjunge aus Soochow, der weit von daheim fortzog, bis er eines Tages in einem Dorf in Hunan mit einer Truppe von Artisten zusammentraf. Er konnte sich bei den Vorführungen vor Verwunderung nicht fassen, und es gab soviel Attraktionen wie Steine auf dem Go-Brett. Da gab es Stelzenläufer, Drachentänzer, Shaolin-Boxer, einen Pandabären, ein Kamel und einen pfeiferauchenden Affen. Ein lächelnder Ausrufer rief ihn an: »He, Großer, willst du dein Geld verdoppeln?«
»Wie?« fragte der Bauernjunge.
»Heb die Kuh hoch, so wie dieser kleine Kerl hier.« Auf dieses Zeichen hin hockte sich ein kapuzenbewehrter Mann, der ebenso breit wie hoch war, unter die Kuh, welcher die Speichelfäden aus dem Maul flossen, richtete sich in die Höhe und hob das Tier vom Boden auf.
»Das kann ich auch«, brüstete sich der Jüngling und legte sich die Kuh um den Hals wie einen Strohumhang.
Am Morgen, als er am Wegrand seine schwarzen Bohnen mit Nudeln aß, tauchten plötzlich zwanzig Männer auf, jeder mit blitzendem Schwert bewaffnet. Unter ihnen befand sich der Ausrufer. »Wenn dir dein Leben lieb ist«, sagte er zu dem Jüngling, »gib mir dein Geld!«
Der Jüngling zuckte mit den Achseln. »Hier ist mein Gewinn«, erklärte er. »Der Rest hat mir gehört.«
Der Ausrufer schwenkte sein Schwert. »Gib alles her, auch den Rest, sonst hacke ich dir die Leber heraus, und meine Freunde verfüttern dich zu Schrot gemahlen an die Schweine.« Langsam erhob der Jüngling sich. Er lächelte, wie jemand, der gewillt ist, bis zum letzten Atemzug zu kämpfen. Doch bevor irgend jemand ins Land jenseits der Gelben Quellen geschickt worden war, tauchte ein kleines, stämmiges Männchen auf; es war derselbe Mann, der die Kuh in die Höhe gehoben hatte. Mit einer Handbewegung schlug er die Gegner in die Flucht.
»Wer bist du? Ein Räuberhauptmann?« fragte der Jüngling. »Man

nennt mich Bergpirat«, sagte der Mann grinsend. »Du aber mußt zu mir kommen, um zu entscheiden, ob ich ein Räuber bin oder nicht.«

Und so zog der Jüngling zusammen mit ihm in die Berge. Bergpirat hatte als Kind ein schreiendes Baby aus den Fängen eines Tigers gerettet, und als junger Mann hatte er allein mit einem Blick hundert Männer entwaffnet; als Erwachsener hatte er den Dörfern Frieden gebracht und dafür nur verlangt, was recht und billig war. Er und seine Männer lebten einfach, teilten alles, was sie hatten, nahmen nur, was vereinbart war, und taten alles, was getan werden mußte.

So machte der Bauer aus Soochow die Erfahrung, daß Gerechtigkeit nicht notwendigerweise nur in langen Gewändern daherkommt und der Herausforderer nicht unbedingt immer ein Feind ist.

Familiengeschichte

Es war der Abend des zweiten Sonntags der Vierzehn Tage des Reinen Strahlens; zum ersten Mal seit Tagen war Schimmernde Jade glücklich und zufrieden. Miß Clayton hatte sie am Morgen überzeugt, doch in die Kirche zu gehen. »Hast du dir etwa gedacht, Christ sein sei leicht, Margaret? Jeder Gläubige wird im Leben auf die Probe gestellt, und zwar nicht nur einmal, sondern mehrere Male.«

So war sie hingegangen, und schon am Nachmittag desselben Tages hatte der Herr sie Seiner Gnade für würdig befunden, denn es war ihr gelungen, noch zwanzig weitere Kaufleute zu bewegen, Telegramme nach Paris zu schicken und die beiden Delegationen – die der Nord- wie die der Südchinesen – zu drängen, Versailles zu verlassen, sollte Shantung Japan zugeschlagen werden.

Und jetzt unterhielt sie sich mit einem wahren Helden, mit jemandem, der ein Pionier war, nicht nur ein Student. Er war der größte Mann, den sie je gesehen hatte, mit breiten Schultern und offenem Gesicht. Er hieß Entschlossener Geist. Edles Talent hatte ihn zum Abendessen mitgebracht und ihn als Sohn des Bauern Lee, ihres Pächters, vorgestellt, einen alten Freund aus den Tagen der Revolution, der gerade aus Frankreich heimgekehrt war. Sofort hatte sie nach Einzelheiten ihrer Unternehmungen gefragt. Und als Junger Großonkel schwieg und ihre Mutter nur drängte, man solle doch den Fisch essen, bevor er kalt werde, hatte sie sich an den Helden selbst gewandt. Er hatte gelacht und so getan, als sei das alles nichts gewesen. Nur, nachdem sie ihn immer wieder aufgefordert hatte, hatte er etwas davon gemurmelt, ein Laufbursche zu sein, der Melonen bringe.

Dieser Mann ist anders, dachte sie. So grundverschieden von Erhabene Winde, der immer großtun muß, um in den eigenen Augen groß zu erscheinen.

»Junger Lee«, sagte sie, »erzähl mir von deinen Erlebnissen in Frankreich. Was hast du dort gesehen, und was hast du dort gemacht?«

»Gesehen habe ich nur wenig. Ich habe Gräber für die Franzosen geschaufelt, die im Krieg fielen.«

»Hast du welche von unseren Studenten dort kennengelernt?«

»Ein paar schon. Sie haben mir ein wenig lesen beigebracht und was wir von jemandem lernen sollten, der Marx hieß. Einer von ihnen, T. J. Hu, wurde mein Freund. Er war es, der mir und den anderen half zurückzukehren...« Er hielt inne, gleichsam, als fiele ihm plötzlich etwas ein, und dann sagte er unvermittelt: »Frankreich hat mir nicht besonders gefallen.«

»Aber warum nicht?« Sie hätte alles darum gegeben, in Frankreich gewesen zu sein.

»Nachdem der Krieg vorbei war, wollten die Franzosen uns nicht mehr haben.«

»Wie hat das sein können? Ihr wart doch da, um ihnen im Krieg zu helfen.«

Er zuckte mit den Achseln. »Nicht alle waren unfreundlich. Vor allem hat es mir dort nicht gefallen, weil es eben nicht die Heimat war.«

Einen Augenblick wußte sie nicht, was sie sagen sollte. Sie mußte an die Lehmhütte der Lees denken, an die kränkelnden Kinder, die seine Nichten und Neffen gewesen sein mußten, an den Gestank des menschlichen Kots, der gesammelt wurde für die Felder. Schließlich entfuhr es ihr: »Ich habe das Land gesehen, das deine Familie beackert. Als ich in Soochow war. Ich glaube, sie hatten nicht genug zu essen.«

Entschlossenem Geist schoß das Blut in den Kopf.

»Laß unseren Gast das Essen genießen, meine Tochter. Du redest zuviel.« Frühlingsmond legte ihm nochmals Huhn vor.

»Aber es interessiert mich.«

»Vielleicht«, sagte Beherztes Talent, »möchte der Pächter derlei Dinge nicht vor dem Grundherrn besprechen.«
»O nein, Herr. Eure Familie ist immer gut zu uns gewesen. Der Herr hat mir das Leben gerettet.« Entschlossener Geist lächelte in Edlen Talents Richtung.
»Das ist übertrieben, übertrieben«, erklärte der Soldat und füllte das Glas des jüngeren Mannes mit heißem Reiswein. Ehe Schimmernder Jade etwas einfiel, um das Gespräch weiterzuführen, klopfte Erhabene Winde breit grinsend mit seinen Eßstäbchen an sein Glas. »Ich finde, meine Freunde, es ist Zeit, ein Spiel zu spielen.«
O nein, dachte sie.
»Ja, ja«, rief Festes Versprechen.
»Also abgemacht!«
»Wie wär's mit einer Runde von Gegensatzpaaren?« schlug Beherztes Talent vor. »Soll ich mit dem ›Kopf‹ den Anfang machen?«
»Laßt mich der erste sein, laßt mich der erste sein, ach, bitte!« Festes Versprechen klatschte in die Hand und stieß dabei sein Glas um.
»Schön, fang du an!« sagte Beherztes Talent.
Schweigen.
»Nun?« sagte Frühlingsmond und räumte die Porzellanschälchen aus dem Gefahrenbereich. »Nun?«
Der Junge wurde puterrot, er schlug die Hände vor die Augen, als ob nicht sehen gleichbedeutend wäre mit nicht gesehen werden. »Ich weiß ja gar nicht, wie das geht.«
Alles lachte. Festes Versprechen wandte sich an Entschlossenen Geist, den einzigen, der noch aß, und zupfte ihn am Hemd. »Kannst du mir das Spiel erklären?«
Entschlossener Geist blickte über den Rand seiner Reisschale hinweg und sagte nichts. Erhabene Winde hüstelte ins Taschentuch.
Beherztes Talent war der erste, der sich wieder faßte. »Ich werde es dir erklären, mein Neffe. Du fängst an, indem du den ersten Vers eines Gedichts sagst. Das muß dann jemand mit einer Antithese und einer Parallele ergänzen.«
»Schon recht, Onkel. Aber könnte jemand mir das Spiel erklären?«
Sogar Beherztes Talent mußte mitlachen.
Nachdem sie sich wieder beruhigt hatten, machte Frühlingsmond den Anfang. »Was ist der Gegensatz zu Erde?«
»Himmel«, rief der Junge.

»Mond?«
»Sonne.«
»Gehen?«
»Laufen.«
»Nacht?«
»Tag!« rief Entschlossener Geist, der jetzt offenbar gleichfalls begriffen hatte, worum es ging.
Verzeihung heischend sah er das Kind an. Festes Versprechen lächelte zu ihm auf, als wollte er sagen, macht doch nichts, und fragte dann: »Darf ich jetzt anfangen?«
»Vorsicht!« warnte Frühlingsmond ihn. »Wir haben ja gerade erst angefangen. Grüne Bäume?«
»Rote Bäume.«
Frühlingsmond schüttelte den Kopf.
»Aber warum geht das nicht, Sao Sao?«
»Es gilt, ein Wort zu finden, das einen Gegensatz zu Grün darstellt, und ein Wort, das zur selben Gattung wie Baum gehört.«
»Rote Blumen.«
»Richtig.« Frühlingsmond lächelte. »Und jetzt: Gelbe Vögel singen.«
Festes Versprechen holte tief Atem. »Grüne Frösche reden.«
»Fast. Noch besser wäre: Grüne Frösche quaken.«
Schimmernde Jade sah, daß Entschlossener Geist so weiteraß, als ob er sich hinter der Schale verstecken könne. Er versteht das Spiel nicht, dachte sie. Warum sollte er. Das Spiel war nicht wichtig, war nur ein Zeitvertreib für Bücherwürmer. Wenn sie doch nur ins Wohnzimmer hinübergehen und sich unterhalten könnten!
Frühlingsmond kam zum Ende der Erklärungen. »Die erste Zeile nennt man ›Kopf‹, Festes Versprechen, und die Erwiderung ›Schwanz‹. So, und jetzt kannst du anfangen.«
Der Junge barg den Kopf in der Armbeuge, um nachzudenken. Die Erwachsenen warteten. Er hob den Kopf, machte den Mund auf. Nichts kam heraus. Er runzelte die Stirn und barg dann den Kopf wieder in der Armbeuge.
Das einzige Geräusch, das man hörte, kam von Entschlossenem Geist, der seine Suppe schlürfte.
Erhabene Winde sagte: »Mein Freund aus Frankreich, warum zeigen wir dem Jungen nicht, wie man dieses Spiel spielt?« Er setzte ein unschuldiges Lächeln auf. »Du, schönes Mädchen, bist erhaben, duftest wie Frühlingswasser, gelehrt und gut.«

Achselzuckend grinste Entschlossener Geist.
»Nimm dir Zeit, mein Freund. Wir sind noch nicht beim Nachtisch angelangt.«
Trotzdem wußte der Bauer noch nichts zu antworten. Dafür kam jetzt der Junge, der ihn abermals am Hemd zupfte. »Er hat dich hereinlegen wollen, Älterer Bruder. Jetzt mußt du sagen: ›Ich häßlicher Junge, bin lächerlich, stinke wie Schlamm, bin dumm und schlimm.‹ Er hat dich reingelegt.«
Entschlossener Geist wußte nicht, wohin er blicken sollte. Rasch sagte Schimmernde Jade: »Nein, Festes Versprechen, das hast *du* gesagt. Mein neuer Freund ist viel zu klug, um sich durch so etwas hereinlegen zu lassen.«
Als das Lachen verklang, hob Erhabene Winde das Glas und trank Schimmernder Jade zu. Sein Lachen war bitter. Er konnte machen, was er wollte, nichts würde sie davon abhalten, häufiger mit dem Sohn von Pächter Lee zusammenzusein.
Als das Essen vorüber war, stand Entschlossener Geist auf und verneigte sich hochachtungsvoll. »Meine Ahnen und ich danken für diese Ehre. Der heutige Abend ist der glücklichste meines ganzen Lebens gewesen.«

32. Die Speerspitze

Die später unter dem Namen ›Vierter-Mai-Bewegung‹ bekanntgewordene Initiative begann damit, daß an eben diesem Tag im Jahr des Schafs – 1919 – Tausende von jungen Männern und Frauen in Peking zum Gesandtschaftsviertel zogen, um gegen die schändliche Haltung der Alliierten zu protestieren und für die Sache Chinas einzutreten. Die Polizei wies sie ab. Aufgebracht steckten die Studenten das Haus eines projapanischen Ministers in Brand und mißhandelten einen anderen.
Viele wurden festgenommen.
Die Öffentlichkeit war außer sich. Kaufleute, Arbeiter, Intellektuelle und Bürger in allen größeren Städten schlossen sich einem patriotischen Streik an, um auf fortlaufende Ungerechtigkeiten und die nationale Demütigung aufmerksam zu machen.

Chinesische Geschichte

Die Sonne war bereits hinter den Kuppeln und Türmen Shanghais verschwunden, doch Erhabene Winde kam immer noch nicht. Schimmernde Jade wippte ungeduldig mit dem Fuß, tigerte in den Redaktionsräumen der ›New China Publications‹ auf und ab und blickte immer wieder die Nanking Road hinunter, um nach dem vertrauten *Pierce Arrow* Ausschau zu halten.
Warum mußte er sich ausgerechnet heute verspäten? Sie fingerte an den Stoffproben herum, die sie in der Tasche ihres Rocks verborgen hatte. Immer wieder mußte sie mit dem Daumen über das Gewebe dahinfahren; sie tat es wie unter Zwang, als ob es ein Zahn wäre, der ihr weh tat.
Endlich tauchte das Auto auf. Sie stopfte sich die Flugschriften unter den Arm, die die Überschrift ›Peking unter Kriegsrecht‹ trugen, und stürzte hinaus. Ehe sie auf den Sitz neben Erhabene Winde glitt, nannte sie dem Chauffeur die Adresse. »Du kommst spät!« Ihre Stimme klang scharf, und sie hatte ihn nicht erst begrüßt.

»Die Straßen sind von Demonstranten verstopft, und wir mußten mehrmals Umwege fahren.« Er machte eine Pause. »Hast du dir Sorgen um mich gemacht?«
Sie log und sagte: »Ja.«
Er lächelte. »Wie schön, dich zu sehen, meine Schwester. Es ist lange her, und du hast mir gefehlt.«
Sie mied seinen Blick und starrte auf die Flugblätter, die sie auf den Boden des Autos gelegt hatte, doch er schien das nicht zu merken. »Hast du mich vermißt? Wenigstens ein bißchen?«
Mußte er sie so ansehen? Rasch ließ sie die Sätze vom Stapel, die sie sich zurechtgelegt hatte: »Heute vormittag sind Entschlossener Geist und ich zu einem gewissen Mr. Ling gegangen und haben ihn aufgefordert, um der Sache Chinas willen auf seine japanischen Waren zu verzichten. Aber wie sehr wir auch an seinen Patriotismus appellierten, er weigerte sich. Mich hat er beschuldigt, eine Heuchlerin zu sein und nur deshalb eine Patriotin, weil es im Augenblick passe.«
»Wie kann er es nur wagen?« rief Erhabene Winde aufgebracht.
»Genau das habe ich auch gesagt. Und da hat er behauptet, ich träte nur deshalb für die Verbrennung japanischer Waren ein, damit meine Verwandten von der neuen Knappheit profitieren könnten.«
»Das ist lächerlich!«
»Ich habe ihn nach den Namen dieser sogenannten Verwandten von mir gefragt.« Sie hielt inne, blickte ihm zum ersten Mal in die Augen, hoffte, er würde etwas sagen. Doch er tat es nicht, und so fuhr sie fort: »Der Mann hat dich genannt.« Wieder hielt sie inne, doch Erhabene Winde sagte immer noch nichts. »Er sagte, du tätest nur so, als verzichtetest du aus patriotischen Gründen auf irgendwelchen Gewinn. Er behauptete, du hättest deine japanischen Waren gar nicht verbrannt – nur ein paar Ellen Stoff, die du brauchtest, um die Ballen, die in Wirklichkeit gar keine waren, zu verhüllen, als du sie ins Feuer werfen ließest. Nachdem das Schauspiel vorbei gewesen sei, so behauptete er, habest du die Markenzeichen ausgewechselt und sie als chinesische Stoffe verkauft. Ich habe dich verteidigt. Und habe ihm gesagt, er solle mir das beweisen. Woraufhin er trotzig sagte, ich solle nur dich fragen.«
Erhabene Winde griff nach ihren Händen, doch sie entzog sie ihm. Er zuckte mit den Achseln und lachte. »Dieser Ling hat eine blühende Phantasie. Kannst du denn nicht erkennen, daß er was von

meinem Fuß abgeschnitten hat, damit er in seinen Schuh hineinpaßt? Glaubst du wirklich, ich wäre zu so etwas fähig?«

»Ich weiß es nicht«, erklärte Schimmernde Jade. »Du streitest es also ab?«

»Ich bestreite es.«

»Die Wahrheit«, sagte sie langsam und sehr leise. »Die Wahrheit diesmal, Erhabene Winde. Für mich ist das außerordentlich wichtig.«

Traurig schüttelte er den Kopf. »Aber ich habe dir die Wahrheit gesagt. Ling lügt.«

»Erhabene Winde, wer hier lügt, das bist du!«

Sie zog den Stoffetzen aus der Tasche und breitete ihn auf dem Sitz zwischen ihnen aus. Die Markenzeichen waren ganz offensichtlich ausgewechselt worden.

»Du hättest mir die Wahrheit sagen sollen!« schrie sie. »Ich habe dich um die Wahrheit gebeten.«

Sie hob die Flugblätter auf und kurbelte das Fenster hinter dem Chauffeur herunter. »Halten Sie bitte, sofort. Ich steige aus.«

Der Wagen fuhr ans Trottoir. Sie wartete nicht, bis der Russe ihr den Wagenschlag aufmachte.

Etwas weiter, an einer Kreuzung, um ein Freudenfeuer herum versammelt, stand eine Gruppe junger Leute. Einige riefen rhythmisch und im Chor: »China, erwache! China, erwache!«, während andere konfiszierte japanische Waren ins Feuer warfen. Einer, der alle anderen überragte, wandte sich dem Auto zu, als hätte er es erwartet. Der beizende Geruch von brennenden Kämmen, Autoreifen, Seife, Seidenstoffen, Parfums, Schirmen, Zahnpulver, Spielzeug, Büchern, Uhren, Medikamenten und Thermosflaschen war überwältigend.

»Sir«, hörte Schimmernde Jade den Chauffeur fragen, »sollen wir warten?«

Sie blickte zurück. Erhabene Winde starrte auf das Feuer. Es klang nach einer Explosion. Er streckte die Hand aus. Sie drehte sich um und ging erst, dann lief sie, sich Entschlossenem Geist und den anderen auf der Straßenkreuzung zuzugesellen.

Vier Tage später wurde Schimmernde Jade bei Tagesanbruch wach. Es war noch Zeit, und so blieb sie im Bett liegen, um die Ansprache zu proben, die sie geschrieben hatte, und hier und dort ein Wort oder einen Satz zu ändern. Es mußte unbedingt die beste Ansprache sein. Sie mußte selbst die Zauderndsten noch bewegen, etwas zu tun. Als sie fertig war, betete sie, ihre Stimme möge kräftig klingen, ebenso ungestüm wie ein Wirbelwind. Bitte, lieber Gott... Sie wusch sich schnell. Zum ersten Mal zog sie die locker sitzende, blaue Baumwollhose und das kurzärmelige Bauernhemd an und schlüpfte in die Strohsandalen, die sie von einem Straßenhändler im chinesischen Sektor gekauft hatte. Aufmerksam überprüfte sie noch einmal den Inhalt ihrer Tasche, um sicherzugehen, auch alles zu haben, was sie brauchen würde, falls sie für die Nacht nicht nach Hause käme. Nachdem sie mit dem Ergebnis zufrieden war, zog sie den Schulterriemen über den Kopf und betrachtete sich im Spiegel. Ja, so war es richtig. Einen Moment war sie sich nicht schlüssig, was eigentlich fehle. Doch dann fiel es ihr ein. Seit Anfang Mai trugen die Studenten weiße Baumwollmützen – weiß war die Trauerfarbe – anstelle der früher so beliebten japanischen Strohhüte. Sie nahm die ihre vom Bettpfosten und bemühte sich, sie mit Hilfe von Nadeln festzustecken. Doch ihr Haar zeigte sich ungebärdig; immer wieder löste es sich aus dem Knoten. Die Mütze fiel zu Boden.

Sie versuchte es noch einmal.

Dann gab sie es voller Abscheu auf und kramte in ihren Schubladen nach einer Schere. Sie bürstete sich locker das Haar, das ihr bis auf die Hüften herunterfiel. Sie hielt es mit der linken Hand fest und schnitt es eben unter den Ohren gerade ab. Als sie jetzt die Mütze wieder aufsetzte, blieb sie, wo sie hingehörte. Noch einmal blickte sie in den Spiegel und lächelte dem Kuli zu, der ihr Lächeln erwiderte. Draußen warteten etliche andere Studenten zusammen mit Entschlossener Geist und seinem Freund Hu. Auch Mei Mei hatte sich die Zöpfe abgeschnitten, und alle lachten, als der Bauer das dopppelte Haarabschneiden ein doppelt gutes Omen nannte. Schimmernde Jade blickte zu ihm auf und nickte beifällig. Er wurde puterrot.

Seite an Seite gingen sie die Rue Flaubert hinunter. An jeder Straßenecke warteten weitere junge Leute darauf, sich ihnen anzuschließen. Sie zogen durch den ganzen internationalen Sektor und wurden immer stärker. Alles verlief wie geplant. Keines der Geschäfte – bis auf ein paar ausländische – hatte aufgemacht. Selbst die Bettler fehlten auf ihren Plätzen. Auch sie hatten sich dem Streik angeschlossen. Auf den Straßenkreuzungen brannten Haufen von japanischen Waren, und Zuschauer riefen Beifall. Mädchen in Schuluniformen lenkten den Verkehr.

Nur in der Laternengasse machten sie halt. Vor einem Reisladen stand ein chinesischer Händler und schrie eine Gruppe von Demonstranten wütend an: »Schert euch fort! Nie habe ich meinen Laden geschlossen! Ich habe niemals Verluste einstecken müssen und werde es auch jetzt nicht tun.«
Einer von den jungen Leuten erkannte Schimmernde Jade und holte sie nach vorn. »Nur du kannst ihn überreden. Du mußt! Er ist der einzige in diesem ganzen Viertel, der sich weigert.«
Was sollte sie sagen? Sie blickte auf Hu, halb in der Hoffnung, er könnte ihr mit einer Leninschen Taktik zu Hilfe kommen, doch auch Hu zuckte hilflos mit den Achseln. Die Stimme des Händlers überschlug sich förmlich: »Niemals haben meine Ahnen diesen Laden zugemacht! Auch ich werde das niemals tun und die Kette des Glücks zerbrechen. Schert euch fort!«
Ahnen... Glückskette... Schimmernde Jade mußte plötzlich lächeln. Im Grunde war es doch so einfach. Sie würde ihn nicht drangsalieren oder ihn beschimpfen, sondern ihn in aller Öffentlichkeit ehren und es ihm unmöglich machen, darauf anders als mit ausgesuchtester Höflichkeit zu reagieren.
Sie hob die Hand, bat um Ruhe. Selbst der Händler verstummte und sah sie an.
Ohne ein Wort zu sagen, fiel sie auf die Knie und machte Kotau. Die Menge sperrte Mund und Nase auf. Dreimal berührte sie mit der Stirn den Boden. Dann beschwor sie ihn: »Ach, Freund, ehrt Eure Ahnen, indem Ihr China ehrt.«
Sie blickte auf. Der Händler war blaß geworden. Nochmals machte sie Kotau.
»Wenn Ihr nicht Eure Pflicht tut, werde ich meinen Kopf solange auf Eurer Schwelle liegen lassen, bis Ihr auf dem Pfad der Tugend wandelt.«
Wieder blickte sie auf. Und endlich überwand sich der vor Wut kochende Händler und sprach mit zitternder Stimme: »Ich schließe mich dem Streik an. Geht jetzt!«
Die Menge brach in Hochrufe aus. Lächelnd und triumphierend erhob Schimmernde Jade sich, hakte sich bei Entschlossenem Geist und Hu unter und führte die Demonstration an. Hinter ihr vernahm man gerade noch, wie die Rollläden heruntergelassen wurden.

Hunderte hatten sich bereits vor dem Wing-on-Kaufhaus in der britischen Niederlassung versammelt, als Schimmernde Jade und

Entschlossener Geist ihre Gruppe die Nanking Road heraufmarschiert kamen. Studentinnen verteilten Stöße von Flugschriften, und die Studenten entrollten weiße, mit roten Schriftzeichen bedeckte Banner: »Freie Studenten-Demonstranten«, »Boykottiert japanische Waren!«, »Setzt die Verräter ab!«, »Nieder mit dem Imperialismus!«, »Bürger, erwacht!«.

Der Karren stand bereit, ebenso Megaphon und Blumentrommel. Es war heiß, und Schimmernde Jade war froh, als Entschlossener Geist sie auf die rasch zusammengeschlagene Plattform hinaufhob. Lächelnd blickte er zu ihr auf. »Keine Angst! Ich bin ja hier.«

»Ich habe keine Angst. Geh und misch dich unter die anderen. Die Leute kennen dich, und sie werden Zutrauen fassen, wenn sie dich unter ihnen sehen.«

Sie sah ihm nach, wie er sich durch die Menge drängte, sich dann umdrehte und Hu ein Zeichen gab, mit dem Trommeln zu beginnen. Doch der Ruf nach Ordnung drang den Marschierern nicht an die Ohren. Sie unterhielten sich, flüsterten miteinander, und gelegentlich erhob sich Lachen unter ihnen. »Gib mir die Trommel«, sagte Schimmernde Jade.

Als außer dem Trommelgedröhn nichts weiter zu hören war, stellte sie sie beiseite und begann: »Bürger von Shanghai! Völker der Welt! Hört, und gebt acht auf das, was wir sagen! China erwacht, China ist vereint. China spricht mit einer Stimme. Studenten, Gelehrte, Bauern, Kaufleute, Arbeiter und Handwerker – Männer, Frauen und Kinder –, alle sprechen mit einer Stimme!«

Die Menge brach in Hochrufe aus.

Sollen sie doch Hochrufe ausbringen, dachte sie. Die Menschen müssen gehört werden. Ihr Blick schweifte über die Zuhörer. Hier und da erkannte sie unter den Versammelten ein bekanntes Gesicht.

»Bürger von Shanghai! Völker der Welt. Wir sind hier versammelt, um die Unabhängigkeit für uns zu verlangen und darauf zu bestehen, daß Versprechen gehalten werden, die feierlich gemacht und tückisch gebrochen wurden. Denen, die uns unterjochen, uns versklaven und uns erniedrigen, rufen wir zu: Hütet euch! Hütet euch!«

Die Menge wiederholte den Warnruf: »Hütet euch!«

»Hört auf unsere eine Stimme. Dort, wo viele unterschiedlichen Wegen folgten, steht heute ein Volk. Wir streiken um der Gerechtigkeit willen. Um der Gerechtigkeit in Versailles willen! Um der

Gerechtigkeit zu Hause willen! Um der Gerechtigkeit in den hohen beratenden Versammlungen der Regierung willen!
Man wird uns hören. Ihr, die ihr euch uns auf dem Pfad entgegenstellt, den wir rechtens gehen – hütet euch! Ihr, die ihr die Magna Charta geschrieben habt, die Unabhängigkeitserklärung, und die ihr einst Freiheit, Gleichheit, Brüderlichkeit gerufen habt, ihr, die ihr euch Demokraten und Diener des Volkes nennt – hütet euch! China erwacht. Solange es die gibt, die uns entehren, solange werden die Patrioten marschieren. Studenten werden nicht studieren, Arbeiter werden nicht arbeiten, und Kaufleute werden keinen Handel treiben, bis die Gerechtigkeit hergestellt ist.
Sollte das Land bis dahin stillgelegt werden – so geschehe es!
China erwacht! Hütet euch! Bald wird eine neue Woge kommen, eine Wiedergeburt, eine kulturelle Umwälzung. Hütet euch! Hütet euch!«
Jetzt waren die Hochrufe zu einer endlosen Woge angeschwollen, die sie mit vollkommener Freude erfüllte. Sie hatte ihre Aufgabe erledigt, und sie hatte es gut gemacht. Sie kletterte vom Karren herab, suchte sich, von den erregten Studenten hin- und hergestoßen, den Weg bis an den Rand der Menge. Dann hob sie die Trommel in die Höhe, schlug in gemessener Folge darauf ein und schritt voran. Die anderen folgten ihr. Eine Straße hinauf, die andere herunter. In den großen Durchgangsstraßen der Europäerstadt hallte es wider: »China, erwache!«
Plötzlich blieben die Marschierer stehen; vor ihnen stand eine Mauer aus Polizisten. Der europäische Hauptmann an ihrer Spitze schwenkte den Säbel und befahl den Studenten auseinanderzugehen, oder sie würden verhaftet.
»Verhaftet uns! Verhaftet uns!« schrie Schimmernde Jade. »Alle Patrioten ins Gefängnis!«
Die Menge nahm diesen Ruf auf.
Unsere Stimmen haben die Stärke eines Wirbelwinds, dachte sie. Die Polizei fing an, die Speerspitze einzukreisen. Aus dem Nirgendwo tauchte Entschlossener Geist auf und nahm sie beim Arm. »Komm, ich bring' dich hier raus.«
Sie schüttelte ihn ab. »Aber ich will nicht weg.«
»Ich habe deinem Onkel versprochen, dafür zu sorgen, daß dir nichts geschieht. Du mußt mit mir kommen.«
»Tue ich aber nicht.« Sie lächelte. »Bist du denn kein Patriot? Gehst du nicht mit ins Gefängnis?«

»Aber ich habe doch versprochen...«

»Sind wir beide nicht die Anführer dieses Demonstrationszuges? Wenn schon jemand ins Gefängnis geht, dann vor allem doch wohl wir.«

Einen Moment war er noch unentschieden. Dann warf er den Kopf in den Nacken, lachte laut heraus und nahm den Ruf auf: »Ins Gefängnis, alle Patrioten ins Gefängnis.«

Das Gefängnis war ein leerer Raum im Erdgeschoß der Nanking-Schule. Als man sie einschloß, brachen die Patrioten in Hochrufe aus.

Auf dem Boden hockend, plauderten sie, wechselten sich beim Geschichtenerzählen ab und sangen Lieder.

Am nächsten Morgen wurden die Türen aufgeschlossen und den Studenten gesagt, sie sollten nach Hause gehen.

Schimmernde Jade stand augenblicklich auf. »Ich gehe nicht, ehe nicht die Verräter in Peking bestraft sind.«

Entschlossener Geist erhob sich gleichfalls. »Ich gehe nicht, ehe nicht die Verräter in Peking bestraft sind.«

Einer nach dem anderen stand auf und schwor das gleiche. Und überall in China folgte man ihnen.

33. Mutter und Tochter

Wo immer das Individuum unterdrückt wird, wo immer sich gegen die Natur des Individuums vergangen wird, kann es kein schlimmeres Verbrechen geben. Das ist der Grund, warum die drei Familienbande unseres Landes – die zwischen Fürsten und Untertan, Vater und Sohn, Gatten und Gattin – abgeschafft werden müssen. Sie bilden zusammen mit der Religion, den Kapitalisten und der Autokratie die vier bösen Dämonen des Reiches.

Mao Tse-tung, Neue Volks-Studiengesellschaft, 1918

Frühlingsmond spähte durch das geöffnete Fenster auf die dämmerige Straße hinaus. Sie wartete. Mit der Entlassung des projapanischen Ministers hatten die Studenten triumphiert. Schimmernde Jade sollte heimkommen – nach einer Woche Gefängnis.

Einen Moment wünschte Frühlingsmond, Begabter Seher stünde neben ihr, obgleich der Hirtenstar ihr nichts verraten könnte, was sie nicht schon wüßte; Prophezeiungen ändern am Schicksal nichts, sie bestätigen es nur. Und kein Zeichen hätte in dieser Beziehung mehr verraten als die Weigerung von Schimmernder Jade, die Schule am zweiten Tag nach ihrer Verhaftung zu verlassen – nachdem von Edlem Talent und Erhabenen Winde alles Nötige in die Wege geleitet worden war. Sie hatte so mühelos nein gesagt, wie man dankend eine Tasse Tee ablehnt.

Jetzt, in der Rückschau, kam es Frühlingsmond vor, als ob es bereits eine ganze Reihe von Zeichen gegeben hätte. Zur Welt gekommen außerhalb der Höfe, in einer Zeit, da Damen ihre Ehre dadurch bewahrten, daß sie sich in Brunnen stürzten, und die Hanlin-Bibliothek in Flammen aufging. Zuerst von ihrem Zuhause in Peking vertrieben, dann vom Altar der Ahnen in Soochow. Wie sollte sie von ihrer Tochter erwarten, daß sie sich etwas aus ihrer *lao chia* mache, wo das Mädchen den Schatten der alten Zypresse nie kennengelernt und den Ruf der Getreuen Gefährten nie vernommen hatte?

Das Telefon klingelte. Festes Versprechen war augenblicklich im Zimmer. »*Wei, wei, wei?*« rief er in den Apparat hinein. Es folgte eine Pause. Dann: »Mir geht es gut, mein Neffe. Und dir?« Immer noch laut. Wieder Pause. »Ja, Sao Sao ist hier.«
Frühlingsmond stand auf. Sie lächelte den Jungen an. In den Wochen vor Beginn der Demonstrationen hatte Schimmernde Jade sogar ihn vernachlässigt, so oft war sie nicht zu Hause gewesen. Gestern abend hatte er zum ersten Mal nicht nach ihr gefragt, als jemand mit ihm beten sollte.
Sie nahm den Hörer und schickte den Jungen mit einer Handbewegung nach oben, sich zum Schlafen zu legen. »Erhabene Winde? Irgendwelche Neuigkeiten?«
»Ja. Wir hatten recht. Deine Tochter kommt heute nach Hause.«
Erleichtert seufzte sie auf.
»Es geht ihr bestimmt gut. Mach dir ihretwegen keine Gedanken. Im Grunde ist sie ein gutes Mädchen. Wenn sie erst einmal wieder zu Hause ist, wird sie schon auf die Stimme der Vernunft hören, du wirst sehen.«
Seine Stimme klang plötzlich wie die eines pflichtbewußten Sohnes.
Plötzlich meinte sie, weinen zu müssen, denn sie sah in Gedanken ihre Tochter in kurzen Haaren vor sich – und mußte daran denken, daß erwachsene Männer geweint hatten, als sie ihre Eltern um Verzeihung gebeten hatten, obwohl ihnen die Zöpfe mit Gewalt abgeschnitten worden waren. Sie hatte Schimmernde Jade an dem Tag, da sie das Haus verlassen hatte, nicht gesehen, und auch zwei Tage später nicht, als sie und Beherztes Talent vergebens draußen vor der Schule auf sie gewartet hatten. Aber sie hatte den Zopf aufgehoben und ihn in eine Schachtel weggelegt. Sie hatte gemeint, das tun zu müssen.
»Tante, ist auch alles in Ordnung mit dir?« Als ihr die Stimme versagte, sagte er: »Tante, ich komme sofort.« Damit legte er auf.
Wenige Minuten später war er an der Tür. Sie konzentrierte sich auf jedes Wort und jede Geste und führte ihn ins Wohnzimmer. »Wie du siehst, geht es mir gut.« Sie lächelte dankbar.
Er plauderte freundlich über Nichtigkeiten und beobachtete sie genau. Erst, als sie ihm Erfrischungen anbot, sagte er: »Ich sollte lieber gehen, ehe Schwester nach Hause kommt.«
»Bitte, noch ein paar Minuten, Erhabene Winde.« Sie machte eine Pause, versuchte, sich auf das zu konzentrieren, was sie beim Essen

zu sagen gedachte, ehe sie erfahren hatte, daß ihre Tochter nach Hause kommen würde.

»Erhabene Winde, hat sich in deinen Plänen in bezug auf dieses Haus irgend etwas geändert? Es ist jetzt über ein Jahr her, daß wir eingezogen sind, und das ist doch gewiß lange genug, um sich darüber klarzuwerden, ob es sich bei der Investition um eine lohnende Sache handelt oder nicht. Man hat mir vor kurzem eine Stellung als Lehrerin in Soochow angeboten, und ich könnte ohne weiteres wieder in den Höfen wohnen. Schimmernde Jade ist jederzeit in der Mission willkommen und kann dort wohnen. Du brauchst keine Angst zu haben, du würdest uns Ungelegenheiten bereiten.«

Er starrte an ihr vorbei. »Nichts hat sich geändert. Meine Pläne sind immer noch genauso wie vorher.«

»Ich hingegen vermute schon seit geraumer Zeit, daß hier weder ein Bahnhof noch eine Fabrik gebaut werden wird. Du solltest das Haus verkaufen und noch einmal ganz von vorn anfangen.«

Erhabene Winde schüttelte bedächtig den Kopf, als wollte er nicht einmal ihre Worte hören, geschweige denn, sie ernsthaft in Erwägung ziehen.

»Bitte«, drängte sie sanft. »Hör dir an, was ich zu sagen habe.«

»Tante, ein guter Geschäftsmann sieht immer Möglichkeiten, die sonst kein Mensch erkennt. Ich werde schon noch Profit daraus schlagen. Das hier ist keine Sache, die binnen einen Jahres oder auch mehrerer Jahre entschieden werden kann. Ich habe keine anderen Pläne. Ich kann es mir leisten zu warten.«

»Bist du sicher, daß es auch klug ist zu warten?«

»Ja.« Seine Stimme klang ganz leise, als spräche er mit sich selbst. »Genau das habe ich vor. Ich bin entschlossen, so lange zu warten, wie ich warten muß.« Er steckte sich eine Zigarette an. Nach ein paar Zügen drückte er sie aus. »Tante, du mußt mir helfen.«

»Ich kann dir helfen, indem ich von hier fortgehe und dich zwinge zu verkaufen... Erhabene Winde, ich sehe keinerlei Anzeichen dafür, daß sich etwas ändert. Ich fürchte, du hast einem Traum nachgehangen.«

»Was schadet es, Träumen nachzuhängen, meine Tante? Seit ich – ein zerlumptes kleines Waisenkind mit einem Empfehlungsbrief von meiner verstorbenen Mutter in der Hand – am Tor des Hauses Chang anklopfte, habe ich davon geträumt, eines Tages reich zu

sein. Dieser Traum ist wahr geworden. Kein Mensch hätte das damals für möglich gehalten. Doch wer wollte es denn heute abstreiten?«
»Schon richtig, aber diesmal...«
»Ist es das gleiche.«
Es folgte eine lange Pause. Als sie wieder sprach, waren die Worte auch für sie selbst bestimmt. »Ein Wirklichkeit gewordener Traum im Leben heißt, schon reichlich von den Göttern bedacht zu sein. Träume weiter, und du wirst enttäuscht werden. Ich bin älter als du, ich weiß, daß es Dinge gibt, an denen nicht einmal die Götter etwas ändern können...«
»Sie können das Herz des Menschen nicht ändern.« Er war es, der ihren Gedanken zu Ende führte.
In der Ferne hörten sie Feuerwerkskörper knattern, wie Lachen, an das man sich erinnert, wenn das Glück längst vergangen ist.

Zwei Stunden, nachdem die Demonstranten die Schule verlassen hatten, stand Schimmernde Jade auf der Straßenkreuzung und sah Entschlossenen Geist und Hu Richtung Teehaus der Verlorenen Flöte abmarschieren, wo Streikführer über ein Lese- und Schreiblernprogramm für Arbeiter diskutieren wollten. Alle paar Schritte drehte der Bauer sich um und winkte und lächelte, als wollte er ihr versichern, daß alles gut werden würde. Sie hatte mit ihnen gehen wollen, doch Entschlossener Geist hatte darauf bestanden, daß sie das nicht tat. »Ein Mutterherz ist etwas sehr Zerbrechliches. Außerdem bin ich dafür verantwortlich, daß du die ganze Woche von zu Hause fort gewesen bist. Gib deiner Familie keine Veranlassung, mich für völlig vertrauensunwürdig und treulos zu halten, bitte, ja?« Sie hatte sich einverstanden erklärt. Jetzt, wo sie ihre Freunde allein weitergehen sah, war sie sich nicht mehr ganz so sicher. Was machte ein weiterer Nachmittag schon aus? Daß ihre Mutter wütend war, war ohnehin nicht zu ändern. Langsam drehte sie sich um und ging die Rue Flaubert hinauf. Jeder Schritt war für sie eine Qual.
Als sie die Vordertür aufmachte, saß Frühlingsmond am Fenster, starrte sie an und doch durch sie hindurch. Mutter erkennt mich nicht, dachte sie. Vorsichtig näherte und verneigte sie sich.
Frühlingsmond erhob sich. »Geht es dir gut?«
»Es geht mir gut, Mutter. Ich habe mich niemals besser gefühlt.«
»Du bist zu dünn. Was hast du zu essen bekommen? Aber gleichviel

– ich habe dem Koch gesagt, er soll ein paar Sachen bereitstellen...«
Wie sollte sie essen! »Mutter, ich habe keinen Hunger, ich...«
Frühlingsmond verzog die Nase. »Wonach riechst du?«
»Mutter, das bildest du dir ein. Vielleicht sind es die Knallfrösche, die du riechst. Wir haben zur Feier des Tages eine ganze Menge losgelassen.«
Ihre Mutter hörte ihr nicht zu, sondern streckte die Hand aus und nahm ihr die Mütze ab, die sie immer noch aufhatte. Während sie ihr über das kurze Haar strich, sagte Frühlingsmond: »Nicht besonders sorgfältig gemacht – aber es steht dir. Du siehst...«
»Ach, also doch mein Haar.« Schimmernde Jade entzog sich ihrer Hand. »Weißt du denn nicht, daß das ganze Land dabei ist aufzuwachen? Es weht ein neuer Geist der Einheit und der Wind einer neuen Entschlossenheit. Dieser Marsch war erst ein Anfang. Heute drei Minister in Ungnade, morgen...«
»Tochter!« Frühlingsmonds Stimme hatte etwas Gebieterisches. »Tochter, begreifst du denn nicht, was für Sorgen ich mir gemacht habe?«
Ungeduldig schüttelte Schimmernde Jade den Kopf. »Ich habe dir doch gesagt, daß es mir gut geht. Meine Rede war ein großer Erfolg.« Sie hielt einen Moment inne. Als ihre Mutter nicht reagierte, fuhr sie rasch fort: »Und selbst vor der Ansprache habe ich mich schon bewiesen. Ein Händler in der Laternengasse weigerte sich, sich dem Streik anzuschließen, und behauptete, es würde ihm Unglück bringen. *Hwen tan!* Aber selbst er hat sich uns angeschlossen, als ich vor ihm Kotau machte...«
Ihre Mutter versteifte sich, als hätte eine eisige Hand sie geschlagen. »Du hast *was* getan?«
Schimmernde Jade zögerte. Warum hatte sie ihr das gesagt? Ursprünglich hatte sie das nicht vorgehabt. Jetzt war es zu spät. »Ich habe gesagt, ich hätte Kotau gemacht...«
Frühlingsmonds Gesicht war ausdruckslos; kein Licht war in ihren Augen, keinerlei Begreifen. Die Mütze in ihrer Hand fiel zu Boden. Schimmernde Jade beugte sich nieder, um sie aufzuheben, und legte sie dann auf den Tisch.
Obwohl sie ihre Mutter überragte, hatte sie das Gefühl, kleiner und immer kleiner zu werden, bis sie so winzig war wie ihr Spiegelbild im Auge ihrer Mutter. Dann packte sie das Schweigen zwischen ihnen wie eine Faust. Sie wagte nicht, sich zu bewegen.

Und als Frühlingsmond schließlich sprach, war es nicht die Stimme ihrer Mutter, die sie hörte.
»Niemals, meine Tochter«, erklärte sie langsam, »nie wieder wirst du zu Füßen eines Fremden auf den Knien liegen und den Boden mit der Stirn berühren. Durch eine solche Tat hast du unsere ganze Familie gedemütigt. Durch solches Tun beschmutzt du den guten Namen, den unsere Ahnen uns hinterlassen haben.«
»Ich wollte nicht respektlos sein.«
»Du lügst! Wie kannst du es wagen, mich anzulügen?«
Nie zuvor hatte Schimmernde Jade es erlebt, daß ihre Mutter die Beherrschung verloren hatte. Und selbst jetzt blieb der Zorn nur so lange zu erkennen, wie ein Blitzschlag braucht, um herniederzufahren. Frühlingsmond riß sich zusammen, und als sie sprach, war sie ruhig. Zu ruhig. »Tochter, wir knien nur vor unseren Eltern und vor unseren Ahnen nieder, und zwar aus tiefer Verehrung und Achtung heraus. Hast du nicht einst einen Aufsatz darüber geschrieben, wie böse es sei, vor Götzenbildern niederzuknien? Und jetzt kniest du schon vor einem niedrigen Händler! Jeder Gott ist in den Augen derer, die ihn verehren, würdiger.«
»Aber ich bin nicht niedergekniet, um anzubeten oder zu verehren, Mutter«, hielt sie ihr entgegen. »Ich bin niedergekniet, um meine Aufrichtigkeit zu zeigen.«
»Du bist niedergekniet, um deinen Willen durchzusetzen. Du hast ganz genau gewußt, daß vor Fremden Kotau zu machen, etwas Unerhörtes ist, ein Akt der Unterwerfung. Wie kannst du es nur wagen, mit deiner Verachung für die, die wir verehren, auch noch großzutun? Wo bleibt deine kindliche Ergebenheit? Wenn die dahin ist – was bleibt dann noch?«
Schimmernde Jade sagte nichts.
»Was bleibt dann noch, frage ich dich, Tochter?«
Und wieder schwieg sie.
Ein drittes Mal verlangte ihre Mutter zu wissen: »Antworte mir: Wenn die kindliche Ergebenheit dahin ist – was bleibt dann noch?«
Zorn über die Ungerechtigkeit wallte in ihr auf, würgte sie. Sie brachte es einfach nicht länger fertig, ihn hinunterzuschlucken. Bewußt begann sie: »Wenn die kindliche Ergebenheit dahin ist, bleibt...« – sie hielt inne, zielte genau, benutzte dieselben Worte, die ihe Mutter einst in einer Droschke benutzt hatte – »ein ›Mensch von Charakter‹.«

Frühlingsmond rührte sich nicht. Das Schweigen im Raum lastete genauso schwer wie das Dunkel vor einer Schlacht bei Tagesanbruch.
Schließlich sagte die Mutter: »Wenn die kindliche Ergebenheit dahin ist, kann es keine Familie mehr geben. Wenn die Familie dahin ist, kann es keine Zivilisation geben. Wenn die Zivilisation dahin ist, ist der Mensch nicht besser als das Tier.« Sie richtete sich auf. »Und ich, die ich dir Leben gegeben habe, lasse nicht zu, ein Tier zur Tochter zu haben. Knie nieder, Kind, knie nieder!«
Nein! schrie Schimmernde Jade stumm. Das darfst du nicht! Du darfst mich nicht so etwas tun lassen. Einen Moment dachte sie, sie würde sich umdrehen und fortlaufen. Doch dann gaben unerwartet die Beine unter ihr nach, und sie sank auf die Knie wie ein Drachen, der entzweigegangen ist.
Aber noch während sie kniete, tat sie einen Schwur. Dies hier würde ihr letzter Akt des Gehorsams sein, das letzte Mal, daß sie ein Kind war. Sie würde nicht mehr knien: weder vor ihrer Mutter noch vor älteren Verwandten, noch vor ihnen Ahnen.
Die Blicke der beiden Frauen begegneten sich. Frühlingsmond sah müde aus, als hätte sie seit Tagen nicht geschlafen. Aber es spielte keine Rolle. In Schimmernder Jade war die Härte, die entsteht, wenn Zorn kalt wird, stark wie Stahl. Die Mutter streckte die Hand aus, um der Tochter beim Aufstehen zu helfen. Wortlos stiegen sie die Treppe hinauf.

In dieser Nacht wurde Schimmernde Jade vom Geräusch des Weinens wach und eilte in Festen Versprechens kleine Kammer. Das Kind schlief. Leise schloß sie die Tür und ging zur nächsten. Lange stand sie da und rief sich alles in die Erinnerung. Es war eine wunderschöne Droschke, fast neu, mit Ledersitzen und einem Schimmel davor.
»Wohin fahren wir, Mutter?«
»In die Schule.«
»Wie lange?«
»Sechs Jahre.«
Welch eine lange Zeit, hatte sie damals gedacht, welch eine lange Zeit! Ohne Vater, ohne Mutter. Wie das Waisenkind Erhabene Winde.
Sanft hatte ihre Mutter ihr die Tränen abgetupft.
Sanft klopfte Schimmernde Jade an und trat ein.

34. Der Antrag

Wer würd's raten, wer würd's raten,
Eines armen Mannes Karren,
Voll mit Tränen beladen...
Wahrhaftig, Haß, an einem Tag geboren,
Braucht tausend Jahre, um zu sterben.

T'ien Chien, um 1950

Es war der erste Tag der Vierzehn Tage des Regenwassers und einen Mond vor der Forsythienblüte, doch hatte die Brise, die vom Wasser her wehte, schon etwas vom Frühling, als Schimmernde Jade rasch die Woosung-Pier entlang auf das Flußboot zueilte. Die beiden leeren Körbe, die sie trug, benutzte sie als Schilde und bahnte sich auf diese Weise den Weg zwischen Bettlern, Rikschas und Körben voll mit Hühnern und Schweinen, die auf der Pier umherstanden. Ab und zu, wenn sie durch die Menschenmassen dennoch gezwungen war stehenzubleiben, beobachtete sie die Bettlersfrauen, die den Schiffsrumpf von neu eingetroffenen ausländischen Schiffen mit Körben am Ende von Bambusstangen bearbeiteten und um Münzen bettelten. Ihnen vor die Brust oder auf den Rücken geschnallt: die hungrigen Kinder Chinas.

An einer Pier, wo gerade ein Schiff von den Philippinen anlegte, kämpften Kulis um einen Platz, denn jeder wollte der erste sein, der an Bord sprang und sich dort festhielt, übers Deck lief und vielleicht eine Stellung ergatterte. Die Passagiere standen an der Reling und sahen zu, als wäre es ein sportlicher Wettkampf, bei dem sie dem einen oder dem anderen aufmunternd zuriefen. Die Jungen und Wendigen schafften den Sprung mit Leichtigkeit, doch war es noch gar nicht lange her, da hatte sie gesehen, wie einer von den älteren Männern dabei in den Tod gesprungen war. Er war von einem Stapel Kisten heruntergesprungen, war ausgerutscht und auf dem Rand des Schiffes aufgeschlagen. Die von Hunger entkräfteten

Finger hatten ihn nicht halten können. Im Handumdrehen war er verschwunden gewesen, und ein anderer hatte seinen Platz eingenommen.

Niemand aus der Familie wußte von den Ausflügen an den Fluß, die Schimmernde Jade unternahm, ja, hatte auch nur die geringste Ahnung von dem, was sie hierher nach Woosung trieb. Seitdem sie ihnen getrotzt hatte und im Schulgefängnis geblieben war, hatte sie einiges von ihrer politischen Arbeit selbst vor Jungem Großonkel geheimgehalten. Hatte er nicht versucht, ihre Freilassung zu betreiben, bevor ihre Ziele erreicht worden waren, und hatte er nicht gesagt: »Du bist schließlich ein Mädchen«? Und später, als die Streiks gedroht hatten, auf die Konzessionen überzuschwappen und selbst die Ausländer eine Zensur eingeführt hatten – hatte er sich da nicht geweigert, ihren Artikel über die *compradores* zu veröffentlichen und erklärt, die Händler würden gekränkt sein?

Insgeheim hatte sie eine Vervielfältigungsmaschine angeschafft – das Geld hatte sie von Erhabene Winde – und diese in einem Hinterzimmer des Speichers versteckt, wo Entschlossener Geist als Nachtwächter arbeitete. Dort druckte sie jetzt zusammen mit Hu die Ansichten der Studentenunion und ihre eigenen Aufsätze sowie Hus Marx-Übersetzungen. Einen Tag über den anderen schaffte sie die verbotenen Schmähschriften nach Woosung, wo ein junger Student an einem Fischstand am Markt auf sie wartete und sie ihr abnahm. Er wiederum gab sie an andere weiter und diese wieder an noch andere, bis die Blätter die ganze Küste entlang erreichten.

Heute war der Student nicht am Treffpunkt gewesen und hatte sich verspätet. Als sie jetzt wieder an Bord des Flußbootes ging, bat sie, daß sie gleich ablegen sollten. Sie durfte nicht zu spät zur Versammlung der Studentenunion kommen. Der taube, alte Bootsmann, der sie hin- und herfuhr, verstand sie offenbar nicht, denn er verneigte sich nur und sagte: »Mit Eurem Besuch alles geklappt, Junge Herrin? Zu schade, so überfüllt. Zu schade.«

Ungeduldig wiederholte sie ihren Befehl, lauter diesmal, und ging nach vorn, um ihren Platz einzunehmen, ehe er wieder losplappern konnte.

Der alte Mann sagte jedesmal das gleiche. Jedesmal, wenn sie an den japanischen Mühlen vorüberkamen, spuckte er ins Wasser und fluchte: »*Aija!* Nichts weiter als eine Büffelherde, die Rauch und Ruß furzt!!« Jedesmal, wenn sie durch die auf dem Wasser treibenden Abfälle hindurchfuhren, schöpfte er eine Handvoll heraus und

sagte: »*Aija!* Nichts weiter als Bananenschalen zum Abendessen für mich.«
Sie hatte keine Zeit für dieses müßige Geplauder. Sie war mit ihren Gedanken bei der Liste von Dingen, die noch getan werden mußten. Muß wegen dem Arzt für Schwester Su unbedingt mit Miß Clayton sprechen. Schwester Su hatte sich aus lauter Angst, daß das Kind sie ihre Stellung kosten würde, ein Eßstäbchen in den Unterleib gerammt. – Muß unter den Studenten mehr Freiwillige werben, die den Frauen in den Seidenspinnereien lesen und schreiben beibringen. – Muß die Liste der unpatriotischen Geschäftsleute auf den letzten Stand bringen und veröffentlichen. Entschlossener Geist und seine Freunde konnten nicht vor sämtlichen Firmen, die zu Klagen Anlaß gaben, protestieren. Wenn man die Liste veröffentlichte, half das vielleicht, jene Firmen zu boykottieren, die auch weiterhin japanische Waren verkauften.
»Herrin, festhalten!« rief der Bootsmann. »Ausländischer Dampfer kommt näher.«
Sie nickte und hielt sich fest, als das kleine Boot im Kielwasser des Dampfers wie wild ins Schaukeln geriet. Ärger und Zorn wallte in ihr auf.
Änderte sich denn nie etwas? Hatte sie denn nichts anderes getan als ins Wasser gespuckt, wie der alte Bootsmann? Vielleicht hatte Junger Großonkel recht. »Ihr mit euren Schulmädchendemonstrationen erreicht doch nichts!« beschwerte er sich zunehmend. »Es hilft überhaupt nichts, solange ungleiche Verträge bestehen, solange die Militärbefehlshaber weitermachen wie die Banditen und sich untereinander um eine Scheibe China schlagen wie die Ausländer. Wir sind auf die Unterstützung der Kaufleute angewiesen, wenn wir die Ausländer bekämpfen wollen. Dränge die Chinesen aus dem Geschäft, und die Japaner übernehmen es. Immer erst erkennen, was am wichtigsten ist, Großnichte! Nie den zweiten Schritt vor dem ersten tun! Ich bin länger bei der Revolution als du.«
Aber genau das war es, was Hu meinte, wenn er fragte: »Was für eine Revolution? Sun Yat-sen ist ein Witzbold. Was haben seine jährlichen Revolutionen für diejenigen bewirkt, die keinen Reis zum Essen haben? Man mache sich mit den Kaufleuten gemein, und man ist nicht besser als die untereinander kriegführenden Generäle.«
»Herrin?« rief der Bootsmann und zeigte auf die alten Befestigungsanlagen am Ufer. »Herrin?«

Sie seufzte: »Ja, ja, ja,... ich sehe.«
»Vielleicht glaubt Ihr es nicht, Herrin, aber ich habe einst einen langen Rock getragen und bin über die Festungswälle marschiert...«
Sie nickte wie geistesabwesend und kehrte zu ihren eigenen Gedanken zurück. Einzig Entschlossener Geist machte sich nie über ihre Bemühungen lustig, machte sie nie klein. Und es war auch nichts, was sie vorschlug, zu schwierig für ihn. Brauchte sie zwanzig Mann – er schaffte sie herbei. Brauchte sie Informationen – er beschaffte sie. Wiewohl er ein großer Mann war, schien er anderen das Bedürfnis einzuflößen, ihn in Schutz nehmen zu müssen.
Sie lieben ihn, so wie er sie liebt, dachte sie. Plötzlich lächelte sie. Ihr erster Eindruck war doch richtig gewesen. Gemeinsam konnten der Bauer und die Enkelin des Hanlin Großes vollbringen. Kein Mensch konnte seine Herzensgüte und ihren Eifer leugnen.
Die Sonne stand schon dicht überm westlichen Horizont, als das Flußboot Shanghai erreichte. Schimmernde Jade stieg aus, als es noch gar nicht fest vertäut war, und eilte durch die vielen Menschen auf dem Bug zur Kreuzung Nanking Road. Plötzlich kreischten Bremsen, ein Schrei. Sie blickte zurück. Vorübergehende eilten an die Unglücksstätte. Obwohl es schon spät war, zog irgend etwas sie gleichfalls dorthin.
Als sie sich bis in die erste Reihe vorgearbeitet hatte, waren bereits ein paar Sikh-Polizisten eingetroffen und hielten die Neugierigen zurück. Eine schwarze Limousine war auf den Bürgersteig gerutscht. Neben dem Automobil stand ein Ausländer mit dickem Schnurrbart und wischte sich die Stirn. Einer der Sikhs, ein Sergeant, salutierte. »Ich habe alles gesehen, Sir. Der Trottel ist Ihnen direkt in den Weg gelaufen.« Er sprach englisch.
»Ich habe ihn nicht gesehen!« rief der Ausländer. »Ich habe ihn nicht gesehen.« Amerikaner, dachte sie. Sie drängte sich auf die andere Seite des Wagens und drängelte sich vor. Der alte Bootsmann lag, alle viere von sich gestreckt, auf dem Kopfsteinpflaster. Ihre beiden Körbe lagen unversehrt neben ihm.
Die beiden Männer näherten sich dem Leichnam. »Wer war er?« fragte der Ausländer und wandte sich mit bleichem Gesicht ab. Er lehnte sich gegen den Wagen.
»Niemand«, sagte der Sikh. »Nur ein Kuli.«
»Armer, gelber Hund!« Der Ausländer schüttelte den Kopf. »Was soll ich tun?«

»Das bringen wir schon in Ordnung. So, wie er aussieht, haben Sie ihm geradezu einen Gefallen getan.«
Der Ausländer griff nach seiner Brieftasche und nahm eine Handvoll Scheine heraus. »Vielleicht hilft das.«
»Behalten Sie das, Sahib. Das geschieht alle Tage. Sie sollten jetzt weiterfahren.« Mit einer Handbewegung forderte er einen seiner Untergebenen auf: »Begleite den Herrn. Sorg dafür, daß er sicher dorthin gelangt, wo er hin will.« Mit seinen Leuten drängte der Sikh die Schaulustigen zurück und machte die Straße vor dem Auto frei. Eine Weile sahen sie hinterher und brummelten etwas in sich hinein, dann gingen sie langsam auseinander.
Die Körbe! Sie schoß auf sie zu. Andere desgleichen. Einen der Körbe entrang sie einem Gassenjungen. »Der gehört mir!« schrie sie, ohne zu wissen, warum. »Der gehört mir!« Das Kind ließ den Korb fahren und war gleich darauf verschwunden.
Der andere Korb war nicht mehr aufzufinden. Der andere wertlose Korb. Wertlos für sie, doch nicht für den Bootsmann. Er hatte sein Leben dafür gelassen – für sie. Jetzt klammerte sie sich an den Korb, als ob sie damit dafür sorgen könnte, daß er trotz allem doch nicht umsonst gestorben war.
Sie hatte ihm nie gesagt – auf keiner ihrer gemeinsamen Fahrten –, daß sie sich sehr wohl vorstellen könne, wie er früher war: als Offizier im Dienst des Kaisers, wie er – angetan mit einem langen Rock und bunten Federn im dicken Zopf – das Tor zum Reich der Mitte bewacht hatte. Oder ob das nur ein Traum von ihm gewesen war?
Plötzlich fühlte sie sich sehr schwach und strebte einem Laternenpfahl an der Ecke zu. Sie lehnte sich dagegen und beobachtete, wie der Leichenwagen näher kam. Als der wieder abfuhr, waren Männer mit Schläuchen dabei, das Pflaster abzuspritzen und von Blut zu reinigen.
Sie wandte sich ab und ging ziellos die Nanking Road hinauf. Sie versuchte, sich den Bootsmann im Himmel vorzustellen. Statt dessen sah sie ihn auf dem Leichenwagen vor sich, immer noch blutend.
Er hatte nicht an Jesus geglaubt, hatte Götzenbilder angebetet. Er würde nie die Erde erben, dieser gute Mensch, der hinter ihr hergelaufen war, um ihr zwei strohgeflochtene Körbe nachzutragen. Millionen wie ihn gab es, zu arm, sich auch nur ein Hemd zu kaufen, zu schwach, um zu kämpfen.

Warum, Herr, warum? Immer und immer wieder stellte sie diese eine Frage. Und nie erhielt sie eine Antwort.
Die Dunkelheit war bereits hereingebrochen, als sie endlich in der Missionsschule eintraf. Seit Beginn der Demonstrationen war sie nicht mehr hiergewesen. Schon wollte sie hineinlaufen, als ein Wächter – ein neuer – sie aufhielt.
»He, du gehörst nicht hierher!«
»Ich möchte Miß Clayton sprechen.«
»Nicht hier«, erklärte er wortkarg. »Ist ins Innere gereist.«
»Aber ich muß sie unbedingt sprechen.«
»Nächste Woche. Kommt nächste Woche wieder.«
Sie wandte sich ab und ging ein paar Schritte zur Kirche hinüber. Die Kerzen auf dem Altar brannten. Sie setzte sich in die vorderste Bankreihe, um zu beten. »Vater unser, der Du bist im Himmel, geheiliget werde Dein Name, Dein Reich komme, Dein Wille geschehe, im Himmel wie auf Erden...« Sie hielt inne und begann von neuem: »Vater unser...« Ihr war, als müßte sie an den Worten ersticken. Gott kannte ihren Kuli nicht. Armer gelber Hund! Nur ein Chinese!
Die Tür ging auf und wieder zu, und ein Schwall kühler Nachtluft kam herein. Sie zitterte, lauschte auf die Schritte, die sich ihr näherten und auf der anderen Seite des Ganges verhielten.
»Vater unser, der Du bist im Himmel...« murmelte ein Mann. Sie wandte den Kopf und starrte ihn an.
»Und vergib uns unsere Schuld...« fuhr er fort.
Selbstverständlich mußte es so sein, dachte sie. Gott würde diesem Christen, diesem Ausländer vergeben. Schimmernde Jade stand auf und ließ den Betenden zurück.

Mitternacht war bereits vorüber, als sie vor dem Haus Nummer 42 in der Rue Flaubert stand. Im Zimmer ihrer Mutter brannte noch Licht.
Ein Wagen rollte heran und hielt neben ihr. »Schimmernde Jade, wo bist du gewesen?« Erhabene Winde hielt die Tür auf. »Steig ein! Steig ein!«
Sie gehorchte.
»Was hast du denn nur?« Er legte den Arm um sie. Sie wehrte sich nicht. »Ich habe deiner Mutter gesagt, du wärest bei mir. Sie hat dich zum Abendessen zurückerwartet und dann bei mir angerufen. Und seither habe ich hier auf dich gewartet.«

Endlich flossen die Tränen.
»Was ist geschehen? Warum weinst du?«
Sie sagte nichts. Wie sollte sie erklären, daß sie um einen alten Bootsmann weinte? Daß sie um die Tochter ihrer Mutter und um die Schülerin von Miß Clayton trauerte und – jetzt, wo er sie im Arm hielt – um das Mädchen im Drachenboot? Er flüsterte immer wieder ihren Namen und hielt sie eng an sich gedrückt, bis sie nicht mehr weinte. Als sie sich immer noch nicht bewegte und nicht sprach, küßte er sie heftig, als fürchtete er, sie könnte verschwinden, als könnte nur seine Leidenschaft sie festhalten.
Er kannte sie gut. Es stimmte, sie würde gehen. Vielleicht nicht dies Jahr, vielleicht nicht einmal nächstes Jahr. Aber sie würde gehen. Einen Moment klammerte sie sich an ihn, war nichts von Bedeutung außer dem Verlangen, dem sie solange nicht nachgegeben hatte. Doch als sie sich voneinander lösten, sah sie in seinen Augen ein solches Glück und soviel Hoffnung, daß es sie augenblicklich ernüchterte. Behutsam berührte sie mit den Fingerspitzen seine Lippen, schüttelte den Kopf und flüsterte: »Schluß jetzt! Schluß jetzt!« Dann entwand sie sich seinem Griff und glitt zum Wagen hinaus. Er rief hinter ihr her, doch sie trat zurück.
Für einen Moment stand sie halbwegs zwischen Auto und Haus im Mondlicht und blickte zu dem erleuchteten Fenster empor, als wollte sie sagen: Mutter wartet. Dann lief sie den Rest des Weges. Er fuhr erst ab, nachdem er sie sicher im Haus wußte.
Leise machte sie die Tür zu und dachte wieder daran, daß sie gehen sollte. Sie durfte sie nicht hoffen lassen, ihnen nicht immer wieder das Herz brechen. Nur einmal.
Erst Tage später fiel ihr der Korb wieder ein. Sie hatte ihn auf dem Boden des *Pierce Arrow* stehenlassen. Was für einen Sinn hatte es, danach zu fragen?
Ein paar Wochen später, an einem Tag, da die Narzissen den Bund entlang blühten und die Dünste von Himmel und Erde im Einklang miteinander zu stehen schienen, marschierten Schimmernde Jade und Entschlossener Geist munter auf das Verlagsgebäude der ›New China‹ zu und bahnten sich den Weg durch die nachmittäglichen Kauflustigen auf der Foochow Road. Kurz vor der Ecke Pearl Street war die Menge so dicht, daß sie nicht weiterkamen. »Ein Unfall?« fragte sie ungeduldig und blickte zu ihm auf.
Grinsend schüttelte er den Kopf. »Nur ein Straßenhändler.«
»Nur ein Straßenhändler?«

Er nickte, um dann zu feixen. Da sie keine Ahnung hatte, warum er das tat, fing auch sie an zu lachen. Als sie sich beide endlich wieder faßten, fragte sie: »Was war denn so komisch?«

»Würdest du Haarwasser von einem Straßenhändler mit Glatze kaufen?«

Als sie wieder lachte, wußte sie plötzlich, daß sie nun lange genug gewartet hatte. »Komm mit, hier entlang!« sagte sie, schoß in eine schmuddelige Seitenstraße hinein und bedeutete ihm, ihr zu folgen. Sie führte ihn bis zu der kleinen Teestube ›Nachtigallen-Wimper‹, wo sie wohl keinen treffen würde, den sie kannte, wie sie aus Erfahrung wußte. Die alten Männer, die jeden Tag in der Teestube hockten, rauchten oder Mah-Jongg spielten, blickten auf und runzelten – ungehalten über die Störung – die Stirn, während der rundliche Besitzer aus dem Hinterzimmer herbeigeeilt kam und die Platte eines leeren Tisches sauberwischte. »Hier, bitte!« Er lächelte und verneigte sich, als die beiden jungen Leute sich setzten.

»Junge Herrin, Junger Herr, was darf ich euch bringen – Wolkendunsttee? Erlesenste Qualität, gepflückt von den emsigen Affen auf den höchsten Gipfeln von Kiangsi und getränkt mit dem Tau aus dem Herzen von tausend Lotusblüten.«

»Dein billigster wird gut sein«, sagte sie, ehe Entschlossener Geist etwas sagen konnte.

Der Besitzer seufzte und verschwand kopfschüttelnd in der Küche, während die alten Männer wissend nickten, bis einer *p'ung* rief und damit die Aufmerksamkeit der anderen wieder auf sich lenkte.

»Warum sind wir hierhergekommen, Junge Herrin?«

»Junge *Schwester*«, verbesserte sie ihn wieder. »Weißt du nicht mehr? Wir hatten das abgemacht!«

Lächelnd schlug er sich gegen die Stirn und nannte seinen Kopf leer wie eine Trommel.

»Du sollst nicht so von dir reden!«

Er zuckte mit den Achseln. »Du hast meine Frage nicht bean...«

Der Teestubenbesitzer war wieder da, stellte vor jeden von ihnen eine Schale nachlässig aufgebrühten Tee hin. Braune Teeblättchen schwammen auf dem lauwarmen Wasser. Entschlossener Geist schien das nicht zu stören. Die Ellbogen auf den Tisch gestützt, spähte er in die Schale und blies die schwarzen Blättchen sanft auf den Grund. Schimmernde Jade schob die ihren auseinander und überlegte zum ersten Mal, wie er wohl auf den Vorschlag reagieren würde, mit dem sie sich schon seit Wochen herumplagte. Der Plan war folgerichtig. Nur war es ihr bisher nicht in den Sinn gekommen, daß von seiner Seite aus Einwände kommen könnten.

»Älterer Bruder...« Plötzlich war ihr die Kehle trocken, und sie griff nach der Teeschale. »Älterer Bruder«, begann sie noch einmal, »obgleich wir jetzt schon über ein Jahr lang zusammenarbeiten, haben wir uns bisher noch nicht ein einziges Mal persönlich unterhalten. Trotzdem habe ich das Gefühl, wir kennten uns sehr gut. Bist du nicht auch dieser Meinung?«

Er lächelte wieder. »Ja, wir sind immer einer Meinung.«

»Und wir sind immer die besten Freunde?«

Er errötete und nickte.

Sie wartete, er werde noch etwas sagen, doch wich er ihren Augen aus und starrte statt dessen auf das Vogelbauerregal, auf dem die alten Männer ihre Lieblinge, die sie ausführten, abgesetzt hatten.

Es hatte keinen Zweck. Sie mußte direkt werden.

»Mein Bruder?«

»Ja?«

»Was hältst du wirklich von mir?«

Wieder errötete er, senkte die Augen und schlürfte seinen Tee.

»Bitte, sag es mir.«

»Menschen wie ich verstehen sich nicht so gut aufs Reden. Warum mußt du fragen?«

»Ich muß es wissen.«

Er trank wieder. Sie legte die Hand über die Teeschale.

»Bitte, was hältst du wirklich von mir?«

»Ich meine... ich meine, daß...« Er räusperte sich.

»Ja?«

»Ich meine, Junge Schwester, ich könnte für dich sterben.«

Sie seufzte. Sie hatte recht gehabt. Er würde sie heiraten. Und sobald sie verheiratet war, war sie sicher. Dann gab es kein Zurück mehr.

»Älterer Bruder, ich möchte aber nicht, daß du für mich stirbst.«

»Ich meine...« Er zog mit dem Daumennagel eine Linie übers Holz. »Warum fragst du solche Sachen? Ich muß ja erröten wie das Hinterteil von einem dieser teepflückenden Affen.«

»Aber du hast doch gesagt, wir seien in allem einer Meinung.«

»Was die Streiks betrifft und die Ausländer und solche Sachen. Aber in allem anderen sind wir doch alles andere als gleich.«

»Du meinst, weil ich die Enkeltochter eines Hanlin bin und du der Sohn eines Bauern?«

Er nickte. »Du kannst englisch lesen und schreibst Schriftzeichen schneller als ich sie aufsagen kann. Das einzige im Haus meines Vaters, was der Anzahl der Bücher in dem deines Vaters gleichkommt, sind Flöhe. Deine Ahnen sind alle gelehrte Leute. Ich bin der erste in meiner Familie, der auch nur seinen Namen schreiben kann.«

Im Geiste sah sie den Altar in der Ahnenhalle in Soochow vor sich; seine Angehörigen standen daneben, schienen nicht recht dazuzugehören. Rasch tat sie diese Vorstellung ab. »Du begreifst nicht. Der Platz, an den ich gehöre, ist nicht neben meiner Mutter und nicht bei meiner Familie. Der Platz, wo ich hingehöre, wird von der Arbeit bestimmt, die wir zusammen tun. Ahnen bedeuten mir nichts. Was mir etwas bedeutet, das sind dieselben Dinge, die auch dir etwas bedeuten. China – das ist meine Familie! Nicht die Sippe.«

»Nein!« Er schüttelte entschieden den Kopf. »Nein. Nicht einmal für ein modernes Mädchen gehört sich das, was du sagst.« Plötzlich stand er auf, stieß gegen den Tisch, warf eine Teeschale um, suchte in der Hosentasche nach Geld. »Von jetzt an werden wir uns nur auf Versammlungen sehen.« Er legte eine Handvoll Kleingeld auf den Tisch. »Tut mir leid.«

Sie nahm die Münzen und gab sie ihm zurück. »Ich will noch nicht gehen. Bitte, bleib!«

Geduld, sagte sie sich, Geduld! Sie nippte an ihrem Tee. Er war kalt.

»Mein Bruder, wir leben in einem neuen China, und wir sind keine Kinder mehr. Wir haben uns beide durch unsere Unterschrift verpflichtet, nur jemanden zu heiraten, den wir aus freien Stücken und selbst wählen. Stimmt das nicht?«

Er blickte zu den alten Männern hinüber; einer hatte die Hand hinter das Ohr gelegt; offenbar hatte er Angst, daß ihm ein Wort entgehen könnte. Entschlossener Geist rückte seinen Stuhl zurecht, so daß er den Männern den Rücken zukehrte und sie ihren Blicken entzog.

Sollen sie doch zuhören, dachte sie und wiederholte: »Stimmt's nicht?« – »Ja schon, aber...«

»Entschlossener Geist, ich möchte dich heiraten.«

Entgeistert starrte er sie an. Einen Augenblick glaubte sie, er wäre böse. Dann sagte er: »Machst du dich über mich lustig?«

Sie griff über den Tisch und berührte seine Hand. »Selbstverständlich nicht. Es ist nur so, daß ich nicht jemanden heiraten möchte, den meine Familie für mich ausgesucht hat. Ich möchte einen Mann heiraten, der ein Freund ist und der die gleichen Ideen hat wie ich.« Sie hielt inne. »Und da *du* mich *nie* fragen würdest, mußte *ich dich* fragen.«

Jetzt hatte sie beide Hände über seine Hand gelegt. »Kannst du denn nicht sehen, daß wir gut zueinander passen?«

Er schüttelte den Kopf. »Deine Mutter würde nie ihr Einverständnis geben.«

»Doch würde sie das – wenn sie annähme, daß ich immer allein bleiben würde, ohne Zuhause, ohne Kinder. Wie Junger Großonkel. Und das würde ich schwören.«

Fassungslosigkeit stand in seinen Augen. »Das würdest du tun?«

»Ja, das würde ich...«

»Das darfst du nicht. Das ist Wahnsinn! Einfach verrücktes Zeug, was du da redest!«

Noch einmal fragte sie: »Willst du mein Mann werden?«

Er zauderte, dann flüsterte er heiser: »Nein. Es wäre nicht recht.«

Sie setzte ihn nicht weiter unter Druck. Es brauchte seine Zeit.

Zeit der Aussaat – Morgenfrühe

35. Abbild des Herzens

Jung verließ ich mein Elternhaus. Alt kehrte ich zurück,
Mit unveränderter Stimme, aber mit schütterem Haar.
Meine Kinder treten mir entgegen, erkennen mich aber nicht.
Lächelnd sagen sie: »Fremder, woher kommst du?«

He Chih-chang, Tang-Dynastie

Wolken hingen über Shanhai – der Atemhauch eines Drachen, der sich verloren weiß und auf Rache sinnt. Den Pinsel über dem Schönschreibtisch erhoben, stand Beherztes Talent da; er spürte nichts vom heraufziehenden Gewitter, obwohl die Diener überall im Haus hin- und herliefen und die Fenster schlossen.

Der Raum, in dem er untergebracht war, hatte einst Frühlingsmond gehört. Jahrelang hatte er leergestanden bis auf den hüfthohen Tisch und ein Bücherregal, auf dem seine Tinten, Pinsel, Papiere und Wasserfarben untergebracht waren. Hier hinderte ihn nichts daran, in andere Weiten zu reisen. Hier machte er – wie die Dichtergelehrten der Vergangenheit – die ein Leben lang geübten Schönschreibpinselstriche, um erinnerungsträchtige Bilder zu malen oder Ausblicke von Berggipfeln, die er nie besteigen sollte. So genoß er unendliche Möglichkeiten, stellte er Gleichgewicht und Zusammenhang her.

Zufriedenheit.

Der Anstoß zum Malen war ihm vor drei Jahren gekommen, als er nach der Abschlußfeier von Schimmernder Jade und Frühlingsmonds Abreise nach Soochow allein in das Haus an der Bubbling Well Road zurückgekehrt war. Erst am Abend zuvor war es zu dem Klageschrei des Kindes und dem beschwichtigenden »Schschsch!« von der Frau gekommen, die zu ihm durchgedrungen waren. Jetzt, wo sie nicht mehr dawaren, lastete das Schweigen auf ihm, war das Fehlen jeden Lauts so bedrückend, daß es ihm weh tat. Stundenlang hatte er an seinem Schönschreibtisch gestanden, doch Worte hatten sich nicht eingestellt, und seine Hand hatte den Pinsel so unsicher gepackt gehalten wie damals, nach seiner Abfahrt aus San Francisco.

Er konnte sich nicht mehr erinnern, wann er die ersten Blätter, die ersten Bambusstengel gemalt hatte. Bambus, der sich im Wind bog und daher nie gebrochen wurde. Fieberhaft hatte er ihn gemalt: einen Stengel und ein Blatt nach dem anderen. »Weltliche Leidenschaften stehlen das Leben«, hatte der alte Mann zu dem Tang-Maler Ching Hao gesagt.

»Tugendhafte Männer geben sich der Musik sowie den Künsten der Kalligraphie und der Malerei hin und frönen nicht zügellosen Lüsten.«

Stundenlang hatte er gearbeitet, bis es gewesen war, als ob der Pinsel flöge, als ob er sich aus Eigenem bewege und es ihm nicht die geringste Mühe bereite, die Umrisse der schmalen Bambusblätter nachzuziehen.

Und dann hatte er, Abend für Abend, sein Repertoire erweitert – den Hain, den Himmel, den Wolkendunst, den Mondschatten, die schlummernde Gestalt –, bis er sämtliche im ›Lehrbuch der Malerei aus dem Senfkorngarten‹ gebotene Vorlagen und Techniken beherrscht hatte. Um die Dinge in ihrem innersten Wesen zu erfassen, hatte er bisweilen den ganzen Abend gewartet, sich eine Landschaft oder ein Gefühl in die Erinnerung zurückgerufen. Hatte er jedoch erst einmal den Pinsel auf das Papier gesetzt, entwickelte sich das Bild in einem Ausbruch rhythmischer Energie. War das Bild vollendet, fühlte er sich erschöpft und erfrischt zugleich.

Heute abend sah er einen stillen Teich, Karpfen und das Aufleuchten von Chiffonröcken. Er sättigte den Pinsel mit reinem Wasser, feuchtete die Spitze in der blassen Tusche an, die er vorbereitet hatte, und drückte sie auf das Papier, so daß die Tusche an der Pinselspitze nach beiden Seiten auslief und so die Umrisse der Wasserfläche gebildet wurden. Diesen Vorgang wiederholte er für jeden einzelnen Fisch, fügte dann noch den Felsen, die porzellanenen Hocker und – mit drei kräftigen Strichen – das Mädchen mit der ausgestreckten Hand hinzu.

Nachdem die Erinnerung eingefangen war, betrachtete er das Bild und war zufrieden. Ein Abbild seines Herzens war entstanden.

Der Philosoph hat einmal gesagt, die Seele eines weisen Mannes gleiche der eines Kindes. Das Kind in ihm würde immer Frühlingsmond sein. In einem anderen Leben, einer anderen Zeit – wie sollten sie da nicht eine Einheit bilden? Wie der Mond und das Meer würden sie sich für immer im Einklang miteinander bewegen. Einen Moment verharrte seine Hand über den fliegenden kleinen Zöpfen, dem Rot des Rocks. Dann säuberte er die Pinsel und stellte sie fort.

Wie gewöhnlich ging er nach unten und trug der Dienerin auf, ihm Tee zu bringen. Nachdem dieser gebracht war, nippte er daran – er war kochendheiß. Seltsam, aber er schmeckte nie genau so, wie wenn Goldene Tugend ihn aufbrühte – auch dann nicht, wenn die Blätter von denselben Händen und im selben Jahr gepflückt und getrocknet waren. Zuerst hatte er gedacht, es läge am Wasser, woraufhin seine Gattin fürsorglich etliche Flaschen für ihn gefüllt hatte, die er mitnehmen sollte nach Shanghai, aber es hatte nichts genützt.

Während seines letzten Besuchs daheim hatte Goldene Tugend einen Alptraum gehabt. Er hatte sie weinen hören, als ob sie Schmerzen hätte, und war in ihre Kammer geeilt, um sie zu trösten. Nach einer Weile hatte sie ihm den Traum erzählt. »Ich hatte die ganze Woche lang Brot gebacken, mein Gatte. Da kamst du in die Küche und befahlst mir, das Brot zurückzuverwandeln in Mehl und Wasser. Ich hab's immer wieder versucht, aber ich hab's nicht geschafft. Als ich dir mein Versagen meldete, hast du mich fortgeschickt, und ich bin viele, viele *li* in meinen neuen hochhackigen Schuhen gelaufen.«

Den Rest der Nacht über war er bei ihr geblieben, hatte über ihren Schlaf gewacht und darüber nachgesonnen, ob sie wohl den Tag bedauerte, da er Edles Talent zu ihrem Vater geschickt hatte.

Bei dem Gedanken an seinen Bruder seufzte er auf. War er fort, schrieb Edles Talent lange Briefe, öffnete ihm sein Herz und vertraute ihm alles an, was ihn bekümmerte, »ein unfruchtbares Leben, ohne irgend etwas vorweisen zu können«. War der Soldat jedoch in Shanghai, ja, saß er ihm in diesem Raum gegenüber, konnten Stunden vergehen, ohne daß ein Wort zwischen ihnen gefallen wäre. Vielleicht liegt es an meiner Art, mich zu geben, überlegte er. Möglich, daß es ihn irritiert, wenn er mich sieht, als ob er denkt, ich hätte nicht gehalten, was der Altehrwürdige sich von mir versprochen hat, hätte ihm – Edlem Talent – gegenüber versagt, der Sache nicht gedient. Vielleicht stimmt das. Ich habe das Alte zu sehr geliebt, um alles mit den Wurzeln herausreißen zu können...

Seine Schale war leer. Als er sich wieder einschenkte, war der Tee kalt. Er rief die Dienerin wieder herbei und ließ ihn forttragen. Er drehte das Licht aus und stieg dann nach oben.

Vielleicht, so dachte er, sehen wir Gelehrten nur das, was wir sehen wollen und verstecken den Rest hinter einem Dunst, wie in den Landschaftsbildern, die wir malen. Eindrücke, unter Beiseitelassen der Einzelheiten. Der Mensch zum Zwerg gemacht durch das überwältigend Hohe des Berges – wer will da schon Schmerz oder Freude in seinen Zügen wahrnehmen oder sagen, welche Kleider er anhat? Eine Szene ohne Wirklichkeit. Keine Schlachten, kein Blut.

»Wir sehen zu weit.« Er sprach laut. »Vielleicht sehen wir überhaupt nichts.«

Der Schlaf stellte sich nicht ein. Wie immer, wenn es sehr spät war und er Ruhe suchte, beunruhigten ihn die Schwierigkeiten, die er mit ›New China‹ hatte, und je mehr die Minuten sich in die Länge zogen, desto mehr Angst hatte er davor, früh aufzuwachen, denn auch das geschah unweigerlich. Zwischen diesen beiden Aussichten gefangen, lag er wach da, hellwach sogar, und unendlich müde.

Hätte er doch bloß mit dem Verlag und seinen finanziellen Schwierigkeiten nichts mehr zu tun. Seine Freunde verloren das Interesse und hatten mehr als einmal angedeutet, er solle doch verkaufen und ihnen soviel von ihrer Investition zurückgeben, wie er könne. Er hatte ihrem freundlichen Angebot widerstanden und jedes Jahr gehofft, den Verlag endlich zu einem Erfolg zu führen. Doch dann hatten Edles Talent und Schimmernde Jade angefangen, sich einzumischen. Statt der Textbücher hatten sie revolutionäre Abhandlungen gedruckt und verschenkt – Schriften, die drohten, den ganzen Zorn der Militärbefehlshaber auf sie herabzubringen oder den der Pekinger Clique oder den der Ausländer – sofern man nicht beträchtliche Schmiergelder bezahlte.

Er schüttelte den Kopf. Das war ungerecht, und das wußte er auch. Der Verlag hatte nie Gewinn abgeworfen und würde es nie tun.

Dann plötzlich kam ihm der Raum unerträglich muffig vor. Wer hatte die Fenster zugemacht? Hatte es ein Gewitter gegeben? Er stand auf und öffnete sie, stand einen Moment da und sah zu, wie der Mond zwischen den Wolken verschwand und wieder zum Vorschein kam.

»Wie ist der Tod?« hatte der Junge gefragt. Das fragte er sich jetzt selbst und schüttelte dabei den Kopf, als er an den kleinen Affen dachte. Dessen Lebensgeister waren nicht zu unterdrücken – genausowenig wie die von Frühlingsmond. Waren seine eigenen Söhne eigentlich in diesem Alter genauso gewesen? Er wußte es nicht. Ihre Briefe trafen regelmäßig ein – jeden Monat gab es einen. Großartige Aussicht studierte Mathematik an der Harvard-Universität, und Strahlende Aussicht war letztes Jahr abgereist, um Physik und Geologie am Massachusetts Institute of Technology zu studieren. Beide konnten ihm zwar sagen, woraus ein Berg bestand, aber sie hatten kein Gefühl dafür. Wie grundverschieden ihre Briefe von denen waren, die er an den Altehrwürdigen geschrieben hatte. Ihre waren informativ wie Formulare. Seine waren müßige Gedankenfetzen gewesen. Wenn seine Söhne bereit waren heimzukehren – ob er dann wohl noch da war? Es würde für ihn die letzte Möglichkeit sein, sie kennenzulernen...

Ganz allmählich setzte sich die Vorstellung, nach Soochow zurückzukehren, bei ihm fest, bis es schließlich gar keine andere Möglichkeit mehr gab. Er würde Erhabene Winde bitten, sich um den Verkauf des Hauses und des Verlags zu kümmern. Vielleicht gefiel der Elternlose sich aber auch in der Rolle des Verlegers, wie er an allem anderen auch Freude hatte, als wäre das Leben ein einziges Vergnügen und sonst nichts. Kein Zweifel – wenn ›New China Publications‹ überleben sollten, wären sie in seinen Händen bestimmt besser aufgehoben – falls er nicht vorher jemand anders überredete, das Unternehmen für eine unerhörte Summe zu kaufen. Wieder lächelte Beherztes Talent. Wenn er daran dachte, daß er sich einst Sorgen darüber gemacht hatte, Erhabene Winde könnte sich zu einer Feldmaus entpuppen, die sich im Kornspeicher der Changs einnistete und mästete! Er drehte den Docht hoch, saß eine Weile da und studierte die Zypresse, die in den Deckel des Cloisonné-Kästchens auf seinem Nachttisch eingearbeitet war, und dabei fiel ihm der Geist seines Vaters am Tor ein.

36. Die Genossin

Jahraus, jahrein gingen die Demonstrationen weiter. Eine Stadt nach der anderen wurde befallen, Häfen stillgelegt. Kulis legten auf Befehl der Agitatoren ihr Joch nieder, zumindest behaupteten das viele.

Jahraus, jahrein plünderten die Militärbefehlshaber die Menschen aus und kämpften, und die Verträge blieben ungerecht. Die Menschen gingen zu Zehnmillionen bei den Überschwemmungen und in Dürrezeiten zugrunde.

Angesichts solch erschreckender Feinde wurde der Feind eines Feindes zum Freund. Sun Yat-sen, ein im Westen erzogener Christ, wandte sich voller Hoffnungen Rußland zu, und die Komintern gebot den chinesischen Kommunisten, sich Sun Yat-sens Partei, der Kuomintang, unterzuordnen. Gemeinsam stellten Kommunisten und Anhänger der Kuomintang eine Armee auf, um »die Verräter im Inneren auszurotten und der Aggression von außen Widerstand entgegenzusetzen«. Im Sommer des Jahrs des Tigers – 1926 –, nach Sun Yat-sens Tod, unternahm Tschiang Kai-schek von Kanton aus den ›Nordfeldzug‹, um die selbständig regierenden Militärmachthaber zu besiegen und China zu einen.

Zwar wurde ein Territorium nach dem anderen besiegt, aber die Einheitsfront zerbrach, wobei jede Gruppierung sich fragte, wie man nach geschlagener Schlacht die Macht mit einem Feind teilen sollte. Nirgends fiel es schwerer, zwischen Freund und Feind zu unterscheiden, als in Hunan, wo Mao Tse-tung – gleichzeitig Mitglied des Exekutivkomitees der Kuomintang und Vorsitzender der Bauernsektion der Kommunistischen Partei Chinas – im Frühling des Jahrs des Kaninchens – 1927 – seinen Bericht vorlegte.

»Jemand, der auch nur fünfzig mou *Land besitzt, gilt hier als Blutsauger, und jemand, der ein langes Gewand trägt, wird als übler Angehöriger des Landadels betrachtet... Jemand, der bestraft werden soll, wird ein hoher Papierhut mit der Beschriftung ›Übler Landadeliger Soundso‹ oder ›Blutsauger Soundso‹ aufgesetzt; dann wird er an einem Strick durchs Dorf geführt...*

Die Hinrichtung von einem erschüttert das ganze Land in seinen Grundfesten und stellt in der Tat ein hochwirksames Instrument zur Beseitigung der feudalen Einflüsse dar... Bald werden sich Hunderte von Millionen Bauern wie ein Tornado oder wie ein Sturmwind erheben und eine so außerordentlich schnell und heftig zuschlagende Kraft darstellen, daß keine noch so große Macht sie unterdrücken kann...
Sie werden alle Imperialisten, Militärmachthaber, korrupte Beamte, örtliche Schinder und schlechte Grundherren ins Grab bringen. Alle revolutionären Parteien und alle revolutionären Genossen werden sich gefallen lassen müssen, sich von ihnen prüfen zu lassen.«

Chinesische Geschichte

Den Kopf dem kalten Wind entgegengestemmt, kämpfte Schimmernde Jade sich den schmalen steilen Bergweg hinan. Durch dichte Fichtenbestände ging es hinauf zum Dorf Glückselige Wälder. Ihre Füße waren wie Stein, jeder Schritt eine Qual. Noch zehn *li*, die sie zurücklegen mußte, und dabei nichts weiter als die Hoffnung auf eine Schale wäßrigen Reisbrei.
Nie kamen ihr Zweifel, ob sie es auch schaffen würde. Das junge Mädchen, das kaum so etwas wie Eitelkeit gekannt hatte, hatte sich zu einer Frau entwickelt, die sehr wohl stolz war auf ihre Kraft. Einen Monat, nachdem Entschlossener Geist sie hier in diese Berge gebracht, hatte er sie seine Bergjade genannt, und dieser Name hatte ihr mehr Freude gemacht als alle Preise, die sie als Margaret gewonnen hatte. In den sechs Jahren, die seither vergangen waren, hatte sie rasch den harten Dialekt von Hunan erlernt und in den von der Bauernsektion kontrollierten Gebieten der Provinz beträchtlichen Erfolg als ambulante Lehrerin und Organisatorin errungen.
Und sie hatte gelernt, stets mit Ungewißheit und mit Gefahr zu leben, denn Entschlossenen Geistes Aufgabe bestand darin, von den Grundherren und Kaufleuten der Gegend Geld einzutreiben, und sie wußte nie, ob er nicht womöglich verraten oder erwischt wurde. Sie hatte ihren Sohn – Neues Schicksal – geboren, als sie allein gewesen war, und ihn bis zum Alter von zwei Jahren auf dem Rücken getragen und überallhin mitgenommen. Erst als er sich ein Fieber zuzog, das einfach nicht weichen wollte, war sie für kurze Zeit nach

Shanghai zurückgekehrt und hatte ihn Frühlingsmonds Obhut anvertraut. Ihre Mutter hatte sie nicht erkannt.
An einer Weggabelung blieb sie stehen, um Atem zu holen, und dachte dabei an Miß Clayton, wie sie es oft tat. Die Leute an der Schule hatten ihr nur gesagt, die Missionarin sei in Hunan gestorben, als wäre das ein winziger Fleck auf der Landkarte, ein kleines Dorf. Sie hätte dem weiter nachgehen sollen, doch war die Nachricht gerade in dem Augenblick gekommen, als Entschlossener Geist und sie im Begriff gestanden hatten, Shanghai zu verlassen, und da war ihnen so wenig Zeit geblieben. Jetzt schien es ihr das beste, auch weiterhin immer zu denken, daß ihre Lehrerin ganz in der Nähe, hinter der nächsten Brücke begraben sei.
Es war früher Nachmittag, als sie den Tempel Hochfliegende Geister erreichte, der so schwindelnd am Rand des Abgrunds gebaut worden war, daß – wenn Wolken da waren – die Leute aus dem Dorf auf ihren Äckern unten ihn nicht sehen konnten. Von weitem sah er aus, als schwebte er im Himmel. Im Inneren hingegen herrschte Feuchtigkeit und starrte es vor Schmutz. Aber etwa ein Dutzend Frauen, die sich Papier und Stroh zwischen die Kleidung stopften, um sich vor der Kälte zu schützen, so daß sie aussahen wie die Vogelscheuchen, schienen das gar nicht zu bemerken. Sie behielten ihre Kleinkinder im Auge und flochten Hanf oder fertigten Schuhsohlen aus Lumpen. Ein paar nährten Babys, und alle plapperten fröhlich durcheinander. Im Winter war der Tempel der einzige Ort, an dem so viele zusammenkommen und plaudern konnten.
»*Lai le! Lai le!*« Willige Hände halfen ihr mit dem Tragesack und zogen sie auf den einzigen Stuhl, einen reichgeschnitzten Rosenholzthron, der im Hause des Grundherrn konfisziert worden und jetzt eigens für sie in der Nähe des Feuers aufgestellt worden war. Schwester Oong legte noch ein mageres Scheit in die ohnehin spärliche Flamme, und alle sahen schweigend zu, wie die Genossin ihre Fäustlinge auszog, um sich die Hände zu wärmen. Ihr Atem dampfte und strebte dem zackigen Loch im Tempeldach zu. Nach einer Weile schürzte Tautropfen, die Gruppenführerin, den Mund und gluckste. »Was für ein schrecklicher Marsch bei diesem Wetter. Und das nur, um uns Unbelehrbare zu belehren. Wir sind solange dumm gewesen, da macht ein weiterer Mond auch keinen Unterschied. Der Grundherr ist ab nach Shanghai. Das Land ist aufgeteilt, junge Zehen sind alle frei und wackeln. Alles ist schön und in Ordnung.«

»Für mich nicht«, rief eine große, griesgrämige Frau aus dem Hintergrund.
Verächtlich spie Tautropfen aus. »Gib nicht acht auf die.«
Doch die Unglückliche drängte sich durch das Rund der anderen hindurch, um sich in Anwesenheit der Genossin mit ihrer Beschwerde an die andere zu wenden. »Wie steht es mit meinem gleichen Anteil? Mein *mou* Felsgestein ist nicht das gleiche wie dein *mou* Schwemmland.«
»Alte Mah, jetzt wirst du *hoo li hoo too*«, warf Tautropfen ihr vor und sah erwartungsvoll Schimmernde Jade an, um von dieser eine Meinung zu hören, die auf Wissen begründet war. Schimmernde Jade tat so, als sei sie vollauf damit beschäftigt, sich die Hände zu wärmen. Besser, sie fochten es unter sich aus, als daß sie – Schimmernde Jade – ihnen ihre Ansichten aufnötigte – zumindest in dieser Sache. Sie hatten sich noch jeden Mond darüber gestritten, seit das Land aufgeteilt worden war. Davor war ein anderes Thema gewesen, aber der Streit – endlos – immer der gleiche.
»Nicht *hoo li* genug!« Wütend schüttelte Mah die Fäuste. »Wie soll ich mich mit meinem *mou* Felsgestein zufriedengeben, wo du einen *mou* Schwemmland bekommen hast?«
Andere mischten sich ein.
»Aufhören mit der Streiterei! Wir wollen unsere Lektion lernen diese Woche!«
»Es ist alles das gleiche! Alles das gleiche!«
»Du bringst es noch so weit, daß unser Dorf das Gesicht verliert.«
Die Stimmen der Frauen wurden immer lauter, bis Tautropfen in die Hände klatschte, um die Ordnung wiederherzustellen. Als alle ruhig waren, wiederholte sie noch einmal: »Es ist alles das gleiche.«
»Wenn alles das gleiche ist, warum tauschst du dann nicht mit mir? Dein *mou* Schwemmland gegen mein *mou* Felsgestein, Jauchetropfen!«
Großmütig ging Tautropfen über die Beleidigung hinweg und richtete sich höchst würdevoll auf. »Sei nicht so habgierig! Was hast du denn schon vor der ›Vereinigung‹ gehabt? Ein *mou* blauen Dunst!«
Geschlagen und unter dem Gelächter der anderen stapfte die große Frau hinaus.
Schimmernde Jade machte den Mund auf, um sie zurückzurufen, widerstand dann jedoch dieser Regung. Am besten ist's, mit dem

Unterricht zu beginnen, sagte sie sich. Früher oder später würde Mah doch zurückkehren.

Als sie sich erhob, verstummten die Frauen. Geduldig gingen sie noch einmal durch, was sie letzten Mond gelernt hatten. Wie man seinen Namen schrieb und die Schriftzeichen für Mutter, Vater, Schwester und Bruder. Es gab keine Schreibstifte und auch kein Papier, von Büchern oder Heften ganz zu schweigen. Jedes Wort mußte mit dem Zeigefinger in den Staub auf den Boden geschrieben, jedes einzelne Schriftzeichen mit der Hand wieder ausgelöscht werden. Nachdem die alten Schriftzeichen noch einmal durchgenommen worden waren, zeichnete Schimmernde Jade für jeden Schüler die neuen auf: China, Reis, Esel, Land, Freiheit, Feudalismus. Wie immer verloren einige den Mut und zogen sich in eine Ecke zurück, um dort ihr Geplapper wieder aufzunehmen. Nur die, die besonders entschlossen waren, lernten alles auswendig. Von diesen vergaß die Hälfte das bis zu ihrem nächsten Besuch. Denk dran, sagte sie sich: »Ein Steppenbrand beginnt damit, daß ein einzelnes Zündholz angerissen wird!« Denk dran! Es ist der Anfang!

Sie stand auf und reckte sich. Der Rücken tat ihr weh. Aus den Augenwinkeln heraus sah sie, daß die Alte Mah sich wieder hereingeschlichen hatte und sich hinter einem Pfeiler versteckte. Sie ging hinüber, nahm sie bei der Hand und führte sie auf einen Sitz neben dem Rosenholzstuhl. Gemurmel setzte ein, aber niemand erhob Einspruch. Sie hatte es sich zur Angewohnheit gemacht, während der ersten Unterrichtsstunde ihres eine Woche lang dauernden Besuches den Frauen nach den Schreibübungen eine Geschichte zu erzählen. Meist war sie zu erschöpft von dem langen Fußmarsch, um politische Diskussionen zu leiten, die unweigerlich dafür sorgten, daß die Gemüter sich erhitzten – die Geschichten gefielen ihr überhaupt besser als alles andere, und eine Woche, die mit einer solchen Erzählungen begann, verlief für gewöhnlich gut. Jetzt klatschte sie in die Hände und erklärte, die Geschichte, die sie heute erzählen werde, handle vom Großen Brand in der Seidenspinnerei, der dazu führte, daß der junge Huang die Spinner gewerkschaftlich organisierte.

Die Frauen applaudierten und umringten sie, als sie sich wieder auf ihren Platz niederließ. Sie mußte lächeln, als sie ihre erwartungsvollen Gesichter sah. Die Geschichten, die sie ihnen erzählte, waren so ganz anders als die, die sie von ihrer Mutter erzählt bekommen

hatte, und doch war der Zauber, der von ihnen ausging, der gleiche.
Während sie darauf wartete, daß die Frauen sich setzten, schob ein kleiner Junge sich bis nach vorn durch. Sie mußte an Neues Schicksal denken, der zu Füßen von Frühlingsmond saß und ihren Geschichten lauschte. In ein paar Wochen wurde er fünf Jahre alt, und er kannte sie nicht. Auch konnte sie sich ihn nicht richtig vorstellen. Nichts weiter als ein Seidenanzug erschien vor ihrem geistigen Auge, kein Gesicht. Dafür hatte sie genau die Stimme von Erhabene Winde im Ohr, der sie ausschalt. »Selbst deine Missionarin hat die Bilder ihrer Familienangehörigen gerahmt, und sei es auch nur, um sie hin und wieder anzusehen. Aber du...« Sie reckte sich. Die Frauen warteten.
Sie strich dem kleinen Jungen, der lachte und den Kopf einzog wie eine Schildkröte, übers Haar und begann:
»Eines Tages, während die Frauen der Fabrik Himmlische Seide schon die zwölfte Stunde lang schufteten – genauso wie ihre Kinder –, steckte der fette Fabrikbesitzer sich seine Opiumpfeife in Brand und warf das Zündholz achtlos auf den Boden...«
Die Worte änderten sich nicht, und die Reaktion der Frauen war auch immer die gleiche: Schreckensgeschrei und Angstgestöhn, als die Flammen die Arbeiter verzehrten, das Wutgeschrei auf den Kapitalisten, der das Fabriktor zugeschlossen hatte, damit auch ja keiner seiner Angestellten ein paar Minuten früher ging, die entschlossenen Hochrufe, als der überlebende Sohn eines der beim Brand Umgekommenen schwor, die Besitzer zahlen zu lassen – sie für hundert Menschenleben zahlen zu lassen, für hundert Zisternen voll vergossener Tränen...
Am Ende, auf eine Handbewegung hin, sprangen sie alle auf und riefen im Chor:
»Alle Macht den Massen!«
»Alle Macht den Arbeitern!«
»Alle Macht den Bauern!«
Die Versammlung war beendet.
Da bis zum Einbruch der Dunkelheit höchstens ein bis zwei Stunden blieben, eilten die Frauen zu zweit oder zu dritt, den Mund der eisigen Kälte wegen fest geschlossen, zurück in ihr Dorf.
Diesmal war Schwester Oong an der Reihe, die Genossin zu beherbergen. In dem winzigen Lehmziegelhaus wurde Schimmernde Jade dem Rest der Familie vorgestellt, zuerst dem Vater und dem Bruder,

sodann der Mutter und Großmutter, die den ganzen Tag über damit beschäftigt gewesen waren, alles Nötige für den Besuch vorzubereiten. Sie starrten sie nur an, als sie die Ziegenfelle abnahm, mit denen sie Kopf und Schultern und Füße geschützt hatte, und sich in dem Zuber mit Wasser wusch, das sie vom nahen Fluß herbeigetragen hatten. Sie war genauso groß wie die Männer. Ihr knapp unter den Wangen abgeschnittenes Haar hatte sie sich hinter die Ohren gestopft.

Nachdem sie fertig war, boten sie ihr eine Schale heißes Wasser an, denn Tee hatten sie nicht. Schwester Oong entschuldigte sich, um das Essen vorzubereiten, und überließ es den anderen, auf dem *k'ang* zu sitzen und die Fremde zu beobachten.

Der alte Mann sagte: »Wenn wir Euch nur ein paar Süßigkeiten oder Melonenkerne anbieten könnten!«

»Wenn ich Euch nur ein paar hätte mitbringen können!«

»Bald werden wir alles zu essen haben, was wir brauchen. Bald, wenn ganz Hunan frei ist.«

»China«, erinnerte sie sie. »Wenn ganz China frei ist.«

Sie nickten feierlich.

Ihr knurrte der Magen. Sie leerte die Schale, worauf sie ihr augenblicklich mehr Wasser anboten. Überschwenglich dankend lehnte sie ab. Das peinliche Schweigen stellte sich wieder ein.

Plötzlich verkündete die Mutter viel zu laut: »Ja! Vor der Bauernvereinigung wurden wir unterdrückt, waren wir nichts weiter als Sklaven für den Grundherrn. Wir bearbeiteten seine Felder, und er bekam das meiste Korn. Hatten wir unseres aufgegessen, verkaufte er uns ein paar *ching* zum Essen zu unerhörten Preisen. Hatten wir kein Geld mehr, lieh er uns ein oder zwei Käsch, und wir mußten unerhörte Zinsen dafür bezahlen. Er notzüchtigte uns, und für sein Vergnügen daran mußten wir auch noch bezahlen.«

Der Bruder ergriff das Wort: »Wäre ich nicht ein einziger Sohn, ich wäre Revolutionssoldat im großen ›Nordfeldzug‹.«

Sie kannte diese Erklärungen und Beteuerungen auswendig, so oft hatte sie sie schon gehört; in welches Dorf sie auch kam, die Worte waren überall die gleichen. Heute war sie zu hungrig, um darauf einzugehen, wie es sich gehörte. Heute nickte sie nur, während ein Mitglied der Familie nach dem anderen eifrig von den Prüfungen berichtete, die sie unter dem Grundherrn zu erdulden gehabt hatten. Dabei wetteiferten sie miteinander, das aufregendste Erlebnis zum besten zu geben, wobei sie übertrieben und im Geiste alles noch

einmal durchlebten, bis sie alle wieder von gerechtem Zorn erfüllt waren.
Schließlich wurde die Mahlzeit aufgetragen. Es dauerte nur wenige Minuten, um den wäßrigen Reisbrei und die gesalzenen Steckrüben hinunterzubringen. Als die Sonne unterging, legten sie sich alle schlafen. Eine Lampe gab es nicht. Als Schimmernde Jade angefangen hatte, in Bauernhäusern zu übernachten, waren die Geräusche und die Gerüche von Menschen und Hühnern, die in einem einzigen Raum zusammengepfercht schliefen, so störend, daß sie – mochte sie auch noch so müde gewesen sein – häufig bis zum Morgengrauen wach gelegen hatte. Jetzt schlief sie traumlos, merkte nichts davon, wie Schwester Oong neben ihr schnarchte, das Baby greinte und der alte Onkel im Schlaf laut aufschrie. Schwester mußte schon eine ganze Zeitlang an ihrer Bluse gezupft haben, ehe sie schließlich wach wurde. »Bitte, Lehrerin, wach auf. Du mußt mir helfen.«
»Was? Ist denn schon Morgen?«
»Nein. Aber du mußt mich anhören. Du mußt mir helfen.«
Sie streckte die Hand aus. Die Frau zitterte am ganzen Körper. »Was ist denn?«
»Dich würde er anhören. Du bist jemand Bedeutendes, eine Genossin. Und stammst nicht aus Glückselige Wälder. Du könntest ihn bewegen...«
»Wen?«
»Meinen Gatten. Dich würde er anhören. Sag ihm, er soll mich wieder bei sich aufnehmen.« Schwester Oong schluchzte in die wattierte Decke hinein.
Hilflos klopfte Schimmernde Jade ihr auf den Rücken und versuchte, sie zu beruhigen. »Es wird schon alles wieder gut werden. Du wirst sehen. Es wird wieder gut werden.«
Nach einer Weile fuhr die Frau fort: »Ich war ja noch ein dummes Kind. Wenn er draußen auf dem Feld war und arbeitete, habe ich alles aufgegessen, und wenn nichts mehr da war, hab' ich mich in das Haus meines Vaters geschlichen und um mehr gebeten. Was hatte ich schon für eine Ahnung, wie einem Mann zumute ist? Er verlor das Gesicht. Er ist aufbrausend und schlug mich. Aber ich bin noch aufbrausender und habe mich auf der Stelle von ihm scheiden lassen, denn die Bauernvereinigung hatte gesagt, jeder ist frei.«
Wieder schluchzte sie, sie war außerstande zu sprechen. Schimmernde Jade wartete; sie wußte sehr wohl, wie die Geschichte

ausging. Wieder wurde von der Genossin erwartet, daß sie als Mittelsmann fungiere.
Schließlich fuhr Schwester Oong fort: »Aber als ich wieder hierherkam in meines Vaters Haus, war ich nicht willkommen. Sie sagten, ich gehörte nicht mehr hierher, sei nichts weiter als noch ein leerer Magen. Und das stimmt. Das stimmt. Solange ich nicht wieder fort bin, kann mein Bruder nicht heiraten. Wovon sollte er seine Frau ernähren? Und ohne Frau kann er keinen Sohn bekommen, gibt es keinen Enkel. Verstehst du, verstehst du? Du mußt meinem Mann sagen, er soll mich wieder zurücknehmen.«
Schimmernde Jade hielt die Frau im Arm, wiegte sie und flüsterte ihr zu: »Ich verspreche es. Morgen. Ich verspreche es dir...«
Endlich, nach langer Zeit, hörte Schwester Oong auf zu zittern. »Versprichst du's?«
»Ja, ich verspreche es«, wiederholte Schimmernde Jade. »Morgen.«
Doch am nächsten Morgen war ein Kurier da, der die Genossin ins Hauptquartier zurückrief.
Sie beeilte sich, ihre Habseligkeiten zusammenzusuchen. Was es auch sein mochte, es mußte dringend sein.
Ehe sie fortging, suchte sie Schwester Oong auf, die am Bach Wäsche wusch.
»Ich komme wieder, Schwester. Bald. Und dann werde ich mit ihm reden, wie versprochen.«
Die junge Bäuerin schlug das Hemd ihres Bruders auf dem Stein aus und hob nicht den Blick.
Die Rückkehr dauerte viele Stunden, und als sie das Hauptquartier – die *lao chia* des früheren Grundherrn – erreichte, war es bereits später Nachmittag. Sie eilte durch die beiden Mondtore, vorüber an etlichen gepflasterten Höfen in einen Raum, wo die Wache ihr sagte, sie solle warten. Der Raum war leer bis auf zwei Hocker und einen etwas wackligen Tisch, auf dem träge eine Uhr tickte. Früher mußte das einmal die Küche gewesen sein, denn die Wände waren rußgeschwärzt.
Nach zehn Minuten ging die Tür auf, und ein untersetzter Mann, den sie nicht kannte, trat ein. Sie sprang auf. »Guten Tag, Genosse.« Mit einer Handbewegung forderte er sie auf sitzenzubleiben und nahm selbst auf dem Hocker auf der anderen Seite des Tisches Platz.
Schweigend nahm er die Uhr und drehte sie auf. Sie wußte sofort,

daß es sich um jemand Wichtiges handelte, einen, der Disziplin über alles stellte. Es eilte ihm nicht zu sagen, was zu sagen er gekommen war. Ruhig bemühte sie sich abzuwarten, bis er sprach, doch zuletzt hielt sie es nicht mehr aus, und es entfuhr ihr: »Geht es um meinen Gatten? Ist ihm etwas zugestoßen?«
Der Mann gab ihr keine Antwort. Bedächtig zog er nacheinander an jedem einzelnen seiner Finger, bis es knackte. Zuletzt schüttelte er langsam den Kopf.
Gott sei Dank! Sie war so erleichtert, daß sie fast lächelte, völlig überwältigt von ihrer eigenen Reaktion. Die alten Worte, genau wie früher! Was würde der Mann gedacht haben, hätte sie sie ausgesprochen.
Nachdem zehn Minuten verstrichen waren, packte sie wieder die Unruhe. Engstirniger Bürokrat!
»Bist du immer so... so aufgeregt, Genossin?« Er stand auf und trat an das kleine Fenster. »Die Partei hat beschlossen, du sollst sofort mit Entschlossenem Geist nach Shanghai zurückkehren, ihr meldet euch beim Genossen Tschu. Er plant einen weiteren Streik, um unsere Leute in die entsprechenden Positionen zu bringen; es könnte sonst sein, daß die Kuomintang uns hinausdrängt, wenn die Revolutionsarmee eintrifft.«
»Ich dachte, es sei schon zum Streik aufgerufen worden – ein paar Wochen nach Neujahr.«
»Daraus ist nichts geworden. Die Militärbefehlshaber und die ausländische Polizei haben Hunderte umgebracht und die Arbeiter gezwungen, wieder zu arbeiten. Wir müssen es noch einmal versuchen.«
»Entschlossener Geist und ich werden noch heute abend abreisen.«
»Nein, du wirst sofort abreisen. Alles ist vorbereitet. Dein Mann kennt die Route und wartet bei den Stallungen.« Er drehte sich um, reichte ihr die Hand und lächelte zum erstenmal. »Viel Glück, Genossin!«

Vier Tage später erreichten Schimmernde Jade und Entschlossener Geist den Yangtse, jenen Strom, der den Norden vom Süden trennt und Ost und West miteinander verbindet, sie begannen ihre sieben Tage während Schiffsreise flußabwärts nach Shanghai. Bei ihrem Fahrzeug handelte es sich um ein Flachboot mit Querhölzern, die aus einer einzigen, über das Wasser hinausragenden Planke bestanden, einem Segel, zwei Riemen und einem strohmattengedeckten Tunnel, der die Hauptunterkunft bildete. Entschlossener Geist brauchte sechs Schritte, um vom Bug bis ans Heck, Schimmernde Jade vier, um von einer Bordwand an die andere zu gelangen.

Um sie herum schwammen Fahrzeuge, so zahlreich und so unterschiedlich wie Herbstblätter, die von den Wäldern heruntergeweht werden. Frachter, Schlepper, Leichter, Schuten, Kanonenboote. Feuerschiffe, Barbierboote, Bettlerboote, Heuboote, Blumenboote. Hausboote mit Leprakranken an Bord, die nie an Land gehen durften, und in den Bergen aneinandergebundene Bambusflöße, die für Bauplätze in den Städten bestimmt waren. Graue Stahlrümpfe, hinter denen Kohlenrauch herzog und an deren Masten das Sternenbanner, die Aufgehende Sonne oder der Union Jack flatterten. Hier und dort ein Papierboot, zu Wasser gelassen, um die Götter versöhnlich zu stimmen. An ihrem ersten Tag auf dem Fluß holte Entschlossener Geist eines, das Gefahr lief, gerammt zu werden, aus dem Wasser und ließ es dann sicher weiterschwimmen.

Zum ersten Mal, seit sie verheiratet waren, wußte er besser, was und wie etwas getan werden mußte. Er brachte ihr die Bedienung des Segels und des Ruders bei, lehrte sie fischen und zeigte ihr, wie man am besten Ölhaut aufspannte und gegen den Regen verkeilte. Sie lernte, daß man tiefes Wasser in der Nähe steil abfallender Ufer findet, und erfuhr, in der Nähe von Riffen droht Gefahr, strudelndes Wasser verrät Felsen, und Ölflecken lassen eine Sandbank vermuten.

Als dicke Regentropfen fielen, hatten die gespenstischen Erscheinungen, die im Dunst auftauchten, etwas Schönes für ihn. Und als die dampfende Sonne auf sie herniederbrannte, tauchte er den Strohhut in den Fluß und schrie vor Vergnügen, als das kühlende Wasser ihm die Haare hinunterlief. Er saß auf den Hacken und ließ stundenlang das Ufer an sich vorüberziehen, ohne sich zu rühren.

Oft lachte er, und dann wußte sie, er dachte an ihren Sohn und daran, daß sie bald zusammensein würden. »Neues Schicksal kann doch jetzt bestimmt schon lesen, meinst du nicht, meine Gattin?« fragte er dann wohl. »Neues Schicksal wird Wangen haben, die zum Reinkneifen geradezu auffordern, davon bin ich überzeugt.« Oder bei anderer Gelegenheit: »Neues Schicksal wird eine Haut haben, so glatt und so weiß wie deine, da bin ich ganz sicher.«

Nachts, wenn sie am sumpfigen Ufer vertäut lagen, wurde sie von

Moskitos gequält; er jedoch kümmerte sich gar nicht um sie, sondern war ganz damit beschäftigt, eine Flöte aus dem Kolbenrohr zu schnitzen, das überall an den Flußrändern wuchs.

Schimmernde Jade machten schlaflose Nächte die Tage lang, zu lang. Die Zufriedenheit von Entschlossener Geist machte sie dann kratzbürstig, und wenn er versuchte, ihr diese Zufriedenheit zu verheimlichen, so wie andere Männer ihre Verliebtheit in eine Konkubine verheimlichen, ärgerte sie das womöglich noch mehr. Dann ertappte sie ihn wohl dabei, wie er angesichts eines straffen Segels oder eines Schwarms Gänse lächelte, wenn er sich unbeobachtet glaubte, oder wie er vor Behagen aufseufzte, wenn er im Mondenschein seine Pfeife rauchte, wenn er glaubte, sie schlafe. Sie jedoch dachte an nichts anderes als an die vielen vor ihnen liegenden Aufgaben und wie lange die Reise noch dauerte. Dachte er je an solche Dinge? Wenn ja – sprechen tat er nie darüber; doch wenn sie die Partei und ihre Arbeit erwähnte, kamen von ihm immer die richtigen Bemerkungen... Was kann schlimm oder gar unerträglich sein, so schien er zu fragen, solange die Sonne aufgeht, es genug zu essen gibt und wir zusammen zu unserem Sohn fahren und der Fluß dahinströmt, dem Meer entgegen, wie er es immer getan hat? Manchmal fragte sie sich, ob er überhaupt anders war als der Rikscha-Kuli, dem bei der Aussicht auf ein paar Käsch der Speichel aus dem Mund läuft und die Tatsache, daß er früh sterben wird, schulterzuckend abtut. Und doch: In den Bergen gab es keinen, auf den man sich so felsenfest verlassen konnte wie auf ihn, keinen, der mutiger gewesen wäre als er. Am vierten Morgen, nach einer unruhig verbrachten Nacht, in deren Verlauf sie immer und immer wieder vom Schluchzen von Schwester Oong aufgefahren war, beschwerte sie sich, er habe sie durch sein Geschnarche wach gehalten.

»Aber ich habe doch überhaupt nicht geschlafen, meine Gattin.«

»Doch hast du das getan. Du hast geschnarcht wie eine Herde Schweine.«

»Vielleicht, daß am Ufer eine Herde Schweine gewesen ist, aber ich war wach. Hier in dieser Gegend gibt es viele Banditen. Ich habe es nicht gewagt zu schlafen.« Dann, fast als hätte er ihre Gedanken erraten: »Das liegt an den Moskitos. Du bist sie nicht gewohnt. Morgen werde ich von einem Hausiererboot Räucherwerk kaufen, das sie fernhält.«

»Und ich sage dir, es waren nicht die Moskitos.« Die Tränen standen

ihr in den Augen, so sehr ärgerte sie sich. »Sag das noch einmal, und... und du bekommst einen Tritt von mir.«
Lächelnd nickte er. »Mach nur, tritt mich. Vielleicht fühlst du dich dann besser. Mir macht das nichts.«
Und jetzt war sie es, die seine Gedanken gelesen hatte. Meine Gattin, du bist die Enkelin eines Hanlin und ein anderes Leben gewöhnt. Ich bin ein Bauer und kann von Luft und sonst nichts leben.
Sie trat gegen die Bordwand und verstauchte sich den Zeh, humpelte an ihm vorüber und trat in das Moskitonetz.
Später holte er Nadel und Faden heraus und nähte den Riß wieder zu.

37. Zweigeteilt

Im Mond der Frühlings-Tagundnacht-Gleiche im Jahr des Kaninchens – 1927 – gelang es Tschiang Kai-scheks Revolutionsarmee, die Soldaten der Militärbefehlshaber aus Shanghai zu vertreiben und den chinesischen Teil der Stadt einzunehmen; die Niederlassungen der Ausländer wurden von ausländischen Truppen beschützt. Jetzt standen sämtliche Provinzen Chinas südlich des Yangtse unter der Herrschaft der Kuomintang. Gerüchte über den unmittelbar bevorstehenden Verrat der rechten Gruppierungen durch die Linken gingen um oder der linken Gruppierungen durch die Rechten – je nachdem, welcher Seite man sich zugehörig fühlte.
In Shanghai ließ Genosse Tschu En-lai seine Männer Stellung beziehen und Waffen horten, um sie möglicherweise gegen Tschiang einzusetzen. Doch im Gegensatz zu dem Idealisten Sun Yat-sen, der Yuan Shih-k'ai getraut hatte und dem deshalb die Zügel der Revolution des Jahres 1911 aus der Hand genommen werden konnten, ließ Tschiang sich den Sieg nicht von seinen Rivalen entwinden. Eine mögliche kommunistische Erhebung vorausahnend, befahl er die Verhaftung und Exekution von Funktionären der Kommunistischen Partei Chinas, von Streikführern und all jenen, die der radikalen Linken angehörten oder im Verdacht standen, mit ihr zu sympathisieren. Am 12. April schwärmten Trupps von Bewaffneten über die ganze Stadt aus. Hunderte wurden beim ›Weißen Terror‹ umgebracht.
Alte Feinde von neuen Feinden wurden zu Freunden. Ausländische Truppen, Deserteure der Truppen der Militärbefehlshaber und Angehörige der Shanghaier Unterwelt machten gemeinsam Jagd auf die Führer der Kommunisten, die entkommen waren.

Chinesische Geschichte

Am achten Tag der Vierzehn Tage des Reinen Strahlens eilte das Oberhaupt des Hauses Chang im chinesischen Teil Shanghais eine Gasse entlang. Es war früher Morgen. Die von Mietshäusern gesäumten Straßen lagen schweigend und dunkel da. Das Tempo, mit dem der Gelehrte dahinflog, erlahmte nie, auch dann nicht, wenn er den Rock hob, um durch Pfützen zu waten, die der Regen gestern zurückgelassen hatte. Ein Hund schnappte nach seinen Füßen.

Der Schuß kam aus dem Nirgendwo. Es gab keinen Schmerz, nur Neugier. Beherztes Talent sah sich fallen, sah seinen Körper zusammengekrümmt auf dem Katzenkopfsteinpflaster der schmalen Gasse liegen. In der Ferne ging das Schießen weiter. Aber das Geräusch, das die Kugeln machten, als sie gegen die Ziegel prallten, wurde immer schwächer – wie das Klicken von Steinen beim Spiel.

P'ung, Drachen! *P'ung*, Bambus! Norden. Süden. Ein letztes Spiel. Mah-Jongg.

Was mache ich hier? fragte er sich. Ach ja. Er war gekommen, um mit seiner Mutter im Pavillon der Frauen zu spielen. Erste Gebieterin schob eine Braue in die Höhe. Sohn, du bist zu alt zum Spielen! Gekränkt kehrte er ins Schlafhaus der Knaben zurück, in den langen Raum, in dem die Schritte widerhallten und in dem er von nun an ohne sie schlafen sollte, unter seinen Vettern. Sie hatte ihm ein Paket mit seinen Lieblingssüßigkeiten geschickt – in ein Seidentuch gewickelt, um ihn zu trösten.

Frühlingsmond, bist du das?

Goldene Tugend – nicht weinen! Nein, ich bin froh. Und stolz. Du, meine moderne Frau mit großen Füßen.

Frühlingsmond, bist du das? Heute werden wir zählen lernen. Als ich noch die Tigermütze und die Schuhe mit den Troddeln daran trug, hat der Altehrwürdige es mir so beigebracht. Gib gut acht beim Zuhören:

Eins – der Kosmos
Geteilt ergibt
Eins zwei – Yin, Yang
Gegensätze, das Ganze bilden.
Eins, zwei, drei, vier, fünf
Jahreszeiten:
Frühling, Sommer, Mittjahr, Herbst, Winter.
Eins, zwei, drei, vier, fünf

Himmelsrichtungen:
Osten, Süden, Mitte, Westen, Norden.
Eins, zwei, drei, vier, fünf
Elemente:
Erde, die Wald hervorbringt,
Der geschlagen wird von
Metall, welches schmilzt durch
Feuer, das gelöscht wird durch
Wasser, das eingedämmt wird durch
Erde...

Da, wieder dieses Geräusch. Was ist es nur? Kein Mah-Jongg. Lauter jetzt. *P'ung! P'ung!* Gewehrfeuer. Eine Schlacht. Ein Krieg. Keine Ausländer diesmal. Chinesen gegen Chinesen. Familie gegen Familie. Revolutionär gegen Revolutionär. Muß Schimmernde Jade warnen. Muß Edles Talent warnen. Nach Shanghai, beeile dich! Nein, darf nicht fallen. Falle. Nein, Festes Versprechen, hier entlang. Sieh, einen waagerechten *tiao*, ein kurzes *pieh*, ein gerundetes *kou*. So setzte man den Pinselstrich des singenden Insekts hin. Die Kalligraphie eines Mannes ist ein Abbild seines Charakters, das Ergebnis lebenslangen Bemühens.
Er ist dir sehr ähnlich, Frühlingsmond. Genau wie du besitzt er die Gabe, sich zu freuen.
Es ist geschafft, Edles Talent. Der Mandschu hängt in der Seidenschlinge und schwingt hin und her. Du bist sicher. Alles in allem doch so leicht, eine Dynastie zu stürzen.
»Beherztes Talent?«
»Ja, Vater?«
»Beherztes Talent, verlieb dich nicht in das Spiel als Spiel; vergiß nie...« Vergiß nie – was?
Eins – der Kosmos.
Geteilt.

Es dämmerte, als Edlen Talents Wagen zum ersten Mal seit einem Jahr wieder nach Shanghai hineinfuhr. Rasch ging es durch die chinesischen Vorstädte, in denen auf den Erschießungsplätzen immer noch Leichen herumlagen. Mit Leichen hochgetürmte Wagen ratterten durch die Gassen. Immer und immer wieder dieses Knattern, nicht unähnlich dem von Knallfröschen. Der Soldat – im Generalsrang jetzt – starrte geradeaus, direkt auf den Rücken seines

Chauffeurs, nahm nicht zur Kenntnis, was er nicht hatte sehen wollen, sehnte sich nach der Ruhe eines Hauses, die unberührt war von Schlachten, die keine Schlachten waren, sondern Verrat. Ohne jeden Zwischenfall fuhr das Automobil durch den Stacheldraht hindurch, der die Niederlassungen der Ausländer von den Wohnvierteln der Chinesen trennte, die Konzessionen, in denen die Durchgangsstraßen leer waren bis auf ausländische Soldaten und eiserne Tanks.

Als er das Haus Rue Flaubert Nr. 42 erreichte, war es dunkel. Er wartete nicht, bis sein Wagen ganz zum Stehen gekommen war, ehe er den Wagenschlag aufmachte und nur innehielt, um dem Chauffeur den Befehl zu geben, in die Kaserne zurückzukehren.

»Vielleicht sollte ich bleiben. Ich kann im Auto schlafen.«

»Nein, nicht nötig. Fahre und schlaf dich aus.«

Der Fahrer salutierte. »Vielen Dank, General.«

Edles Talent stand aufrecht da und sah dem davonrollenden Wagen nach. Was mochte der junge Soldat von dieser Art Krieg halten? Ob er wohl einen Bruder im studentischen Untergrund hatte? Erst als das Auto in die Nanking Road eingebogen war, ging er auf die im Mondlicht schimmernden Maulbeerbäume zu, die den Eingang des Hauses flankierten.

Als er die Tür erreichte, packte ihn plötzlich die Ungeduld, und er hämmerte dagegen, bis das Licht in der Halle anging und er Schritte vernahm. Die Tür öffnete sich einen Spalt und ging dann weiter auf.

»Erhabene Winde?«

Das Gesicht des Mannes war aschfahl; er hatte dunkle Ringe unter den Augen. »Du...«, flüsterte er heiser. »Ich hatte gehofft...«

Erhabene Winde sagte nicht mehr, sondern zog ihn rasch herein und führte ihn in die Bibliothek. Auf dem Sofa lag der Leichnam von Beherztem Talent. Die Diener hatten ihn gewaschen und angekleidet und Schicklichkeit und Würde wiederhergestellt. Auf einem Tischchen in der Nähe flackerten Kerzen. Nur die Kopfwunde war durch nichts zu verbergen, wenn seinen Zügen sonst auch nichts anzumerken war.

Ein Windhauch, der durch das offene Fenster hereindrang, hob eine Strähne weißes Haar, das über der Stirn in die Höhe gewirbelt wurde. Erhabene Winde streckte die Hand aus, um es wieder zurückzustreichen.

»Wie ist das geschehen? Und was hat er hier in Shanghai gemacht?«

Die Stimme des Soldaten zitterte. Einen Moment erwartete er geradezu, daß sein Bruder ihm antwortete.
Erhabene Winde zuckte mit den Achseln. »Das weiß ich nicht. Tante hat Neues Schicksal und Festes Versprechen vor Wochen nach Soochow zurückgebracht, ehe die Schwierigkeiten hier begannen. Die Polizei hat seinen Leichnam an der Haustür abgeliefert und konnte nur sagen, daß er erschossen worden sei.«
»Von wem?«
»Es könnte jeder gewesen sein.«
Die Uhr in der Halle fing an zu schlagen: eins, zwei, drei... Edles Talent zählte. Der letzte Schlag hing länger in der Luft. Es war neun Uhr.
Er flüsterte: »Weiß irgend jemand in Soochow Bescheid?«
Erhabene Winde schüttelte den Kopf. »Ich hatte vor, es ihnen persönlich beizubringen. Ich hatte vor...«
»Bitte, würdest du mich eine Weile mit meinem Bruder allein lassen?«
»Ist auch alles in Ordnung mit dir?«
Er nickte, zog die Handschuhe aus und legte das Koppel mit der Pistolentasche behutsam auf den Tisch.
»Dann werde ich die Dienstboten mit mir in die Firma nehmen. Es muß einiges in die Wege geleitet werden.«
Wieder nickte Edles Talent, dann kniete er nieder. Der Schnappriegel rastete ein.
Stunden später, immer noch allein, holte Jüngerer Bruder den Brief aus der Westentasche, den er auf dem Nordfeldzug in der Provinz Schekiang schon vor Wochen angefangen hatte zu schreiben, ohne Zeit zu finden, ihn zu beenden. Jetzt konnte er ihn selbst überbringen. Er räusperte sich und las:

»Ältester Bruder –
umgeben von meinen bewundernswerten Truppen und Hochrufe ausbringenden Menschenmengen in Hangchow, bin ich dennoch allein und muß unbedingt mit Dir sprechen.
Von einem solchen Siegesmarsch habe ich geträumt, seit Vater mich auf die Akademie geschickt hat. Jetzt, wo er Wirklichkeit geworden ist, weiß ich, daß der Traum mir besser gefallen hat.
In Wahrheit verabscheue ich die Massen, die wir befreit haben, ihre Geistesarmut wie ihre physische Schwäche; dabei bin ich mir darüber im klaren, daß es eine Krankheit ist, mit der sie geboren

wurden und gegen die es für sie kein Heilmittel gibt. In Wahrheit stößt mich der Schmutz, die leere Teilnahmslosigkeit und die gewalttätige Leidenschaft dieser Bauern mehr ab, als ich – außer Dir gegenüber – zuzugeben wage.
Ein kleiner Junge aus einer Hütte an der Straße läuft hinter mir her und bittet, mitgenommen zu werden; je schriller er um eine Gabe bittet, desto tiefer grabe ich meinem Pferd die Sporen in die Flanke.
Ein zahnloser Bauer drückte mir ein Stück Brot in die Hand, das er mit dem Blut eines Mörders getränkt hat, in dem Augenblick, da ihm der Kopf abgeschlagen wurde; der Bauer behauptet, es sei ein Allheilmittel. Mit einem Tritt verscheuche ich ihn.
Ich weiß, daß wir diese letzten sieben Monde hindurch nicht in diesem Tempo hätten vorrücken können, wären nicht diese Leute gewesen. Sie geben uns zu essen, sie sorgen für Unterkunft, sie spionieren für uns. Trotzdem – wenn ich unter ihnen essen muß, vergeht mir der Appetit.
Ich frage mich, wie wohl die Bolschewisten sind. Sie geben uns Waffen und erteilen uns Ratschläge – endlos. Aber es sind Ausländer, Blutsbrüder der Söldner, die Seite an Seite mit den Militärmachthabern kämpfen. Wenn ich einen auf Chinesen schießen sehe – der mein Feind ist –, möchte ich ihn umbringen!
Ich ertappte mich dabei, wie ich sogar an meinen Kameraden in der Kuomintang zweifle, den kommunistischen Funktionären, die vor meiner Armee hermarschieren, um mit Parolen und Aufrufen auf unseren Einmarsch in die Städte vorzubereiten. Ich weiß, Großnichte und ihr Gatte sind unter ihnen, trotzdem bin ich voller Mißtrauen, was ihren Eifer anlangt, ihr Gerede über die bösen Grundherren, die ihrem Schicksal durch die Hand der edlen Bauern nicht entgehen werden. Mein Mitgefühl liegt bei den alten Leuten, die sie mit Narrenkappen auf dem Kopf auf die öffentlichen Plätze treiben.
Ist das der Sinn der Revolution?«

Er blickte auf, wartete auf eine Antwort, von der er wußte, sie würde nicht kommen. »Ist das der Sinn der Revolution?« wiederholte er. »Wenn er das ist, dann möchte ich – genauso wie Du – nichts damit zu tun haben.«
Noch einmal wurde die Haarsträhne des Familienoberhaupts in die Höhe gewirbelt. Weinend streckte Edles Talent die Hand aus und strich sie glatt.

Später, im fahlen Licht vor Morgengrauen, stand der Soldat am Fenster, rauchte eine Zigarette und verfolgte wie abwesend, wie ein Kotkarren langsam die Rue Flaubert heraufkam. Ein großer Mann schob, und ein sehr schlanker zog. Vielleicht war der Karren bereits voll, denn sie hielten nicht vor den Kübeln, die vor den Türen abgestellt waren, an denen sie vorüberkamen. Die Köpfe hatten sie unter der Anstrengung gebeugt, in den Fahrrinnen trotz der durch die Regenfälle der letzten Zeit herausgewaschenen Steine einen geraden Weg beizubehalten.

Mit seinen Gedanken war er in Soochow. Er würde es den Frauen beibringen müssen. Jetzt waren sie alle Witwen. Er würde nur sagen, Beherztes Talent sei an Herzversagen gestorben. Ein grimmiges Lächeln umspielte seinen Mund. Herzversagen! Das war gar nicht mal so weit von der Wahrheit entfernt. Wie hatte Beherztes Talent es einst ausgedrückt? Was schadet es zu träumen, wenn das hilft, Schmerzen zu lindern?

Es lag kein Grund vor, seine Neffen aus dem Ausland heimzurufen. Sobald er zurückkehrte, würde Großartiger Aussicht das Cloisonné-Kästchen übergeben werden, doch das hatte jetzt nur noch die Bedeutung eines Andenkens. Es würde kein neues Oberhaupt des Hauses Chang geben.

Plötzlich war er hellwach. Der Karren hielt vor Nummer 42. Der schlanke Mann näherte sich dem Haus und spähte durch das Guckloch. Edlen Talents Augen verengten sich. Abschaum! Was wollten sie? Er lief in die Halle.

In der Eile hatte er Schwierigkeiten mit dem Schloß, doch als er aufgeschlossen hatte, stieß er die Tür auf, trat hinaus und rief auf die Straße hinaus: »He, ihr da...« Der Große lief auf ihn zu, nicht von ihm fort. Der Junge... wohin zum Teufel...?

Ein heftiger Schmerz zwischen den Rippen. Er blickte hinunter und sah den Lauf einer Pistole. »Zurück!« Noch ein Stoß.

Sobald sie drinnen waren, warf der Große die Tür hinter sich zu und griff nach oben, um die Kordel herunterzuziehen, mit der das Licht angezündet wurde. Gleichzeitig flüsterte er: »Edles Talent?«

Im plötzlich grellen Licht wußte Edles Talent, wer sie waren: Entschlossener Geist und Schimmernde Jade. Sie war es, die die Waffe in der Hand hielt.

»Bist du wahnsinnig geworden?« Er entriß ihr die Pistole und legte sie auf den Tisch. »Ich hätte mir denken sollen, daß ihr beide mit dieser Sache zu tun habt.«

Lange Zeit hindurch rührte sich keiner. Dann sagte Schimmernde Jade mit einer vor Erschöpfung heiseren Stimme: »Ja, nachdem, was ich gesehen habe, ja. Vielleicht bin ich verrückt geworden.« Der Haß in ihren Augen traf ihn voll, und er trat einen Schritt zurück. Sie machte einen Sprung nach der Waffe.
Rasch warf Entschlossener Geist sich zwischen sie, packte sie, hielt sie fest. »Du mußt ihr verzeihen. Wie du vielleicht erraten hast, sind wir seit zwei Tagen und Nächten ständig auf dem Sprung, auf der Flucht.«
Wieder Schweigen. Dann drehte Edles Talent sich um und schritt auf die Bibliothek zu. »Folgt mir. Hier herein.« Er machte die Tür auf. Das Licht aus der Halle fiel auf das Sofa.
»Er muß gehört haben, daß ihr beiden hier seid«, sagte er. Die Stimme wollte ihm versagen. »Er muß aus Soochow gekommen sein, um euch zu helfen, um euch zu beschützen.«
Langsam ging Schimmernde Jade auf den Toten zu. Ihre Schritte waren unsicher, als hätte sie Angst. Einen Augenblick schien es, als wäre sie sich nicht sicher, wer es sei. Dann flüsterte sie: »Wer hat das getan?«
Plötzlich war es aus mit der Selbstbeherrschung des Soldaten. »Ihr habt es getan!« rief er. »Ihr Kommunisten habt meinen Bruder umgebracht.«
Schimmernde Jade schüttelte den Kopf und wandte sich ihm zu. »Du hast unrecht, Großonkel«, sagte sie, und jedes Wort war ein Pfeil. »Du hast unrecht. Wir hätten ihn nie getötet. Deine Soldaten sind es... und die Banditen, die sie angemustert haben...« Sie hielt inne, ein Schauder überlief sie. »Deine Leute sind es, die töten. Deine Leute waren es, die junge Arbeiter bei lebendigem Leibe in die Feuerstellen von Lokomotiven warfen!«
Schon war er im Begriff zurückzuschlagen, da sah er die Tränen, die ihr in den Augen standen.
»Ich habe es mit eigenen Augen gesehen«, flüsterte sie. »Erinnerst du dich noch an unseren Freund Hu? Wir haben ihn sterben sehen, haben seine Schreie gehört.«
Sprach sie die Wahrheit? Er sah den Bauern an. »Alter Freund, stimmt das?«
Der große Mann nickte langsam. »Sie spricht die Wahrheit. Wir haben es mit eigenen Augen gesehen. Wir haben gehört...« Er sprach nicht weiter, als suchte er nach einem Wort. Schließlich sagte er einfach: »Schreie. Wir haben die Schreie gehört.«

Der Alptraum nimmt kein Ende, dachte Edles Talent und schloß die Augen. Wenn die beiden doch nicht mehr da wären. Als er die Augen wieder aufmachte, war es im Zimmer dunkler. Er schwankte. Leise hörte er Schimmernde Jade rufen: »Großonkel?« und dann den Klang seiner eigenen Stimme, wie aus großer Ferne: »Ältester Bruder, wach auf! Wach auf!...«
Seine Hände waren vom Schmutz des Kanals schmierig. »Wie kannst du es wagen?« hatte das Familienoberhaupt gefragt. Er konnte ihn jetzt so deutlich hören. »Wie steht es mit deiner Verantwortung der Familie gegenüber, mein Bruder? Den Ahnen gegenüber? Der Sippe gegenüber, mein Bruder?...«
Die Stimme verhallte, und er fühlte den stützenden Griff von Entschlossenem Geist.
Er blinzelte und sah wieder den Toten auf dem Sofa, diesmal im hellen Licht des Vormittags. Er ging darauf zu.
»Verantwortung dir gegenüber, mein Bruder«, flüsterte er, »und der Familie gegenüber. Ich werde die Schuld abtragen.« Plötzlich war er hellwach. Er fuhr herum und wandte sich Entschlossenem Geist zu: »Der Karren. Wir müssen den Karren verstecken.«
Sie liefen an die Vordertür. Entschlossener Geist spähte durchs Fenster. »Zu spät. Sie kommen schon.«
»Es wäre möglich, daß es meine Männer sind.« Edles Talent wollte ihn beiseite schieben, um selbst hinauszusehen.
Doch Entschlossener Geist wich nicht von der Stelle. »Die da gehören nicht zu dir. Sie haben keine Uniformen an.«
»Wie viele?« flüsterte Schimmernde Jade.
»Fünf Mann.«
Denk nach! Der Soldat rieb sich die Handflächen, dann rieb er diese an der Hose ab. Denk nach!
Zuerst galt es, daß seine Großnichte und ihr Mann sich versteckten. Er scheuchte sie nach oben. Sie widersetzten sich nicht. Der Soldat übernahm das Kommando. Nachdem die Flüchtlinge verschwunden waren, band er das Pistolenkoppel um, ging zum Telefon und nannte dem Vermittler die Nummer der Firma M.S. & Company.
»*Wei?*« Die Stimme von Erhabene Winde.
»Hier spricht Edles Talent.« Er sprach schnell. »Unterbrich mich nicht. Hör genau zu! Schick sofort zwei Kulis her, einen großen, einen schlanken. Sie müssen den Kotkarren fortbringen, der vorm Haus steht. Dann komm selbst mit der Bahre. Und bring den Sarg mit. Unsere Freunde sind hier.«

Es wurde an die Tür geklopft.
»Verstanden?«
»Verstanden.«
Er legte den Hörer auf, machte sonst jedoch keine Bewegung. Er durfte sie nicht merken lassen, daß er sie hatte kommen sehen. Es wurde an der Tür gerüttelt. »Aufmachen! Aufmachen!« Er drehte den Schlüssel um.
Vier Männer, genauen Abstand zwischen sich haltend, standen im Halbkreis vorm Haus. Der fünfte, offenbar der Sprecher, stand an der Tür. Ein stiernackiger Schläger, dem das linke Ohrläppchen fehlte, war offensichtlich überrascht, einen Offizier vorzufinden. »Wir sind gekommen, das Haus zu durchsuchen.«
»Auf wessen Befehl?«
»Das spielt keine Rolle. Tretet beiseite.« Das war niemand, der sich durch eine Uniform einschüchtern ließ.
Trotzdem wich Edles Talent nicht vom Fleck. »Bist du dir darüber im klaren, mit wem du sprichst?«
»Tretet beiseite. Mit Euch hat das, was wir sollen, überhaupt nichts zu tun.«
Der Soldat versperrte ihm mit dem Arm den Zugang. »Wonach sucht ihr?«
»Nach Unruhestiftern!« Der Mann spuckte aus.
Voller Abscheu sah Edles Talent den Speichel, dann blickte er dem Eindringling in die Augen. »Es sind keine hier. Du bist im falschen Haus.«
»Davon will ich mich selbst überzeugen.« Der Kerl versuchte, dem Soldaten den Arm wegzustoßen und war überrascht, daß ihm das nicht gelang.
Ohne auf die Beleidigung einzugehen, sprach Edles Talent noch einmal. »Dies hier ist ein Trauerhaus. Verstorbenen sollte Frieden gegönnt werden.«
Der Mann spuckte nochmals aus. »Laßt mich selbst sehen.«
Den Arm herabnehmend, sagte Edles Talent: »Na schön, durchsucht dies Haus, durchsucht jeden Fußbreit... Aber das hat Folgen.«
Einen Moment zögerte der Kerl. Dann fragte er: »Wer ist denn gestorben?«
»Das Oberhaupt des Hauses Chang, dessen *lao chia* in Soochow seit der Ming-Dynastie berühmt ist.«
»Laßt mich den Leichnam sehen.«
Edles Talent reagierte nicht sofort. Dann nickte er kurz und führte

den Mann in die Bibliothek. Feierlich kniete er vor dem Leichnam. »Mach die Tür zu, wenn du hinausgehst«, sagte er.
Er spürte, wie der Eindringling ihn forschend musterte, ihn mit den Blicken abtastete und abschätzte, ob die Haltung ehrlich war oder nicht. Als der Mann anfing, langsam um das Sofa herumzugehen und ihn immer noch nicht aus den Augen ließ, auf jedes Anzeichen unnatürlichen Benehmens acht gab, ließ er keinerlei Angst erkennen. Die Hacken des Banditen machten einen klickenden Laut, als er vom Teppich heruntertrat. Die Schritte kamen näher, entfernten sich dann. Edles Talent senkte den Kopf, wie im Gebet versunken.
Jetzt stand der Mann direkt hinter ihm, in der Nähe der Wohnzimmertür. Wahrscheinlich wirft er einen Blick in den anderen Raum, dachte Edles Talent und widerstand der Versuchung, sich davon zu überzeugen.
Plötzlich kam der Bandit wieder näher und beugte sich herab, um dem Trauernden ins Gesicht zu sehen. Edlen Talents Augen wichen nicht einen einzigen Moment von der Leiche seines Bruders.
Endlich hörte er das Klicken der Schritte draußen in der Halle, hielt dann inne. Am Fuß der Treppe? Edles Talent wartete, spitzte die Ohren.
Die Sperlinge draußen. Die Uhr auf dem Tisch. Sein eigener Atem.
Das Knarren der Treppe...
Er überlegte, ob dies der Augenblick war, die Pistolentasche an seinem Koppel aufzumachen.
Bäng. Die Haustür.
Nein. Ein Trick. Endlos, so wollte es ihm vorkommen, verharrte er in seiner Stellung.
Endlich hörte er die Tür aufgehen und sich schließen. Dann Stimmen draußen.
Eine ganze Viertelstunde lang blieb er regungslos auf den Knien liegen, die Augen wie gebannt auf dem Uhrzeiger. Dann trat er ans Fenster und spähte vorsichtig zwischen den Vorhängen hinaus. Die Männer waren immer noch da, standen im Kreis auf der kleinen Terrasse, redeten. Der mit dem fehlenden Ohrläppchen hatte sich eine Zigarre angezündet. Offenbar hatten sie es nicht eilig fortzukommen.
Schließlich tauchten in der Ferne zwei Gestalten auf, näherten sich dem Kotkarren und nahmen ihren Platz ein, der Schlanke vorn, der Große hinten. Der Karren setzte sich in Bewegung.

»He«, rief der Anführer der Banditen. »He, ihr da, halt!« Die Kotsammler liefen. Sie kamen nicht weit.
Zurückgetrieben auf die Stufen des Hauses Nr. 42 wanden sie sich. Die Banditen rissen ihnen die Hemden auf.
»Keine Frau. Bloß zwei Stinktöpfe.« Der Anführer versetzte ihnen einen Tritt, scheuchte sie davon. Edles Talent drehte sich um und begann nach oben zu gehen.

Als es dunkel wurde, standen die fünf Mann immer noch da und ließen das Haus nicht aus den Augen, als der reichverzierte Sarg hinausgetragen und auf die Bahre gesetzt wurde. Der Soldat und Erhabene Winde gaben ihm das Geleit bis zu einer Barke, die auf dem Soochow-Fluß lag.
Im Sarg die beiden Flüchtenden.
Unterm Boden in der Nähe der Kohlenrutsche lagen die Überreste des Familienoberhaupts.

38. Die Schuld wird beglichen

Welchen Mannes Land ist die Begräbnisstätte?
Es ist die überfüllte Wohnstatt der Geister –
Weise wie Narren Schulter an Schulter.
Der König der Toten fordert sie alle ein.
Das Schicksal des Menschen läßt sich nicht aufhalten.

Begräbnislied

Es war Mitternacht. Wie ein durchsichtiges Leichentuch hüllte Nebel die beiden Boote ein, die als Tandem über den Soochow-Fluß dahinzogen: ein großes Hausboot, das ein viel kleineres Fahrzeug hinter sich herzog.

Edles Talent kniete an Deck des Hausbootes, zog an dem Tau, das die beiden miteinander verband, und brachte das kleinere Boot längsseits, während in der Hauptkabine Erhabene Winde Bücher in den leeren Sarg packte und die beiden Flüchtlinge sich ausruhten. Entschlossener Geist war der erste, der sich wieder ganz erholte. »Ich gehe besser an Deck und helfe«, sagte er. Als Schimmernde Jade nickte, wankte er an die Tür und schloß sie lautlos wieder hinter sich.

Mit geschlossenen Augen lehnte sie den Kopf gegen die Bordwand. Ihre Kleider waren klitschnaß von Schweiß, ihre Glieder steif, ihr Fleisch noch wie taub davon. Tief und langsam Atem holen, sagte sie sich. Nicht so schnell. Eins, zwei, drei zählte sie. Eins, zwei, drei. Ja, so ist es schon besser. Sie spürte förmlich, wie ihr Herz kleiner wurde. Sie waren in Sicherheit. Bald würden sie ganz fort sein, in den Bergen. In Sicherheit.

Als sie die Augen für einen Augenblick aufmachte, sah sie, wie Erhabene Winde, der mit dem Füllen des Sarges fertig war, diesen jetzt versiegelte. So sollte er begraben werden, denn Goldene Tugend durfte keinen Verdacht schöpfen; nie durfte sie erfahren, daß Beherzten Talents sterbliche Hülle fern von daheim ruhte. Sie ließ

die Lider wieder sinken. Dann saß Erhabene Winde neben ihr und lächelte liebevoll. »Alles in Ordnung mit dir?«
Sein Lächeln war nicht anders als damals, da sie Neues Schicksal nach Shanghai gebracht hatte.
Stumm nickte sie. Die Dankesworte mußten ungesagt bleiben; es wären ihnen sonst zu viele andere gefolgt. Als ihre Blicke sich trafen, schwand sein Lächeln, um gleich darauf zurückzukehren.
»Schwester, bin ich denn durch die Jahre so entstellt, daß du es nicht über dich bringen kannst, auch nur ein freundliches Wort zu sagen?« fragte er neckend.
»Du hast dich nicht verändert. Ich habe mich verändert.« Sie zeigte ihm ihre Hände.
Er nahm sie in die seinen. »Bist du denn so stolz auf deine Schwielen, Schimmernde Jade?«
Darüber mußte sie lächeln. Er kannte sie gut. Und so füllte sie das Schweigen rasch, ehe er noch mehr sagen konnte. »Es ist lange her.«
Er nickte. Nach einer Weile entfuhr es ihm: »Bist du denn glücklich?«
Glücklich? Nur jemand wie er konnte eine solche Frage stellen. Sie entzog ihm die Hände und kreuzte die Arme vor der Brust, um sich gegen die Kühle zu wappnen. »Ich habe keine Zeit, um über so etwas nachzudenken.«
»Zeit zum Glücklichsein gibt es immer«, sagte er. Als sie nicht darauf einging, meinte er: »Vielleicht, wenn du allein mit ihm bist?«
Warum mußte er fragen?
Geduldig wartete er auf eine Antwort.
Als sie das Schweigen nicht mehr ertragen konnte, sagte sie: »Mein Gatte und ich streiten uns nur selten, nicht so wie du und... Er ist gütig zu mir. Ich versuche, nicht häßlich zu ihm zu sein.«
Nachdem sie das gesagt hatte, stand er auf und ging, blieb am Fenster stehen und zog den Vorhang fort, um hinauszusehen.
Eine Zeitlang sprachen die beiden nicht. Weit voneinander entfernt lauschten sie den Schritten an Deck, dem Knarren des Holzes.
Schließlich drehte er sich um und sah sie an. »Wenn Sterbliche warten, bis die Götter die Welt so ummodeln, daß sie darin glücklich sein können, sind sie vorher in der Hölle.«
Das war eine Anklage, und dennoch hatte keines der Worte irgendwelche Bedeutung für sie. Nicht mehr und nie wieder. Diesmal

beeilte er sich, das Schweigen zu füllen. »Gibt es nichts, was du mich fragen möchtest? Nach vier Jahren – gar nichts?« Als sie nicht antwortete, fuhr er fort: »Na schön, wenn nichts, was mich betrifft – wie steht es mit deiner Mutter? Deinem Sohn?« Er wurde lauter.

Schweigend bat sie ihn, bitte, bring mich nicht dazu zu fragen. Bitte! Er hörte sie nicht.

»Gibt es denn nichts, was du über sie wissen möchtest?« Seine Stimme war voll Zorn. »Antworte mir!«

»Ich kann nicht. Ich kann nicht!«

»Was soll das heißen – du kannst nicht?«

»Ich kann nicht«, flüsterte sie noch einmal. Sie schloß die Augen, erinnerte sich an das Entsetzen in den Gesichtern derer, die verbrannt waren, versuchte, sich gegen seine Fragen zu wappnen.

»Sollte es möglich sein, daß du es nicht weißt? Solltest du nicht wissen, daß du ihnen das Herz gebrochen hast, als du sie verließest? Wochenlang hat dein Sohn jede Nacht nach dir geweint, und deine Mutter – wie viele *li* ist sie, ihn auf dem Arm, auf und ab gegangen und hat versucht, ihn zu trösten, wo er doch nur dich haben wollte? Und obgleich ihre Goldenen Lilien so schmerzten, wollte sie nicht zulassen, daß irgend jemand sonst ihn trug.«

Er war beim Sprechen auf sie zugekommen, und einen Moment meinte sie, er werde sie schlagen. Aber er stand nur da und beugte sich über sie.

»Und jetzt muß ich ihnen berichten, ich hätte dich gesehen, und du hättest nicht einmal gefragt, was jeder Fremde fragen würde: ›Geht es ihnen gut?‹«

In ihrem Herzen flehte sie ihn an aufzuhören. Sie barg das Gesicht in den Händen, doch er riß sie ihr fort.

»Weinst du, meine liebe Freundin? Kann ein Stein weinen?«

Sie sah auf.

»Um wen weinst du, Genossin? Um die unterdrückten Volksmassen? Nun, das ist ein oder zwei Tränen wert.«

»Du hast nie etwas begriffen.«

»Nein, hab' ich wohl nicht«, sagte er erschöpft. Er ließ ihre Hände fallen, als wären sie beschmutzt. »Ich geh' an Deck.«

»Warte!« Sie rief ihn, als er an der Tür war. »Warte!«

Er blieb stehen.

»Mein Bruder...« Sie streckte die Hand aus. Die Hand zitterte. »Mein Bruder, bitte... Wenn ich fragte, würde ich es wissen. Und

wenn ich es wüßte, würde ich mir Sorgen machen. Und wenn ich mir Sorgen machte, könnte ich nicht sein, was ich sein muß.«
Der Arm fiel ihr in den Schoß. Sie rieb sich den Ellbogen, als ob sie sich verletzt hätte. »Du hast mir einmal gesagt, uns bliebe keine Wahl – wir müßten sein, was wir sind. Recht hast du gehabt. Begreifst du denn nicht? Je weniger ich weiß, desto weniger muß ich vergessen.«
Der Ausdruck in seinem Gesicht wurde weicher, und als er sprach, verriet seine Stimme nicht mehr Zorn, sondern Schmerz. »Kleine Schwester, wir sind so verschieden. Du willst nichts wissen. Ich hingegen möchte etwas – irgend etwas – haben, um mich daran zu erinnern.«
Ich aber darf mich nicht erinnern, sagte sie sich. Meine Arbeit muß mir wichtiger sein als ich selbst. Sonst hätten meine Opfer keinerlei Bedeutung. Plötzlich wollte sie, daß er verstand. »Ich darf mich nicht erinnern. Mein Bruder, ich muß mir jede Erinnerung versagen – bis auf das, was unserer Sache nützt. Ich bin Kommunistin. Ich arbeite...«
»Eine Vogelfreie bist du. Mit verlausten Bauern wirst du in den Bergen in der Falle sitzen, und irgendwann wird man dich umbringen. Was wirst du dann erreicht haben?«
»Du irrst.« Sie versuchte aufzustehen, doch ihr wurde schwindlig, und so ließ sie sich wieder zurückfallen. »Wir werden nicht umgebracht. Triumphieren werden wir.«
Er lachte bitter auf. »Nicht einmal ein Narr würde auch nur einen einzigen Käsch auf euch setzen.«
»Wir brauchen keine Narren. Wir haben die Partei, das Volk.«
Wieder machte sich Schweigen breit. Er holte seine Zigaretten hervor und setzte sich neben sie. Er bot ihr eine an, nahm selbst eine, und eine Zeitlang saßen sie schweigend da und rauchten.
Geht es ihnen gut? fragte sie, aber nicht laut. Meinem Jungen? Meiner Mutter? Selbstverständlich geht es ihnen gut, dachte sie. Welche Gefahr gab es schon für sie? Sie waren schließlich in Soochow, hinter Gartenmauern.
Plötzlich lachte er wieder. »Nein, Kleine Schwester, ich bin es, der ein Narr ist. Da setz' ich mein Leben aufs Spiel, um Kommunisten zu helfen. Erhabene Winde, der größte Kapitalist in ganz Shanghai. Ich höre dich geradezu, wie du den anderen erklärst, daß ich die Arbeiter in meinen Fabriken ausbeute, wie ich meine Mieter ausbeute, wie ich überhaupt nichts anderes tue, als die Massen auszu-

beuten, und das vierundzwanzig Stunden am Tag. Wäre ich in Hunan, würdest du mich vor ein Volksgericht stellen, mich mit einer Narrenkappe durch die Straßen zerren und erschießen lassen.«
Er hielt inne, als wartete er darauf, daß sie ihm widerspräche. Als sie stumm blieb, erhob er sich langsam und trat wieder hinüber ans Fenster. Ein leiser Wind bewegte die Vorhänge. Er drehte sich um, um sie anzusehen. »Mit einem habt ihr Kommunisten recht – wir Bourgeois sind unverbesserlich sentimental.«
Sie stand auf, wollte auf ihn zugehen, doch wieder übermannte sie die Schwäche. Als ihre Beine unter ihr nachgaben, fing er sie auf. Einen Moment standen sie da und lagen sich in den Armen. Dann half er ihr wortlos, sich wieder hinzusetzen.
Muß versuchen, es ihm begreiflich zu machen. »Mein Bruder, einst war mein Herz genauso wie deines. Doch dann erkannte ich, daß ein neues China nur dann entstehen konnte, wenn das alte China tot wäre. Nur, indem wir die alten Bande zerschnitten, war das Gute zu erreichen. Ich glaube – nein, ich bin sicher: Nur wenn der Kommunismus den Konfuzianismus ersetzt, werden alle Chinesen wieder ähnlich denken. Nur dann wird China wieder groß sein.«
Sie fuhr fort zu erklären. Er hörte ihr zu, ohne sie zu unterbrechen, doch selbst als sie von den vielen redete, wußte sie, daß er nur an eine dachte.
Nachdem sie eine zweite Zigarette geraucht hatte, hörte sie auf zu sprechen, lehnte sich vor und drückte die Kippe auf dem Teakholzboden aus.
»Noch eine?« fragte er.
Sie nickte.
Er griff in die Tasche, doch als er die Hand wieder hervorzog, hielt er nicht das goldene Zigarettenetui in ihr. Einen Moment starrte er auf den dicken Umschlag, als erstaune ihn, was er da in der Hand hielt. Dann warf er ihn ihr in den Schoß. »Ich hab' dir ein Geschenk mitgebracht.«
Es lag da wie eine zusammengerollte Schlange. Weder vermochte sie die Augen davon zu lösen noch es zu berühren. Nach einer Weile nahm er den Umschlag, machte ihn auf und breitete die Fotografien auf der Bank aus.
Sie betrachtete die Bilder: von Neuem Schicksal, wie er lachte und vor ihren Augen älter wurde. Neues Schicksal in Seidengewändern neben einer der Zwergzypressen. Neues Schicksal in westlichem Anzug mit einem Fernrohr in der Hand. Neues Schicksal in pelzge-

füttertem Mantel neben Frühlingsmond, angekleidet für das Neujahrsfest. Nicht mehr, bettelte sie schweigend wie zuvor. Bitte nicht mehr! Rasch fegte sie die Fotos zusammen und verbarg sie wieder im Umschlag.

Ehe sie sich darüber klar wurde, was sie sagte, fragte sie: »Hast du geheiratet, mein Bruder?«

»Nein, aber ich habe einen Sohn... deinen Sohn.«

Die Tür ging auf, und Entschlossener Geist erschien und füllte den Raum. »Es ist Zeit zu gehen«, sagte er.

Bedächtig erhob Schimmernde Jade sich, legte den Umschlag auf den Tisch und ging am Sarg vorüber auf die Tür zu.

»Mein Freund«, sagte Entschlossener Geist, »mein Freund, ich danke dir, daß du uns das Leben gerettet hast. Ich werde nie vergessen, was du für uns getan hast.«

Erhabene Winde nickte.

»Und ich bitte um noch einen Gefallen.«

»Aber gern.«

Entschlossener Geist griff in die Tasche und holte die Rohrpfeife hervor, die er geschnitzt hatte. »Bitte, gib dies meinem Jungen.«

Erhabene Winde nahm sie, blickte auf den Umschlag und dann zu Schimmernde Jade hinüber. Sie schüttelte den Kopf.

»Rasch! Wir müssen rasch gehen«, sagte sie.

In einem Augenblick, da der Nebel die Ufer vollkommen verschwinden ließ, kletterten Schimmernde Jade und Entschlossener Geist in das kleinere Boot. Sie würden durch den Kanal zum Jangtse gelangen, während die anderen nach Hause fuhren.

Drei Tage später wurde der Sarg neben den Ahnen von Beherztem Talent bestattet. Die Feier war sehr schlicht, und darum nahmen nur jene Familienmitglieder teil, die zu dieser Zeit in Soochow lebten, und ein paar wenige Freunde des Gelehrten von der Selbsthilfe-Gesellschaft.

Die Sippe versammelte sich nicht, und es gab auch keinen großen Trauerzug mit Priestern und Musikanten durch die Stadt. Zwar wurden Telegramme nach Cambridge, Massachusetts, abgeschickt, doch die Söhne des Familienoberhaupts wurden nicht nach China zurückgerufen. Edles Talent informierte die Frauen, Beherztes Talent habe diesbezügliche Anweisungen hinterlassen: »Im Leben habe ich die Sicherheit der Familie oft in Gefahr gebracht; im Tode möchte ich sie nicht noch weiter gefährden.«

Nachdem das letzte Kotau vollzogen war, blieb Goldene Tugend neben dem neuen Grab auf den Knien liegen. Leise, aber doch klar, sprach sie: »Mein Gatte, es war mein innigster Wunsch, als erste von uns beiden jenseits der Gelben Quellen zu gehen und dich dort zu gegebener Zeit willkommen zu heißen. Nun, da du gegangen bist und so schweigend wie gemeiner Tau in die Erde gleitest, ohne Gepränge und ohne Trommeln, bin ich...« Ihre Stimme bebte. Sie hielt inne, neigte den Kopf. Doch als sie schließlich weitersprach, war es, als ob nichts geschehen sei, als ob in der Zwischenzeit die Zeit stillgestanden hätte, »... beschämt. Damit einer da ist, der nicht vergißt, ein Mensch, der immer trauern wird, werde ich meine Gemächer nicht mehr verlassen. Nicht, bis es für mich an der Zeit ist, für immer neben dir zu ruhen.«

Die anderen versuchten gar nicht erst, sie von diesem Entschluß abzubringen. Sie wußten ohnehin, es würde keinen Sinn haben. So wie sie entledigte sich auch Goldene Tugend neben den Bronzelöwen des weißen Hanfs, damit der Tod ihnen nicht heimfolge. Dann schloß sie der Welt gegenüber ihre Türen.

Am Morgen nach der Beerdigung wurde Edles Talent früh vom klagenden Ton einer Rohrflöte geweckt. Er lauschte eine Zeitlang und verfolgte, wie die goldenen Bänder des Sonnenlichts sich von den Spalten in den Gitterfenstern durch den Raum zogen. Nichts hatte sich seit seinen Jugendtagen in der kleinen Kammer verändert; nur die Rollbilder waren andere als an dem Tag, da er auf die Akademie gezogen war. Zum ersten Mal seit vielen Monden erfüllte ihn Frieden.

Es war die Stunde des Drachen, als er endlich seine Uniform anzog, die sauber für ihn auf der Kampfertruhe zu Füßen des Bettes zurechtgelegt worden war. Wieder trat er vor das Rollbild, das zwischen den Ostfenstern an der Wand hing. Wo hatte er das letzte Neujahrsfest verbracht? In Nangchang, bei seinen Leuten, nahm er an. Beherztes Talent mußte die Rolle an diesem Tag aufgehängt haben. Die Kalligraphie stammte von ihm. Davorstehend, las Edles Talent laut das Gedicht von Wang Wei:

Freund, ich habe dich den Berg herabkommen sehen,
Bis ich jetzt im Dunkel meine Strohtür schließe...
Gräser kehren wieder grün im Frühling,
Aber ach, du Erster unter meinen Freunden, du auch?

Mit dem Finger zog Edles Talent einige Schriftzeichen nach und stellte sich seinen Bruder am Schönschreibtisch vor – als jungen Mann, als alten Mann. Die Kalligraphie hatte so sehr zu Beherztem Talent gehört, daß er ihn kein einziges Mal nach seiner Kunst gefragt hatte. Und jetzt war es dazu zu spät.
Langsam wandte er sich ab, um sich fertig anzukleiden. Seine Stiefel, von einem plötzlichen Schauer durchnäßt, fand er draußen vor der Tür stehen. Sein Diener war nirgends zu sehen, und so betrat er die Garderobe; wahrscheinlich hatte er dort ein Paar stehenlassen – wie lange mochte das her sein? Er hatte bei seinen kurzen Besuchen hier in seiner *lao chia*, seit er in den Süden gegangen war, um sich den Revolutionären anzuschließen, die Truhen kein einziges Mal aufgemacht.
Jetzt, wo er es tat, erlebte er eine Überraschung. Der kunterbunt zusammengwürfelte Kram, den er zurückgelassen hatte, war nicht mehr da. Statt dessen lange Gewänder und Jacken aus Brokat und Seide und pelzgefütterte Mäntel. Eine Reihe von Seidenpantoffeln. Er probierte ein Paar an. Sie saßen wie angegossen. Neugierig auf die Gewänder nahm er mit dem blauen über der Brust Maß, dann mit dem grauen und dem braunen. Sie waren alle gleich. Er entschied sich für das graue, zog die Uniform aus und das Gewand an. Nachdem er den Stehkragen zugeknöpft hatte, war er sich sicher. Die Gewänder waren eigens für ihn gefertigt worden. War es denkbar, daß Seidige Morgenfrühe all die Jahre über weiter für ihn genäht hatte?
Auf dem Boden des Schrankes, genau in der Mitte, fand er ein Kästchen aus Kampferholz. Neugierig hob er es heraus, stellte es auf den Tisch und machte es auf. Drinnen lagen köstlich bestickte Quadrate. Eines nach dem anderen nahm er sie heraus. Das Seepferd. Das Rhinozeros. Der Panther. Der Schwarze Bär. Das Einhorn. Militärische Rangabzeichen, die auf Brust und Rücken des vorschriftsmäßigen Überwurfs getragen worden waren, als China noch ein Kaiserreich war. Die Träume seiner Mutter.
Edles Talent tat sie zurück in den Kasten. Dann nahm er seine Uniform vom Bett, legte sie sorgsam zusammen und verstaute sie säuberlich im Schrank. Dann setzte er sich an seinen Schreibtisch, holte Papier und Pinsel hervor. Aus dem Porzellangefäß ließ er ein paar Tropfen Wasser auf den Tintenstein fallen. Bedächtig rieb er den Tuschstift, griff dann nach dem Pinsel und bat Tschiang Kai-schek in dem Brief um seine Entlassung. »Trauer und Verpflichtun-

gen der Familie gegenüber halten mich in Soochow fest. Ich habe sie lange vernachlässigt.«
Er übergab den Brief einem Boten und stattete dann seiner Mutter einen Besuch ab. Sie verbrachten den Tag sehr still. Sie nähte.

Ein paar Tage nach dem Begräbnis, zur Stunde des Ebers, saß Frühlingsmond auf einem Porzellanhocker am Lotusteich, wie jeden Abend, seitdem Erhabene Winde und Edles Talent den Leichnam des Familienoberhaupts nach Hause gebracht hatten. Warum sie, wenn sie nicht einschlafen konnte, den Zwang fühlte, hierherzukommen, als suchte sie nach etwas, vermochte sie nicht zu sagen. Was sie verloren hatte, war zusammen mit Beherztem Talent begraben worden. Es war unmöglich, es zu finden – weder heute abend noch an irgendeinem Abend sonst.
Kein Mensch würde sie jemals wieder so gut kennen, denn er war immer dagewesen. Er hatte ihre Gedanken verstanden, ihr Schweigen. Er hatte alle ihre Geheimnisse gekannt – bis auf eines. Niemals würde sie die Jahre für jemand anders wieder einfangen.
Sie hörte Schritte, und als sie sich umdrehte, sah sie eine Gestalt in den Schatten der Marmorwand stehen.
»Wer ist das?«
»Ich bin's, Erhabene Winde, Tante. Der Träger hat mir gesagt, du wärest hier.« Er kam auf sie zu und verneigte sich. »Wir müssen miteinander reden.«
»Ja, selbstverständlich.« Sie nickte, überlegte, was es wohl sein mochte, und wünschte, sie brauchte es nicht zu erfahren.
»Können wir in die Ahnenhalle gehen?« fragte er.
»Ja. Es wird kalt.«
»Ich habe den Träger auch gebeten, Edles Talent dorthin zu bitten.«
Sie stand reglos da und versuchte, im Mondlicht in seinem Gesicht zu lesen. Plötzlich hörte sie Fröschegequake, das lauter, eindringlicher und merkwürdigerweise menschlicher klang als sonst.
Als sie die Halle erreichten, war Junger Onkel bereits dort. Also konnte auch er keinen Schlaf finden, dachte sie. Sie verneigten sich und nahmen am Teetisch Platz. Erhabene Winde bot Edlem Talent eine Zigarette an. Nachdem er sich selbst auch eine angezündet hatte, griff er noch einmal in die Tasche und holte eine Tafel Schokolade hervor. »Tante?«
Sie lachte, doch lag keine Fröhlichkeit in diesem Lachen. Es fiel ihr

schwer aufzuhören. Sie wischte sich die Augen und sagte: »Nein, danke schön.« Um dann zu erklären: »Ich finde es sonderbar tröstlich, daß trotz allem, was geschehen ist, ihr euch kein bißchen verändert habt.«

»Was meinst du damit?«

»Selbst als Junge bist du nie irgendwo hingegangen, ohne irgendwelche Essenssachen in den Taschen. Meine Mutter bringt morgens immer noch lange mit ihrer Toilette zu, bemalt sich die Wangen, besprüht ihr Haar mit Lack und versucht, sich schlüssig zu werden, welches pflaumenfarbene Gewand sie heute tragen soll. Irgendwelche Aufregungen nimmt sie einfach nicht zur Kenntnis. Manchmal glaube ich, daß...«

Junger Onkel klopfte sich nervös mit den Fingern auf den Schenkel. Er räusperte sich. Sie hielte inne. Warum redete sie nur so?

Edles Talent sprach. »Bitte, sag uns, warum wir hier sind, Erhabene Winde.«

Er nickte und setzte dann ein freundliches Lächeln auf, als wollte er ihr bedeuten, er habe gegen ihr Geplauder nichts einzuwenden. Er drückte die Zigarette aus und begann: »Die Gerüchte in Shanghai jagen einander. Offenbar ist einer der Kommunisten auf die andere Seite übergelaufen und hat eine Liste vorgelegt. Auf dieser Liste stehen viele Namen, unter anderem die von Schimmernder Jade und Erhabenem Geist.«

Frühlingsmond spürte, wie sich ihr die Kehle zuschnürte.

»Diesmal«, fuhr Erhabene Winde fort, »richten Bestechung und Verbindungen nichts aus. Ich habe mich eingehend mit allen Möglichkeiten beschäftigt. Es soll ein Exempel statuiert werden.«

Erhabene Winde und Edles Talent zündeten sich beide eine zweite Zigarette an. Frühlingsmond sah ihnen eine Weile beim Rauchen zu, dann erhob sie sich langsam und ging Richtung Wandschirm, der die Halle teilte. Vorsichtig faltete sie die Mittelteile zurück, so daß ein Lichtbündel von der Lampe auf dem Teetisch auf den Altar fiel. Jetzt, wo die Barriere des Wandschirms nicht mehr da war, machte der Weihrauch sie ganz schwindelig. Sie konnte die Namen, die auf den Ahnentafeln standen, nicht erkennen.

Während sie dastand, füllten die Schatten sich mit Frauen, raschelte ihr Gewisper wie totes Laub. Auf dem Altar, neben einer Schale mit Früchten, lag eine Birne. Sehr leise vernahm sie die Stimme der Ersten Gebieterin: »Es ist ein Zeichen – ein nicht zu leugnender Wunsch unserer weisen Ahnen.«

Die Botschaft war klar. Fort. Sie mußten fort von hier. Frühlingsmond faltete den Wandschirm zu und kehrte auf ihren Stuhl zurück.
»Wieviel Zeit, meinst du, haben wir noch?« fragte sie.
Erhabene Winde zuckte mit den Achseln. »Höchstens eine Woche, vielleicht aber auch nur fünf Tage.«
»Dann müssen wir in drei Tagen fort sein«, sagte sie. »Es ist die einzige Möglichkeit.«
Edles Talent war aufgesprungen und tigerte auf und ab, wobei seine weichen Pantoffeln kaum einen Laut auf dem Hartholzboden machten. Endlich, als wäre er an das Ende einer Reise gekommen, blieb er stehen. »Und wohin können wir gehen?«
»Nach Hongkong«, erwiderte Erhabene Winde.
Der Soldat überlegte einen Moment, nickte dann kurz einmal und traf seine Entscheidung. »Ja«, sagte er und dann noch einmal, härter und nachdrücklicher: »Ja.«
Meine Tochter, was hast du getan? dachte Frühlingsmond. Das kann es nicht sein, was du gewollt hast. Das wäre unmöglich. Sie schüttelte den Kopf. Der Gedanke war zu schrecklich. Es war Schicksal. Nichts, was eine Mutter hätte tun können, jetzt tun könnte, würde daran etwas ändern. Es konnte nicht anders sein: Die Schulden des Hauses Chang mußten so zahlreich sein, daß sie nur auf diese Weise beglichen werden konnten.
Sie blickte die Männer an, stellte keinerlei Fragen und war nur dankbar, daß Beherztem Talent diese letzte Schuldbegleichung erspart geblieben war.
Edles Talent räusperte sich abermals. »Es ist viel zu tun«, war alles, was er sagte.
Binnen einer Stunde kam Leben in den Haushalt. Bis in den nächsten Tag hinein verpackten und versiegelten die Frauen die Wertsachen der Familie in den Särgen, die für die Witwen vorbereitet worden waren. Die Sänftenträger, Erhabene Winde, Edles Talent und Festes Versprechen gruben um den Lotusteich herum. Das war nicht einfach, denn die Wurzeln der Zypresse reichten immer noch tief in den Boden des Hauses Chang. Doch vor Sonnenuntergang war alles erledigt, die Schätze vergraben.
An diesem Abend, nachdem Ruhe in die Höfe eingekehrt war, wollte Frühlingsmond Goldener Tugend ihre Aufwartung machen. Edles Talent hatte ihr erklärt, daß sie fort müßten, doch war es ihm nicht gelungen, sie dazu zu bringen, ihr Gelöbnis zurückzunehmen. Ihre Nichte hatte nichts dergleichen vor. Es gab nur einen, der sie

dazu hätte bewegen können, sich eines Besseren zu besinnen, und der war tot.
»Bitte, tritt ein.«
»Guten Abend, meine Tante.«
»Guten Abend, meine Nichte.«
Schweigend boten sie sich gegenseitig Tee an. Die Augen hatten sie niedergeschlagen.
Bist du dir sicher, meine Tante, bist du dir auch ganz sicher? dachte sie immer wieder. Doch fragte sie selbstverständlich nicht. Vielleicht geschah ihr nichts zuleide. Vielleicht irrte Erhabene Winde sich auch. Vielleicht...
Goldene Tugend war die erste, die sprach. »Meine Nichte, etwas, von dem ich wünschte, daß du und Erhabene Winde es für mich unternähmen. Ich schließe den Waisen ein, denn er ist jünger als Edles Talent und wird uns alle überleben. Und andere brauchen es nicht zu erfahren.«
Sie nickte.
Unbeholfen verließ die Witwe auf ihren hochhackigen Schuhen den Raum. Als sie wiederkam, hielt sie das Cloisonné-Kästchen in Händen. »Bitte, vergrabt dies, wo niemand es finden kann.«
Frühlingsmond erhob sich, streckte die Hände aus, und einen Augenblick lang hielten sie beide das Kästchen. Dann begegneten sich ihre Augen, und Goldene Tugend sagte: »Es ist Zeit für dich zu gehen, meine Nichte.«
Sie nickte, nahm das Kästchen und verließ eilends den Raum. Später, im Garten, fragte Erhabene Winde: »Wo soll ich graben?«
»Egal, wo. Es spielt keine Rolle.«
»Unter einer der Wegplatten? Der verfügbare Boden um den Teich herum ist bereits aufgegraben.«
»Egal, wo.«
Er machte eine lockere Steinplatte ausfindig, hebelte sie heraus und begann zu graben.
Sie saß auf ihrem Hocker und starrte die Zypressenzweige auf dem Kästchen. an. Die Kupferdrähte darauf schimmerten wie blaue Glut im Mondschein. Wenn es jetzt vergraben wurde – ob es dann jemals wieder zum Vorschein kommen würde, fragte sie sich? Vielleicht sollte sie es mitnehmen, zusammen mit dem anderen Kästchen, das sie an diesem Tage eingepackt hatte. Ein Kästchen, das gleichfalls blau war, mit einer Gebirgsszene und Nebeldunst bestickt, wenn auch nicht ganz fertiggeworden – das Geschenk von Goldener

Tugend. In diesem Kästchen verwahrte sie ihre kostbarsten Besitztümer: den Ring aus Amerika, einen antiken elfenbeinernen Schachsoldaten, eine Brosche aus Gold und Eisvogelfedern, eine Goldmünze, eine goldene Haarspange, einen Band Gedichte von Li Po, Briefe, ein oder zwei Fotos.

Aber sie konnte keine zwei Kästchen mitnehmen. Und was sie in Händen hielte, hatte sie versprochen zu vergraben.

»Tante?« Erhabene Winde stand neben ihr und streifte sich den Schmutz von den Händen.

Sie blickte auf, widerstrebend reichte sie ihm das Schachspiel und sah zu, wie er das Kästchen im Boden versenkte. Sorgsam schichtete er den Boden über dem kleinen Loch auf, klopfte ihn dann mit der Schaufel fest und legte zuletzt die Steinplatte wieder hin. Mit den Händen fuhr er über die glatte Oberfläche, wischte alle Spuren von Erde fort und drückte das Moos wieder in die Ritzen.

»Die Steine sehen aus wie eh und je«, sagte er. »Kein Mensch wird etwas ahnen. Präg's dir gut ein, so wie ich es auch tun werde: Es ist der siebte Stein in der siebten Reihe. Denk an das Datum der Wiedervereinigung des Rinderhirten und der Spinnerin.«

Einen Moment war ihr, als müßte sie weinen wie ein Kind, das man verlassen hatte.

»Tante, ist auch alles in Ordnung mit dir?«

»Erhabene Winde, manchmal denke ich, die Welt ist wahnsinnig geworden. Doch dann wieder weiß ich, es kann nicht sein. Es ist nur so, daß es uns bestimmt ist, alte Schulden zu bezahlen.«

Die Stimme brach ihr, und er kniete nieder und nahm ihre Hände.

»Tante, all dies hat nichts mit dem zu tun, was du getan hast. Oder mit dem, was Schimmernde Jade getan hat. Es hätte genausogut genau andersherum kommen können und Edles Talent der, der die Jäger nach Hause brachte.«

Sie schüttelte den Kopf. »Du weißt nicht. Ich habe Dinge getan, die würden dir nicht im Traum einfallen...«

»Hast du das?« flüsterte er, als ob auch er zurückdenke. Doch dann zuckte er mit den Achseln und sagte: »Was ist das Leben anderes als törichte Begierden und unvollkommene Entscheidungen?« und dann, drängender: »Wären die Umstände die gleichen, du würdest gewiß wieder genauso handeln...«

Sie hörte nicht mehr zu, starrte ihre Hände an, die sich gegenseitig gefaßt hielten. Fehlte nur noch ein Faden, und es wäre eine Katzenwiege. Als Kind hatte sie dieses Spiel mit Pflaumenblüte gespielt, dann später mit Schimmernder Jade und Festem Versprechen, und jetzt spielte sie es wieder mit Neuem Schicksal. Als sie daran dachte, mußte sie lächeln.

»Das würde ich doch meinen!« rief Erhabene Winde aus. »Du würdest es noch einmal tun.«

»Ja, das würde ich wohl.«

»Du bereust nichts?«

»Nein, ich bereue nichts.«

Am nächsten Nachmittag ging Frühlingsmond allein hinaus in die Hügel, wo die Ahnen begraben lagen. Die Kiefern, die um das Grab des Altehrwürdigen herumstanden, waren hoch gewachsen, und als die länger werdenden Schatten sie erreichten, hielt sie für einen Augenblick in ihrem Anstieg inne. Wie viele Jahre waren es jetzt her? Sechsunddreißig? Nein, fünfunddreißig. Fast so alt war Beherztes Talent damals, als er aus Amerika zurückgekehrt war. Sie lächelte bei dem Gedanken an ihn, und dann dachte sie daran, wie ihr Leben wohl verlaufen wäre, wenn er ihr niemals lesen und schreiben beigebracht hätte.

Nein, es hatte genauso verlaufen sollen, wie es verlaufen war. Dessen war sie ganz sicher. Sie stellte den Korb nieder und fing an, die Gräber von Unkraut zu säubern.

Der Wind kam aus dem Süden und war unerwartet warm. Die Weiden wiegten sich. Über ihr ertönte der schwermütige Schrei von Wildgänsen, die gen Norden flogen. Sie arbeitete in aller Ruhe, genoß die Zeit, die sie bei jedem Verwandten zubrachte. Die meisten hatte sie nie kennengelernt; gleichwohl kannte sie ihre Geschichten und nannte ihre rechtmäßigen Namen, wenn sie anfing, ihre Hügel zu säubern.

Sie war immer noch bei der Arbeit, als der Wächter rief: »Es wird Zeit, Junge Herrin.«

Sie nickte. »Du kannst schon gehen. Ich komme nach.« Sie sah ihm nach, als er den Hügel hinunter auf die Stadt zutrabte und unsicher unter der Zwillingslast schwankte, die ihm von den Enden seiner Tragestange aus Bambus herunterhing. Seine betagte Mutter, die im vorderen Korb lag, rief ihren Enkelkindern im hinteren zu: »Haltet euch ruhig, meine süßen Möpschen, damit wir nicht fallen.«

Am neuen Grab stellte sie die Schalen mit dem Essen ab, die sie mitgebracht hatte, und dazu die Räucherstäbchen, die bereits am

Altar in der *lao chia* angezündet worden waren. Dreimal machte sie Kotau. Dann sprach sie:

»Großmutter sagt, es sei mir prophezeit, so lange zu leben, daß ich fünf Generationen unter einem Dach erlebe. Ich glaube, das ist mein Schicksal.

Ich habe versprochen, die Familie bei dir zu versammeln, wenn die Hügel grün sind und der Wind lau. Ich werde dieses Versprechen halten.

Es wird nicht dieses Jahr geschehen und auch nicht im nächsten. Vielleicht auch weder in diesem Jahrzehnt noch im nächsten. Der Horizont verbirgt sich hinter hohem Gras, das seufzt und sich unter dem jeweils vorherrschenden Wind beugt, und die Nächte sind schwarz.

Aber unsere Sippe hat auch andere Zeiten überstanden, in denen der Wein zu Essig wurde und der Weihrauch zu Rauch. Es gibt eine Zeit für die Sonne und eine Zeit für den Schatten. Eine Zeit zum Singen und eine Zeit zum Schweigen. Und zu allen Zeiten Abschiednehmen und Wiedervereinen. Im Uns-Dreinfügen sind wir wie das Wasser, von Natur aus sanft und gelassen, und passen uns der Höhlung noch der kleinsten Hand an, doch mit der Zeit formt es selbst die Berge nach seinem Willen.

Genauso halten wir Pflicht und Ehre hoch. Wir lieben die Familie und die Zivilisation.

Wir sind Chinesen.«

Epilog

Im achten Mond im Jahr des Hundes – 1934 – wurden die Kommunisten in den Bergen von Kiangsi isoliert und vollständig eingeschlossen.
»Nein!« rief der Große Steuermann. »Das ist nicht das Ende, sondern ein Neuanfang!«
Die Soldaten der Roten Armee versammelten sich auf den Dorfplätzen. Eine auffallend große Genossin eilte von Gruppe zu Gruppe und sprach ihnen Mut zu. »Wir kehren zurück, Genossen! Wir werden überleben! Wir werden siegen!« Ihre Stimme war kraftvoll wie ein Wirbelwind.
Es war Morgengrauen, als ihr Geliebter, der Bauerngeneral, das Zeichen zum Aufbruch gab. Tag und Nacht marschierten sie und kümmerten sich weder um Bomben, die in der Luft zerbarsten, noch um den Geruch brennender Städte.
Die Genossin sah die Verwundeten. An einem kühlen Morgen, an dem Blätter von den Bäumen heruntersegelten, wurde ein dreizehnjähriger Kindersoldat ihrer Obhut anvertraut. Sie hatte ihn schon zuvor auf Versammlungen gesehen, wie er in seiner viel zu großen Uniform und einem Paar konfiszierter Lederstiefel auf und ab marschiert war.
In einem Kiefernhain kniete sie neben dem Jungen und rief ihn sanft an: »Genosse! Genosse!« Er machte die Augen auf. Sie hielt seine Hand und erklärte, was er tun müsse. »Ich habe gerade dich gefragt, weil ich weiß, daß du es tun kannst und auch willst. Irre ich mich?«
Tränen liefen ihm über die Wangen, als er den Kopf schüttelte. »Nein, du irrst dich nicht.«
Vier Männer hoben ihn in die Höhe. Der Junge schrie vor Schmerzen. »Bitte, helft mir.«
Mit einem dicken Seil stopfte die Genossin ihm den Mund, und als er ihnen zunickte weiterzumachen, ließen die Männer ihn hinab in einen Korb und hievten ihn dann hoch hinauf in einen Ausguck in den Bäumen. Er winkte mit einer Granate. Als die Genossin sein

Winken erwiderte, grüßte er, die Hand am roten Stern seiner Mütze.
Sie zog seine Lederstiefel an und marschierte voran. Als die Marschkolonne sich den Alten Bergen näherte, kam sie zum Stehen. Die Steigung war so groß, daß nur die geflochtenen Sohlen des Vordermanns zu sehen waren. Dem Mann, der sich vor Angst wimmernd an den Felsen klammerte, rief die Genossin zu: »Blick nach oben, und zähl die Sterne, Genosse! Blick nach oben!«
Im ersten Mond im Jahr des Ebers – 1935 –, den ganzen zweiten und dritten Mond hindurch und noch bis in den vierten hinein marschierte die Rote Armee und kämpfte, außerstande, aus Kweichow zu entweichen. An jedem Paß, an jeder Wegbiegung wartete der Feind. Die Kommunisten teilten sich in kleinere Marschkolonnen auf, machten Ablenkungsmanöver und bewegten sich im Kreis, bis die Hauptkolonne sich vorbeigeschlichen hatte, setzten über Flüsse, bloß um wieder umzukehren.
Schließlich standen sie am Ufer des Goldener-Sand-Flusses. Die Strömung schäumte durch eine tausend Meter hohe Schlucht. Keine Brücke und nur sechs Boote. Neun Tage und neun Nächte lang fuhren die Boote immer hin und her, bis alle übergesetzt waren.
Danach wandten sie sich gen Norden, durch Yünnan und die Länder der Lolos und der Miaos, am Rande der Provinz Szechuan entlang.
Die beiden Armeen – die Rote und die Weiße – stießen jede am anderen Ufer des Tatu-Flusses in Eilmärschen auf die Luting-Brücke zu. Den Toten gleich, die mit Stockhieben durch die neun Ebenen der Hölle getrieben werden, marschierten die Kommunisten drei Tage und drei Nächte hindurch und legten zwischendurch nur Pausen von zehn Minuten ein.
Sie erreichten die Brücke als erste, fanden jedoch nur dreizehn Eisenketten, die – im Winde schaukelnd – über den Abgrund gespannt waren. Die kleine Garnison der Kuomintang hatte den größten Teil der Holzbohlen, welche die zweihundertfünfzig Meter zwischen den hochragenden Felsklippen überbrückt hatten, herausgerissen.
Als die Nacht hereinbrach, machten sich der Bauerngeneral und einundzwanzig Freiwillige daran hinüberzugehen: Zentimeter um Zentimeter, Hand über Hand hangelten sie sich an den Ketten voran. Schüsse peitschten. Ein Mann stürzte ab. Dann noch einer.

Schließlich erreichten ein paar die noch verbliebenen Planken. Flammen schossen auf. Durch das Feuer überrannte der Bauerngeneral die Feinde. Die Luting-Brücke war besetzt.

Im fünften Mond erreichte die Rote Armee die Eisgipfel Tibets. Sieben Bergketten, von ewigem Schnee bedeckt, schimmerten wie weiße Leichentücher, die im Himmel zum Trocknen aufgehängt worden sind. Die in baumwollene Uniformen und Strohsandalen gekleideten Soldaten der Roten Armee drängten weiter voran. In der Annahme, daß sie dies nie überleben würden, zog sich der Feind zurück.

Im sechsten Mond hatten sie Nordwestszechuan erreicht, ruhten sich einen Mond lang aus und sammelten Kräfte. Über hunderttausend waren sie zu Beginn des Marsches gewesen. Jetzt waren es nur noch dreißigtausend, die Neuangeworbenen mitgerechnet.

Als sie wieder aufbrachen, schrieb die Genossin jedem Soldaten ein Schriftzeichen auf den Rücken und sagte ihm, was es bedeutete, und während des Marsches wiederholte jeder Mann sein Wort dem, der unmittelbar hinter ihm marschierte. Jeden Tag tauschten die Soldaten die Plätze und lernten neue Wörter.

Als sie Mantzu-Territorium erreichten, sahen die Marschierenden sich neuen Feinden gegenüber. Die Stammesangehörigen haßten die Chinesen, gleichgültig, ob sie Rot waren oder Weiß, und ihre Königin hatte befohlen, alle Eindringlinge lebendig zu kochen und Felder und Wohnungen leerzumachen. Die, welche den Giftpfeilen der tödlichen Waldgeister entgingen, kamen vor Hunger völlig von Kräften.

Vor ihnen die Grassteppen Chinghais: kein Baum, kein Strauch, kein Felsen. Nur Gras und Morast, der einen Gestank verströmte, strenger als Pferdeurin.

Vorsichtig rückte die Armee vor, hielt sich an Stricken fest, die Pfadfindern um den Leib gebunden waren. Des Nachts streckten sich nur wenige im dichten Gras aus. Der Rest schlief im Stehen, Rücken an Rücken. Als die letzten Kräuter und Pilze verbraucht waren, kochten und verzehrten sie ihre Leibriemen. Die Genossin teilte die Stiefel, die sie von dem Jungen hatte, mit den anderen.

Nach sieben Tagen in der Steppe erreichte die Rote Armee die Freistatt Yenan. Sie waren 368 Tage lang marschiert, hatten achtzehn Gebirgszüge überquert, vierundzwanzig Flüsse und zwölf Provinzen durchquert: 25 000 li, das sind rund 10 000 Kilometer.

Aus diesen Genossen, Soldaten, Bauern und Jungen des Langen

Marsches, rekrutierten sich die Genossen, welche gegen die Braunen Zwerge kämpften, den Bürgerkrieg gewannen, die Imperialisten vertrieben, den Eisbären hinauswarfen und unter der Führung des Großen Steuermanns einem Viertel der gesamten Menschheit Ordnung aufzwang.
Und dann kam wieder eine Zeit des luan, *da wieder Zwietracht unter den Genossen ausbrach, alte Freunde zu Feinden wurden und alte Feinde zu Freunden.*
Denn die Saat, in einer Jahreszeit ausgebracht, schlägt Wurzeln; der Baum, der in einem anderen blüht, stirbt. Es liegt in der Natur aller Dinge.

Familiengeschichte

Nach fünfundzwanzig Jahren sollte Festes Versprechen nach Hause zurückkehren. Es war jetzt höchstens noch eine Frage von Tagen. Fest hielt er jene Unterlagen in der Hand, die es ihm – Sonderberater des Weißen Hauses für die Öffnung Chinas – ermöglichten, als einer der ersten zurückzukehren. Seit Henry Kissingers geheimer Reise nach Peking waren erst acht Monate vergangen. Von dem Augenblick an, da sie öffentlich bekanntgegeben wurde, hatte er zu planen angefangen, hatte sich von Freunden und Vorgesetzten Gefälligkeiten erbeten, die er sonst in rein persönlichen Angelegenheiten nur höchst ungern bemüht hätte; und nie hatte er zu hoffen gewagt, er würde es schaffen.
Es war Frühlingsmond, die er sehen wollte; von ihr träumte er, wenn er von ›zu Hause‹ träumte. »Kleiner Bruder.« Er hörte geradezu, wie sie ihn aufzog: »Kleiner Bruder, kleiner Mann, komm und fang mich, wer da kann.« In Peking und Soochow hatten sie dieses Spiel gespielt, bis er in Shanghai plötzlich ein Schuljunge wurde, zu alt, um noch Haschen zu spielen.
Er warf nochmals einen Blick auf die Uhr, auf die grüne Wand und die Tür unter dem Mao-Porträt. Geduld. Aber es fiel ihm nicht leicht. Immerhin wartete er bereits über zwei Stunden, seit vor neun, als die Türen des Hongkonger Büros des China-Reise-Büros sich geöffnet hatten und er und die anderen früh Eingetroffenen sich hineindrängten. Die Schweden und Deutschen, ein oder zwei Engländer und ein paar Australier wollten auf die Kantoner Messe. Den ganzen Morgen hatten sie sich um ihn herumgeschoben und

geschrien und Reise- und Hotelbestätigungen verlangt. Den ganzen Morgen über waren die Angestellten in den blauen Baumwollanzügen verbissen zwischen Schalter und Stempelmaschine hin und her geschlurft und hatten die Verzweiflung der Geschäftsleute einfach nicht zur Kenntnis genommen, die abwechselnd den Kopf schüttelten und mit ihrem Visum in der Luft herumfuchtelten. Je lauter die Proteste, desto langsamer arbeiteten die Chinesen. Er würde es als komisch empfinden, dachte Festes Versprechen, wenn er nicht gleichfalls wartete.

Nicht die Verzögerung war es, die ihm Sorgen machte. Seine Papiere waren in Ordnung, dessen war er sich ganz sicher, und außerdem waren noch zu wenige Amerikaner – auch Sino-Amerikaner – durch dieses Büro gegangen, als daß die Abwicklung bereits Routine sein konnte. Aber nach fünfundzwanzig Jahren hatte er – nun ja: was? – erwartet? Er wußte es nicht recht. Ein Willkommenslächeln, vielleicht. Zumindest jedenfalls die gleiche Behandlung, die den Ausländern zuteil wurde, die nach Kanton wollten. Statt dessen hatte der hohlwangige Angestellte am ersten Schreibtisch nur einen flüchtigen Blick auf seine Beglaubigungen geworfen. »Nehmen Sie Platz«, hatte er verächtlich gesagt. »Sonderreisen bedürfen besonderer Aufmerksamkeit.«

Und zweifellos auch Sonderbeamte, dachte er und durchblätterte ruhig die neueste Ausgabe der bebilderten Monatsschrift, auf dessen Umschlag ein Foto prangte, das Präsident Nixon und den Ersten Vorsitzenden Mao zeigte, wie sie sich die Hand schüttelten. Rotwangige Bauern und stolze Fabrikarbeiter lächelten ihn an. *Huan Yin!* schienen sie zu sagen. Willkommen. Wohingegen die Augen des Beamten ihn Streunenden Hund der Imperialisten geschimpft und ihn angesehen hatten, als ob er gekommen wäre, die Früchte der Revolution zu genießen, ohne jemals ein Unkraut aus dem Boden gezogen oder eine Fliege ausgemerzt zu haben. Ich habe immer zurückkommen wollen, hätte er erklärt.

Als ich fortging, hatte ich immer vorgehabt, eines Tages zurückzukommen.

Doch als die Kommunisten den Bürgerkrieg gewannen, konnte er nicht mehr zurück, zumindest hatte er sich das gesagt. Nicht mit einer amerikanischen Frau und einem neugeborenen Baby. Man hatte ihm seine jetzige Stellung als Professor für Chinesische Geschichte angeboten, und er hatte zugegriffen. Was blieb ihm auch für eine andere Wahl, hatte er sich damals gesagt. Und hatten die

Ereignisse nicht bewiesen, daß er recht hatte? Selbstverständlich – zumindest hatte er sich das eingeredet.
Plötzlich packte ihn die Wut, und er warf die Zeitschrift auf den Tisch. Verdammt noch mal, er hatte keinen Grund, sich zu schämen. Ob er nun einen amerikanischen Paß hatte oder nicht, er war Chinese, und er kehrte heim.
Nochmals blickte er auf die Tür in der grünen Wand. Sie trug keinerlei Beschriftung, doch war er sich sicher, daß hinter ihr der Mann saß, auf den er wartete.
Unfähig, noch länger sitzenzubleiben, stand er auf und schaute zum Fenster hinaus, wobei er – als er sich auf die Fensterbank stützte – sorgsam acht gab, nicht die Thermosflaschen zu berühren, die darauf wie Kegel nebeneinanderstanden. Der Himmel über Hongkong war düster, das unheimliche Licht, das ein Gewitter verkündet hatte, gedämpft durch Wolken, die sich angesammelt hatten. Von den Straßen unten in der Mitte der Stadt drang der Verkehrslärm herauf und dämpfte seinerseits den fernen Donner. Fußgänger schossen Serpentinenstraßen entlang und kümmerten sich um den drohenden Regen genausowenig, als wäre er nichts weiter als noch ein verdrießliches Gesicht unter den Fremden, die vorübereilten.
Als der Himmel sich verdunkelte, sah er sich in der Fensterscheibe gespiegelt und griff nach der Brille, die er aufhatte, um sie zu richten. Die Brille war sein einziges Zugeständnis, daß er allmählich älter wurde. Trotz seiner sechzig Jahre wies sein schwarzes Haar noch kein Grau auf. Der neue beigefarbene Wollanzug, der über Nacht im Mandarin-Hotel für ihn gemacht worden war, saß gut. Größe 38. Sein Leibesumfang hatte sich nicht verändert, seit er in die Vereinigten Staaten gefahren war, um die Familie seiner Frau kennenzulernen.
Irgendwelche undefinierbaren Veränderungen der Geräusche hinter ihn veranlaßten ihn, sich umzudrehen. Endlich stand die Tür in der grünen Wand offen. Ein dünner höherer Beamter in mittleren Jahren, eine Teeschale in der Hand, trat hervor. Festes Versprechen räusperte sich. Ja, selbstverständlich. Das war der verantwortliche Beamte, der Vorgesetzte der anderen. Er trug keinen blauen Baumwoll-, sondern einen blauen Kammgarnanzug.
Er wartete, daß der blasse kleine Beamte am Schreibtisch irgendein Zeichen von sich gab, doch der vertiefte sich offensichtlich in seine Papiere, während sein Vorgesetzter sich zu den Thermosflaschen am Fenster begab. Abgelenkt überlegte Festes Versprechen, welche der

Flaschen wohl die seine sein mochte, und beobachtete dann, wie der Mann sich aus der blauen, mit roten Rosen verzierten eingoß. Der Mann war schon im Begriff, wieder zu gehen, als er endlich sprach. »Könnten Sie mir wohl helfen, bitte?« Das Kantonesisch zeitigte keinerlei Reaktion. Worauf er die Frage rasch auf mandarin und dann auf englisch wiederholte.

Der Beamte wandte sich daraufhin um und nickte leicht neugierig. Festes Versprechen hielt ihm die Korrespondenz mit dem chinesischen Botschafter in Ottawa und seine anderen Affidavits hin.

Einen Moment schien der Mann unentschlossen. Dann setzte er achselzuckend die Teeschale ab und nahm die Papiere. Unendlich lange und ohne irgendeine Veränderung in seinem Gesicht las er sie durch und kam schließlich zu dem amerikanischen Paß, schlug ihn langsam auf und blätterte mit Bedacht bis zum Foto. Seine Augen blickten auf, und sekundenlang starrte er Festem Versprechen ins Gesicht, ohne zu blinzeln, ohne Wärme. Dann sagte er: »Treten Sie ein« und ging voran in sein Büro.

Der Raum war klein und ausgestattet mit einem großen Schreibtisch, zwei Stühlen und einem Telefon sowie einem Porträt des Vorsitzenden Mao an der Wand. Auf dem Tisch keinerlei Papiere, bis auf die ›Peking Daily‹.

Der Beamte forderte Festes Versprechen mit einer Handbewegung auf, sich auf einen der Stühle zu setzen, nahm selbst auf der anderen Seite des Schreibtisches Platz und las jedes einzelne Dokument mit womöglich noch größerer Aufmerksamkeit vor als zuvor, als suchte er nach irgendwelchen Widersprüchen.

Wieder wartete Festes Versprechen.

Endlich blickte der Mann auf. Noch einmal vertiefte er sich Gesichtszug um Gesichtszug in die *hua chiao*; geringschätzig verweilte sein Blick auf dem neuen Anzug und dem Ring, den er trug.

»Welchen Zweck verfolgen Sie mit Ihrem Besuch in Soochow, Dr. Woo?« fragte er, zog die oberste Schublade seines Schreibtischs auf und holte ein Formular hervor.

»Zweck meines Besuches ist es, meine Schwester zu besuchen.«

»Ihr Name?«

»Chang, Frühlingsmond.«

»Alter?«

»Neunzig.«

Wieder hob er kurz den Blick. »Wann haben Sie sich das letzte Mal gesehen?«

»1947, ehe ich nach Amerika ging.«
»Warum?«
Diese Frage ergab keinen Sinn, und Festes Versprechen zögerte. »Warum was?« hätten seine Kinder ihn gefragt. Seine amerikanischen Kinder. Wie wohl ein Genosse auf eine solche Bemerkung reagieren würde? »Ich bin nach New York gefahren, um die Familie meiner Frau kennenzulernen. Mein Schwiegervater war ein amerikanischer Journalist, der von Tschungking aus über den Krieg gegen Japan berichtet hatte.«
Der Mann nickte und schrieb etwas auf. Dann blätterte er um. »Sind Sie mit Ihrer Schwester in Kontakt gewesen?«
»Indirekt.«
»Vor kurzem?«
»Nein, das letzte Mal etwa vor sechs Jahren.«
Wieder der kurze Blick in die Höhe. »Dann könnte es ja durchaus sein, daß sie tot ist.«
Nein, dachte Festes Versprechen. Wenn sie tot wäre, wüßte ich das. Er sagte jedoch nur: »Trotzdem würde ich sie gern besuchen.«
Zeile um Zeile füllten sie das Formular aus. Während die Minuten sich in die Länge zogen, schien die schweigende Mißbilligung des Beamten in bezug auf seine Antworten, seine Kleidung, sein chinesisches Gesicht und seinen amerikanischen Paß den Raum zu füllen wie billiges Räucherwerk, bis Festes Versprechen sich fragte, ob er nun doch zu früh zurückgekommen sei, ob alle, denen er in der Volksrepublik begegnen würde, die gleichen Gefühle ihm gegenüber hegen und ihm vorwerfen würden... ja, was eigentlich? Zunächst einmal, daß er China überhaupt verlassen hatte, und dann, daß er jetzt, nach so vielen Jahren, zurückkehrte?
Und doch: Wenn er wartete, bestand die Gefahr, überhaupt nicht wieder zurückzukehren. Die Öffnung Chinas war eine prekäre Angelegenheit und voller Gefahren für beide Seiten. Zuletzt drückte der Beamte einen Stempel unter das Antragsformular und erhob sich. »Fahrkarten und Gutscheine können Sie sich am Schalter abholen. In drei Tagen werden Sie in Soochow eintreffen.«
»In drei Tagen... früher nicht?«
Der Beamte fuhr fort, als hätte er die Frage nicht gehört. »Die Dinge haben sich verändert seit der Befreiung«, intonierte er. »Die feudalen Strukturen und Praktiken sind abgeschafft worden. Unter der weisen Führung des Vorsitzenden Mao und der Kommunistischen Partei hat China sich erhoben.«

Festes Versprechen nickte und wandte sich zum Gehen. Keiner reichte dem anderen die Hand.

Drei Tage später saß er im Zug nach Soochow, in einem Sonderabteil, das ausschließlich für ausländische Besucher reserviert war. Vor jedem Fenster hingen weiße Gardinen in Lochstickerei, ganz steif von der Stärke und dem vielen Bügeln. Vor ihm auf dem Klapptischchen stand eine dampfende Kanne Tee, ein mit Kippen gefüllter Aschenbecher und ein fast leeres Päckchen Zigaretten Marke Panda.

Jetzt, drei Tage, nachdem er die Grenze seines Heimatlandes überschritten hatte, empfand er es geradezu als Erleichterung, unter Ausländern zu sein. Die starrten ihn zumindest nicht an. Wo immer er in Kanton oder Shanghai auch gewesen war, hatte er die gleichen schweigenden Menschenmengen angezogen, als ob auch seine Haut weiß und seine Augen so rund und blau wären wie die des großen Schweden im Nachbarabteil. Hatte er versucht, einen der Beobachter in ein Gespräch zu verwickeln, hatten sie nicht geantwortet, ja, nicht einmal gelächelt. Vorsichtig waren sie hinter ihm hergelaufen und hatten ihn behandelt wie ein Wesen von einem anderen Stern.

Das lag selbstverständlich an seiner Kleidung; zumindest hatte er das zuerst gedacht. Doch so sehr er es sich auch einzureden versuchte, er glaubte es nicht, und die Wahrheit, als er sie denn schließlich erkannte, war bitter. Seine Landsleute waren einem Ausländer mit einem chinesischen Gesicht gegenüber mißtrauisch. Zu neugierig, um davonzulaufen, und zu ängstlich, um zu sprechen. Eine Zeitlang hatte auch er Angst gehabt, Angst, Frühlingsmond würde nicht mit ihm sprechen, ihn nicht als Verwandten anerkennen. Doch kaum war diese Angst in ihm aufgestiegen, hatte sie sich auch schon wieder verflüchtigt, und was geblieben war, war einzig die Vorfreude darauf, sie zu sehen.

Er lächelte vor sich hin. Frühlingsmond würde seine Hand halten, sich auf die Zehenspitzen stellen und hinauflangen und ihm die Tolle glattstreichen, wie sie es vor so langer, langer Zeit so viele Male getan hatte.

Seit 1947 hatte er sie nicht mehr gesehen, zuletzt in Tschungking, kurz vor seiner eigenen Abreise nach Amerika. Er hatte sie in eine durch die Kämpfe arg mitgenommene Militärtransportmaschine verfrachtet, die sie an die Küste bringen sollte; es wäre ihm im

Traum nicht eingefallen, daß sie so viele Jahre getrennt sein würden. Das letzte Bild von ihr war durch die offenstehende Tür eines Flugzeugs geknipst. Sie war der einzige Passagier, ein Porzellanfigürchen inmitten von lauter Holzkisten; das einzige, was fehlte, war ein Schild mit der Aufschrift ›Vorsicht – zerbrechlich!‹.

»Es ist noch nicht zu spät, wenn du es dir anders überlegst, Schwester«, hatte er gesagt.

Sie hatte nur den Kopf geschüttelt und das von Goldener Tugend bestickte Kästchen auf dem Schoß gehalten. »Meine Tante ist alt und verlangt nach mir.«

»Vielleicht könnte mein Neffe einen Platz in einer anderen Maschine für dich bekommen.«

»Nein, es war ja schon Glücksache, daß er diesen hier bekommen hat. Beunruhige dich nicht, mein Bruder.« Sie griff in die Tasche und holte ein hartgekochtes Ei hervor. Ihre Augen tanzten. »Siehst du? Ich komme nicht unvorbereitet zu meiner ersten Reise im Flugzeug. Außerdem ist mir geweissagt worden, ich werde so lange leben, daß ich fünf Generationen erlebe.«

Bis zum Ausbruch des Koreakrieges schrieben sie sich einander regelmäßig, damals war Korrespondenz zwischen der Volksrepublik und den Vereinigten Staaten unklug, wenn nicht gar gefährlich für sie beide. Beherzten Talents Söhne waren inzwischen bekannte Persönlichkeiten in der naturwissenschaftlichen chinesischen Welt und arbeiteten möglicherweise sogar an Militärprojekten, und Schimmernde Jade und Entschlossener Geist nahmen hohe Positionen innerhalb der Partei ein. Vielleicht hätte ihre Stellung sie geschützt. Und vielleicht hätte die Familie seiner Frau ihn vor jenen beschützen können, die argwöhnisch alle Sino-Amerikaner beobachteten, die nicht die Trommel für Tschiang und die Kuomintang rührten. Vielleicht. Doch jedenfalls hatte weder er noch, soweit er wußte, Frühlingsmond es gewagt, darauf aufmerksam zu machen, daß man Beziehungen zur anderen Seite hatte.

Später, als das politische Klima weniger unberechenbar war, schrieb er ihr einmal im Jahr; den Brief schickte er zuerst an einen Freund in Kowloon, der ihn adressierte und mit einem Hongkonger Stempel weiterschickte. Er jedoch hörte nichts von ihr, bis er 1966 einen in Pakistan aufgegebenen Brief erhielt. Der war nicht lang und war offenbar der Selbstzensur unterlegen. Immerhin enthielt er die Nachricht von der Geburt zweier weiterer Urenkel und der Versicherung, es gehe ihr wie der gesamten Familie gesundheitlich gut. Beigefügt war – sepiafarben, gleichsam, als wäre sie vor langer Zeit aufgenommen – eine Aufnahme von Frühlingsmond auf der Galerie im Hof des Weisen Herzens. Neben ihr stand ein junges Mädchen, das als Winterjasmin bezeichnet wurde, die jüngste Urenkelin. »Sie sieht mir sehr ähnlich«, hieß es in dem Brief, und auf dem Foto konnte er erkennen, daß es stimmte, obgleich seine Schwester in den Siebzigern stand und das Kind noch keine zehn war. Frühlingsmonds Haut schien dem Vorüberziehen der Jahre zu trotzen und noch genauso glatt zu sein wie früher – und ihr Lächeln genauso, wie er es in Erinnerung hatte.

Weitere Briefe waren nicht gekommen, und nachdem China in den Strudel der Kulturrevolution hineingerissen worden war, hatte auch er aufgehört zu schreiben. Er befürchtete, jede Kontaktaufnahme von seiner Seite aus könnte sie in Gefahr bringen – sie, die Nachkommin hoher Staatsbeamter mit Auslandsbeziehungen. Nie jedoch hatte er daran gezweifelt, daß er es auf irgendeine Weise erfahren hätte, wenn sie gestorben wäre. Nicht einmal im Büro des Beamten in Hongkong hatte er daran gezweifelt, daß sie in den alten Höfen des Hauses Chang auf ihn wartete.

Plötzlich ertönte aus dem Lautsprecher über der Abteiltür die martialische Musik, welche seit Shanghai der Ankunft auf jedem Bahnhof vorausging. Er warf einen Blick auf die Uhr. Soochow.

Der Zug verlangsamte die Fahrt. Festes Versprechen holte seine beiden Koffer aus dem Gepäcknetz und eilte ans Ende des Waggons, als erhoffe er, jemand wartete beim Aussteigen auf ihn. Das war lächerlich. Kein Mensch konnte wissen, daß er kam.

Doch das Gefühl hoher Erwartung wollte nicht weichen, und als der Zug keuchend zum Stehen kam, stieg er rasch aus. Ohne sich um die starrenden Menschen auf dem Bahnsteig zu kümmern, ging er augenblicklich zum Hauptausgang, wo blaßgrüne Limousinen darauf warteten, Ausländer mit Spezial-Berechtigungsscheinen dorthin zu bringen, wo sie hinwollten. Einer der Fahrer kam auf ihn zu, als er vortrat – der einzige Asiate unter den Privilegierten. Mit dem allerknappsten Gruß nahm der Chauffeur den Berechtigungsschein in die weißbehandschuhte Hand und verstaute das Gepäck im Kofferraum.

Festes Versprechen wollte gerade einsteigen, da hörte er eine junge Frau rufen: »Dr. Woo? Warten Sie! Dr. Woo?« In ihrer Stimme schwang der Klang des süßesten aller Dialekte mit.

Ich muß träumen, dachte er und fuhr herum, wobei er halbwegs

erwartete, das Mädchen namens Winterjasmin auf sich zulaufen zu sehen. Aber es war nur die Abteilaufsicht mit den kurzen Zöpfen, die ihn höflich gebeten hatte, die Füße zu heben, als sie mit dem Mop sein Abteil aufgewischt hatte. In der Hand hatte sie die Panda-Zigaretten: »Diese haben Sie vergessen.«
»Vielen Dank.« Er lächelte das ernste junge Gesicht an und griff in die Tasche, um ein Trinkgeld herauszuholen. Nein! Das war Kapitalistensitte! »Vielen Dank!« sagte er noch einmal.
Steif nickte das Mädchen und wandte sich zum Gehen. Er blickte ihr nach, wie sie stolz in den Bahnhof hineinging. Nach drei Tagen sollte er sich endlich merken, daß man in der Volksrepublik weder danke schön sagte noch Trinkgelder gab. Ein Überbleisel aus der feudalistischen Vergangenheit, ein entwürdigendes Zeichen der Herablassung, um Dankbarkeit zu beweisen, wenn ein Genosse tat, was doch selbstverständlich war.
Drei Zigaretten waren noch übriggeblieben. Eine zündete er sich an, und eine reichte er dem Fahrer. Schon wollte der Mann eine nehmen, doch dann besann er sich offensichtlich eines Besseren und schüttelte den Kopf. Festes Versprechen zuckte mit den Achseln, stieg ein, machte den Wagenschlag zu, um nicht weiter angestarrt zu werden, und sagte nichts. Warum mußte er es immer wieder versuchen? Beiläufige Worte, die einem Amerikaner nichts bedeuten mochten, konnten den Bericht in Frage stellen, den der Chauffeur seinem Arbeitskomitee gegenüber ablegen mußte. Warum den Chauffeur einer unnötigen Befragung durch seinen politischen Vorgesetzten aussetzen, bloß weil ein Ausländer ein paar bedeutungslose Gesten gemacht hatte, um das unerwartete Gefühl der Verlorenheit ein wenig zu erleichtern, das sein Herz bei dieser Heimkehr beschwerte?
Ungeduldig drückte er die Zigarette aus, ehe er sie halb zu Ende geraucht hatte, und zündete sich eine neue an. Dann lehnte er sich zurück und betrachtete durch das Fenster die Stadt, die er 1927 verlassen hatte, und suchte nach Erkennungsmerkmalen, an die er sich unbestimmt erinnerte. Der Kanäle wegen konnte man die Himmlische Stadt nie mit irgendeiner anderen Stadt vergleichen, obwohl auch hier – wie in Kanton und Shanghai – die Menschen alle Blau trugen, die neuen Gebäude gesichtslos waren und riesige Plakate die Hauptkreuzungen überragten – Aufgebote von Volksgruppen in Nationaltracht, die Arm in Arm dahermarschiert kamen, sowie die Kalligraphieprodukte des Großen Vorsitzenden, leuchtend-

schwarz auf rotem Grund, in denen die Genossen aufgerufen wurden, sich zu vereinigen.
Das Wasser schien sauberer als früher und warf das Sonnenlicht zurück, statt es aufzusaugen, und die neuen Boulevards wurden von Bäumen gesäumt. Die Bettler fehlten, aber die Banner und Wimpel sowie die offenen Märkte und die alten Männer, die ihre Vögel spazierentrugen, fehlten ebenso. Und die Läden waren so spärlich beleuchtet, daß man nicht erkennen konnte, was sich drinnen befand. Hier und da sah man am Straßenrand einen Verkäufer stehen, der Eis am Stiel verkaufte.
Die Zigarette verbrannte ihm die Finger, und er lehnte sich hinüber, um sie auszudrücken. Alles war so ganz anders als früher – und trotzdem wurden überladene Karren immer noch von vornübergebeugten Männern gezogen, flatterte in den Gassen die Wäsche und kräuselten sich Rauchfäden aus den dünnen Blechschornsteinen.
Nachdem er sich im Nanilin-Hotel erst einmal eingetragen hatte, wartete er nicht, bis man ihm sein Zimmer gezeigt hatte, sondern kehrte augenblicklich zum Auto zurück. »Zur Tintenpagode, bitte.«
Diesmal dauerte die Fahrt nur wenige Minuten. Festes Versprechen versuchte sich den Weg einzuprägen, zählte Straßen und sagte die neuen Namen für sich auf. Er kam sich vor wie damals, da Frühlingsmond ihn das erste Mal mit in ihre *lao chia* genommen hatte – erregt, glücklich, erwartungsvoll. Wie ein Kind.
Plötzlich war sie da, die Tintenpagode, und ihr gegenüber, auf der anderen Straßenseite, die dicken grauen Mauern, die einst das Haus Chang umschlossen hatten.
Das Auto stand noch nicht ganz, da hatte sich bereits eine Menschentraube drum herum gebildet.
»Wie lange werden Sie hierbleiben?« fragte der Fahrer.
»Sie können zum Hotel zurückfahren. Ich werde Sie heute nicht mehr brauchen.«
Der Mann zögerte.
»Ich kenne den Weg zurück. Ich habe geschäftlich hier zu tun.«
Als der Fahrer sich immer noch nicht rührte, drehte Festes Versprechen sich einfach um und ging davon. An der Ecke hielt er an und blickte zurück. Halb erwartete er, daß der Mann ihm folgen würde, hoffte jedoch, daß er es nicht gewagt hatte, das Auto alleinzulassen. Die Menschentraube blieb gleichfalls stehen, als er sich umdrehte, woraufhin er ein schiefes Lächeln aufsetzte. Wo so viele Menschen

waren, brauchte er den Chauffeur wirklich nicht mehr, und in der Tat rollte das Auto auch schon davon.

Er ging um die Straßenecke. Wenn auch Löwen und Tor nicht mehr da waren – die Toröffnung war genau dort, wo sie seiner Erinnerung nach sein mußte. Er wollte darauf zulaufen, so, wie er es als Kind getan hatte, die Weidengerte in der Hand, um sich in den Höfen vor den lauernden Augen anderer in Sicherheit zu bringen.

Statt dessen straffte er sich, ging langsam die Mauer entlang und las halb die Parolen, die jetzt in grellroten Lettern darauf geschrieben waren: »Lang lebe die Kommunistische Partei!« und »Befreit Taiwan!«.

Endlich erreichte er den Eingang. Doch als er hineinspähte, wurde er plötzlich unsicher und überlegte, ob seine Erinnerung ihm wohl einen Streich spiele und diese Mauern letzten Endes doch nicht die richtigen seien. Denn an die Mauern des Empfangshofs geduckt, drängte sich ein Durcheinander von kleinen Hütten und Buden und nahm so viel Platz weg, daß für einen schlanken Menschen kaum noch genug Raum blieb, um hindurchzukommen.

Falls überhaupt ein Mensch da war. Es herrschte eine unnatürliche Stille, wie auf einer leeren Bühne, wobei die Holzkohlenbriketts und die Wäsche über ihm gleichsam zum Bühenbild gehörten. Er machte noch einen Schritt und drehte sich dann zum Eingang um. Er hatte die richtige Höhe und Breite. Und dort, linker Hand, auf dem dritten Stein von unten, das erste Schriftzeichen des Namens seiner Schule. Er hatte nur Zeit gehabt, das erste einzugraben, ehe sein Onkel, Beherztes Talent, ihn erwischt hatte. Das war beim letzten Neujahrsfest gewesen, das sie zusammen im Hause Chang verbracht hatten, ehe Schimmernde Jade und Entschlossener Geist in die Berge gegangen waren. Langsam schritt er die schmale Gasse hinunter, die mal nach links und dann wieder nach rechts abbog, als wäre sie ein Gang in einem Irrgarten.

»*Wei?*« rief er heiser, »*wei?*« Zwar rührte sich was in den Häusern, aber er bekam keine Antwort. Einmal blickte er hinter sich, doch die Menschentraube hatte er am Tor hinter sich gelassen. Jetzt ängstigte ihn die Einsamkeit, die er sich so sehr gewünscht hatte. Trotzdem ging er weiter, er hätte auch nicht mehr zurückgefunden. An einer Stelle glaubte er, einen Teil von der Innenmauer des Empfangshofs zu erkennen, die jetzt die Rückwand von einem Dutzend Hütten bildete. Und ein Gebäude, größer als die anderen, hätte die Ahnenhalle sein können, doch von den roten Säulen war nichts mehr zu

sehen, und die Gittertore waren durch Ziegel und Mauerwerk und Reihen runder Fenster ersetzt worden.
Dann wußte er plötzlich genau, wo er war. Das Kleeblatt-Tor bildete jetzt den Eingang zu einer weiteren Gasse, doch war es wie durch ein Wunder unversehrt geblieben, obwohl die Mauern zu beiden Seiten verschwunden waren. Langsam schritt ging er darauf zu, ging hindurch und blieb dort stehen, wo er sich am letzten Abend, ehe sie die Höfe verlassen hatten, in den Schatten verborgen hatte, und blickte zurück. Er hatte beobachtet, wie Frühlingsmond und Erhabene Winde das Cloisonné-Kästchen vergruben, das so klein gewesen war, daß es unter den siebten Stein in der siebten Reihe der Steinplatten gepaßt hatte. Vergiß nicht die Spinnerin und den Kuhhirten, hatte Erhabene Winde gesagt.
Er war sich sicher, daß die anderen Schätze längst verschwunden waren. Mit dem Cloisonné-Kästchen freilich konnte es etwas anderes sein. Einen Moment überlegte er, ob Frühlingsmond es nach der Befreiung wohl ausgegraben hatte, doch dann wußte er – sie hatte es nicht getan. Es lag immer noch irgendwo vergraben, sicher in den Höfen.
Er wandte sich zum Gehen und hielt Ausschau nach dem Hof des Weisen Herzens. Genau hier hatte er gelegen, unmittelbar neben dem Zypressengarten, doch jetzt wies nichts mehr darauf hin.
Plötzlich packte ihn die Angst, er hörte den Beamten in Hongkong sagen, als sei es das Natürlichste von der Welt: »Dann könnte es ja durchaus sein, daß sie tot ist...« Daß sie tot ist. War sie die ganze Zeit über nur in seinen Wünschen am Leben geblieben? Er schüttelte den Kopf. Nein. Wenn sie gestorben wäre, hätte er den Verlust genauso intensiv empfunden wie den Verlust eines seiner Glieder.
»*Wei?*« rief er abermals. »Ich brauche eine Auskunft, bitte.« Arme griffen nach draußen, schlossen die Fensterläden.
Kennt ihr mich denn nicht? wollte er rufen. Kennt ihr mich denn nicht? Ich bin Chinese.
»Mach, daß du fortkommst, fremder Teufel!« rief jemand. Er fuhr herum. Im Kleeblatt-Tor drängten sich Neugierige. Waren es dieselben, die er am Haupteingang zurückgelassen hatte? Er vermochte es nicht zu sagen, wer gerufen hatte.
»Ich habe früher hier gelebt«, sagte er laut. »Ich suche nach meiner Schwester. Sie heißt Chang, Frühlingsmond. Ihre Familie hat viele, viele Generationen hier gelebt.«

Die Menge ließ durch nichts erkennen, daß sie ihn gehört, geschweige denn verstanden hatte. Schließlich trat ein etwa zwölfjähriger Junge mit einem roten Halstuch aus dem nächstgelegenen Haus. Das Haar trug er kurzgeschnitten wie ein Angehöriger der US-Kriegsmarine, und die Hände herausfordernd auf den Hüften stand er sehr steif da. »Die alte Frau wohnt nicht mehr hier. Wir wohnen hier jetzt. Wir, das Proletariat. Machen Sie, daß Sie fortkommen! Sie sind hier nicht willkommen. Ihre Kleider sind die Kleider der Ausländer.«

»Aber das hier war die *lao chia* meiner Schwester.«

Der Junge spie die Worte förmlich aus: »*Lao chia!*« Aus seinem Mund klangen sie wie ein Schimpfwort. »Hau ab, du Ungeheuer, du Geist!«

Verzweifelt wandte Festes Versprechen sich wieder der Menge zu und zog das Bild von Frühlingsmond aus der Jackentasche. »Kennt einer von euch diese Frau?« Ein alter Mann streckte die Hand aus. Das Bild ging von einem zum anderen und wurde ihm schließlich ohne irgendein Zeichen des Erkennens zurückgegeben.

»Und jetzt geht alle – alle!« rief der Junge. Keiner regte sich. »Geht, oder ich hole meinen Bruder. Er ist Soldat bei der Volksbefreiungsarmee.«

Langsam zerstreute sich die Menge. Unerbittlich blickte der Junge ihn an, bis auch Festes Versprechen in Richtung auf die Tintenpagode, deren Spitze von hier aus zu sehen war, davonging.

Warum war er sich so sicher gewesen, sie würde hier sein, wo er sie sich immer vorgestellt hatte? Gewiß hatten sie einander verpaßt, um einen Tag, höchstens um eine Woche. Aber es hätte auch ein ganzes Leben sein können. Jetzt blieb ihm nichts anderes übrig, als ins Hotel zurückzukehren und sich nach Schimmernder Jade oder Erhabenem Geist zu erkundigen. Sie würden wissen, wo ihre Asche ruhte.

Doch in einem Durchgang, wo der Junge sie nicht mehr sehen konnte, wartete der alte Mann, der als erster die Hand nach dem Foto ausgestreckt hatte, gab Festem Versprechen zu verstehen, er solle ihm folgen, und legte den Finger vor den Mund – nicht reden!

Weit gingen sie nicht, durch viele Gassen, die sich hier wanden, wo einst die Höfe eines adligen Hauses lagen. Zuletzt, an einer Stelle, die so eng war, daß das Abendlicht kaum bis hierher durchdrang, zeigte der Mann auf eine Tür und zog sich zurück; eben war sein

Schlurfen noch zwischen zwei Hütten zu hören, dann war er fort, alles still.

Festes Versprechen blickte sich um. Kein Mensch zu sehen. Überhaupt war nichts zu hören außer dem leisen Gebimmel von Fahrradklingeln, das von einer nahegelegenen Durchgangsstraße herüberdrang. Leise klopfte er an die Tür. »Schwester?« flüsterte er. »Schwester?« Er klopfte noch einmal.

Die Tür ging auf. Eine winzige, verhutzelte Frau mit kurz unter den Ohren gerade abgeschnittenem, schlohweißem Haar blickte zu ihm auf. Er erkannte sie nicht, bis sie seine Hand nahm und sprach. »Ich habe auf dich gewartet.« Nur ihre Stimme war unverändert. »Ich habe gewartet«, wiederholte sie und zog ihn in den Raum. Er war zwar nicht groß, senkte aber instinktiv doch den Kopf, um nicht gegen die Decke zu stoßen.

An einem kleinen Tisch setzten sie sich gegenüber. Sie hielt seine Hand, musterte ihn eindringlich und nickte langsam, um sich selbst zu versichern, daß er es tatsächlich war. Jetzt, wo er sie gefunden hatte, stellte er fest, daß er nicht sprechen konnte. Unruhig blickte er sich im Raum um, kehrte aber immer wieder zu Frühlingsmonds Gesicht zurück. Er hatte sich geirrt. Auch ihre Augen waren unverändert – hell und klar, wenn auch von feinen Runzeln umgeben, die Tränen zurückhielten.

Nichts im Raum war da, was darauf hingwiesen hätte, daß dies Frühlingsmonds Zuhause war. Keine Bücher, keine Schriftrollen an den Wänden. Nichts weiter als Töpfe und auf dem Boden aufgestapelte Kartons, eine verblichene Decke über der Bettstelle, schlaff herabhängendes Senfkraut an einer Schnur. Die vom Rauch eines tragbaren Gasbrenners geschwärzten Wände waren leer. Nur ein einziges Bild hing da, ein Kalenderblatt mit einem Mädchen in Khakishorts und Ballettschuhen, das einen Sprung vollführte.

Nichts wies darauf hin, daß Frühlingsmond hier lebte, nur, daß jede der schäbigen Habseligkeiten wunderbar sauber war und dort stand, wo sie hinzugehören schien.

Plötzlich redete sie, zählte atemlos all die Dinge auf, die sie ihm hatte sagen wollen und die im Laufe der Jahre immer mehr geworden waren. Sie redete unzusammenhängend, als ob sie nun, da der Augenblick gekommen war, sich all dies von der Seele zu reden, Angst hätte, sie könnte nicht genug Zeit haben. Sie erzählte von Großartiger Aussicht und Strahlender Aussicht, die im Augenblick die Labors in der Akademie der Wissenschaften reinigten – weil sie im Ausland studiert hatten; von Neuem Schicksal, der in einer Schule auf dem Lande unterrichtete; von ihren Urenkeln, alle drei Freiwillige in der Kommune Gewaltige Ernte in Sinkiang. Sie berichtete von Winterjasmins Tochter, Jadefrühling, die dort zur Welt gekommen war, ihrer Urenkelin, die sie nie gesehen hatte; und von Erhabene Winde, der... sie sei sich nicht sicher, was er eigentlich mache, doch gehe es ihm offensichtlich sehr gut...

Dann, ohne eine Pause einzulegen, erkundigte sie sich nach Festem Versprechen und seiner Familie, betrachtete die Bilder von Nancy, die er mitgebracht und der er in Tschungking Chinesisch beigebracht hatte, und von seinen Kindern – dem Mädchen Mary, die jetzt die Universität besuchte, und den Zwillingen, beides Jungen. Immer wieder sprach sie ihre Namen vor sich hin. Wie intelligent und hübsch sie aussähen! rief sie aus. Und welch eine Freude sie ihren Eltern machten müßten! Ein Bild betrachtete sie besonders lange: das von Mary bei ihrer Examensfeier, auf der sie die Rede gehalten hatte. »Sehr ähnlich getroffen, das Bild«, sagte sie.

Woher wollte sie das wissen, fragte er sich. Frühlingsmond hatte seine Tochter nie gesehen. Vielleicht sah aber auch sie die Ähnlichkeit mit Schimmernder Jade.

Bei dem Gedanken an seine Nichte wurde ihm plötzlich klar, daß Frühlingsmond sie nicht erwähnt hatte. Sollte es möglich sein, daß sie immer noch etwas gegen ihre politische Tätigkeit hatte – nach so vielen Jahren?

»Schreib dir hinter die Ohren, was ich dir sage«, hatte sie zornig zu ihm gesagt. »Heirate eine Ausländerin, und du wirst kein Heimatland mehr haben. Heirate Nancy, und du bist kein Chinese mehr.«

Plötzlich verlangte es ihn, Schimmernde Jade zu sehen, ihr zu sagen – ja, was? –, daß sie recht gehabt hatte. Vielleicht? Er erinnerte sich noch daran, wie sie auf der Pressekonferenz neben Tschu En-lai gestanden hatte. Sie war nach Tschungking gekommen, um nach der Bildung der Einheitsfront gegen die Japaner den Verbindungsoffizier zwischen den Kommunisten und Tschiangs Leuten zu machen. Zuerst hatte er sie gar nicht erkannt. Genausowenig wie Neues Schicksal, der Student war – obgleich er Bilder von seiner Mutter gesehen hatte. Der Lange Marsch hatte ihr Gesicht altern lassen, so daß sie fast so alt ausgesehen hatte wie Frühlingsmond. Nur groß und schlank war sie immer noch, genauso wie damals, als sie an der Spitze ihres ersten Demonstrationszuges marschiert und

er wütend gewesen war, weil sie ihn zurückgelassen hatte. Er überlegte, ob sie sich wohl noch erinnerte.
»Schwester...«, sagte er und hielt inne.
Frühlingsmond starrte das Foto von Mary immer noch an, und er merkte, daß ihr nun doch eine Träne über die Wange gelaufen war. Wieder Angst. Bestimmt...
»Und meine Nichte?« fragte er.
Frühlingsmond schüttelte den Kopf und blickte nicht von dem Foto auf. »Meine Tochter...«, flüsterte sie, und da wußte er, daß Schimmernde Jade nicht mehr lebte. »Einen Augenblick habe ich geglaubt, sie sei es«, fuhr Frühlingsmond fort. »Aber...« Endlich blickte sie doch auf, und wenn ihr die Tränen auch noch in den Augen standen – es fielen keine mehr. »Das zu erzählen, ist nicht einfach«, sagte sie.
Sorgsam legte sie das Foto auf den Tisch. Sie zog das Schweigen in die Länge, indem sie Tee aus der Thermoskanne in die Schalen goß, die sie für sie auf den Tisch gestellt hatte. Er wartete, und sie trank langsam. Als sie dann weitersprach, klang ihre Stimme gedämpft.
»Nach der Befreiung waren wir alle zusammen – meine Tochter, Erhabener Geist, Neues Schicksal und seine Frau und ich. Wir lebten im Hof des Weisen Herzens; der Rest des uns noch verbliebenen Landes wurde dem Staat überschrieben, denn meine Tochter wollte ein gutes Beispiel geben. Ich habe mich nicht widersetzt. Nach der Besetzung von Soochow durch die Japaner und dem Krieg gegen die Kuomintang hatten viele kein Dach mehr über dem Kopf, und nachdem die Tanten und Goldene Tugend gestorben waren, brauchten wir nicht mehr.
Meiner Tochter wurde große Verantwortung übertragen. Immerhin gehörte sie zu denen, die den Langen Marsch mitgemacht hatten, und war ein führendes Parteimitglied. Und auch ihr Gatte war ein Held der Revolution. Neues Schicksal und seine Frau arbeiteten als Lehrer. Ich blieb zu Hause und kümmerte mich um ihre Kinder.
Ich beschloß, mich dem Neuen anzupassen. Meine Zweifel behielt ich bei mir. Ordnung kehrte wieder ein, und das nach einem halben Jahrhundert. Die Menschen arbeiteten. Bettler gab es keine mehr. Es fielen keine Bomben mehr. Und wir brauchten auch keinen Schubkarren voller Banknoten mehr, um ein Paar Schuhe zu kaufen. Alle waren arm, wir trugen alle blaue Baumwollanzüge, die Lebensmittel waren rationiert, und die Kinder machten sich über meine Goldenen Lilien lustig – das spielte alles keine Rolle. Ich hatte

in einem langen Leben viel gesehen; und jetzt sah ich eben noch mehr. Mich überraschte es nicht, daß die Kommunisten Zeit brauchten, um herauszufinden, was funktionieren würde und was nicht. China ist alt, und die Chinesen sind viele. Ich hoffte auf das Beste. Wenn ich auch nicht mit allen Veränderungen einverstanden war, ich glaubte an meine Tochter...«
Frülingsmond hielt inne. Er wollte sie in die Arme schließen und sie trösten, aber das schickte sich nicht. Er saß sehr still da.
»Trotzdem«, fuhr sie fort, als ob sie ihre Erzählung gar nicht unterbrochen hätte, »das Leben war nicht ohne Schönes. Was auch außerhalb unseres Hofes geschah – drinnen«, wieder wurde ihre Stimme zu einem Flüstern, »drinnen waren wir eine Familie, waren wir daheim.«
Sie holte tief Atem und sagte dann mit klarer Stimme: »Die Arbeit meiner Tochter war geheim, aber außerordentlich wichtig, denn im Frühjahr 1966 nahm Liu Schao-tschi sie auf einer diplomatischen Mission mit nach Pakistan. Wie stolz ich war! Ich kaufte Seide und ließ ein Kleid für sie schneidern. Lavendelfarben mit Pflaumenblütenzweigen.
Bei ihrer Rückkehr schenkte sie mir ein Bild, auf dem sie in diesem Kleid Würdenträger begrüßte. Ich stellte es neben meinem Bett auf.«
Wieder hielt sie inne und starrte jetzt auf das schmale Bettgestell in der Ecke. Undeutlich erinnerte er sich, einen Bericht über diesen Staatsbesuch gelesen zu haben; als der Brief eintraf, hatte er ihn bereits wieder vergessen gehabt. »Später, im Sommer«, fuhr Frühlingsmond fort, »überraschte ich die Familie dabei, wie sie miteinander flüsterten. Oft lächelten sie und fragten mich, ob ich nicht müde sei und mich hinlegen wolle. Aber ein Lächeln stand nie in ihren Augen. Die Urenkel waren oft fort. Entschlossener Geist sah plötzlich alt aus. Sein Haar war weiß, und er sagte, er schlafe nicht gut. Ich schimpfte mit ihm, daß er keinen Arzt aufsuchte, doch er sagte nur, gegen sein Leiden gäbe es kein Mittel.
Im Herbst kehrten Neues Schicksal und seine Frau nicht auf ihre Lehrerposten zurück. Sie sagten, alle Schulen seien geschlossen. Trotzdem waren auch sie, genauso wie die Kinder, oft wochenlang fort. Die Blockversammlungen, die einberufen worden waren, wann immer es Wichtiges zu besprechen gegeben hatte, wurden jetzt fast jeden Abend abgehalten. Der Genosse erklärte, wir müßten ›die Ungeheuer und Geister‹ auskehren, verkappte Kapitalisten, die sich

in die Partei, die Regierung, die Armee und die Schulen eingeschlichen hätten. Stundenlang saßen wir auf Bambusstühlen im Kreis und studierten die Schriften des Vorsitzenden, immer wieder dieselben Sachen, als ob wir die begriffsstutzigsten Schüler wären. Einmal fiel einer Nachbarin, die am Schlagfluß litt, zufällig das Buch herunter, daraufhin mußte sie aufstehen und sich in Startposition hinstellen: die Arme ausgebreitet und hoch über ihren gebeugten Rücken gereckt wie die Flügel eines Fliegers, bis sie ohnmächtig wurde. Mochte ich auch noch so abgespannt sein oder mich langweilen – ich mußte wach bleiben.

Meine Tochter verbrachte diese ganze Zeit mit Schreiben. Sie magerte ab. Manchmal biß sie die Zähne zusammen, bis es knirschte; beim Saubermachen fand ich Fetzen von Papier, das sie zerrissen hatte. Zuerst dachte ich, sie schriebe einen Bericht über den Langen Marsch. Später wurde mir dann klar, daß sie an ihrer Selbstkritik für die Partei schrieb – immer und immer wieder neu schrieb.«

Frühlingsmond schluckte hart. Langsam hob sie die Teeschale an die Lippen. Stetig rannen ihr Tropfen herunter, befleckten ihr die blaue Jacke. Die Hand zitterte ihr. Festes Versprechen hatte viele solcher Lebensläufe gelesen, wie sie von Flüchtlingen zusammengestellt worden waren, die durch die haifischverseuchten Gewässer nach Hongkong geschwommen waren, um einer Verfolgung zu entgehen, die die meisten einfach nicht begriffen. Der Besitzer einer Katze, die durch Zufall verbrannt wurde, hatte sich selbst beschuldigt, den Großen Vorsitzenden angegriffen zu haben, denn »Mao ist ein Homonym für Katze«.

Wessen konnte Schimmernde Jade sich in ihrer Selbstkritik beschuldigt haben? Sie, die eine Marschgefährtin von Mao war? Hatte auch sie eine Katze gehabt, die zu laut miaut hatte? Aber Frühlingsmond fuhr fort.

»Eines Morgens, als die ganze Familie am Frühstückstisch versammelt war, brach ein Dutzend Roter Garden durch die Tür. ›Wie könnt ihr es wagen?‹ rief ich, doch Schimmernde Jade zog mich wieder auf meinen Stuhl herunter, und da wußte ich, daß ich mucksmäuschenstill bleiben mußte. Selbst Winterjasmin, die selbst eine Rote Garde war, saß sehr still da.

Sie zerschmetterten ein Tang-Pferd, das ich gekauft hatte, weil es mich an ein anderes erinnerte...« Sie zögerte. »Sie verbrannten Bücher im Kohlenbecken, und die Erinnerungsstücke, die ich in dem bestickten Kästchen aufgehoben hatte...« Ihre Hand zitterte. Sie griff in die Tasche, um ein Taschentuch hervorzuholen und die Augen damit zu bedecken. Wieder drängte es ihn, sie zu trösten oder zumindest ihre Hand zu nehmen. Statt dessen schloß er die Augen, um sich nicht aufzudrängen und ihr das Gefühl zu geben, allein zu sein. Und sah sie vor sich, wie sie an jenem Tag ausgesehen hatte, da sie im Flugzeug gesessen, lächelnd zu ihm aufgesehen und das einzige festgehalten hatte, ohne das sie nicht hatte reisen können.

Er überlegte, ob er ihr sagen sollte, sie solle mit ihrem Bericht aufhören, doch als sie fortfuhr, geschah das so unpersönlich, wie sie ihm als Kind Geschichten erzählt hatte, Geschichten von grausamen Kaisern oder Göttern und Menschen, die ihren Eltern gegenüber völlig pflichtvergessen waren.

»Stundenlang schrien die Kinder, spuckten und ballten drohend die Faust, und über die Fenster und Wände und Türen schrieben sie: ›Konterrevolutionäre Revisionisten‹, ›Bewunderer der vier Alten Werte‹ und ›Volksfeinde‹. Der letzte war gerade gegangen, da kehrten sie alle zurück. Ein fettes Mädchen fuchtelte mit der Schere in der Luft herum und befahl mir aufzustehen. Entschlossener Geist protestierte. Drei Mädchen schlugen von hinten mit Eisenrohren auf ihn ein. Er stürzte zu Boden, woraufhin ich mich beeilte, mich zu erheben.

Die Fette grapschte nach meiner goldenen Haarspange und löste den Knoten. Die Zöpfe, die ich mein Leben lang getragen hatte, flogen zum Fenster hinaus. Dann waren die Kinder ihres Spiels überdrüssig und marschierten lachend hinaus. Selbst, nachdem wir allein waren, wagte keiner zu sprechen, als ob wir spüren, daß alles, was wir sagten, zu einer Waffe werden könnte, die sich gegen uns richtete. Wir kümmerten uns um Erhabenen Geist. Die Schläge hatten ihn so klein gemacht, so klein.

Danach saß meine Tochter bis zur Abenddämmerung da und strich mir übers Haar – wortlos, tränenlos...«

Ihre Stimme verklang.

Er wartete. Die Geschichte war noch nicht zu Ende, das wußte er.

Draußen hörte man, wie Wasser auf das Kopfsteinpflaster geschüttet wurde, gedämpfte Stimmen, eine Tür, die zugemacht wurde.

»Am ersten Tag des zehnten Monds wurden meine Tochter und ihr Gatte verhaftet. Kein Mensch fragte, warum und wohin sie gebracht würden und wann sie wieder zurückkämen. Später erfuhr ich, daß die Roten Garden sie bei einer Massenversammlung vorgeführt und sie beschuldigt hatten, gegen die Revolution zu arbeiten. Der Beweis dafür wurde öffentlich bekanntgemacht: Die Genossin hatte ein lavendelfarbenes Seidenkleid getragen. Beweis: das Foto. Und ein Mann aus Gelehrte Asche hatte gesehen, wie sie in Pakistan einen Brief ins imperialistische Amerika aufgegeben hatte.«

Wieder hielt sie inne und wiederholte den Namen Gelehrte Asche, als ob damit alles erklärt sei. Er hatte ihn schon mal gehört.

»Gelehrte Asche?« fragte er.

»Ja, ein kleines Dorf im Norden, in dem vor vielen Jahren eine Schuld nicht bezahlt wurde, wo...«

Sie sprach jetzt mit sich selbst, Worte konnte er nicht unterscheiden. Er wartete, hatte Angst, sie zu stören. Schließlich sprach sie fest den Namen ihrer Tochter aus und fuhr fort, wiewohl ihr die Sätze nur langsam und offensichtlich mühevoll von den Lippen kamen.

»Schimmernde Jade und Erhabener Geist weigerten sich zu gestehen oder niederzuknien und beteuerten immer wieder ihre Treue zur Partei. Woche für Woche blieben sie in Gefangenschaft, wurden Verhören unterworfen, schrieben sie Rechtfertigungen und leugneten, jemals Verrat begangen zu haben.

Eines Tages ging ich gegen den Rat von allen ins Gefängnis und legte ihnen nahe, ihr eigensinniges Verhalten noch einmal zu überdenken. Es war die einzige Möglichkeit für mich, Zugang zu ihnen zu bekommen.

Während die Wachen zusahen, saß ich am Tisch meiner Tochter und ihrem Gatten gegenüber und las ihnen die Worte des Vorsitzenden Mao vor: ›Alle unsere Funktionäre, welchen Rang sie auch immer bekleiden mögen, sind Diener des Volkes, und was wir auch tun, tun wir, um dem Volk zu dienen. Wie sollten wir da zögern, irgendwelche von unseren schlechten Zügen abzulegen?‹

Ich las ihnen weiter vor. ›Jedes Wort, jedes Tun und jede Politik müssen in Einklang stehen mit den Interessen des Volkes, und wenn Fehler gemacht werden, müssen sie berichtigt werden – das ist verantwortliches Verhalten dem Volk gegenüber.‹ Und noch eine Seite las ich ihnen vor... Meine Augen blieben die ganze Zeit über trocken. Zu viele Tränen, die zu lange nicht geweint worden waren, waren mittlerweile zu Stein geworden.

Als es Zeit war zu gehen, drang ich in sie nachzugeben. ›Füge dich drein, meine Tochter. Du mußt dich fügen, meine Tochter‹, sagte ich, doch sie lächelte nur.

Sie trugen Sorge, am siebenundzwanzigsten Dezember bis ein paar Minuten nach Mitternacht zu warten, damit ihrer beider Selbstmord nicht mit dem Geburtstag des Vorsitzenden zusammenfiel und der Familie Schwierigkeiten bereitete. Ihren Leichnam habe ich nie gesehen.«

Sehr sorgfältig legte sie das Taschentuch zusammen, Ecke auf Ecke, und steckte es dann säuberlich in die Tasche. Danach blickte sie auf und sagte: »Bald blieb ich als einzige in den Höfen zurück. Aber ich konnte nicht bleiben. Die Geister meiner Tochter riefen mich in der Nacht. Wo sie nicht mehr war, war die Kette zerbrochen. Was die Erste Gebieterin mir vorhergesagt hatte, sollte mir also doch nicht beschieden sein.«

Am nächsten Abend, als Frühlingsmond wieder am Tisch saß, blickte sie sich in dem kleinen Raum um, der in den letzten fünf Jahren ihr Zuhause gewesen war, und dachte zum ersten Mal, daß es doch ein richtig festlicher Raum sei. Es gab keine roten Seidenlaternen, keine Tang-Pferde und Rosenholzstühle, weder blinde Geschichtenerzähler noch Musikanten oder Akrobaten. Doch zu ihrer Linken saß der Mann, der ihr Sohn war, wiewohl er das nicht wußte, und zu ihrer Rechten der Mann, der ihr Schwiegersohn hätte sein können, wenn... Sie schüttelte den Kopf. Keine Wenns! Nicht heute abend. Sie erbrach das Wachssiegel eines gereiften *mao tai* und schenkte Erhabene Winde, der behaglich dasaß und zufrieden seine Zigarette rauchte, ein Glas ein. Er war wieder pummelig, wie in seiner Kindheit, doch sein Mao-Anzug aus grauem Wollstoff war vorzüglich geschneidert, und aus der Brusttasche schaute eine eindrucksvolle Reihe von Kugelschreibern hervor – Abzeichen, die gleichsam kundtaten, daß er über die allerbesten Beziehungen verfügte. »Wie hast du das geschafft?« fragte sie.

Sein Gesicht verzog sich zu einem breiten Grinsen, doch gab er keine Antwort, sondern zuckte nur großmütig mit den Achseln. Er wird es nicht ausplaudern, dachte sie, er hat es nie getan. Trotzdem versuchte sie, schwindelig wie die Braut, die sie mit sechzehn gewesen war, ihm das Geheimnis zu entlocken, während sie Festem Versprechen und sich selbst noch von dem starken, farblosen Schnaps einschenkte.

»Ja, Erhabene Winde, wie hast du das bloß alles geschafft?« Festes Versprechen kam ihr mit einer schmeichelnden Stimme zu Hilfe und zeigte auf die kleinen, hoch mit Garnelen, Schweinefleisch, Huhn, Fisch und Rindfleisch gefüllten Teller. »Wie meine Schwester mir erzählt hat, ist das hier mehr Fleisch, als eine Familie in einem ganzen Monat beanspruchen kann. Es würde mich nicht wundern, wenn unser Essen heute abend mit *ren min bi* aufgewogen worden ist.«

»Ach, mein Onkel aus dem Land des Großkapitals – begreifst du denn nicht, daß Geld in einem sozialistischen Staat nichts bedeutet?« erklärte Erhabene Winde.

»Und trotzdem...« Frühlingsmond warf rasch einen Blick nach rechts und nach links, »Lebensmittelkarten kosten mehr als Fahrkarten in die Unsterblichkeit.«

Sie lachten.

»Wirklich, es war nichts, gar nichts.« Erhabene Winde seufzte. »Der Himmel mag einstürzen und die Erde sich verflüchtigen, aber die Menschen ändern sich nicht. Und ich« – er tippte sich mit dem Finger gegen die Nase – »besitze nun mal die Gabe, für alles, was getan werden muß, immer genau die richtigen Leute herauszufinden.« Er erhob sein Glas und rief: »Auf das Volk!«

»Auf das Volk!«

»Auf das Volk!«

Nachdem die Gläser leer waren, herrschte plötzlich Stille – eine Pause, die ebenso Empfindungen auslöste wie das starke Getränk. Wie ein Kieselstein hüpften Frühlingsmonds Gedanken über die Jahre dahin, die ihnen drei, die jetzt beisammensaßen, gemeinsam gewesen waren, berührten Erinnerungen, die erst heute abend wieder wach wurden... Zwischen diesen beiden hatte sie in dem Hotel in Hongkong gesessen, in dem sie in den ersten Wochen gewohnt hatten, und laut den Brief von Goldener Tugend vorgelesen, in dem sie berichtet, wie vorgetäuschter Wahnsinn sie vor denen geschützt hatte, die ihr Böses antun oder sie aus dem Hause Chang hätten vertreiben können... Neues Schicksal, wie er ins Haus gelaufen kommt und mit der Zeitung herumfuchtelt, die die Einheitsfront von Kuomintang und Kommunisten gegen die Japaner verkündet. »Großmutter, Großmutter, jetzt können wir zurück nach China, jetzt können wir wieder nach Hause!«... Edles Talent in Uniform, an dem Tag, da er sie verlassen hatte. Selbst damals wußte sie, daß Junger Onkel aus dem Krieg nicht heimkehren würde. Trotzdem, wie glücklich er ausgesehen hatte! Und wie begeistert er immer wieder die geballte Faust erhoben hatte! »Meine Arthritis ist weg«, hatte er sich gebrüstet. »Das habe ich den Japanern zu verdanken – wie die Tatsache, daß ich wieder Soldat bin!«... Festes Versprechen, wie er ihr verlegen die Widmung seines ersten Buches zeigt, das den Titel trägt: ›Der heimgekehrte Student‹. »Meiner Schwester Frühlingsmond«, hatte sie gelautet, »und meinem Onkel Beherztem Talent, der zu den ersten gehörte, die es wagten, hinauszugehen und wiederzukommen.« ... Erhabene Winde, umringt von einer Traube von Schuhputzjungen, welche die Lederjacke blankrieben, die er trug, als dieses Uniformteil der *American Flying Tigers* unter Nichtkämpfern ein hochbegehrtes Kleidungsstück war. Auch in den allerschlimmsten Zeiten hatte er nie die für jede Gelegenheit passende Moralpredigt sowie ein überreichlich bemessenes Trinkgeld vergessen.

»Wie viele Vermögen hast du in den Jahren, die wir in Hongkong gelebt haben, gemacht und wieder verloren, Erhabene Winde?« fragte sie, selbst verwundert über ihre laut ausgesprochenen Gedanken.

Sie versuchten sich zu erinnern, erzählten und lachten, wenn sie sich nicht darüber einigen konnten, was wirklich geschehen war.

Als Festes Versprechen seine Version vom Sojabohnen-Onkel von sich gab, ließ Erhabene Winde schamvoll den Kopf sinken. »Und wenn ich daran denke, daß ich das Geld von den Witwen genommen habe!«

Festes Versprechen beugte sich vor und klopfte ihm auf den Rücken. »Aber es war doch dein Geld. Geld, das die Frauen jahrelang am Mah-Jongg-Tisch unter sich immer wieder in Umlauf gebracht hatten.«

»Außerdem«, erinnerte Frühlingsmond ihn, »hast du ihnen Wertpapiere dafür gegeben.«

Er errötete.

Also waren sie *doch* wertlos gewesen, dachte sie, um ihm dann rasch aus der Klemme zu helfen. »Ich weiß noch, wie Zweite Großtante sich einmal eine ganze Woche lang weigerte, mit Mutter zu sprechen. Weder ›guten Morgen‹ noch ›gute Nacht‹. Und das alles nur, weil Mutter beim Mah-Jongg gewonnen hatte, als du von einer Börsenflaute berichtet hattest und am nächsten Morgen dann mit der Nachricht kamst, die Kurse seien in die Höhe geschossen.«

Plötzlich brachen sie in schallendes Gelächter aus.

»Schschsch!« mahnte sie zur Vorsicht und zeigte auf Tür und Wände. »Wir müssen Schluß machen. Meine Backen tun mir so weh. Laßt uns aufhören!« Nach und nach beruhigten sie sich und machten sich nun ernsthaft über das Essen her.

Wenn ich heute nacht sterbe, sterbe ich als glücklicher Mensch, dachte sie. Mein Sohn, der den Namen meiner ersten und die Züge meiner zweiten Liebe trägt, sitzt hier neben mir. Es spielt keine Rolle mehr, daß er nie ›Mutter‹ zu mir sagen wird. Wichtig ist einzig, daß es ihm im Leben gut ergangen ist.

Festes Versprechen füllte die Gläser noch einmal und sagte: »Wißt ihr noch, wie wir selbst gespielt haben, in Tschungking, mit Neuem Schicksal?«

»Wie könnte ich das jemals vergessen?« Erhabene Winde krempelte seine Taschen um und zog das Futter nach außen. »Verluste, nichts als Verluste.«

Frühlingsmond seufzte. »Für mich war es überhaupt das allererste Mal, daß ich Mah-Jongg spielte! Wie alt war ich damals? Sechzig?«

»Und ein tödlicheres Spiel ist nie gespielt worden.« Erhabene Winde drohte vorwurfsvoll mit dem Finger. »Du hattest nie weniger als einen reinen Drachen zum Ablegen.«

Ja, dachte sie. Ja, das stimmte. »Laß sie Bomben werfen!« hatte sie erklärt. »Ich laufe nicht weiter – nicht nach diesen Tausenden von *li*!« Denn schließlich änderten sich die Einsätze nicht, ob sie nun in den Höhlen spielten oder am Tisch. Da sie keinen Schutz suchen wollte, blieben die Männer an ihrer Seite. Die Verdunkelungsvorhänge vor den Fenstern hatten sie während der Bombenangriffe bei Kerzenlicht Mah-Jongg gespielt.

Sie hob das Glas und brachte einen Toast aus: »Auf die reinen Drachen!«

»Darauf laßt uns trinken!« riefen die beiden Männer und leerten die Gläser, wonach Erhabene Winde sie sogleich wieder füllte.

»Auf das Leben!«

»Auf das Leben!«

Nach dem Essen bot Festes Versprechen Erhabene Winde eine Zigarre an, und sie rauchten schweigend, während Frühlingsmond den Tisch abräumte und die Reste säuberlich in eine Schachtel tat, die am Fenster stand. Sie tat so, als sei dies ein Abend wie jeder andere und kein Traum.

Erst als der Tee aufgebrüht war und sie jedem eine Schale gereicht hatte, beendete Festes Versprechen das Schweigen und fragte: »Erhabene Winde, wie kommt es, daß der Kommunismus mit dir auszukommen scheint?«

»Ah.« Zwinkernd setzte er sich auf. »Aber ich bin nie in Gefahr gewesen. Seht ihr denn nicht, daß ich einer von denen bin, die absolut notwendig sind für die Revolution? Marx, Lenin, Stalin und Mao – alle haben sie dafür gesorgt, daß ich noch lange leben werde. Ihr müßt begreifen, daß ich, der Kapitalist, der Bourgeois, überleben muß, denn ohne Klassenfeind – wie sollte es da Klassenkampf geben?«

»Vielleicht in der Theorie, aber...«

»Laß mich das erklären, Festes Versprechen«, unterbrach Frühlingsmond ihn, schob den Tee beiseite und rückte den Stuhl näher an den Tisch heran. »Als alle ihre Juwelen und ihr Gold in den Fluß warfen, aus Angst, als Volksfeind gebrandmarkt zu werden, versteckte Erhabene Winde seine Wertsachen zwischen den Einbänden der Werke des Großen Vorsitzenden oder hinter Mao-Bildern, mit denen er die Wände seines Zimmers gepflastert hatte. Und um ganz sicherzugehen, daß auch ja niemand sich allzusehr dafür interessierte, verpestete er noch die Luft mit Exkrementen. Nur wenige brachten den Mumm auf hineinzugehen, geschweige denn, in seinen Sachen herumzuwühlen. Allerdings, die eifrigsten waren die Frauen und Mädchen, und so saß er jeden Tag da, hatte keinen Fetzen am Leib...!«

»Du hättest dich ausgeschüttet vor Lachen, wenn du mich gesehen hättest, wie ich dasaß und nichts weiter anhatte als... die Zigarette im Mund!« Er feixte, und dann lachten alle drei und kicherten. Als ob sie abwechselnd ein Lied sängen – wenn einer aufhörte, begann ein anderer.

Festes Versprechen war der erste, der sich wieder faßte. »Aber warum« – er wischte sich die Lachtränen aus den Augenwinkeln –, »warum haben andere denn nicht das gleiche gemacht?«

Plötzlich war das Spiel aus. Auf dem Gesicht von Erhabene Winde – Niedergeschlagenheit. Als Frühlingsmond das sah, mußte sie an jenen Frühling denken, da er ihrer Tochter mit seinem *Pierce Arrow* den Hof gemacht hatte, an den Tag der Drachenbootrennen. Sie streckte plötzlich die Hand aus und strich ihm über die seine.

»Die anderen?« sagte Erhabene Winde voller Bitterkeit. »Die anderen glaubten, und weil sie glaubten...« Plötzlich lächelte er wieder, zu plötzlich, und schüttelte den Kopf. »Ich weiß es nicht.« Er klopfte auf seinen Bauch und fuhr fort: »Genausowenig, wie ich nicht begreife, daß Leute Angst haben, auf dem Schwarzen Markt etwas zu kaufen. Nachdem ich gut und in Ruhe gegessen habe, melde ich mich immer pflichtschuldigst bei den Behörden. Was sollen sie mir

antun, was sie mir nicht schon angetan hätten? Sie sind es doch, die die Parole verbreiten, alle Bourgeois seien korrupt und verfielen leicht wieder bösen Gewohnheiten.«
Korrupt? Selbstverständlich, dachte Frühlingsmond. Aber als Freund hochanständig!
Sie blickte vom einen zum anderen und dachte: Es ist schon spät, und es wird Zeit, daß Erhabene Winde Festes Versprechen zurückbringt in sein Hotel. »Nie, nie hätte ich mir träumen lassen« – sie sprach leise, unfähig, die Rührung zu unterdrücken –, »nie hätte ich mir träumen lassen, daß ich noch einmal einen solchen Abend erleben würde!«
Ihre Augen füllten sich, doch schüttelte sie den Kopf. Erhabene Winde beugte sich vor und flüsterte: »Meine Tante...« Er zögerte; auch in seinen Augen schimmerte es. »Meine Tante, du bist unverwüstlich! Ich bin überzeugt, du erlebst, wie noch mancher Traum Wirklichkeit wird.«
Sie schüttelte den Kopf. »Nein, das werde ich nicht. Sterbliche sollen zufrieden sein, sonst erregen sie den Neid der Götter.«
Sie nahm beide bei der Hand, lange Zeit saßen sie schweigend da. Dann hob Frühlingsmond die Rechte und strich ihrem Sohn die Tolle glatt, dachte dabei an den Jungen mit den Tigerschuhen, überlegte, wie wohl ihre Ururenkelin, Jadefrühling, sein mochte, ein Bauernkind, wie Festes Versprechen einst eines war.
»Wenn nur...«
»Wenn nur was, meine Tante?«
»Ach, es ist unmöglich!«
»Schwester, wir sind alle zu alt, um irgend etwas für unmöglich zu halten. Sag nur – wenn nur *was*?«
»Wenn nur alle hier sein könnten – wir alle zusammen hier in Soochow –, eine Woche lang, ach, und wenn es nur für eine Stunde wäre.«
»Die anderen?«
Sie nickte und kämpfte gegen die Tränen an.
Festes Versprechen schaute weg, hinüber zu dem Kalender und dem Mädchen mit den Ballettschuhen, doch Erhabene Winde sprang auf. Er zündete sich noch eine Zigarette an, inhalierte tief, ging auf und ab, blieb stehen, als überlegte er etwas zwischen zwei Schritten. »Vielleicht ist es doch nicht unmöglich... Wo ein so erlauchter Sino-Amerikaner zu Besuch da ist... vielleicht ließe es sich einrichten.« Er nickte mehrmals, lächelte. »Ich hab' heute abend das

Gefühl, Glück zu haben, Tante, bitte, keine Aufregung. Überlaß das nur alles mir.« Um sich dann vor dem jüngeren Mann zu verneigen und zu erklären: »Mein geschätzter Onkel, mein hochverehrter Onkel – machen wir uns auf den Weg.«

Frühlingsmond brachte sie bis an die Tür, blieb auf der Schwelle stehen und sah ihnen nach, wie sie in den Schatten verschwanden. Als sie schließlich die Tür schloß, konnte sie ihr Lachen immer noch hören.

Das Unkraut stand hoch auf dem sanften Hang in der Nähe der Stadt Soochow; die Gräber waren ungepflegt, die Steine, die aufgestellt waren, lagen zerbrochen und überall verstreut herum.

Die Verwandten waren von Übersee gekommen, vom Lande und aus den Grenzgebieten. Es war ein Tag, da die Hügel grün waren und der Wind lau.

Fünf Generationen standen beisammen.

Die Mutter warf einen Blick auf ihren Sohn und begann dann: »Geehrte Ahnen, endlich sind wir hier zusammengekommen...«

Nachdem die Zeremonien vorüber waren, setzte Frühlingsmond sich unter eine junge Zypresse, die in der Mittagssonne Schatten über die Grabstätten warf. Sie wartete auf ihre Familie, um die Geschichte zu hören, die zu erzählen sie sie gebeten hatten. Keine neue Geschichte. Alle – bis auf den Jüngsten, ihr Ururenkel – hatten sie schon zuvor von ihr gehört. Sie würde mit dem Anfang anfangen, mit Pan Koo.

Plötzlich wehte aus der Ferne das leise Klingeln von Bronzeglocken herüber. Sie schloß die Augen, um zu lauschen, und erinnerte sich, sah die Familienangehörigen des Hauses Chang vor sich hergehen und gemessenen Schritts und würdevoll den Hügel heraufsteigen. Die Männer trugen schwarze Kappen und pelzgefütterte Seidenumhänge, die Frauen und Kinder pelzgefütterte Jacken, rotbestickte Röcke und samtene, mit Perlen und Jade bestickte Stirnbänder. Jeder trug ein kleines messingenes Glutkästchen mit glimmender Kohle darin.

Frühlingsmond schlug die Augen auf, streckte die Hand aus und ergriff die des Kindes.

Nachwort der Autorin

Am dritten November 1938 hatte meine Mutter zwei wichtige Dinge zu erledigen. Das erste war, meinem Vater in der Provinz Hunan ein Telegramm zu schicken, um ihm meine Ankunft auf Erden mitzuteilen. Und das zweite, Whai Kung kommen zu lassen, meinen Großvater mütterlicherseits, damit er mir die Zukunft voraussage.

Wenn Whai Kung auch ein Kräuterheilkundiger, Dichter und Kalligraph war, übte er daneben auch noch die Kunst der Weissagung aus. Eingehend studierte er die Linien meiner Handflächen, den Zwischenraum zwischen den Augenbrauen, die Länge meiner Ohrläppchen, meine Schädelstruktur und ganz allgemein die Anordnung meiner Gesichtszüge. Außerdem zog er komplizierte Tabellen und Himmelskarten zu Rate und hielt fest, daß ich um drei Uhr morgens im Jahr des Tigers geboren war. Dieser genaue Zeitpunkt war von größter Bedeutung, denn nur dann steht das Wesen des Tigerseins im Zenith. Hinzu kam schließlich noch, daß ich genau an demselben Tag Geburtstag hatte wie mein Vater und vor ihm sein Vater.

Zuletzt waren seine Berechnungen abgeschlossen, und Whai Kung verkündete: »Älteste Tochter, noch nie habe ich es erlebt, daß bei einem einzigen kleinen Kind so viele gute Omina zusammengekommen sind. Ihr Leben wird erfüllt und ihr Geist kräftig sein. Du hast nicht den geringsten Grund, Angst zu haben. Dieses Baby wird ein reiches Leben führen.«

An Whai Kung selbst erinnere ich mich kaum noch, doch seine Weissagung gibt mir jeden Tag Kraft und Trost. Selbst wenn ich, was selten vorkommt, einmal niedergeschlagen bin, fange ich mich doch rasch wieder und erinnere die Schicksalsgötter zornig und empört an ihre Versprechungen. Ich weiß nicht genau, warum die Worte meines Großvaters mir das Leben erleichtert haben. Wie die meisten Chinesen bin ich im Grunde Fatalistin – zu intellektuell, um an eine Religion zu glauben, und zu abergläubisch, um die Existenz der Götter zu leugnen. Trotzdem bin ich irgendwo auf meinem

Lebensweg von der Magie des Tao verzaubert worden, so daß ich zu der Überzeugung gelangte, daß die Voraussagen meines Großvaters mehr seien als ein Ritual, das er vollzog, um seiner ältesten Tochter einen Gefallen zu tun. Und so ist das bis jetzt geblieben.

Das jüngste Glück, das mir widerfuhr, war, daß ich im Frühling und Sommer meines Lebens einen vollen Schicksalskreis abschließen konnte. Er begann mit meiner Geburt in China, führte mich dann nach Amerika, wo ich heute zu Hause bin, und erreichte seinen Höhepunkt in einer ungemein vom Glück begünstigten Heimkehr in das Land meiner Ahnen.

Die Götter waren so weise, mich siebenundzwanzig Jahre bis zu meiner Rückkehr warten zu lassen. Denn erst mit fünfunddreißig betrachtete ich das Leben von beiden Seiten: als Mutter und Tochter, als Chinesin und Amerikanerin, als jüngerer Mensch und als älterer, als Einzelpersönlichkeit und als Mitglied einer Sippe, als an Geschichte ebenso interessiert wie an Träumen, als jemand, der aufgehört hat zu denken, daß das Leben grenzenlos ist und Sterblichkeit nichts weiter als ein Wort. In diesem Augenblick, da meine Schale halb leer und halb voll war, war ich bereit, die chinesische Landschaft zu betreten. Dort hörte ich die Geschichten der Ahnen und sah das Leben meiner Verwandten – das Leben, das auch ich hätte führen können.

Die Seele von *Frühlingsmond* lebt in dieser Reise – reicht über die Schlagzeilen in den Zeitungen, die kommunistischen Parolen, westlichen Prinzipien, den Abgrund zwischen den Kulturen, die politische Isolierung und die Sprachbarriere hinaus in die Herzen und Gedanken meiner Sippe. Sie leben überall in China, von Shanghai bis Sian. Es sind darunter Neugeborene und Betagte, Helden der kommunistischen Bewegung und Märtyrer der Kulturrevolution, Straßenfeger und Vizepräsidenten, Mutlose und Triumphierende... Lebende und Tote.

Einmal war ich tieftraurig, daß ich Whai Kung um nur drei kurze Jahre verpaßt hatte. Und doch – hätten unsere Hände sich tatsächlich berührt und wir einander bei der Heimkehr ins Herz geschlossen –, so viel Glück hätte die Götter wahnsinnig gemacht vor Neid. Nichts hätte sie davon abhalten können, schreckliche Rache zu üben. Doch diese Szene hat nie stattgefunden, und die neidischen Götter ließen sich durch das Schweigen unserer schicksalhaften Begegnung einlullen.

Whai Kung schläft in der Erde in der Nähe von Soochow. Er hat

Berge, um ihn vor dem Wind zu schützen, grünes Ackerland, um seinen Blick daran zu laben, den Schatten eines Bambushains, die weite Stille des Tai-hu-Sees und den singenden Dunst eben überm Horizont. Und er hat einen Namen. Dieser Name ist frisch in Stein geschnitten. Dieser Mensch wurde geboren, hat gelebt und ist gestorben. Der Stein wird nicht untergepflügt oder zerschmettert oder verlassen oder fortgeschafft werden. Er wird stehenbleiben. Er wird fortdauern. Für meinen Großvater. Für uns. Für meine chinesischen Wurzeln. So daß, wenn die Kinder meiner Kinder und deren Kinder, die nicht mehr chinesisch sprechen und nicht mehr wie Chinesen aussehen werden, diesen einsamen Ahnen besuchen, sich als Chinesen fühlen werden, wie ich es an jenem Nachmittag an seinem Grab getan habe.

Dreimal habe ich mich dort verneigt. Ich habe Chrysanthemen dortgelassen und heitere Gemütsruhe für meine Mutter mitgenommen.

Whai Kungs Weissagung gilt immer noch.

Bette Bao Lord, New York 1981